O amante da Virgem

Obras da autora publicadas pela Editora Record

Tudors
A irmã de Ana Bolena
O amante da virgem
A princesa leal
A herança de Ana Bolena
O bobo da rainha
A outra rainha
A rainha domada
Três irmãs, três rainhas
A última Tudor

Guerra dos Primos
A rainha branca
A rainha vermelha
A senhora das águas
A filha do Fazedor de Reis
A princesa branca
A maldição do rei

Fairmile
Terra das marés
Marés sombrias

Terra virgem

PHILIPPA GREGORY

O amante da Virgem

Tradução de
ALDA PORTO

9ª edição

EDITORA RECORD
RIO DE JANEIRO • SÃO PAULO

2024

CIP-BRASIL. CATALOGAÇÃO NA FONTE
SINDICATO NACIONAL DOS EDITORES DE LIVROS, RJ.

G833a Gregory, Philippa
9ª ed.   O amante da virgem / Philippa Gregory; tradução de Alda Porto. – 9ª ed. –
       Rio de Janeiro: Record, 2024.

       Tradução de: The virgin's lover
       ISBN 978-85-01-07372-3

       1. Elizabeth I, Rainha da Inglaterra, 1533-1603 – Ficção. 2. Grã-Bretanha – História –
       Elizabeth I, 1558-1603. 3. Novela inglesa. I. Porto, Alda. II. Título.

                              CDD: 823
06-3839   CDU: 821.111-3

TÍTULO ORIGINAL INGLÊS:
THE VIRGIN'S LOVER

Copyright © Philippa Gregory Ltd 2005

Todos os direitos reservados. Proibida a reprodução, no todo ou em parte, através de quaisquer meios.

Texto revisado segundo o Acordo Ortográfico da Língua Portuguesa de 1990.

Direitos exclusivos de publicação em língua portuguesa somente para o Brasil
adquiridos pela
EDITORA RECORD LTDA.
Rua Argentina, 171 – Rio de Janeiro, RJ – 20921-380 – Tel.: (21) 2585-2000,
que se reserva a propriedade literária desta tradução.

Impresso no Brasil

ISBN 978-85-01-07372-3

Seja um leitor preferencial Record.
Cadastre-se no site www.record.com.br e receba
informações sobre nossos lançamentos
e nossas promoções.

EDITORA AFILIADA

Atendimento e venda direta ao leitor:
sac@record.com.br

Para Anthony

Outono de 1558

Em Norfolk, todos os sinos tocavam para Elizabeth, repercutindo dentro da cabeça de Amy; primeiro, as campanas, gritando como uma mulher enlouquecida; logo depois, a retumbância grave e assustadora do grande carrilhão ressoava novamente, anunciando as sinetas estridentes. Ela cobriu a cabeça com o travesseiro para abafar o ruído; mas mesmo assim ele continuou até os corvos abandonarem seus ninhos e afluírem em debandada aos céus, sacudindo-se e rodopiando no vento como uma bandeira agourenta, e os morcegos deixarem o campanário como uma nuvem de fumaça preta que parecia dizer que o mundo agora estava de cabeça para baixo e o dia se tornara noite para sempre.

Amy não precisava perguntar a que se devia aquela barulheira; já sabia. Afinal, a coitada e doente rainha Mary morrera, e a princesa Elizabeth era a soberana incontestе. Louvado seja Deus. Todos na Inglaterra deviam regozijar-se. A princesa protestante chegara ao trono e seria a rainha da Inglaterra. Por todo o país, pessoas estariam tocando os sinos de alegria, batendo canecas de cervejas umas nas outras, dançando nas ruas e escancarando portas de prisões. Os ingleses tinham afinal a sua Elizabeth, e os dias cheios de medo de Mary Tudor podiam ser esquecidos. Todo mundo na Inglaterra celebrava.

Todo mundo menos Amy.

As badaladas, que a faziam despertar como se fossem marteladas, não lhe causavam alegria. Só ela, em toda a Inglaterra, não comemorava a ascensão de Elizabeth ao trono. Os carrilhões nem sequer lhe soavam afinados. Pareciam mais o ritmo sincopado do ciúme, o grito de raiva, o pranto pungente de uma mulher abandonada.

— Que Deus a fulmine — ela praguejou no travesseiro, a cabeça a ressoar com a pancadaria dos sinos de Elizabeth. — Que Deus a fulmine na juventude, orgulho e beleza. Que Deus aniquile sua boa aparência, raleie seus cabelos, apodreça seus dentes e a deixe morrer solitária e sozinha. Solitária e sozinha como eu.

Amy não tinha notícias do marido: nem esperava receber alguma. Mais um dia se passou e então completou-se uma semana. Ela imaginou que ele teria cavalgado o mais depressa possível de Londres até o palácio de Hatfield, ao receber a primeira notícia da morte da rainha Mary. Teria sido o primeiro, como planejara, a ajoelhar-se diante da princesa e dizer-lhe que ela era a rainha.

Amy achou que Elizabeth já teria um discurso preparado, alguma pose ensaiada, e Robert, por sua vez, já teria pensado numa recompensa. Talvez agora mesmo ele estivesse celebrando sua própria ascensão, como as princesas celebravam as delas. Amy, que andava pelo rio para arrebanhar as vacas para a ordenha, visto que o pastor estava doente e havia poucos empregados ali na fazenda de sua família em Stanfield Hall, parou para olhar as folhas marrons que caíam de um carvalho e redemoinhavam como numa tempestade de neve, na direção sudoeste de Hatfield, para onde seu marido voara, como o próprio vento, na direção de Elizabeth.

Ela sabia que devia se alegrar porque a rainha que chegara ao trono iria favorecê-lo. Sabia que devia se alegrar por sua família, cuja riqueza e posição ascenderiam com a de Robert. Sabia que devia se alegrar por mais uma vez ser lady Dudley; ter suas terras restauradas, receber um lugar na corte, talvez até ser feita condessa.

Mas não se alegrava. Preferia tê-lo a seu lado como um traidor estigmatizado, com ela na lida penosa e monótona do dia e no silêncio aquecido da noite; qualquer coisa era preferível a vê-lo enobrecido como o belo favorito da corte de outra mulher. Percebia com isso que era uma mulher ciumenta; e o ciúme era um pecado aos olhos de Deus.

Cabisbaixa, foi-se arrastando até a campina onde pastavam as vacas no capim ralo, revolvendo terra sépia e sílex sob os cascos desajeitados.

— Como pudemos terminar assim? — sussurrou ao céu tempestuoso, que formava um melancólico castelo de nuvens sobre Norfolk. — Se o amo tanto, e ele tanto a mim? Se não existe ninguém mais para nós dois? Como pôde começar tão bem, em tão grande opulência e glória, e terminar assim, em tanto sofrimento e solidão?...

Um Ano Antes: Verão de 1557

Em seu sonho, ele viu mais uma vez as tábuas de madeira áspera da sala vazia, o consolo acima da grande lareira com seus nomes gravados, e a janela chumbada, assentada no alto da parede de pedras. Arrastando a enorme mesa do refeitório até a janela, subindo nela e esticando o pescoço para olhar embaixo, os cinco rapazes viram o gramado verde de onde o pai seguiu devagar para o cadafalso e subiu os degraus.

Acompanhado por um padre da Igreja Católica Romana recém-restaurada, ele se arrependera de seus pecados e repudiara seus princípios. Implorara por perdão e servilmente se desculpara. Jogara fora toda a fidelidade pela chance do perdão, e a julgar pelo ansioso movimento giratório da cabeça, ao examinar a pequena multidão reunida, tinha esperança da chegada de seu indulto naquele último e teatral momento.

Tinha toda a razão para esperar. A nova soberana era uma Tudor, e os Tudors sabiam do poder das aparências. Era devota e seguramente não rejeitaria um coração contrito. Mais que qualquer outra coisa; era uma mulher, uma mulher bondosa e burra. Jamais teria coragem de tomar a decisão de executar tão grande homem, jamais teria força moral e física para manter a sua decisão.

— Levante-se, pai — *exortou-o Robert em silêncio.* — O perdão deve chegar a qualquer momento; não se rebaixe, procurando-o.

A porta atrás de Robert abriu-se, um carcereiro entrou e riu roucamente ao ver os cinco jovens em pé junto à janela, protegendo com as mãos os olhos do forte sol do solstício.

— Não pulem — disse. — Não roubem o trabalho do carrasco, lindos mancebos. Vocês cinco serão os próximos, e a bela criada.

— Eu me lembrarei do senhor por isso, depois que chegarem nossos perdões e formos soltos — prometeu-lhe Robert, e voltou a atenção ao gramado.

O carcereiro inspecionou as barras grossas na janela, constatou que os homens não tinham nada que pudesse quebrar o vidro, e então saiu, ainda rindo consigo mesmo, e trancando a porta atrás de si.

No cadafalso embaixo, o sacerdote subiu até o condenado e rezou por ele orações de sua bíblia em latim. Robert notou que o vento colhia as ricas vestes e as fazia enfunarem-se como as velas de uma armada invasora. Bruscamente, o sacerdote terminou, ergueu o crucifixo para o homem beijar e recuou.

Robert constatou que de repente ficou frio, quase gelado, pelo vidro em que apoiava a testa e as palmas das mãos, como se o calor de seu corpo se esvaísse, sugado pela cena abaixo. No cadafalso, o pai ajoelhou-se humildemente diante do cepo. O carrasco avançou para ele e amarrou a venda em seus olhos, dizendo-lhe alguma coisa. O prisioneiro virou a cabeça coberta para responder. Então, pavorosamente, pareceu que o movimento o desorientou. Tirou as mãos do cepo do algoz e não o encontrou mais. Pôs-se a apalpar o ar à procura dele, mãos estendidas. O carrasco dera meia-volta para pegar o machado, e quando tornou a virarse, viu que o prisioneiro estava prestes a cair, debatendo-se em volta com os braços.

Assustado, o algoz encapuzado gritou para o prisioneiro em luta, enquanto este tentava tirar a venda dos olhos, gritando que não estava pronto, que não conseguia encontrar o cepo, que o machado teria de esperar por ele.

— Fique parado! — uivou Robert, martelando o grosso vidro da janela. — Pai, fique parado! Pelo amor de Deus, fique parado!

— Ainda não! — gritou a pequena figura na grama para o machadeiro atrás dele. — Não encontro o cepo! Não estou pronto! Não estou preparado! Ainda não! Ainda não!

Rastejava na palha; uma das mãos estendidas para a frente, tentando encontrar o cepo, a outra cutucando a apertada faixa sobre a cabeça.

— Não me toque! Ela vai me perdoar! Não estou pronto! — gritou, e continuava gritando, quando o carrasco girou a lâmina e o machado atingiu com um baque o pescoço exposto. Uma gota de sangue esguichou para cima, e o homem foi atirado para o lado com o golpe.

— Pai! — gritou Robert. — Meu pai!

O sangue jorrava da ferida, mas o homem ainda se debatia como um porco morto na palha, ainda tentando levantar-se com as botas que não encontravam ponto de apoio algum, ainda tateando às cegas em busca do cepo, as mãos cada vez mais entorpecidas. O carrasco, amaldiçoando sua própria falta de precisão, ergueu mais uma vez o machado.

— *Pai!* — *gritou Robert em agonia, quando o machado desceu novamente.* — *Pai!*

— Robert? Meu senhor?

Uma mão sacudia-o com delicadeza. Ele abriu os olhos e lá estava Amy à sua frente, os cabelos castanhos presos numa trança para dormir, os olhos da mesma cor arregalados, solidamente reais à luz de vela do aposento do casal.

— Meu bom Deus! Que pesadelo! Que sonho. Que Deus me livre disso. Que Deus me livre disso!

— Foi o mesmo sonho? — perguntou ela. — Com a morte de seu pai?

Ele mal suportava que ela o mencionasse.

— Apenas um sonho — respondeu, secamente, tentando recobrar a lucidez. — Apenas um sonho terrível.

— Mas o mesmo sonho? — insistiu Amy.

Ele encolheu os ombros.

— Não me surpreende que retorne sempre. Temos cerveja?

Amy empurrou as cobertas e levantou-se da cama, puxando a camisola nos ombros. Mas não ia ser dissuadida.

— É um presságio — disse ela, sem rodeios, ao servir-lhe uma caneca de cerveja. — Devo esquentá-la?

— Vou tomá-la fria — respondeu ele.

Ela entregou-lhe a caneca e ele tomou-a, sentindo o suor noturno esfriar nas costas nuas, envergonhado de seu próprio terror.

— É um aviso — ela insistiu.

Ele tentou forçar um sorriso despreocupado, mas o horror da morte do pai e todo o fracasso e tristeza que haviam cavalgado em seu rastro desde aquele dia negro o subjugaram.

— Não é — disse apenas.

— Você não devia ir amanhã.

Robert tomou mais um gole de cerveja, enterrando o rosto na caneca para evitar o olhar acusador dela.

— Um sonho ruim como esse é um aviso. Não devia navegar com o rei Felipe.

— Já conversamos sobre isso milhares de vezes. Você sabe que eu preciso ir.

— Agora, não! Não depois de sonhar com a morte de seu pai. Que mais poderia significar senão um aviso a você: não se exceda? Ele sofreu a morte de um traidor após tentar pôr o filho no trono da Inglaterra. Agora você mais uma vez cavalga em seu próprio orgulho.

Ele tentou sorrir.

— Não resta muito orgulho. Tenho apenas meu cavalo e meu irmão. Eu nem teria condições de erguer meu próprio batalhão.

— Seu próprio pai o adverte do além-túmulo.

Cansado, ele balançou negativamente a cabeça.

— É doloroso demais. Não me fale dele. Você não sabe como ele era. Meu pai ia querer que eu restaurasse os Dudleys. Jamais me desencorajaria de alguma coisa que eu quisesse fazer. Sempre quis que ascendêssemos. Seja uma boa mulher para mim, Amy, querida. Não me desencoraje... ele não faria isso.

— Seja você um bom marido — retrucou ela. — E não me deixe. Para onde irei quando você houver embarcado para os Países Baixos? Que vai ser de mim?

— Você vai para a casa dos Philips, em Chichester, como combinamos — ele respondeu, com firmeza. — E se a campanha continuar e eu não voltar logo, irá para sua casa, a casa de sua madrasta em Stanfield Hall.

— Eu quero ir para minha própria casa em Syderstone. Quero que formemos um lar juntos. Quero viver com você como sua mulher.

Mesmo após dois anos de vergonha, ele ainda tinha de cerrar os dentes para recusá-la.

— Você sabe que a Coroa se apoderou de Syderstone. Sabe que não temos dinheiro. Sabe que não podemos.

— Podíamos pedir a minha madrasta que alugasse Syderstone para nós — disse Amy, obstinada. — Podíamos cultivar a terra. Você sabe que eu ia trabalhar. Não tenho medo de trabalho duro. Sabe que poderíamos subir com trabalho árduo, não com alguma aventura para um rei estrangeiro. Nem correr perigo sem nenhuma recompensa garantida.

— Sei que você trabalharia — reconheceu Robert. — Sei que acordaria ao amanhecer e chegaria aos campos antes do sol. Mas não quero minha mulher trabalhando como uma camponesa. Nasci para coisas maiores, e prometi ao seu pai grandes coisas para você. Não quero cinco hectares de terra e uma vaca, quero metade da Inglaterra.

— Eles vão achar que você me deixou porque está cansado de mim — ela se queixou, reprovando-o. — Qualquer pessoa pensaria isso. Mal acabou de chegar em casa, e já vai me deixar de novo.

— Fiquei dois anos em casa com você! — ele exclamou. — Dois anos! — Depois se refreou, tentando tirar a irritação da voz. — Amy, me perdoe, mas isto não é vida para mim. Estes meses foram como uma vida inteira para mim. Com meu nome manchado por traição, não posso ter nada por mim mesmo, não posso negociar, vender, nem comprar. Tudo que minha família tinha foi confiscado pela Coroa... eu sei!... e tudo que você tinha também: o legado de seu pai, a fortuna de sua mãe. Preciso recuperá-los para você. Preciso recuperá-los para nós.

— Eu não quero nada a esse preço — disse Amy, sem rodeios. — Você sempre diz que faz isso por nós, mas não é o que quero, de nada me serve. Quero-o em casa comigo, não me importa que não tenhamos nada. Não me importa que tenhamos de viver com minha madrasta e depender da caridade dela. Nada me importa, além de ficarmos juntos e você em segurança.

— Amy, não posso viver da caridade daquela mulher. É um sapato que me aperta todo dia. Quando você se casou comigo, eu era filho do maior homem da Inglaterra. Era plano dele, e meu, que meu irmão fosse o rei e Jane Grey a rainha, e chegamos a centímetros de conseguir isso. Eu teria feito parte da família real da Inglaterra. Esperei isso, cavalguei para lutar por isso. Teria dado minha vida por isso. E por que não? Tínhamos um direito tão grande ao trono quanto os Tudors, que haviam feito a mesma coisa para si mesmos apenas três gerações antes. Os Dudleys poderiam ter sido a família real seguinte da Inglaterra. Embora tenhamos fracassado e sido derrotados.

— E humilhados — ela acrescentou.

— Humilhados e reduzidos a cinzas — ele concordou. — Mas ainda sou um Dudley. Nasci para a grandeza e tenho de reivindicá-la. Nasci para servir à minha família e à minha pátria. Você não ia querer um pequeno fazendeiro em cinco hectares de terra. Nem um homem que fica em casa o dia todo aniquilado.

— Ia, sim — ela insistiu. — O que você não vê, Robert, é que ser um pequeno fazendeiro em cinco hectares de terra é fazer uma Inglaterra melhor e de modo melhor... que qualquer cortesão lutando pelo seu próprio poder na corte.

Ele quase riu.

— Talvez para você. Mas eu nunca fui esse homem. Nem mesmo a derrota, nem o medo da morte me tornariam um homem assim. Nasci e fui criado para ser um dos grandes homens da terra, embora não o maior. Fui educado junto dos filhos do rei como igual... não posso mofar num campo úmido em Norfolk. Tenho de limpar meu nome, tenho de ser notado pelo rei Felipe, tenho de ser restaurado pela rainha Mary. Tenho de ascender.

— Será morto na batalha, e então?

Robert piscou.

— Minha querida, isso é me amaldiçoar em nossa última noite juntos. Vou embarcar amanhã, não importa o que diga. Não me deseje o mal.

— Você teve um sonho! — Amy subiu na cama, retirou-lhe das mãos a caneca de cerveja vazia e largou-a, tomando-as nas suas, como se falasse a uma criança. — Meu senhor, é um aviso. Estou avisando. Não devia ir.

— Eu preciso ir — disse ele, sem alterar a voz. — Prefiro morrer e ter meu nome limpo com a minha morte, a viver assim, como um traidor ainda não inocentado de uma família caída em desgraça, na Inglaterra de Mary.

— Por quê? Prefere a Inglaterra de Elizabeth? — sibilou ela o desafio traiçoeiro num suspiro.

— De todo o coração — ele respondeu, com sinceridade.

Bruscamente, ela soltou as mãos dele e, sem mais uma palavra, puxou as cobertas sobre os ombros e virou-se de costas. Os dois ali ficaram insones, olhos abertos, no escuro.

— Isso nunca vai acontecer — declarou Amy. — Ela nunca terá o trono. A rainha poderia conceber outro filho amanhã, um filho de Felipe da Espanha, um menino que seria imperador da Espanha e rei da Inglaterra, e ela será uma princesa que ninguém quer, casada por conveniência com um príncipe estrangeiro e esquecida.

— Ou talvez não — respondeu ele. — Mary pode morrer sem herdeiro e então minha princesa será a rainha da Inglaterra, e não se esquecerá de mim.

De manhã, ela não falou com ele. Tomaram o café da manhã calados na taberna e depois Amy subiu até o quarto deles na estalagem para arrumar as últimas roupas de Robert na mala. Ele gritou-lhe da escada que ia esperá-la no cais, saindo para o barulho e a movimentação das ruas.

A aldeia de Dover estava caótica quando a expedição do rei Felipe da Espanha ficou pronta para iniciar a viagem para os Países Baixos. Vendedores de produtos com todo tipo de comida e baixelas berravam seus preços na algazarra. Mulheres versadas em magia gritavam o valor de talismãs e amuletos para os soldados de partida. Mascates exibiam bandejas de bugigangas para presentes de despedida, barbeiros e maus dentistas trabalhavam nos dois lados da rua, homens mandando quase raspar a cabeça por medo de piolhos. Dois padres haviam até instalado confessionários improvisados para ouvir a confissão e absolver homens que temiam ir ao encontro da morte com pecados na consciência, e dezenas de prostitutas misturavam-se às multidões de soldados, soltando gargalhadas estridentes e prometendo todas as formas de prazer rápido.

Mulheres apinhavam-se à beira do cais para despedir-se dos maridos e amantes, carroças e canhões eram içados perigosamente pelas laterais e arrumados nas pequenas embarcações, cavalos empacavam e lutavam nos passadiços, com os estivadores a praguejar empurrando-os por trás, os cavalariços puxando-os pela frente. Quando Robert saiu da porta de sua estalagem, seu irmão caçula pegou-o pelo braço.

— Henry! Bem-vindo! — gritou Robert, envolvendo o jovem de 19 anos num grande abraço de urso. — Eu vinha me perguntando como nos encontraríamos de novo. Esperava-o ontem à noite.

— Eu me atrasei. Ambrose não me deixou partir antes de mandar pôr novas ferraduras no meu cavalo. Você sabe como ele é. De repente, tornou-se um irmão mais velho muito autoritário, e eu tive de jurar que ia me manter são e salvo, e também a você fora de perigo.

Robert riu.

— Desejo que se saia bem nisso.

— Cheguei aqui esta manhã e fiquei procurando você por toda parte.

Henry recuou e examinou a bela figura morena do irmão mais velho. Tinha apenas 23 anos e uma beleza impressionante, mas o brilho animado de uma rica juventude sumira dele com o sofrimento. Mais magro agora, tinha a aparência de um homem de respeito. Sorriu para Henry e a dureza em seu rosto desfez-se no calor do belo sorriso.

— Bom Deus! Como é bom ver você, rapaz! Que aventura vamos viver!

— A corte já chegou — disse-lhe Henry. — O rei Felipe se encontra a bordo de seu navio, a rainha está aqui e a princesa também.

— Elizabeth? Está aqui? Você falou com ela?

— Eles estão no navio novo, o *Phillip and Mary* — informou Henry. — A rainha parece muito amarga.

Dudley riu.

— Elizabeth vai ficar satisfeita, então?

— Morta de felicidade com o desespero da irmã — respondeu Henry rindo. — Você sabe se é verdade que é ela a amante do rei Felipe?

— Ela, não — disse Dudley, com a certeza de um amigo de infância. — Mas vai continuar a fazê-lo dançar conforme sua música, porque ele garante a segurança dela. Metade do Conselho Privado do reino mandaria que a decapitassem amanhã se não fosse pelo favor do rei. Ela não é nenhuma tola perdida de amor. Vai usá-lo e não ser possuída por ele. É uma moça formidável. Eu gostaria de vê-la, se pudermos.

— Ela sempre foi caída por você — sorriu Henry, radiante. — Será que você vai ofuscar o próprio rei?

— Não enquanto eu não tiver nada para oferecer a ela — respondeu Robert. — É uma mocinha calculista, Deus a abençoe. Estão prontos para nos embarcar?

— Meu cavalo já está a bordo — disse Henry. — Vim buscar o seu.

— Vou conduzi-lo com você — disse Robert.

Os dois cruzaram a arcada de pedra até o estábulo no fundo do quintal da estalagem, onde o cavalo estava abrigado.

— Quando a viu pela última vez? A princesa? — perguntou Henry ao irmão.

— Quando eu estava em meu esplendor e ela no dela — respondeu Robert, pesaroso. — Deve ter sido no último Natal na corte. Quando o rei Eduardo começava a definhar e papai era rei em tudo, menos no nome. Ela era a princesa protestante e irmã favorita. Éramos gêmeos na presunção de nosso triunfo e não se via Mary em lugar algum. Lembra?

Henry franziu o cenho.

— Vagamente. Você sabe que nunca fui muito bom nas mudanças de favor.

— Você teria aprendido — disse Robert secamente. — Numa família como a nossa naquele tempo, ia precisar aprender.

— Lembro que ela foi presa por traição na Torre, enquanto ainda continuávamos lá — recordou Henry.

— Alegrei-me quando soube que foi libertada — disse Robert. — Elizabeth sempre teve uma sorte dos diabos.

O grande cavalo preto relinchou à visão de Robert, que avançou e afagou-lhe o focinho macio.

— Venha então, meu amigo — disse ele, em voz baixa. — Venha, Primeiro Passo.

— Como foi que o chamou? — indagou Henry.

— Primeiro Passo. Quando fomos soltos da Torre e voltei para casa ao encontro de Amy, e me vi pobre na casa da madrasta dela, a mulher me disse que eu não podia comprar nem tomar emprestado um cavalo para me locomover.

Henry deu um assobio baixo.

— Mas eles não tinham uma ótima casa em Stanfield?

— Não para um genro que tinha acabado de chegar como um traidor — explicou Robert, contrito. — Não tive outra opção além de seguir a pé em minhas botas de montaria até uma feira de cavalos, e o ganhei numa aposta. Chamei-o de Primeiro Passo. Ele é meu primeiro passo de volta ao meu lugar legítimo.

— E essa expedição será nosso passo seguinte — afirmou Henry, cheio de alegria.

Robert assentiu com a cabeça.

— Se conseguirmos ascender no favor do rei Felipe, poderemos ser reintegrados na corte. Tudo será perdoado ao homem que ocupar os Países Baixos para a Espanha.

— Dudley! Um Dudley! — Henry proferiu o grito de batalha da família e abriu a porta da baia.

Os dois conduziram o cavalo nervoso pela rua de calçamento de pedra até o cais e esperaram atrás dos outros homens que levavam seus cavalos a bordo. Pequenas ondas lambiam o quebra-mar, e Primeiro Passo inflava as narinas e movia-se agitando. Quando chegou sua vez de subir o passadiço, o animal pôs as patas dianteiras na ponte e depois se imobilizou de medo.

Um dos estivadores veio por trás com um chicote erguido para açoitá-lo.

— Não baixe a mão! — gritou Robert, acima da barulheira.

— Ouça o que digo, ele não vai avançar sem isso — praguejou o homem.

Robert ficou de costas para o cavalo, largou as rédeas e seguiu à frente do cavalo para a escuridão do porão. O animal esperneou, deslocando-se de uma pata à outra, abanando as orelhas para a frente e para trás, a cabeça erguida, à procura de Robert. Do ventre do navio veio o assobio de Robert, e o cavalo virou as orelhas para a frente e seguiu confiante.

Robert saiu, após acariciar e amarrar seu cavalo, e viu Amy com as malas dele à beira do cais.

— Tudo carregado e em boa ordem — ele comunicou-lhe, alegre. Tomou-lhe a mãozinha fria e apertou-a em seus lábios. — Perdoe-me — pediu em voz baixa. — Fiquei perturbado pelo meu sonho ontem à noite e isso me deixou mal-humorado. Não vamos brigar mais, mas nos separar como amigos.

As lágrimas jorraram de seus olhos castanhos.

— Oh, Robert, por favor, não vá — ela murmurou.

— Ora, Amy — ele disse firmemente. — Você sabe que tenho de ir. Vou lhe mandar meu soldo e espero que o invista sabiamente, e procure uma fazenda para comprarmos. Precisamos subir, minha mulher, e conto com você para cuidar de minha fortuna e nos ajudar nessa escalada.

Ela tentou sorrir.

— Sabe que nunca falhei com você. Mas é só que...

— A barca real! — exclamou Henry, quando todos os homens ao longo do cais tiraram o chapéu e curvaram a cabeça.

— Com licença — apressou-se a dizer Robert a Amy, e com Henry subiu até o convés do navio do rei da Espanha para ver a barca real ao passar.

A rainha vinha sentada na popa sob o dossel oficial, mas a princesa Elizabeth, de 22 anos, radiante nas cores verde e branco dos Tudors, em pé na proa como uma ousada carranca que todos podiam ver, sorria e acenava para o povo.

Os remadores mantinham a barca firme, as embarcações se emparelharam, os dois irmãos contemplaram da altura do meio do navio de guerra a barca que deslizava mais baixo na água ao lado deles.

Elizabeth ergueu o olhar.

— Um Dudley! — A voz soou claramente, e o sorriso iluminou-se para Robert.

Ele fez uma mesura.

— Princesa! — Ele desviou o olhar para a rainha, que não o reconheceu. — Vossa Majestade.

Friamente, ela ergueu a mão. Envolta em fios de pérolas, tinha diamantes nas orelhas e um capuz incrustado de esmeraldas, mas os olhos opacos de dor e as linhas em volta da boca faziam pensar que ela se esquecera de como sorrir.

Elizabeth avançou para a amurada lateral da barca real.

— Vai partir para a guerra, Robert? — gritou para o navio acima. — Vai ser um herói?

— Espero que sim! — ele gritou de volta. — Espero servir à rainha nos domínios de seu marido e ganhar mais uma vez seu gracioso favor.

Os olhos de Elizabeth brilhavam.

— Estou certa de que ela não tem soldado mais leal que você! — ela quase ria alto.

— Nem súdita mais amorosa que você! — ele retribuiu.

Ela cerrou os dentes para não desatar a rir. Ele viu-a lutando para controlar-se.

— E tem passado bem, princesa? — perguntou, com a voz um pouco mais baixa.

Ela sabia o que ele queria dizer: "Goza de boa saúde?" Pois sabia que quando ela sentia medo era acometida de hidropisia, que lhe inchava os dedos, os tornozelos e obrigava-a ficar de cama. "E está segura?" Pois ali se destacava ela, ao lado da rainha na barca real, quando a proximidade do trono sempre significava proximidade do cadafalso, e seu único aliado no Conselho Privado, o rei Felipe, embarcava para a guerra. E, acima de tudo: "Continua à espera, como eu, de tempos melhores, e orando para que cheguem logo"?...

— Estou bem — respondeu com um grito. — Como sempre. Constante. E você?

Ele sorriu para ela, radiante.

— Também constante.

Não precisavam dizer mais nada.

— Deus o abençoe e o proteja, Robert Dudley — disse ela.

— E a você, princesa.

"E que Deus lhe dê mais rapidez rumo à sua independência para que eu possa chegar à minha", foi sua resposta não dita.

Pelo brilho atrevido nos olhos dela, ele sabia que ela sabia o que ele pensava. Os dois sempre haviam sabido exatamente o que o outro pensava.

Inverno de 1558

Apenas seis meses depois, Amy, acompanhada da amiga, Lizzie Oddingsell, postava-se no cais em Gravesend, vendo os navios entrarem com dificuldade no porto, os feridos estendidos com os mortos nos converses, amuradas chamuscadas, velas mestras furadas, todos os sobreviventes cabisbaixos, envergonhados pela derrota.

O navio de Robert foi o último a chegar. Amy ficara esperando por três horas, cada vez mais certa de que nunca mais tornaria a vê-lo. Mas aos poucos a pequena embarcação se aproximou, arrastada a reboque e trazida ao cais, como se relutasse a voltar para a Inglaterra em desgraça.

Amy protegeu os olhos com a mão e ergueu-os para a amurada. Nesse momento que temera com tanta intensidade, nesse momento do qual tivera tanta certeza que chegaria, não gemeu nem chorou, mas revistou o convés com o olhar firme e cuidadoso à procura de Robert, sabendo que se não o visse ele teria sido feito prisioneiro, ou morrido.

Então o viu. Em pé ao lado do mastro, como se não tivesse a menor pressa de chegar à amurada para a primeira visão da Inglaterra, sem qualquer urgência de vê-la. Havia dois civis ao seu lado, e uma mulher com um bebê de cabelos escuros no quadril; mas o irmão Henry não estava ali.

Içou-se o passadiço que matraqueou até o convés e ela avançou naquela direção, para atravessá-lo correndo e envolver Robert nos braços, mas Lizzie Oddingsell puxou-a para trás.

— Espere — aconselhou a amiga mais moça. — Veja primeiro como ele está.

Amy empurrou para o lado a mão da mulher; mas esperou-o descer o passadiço tão devagar que o julgou ferido.

— Robert?

— Amy.

— Graças a Deus está são e salvo! — ela desabafou. — Ouvimos dizer que houve um cerco terrível, e que perdemos Calais. Sabíamos que não podia ser verdade, mas...

— É verdade.

— Perdemos Calais?

Era inimaginável. Calais era a joia do além-mar da Inglaterra. As pessoas falavam inglês nas ruas, pagavam impostos aos ingleses e comercializavam a valiosa lã e tecidos com a Inglaterra. Calais era a razão de os reis ingleses se intitularem "Rei da Inglaterra e França", Calais representava a exibição externa de que a Inglaterra era uma potência mundial, em solo francês, era um porto tão inglês quanto Bristol. Impossível imaginar que caíra nas mãos dos franceses.

— Perdemos.

— E onde está seu irmão? — perguntou Amy, receosa. — Robert, onde está Henry?

— Morto — ele respondeu bruscamente. — Levou um tiro na perna em St. Quentin e morreu depois, em meus braços. — Deu uma risada curta, ressentida. — Fui notado por Felipe da Espanha em St. Quentin — acrescentou. — Tive uma menção honrosa em despachos para a rainha. Foi meu primeiro passo, como esperava que fosse; mas me custou meu irmão: a única coisa na vida que eu não podia de modo algum perder. E agora sou o comandante de um exército derrotado e duvido que a rainha se lembre de que me saí bem em St. Quentin, em vista de ter-me saído pessimamente em Calais.

— Oh, que importância tem isso? — ela exclamou. — Desde que esteja salvo, e podermos ficar mais uma vez juntos? Venha para casa comigo, Robert, e quem se importa com a rainha ou até mesmo com Calais? Você não precisa de Calais, agora que podemos comprar Syderstone de volta. Venha para casa comigo e veja como seremos felizes!

Ele fez que não com a cabeça.

— Tenho de levar despachos à rainha — disse, obstinado.

— Você é um tolo! — ela se enfureceu. — Deixe que outra pessoa lhe dê as más notícias.

Os olhos dele ficaram muito brilhantes com o insulto público da mulher.

— Lamento que me julgue um tolo — respondeu impassível. — Mas o rei Felipe me ordenou especificamente e eu preciso cumprir minha obrigação. Pode ficar com os Philips em Chichester até eu voltar. Queira fazer o favor de levar esta mulher e seu bebê para se hospedarem também com eles. Ela perdeu a casa em Calais e precisa de um refúgio na Inglaterra por algum tempo.

— Não vou fazer isso — respondeu Amy, instantaneamente ressentida. — Quem é ela? Por que está com você?

— Foi outrora a bufona da rainha, Hannah Green. E uma leal e obediente criada para mim, e uma amiga quando eu tinha poucos amigos. Seja bondosa, Amy. Leve-a com você para Chichester. Enquanto isso, terei de requisitar um cavalo para ir à corte.

— Oh, perdeu também o cavalo além de seu plano? — escarneceu Amy, ressentida. — Voltou para casa sem o irmão, sem o cavalo, não voltou mais rico, voltou para casa ainda mais pobre em todos os aspectos, como me avisou minha madrasta que voltaria?

— Sim — ele respondeu, com firmeza. — Meu belo cavalo foi arrancado de debaixo de mim por uma bala de canhão. Caí embaixo dele quando tombou, e o corpo dele me protegeu e salvou minha vida. Ele morreu a meu serviço. Prometi a ele que seria um dono bondoso, e no entanto o levei para a morte. Batizei-o como Primeiro Passo, mas tropecei e caí no meu primeiro passo. Perdi o cavalo e o dinheiro da campanha, além de perder meu irmão e toda a minha esperança. Vai regozijar-se ao saber que esse é o fim dos Dudleys. Não vejo como chegaremos a nos erguer de novo.

Robert e Amy seguiram caminhos separados — ele, para a corte, onde foi rudemente recebido como arauto de más notícias; e ela, ao encontro dos amigos em Chichester, para uma longa visita; mas depois acabaram retornando com má vontade para a casa da madrasta dela em Stanfield Hall. Não tinham mais lugar algum para onde ir.

— Estamos com escassez de gente na fazenda — declarou lady Robsart, sem rodeios, na primeira noite dele.

Robert ergueu a cabeça da contemplação de sua tigela vazia e disse:

— Como?

— Estamos arando a campina — ela continuou. — Pelo pouco feno que nos dá, de nada serve. Você pode nos ajudar no campo amanhã.

Ele olhou-a como se ela falasse grego.

— Quer que eu trabalhe nos campos?

— Tenho certeza de que a madrasta quer dizer que você devia supervisionar os homens — interpôs-se Amy. — Não é?

— Como pode supervisionar a arada? Duvido que saiba como é feita. Achei que podia conduzir a carroça, ele é bom com cavalos pelo menos.

Amy virou-se para o marido.

— Isso não seria tão ruim assim.

Robert não pôde falar de tão estarrecido.

— Quer que eu labute no campo? Como um camponês?

— Que mais pode fazer para seu sustento? — perguntou lady Robsart. — Você é um lírio do campo, rapaz. Não semeia nem ceifa.

A cor se esvaiu do rosto dele até ficar tão pálido quanto o lírio de que ela o chamara.

— Não posso trabalhar no campo como um homem comum — disse, em voz baixa.

— Por que devo mantê-lo como um lorde? — ela indagou cruelmente. — Seu título, a fortuna e a sorte, tudo se foi.

Ele gaguejou um pouco.

— Pois mesmo que não consiga me erguer de novo, eu não posso afundar num monte de esterco, não posso me rebaixar a esse ponto.

— Você já chegou ao ponto mais baixo a que um homem pode chegar — ela declarou. — O rei Felipe jamais voltará para o lar, a rainha, Deus a salve, voltou-se contra você. Seu nome foi manchado, seu crédito acabou, e tudo o que tem a seu favor é o amor de Amy e a minha proteção.

— Sua proteção! — ele exclamou.

— Eu o sustento. Por nada. E ocorreu-me que você bem poderia trabalhar por sua hospedagem aqui. Todos os demais trabalham. Amy tem suas galinhas, a costura e o trabalho doméstico. Eu administro a casa, meus filhos cuidam do gado e das lavouras.

— Dão ordens ao pastor e ao homem do arado — ele explodiu.

— Porque sabem quais ordens dar. Como você não sabe nada, terá de receber ordens.

Devagar, ele se levantou da mesa.

— Lady Robsart — declarou em voz baixa. — Aviso-lhe que não me pressione demais. Estou derrotado agora, mas a senhora não deve tentar me humilhar mais.

— Oh, por que não? — ela se divertia consigo mesma. — Não temo a força de sua vingança.

— Porque é mesquinho de sua parte — ele respondeu com dignidade. — Estou muito por baixo, como diz. Sou um homem derrotado e sofro a perda de meu irmão, de três amados irmãos nos últimos dois anos por culpa minha. Pense no que isso significa para um homem! Devia mostrar um pouco de compaixão, embora não tenha nenhuma bondade. Quando eu era lorde Robert, não faltava nada à senhora, nem ao pai de Amy.

Ela não respondeu, e ele levantou-se.

— Venha, Amy.

Amy não obedeceu.

— Vou num minuto.

Lady Robsart virou a cabeça para esconder o sorriso.

— Venha — insistiu Robert, irritado, e estendeu a mão.

— Tenho de tirar a mesa e limpar o aparador — desculpou-se Amy.

Ele não tornou a chamá-la. Girou nos calcanhares no mesmo instante e encaminhou-se para a porta.

— Esteja no pátio do estábulo ao amanhecer, pronto para o trabalho — avisou lady Robsart.

Ele fechou a porta sobre a voz triunfante dela.

Amy esperou até ouvi-lo afastar-se e interpelou a madrasta.

— Como pôde?

— Por que não deveria?

— Porque vai fazê-lo ir embora daqui.

— Eu não o quero aqui.

— Ora, mas eu quero! Se o fizer ir embora, eu também vou.

— Ah, Amy — aconselhou a madrasta. — Tenha juízo. Ele é um homem derrotado, não serve para nada. Deixe-o ir. Voltará para Felipe da Espanha em mais uma aventura e mais cedo ou mais tarde será morto em batalha e você ficará livre. Seu casamento foi um erro desde o começo, e agora pode deixá-lo terminar de vez.

— Nunca! — cuspiu-lhe Amy. — É louca só de sonhar com isso. Se ele sair com o arado, eu saio com o arado. Se torná-lo seu inimigo, também me tornará sua inimiga. Eu o amo, sou dele e ele é meu, e nada se interporá entre nós.

Lady Robsart ficou pasma.

— Amy, você não é assim.

— Engana-se. *Sou*, sim. Não vou ficar calada e obediente enquanto a senhora o maltrata. Tenta nos dividir porque acha que eu amo tanto minha casa que jamais iria embora daqui. Pois bem, escute o seguinte: Eu vou! Nada no mundo é mais importante para mim que lorde Robert. Nem sequer meu amor pelo meu lar, e tampouco meu amor pela senhora. E mesmo que não o respeite por ele mesmo, devia respeitá-lo por mim.

— Bobinha — disse lady Robsart com relutante admiração. — Mas que tempestade por nada.

— Não é por nada — disse Amy, obstinada.

— Então não é — ofereceu uma trégua a madrasta. — Você o salvou dos campos, mas terá de encontrar alguma ocupação para ele. Robert precisa fazer alguma coisa, Amy.

— Vamos comprar um cavalo para ele — ela decidiu. — Um potro novo e barato, Robert pode domá-lo, treiná-lo, depois o vendemos e ele compra outro. Ele é um mestre de cavalos, sabe quase falar com eles.

— E o que usará você para comprar o tal cavalo? — indagou lady Robsart. — Não receberá nada de mim.

— Vou vender o medalhão do meu pai — respondeu Amy com firmeza.

— Você jamais o venderia!

— Por Robert, venderia, sim.

A velha hesitou.

— Eu empresto o dinheiro — apressou-se a dizer. — Não venda o medalhão.

Amy sorriu de sua vitória.

— Obrigada — disse.

Ela deixou Robert sozinho por uma hora para esfriar os ânimos, depois subiu até o entulhado quarto dos fundos, esperando encontrá-lo na pequena cama de corda, ansiosa por lhe contar que ganhara a batalha com a madrasta. Ele não precisaria ir para o campo e teria um cavalo para treinar. Mas a roupa de cama branca e simples achava-se dobrada como a deixara, os travesseiros intocados, e o quarto vazio. Robert partira.

Verão de 1558

Robert Dudley chegou à corte com uma implacável determinação. Enfrentara os maus-tratos da família da mulher e achava que não podia cair muito mais baixo. Mas ali, em Richmond, no belo palácio recém-construído que amava como seu próprio lar, descobriu o que era ser humilhado todo dia. Juntava-se agora à multidão de suplicantes pelos quais antes passava, perguntando-se ociosamente se não tinham coisa melhor a fazer do que pedir favores. Agora engrossava as fileiras dos homens que tinham de esperar a atenção dos superiores, na esperança de ser apresentados a alguém mais acima na escada da ambição. Tudo na corte Tudor vinha do trono, como nascente de dinheiro, posição e lugar. O poder fluía para os tributários menores das grandes posições da corte, e dali era dividido e subdividido. Torrentes de riqueza caíam em cascata do tesouro pessimamente administrado; mas era preciso estar nas graças de alguém que já se achasse em favor para canalizar um pouco do fluxo para si mesmo.

Robert, que antes fora o mais poderoso na corte, vindo atrás só de seu pai, que governava o rei, sabia bem demais como o sistema funcionava de cima para baixo. Agora tinha de aprender como funcionava do nível mais baixo para cima.

Passava os dias na corte, hospedado na propriedade de um amigo de seu cunhado, Henry Sidney, em busca de promoção: qualquer coisa, um lugar ou uma pensão, ou até mesmo serviço na propriedade de um lorde menor. Mas ninguém queria empregá-lo. Alguns nem sequer queriam ser vistos falando com ele. Era excessivamente bem-educado para qualquer lugar humilde; como era possível pedir a um homem que falava três línguas que escrevesse uma lista de compras necessárias a serem trazidas de outra propriedade? Ele era desprezado pela classe governante de lordes católicos, que o haviam visto, a ele e a seu pai, implantarem toda a Reforma Protestante nos anos do rei Eduardo. Era glamouroso, ousado e imponente demais para ocupar um lugar inferior à mesa, ou ser usado como um palafreneiro subalterno. Nenhum lorde insignificante ganhava alguma vantagem com o atraente Robert Dudley postado ao lado de sua cadeira. Ninguém queria correr o risco de ser ofuscado pelo brilho de seu próprio empregado. Nenhuma senhora de certa reputação podia receber um homem que emanava tão poderoso encanto sexual em sua casa, nenhum homem o empregaria perto da mulher ou filhas. Ninguém queria Robert Dudley, com sua estonteante pele morena e inteligência afiada, em nenhum cargo pessoal, e ninguém confiava nele fora de suas vistas.

Robert circulava na corte como um belo leproso, e aprendia até a última nota amarga a voz da rejeição. Vários homens que se haviam regozijado em ser seus amigos e seguidores quando ele fora lorde Robert agora negavam até o terem conhecido. Ele descobriu que as memórias eram extraordinariamente curtas. Era um proscrito em seu próprio país.

O favor de Felipe da Espanha agora de nada valia. Parecia haver abandonado a Inglaterra e a rainha. Vivia em sua glamourosa corte instalada nos Países Baixos, e diziam que arranjara uma bela amante. Todos comentavam ainda que nunca mais voltaria à Inglaterra. A esposa abandonada, a rainha Mary, confessou que fora enganada por uma segunda vez — não concebera o filho dele, e agora jamais daria um herdeiro à Inglaterra. Encolhera dentro das roupas e escondera-se em seus aposentos privados, mais como viúva que rainha governante.

Robert, incapaz de negociar com seu nome desonrado, assinar um título legal, ou ingressar numa companhia de mercadores, sabia que jamais progrediria enquanto não se retirasse de seu nome o estigma de traição, e só a rainha Mary podia restaurá-lo. Tomou emprestado um novo chapéu e uma nova capa do cunhado Henry Sidney e postou-se na sala de audiências da rainha, numa manhã úmida e nebulosa, à espera que saísse de seus aposentos a caminho da capela. Meia dúzia de outros suplicantes aguardava ali perto, e se agitaram quando a porta se abriu e a rainha, cabisbaixa e vestida de preto, saiu acompanhada de duas mulheres.

Robert temeu que ela passasse sem erguer os olhos, mas ela o viu, reconheceu e parou.

— Robert Dudley?

Ele fez uma mesura.

— Vossa Graça.

— Quer alguma coisa de mim? — ela perguntou cautelosa.

Ele achou que teria de ser tão direto quanto ela.

— Eu queria pedir-lhe que suspendesse o decreto de proscrição por traição contra meu nome — respondeu francamente. — Servi a seu marido em St. Quentin e Calais, e isso me custou o que restou de minha fortuna, e também a vida de meu irmão caçula, Vossa Graça. Com esse estigma contra meu nome, não posso entrar em empreendimento algum, nem manter a cabeça erguida. Minha mulher perdeu a herança, uma pequena fazenda em Norfolk, e sabe que perdi todos os dotes de meu pai. Eu não aceitaria que minha mulher fosse rebaixada e vivesse na pobreza por se casar comigo.

— As mulheres sempre partilham a fortuna do marido — disse ela, impassível. — A boa e a má. E um mau marido é o desespero de uma esposa.

— Sim. Mas ela nunca admirou minhas fortunas. Queria apenas viver tranquilamente no campo, e eu teria feito melhor por ela se houvesse satisfeito seu desejo. Agora nem sequer podemos viver juntos, não suporto a família dela, e tampouco posso comprar um teto sob o qual ela pôr a cabeça. Eu a decepcionei, Vossa Graça, foi errado de minha parte.

— Esteve na queda de Calais — ela lembrou.

Robert encarou-a com um olhar tão desolado quanto o dela.

— Nunca me esqueço disso. Foi uma missão mal administrada. Os canais deviam ter sido inundados para servir como um fosso, mas não abriram as comportas marítimas. Os fortes não foram mantidos e controlados como nos prometeram. Fiz o melhor que pude com minhas tropas, mas os franceses nos excederam em número e estavam mais bem preparados. Não fracassei na missão por não tentar, Vossa Graça. Seu próprio marido louvou meu combate em St. Quentin.

— Vocês sempre foram eloquentes — disse ela, com um espectro de sorriso. — Toda a sua família poderia chegar ao Paraíso com seu encanto.

— Espero que sim. Pois vários deles já se encontram lá hoje. Eu tinha sete irmãos e cinco irmãs na infância, 12 belas crianças; e agora só restam quatro.

— Eu também estou muito abatida — ela confessou. — Quando cheguei ao trono, Robert, quando derrotei você e seu pai, achei que todos os meus problemas terminariam. Mas estavam apenas começando.

— Lamento que lhe tenha trazido tão pouca alegria — disse ele com ternura. — A coroa não é um fardo leve, sobretudo para uma mulher.

Para seu horror, ele viu os olhos escuros da rainha se encherem de lágrimas, que se derramaram pela cansada pele da face.

— Sobretudo para uma mulher sozinha — ela concordou baixinho. — Elizabeth talvez ainda descubra isso por si mesma, embora já seja uma solteirona tão orgulhosa. É insuportável governar sozinha, e no entanto, como podemos dividir um trono? A que homem poderíamos confiar tão grande poder? Que homem quer receber o trono, receber uma esposa, e mesmo assim deixá-la governar?

Ele ajoelhou-se, tomou-lhe a mão e beijou-a.

— Perante Deus, rainha Mary, eu sinto muito pela sua tristeza. Jamais pensei que chegaria a isso.

Ela ficou ali parada, reconfortada pelo toque dele.

— Obrigada, Robert.

Ele ergueu o olhar, e ela ficou impressionada com a beleza de rapaz que Robert ainda era: trigueiro como um espanhol, mas com um novo vinco de sofrimento desenhado profundamente entre as sobrancelhas pretas.

— Mas ainda tem tudo diante de si — disse, ironicamente. — Juventude, boa saúde e bela aparência, e há de acreditar que Elizabeth vai receber o trono depois de mim e restaurar sua fortuna. Mas precisa amar sua esposa, Robert Dudley. É muito duro para uma mulher se o marido a negligencia.

Ele se levantou.

— Eu o farei — disse, sem titubear.

Ela assentiu com a cabeça.

— E não conspire contra mim, nem contra meu trono.

Foi um juramento que ele levou a sério. Olhou-a nos olhos sem hesitar.

— Aqueles dias se foram — declarou. — Sei que é minha rainha legítima. Aceite minha submissão, rainha Mary, eu me arrependi do meu orgulho.

— Então — disse ela, extenuada. — Concedo-lhe a suspensão do decreto de proscrição por traição. Vai receber as terras de sua mulher de volta e seu próprio título. Terá aposentos na corte. E desejo-lhe bem.

Ele teve de disfarçar seu entusiasmo.

— Obrigado — disse, curvando-se até o chão. — Rezarei por Vossa Graça.

— Então venha agora comigo à minha capela — disse ela.

Sem hesitação, Robert Dudley, o homem cujo pai investira de poder a Reforma Protestante na Inglaterra, acompanhou a rainha para uma missa católica e ajoelhou-se diante da resplandecência de ícones atrás do altar. Um momento de hesitação, até um olhar de esguelha, e ele seria interrogado por heresia. Mas ele não olhou de esguelha nem hesitou. Persignou-se e inclinou-se para o altar, balançando-se para a frente e para trás como um fantoche, sabendo que traía sua própria fé, e a de seu pai. Mas escolhas erradas e má sorte haviam subjugado Robert Dudley, afinal; e ele sabia disso.

Outono de 1558

Todos os sinos em Hertfordshire, todos os sinos na Inglaterra tocavam por Elizabeth, repercutindo dentro de sua cabeça, primeiro as campanas, gritando como uma mulher enlouquecida; logo depois a retumbância grave e assustadora do grande carrilhão ressoava novamente, anunciando as sinetas estridentes. Elizabeth abriu as persianas do palácio de Hatfield, escancarou a janela, querendo ser afogada no barulho, ensurdecida pelo seu próprio triunfo; mas mesmo assim os sinos continuaram retumbando até os corvos abandonarem seus ninhos e afluírem em debandada aos céus, sacudindo-se e rodopiando no vento como uma bandeira agourenta, e os morcegos deixarem o campanário como uma nuvem de fumaça preta que parecia dizer que o mundo agora estava de cabeça para baixo e o dia se tornara noite para sempre.

Elizabeth riu alto para a barulheira que repetia com insistência a notícia aos indiferentes céus cinzentos: a coitada e doente rainha Mary morrera afinal, e a princesa Elizabeth era a herdeira inconteste.

— Graças a Deus — ela gritou para as nuvens rodopiantes. — Pois agora posso ser a rainha a que minha mãe me destinou ser, a rainha que Mary não pôde ser, a rainha que nasci para ser.

— Em que está pensando? — perguntou Elizabeth, brejeiramente.

O marido de Amy sorriu para o jovem e provocativo rosto encostado a seu ombro quando seguiam a pé pelo frio jardim do palácio de Hatfield.

— Penso que você nunca deveria se casar.

A princesa piscou os olhos, surpresa.

— Verdade? Todo mundo parece achar que devo me casar logo.

— Deveria então só se casar com um homem muito, mas muito velho — ele corrigiu.

Uma risadinha de prazer escapuliu dela.

— Ora, por quê?

— Porque assim ele morreria de repente. E você fica encantadora de veludo preto. Na verdade, não devia usar outra roupa.

Era o fim da brincadeira, o arremate de um belo cumprimento. Aliás, o que Robert Dudley melhor fazia no mundo, junto com a equitação, a política e a implacável ambição.

Envolta em preto desde o nariz róseo até as botas de couro, Elizabeth soprava as pontas dos dedos nas luvas também de couro, tentando aquecê-los, um jovial chapéu de veludo preto de lado em sua massa de cabelos ruivo-dourados. Um séquito de suplicantes enregelados arrastava-se atrás deles. Apenas William Cecil, seu conselheiro de longa data, tinha certeza de ser bem acolhido para interromper a conversa íntima entre os dois amigos de infância.

— Ah, Espírito — disse ela carinhosamente ao senhor que se aproximou deles, vestido de preto clerical. — Que notícias me traz?

— Boas notícias, Vossa Graça — ele respondeu à rainha, com um aceno da cabeça a Robert Dudley. — Recebi correspondência de Sir Francis Knollys. Eu tinha certeza que ansiava por saber logo. Ele, a mulher e a família partiram da Alemanha e deverão estar conosco próximo ao ano-novo.

— Ela não vai chegar a tempo de minha coroação? — perguntou Elizabeth.

Sentia saudade da prima Catarina, no exílio autoimposto por sua fervorosa fé protestante.

— Lamento — disse Cecil. — É quase impossível chegarem aqui a tempo. E nós não podemos esperar.

— Mas ela aceitou ser minha dama de honra? E a filha... como é mesmo o nome... Laetitia, uma das damas de companhia?

— Com o maior prazer — respondeu Cecil. — Sir Francis me escreveu um bilhete de aceitação, e a carta de lady Knollys chegará em breve. Sir Francis me disse que ela tinha tantas coisas a lhe dizer que não conseguiu terminar a carta antes de meu mensageiro precisar partir.

O radiante sorriso de Elizabeth aqueceu o rosto dela.

— Vamos ter muito sobre o que conversar quando eu a encontrar!

— Precisaremos limpar a corte para que vocês duas possam conversar — disse Dudley. — Lembro-me de Catarina quando fazíamos os torneios do "Jogo do Silêncio". Você se lembra? Ela sempre perdia.

— E era sempre a primeira a piscar nas competições de "É Proibido Piscar".

— A não ser naquela vez que Ambrose colocou o camundongo na sacola de costura dela. Ela pôs a casa abaixo com os gritos.

— Sinto saudade dela — disse apenas Elizabeth. — É quase toda a família que tenho.

Nenhum dos dois homens lembrou-lhe de seus cruéis parentes Howards, que a haviam repudiado quando ela caíra em desgraça, e agora enxameavam em volta da corte emergente, reivindicando-a mais uma vez como uma dos seus.

— Tem a mim — disse Robert, afetuoso. — E minha irmã não poderia gostar mais de você se fosse sua própria parenta.

— Mas Catarina vai me repreender pelo meu crucifixo e as velas na Capela Real — disse Elizabeth, amuada, retornando em seu jeito digressivo à principal dificuldade.

— Como você prefere praticar seu culto na Capela Real não diz respeito a ela — lembrou-lhe Cecil. — É uma opção sua.

— Não, mas ela preferiu deixar a Inglaterra a viver sob o papa, e agora que ela e os outros protestantes estão de volta para casa, vão esperar um país reformado.

— Como todos nós, tenho certeza.

Robert Dudley lançou-lhe um olhar inquisitivo, como a sugerir que nem todos partilhavam a visão clara de Cecil. Imperturbável, o velho homem o ignorou. Cecil fora um protestante fiel desde os primeiros dias e sofrera anos de rejeição da corte católica por causa da lealdade à sua fé e o serviço à princesa protestante. Antes disso, servira aos grandes lordes protestantes, aos próprios Dudleys, e aconselhara o pai de Robert sobre o avanço da Reforma. Robert e Cecil eram velhos aliados, embora jamais amigos.

— Não há nada de papista num crucifixo no altar — especificou Elizabeth. — Eles não podem se opor a isso.

Cecil sorriu, indulgente. Elizabeth adorava joias e ouro na igreja, os padres em suas vestes eclesiásticas, tecidos de altar bordados, cores vivas nas paredes, velas e toda a parafernália da fé católica. Mas ele tinha confiança em que conseguiria mantê-la na igreja reformada que fora sua primeira e mais antiga prática religiosa.

— Não vou tolerar a elevação da hóstia e o culto a ela como se fosse o próprio Deus — disse ela firmemente. — Trata-se, na verdade, de idolatria papista. Não vou aceitar, Cecil. Não permitirei que a façam diante de mim nem que a elevem para confundir meu povo e induzi-lo ao erro. É um pecado, sei que é. É um ídolo esculpido, é prestar falso testemunho, não posso tolerá-la.

Ele fez que sim com a cabeça. Metade do país concordaria com ela. Infelizmente, a outra metade discordaria com igual paixão. Para eles, a hóstia da comunhão era Deus vivo e devia ser cultuada como uma verdadeira presença; fazer alguma coisa inferior correspondia a um crime de heresia que apenas uma semana antes teria sido punido com a morte na fogueira.

— Então, quem você encontrou para rezar no funeral da rainha Mary? — ela perguntou de repente.

— O bispo de Winchester, John White — respondeu Cecil. — Ele queria fazê-lo, amava-a muito, e é bastante considerado. — Hesitou. — Qualquer um deles o teria feito. Toda a Igreja era devota a ela.

— Tinha de ser — retorquiu Robert. — Todos foram nomeados por ela por suas simpatias católicas, ela deu-lhes uma liberdade para perseguir. Não vão acolher bem uma princesa protestante. Mas terão de aprender.

Cecil apenas fez uma mesura, diplomaticamente nada dizendo, mas com o doloroso conhecimento de que a Igreja estava determinada a defender sua fé contra quaisquer reformas propostas pela princesa protestante, e metade do país a apoiaria. A batalha da Igreja Suprema contra a jovem rainha era uma das que ele esperava evitar.

— Que Winchester faça o sermão do funeral, então — disse ela. — Mas não deixe de lembrá-lo que ele precisa ser moderado. Não quero que diga nada que agite o povo. Vamos manter a paz antes de pôr em prática a reforma, Cecil.

— Ele é um católico romano convicto — lembrou Robert. — Suas opiniões são bem conhecidas, quer ele as transmita em voz alta ou não.

Ela se virou para ele.

— Então, se você sabe tanto, me arranje outra pessoa!

— Este é o âmago do problema — disse Cecil tranquilamente. — Não há mais ninguém. São *todos* católicos romanos. Todos bispos católicos romanos ordenados, têm queimado protestantes por heresia ao longo dos últimos cinco anos. Metade deles julgaria suas crenças hereges. Não podem mudar da noite para o dia.

Ela manteve a calma com dificuldade, mas Dudley sabia que combatia o desejo de bater com força o pé e afastar-se a passos largos.

— Ninguém quer que alguém mude da noite para o dia — ela acabou dizendo. — Quero apenas que cumpram a função para a qual Deus os chamou, como a antiga rainha fez segundo suas luzes e eu farei segundo as minhas.

— Vou avisar ao bispo que seja discreto — disse Cecil, pessimista. — Mas não posso ordenar-lhe o que dizer do próprio púlpito.

— Então é melhor aprender a fazê-lo — disse ela, descortesmente. — Não vou admitir que minha própria igreja crie-me problemas.

— "Eu louvei os mortos mais que os vivos" — começou o bispo de Winchester, a voz estrondando em evidente desafio. — Este é meu texto para hoje, para este trágico dia, o funeral de nossa grande rainha Mary. — "Louvei os mortos mais que os vivos." Ora, que devemos aprender disso: da própria palavra de Deus? Será melhor o cão vivo do que o leão morto? Ou será o leão, mesmo morto, um ser ainda mais nobre e superior que o mais divertido e cativante filhotinho de vira-lata?

Curvando-se para a frente em seu banco fechado, misericordiamente oculto do resto da congregação pasma, William Cecil gemeu baixinho, apoiou a cabeça nas mãos e ouviu com os olhos fechados o bispo de Winchester impor a si mesmo prisão domiciliar com aquele sermão.

Inverno de 1558-59

A corte sempre comemorava o Natal no Palácio de Whitehall, e Cecil e Elizabeth estavam ansiosos para que todos vissem que as tradições do governo Tudor permaneceriam. O povo devia ver que Elizabeth era uma monarca como fora Mary, como fora Eduardo, como fora o pai deles, o glorioso Henrique VIII.

— Sei que deveria haver um lorde para presidir os festejos natalinos — disse Cecil, inseguro. — E um auto natalino de amadores com tema alegórico ou lendário, e também os cantores de coro do rei, além de uma série de banquetes.

Interrompeu-se. Fora um dos mais antigos administradores da família Dudley, e por isso servira seus amos Tudors; mas nunca fizera parte do círculo íntimo da corte deles. Participara das reuniões de negócios, comunicando-as à família Dudley, mas não dos festejos, e jamais se encarregara de qualquer organização nem planejamento de uma grande corte.

— Eu acabei chegando à corte de Eduardo quando ele estava doente — disse Elizabeth. — Não havia banquetes nem espetáculos então. E a corte de Mary ia à missa três vezes por dia, mesmo na temporada do Natal, e era terrivelmente triste. Acho que eles tiveram um único bom Natal, quando Felipe chegou e ela achou que estava grávida, mas eu continuava em prisão domiciliar na época, não vi o que se fez.

— Teremos de criar novas tradições — disse Cecil, tentando animá-la.

— Eu não quero novas tradições — ela respondeu. — Já houve mudanças demais. As pessoas precisam ver que as coisas foram restauradas, que minha corte é tão boa quanto a do meu pai.

Meia dúzia de criados da família passou transportando uma carroça cheia de tapeçarias. Metade virou numa direção, os demais na outra, e as tapeçarias caíram entre eles. Não sabiam para onde as coisas deviam ser levadas, os aposentos ainda não haviam sido corretamente distribuídos. Ninguém conhecia as regras de precedência naquela nova corte, ainda não se estabelecera onde iam ser alojados os grandes senhores. Os lordes tradicionais católicos, no poder sob a rainha Mary, iam ficar afastados da princesa em ascensão; os protestantes, prestes a chegar, ainda não haviam retornado em peso do exílio; os funcionários da corte, empregados essenciais para dirigir o enorme empreendimento de viagem que era a corte real, não se achavam sob o comando de um camareiro-mor. Tudo era confuso e novo.

Robert Dudley circulou em volta das tapeçarias tombadas, encaminhou-se para Elizabeth e fez-lhe uma mesura sorridente, removendo o chapéu com seu jeito habitual.

— Vossa Graça.

— Sir Robert. É o estribeiro-mor. Isso não significa que tomará conta de todas as cerimônias além das comemorações?

— Claro — ele apressou-se a dizer. — Vou trazer uma lista de divertimentos que talvez aprecie.

Ela hesitou.

— Tem novas ideias para os divertimentos?

Ele encolheu os ombros, lançando um olhar a Cecil, como a imaginar o que poderia significar a pergunta.

— Tenho algumas ideias novas, Vossa Graça. É uma princesa recém-chegada ao trono, talvez goste de algumas novas comemorações. Mas o auto de Natal em geral segue a tradição. O habitual é oferecermos um banquete de Natal e, se estiver frio o bastante, uma quermesse de gelo. Achei que talvez gostasse de um espetáculo russo, com provocação de urso e dança selvagem; e, claro, todos os embaixadores virão para ser apresentados, portanto vamos precisar de festas com jantares, com caçadas e piqueniques para dar-lhes as boas-vindas.

Elizabeth ficou pasma.

— E sabe como fazer tudo isso?

Ele sorriu, ainda sem entender.

— Bem, eu sei como dar as ordens.

Cecil teve uma sensação repentina de desconforto, muito rara para ele, de estar fora de suas águas, diante de questões que não entendia. Achou-se pobre, provinciano. Filho de seu pai, um empregado na propriedade da família real, um especulador da venda de mosteiros e um homem que ganhara fortuna casando-se com uma herdeira. O abismo entre ele e Robert Dudley, sempre esplêndido, abriu-se de repente ainda mais. O avô de Robert Dudley fora um nobre do mais alto escalão na corte de Henrique VII, seu filho, o homem mais poderoso na corte de Henrique VIII, um fazedor de rei, chegara a ser, por nove dias impetuosos, sogro da rainha da Inglaterra.

O jovem Robert Dudley vinha entrando e saindo dos salões dos palácios reais da Inglaterra como se fosse seu lar, enquanto Elizabeth se achava em desgraça, sozinha no campo. Dos três, era Dudley o mais habituado a poder e posição. Cecil deu uma olhada à jovem rainha e viu, espelhada no rosto dela, sua própria incerteza e sentimento de inadequação.

— Robert, eu não sei como fazer isso — disse ela, em voz baixa. — Nem sequer me lembro como se sai dos aposentos da rainha para o grande salão. Se alguém não caminhar na minha frente, vou me perder. Não sei como chegar aos jardins saindo da galeria de retratos, nem do estábulo aos meus aposentos, eu... eu estou perdida aqui.

Cecil viu, não podia ter-se enganado, o repentino salto de alguma coisa no rosto do rapaz — esperança? ambição? — quando Dudley percebeu por que a jovem rainha e seu principal conselheiro estavam ali parados diante do primeiro palácio dela em Londres, quase como se não ousassem entrar.

Carinhosamente, ele ofereceu-lhe o braço.

— Vossa Majestade, deixe-me acolhê-la em meu antigo lar, seu novo palácio. Esses caminhos e essas paredes lhe serão tão conhecidos quanto era Hatfield, e será mais feliz aqui do que já foi algum dia antes, eu garanto. Todo mundo se perde no palácio de Whitehall, pois é uma aldeia, não uma casa. Deixe-me ser seu guia.

O gesto foi generoso e elegante, e o rosto de Elizabeth se animou. Ela tomou-lhe o braço e deu uma olhada para Cecil atrás.

— Eu os seguirei, Vossa Graça — ele apressou-se a dizer, achando que não suportaria ver Robert Dudley mostrar-lhe seus próprios aposentos como se fosse o dono do palácio.

"É", pensou Cecil. "Vá em frente, aproveite. Você só tem nós dois perdidos. Aqui estamos nós, os recém-chegados, sem nem sabermos onde ficam nossos aposentos; e conhece este lugar como a palma da mão. É como se você fosse mais majestoso do que ela, como se fosse o príncipe legítimo aqui, e agora, com enorme graciosidade, apresenta-lhe sua casa em volta."

Mas não foi tudo tão fácil quanto Elizabeth aprender o caminho pelos corredores e escadas dos fundos do labirinto que era o palácio de Whitehall. Quando saíram às ruas, muitos retiravam os chapéus e gritavam vivas à princesa protestante, mas também tantos outros não queriam mais uma mulher no trono, em vista do que a última fizera. Muitos teriam preferido que Elizabeth declarasse seu noivado com um bom príncipe protestante e tivesse logo a mão de um homem sensato nas rédeas da Inglaterra. Muitos outros observaram que certamente lorde Henry Hastings, sobrinho do rei Henrique e casado com a irmã de Robert Dudley, tinha quase tanto direito a uma pretensão ao trono quanto Elizabeth, além de ser um rapaz honrado e apto a governar. Outros ainda sussurravam em segredo ou nem sequer diziam coisa alguma; mas ansiavam pela chegada de Maria, rainha dos escoceses e princesa da França, que traria paz ao reino, uma aliança duradoura com a França e um fim às mudanças religiosas. Ela era mais nova que Elizabeth, claro, uma jovem de 16 anos; mas uma verdadeira beldadezinha e casada com o herdeiro do trono francês e com todo o poder atrás de si.

Elizabeth, recém-chegada ao trono, ainda não coroada nem ungida, precisava encontrar o caminho completo dentro do seu palácio, pôr os amigos em posições elevadas e fazer isso rápido; agir como uma herdeira Tudor confiante, e de algum modo tratar de sua igreja, que estava em aberta e determinada oposição a ela e iria derrubá-la, a não ser que fosse controlada logo.

Teria de haver um acordo, e o Conselho Privado, ainda ocupado pelos conselheiros de Mary, mas fermentado pelos novos amigos de Elizabeth, apresentou-o. A igreja devia ser devolvida à condição na qual a deixara Henrique VIII por ocasião de sua morte. Uma Igreja inglesa, comandada por ingleses e chefiada pelo monarca, que obedecesse às leis inglesas e pagasse seus dízimos ao Tesouro inglês, onde as ladainhas, as homilias e as orações fossem lidas em inglês; mas onde a forma e conteúdo do serviço religioso fossem quase idênticos à missa católica.

Fez sentido para todos aqueles que ansiavam por ver Elizabeth ocupar o trono sem o horror de uma guerra civil. Fez sentido para todos que desejavam uma transição pacífica de poder. Na verdade, fez sentido para todos menos para a própria Igreja, cujos bispos não aprovariam um passo rumo à heresia mortal do protestantismo e, pior que tudo, não fez sentido para a rainha, que de repente, nesse momento inoportuno, revelou-se obstinada.

— Não vou tolerar a elevação da hóstia na Capela Real — especificou Elizabeth pela vigésima vez. — Quando fizermos a missa de Natal, não vou tolerar que a hóstia seja elevada como um objeto de adoração.

— De jeito nenhum — concordou Cecil, cansado.

Era véspera de Natal, e ele esperava poder ir para sua própria casa passar o feriado. Vinha pensando, com muito gosto, que poderia estar lá para receber a comunhão cristã em sua própria capela, da forma protestante, sem drama, segundo a intenção de Deus, e depois ficar com a família pelo resto dos dias de Natal, retornando à corte só para a grande festa de distribuição de presentes na véspera do Dia de Reis.

Fora uma luta encontrar um bispo que aceitasse celebrar a missa na Capela Real perante a princesa protestante, e agora Elizabeth tentava reescrever o serviço religioso.

— Ele vai deixar a congregação receber a comunhão? — ela quis confirmar. — Como se chama mesmo? Bispo Oglesham?

— Owen Oglethorpe — corrigiu-a Cecil. — Bispo de Carlisle. Sim, ele entende seus sentimentos. Tudo será feito segundo seus desejos. Ele vai oficiar a missa de Natal em sua capela, e não vai elevar a hóstia.

No dia seguinte, Cecil ocultou mais uma vez o rosto quando o bispo, desafiante, ergueu a píxide acima da cabeça para a congregação adorar o corpo de Cristo no momento mágico da transubstanciação.

Uma voz clara soou do banco real.

— Bispo! Abaixe a píxide.

Foi como se ele não a ouvisse. Na verdade, como tinha os olhos fechados e movia os lábios em oração, talvez não tivesse ouvido mesmo. O bispo acreditava no fundo do coração que Deus estava descendo à Terra, que segurava a verdadeira presença do Deus vivo entre as mãos, que a segurava acima para os fiéis adorarem como deviam, como faziam os cristãos fiéis.

— Bispo! Eu mandei, bispo! Abaixe essa píxide.

A veneziana de madeira ornada com gregas do banco real abriu-se com o estrondo de um trovão. O bispo Oglethorpe virou-se ligeiramente do altar, olhou para trás e encontrou o olhar furioso de sua rainha, curvando-se para fora do banco real como uma vendedora de peixe numa bancada de feira, as faces flamejando rubras de raiva, os olhos pretos como os de um gato raivoso. Ele absorveu a postura dela — não mais ajoelhada, mas de pé em toda a sua estatura, o dedo apontado para ele, a voz autoritária.

— Esta é a minha capela. Você está servindo como meu capelão. Eu sou a rainha. Fará como o ordeno. Abaixe essa píxide.

Como se ela não tivesse a menor importância, ele se virou de volta para o altar, fechou mais uma vez os olhos e entregou-se ao seu Deus.

Ele sentiu, tanto quanto ouviu, o zunido de seu vestido quando ela saiu pela porta; e a pancada quando a fechou batendo, como uma criança a sair correndo de um quarto por birra. Os ombros dele se contraíram, os braços arderam; mas ele manteve resolutamente as costas voltadas para a congregação, celebrando a missa não com seus membros, mas para eles: um processo particular entre o padre e seu Deus, que os fiéis podiam observar, mas não compartilhar. O bispo pôs a píxide delicadamente no altar e cruzou as mãos no gesto para orar, apertando-as em segredo com força sobre o coração a martelar, quando a rainha saiu furiosa de sua capela, no Dia de Natal; impelida do lugar de Deus no Seu próprio dia, por pensamento herege desordenado.

Dois dias depois, Cecil, ainda não em casa para o Natal, diante de um ataque de mau gênio de um lado e um bispo obstinado do outro, foi obrigado a emitir uma proclamação real estipulando que as ladainhas, o Padre-Nosso, as lições e os dez mandamentos seriam todos lidos em inglês, em todas as igrejas do país, e a hóstia não seria mais erguida. Elizabeth declarara guerra à Igreja antes mesmo de ser coroada.

— Então quem *vai* coroá-la? — perguntou-lhe Dudley.

Era o dia antes da véspera de Reis. Cecil e Dudley ainda não haviam conseguido voltar para casa ao encontro das esposas, nem sequer por um dia, durante a temporada de Natal.

"Já não tem ele o bastante que fazer no planejamento da véspera do Dia de Reis, para ainda ter de agora criar um programa de ação religiosa?", indagou irritado Cecil a si mesmo, ao desmontar do cavalo no pátio do estábulo e jogar as rédeas para o cavalariço à espera. Viu os olhos de Dudley percorrerem o animal e sentiu uma segunda pontada de irritação com o conhecimento de que o homem mais moço logo percebeu que o animal tinha o dorso curto demais.

— Agradeço-lhe a preocupação, mas por que deseja saber, Sir Robert? — A polidez do tom de Cecil quase eliminou o gelo de sua resposta.

O sorriso de Dudley foi apaziguador.

— Porque ela vai se preocupar, e trata-se de uma mulher capaz de adoecer de preocupação. Vai me pedir conselho e quero poder tranquilizá-la. O senhor terá um plano, sempre tem. Só estou lhe perguntando qual é. Pode me mandar cuidar dos meus cavalos e deixar a política ao seu encargo, se desejar. Mas se quiser que ela tenha paz de espírito deve me dizer que resposta lhe devo dar. Sabe que ela vai me consultar.

Cecil suspirou.

— Ninguém se ofereceu para coroá-la — disse Cecil, pesadamente. — E cá entre nós, ninguém vai coroá-la. Todos se opõem, sou capaz de jurar que estão em conluio. Não posso identificar uma conspiração, mas todos sabem que, se não a coroarem, ela não é rainha. Acham que podem forçá-la a restaurar a missa. É uma posição desesperada. A rainha da Inglaterra, e nem um único bispo a reconhece! Winchester está sob prisão domiciliar por causa de seu sermão no funeral da falecida rainha, Oglethorpe quase na mesma situação por seu ridículo desafio no Dia de Natal. Disse que prefere morrer na fogueira a ceder. Ela não deixou o bispo Bonner nem sequer tocar-lhe a mão quando veio para

Londres, portanto ele também é seu inimigo jurado. O arcebispo de York disse-lhe pessoalmente que a considera uma maldita herege. Ela pôs o bispo de Chichester sob prisão domiciliar, embora ele esteja doente como um cão. São todos unanimemente contra ela, sem sombra de dúvida. Nem sequer uma fenda mínima onde se pudesse semear divisão.

— Com certeza, não resolveria uma distribuição de subornos?

Cecil fez que não com a cabeça.

— Eles se tornaram surpreendentemente cheios de princípios. Não aceitam o protestantismo restaurado à Inglaterra. Não aceitam uma rainha protestante.

O semblante de Dudley sombreou-se.

— Senhor, se não tomarmos cuidado, eles vão fazer uma rebelião contra a rainha de dentro da própria Igreja. É um passo muito pequeno de chamá-la de herege à traição aberta, e uma rebelião dos príncipes da Igreja dificilmente chegaria a ser uma rebelião. Eles são os príncipes da Igreja, podem fazê-la parecer uma usurpadora. Há suficientes candidatos ao trono que se apressariam para tomar-lhe o lugar. Se lhe declararem guerra, ela está liquidada.

— Sim, eu *sei* disso — disse Cecil, contendo a irritação com alguma dificuldade. — Tenho consciência do perigo em que ela se encontra. Nunca foi pior do que agora. Ninguém se lembra de um monarca em tão grande incerteza. O rei Henrique jamais teve mais de um bispo abertamente contra ele; a falecida rainha, na pior fase de seu reinado, teve dois; mas a princesa Elizabeth tem cada um deles como inimigo aberto e declarado. Sei que as coisas andam péssimas, e a princesa agarrada às suas perspectivas pelas pontas dos dedos. O que *não* sei é como fazer uma igreja católica romana coroar uma princesa protestante.

— Rainha — corrigiu de imediato Dudley.

— Como?

— Rainha Elizabeth. O senhor disse "princesa".

— Ela está no trono, mas ainda não foi ungida — disse Cecil, implacável. — Rezo para que chegue o dia em que eu possa dizer "rainha", e saiba não ser mais nem menos que a verdade. Mas como conseguir que seja ungida, se ninguém fará isso?

— Ela não pode mandar decapitá-los a todos — disse Dudley, com injustificada alegria.

— É verdade.

— Mas se acharem que poderia se converter?

— Dificilmente vão acreditar nisso depois daquela saída intempestiva de sua própria capela no dia de Natal.

— Se achassem que se casaria com Felipe da Espanha, eles a coroariam — sugeriu Dudley, astucioso. — Confiariam nele para forjar um acordo. Já o viram lidar com a rainha Mary. Confiariam em Elizabeth sob controle dele.

Cecil hesitou.

— Na verdade, é possível que sim.

— O senhor poderia dizer a três homens, na mais estrita confiança, que ela o está examinando como futuro marido — aconselhou Dudley. — É a melhor maneira de certificar-se de que todos saibam. Dê a entender que ele virá para a cerimônia de casamento e criará um novo acordo para a Igreja na Inglaterra. Felipe gostava dela antes, e ela o encorajava muito, Deus sabe. Todo mundo achou que os dois se casariam assim que o corpo da irmã esfriasse. Poderia dizer que estão quase noivos. Ela frequentou a missa quase todo dia durante os últimos cinco anos, todos sabem muito bem disso. Ela é obsequiosa quando tem de ser. Lembre-os disso.

— Quer que eu use os antigos escândalos da princesa como uma máscara para os políticos? — perguntou Cecil, sarcástico. — Expô-la à vergonha como uma mulher que se deitava com o cunhado enquanto a própria irmã jazia agonizante?

— Elizabeth? Vergonha? — riu Dudley na cara de Cecil. — Ela não se preocupa com vergonha desde que era menina. Aprendeu então que pode sobreviver à vergonha se não perder a coragem e não admitir nada. E também não se preocupa com lascívia. Seus "escândalos", como o senhor os chama, a não ser aquele com Thomas Seymour, que escapou ao seu controle, nunca são acidentais. Desde que seu rompimento com Seymour o levou ao cadafalso, ela aprendeu a lição. Agora é ela quem dispõe como bem quer dos seus desejos e não eles que a comandam. Não é nada tola, o senhor sabe. Sobreviveu até agora. Precisamos aprender com ela, aprender a usar tudo o que temos: exatamente como ela sempre fez. Seu casamento é a nossa maior arma. Claro que temos de usá-lo. Que acha que ela vinha fazendo o tempo todo em que flertava com Felipe da Espanha? Deus sabe que não era motivada por desejo. Ela jogava a única carta que tinha.

Cecil ia discutir, mas se deteve. Alguma coisa nos duros olhos de Dudley lembrava os de Elizabeth quando ele certa vez a advertiu contra apaixonar-se por Felipe. Então ela lhe disparara o mesmo olhar brilhante e cínico. Os dois podiam ser jovens, no início dos 20 anos, mas haviam aprendido numa escola rigorosa. Nenhum deles tinha tempo para sentimentos.

— Carlisle talvez faça isso — disse Cecil, pensativo. — Se achar que ela pensa seriamente em Felipe como marido, e se eu conseguir garantir-lhe que, se isso acontecesse, ele a salvaria da heresia.

Dudley pôs a mão em seu ombro.

— Alguém tem de fazê-lo, caso contrário ela não é rainha — salientou. — Temos de fazê-la ser coroada por um bispo na abadia de Westminster, ou tudo isso será apenas um cerimonial ridículo e mais desejo que realidade. Jane Grey foi rainha quase assim, e o governo dela durou nove dias, e Jane Grey está morta.

Cecil encolheu os ombros involuntariamente e afastou-se do toque de Dudley.

— Tudo bem — disse Dudley, entendendo a desconfiança do homem mais velho. — Eu sei! Jane morreu pela ambição de meu pai. Sei que o senhor evitou envolver-se nisso na época. Foi mais sábio que a maioria. Mas não sou nenhum conspirador, Sir William. Farei meu trabalho e sei que pode fazer o seu sem meu conselho!

— Tenho certeza de que é um verdadeiro amigo dela, e o melhor estribeiro-mor que ela podia ter nomeado — declarou Cecil com seu sorriso amarelo.

— Sou-lhe grato — disse Dudley com cortesia. — E assim me obriga a dizer que seu animal é baixo demais no traseiro. Da próxima vez que for comprar um cavalo de montaria, procure-me.

Cecil riu do incorrigível rapaz, não pôde evitar.

— Você é tão despudorado quanto ela! — disse.

— É uma consequência de nossa grandeza — retrucou Dudley, impassível. — O pudor é a primeira coisa a desaparecer.

Amy Dudley estava sentada na janela de seu quarto em Stanfield Hall, em Norfolk. Tinha aos pés três pacotes embrulhados com fita exibindo etiquetas que diziam "Ao meu caríssimo marido, de sua esposa amorosa". A caligrafia nas etiquetas era de maiúsculas cheias e irregulares, como se escrita por uma criança. Exigira de Amy algum tempo e dificuldade a cópia das palavras da folha de papel que lady Robsart escrevera para ela, mas achara que Robert ia ficar satisfeito ao ver que afinal vinha aprendendo as letras.

Comprara para ele uma bela sela de couro espanhol, blasonada com suas iniciais na aba da sela, e enfeitada com tachas de ouro. O segundo presente eram três camisas de linho, costuradas por ela própria, brancas com bordado branco nos punhos e na faixa frontal. O terceiro era um par de luvas para falcoaria, feitas do mais macio e liso couro, tão frio e flexível quanto seda, com as iniciais bordadas em fio de ouro por Amy, usando uma sovela para perfurar o couro.

Ela nunca costurara couro antes e mesmo com uma luva de sapateiro para proteger-lhe a mão, picara toda a palma com pequeninos pontos dolorosos de sangue.

— Podia ter bordado as luvas com seu próprio sangue! — riu dela a madrasta.

Amy nada disse, mas esperou Robert, segura de que tinha belos presentes para o marido, e que ele veria o trabalho exigido em cada ponto, em cada letra. Esperou e esperou durante todos os dias da comemoração do Natal; e quando acabou se sentando na janela e olhando a estrada cinzenta para Londres ao sul, na noite da véspera de Reis, reconheceu afinal que ele não ia chegar, nem lhe enviara presentes, nem sequer uma mensagem para dizer que não viria.

Ela sentiu vergonha pela negligência dele; vergonha demais até para descer ao salão onde se reunia o resto da família: lady Robsart, feliz com os quatro filhos acompanhados dos respectivos maridos e mulheres, os pequenos rebentos gritando e rindo das pantomimas, e dançando ao som da música. Amy não podia enfrentar o secreto divertimento deles com a profundidade e totalidade de sua queda, de um brilhante casamento com um membro da mais poderosa família na Inglaterra, para ser a esposa negligenciada de um ex-criminoso.

Amy estava atormentada demais para se enfurecer com Robert por prometer vir e depois decepcioná-la. Pior de tudo — sentia no íntimo do coração que não se surpreenderia se ele não voltasse para ela. Robert Dudley já era conhecido como o mais belo homem na corte, o mais glamouroso empregado da rainha, seu amigo mais competente. Por que deixaria a corte, todos sintonizados na alegria, vibrando com a própria boa sorte, ele Mestre dos Festejos e lorde de todo o cerimonial; viria ele a Norfolk no meio do inverno, ao encontro dela e sua madrasta, numa casa onde nunca fora bem-acolhido e que sempre desprezara?

Fora a festa de Natal tanto de Dudley quanto de Elizabeth; todo mundo concordou. Fora o retorno triunfante dos dois à corte. Ele estivera no centro de cada festividade, planejando cada diversão, o primeiro montado a cavalo para a caça, o primeiro no salão de dança. Era um príncipe mais uma vez por direito próprio, no palácio onde seu pai governara.

— Meu pai costumava fazer assim... — dizia, negligente, ao escolher um ou outro estilo.

E lembrava a todo mundo que a maioria dos mais bem-sucedidos festejos natalinos recentes fora organizada pelo lorde protetor Dudley, e o irmão de Elizabeth, o jovem rei Eduardo, não passara de um espectador passivo, jamais o requisitante.

Elizabeth ficou satisfeita por deixar Dudley comandar as celebrações da forma que julgasse melhor. Como todo mundo mais, deslumbrava-se com a confiança e a fácil felicidade dele com sua restauração. Ver Dudley no centro das atenções, num salão resplandecente, enquanto se desenrolava um espetáculo teatral do qual era autor da coreografia e das músicas entoadas pelo coro, era ver um homem totalmente em seu elemento, momento de glória e orgulho. Graças a ele, a corte cintilava como se as decorações fossem de ouro e não de enfeites metálicos. Graças a ele, os maiores nomes do entretenimento na Europa afluíam à corte inglesa, pagos com notas promissórias, ou com presentinhos de agrado. Graças a ele, um entretenimento deu lugar a outro até a corte de Elizabeth tornar-se sinônimo de elegância, estilo, divertimento e flerte. Robert Dudley sabia, melhor que qualquer homem na Inglaterra, como dar uma festa que durava uma longa e gloriosa quinzena, e Elizabeth sabia, melhor que qualquer mulher na Inglaterra, como desfrutar um repentino salto para a liberdade e o prazer. Ele era seu par na dança, quem encabeçava o caminho no campo da caça, seu conspirador nas tolas brincadeiras de mau gosto que ela adorava fazer, além de um igual quando queria falar de política, teologia ou poesia. Era o aliado de confiança, o conselheiro, o melhor amigo e o companheiro que mais combinava com ela. Era o favorito: era estonteante.

Como estribeiro-mor, Robert assumiu a responsabilidade pelo cortejo e festas da coroação, e logo depois da esplêndida celebração final do Dia de Reis voltou a atenção para o planejamento do que tinha de ser o mais glorioso dia do reino de Elizabeth.

Trabalhando sozinho no belo apartamento no palácio de Whitehall, que generosamente destinara a si mesmo, mandara estender um rolo de pergaminho manuscrito numa mesa bastante grande para acomodar 12 homens. De cima a baixo, o papel era coberto de nomes: nomes de homens e seus títulos, nomes de seus cavalos, nomes dos empregados que os acompanhariam, detalhes de sua roupagem, da cor da libré, das armas que portariam, dos galhardetes que os porta-estandartes iam levar.

De cada lado da lista do cortejo corriam mais duas listas daqueles que seriam os espectadores: as guildas, as companhias, os atendentes dos hospitais, os prefeitos e conselheiros das províncias, as organizações que tinham de ocupar lugares especiais. Os embaixadores, enviados, emissários e visitantes estrangeiros assistiriam ao desfile passar e precisavam ter uma boa visão, para que os relatórios transmitidos às respectivas pátrias fossem entusiasticamente a favor da nova rainha da Inglaterra.

Um funcionário dançava de uma ponta à outra da mesa riscando e fazendo emendas no pergaminho para o rápido ditado que Robert fazia das listas em sua mão. De vez em quando, ele erguia os olhos e dizia:

— Púrpura, senhor, ou açafrão, próximo.

E Robert rogava uma temerosa praga:

— Mude para trás, então, não admito cores destoantes.

Numa segunda mesa, igualmente longa como a primeira, estendia-se um mapa das ruas desde a Torre até o palácio de Westminster, desenhado como uma serpente no rolo de velino. O palácio estava marcado com a hora que devia chegar a procissão, e o tempo que levaria para caminhar de um palácio ao outro assinalado ao longo do percurso. Um auxiliar de escritório pintara, tão belamente como um manuscrito com iluminura, os vários lugares de parada e os quadros vivos que seriam apresentados em cada um dos cinco pontos principais. Iam ser obra e responsabilidade de Londres, mas planejadas por Dudley. Ele não ia correr o risco de alguma coisa sair errada na procissão da coroação da rainha.

— Isto, senhor — disse um auxiliar, hesitante.

Robert curvou-se.

— Gracechurch Street — leu. — O quadro vivo da união das duas casas de Lancaster e York. Que tem isto?

— É o pintor, senhor. Perguntou se também devia fazer a família Bolena?

— A mãe da rainha?

O auxiliar não pestanejou. Deu o nome da mulher decapitada por traição, feitiçaria e adultério incestuoso contra o rei, e cujo nome fora banido desde então.

— Lady Ana Bolena, senhor.

Robert puxou para trás o barrete de veludo adornado com joias e coçou os cabelos bastos, escuros, parecendo em sua ansiedade muito mais jovem que seus 25 anos.

— Sim — acabou respondendo. — Ela é a mãe da rainha. Não pode ser apenas uma lacuna. Simplesmente não podemos ignorá-la. Tem de ser nossa honorável lady Ana Bolena, rainha da Inglaterra, e mãe da rainha.

O auxiliar arqueou as sobrancelhas como para indicar que aquela era uma decisão de Robert e recairia em seus ombros e de ninguém mais; embora ele, pessoalmente, preferisse uma vida mais tranquila. Robert desatou a rir e deu-lhe um delicado soco no ombro.

— A princesa Elizabeth é de boa estirpe inglesa, Deus a abençoe — disse. — E foi um casamento melhor para o rei do que outros que ele fez, Deus sabe. Uma bela e honesta donzela Howard.

O auxiliar continuou parecendo nervoso.

— A donzela Howard honesta também foi decapitada por adultério — observou.

— De boa estirpe inglesa — insistiu Robert, sem titubear. — E Deus salve a rainha.

— Amém — disse o auxiliar, esperto, e persignou-se.

Robert notou o gesto habitual e se inspecionou antes de espelhá-lo.

— Muito bem, os outros quadros vivos estão claros? — perguntou.

— Com exceção do pequeno conduto, em Cheapside.

— Que tem esse?

— Apresenta uma Bíblia. A pergunta é: deve ser em inglês ou latim?

Era uma pergunta que tocava o próprio âmago do debate então travado na Igreja. O pai de Elizabeth autorizara a Bíblia em inglês e depois mudara de ideia, voltando mais uma vez ao latim. Seu jovem filho Eduardo pusera uma Bíblia inglesa em toda igreja paroquial, a rainha Mary as banira; cabia ao padre ler e explicar; o povo inglês devia ouvir, não estudá-la sozinho. O que Elizabeth ia querer fazer, ninguém sabia. O que conseguiria fazer, com a Igreja contra ela, ninguém imaginava.

Robert arrancou o barrete da cabeça e atirou-o do outro lado da sala.

— Por Deus! — gritou. — Isso é política de Estado! Estou tentando planejar uma apresentação comemorativa, com quadros vivos, e você não para de fazer perguntas sobre política! Não sei o que ela vai decidir. O Conselho Privado vai aconselhá-la, os bispos vão aconselhá-la. O Parlamento vai aconselhá-la, eles vão discutir a questão durante meses e depois torná-la lei. Queira Deus que o povo a cumpra e não se insurja contra ela. Não cabe a mim decidir isso aqui e agora.

Fez-se um silêncio constrangedor.

— Mas enquanto isso? — perguntou hesitante o auxiliar. — A capa da Bíblia para a apresentação? Deve ser em inglês ou latim? Podíamos pôr um exemplar em latim dentro de uma capa inglesa, se ela assim preferir. Ou um exemplar em inglês. Ou uma das duas.

— Na capa escreva BÍBLIA em inglês — decidiu Robert. — Assim todo mundo sabe o que é. Escreva em letras maiúsculas grandes, para ficar claro que é parte do quadro vivo: um acessório, não a coisa verdadeira. É um símbolo.

O auxiliar fez uma anotação. O soldado na porta encaminhou-se delicadamente até o canto, pegou o barrete caro e entregou-o ao seu amo. Robert recebeu-o sem agradecer. Outras pessoas vinham pegando coisas para ele desde que era uma criança de dois anos.

— Quando terminarmos essa, vou cuidar da outra procissão — disse ele, irritado. — A de Whitehall à Abadia de Westminster. E quero uma relação de cavalos, e inspecione as mulas para que estejam em bom estado. — Estalou os dedos para que outro empregado se aproximasse. — E quero algumas pessoas — disse ele de repente.

O segundo auxiliar postara-se pronto com um bloco de papel e uma pena num pequeno pote de tinta.

— Pessoas, senhor?

— Uma menininha com um buquê de flores, uma idosa, algum tipo de camponesa das Midlands ou de algum lugar. Anote e mande Gerard sair e procurar meia dúzia de pessoas. Anote o seguinte: uma senhora idosa, de aparência frágil, mas forte o bastante para ficar em pé, e com uma voz forte, alta o bastante para ser ouvida. Uma menina bonita, de seis ou sete anos, ousada o suficiente para gritar e levar um buquê de flores à rainha. Um brilhante menino aprendiz para espalhar algumas pétalas de rosa sob as patas de seu cavalo. Um velho camponês de algum lugar no campo para gritar: "Deus abençoe Vossa Graça." Também vou querer duas esposas de comerciantes bonitas, além de um soldado desempregado, não, melhor, um soldado ferido. Vou querer dois soldados feridos. E dois marinheiros de Plymouth, Portsmouth ou Bristol, de algum lugar desses. Não de Londres. E eles devem dizer que ela é uma rainha que vai assumir o destino do país no além-mar, há uma grande riqueza a ser tomada, por um país forte o bastante para tomá-la, esse país pode ser uma potência no mundo e a rainha vai arriscar-se nesse empreendimento.

O auxiliar escrevia furiosamente.

— E quero dois velhos no meio da multidão — continuou Robert, entusiasmando-se com o plano. — Um, para gritar de alegria, deve ficar bem próximo da frente, para que todos o vejam, e o outro para gritar de trás que ela é filha de seu pai, uma verdadeira herdeira. Distribua-os todos espaçados uns dos outros: aqui... — Robert assinalou no mapa. — Aqui e aqui. Não me importa em que ordem. Todos devem ser informados e gritar coisas diferentes. Não devem dizer a ninguém que foram contratados. Mas dizer a todo mundo que perguntar que foram ver a rainha por amor a ela. Os soldados, em particular, precisam dizer que ela trará paz e prosperidade. E digam às mulheres que se comportem com modéstia. Nada de obscenidades. É melhor que as crianças vão acompanhadas das mães e estas sejam informadas de que as façam comportar-se. Quero que o povo veja que a rainha é amada por todo tipo de pessoas. Devem interpelá-la aos gritos. Votos de felicidade, bênçãos, coisas assim.

— E se ela não os ouvir? — perguntou o auxiliar. — Acima do barulho da multidão?

— Vou dizer a ela onde deve parar — respondeu Robert com firmeza.

A porta abriu-se atrás dele e o auxiliar apressou-se a recuar e fazer uma mesura.

William Cecil entrou na sala e deu uma rápida olhada nas duas mesas cobertas de plantas e as folhas de papel nas mãos do empregado.

— Parece que tem tido muitas dificuldades, Sir Robert — comentou, brandamente.

— Eu esperava por isso. Os cortejos dela foram confiados a mim. Gostaria que ninguém achasse que não estou à altura.

O homem mais velho hesitou.

— Eu só quis dizer que você parece estar entrando em muitos detalhes. Pelo que me lembro, a rainha Mary não teve necessidade alguma de listas e planos. Acho que foi simplesmente à abadia com sua corte atrás.

— Tinham carruagens e cavalos — observou Robert. — E um cortejo encomendado. O estribeiro-mor de lady Mary fez uma lista. Tenho suas notas, na verdade. A grande arte dessas coisas é fazê-las parecer que aconteceram espontaneamente.

— Arcos triunfais e quadros vivos? — indagou William Cecil, lendo as palavras de cabeça para baixo na planta.

— Demonstrações espontâneas de lealdade — declarou Robert, firme. — Os padres de Londres insistiram nisso.

Ele interpôs-se entre Cecil e a mesa, tapando-lhe a visão.

— Meu lorde secretário, trata-se de uma mulher muito jovem, cujo direito ao trono foi contestado quase desde o dia de seu nascimento. A última jovem cujo direito ao trono da Inglaterra foi contestado teve a coroa enfiada na cabeça em segredo e perdeu-a no esconderijo. Acho importante que essa jovem seja a verdadeira herdeira, seja o deleite do povo e seja vista recebendo a coroa tão pública e gloriosamente quanto possível.

— Lady Jane não era a verdadeira herdeira — salientou Cecil para o cunhado de lady Jane, sem moderar as palavras. — E a coroa foi enfiada em sua cabeça por um traidor, também decapitado por traição. Seu pai, na verdade.

O olhar de Dudley não oscilou.

— Ele pagou o preço por essa traição — disse apenas. — E eu paguei por minha parte nela. Totalmente. Não há um homem na corte dela que não teve de afrouxar o colarinho e virar a casaca uma ou duas vezes nos anos recentes. Até o senhor, eu imagino, embora tenha se mantido livre de desgraça.

Cecil, cujas mãos eram mais limpas que a maioria, deixou o assunto morrer.

— Talvez. Mas preciso lhe dizer uma coisa.

Dudley esperou. Cecil curvou-se para ele e manteve a voz baixa.

— Não há dinheiro para isso — declarou, sombrio. — O tesouro está quase vazio. A rainha Mary e seu marido espanhol esgotaram a Inglaterra. Não podemos pagar quadros vivos, fontes jorrando vinho e tecidos de ouro para drapejar em volta de arcos. Não há ouro no tesouro, mal há prata para um banquete.

— A situação está tão ruim assim?

Cecil assentiu com a cabeça.

— Pior.

— Então teremos de tomá-lo emprestado — declarou Robert, grandioso. — Pois eu a farei ser coroada com pompa. Não por minha vaidade, que reconheço não ser das menores, nem pela dela, e o senhor constatará que tampouco ela é uma violeta tímida; mas porque isso vai pô-la mais firmemente no trono do que um exército de prontidão. O senhor verá. Ela os conquistará. Mas tem de sair da Torre num grande cavalo branco, com os cabelos espalhados pelos ombros, e parecer em cada centímetro uma rainha.

Cecil teria discutido, mas Robert continuou.

— Precisa ter pessoas gritando por ela, quadros vivos declarando-a a verdadeira e única herdeira: imagens para as pessoas que não sabem ler suas proclamações, que não têm conhecimento algum da lei. Precisa ser rodeada por uma bela corte e uma multidão próspera a aclamá-la. É assim que fazemos dela na verdade uma rainha: agora e pelo resto de sua vida.

Cecil ficou impressionado com a intensidade da visão do homem mais jovem.

— Realmente acredita que isso a torna mais segura?

— Ela sabe se tornar mais segura — disse Robert, a sério. — Dê-lhe um palco e ela será a única visão que todos veem. Essa coroação lhe dará uma plataforma que a colocará acima de qualquer outro na Inglaterra, os primos, os herdeiros rivais, qualquer um. Dará aos seus homens corações e almas. O senhor tem de conseguir o dinheiro para que eu possa construir-lhe o palco, e ela fará o resto. Encenará o papel da rainha.

Cecil virou-se para a janela e olhou do lado de fora os jardins de inverno do palácio de Whitehall. Robert aproximou-se dele, examinando o perfil do homem mais velho. Cecil beirava os 40 anos, um homem de família, protestante discreto durante os anos de Mary Tudor, um homem com afeição pela esposa e por acumular terras. Servira ao jovem rei protestante, recusara-se a tomar parte na conspiração de Jane Grey, e depois fora constante e discretamente leal à princesa Elizabeth, assumindo a função inferior de supervisor para poder manter suas pequenas propriedades em bom estado, e ter uma desculpa para vê-las com mais frequência. Fora a orientação de Cecil que a mantivera longe de apuros durante os anos de conspiração e insurreições contra sua irmã Mary. Seria o conselho de Cecil que a manteria firme no novo trono. Robert Dudley podia não gostar dele, na verdade jamais gostava de qualquer rival; mas sabia que era aquele homem quem ia tomar as decisões por Elizabeth.

— E então? — acabou perguntando.

Cecil fez que sim com a cabeça.

— Vamos levantar o dinheiro de algum lugar — disse. — Vamos ter de tomar emprestado. Mas, por Deus, por ela, mantenha isso o mais barato possível.

Robert Dudley balançou a cabeça negativamente.

— Não pode ser barato! — declarou.

— Não pode parecer barato — corrigiu-o Cecil. — Mas pode ser factível. Sabe qual é a fortuna dela?

Ele sabia que Robert não sabia. Ninguém soubera, até o meirinho do Conselho Privado, Armagil Waad, surgir do tesouro real, que vira pela última vez cheio de ouro, com o mais rudimentar dos inventários na mão trêmula, e sussurrar lívido:

— Nada. Não restou nada. A rainha Mary gastou todo o ouro do rei Henrique.

Robert fez que não com a cabeça.

— Ela tem 60 mil libras de dívidas — disse em voz baixa Cecil. — Sessenta mil libras de dívidas, nada para vender, nada para oferecer em troca de empréstimo, e nenhum meio de elevar os impostos. Haveremos de encontrar o dinheiro para sua coroação, mas a serviremos melhor se a mantivermos barata.

O triunfal cortejo de Elizabeth da Torre de Londres até o palácio de Whitehall seguiu exatamente como planejado por Dudley. Ela parou e sorriu diante do quadro vivo representando sua mãe, lady Ana, tomou a Bíblia que lhe foi oferecida por uma menininha, beijou-a e encostou-a no peito. Puxou a rédea nos pontos que ele assinalara para ela.

Da multidão surgiu uma menina com um buquê. Elizabeth curvou-se na sela, pegou as flores e sorriu para as aclamações. Mais adiante ouviu por acaso dois soldados feridos gritarem seu nome, e parou para agradecer-lhes os votos e a multidão próxima previu que paz e prosperidade chegariam à Inglaterra, agora que a filha de Henrique ocupava o trono. Pouco depois, uma senhora gritou-lhe uma bênção, Elizabeth ouviu milagrosamente a fina voz da velha acima dos gritos de viva da multidão e parou o cavalo para agradecer as saudações cordiais.

Valorizou-se ainda mais respondendo aos marinheiros, aos meninos aprendizes, ao velho camponês das Midlands, os condados centrais da Inglaterra, do que por toda a glória de seus arreios e os passos de seu cavalo. Quando parou para a esposa grávida do comerciante e pediu-lhe que desse o nome de Henrique ao filho se fosse menino, eles a aplaudiram até ela fingir ficar surda dos aplausos. Beijou a mão em direção aos soldados feridos, notou um velho desviar o rosto para esconder as lágrimas nos olhos e gritou que sabia serem lágrimas de alegria.

Jamais perguntou a Robert, nem então nem depois, se aquelas pessoas haviam sido pagas para gritar seu nome, ou se o faziam por amor. Apesar de tudo que desperdiçara na vida nos bastidores, seu lugar era no centro do palco. Não ligava de fato se os demais eram atores ou espectadores sem gosto nem espírito crítico. Desejava apenas a aclamação deles.

E ela era Tudor o bastante para apresentar um bom espetáculo. Tinha o talento de sorrir para uma multidão, como se cada um e todos recebessem sua atenção, e os indivíduos que a chamavam, instalados para que em todos os cantos do trajeto tivessem sua própria experiência especial dela, formavam uma sucessão de locais de parada visivelmente natural para o cortejo, de modo que cada um a visse e guardasse sua lembrança pessoal do radiante sorriso da princesa em seu mais glorioso dia.

O dia seguinte, domingo, era o da coroação, e Dudley determinara que ela fosse para a abadia no alto de uma liteira puxada por quatro mulas brancas, para dar à multidão a impressão de que flutuava na altura do ombro. De cada lado da liteira, marchavam seus cavalheiros aposentados em adamascado carmesim, à frente dela os trombeteiros de escarlate, atrás, vinha a pé o próprio Dudley, o mais importante homem da procissão, conduzindo o palafrém branco dela, e a multidão que a aplaudia arfava ao vê-lo: a riqueza das joias no chapéu, o belo rosto moreno, soturno, e o cavalo de superior criação, andar alto, que curveteava tão lindamente sob sua mão firme na brida.

Ele sorria, virando a cabeça de um lado para outro, os olhos de pesadas pálpebras percorrendo a multidão, em contínuo alerta. Era um homem que já cavalgara perante uma multidão aos gritos de viva e percebera que o adoravam; e mais tarde marchara para a Torre em meio a uma tempestade de vaias, sabendo que era o segundo homem mais odiado na Inglaterra, e filho do pior. Sabia que aquela multidão podia ser cortejada tão docemente quanto uma moça disposta num dia, e, no entanto, rancorosa como uma mulher negligenciada no seguinte.

Nesse dia, adoravam-no; era o favorito de Elizabeth; o homem mais bonito da Inglaterra. Fora seu lindo queridinho quando menino, mandado para a Torre como traidor e solto mais uma vez como um herói. Era um sobrevivente como ela, um sobrevivente como eles.

Foi uma procissão perfeita para uma cerimônia religiosa perfeita. Elizabeth recebeu a coroa na cabeça, o unguento na testa e o orbe e o cetro da Inglaterra. O bispo de Carlisle oficiou na agradável convicção de que em alguns meses celebraria o casamento dela com o mais devoto rei católico em toda a cristandade. E após a cerimônia de coroação, o próprio capelão da rainha celebrou a missa sem erguer a hóstia.

Elizabeth saiu da sombria abadia para um clarão de luz e ouviu o bramido da multidão a saudá-la. Passou pelo meio dela para que todos a vissem — era uma rainha que faria concessões a qualquer um, o amor deles por ela era um bálsamo pelos anos de negligência.

No jantar de coroação sua voz perdeu-se na garganta apertada, o rubor nas faces devia-se a uma febre que subia, mas nada a teria feito sair cedo. O paladino da rainha entrou no salão e desafiou todos os presentes, e a nova rainha sorriu-lhe, sorriu para Robert Dudley, o mais leal ex-traidor de todos, sorriu para seu novo Conselho — metade constitucionalmente desleal — e sorriu para a família que de repente resgatava os vínculos e obrigações de parentesco, agora que a sobrinha deixara de ser uma criminosa suspeita e passara a ser a própria legisladora.

Ela ficou acordada até as três da manhã, quando a confiável Kat Ashley, tomando a liberdade pela intimidade de haver sido governanta quando Elizabeth era uma menina e não uma grande rainha, sussurrou-lhe no ouvido que devia ir para a cama já, ou estaria como uma morta-viva de manhã.

"Deus a fulmine de manhã", pensou Amy Dudley, insone, à espera, por toda a longa e escura noite de inverno, do amanhecer gelado na distante Norfolk.

Robert Dudley, levantando-se como um jovem Adônis da cama de uma das damas da corte, deu-lhe um indiferente beijo de despedida e desprendeu as mãos dela de seu pescoço. E embora chegasse cedo no dia seguinte à sala de audiências da rainha em Whitehall, atrasou-se para pegar Elizabeth sozinha. Encontrou-a em conferência com William Cecil, os dois debruçados, cabeças próximas, sobre uma mesinha cheia de documentos. Ela ergueu os olhos e sorriu-lhe, mas não lhe acenou para que se aproximasse, e ele foi obrigado a encostar-se nas paredes revestidas de madeira com uma dezena ou mais de outros homens que se haviam levantado para prestar seus comprimentos e descoberto que Cecil entrara primeiro.

Dudley fez um ar carrancudo e tentou ouvir a conversa em voz baixa. Cecil pusera roupas escuras: — como um amanuense — menosprezou; mas sua riqueza revelava-se na qualidade do rico veludo e no custo do corte. O jabô era de excelente renda, caindo em suaves dobras em volta do pescoço, os cabelos longos e lustrosos espalhados pela gola. Os olhos, afetuosos e compassivos, nunca se desviavam do rosto animado de Elizabeth, a responder às suas observações sobre o grande reino, com a mesma e firme tranquilidade que usara quando a aconselhava como melhor administrar suas propriedades rurais. Então fora Cecil sozinho quem afastara a princesa da loucura, e agora era Cecil sozinho quem recebia a recompensa por aqueles anos de serviço.

Ela confiava nele como em nenhum outro, podia aconselhá-la contra seus próprios desejos, que ela escutaria. Na verdade, quando o nomeara seu secretário de Estado, fizera-o jurar que lhe diria a verdade sem medo ou favor, e fez-lhe uma promessa em troca: de que sempre ouviria suas palavras e jamais o culparia se a opinião dele não a agradasse. Nenhum outro membro do Conselho Privado trocara um juramento assim com a nova rainha; ninguém mais importava.

Elizabeth vira o pai demitir conselheiros cuja orientação ia contra seus desejos, vira-o acusar de traição membros do próprio Conselho porque lhe traziam más notícias. Ela não se incomodava que o pai houvesse se tornado um tirano, odiado pelos mais próximos conselheiros, acreditava que era essa a própria natureza da monarquia; mas a deixava receosa o fato de que ele perdera as melhores mentes de seu reino porque não suportava acatar conselhos.

E ainda não era suficientemente adulta para governar sozinha. A coroa pairava incerta em sua cabeça, o país estava cheio de inimigos. Era jovem, tinha apenas 25 anos, sem mãe, nem pai, nem uma família amada para aconselhá-la. Precisava cercar-se de amigos em que confiasse: Cecil, o professor Roger Ascham, a ex-governanta Kat Ashley, o rechonchudo e fofoqueiro econômo Thomas Parry e sua mulher Blanche, que fora babá dela. Agora rainha, Elizabeth não se esqueceu dos que lhe haviam sido leais quando era princesa, e todos eles sem exceção desfrutavam atualmente de uma pequena fortuna como polpudo pagamento pelos anos de espera.

"Ora, ela na verdade prefere a companhia de inferiores", pensou Dudley, desviando o olhar de Cecil à mesa para Kat Ashley na janela. "Fora criada por empregados e pessoas do tipo mediano e preferia seus valores. Entende de comércio, sabe cuidar bem de uma casa e o valor de uma propriedade bem administrada, porque é isso que lhes interessa. Enquanto eu passeava nos palácios reais e passava o tempo com meu pai comandando a corte, ela se preocupava com o preço do bacon e não contraía dívidas.

"Ela é limitada, de jeito nenhum uma rainha ainda. Vai se aferrar à elevação da hóstia porque pode vê-la; isso é real, acontece diante de seu nariz. Mas os grandes debates da Igreja, melhor seria evitá-los. Elizabeth não tinha visão alguma, jamais tivera tempo para ver além de sua própria sobrevivência."

À mesa, Cecil acenou para um de seus empregados e o homem adiantou-se, mostrando à jovem rainha uma página escrita.

"Se alguém quisesse dominar essa rainha, teria de separá-la de Cecil", pensou Robert consigo mesmo, vendo as duas cabeças tão amigavelmente juntas enquanto ela lia o documento dele. "Se alguém quisesse governar a Inglaterra por meio dessa rainha, teria que se livrar primeiro de Cecil. E ela teria de perder a confiança em Cecil antes que se pudesse fazer qualquer coisa."

Elizabeth apontou alguma coisa na página, Cecil respondeu à sua pergunta e depois ela assentiu com a cabeça. Ergueu os olhos e, vendo os olhos de Dudley nela, fez-lhe um aceno para que se aproximasse.

Ele, cabeça empinada, meio pomposo no andar, ao avançar perante toda a corte, chegou ao trono e fez uma profunda e elegante reverência.

— Bom dia, Vossa Graça. E Deus a abençoe em seu primeiro dia de governo.

Elizabeth sorriu-lhe radiante.

— Estamos preparando a lista de emissários que vão às cortes da Europa anunciar minha coroação. Cecil sugere que eu envie você a Felipe da Espanha em Bruxelas. Terá prazer em dizer ao seu antigo amo que agora sou rainha consagrada?

— Como quiser, Vossa Graça — ele concordou logo, escondendo a irritação. — Mas vai ficar fechada dentro de casa o dia todo, Vossa Graça? A caça a espera, o tempo está ótimo.

Ele captou o desejoso olhar dela para a janela e sua hesitação.

— O embaixador francês... — observou Cecil ao seu ouvido apenas.

Ela encolheu os ombros.

— Creio que o embaixador pode esperar.

— E tenho um novo cavalo de caça que achei que podia experimentar — disse Dudley tentadoramente. — Da Irlanda. Um baio claro, belo cavalo, e forte.

— Não forte demais, espero — disse Cecil.

— A rainha cavalga como uma Diana. — Dudley adulou-a, encarando-a, sem sequer olhar para o homem mais velho. — Não há páreo para ela. Eu a poria em qualquer cavalo nos estábulos e ele conheceria a ama. Ela cavalga como o pai, sem temor.

Elizabeth iluminou-se um pouco com o elogio.

— Vou em uma hora — disse. Olhou a sala em volta e os homens e mulheres se agitaram como milho primaveril balançado pela brisa. — Primeiro, preciso ver o que querem essas pessoas.

Seu próprio olhar fez com que se ondulassem com anseio por sua atenção.

Dudley riu baixinho.

— Oh, eu posso lhe dizer isso — retrucou cinicamente. — Não é necessário uma hora.

Ela inclinou a cabeça de um lado para ouvir, e ele subiu ao trono para sussurrar-lhe no ouvido. Cecil viu seus olhos dançarem, e como ela levou a mão à boca para conter a risada.

— Xiu, você é um difamador — ela fez pouco caso e bateu com as luvas nas costas da mão dele.

De imediato, Dudley virou a mão, palma exposta, como a convidar outra pancada. Elizabeth desviou a cabeça e encobriu os olhos com as pestanas escuras.

Dudley curvou mais uma vez a cabeça e sussurrou-lhe outra coisa. Uma risadinha escapou da rainha.

— Mestre secretário — disse ela. — Precisa mandar Sir Robert embora, ele é brincalhão demais.

Cecil sorriu, satisfeito, para o mais jovem.

— É muitíssimo bem-vindo para divertir Vossa Graça — disse, calorosamente. — No mínimo, porque ela trabalha demais. O reino não pode ser transformado numa semana, há muito a fazer mas terá de ser feito com o tempo. E... — hesitou. — Teremos de analisar cuidadosamente várias coisas, são muito novas para nós.

"E fica sem saber o que fazer na metade do tempo", observou Robert para si mesmo. "Eu saberia o que devia ser feito. Mas você é seu conselheiro e eu um mero estribeiro-mor. Bem, que seja assim por hoje. Então vou levá-la para cavalgar."

Em voz alta, disse com um sorriso:

— Lá vão vocês! Vossa Graça, saia e cavalgue comigo. Não precisamos caçar, levamos apenas dois criados de estrebaria e pode experimentar os passos desse cavalo baio.

— Em uma hora — ela prometeu.

— E o embaixador francês pode cavalgar com vocês — sugeriu Cecil.

Um olhar rápido de Robert Dudley mostrou que se sentiria sobrecarregado com acompanhantes, mas o semblante de Cecil permaneceu sereno.

— Não tem um cavalo que ele possa usar nos estábulos? — perguntou, testando a competência de Robert, sem parecer desafiá-la nem um pouco.

— Claro — respondeu Robert com elegância. — Ele pode escolher de uma dezena.

A rainha passou os olhos pelo salão.

— Ah, meu lorde — disse, encantada, a um dos homens à espera. — Que prazer vê-lo na corte.

Foi a deixa do sujeito para a atenção dela e num instante ele se adiantou.

— Eu trouxe um presente para Vossa Graça em comemoração à sua chegada ao trono — disse ele.

Elizabeth iluminou-se, adorava presentes de todo tipo, era ambiciosa como um colecionador. Robert, sabendo que a isso se seguiria alguma requisição ao direito de cortar madeira ou cercar terra comum, evitar um imposto ou perseguir um vizinho, desceu do tablado, curvou-se, recuou voltado com a frente para o trono, curvou-se mais uma vez na porta e saiu para os estábulos.

Apesar do embaixador francês, dois lordes, alguns aristocratas insignificantes, duas damas de companhia e meia dúzia de guardas que Cecil reunira para acompanhar a rainha, Dudley conseguiu cavalgar ao seu lado e os dois permaneceram a sós durante quase toda a cavalgada. No mínimo dois homens resmungaram que ela lhe mostrava mais favor do que ele merecia, mas Robert os ignorou, e a rainha não ouviu.

Cavalgaram para leste, a princípio devagar pelas ruas e depois encompridando o ritmo dos cavalos ao entrarem nas relvas hibernais amareladas do prado de St. James Park. Além do parque, as casas davam lugar a hortas de feira para alimentar a insaciável cidade, em seguida às campinas abertas e depois ao campo mais agreste. A rainha concentrava-se em dominar o cavalo novo, que empacava sob a rédea apertada demais, mas tirava vantagem e sacudia a cabeça se ela o deixasse cavalgar bem solto.

— Ele precisa de adestramento — disse ela, criticando, a Robert.

— Achei que devia experimentá-lo como ele é — respondeu Dudley sem se perturbar. — E depois podemos decidir o que se deve fazer com o baio. Poderia ser um cavalo de caça para Vossa Graça, é muito forte e salta como um pássaro, ou ser um cavalo para usar em desfiles, é muito bonito e tem uma bela cor. Se o quiser para isso, minha intenção é dar-lhe um treinamento especial, ensiná-lo a resistir e a suportar multidões. Achei que o seu cinzento empacou um pouco quando as pessoas se acotovelaram muito perto.

— Não pode culpá-lo por isso! — retrucou ela. — Elas agitavam bandeiras na cara dele e lançavam pétalas de rosas nele!

Robert sorriu-lhe.

— Eu sei. Mas isso vai acontecer repetidas vezes. A Inglaterra adora sua princesa. Você vai precisar de um cavalo que saiba ficar parado, assistir a um quadro vivo e deixar que se curve e receba um buquê de uma criança sem se mexer nem um momento, e depois sair trotando de cabeça erguida parecendo cheia de orgulho.

Ela ficou impressionada com o conselho.

— Tem razão — concordou. — E é difícil prestar atenção à multidão e controlar um cavalo.

— Tampouco quero que seja conduzida por um palafreneiro — ele afirmou, decidido. — Nem que ande numa carruagem. Quero que a vejam dominando seu próprio cavalo. Todo cortejo deve valorizá-la, as pessoas devem vê-la mais alta, mais forte, mais magnífica que o natural.

Elizabeth assentiu com a cabeça.

— Tenho de ser vista como forte, minha irmã vivia dizendo que era uma mulher fraca, e sempre adoecia o tempo todo.

— E este cavalo é da sua cor — disse ele, impertinente. — Você própria tem os cabelos cor de mel.

Ela não se ofendeu, lançou a cabeça para trás e riu.

— Oh, também acha que ele é um Tudor? — perguntou.

— Com certeza, tem o mau humor de um — respondeu Robert. Ele, os irmãos e as irmãs haviam sido colegas no jardim de infância real em Hatfield, e todas as crianças Dudleys haviam sofrido o tapa sonoro do mau humor dos Tudors. — Também não gosta da brida, nem gosta de ser comandado, mas pode ser levado com delicadeza a fazer quase tudo.

Ela lhe deu um sorriso radiante.

— Se é tão sábio assim com um animal burro, tomara que não tente me treinar — disse ela, provocante.

— Quem poderia treinar uma rainha? — respondeu ele. — O que eu poderia fazer era apenas implorar que fosse bondosa comigo.

— Já não tenho sido muito bondosa? — disse ela, pensando no belo cargo que lhe dera, estribeiro-mor, com uma vultosa renda anual e o direito de instalar sua própria mesa na corte e ocupar os melhores aposentos em qualquer palácio que a corte visitasse.

Ele encolheu os ombros, como se não houvesse nada a dizer em seguida.

— Ah, Elizabeth — disse, com intimidade. — Não é isso que quero dizer quando desejo que seja bondosa comigo.

— Não pode me chamar mais de Elizabeth — ela lembrou-lhe, em voz baixa, mas ele achou que não com desagrado.

— Esqueci — respondeu ele, a voz ainda mais baixa. — Sinto tanto prazer em sua companhia, que às vezes acho que ainda somos apenas amigos como antes.

— Eu sempre fui uma princesa — disse ela, defensiva. — Ascendi apenas ao meu direito de nascença.

— E eu sempre a amei por você mesma — retrucou Robert habilmente.

Ele viu as mãos dela relaxarem um pouco nas rédeas e percebeu que conseguira transmitir o tom correto em seu tratamento. Interpretava-a como todo favorito interpreta todo governante; tinha de saber o que a encantava e o que a esfriava.

— Eduardo sempre gostou muito de você — disse ela, enternecida, lembrando o irmão.

Ele balançou a cabeça, a expressão grave.

— Deus o abençoe. Sinto falta dele todo dia, tanto quanto de meus próprios irmãos.

— Mas não era tão afetuoso com seu pai — ela afirmou, meio incisiva.

Ele sorriu para ela como se nada da vida passada dos dois pudesse ser levado em consideração contra eles: a terrível traição de sua família contra a dela, a traição dela própria contra sua meia-irmã.

— Tempos ruins — disse ele, generalizando. — E muito antigos. Você e eu fomos mal julgados e, Deus sabe, punidos o bastante. Cumprimos os dois a nossa sentença na Torre, acusados de traição. Eu pensava em você, então; quando me deixavam sair para passear acorrentado, ia até o limiar da porta fechada por portões de sua torre, sabendo que estava apenas do outro lado. Teria dado muito para poder vê-la. Recebia notícias suas por Ana, a Louca. Acredite que era um alívio saber que você estava ali. Foram dias tenebrosos para nós dois; mas agora me alegro que os tenhamos partilhado juntos. Você num lado daquele portão e eu no outro.

— Ninguém mais pode entender — disse ela, com energia contida. — Ninguém jamais pode entender, a não ser que tenha estado lá: o que é estar lá! Saber que abaixo de nós, fora da visão, fica o gramado onde se construirá o cadafalso, e sem saber se o estão construindo, mandar perguntar, não confiar na resposta, perguntando-nos se será hoje ou amanhã.

— Você sonha com isso? — ele perguntou, a voz baixa. — Tem noites que ainda acordo aterrorizado.

Um dos olhos escuros dela disse-lhe que aquilo também a perseguia.

— Tenho um sonho em que ouço martelarem — ela respondeu, tranquilamente. — Era o barulho que eu mais temia no mundo. Ouvir o martelar e o serrote e saber que estão construindo meu próprio cadafalso bem debaixo da minha janela.

— Graças a Deus esses dias terminaram e podemos trazer justiça à Inglaterra, Elizabeth — disse ele, afetuoso.

Desta vez ela não o corrigiu por usar seu nome.

— Devemos voltar para casa, senhor — disse um dos cavalariços que se aproximou montado para lembrá-lo.

— É o que deseja? — ele perguntou à rainha.

Ela deu-lhe um sorrisinho convidativo e enviesado.

— Sabe, eu gostaria de cavalgar o dia todo. Estou farta de Whitewall e das pessoas que chegam, cada uma querendo alguma coisa. E Cecil com todos aqueles negócios que precisam ser feitos.

— Por que não cavalgamos amanhã cedo? — ele sugeriu. — Passeamos até o rio, atravessamos para a margem esquerda, galopamos pelos pântanos de Lambeth, e só voltamos para casa na hora do jantar.

— Ora, que será que vão dizer? — ela perguntou, instantaneamente atraída.

— Vão dizer que a rainha está fazendo o que quer, como deve — ele respondeu. — E eu direi que estou às ordens dela. E amanhã à noite, vou planejar uma grande festa para você dançar, com instrumentistas e um espetáculo teatral especial.

O rosto dela se iluminou.

— Por que motivo?

— Porque você é jovem, bela e não deve sair da sala de aula para legislar sem se divertir um pouco. É rainha agora, Elizabeth, pode fazer o que quiser. E ninguém pode recusar.

Ela riu da ideia.

— Hei de ser uma tirana?

— Se quiser — ele respondeu, negando as várias forças do reino, que inevitavelmente a dominariam: uma jovem sozinha em meio às mais inescrupulosas famílias da cristandade. — Por que não? Quem lhe diria "não"? A princesa francesa, sua prima Maria, desfruta os prazeres dela, por que não você os seus?

— Oh, ela — disse Elizabeth, irritada, uma carranca atravessando-lhe o semblante à menção de Maria, rainha dos escoceses, a princesa de 16 anos da corte francesa. — Ela leva uma vida só de prazeres.

Robert ocultou um sorriso pelo previsível ciúme de Elizabeth da princesa mais bonita e afortunada.

— Você terá uma corte que a deixará doente de inveja — garantiu-lhe. — Uma jovem, solteira e bela rainha, numa corte linda, alegre? Não há comparação com a rainha Maria, estorvada com um marido, o Delfim, governada pela família de Guise, e que passa toda a vida fazendo o que eles querem?

Eles viraram os cavalos de volta para casa.

— Vou dedicar-me a proporcionar-lhe diversões. Este é o seu momento, Elizabeth, sua era dourada.

— Eu não tive uma infância muito feliz — admitiu ela.

— Precisamos compensar isso agora. Você será a pérola no centro de uma corte de ouro. A corte dançará ao seu comando, este verão será cheio de prazer. Todos vão chamá-la de princesa dourada de toda a cristandade! A mais afortunada, a mais bela e a mais amada.

Viu a cor intensificar-se nas faces dela.

— Oh, sim — suspirou Elizabeth.

— Mas como vai sentir minha falta quando eu estiver em Bruxelas! — ele previu, sonsamente. — Todos esses planos terão de esperar a minha volta.

Viu-a pensar nisso.

— Você precisa voltar logo para casa.

— Por que não mandar outra pessoa? Alguém que diga a Felipe que você foi coroada; não precisa ser eu. E se não estiver aqui, quem vai organizar seus banquetes e festas?

— Cecil achou que você devia ir — ela respondeu. — Considerou um satisfatório cumprimento a Felipe mandar um homem que servira em seus exércitos.

Robert encolheu os ombros.

— Quem se importa com o que pensa o rei da Espanha agora? Quem se importa com o que pensa Cecil? Qual a sua opinião, Elizabeth? Quer que eu parta por um mês para outra corte em Bruxelas, ou que fique aqui para cavalgar, dançar com você e mantê-la alegre?

Viu os dentinhos brancos dela morderem os lábios para ocultar o sorriso satisfeito.

— Você pode ficar — respondeu, negligente. — Vou dizer a Cecil para enviar outra pessoa.

Foi o mês mais inclemente do ano no campo inglês, e Norfolk um dos condados mais tristes da Inglaterra. A breve rajada de neve em janeiro derretera-se, deixando a estrada para Norwich intransitável por veículo e desagradável em montaria, além de não haver nada a ser visto em Norwich, com exceção da catedral; e agora esse era um lugar de silêncios ansiosos, não de paz. As velas haviam-se extinguido sob a estátua de Nossa Senhora, o crucifixo continuava no altar, mas as tapeçarias e os quadros foram retirados. As pequenas mensagens e orações presas com alfinetes no manto da virgem também desapareceram. Ninguém sabia se era mais permitido rezar a Ela.

Amy não queria ver a igreja que amara desnudada de tudo que sabia ser sagrado. Outras igrejas na cidade haviam sido dessacralizadas e vinham sendo usadas como estábulos, ou transformadas em belas casas de campo. Amy não conseguia imaginar como alguém ousava pôr a cama onde ficara antes o altar; mas os novos homens desse reino eram ousados em seus interesses. O santuário em Walsingham ainda não fora destruído, mas Amy sabia que os iconoclastas se voltariam contra ele a qualquer dia agora, e onde rezaria uma mulher que quisesse conceber um filho? Que queria reconquistar o marido do pecado da ambição? Que queria conseguir trazê-lo de volta para casa mais uma vez?

Amy Dudley exercitava a caligrafia, mas isso parecia de pouca valia. Mesmo que conseguisse escrever uma carta ao marido, não tinha notícia alguma a lhe dar, com exceção do que ele já sabia: sentia saudades dele, o tempo estava péssimo e a companhia chata, as noites escuras e as manhãs frias.

Em dias assim, e ela os tinha vários, perguntava-se se não teria feito melhor se não tivesse casado com ele. Seu pai, que a adorava, fora contra o casamento desde o início. Na própria semana antes das bodas, ele se ajoelhara diante dela no salão da casa da fazenda de Syderstone, o rosto grande e redondo escarlate de tanta emoção, e implorara-lhe com um tremor na voz que pensasse melhor.

— Sei que ele é bonito, meu passarinho — dissera, enternecido. — E sei que será um grande homem, que o pai dele é um grande homem, e a própria corte real vai chegar para ver seu casamento em Sheen semana que vem, uma honra com que jamais sonhei, nem sequer para minha menina. Mas tem certeza de que quer um grande homem quando podia se casar com um bom rapaz de Norfolk e viver perto de mim, numa linda casinha que eu construiria para você, e ter meus netos criados como meus, e continuar sendo minha menina?

Amy pusera as pequenas mãos nos ombros dele e erguera-o, chorara com o rosto encostado em seu aconchegante paletó de confecção caseira, e depois o olhara, toda sorrisos, e dissera:

— Mas eu o amo, meu pai, e o senhor disse que devia me casar com ele se tivesse certeza; e perante Deus, eu tenho.

Ele não insistira — era sua única filha do primeiro casamento, a filha adorada, e jamais pudera negar-lhe nada. Amy se habituara a fazer o que queria. Nunca pensara que seu julgamento pudesse estar errado.

Tivera certeza então de que amava Robert Dudley; na verdade, tinha certeza agora. Não era falta de amor o que a fazia chorar à noite como se jamais fosse parar. Era excesso de amor. Amava-o, e cada dia sem ele era um dia longo e vazio. Suportara vários dias a sua ausência quando Robert fora prisioneiro e não podia ir ao seu encontro. Agora, amargamente, no momento de sua liberdade e ascensão ao poder, era mil vezes pior, porque agora ele podia ir ao seu encontro; mas preferira não fazê-lo.

A madrasta perguntou-lhe se ia juntar-se a ele na corte quando as estradas estivessem em condições de viagem. Amy gaguejou ao responder e sentiu-se como uma idiota, sem saber o que ia acontecer em seguida, nem para onde devia ir.

— Precisa escrever-lhe por mim — pediu a lady Robsart. — Ele me dirá o que devo fazer.

— Não quer escrever você mesma? — apressou-se a perguntar a madrasta. — Eu escreveria e você copiaria.

Amy desviou a cabeça para o outro lado.

— De que adianta? — perguntou. — Ele manda um auxiliar ler, de qualquer modo.

Lady Robsart, vendo que a enteada não ia ser tentada por mau gênio, pegou uma caneta, um pedaço de papel e esperou.

— Meu senhor — começou a enteada, com um mínimo tremor na voz.

— Não podemos escrever "meu senhor" — protestou a madrasta. — Quando ele perdeu o título por traição que ainda não lhe foi restaurado.

— Eu o chamo de meu senhor! — enfureceu-se Amy. — Ele era lorde Robert quando me procurou, e sempre foi lorde Robert para mim, qualquer que seja o nome pelo qual o chamam.

Lady Robsart arqueou as sobrancelhas, como a dizer que ele era um pobre coitado quando a procurou e continuava sendo um pobre coitado, mas escreveu as palavras e então parou, enquanto a tinta secava na pena afiada.

— Não sei onde gostaria que eu ficasse. Irei para Londres? — disse Amy, numa voz tão miúda quanto a de uma criança. — Vou-me juntar a você em Londres, meu senhor?

Elizabeth passou o dia todo em brasas, mandando as damas de companhia conferir se a prima entrara no grande salão, dando ordens aos pajens para não arredarem os pés do pátio dos estábulos, para que a prima fosse saudada e levada à sua sala de audiências na mesma hora. Catarina Knollys era filha da tia da rainha, Maria Bolena, e passara muito tempo com a jovem prima Elizabeth. As meninas haviam estabelecido uma ligação fiel durante todos os anos incertos da infância de Elizabeth. Catarina, nove anos mais velha, membro ocasional da corte de crianças e adolescentes que se reuniam no quarto de brinquedos da realeza em Hatfield, fora uma bondosa e generosa colega de folguedos quando a solitária menina saía à sua procura. E à medida que Elizabeth foi ficando mais velha, as duas descobriram que tinham muito em comum. Catarina era uma jovem de elevada formação intelectual, e protestante por total convicção. Elizabeth, menos convencida e com muito mais a perder, sempre tivera uma secreta admiração pela clareza inflexível da prima.

Catarina estivera com a mãe de Elizabeth, Ana Bolena, nos últimos e terríveis dias na Torre. Guardava desde aqueles dias uma profunda convicção da inocência da tia. Sua tranquila afirmação de que a mãe de Elizabeth não era prostituta, nem feiticeira, mas vítima de uma conspiração da corte, era um reconforto secreto para a menina cuja infância fora perseguida por difamações contra a mãe. No dia em que Catarina e a família deixaram a Inglaterra, expulsas pelas leis antiheresia da rainha Mary, Elizabeth declarara que tinha o coração dilacerado.

— Calma. Ela estará aqui em breve — tranquilizou-a Dudley, ao encontrar Elizabeth andando de uma janela no palácio de Whitehall para outra.

— Eu sei. Mas achei que ela estaria aqui ontem, e agora receio que só chegue amanhã.

— As estradas andam péssimas; mas ela com certeza vai chegar hoje.

Elizabeth torceu a franja da cortina e não percebeu que desfazia a bainha do tecido velho. Dudley postou-se ao seu lado e delicadamente tomou-lhe a mão. Ouviu-se o conter da respiração da corte em volta pela temeridade do gesto dele. Tomar a mão da rainha sem ser convidado, desprender-lhe os dedos, segurar as mãos firmemente na sua e dar-lhes uma sacudidela!

— Agora, acalme-se — disse Dudley. — Hoje ou amanhã, ela estará aqui. Gostaria de cavalgar com a possibilidade de encontrá-la?

Elizabeth viu que o céu cinza-ferro escurecia ainda mais com o início do crepúsculo de inverno.

— Na verdade, não — admitiu, sem vontade. — Se eu me desencontrar dela no caminho isso só vai tornar a espera mais longa. Quero estar aqui para recebê-la.

— Então sente-se — ele ordenou. — E peça algumas cartas, que podemos jogar até ela chegar. E se ela não chegar hoje, podemos jogar até você ganhar 50 libras de mim.

— Cinquenta! — exclamou, instantaneamente distraída.

— E não precisa apostar mais que uma dança após o jantar — disse ele, simpático.

— Eu me lembro de homens que diziam ter perdido fortunas para entreter seu pai — observou William Cecil, aproximando-se da mesa, enquanto se traziam as cartas.

— Ora, mas *ele* era um verdadeiro jogador — concordou Dudley amavelmente. — Quem chamaremos para ser o quarto?

— Sir Nicholas. — A rainha olhou em volta e sorriu para seu conselheiro. — Quer se juntar a nós para um jogo de cartas?

Sir Nicholas Bacon, o corpulento cunhado de Cecil, enfunou-se como uma vela mestra ao cumprimento da rainha, e dirigiu-se à mesa. O pajem trouxe um baralho novo, Elizabeth embaralhou as cartas rígidas com suas caras ameaçadoras, deu a Robert Dudley para cortar e começaram o jogo.

Ouviu-se um alvoroço no salão diante da sala de audiências, e então Catarina e Francis Knollys surgiram no vão da porta, um belo casal: Catarina, uma mulher de seus trinta e poucos anos, vestida com simplicidade e sorrindo de expectativa; o marido, um homem elegante no meio dos 40 anos. Elizabeth levantou-se de um salto, espalhando suas cartas, e atravessou correndo a sala de audiências ao encontro da prima.

Catarina abaixou-se numa mesura, mas Elizabeth mergulhou em seus braços e as duas se abraçaram, ambas em lágrimas. Sir Francis, em pé atrás, sorria benignamente da acolhida dada a sua mulher.

"É, faz bem em sorrir", observou Robert Dudley consigo mesmo, lembrando que sempre detestara a atitude esnobe do sujeito. "Você pensa que vai percorrer a estrada superior para o poder e a influência com sua amizade; mas descobrirá que se enganou. Essa jovem rainha não é nenhuma tola, não porá a bolsa onde se acha seu coração, a não ser que isso sirva aos interesses dela. Vai amá-lo, mas não promovê-lo, a não ser que seja para o próprio bem dela."

Como a sentir os olhos de Robert nele, Sir Francis ergueu a cabeça, e fez-lhe uma mesura.

— O senhor é calorosamente bem-vindo de volta à Inglaterra — disse Dudley, sorridente.

Sir Francis olhou em volta, absorveu a corte de antigos aliados, conspiradores, inimigos reformados, raras fisionomias novas, e voltou-se para Robert Dudley.

— Bem, aqui estamos afinal — disse. — Uma rainha protestante no trono, eu de volta da Alemanha e o senhor fora da Torre. Quem algum dia imaginaria isso?

— Uma longa e perigosa jornada para todos nós, peregrinos — disse Robert, mantendo o sorriso.

— Algum perigo ainda paira no ar para alguns de nós, acho — disse Sir Francis, animado. — Nem cinco minutos se haviam passado da minha chegada à Inglaterra, quando alguém me perguntou se eu achava que o senhor tinha influência demais e devia ser contido.

— É verdade — concordou Robert. — E o que respondeu?

— Que estava fazia menos de cinco minutos na Inglaterra e ainda tinha de formar uma opinião. Mas deve ficar de sobreaviso, Sir Robert. Tem inimigos.

Robert Dudley sorriu.

— Vêm com o sucesso — apressou-se a dizer. — E por isso me divertem.

Elizabeth estendeu a mão a Sir Francis.

Ele se adiantou, ajoelhou-se e beijou-lhe a mão.

— Vossa Graça — disse.

Robert, entendido nesses assuntos, admirou a ajoelhada majestosa e depois a classe com que ele se levantou. "É, mas isso lhe servirá muito pouco", disse a si mesmo. "Trata-se de uma corte de filhotes tutelados por um mestre de dança. Uma graciosa mesura não vai lhe proporcionar nada."

— Sir Francis, há muito que espero e espero sua chegada — disse Elizabeth, radiante de felicidade. — Aceitará um posto no meu Conselho Privado? Estou em grande carência de seu conselho abalizado.

"Conselho Privado! Deus do céu!", exclamou Robert para si mesmo, abalado de inveja.

— Muito me honrará — disse Sir Francis, com uma mesura.

— E eu gostaria que você servisse como vice-camareiro de minha casa e capitão da guarda — continuou Elizabeth, designando dois postos excelentes, que trariam com eles uma pequena fortuna em subornos de pessoas que quisessem acesso à rainha.

O sorriso de Robert Dudley nunca vacilava; ele pareceu encantado com a enxurrada de boa sorte no recém-chegado. Sir Francis curvou-se como aceitação de sua obediência e Dudley e Cecil encaminharam-se para ele.

— Bem-vindo ao lar! — disse Cecil calorosamente. — E bem-vindo ao serviço da rainha.

— Isso mesmo! — concordou Robert Dudley. — Uma calorosa acolhida ao senhor! Vejo que também vai fazer seus próprios inimigos.

Catarina, que estivera em rápida conversa com a prima, quis apresentar a filha que seria dama de honra de Elizabeth.

— E permitem-me apresentar minha filha, Laetitia? — perguntou.

Fez sinal em direção à porta, e a moça, que ficara parada atrás, semiescondida pela tapeçaria, adiantou-se.

William Cecil, que não era um homem dominado pelos encantos femininos, inspirou fundo ao ver a beldade de 17 anos, e disparou um olhar assombrado a Sir Francis. O pai sorria, um canto singular da boca curvado para cima, revelando que sabia exatamente o que Cecil pensava.

— Por Deus, eis uma moça que é a própria imagem da rainha — sussurrou-lhe. — Só que... — Interrompeu-se antes de cometer o engano de dizer "mais elegante", ou "mais bonita". — Bem poderia declarar sua mulher como sendo filha ilegítima de Henrique VIII, e liquidar o assunto.

— Ela nunca reivindicou isso, eu nunca reivindiquei, e não vamos fazê-lo agora — disse Sir Francis, pouco convincente, como se todos os da corte não estivessem se aconchegando uns aos outros e sussurrando, e a cor da jovem intensificou-se firmemente, mas os olhos escuros na rainha não oscilaram. — Na verdade, eu a acho muito parecida com o meu lado da família.

— Seu lado! — Cecil engasgou-se numa risada. — Ela é uma Tudor de corpo inteiro, só que tem toda a sedução das mulheres Howards.

— Eu não reivindico isso — repetiu Sir Francis. — E imagino, nesta corte e nestes tempos, que seria melhor para ela se ninguém comentasse.

Dudley, que logo detectara a semelhança, observava intensamente Elizabeth. Primeiro ela estendeu a mão para a moça beijá-la, as maneiras agradáveis de sempre, mal a vendo, pois Laetitia tinha a cabeça curvada na reverência, os brilhantes cabelos cor de cobre ocultos sob o capuz. Mas então, quando ela se ergueu e Elizabeth a examinou, Robert viu o sorriso da rainha desfazer-se devagar. Laetitia era como uma cópia mais jovem e delicada da rainha, como se uma peça de porcelana chinesa houvesse sido refinada a partir de um molde de cerâmica. Ao lado dela, o rosto de Elizabeth era largo demais, o nariz cavalar, do lado Bolena, longo demais, os olhos muito salientes, a boca estreita. Laetitia, sete anos mais moça, era rechonchuda como uma criança, o nariz uma perfeita inclinação, os cabelos um cobre mais escuro do que o bronze da rainha.

Robert Dudley, olhando a moça, achou que um rapaz mais jovem, mais tolo que ele mesmo, talvez pensasse que a estranha sensação instalada em seu peito era devido ao coração dando voltas.

— Seja bem-vinda à minha corte, prima Laetitia — disse friamente a rainha.

Lançou um olhar rápido e irritado a Catarina, como se de algum modo ela fosse a culpada por criar tal exemplo de perfeição.

— Ela muito se alegra de estar a seu serviço — interpôs-se Catarina, apaziguadora. — E você vai descobrir que é uma boa moça. Um tanto crua e impulsiva ainda, Vossa Graça, mas aprenderá muito rápido a ser elegante. Ela me lembra muito os retratos de meu pai, William Carey. A semelhança é impressionante.

William Cecil, sabedor de que William Carey era tão moreno quanto Henrique VIII, e os cabelos dessa moça cor de cobre idêntica, ocultou outro arquejo aspirado pigarreando.

— E agora queiram se sentar, tomem uma taça de vinho e me falem de suas viagens.

Elizabeth desviou-se da jovem beldade à sua frente. Catarina ocupou um banco ao lado da prima e fez um gesto para que a filha se retirasse. O primeiro passo difícil fora alcançado; Elizabeth se vira diante de uma versão mais jovem e bela de sua própria aparência impressionante, e conseguira sorrir com suficiente prazer. Catarina pôs-se a contar seus casos de viajante, e achava que ela e a família haviam realizado seu retorno à Inglaterra muito bem, considerando-se todas as circunstâncias.

Amy aguardava uma resposta de Robert, dizendo-lhe o que fazer. Todo meio-dia saía a pé de casa, percorria quase um quilômetro pelo caminho que levava à estrada para Norwich, onde um mensageiro passava a cavalo, quando vinha nesse dia. Esperava alguns minutos, contemplando a desolada paisagem, o manto envolto em toda a sua volta contra o vento dolorosamente frio de fevereiro.

— É uma atitude horrível da parte dele! — queixou-se lady Robsart ao jantar. — Ele me mandou algum dinheiro para seu sustento com um bilhete do secretário, sem sequer uma palavra dele. Que bela maneira de tratar a sogra.

— Ele sabe que a senhora não gosta dele — respondeu Amy, cheia de vigor. — Como jamais quis uma palavra dele quando se achava em desgraça, por que ele a honraria com sua atenção agora que metade do mundo quer ser amiga dele?

— Pois muito bem — disse a mais velha —, e você também diz que está satisfeita de ser negligenciada por ele?

— Não sou negligenciada — sustentou Amy com vigor. — Porque é por mim e por nós que ele trabalha esse tempo todo.

— Acompanhante de dança a serviço da rainha é trabalho, é? E ela sendo uma jovem tão lasciva quanto a mãe? E com uma consciência de Bolena para combinar? Ora, você me surpreende, Amy. Poucas mulheres ficariam felizes deixadas em casa enquanto os maridos esperam as ordens de uma mulher dessas.

— Toda esposa na Inglaterra se sentiria felicíssima — retrucou asperamente Amy. — Porque toda mulher na Inglaterra sabe que só na corte se ganha dinheiro, conquistam postos e garantem posições. Assim que Robert fizer fortuna, ele voltará para mim, e vamos comprar nossa casa.

— Syderstone não será bom o bastante para você, então — escarneceu a madrasta.

— Eu vou sempre amá-la como meu lar, admiro meu pai pelo trabalho que fez lá, e sempre serei grata por ele tê-la deixado para mim em seu testamento — disse Amy, controlando-se. — Mas não, Syderstone não será bom o bastante para Robert, agora que ele subiu na corte, e não será bom o bastante para mim.

— E não se importa? — sugeriu-lhe sonsa a madrasta. — Não se importa por ele ter partido correndo para Elizabeth em sua ascensão e você não tê-lo visto desde então? E com o fato de todo mundo dizer que ela o favorece acima de todos os outros homens, e ele estar sempre em sua companhia?

— Ele é um cortesão — respondeu Amy, resoluta. — Sempre esteve ao lado do rei Eduardo, seu pai sempre ao lado do rei Henrique. Ele deve ficar ao lado dela. É isso que faz um cortesão.

— Não tem medo que ele se apaixone por ela? — atormentou-a a mais velha, sabendo que pressionava a enteada no ponto mais doloroso.

— Ele é meu marido — disse Amy, firme. — Ela é a rainha da Inglaterra. E sabe disso tanto quanto ele. Participou como convidada do meu casamento. Todos sabem o que é permitido e o que não é. Vou ficar muito feliz ao vê-lo quando chegar, mas até esse dia hei de esperá-lo pacientemente.

— Então você é uma santa! — declarou a madrasta, alegre. — Porque eu ficaria tão ciumenta que iria a Londres exigir que procurasse uma casa para mim na mesma hora.

Amy arqueou as sobrancelhas, a perfeita imagem do desprezo.

— Então cometeria um erro sobre como se deve comportar a mulher de um cortesão — disse friamente. — Dezenas de mulheres estão na mesma situação que a minha e sabem como se comportar, se desejam que o marido promova sua fortuna na corte.

Embora lady Robsart deixasse o assunto morrer por aí, mais tarde naquela noite, quando Amy já dormia, pegou a pena e escreveu ao insatisfatório genro.

Sir Robert,
Se é agora um homem tão poderoso quanto dizem, não é correto que sua mulher seja deixada em casa sem bons cavalos nem roupas novas. E ela também precisa de diversão, bons amigos e uma dama refinada para fazer-lhe companhia. Se não for chamá-la à corte, peça aos seus nobres amigos (suponho que mais uma vez os tenha) que a recebam em seus lares, enquanto procura uma casa adequada para ela em Londres. Amy vai precisar de uma escolta que a leve e uma dama de companhia, pois não posso acompanhá-la, estando muito preocupada com os negócios da fazenda, que continuam péssimos. A Sra. Oddingsell teria muito prazer em ser chamada, ouso dizer. Muito me alegraria sua resposta imediata (pois me faltam a doçura e a paciência de sua mulher), e também o acerto total de sua dívida comigo, que é de £22.

Sarah Robsart

Cecil sentava-se à sua pesada escrivaninha com as várias gavetas trancadas nos aposentos que ocupava no palácio de Whitehall, na primeira semana de fevereiro, lendo uma carta em código de seu agente em Roma. O primeiro ato na ascensão de Elizabeth ao trono fora pôr tantos amigos de confiança, parentes e funcionários em tantas cortes-chave na Europa quanto se podia permitir, e instruí-los a manterem-no informado de qualquer palavra, rumor, vestígio de rumor, que mencionasse a Inglaterra e sua nova, e frágil, monarca.

Satisfazia-o haver instalado mestre Thomas Dempsey na corte papal em Roma. Mestre Thomas era mais conhecido para os colegas em Roma como irmão Thomas, um padre da Igreja Católica. A rede de Cecil capturara-o chegando à Inglaterra nas primeiras semanas do reinado da nova rainha, com uma faca escondida nas malas e um plano para assassiná-la. O homem de Cecil na Torre primeiro o torturara e depois o contratara. Agora era um espião contra seus antigos amos, servindo aos protestantes, contra a fé de seus pais. Cecil sabia que fora uma mudança de convicção forçada pelo desejo do homem de sobreviver, e que muito em breve o padre voltaria a abraçar sua antiga fé. Mas, nesse meio-tempo, o material que enviava era inestimável, e ele, erudito o bastante para escrever seus relatórios e depois traduzi-los em latim e depois do latim para código.

Mestre secretário, Sua Santidade tem analisado um decreto que estipulará que monarcas hereges podem ser justamente desafiados pelos súditos, e que tal desafio, mesmo chegando à rebelião armada, não é pecado.

Cecil reclinou-se em sua cadeira estofada e releu a carta, certificando-se de que não houvesse cometido nenhum erro na dupla tradução, primeiro do código e depois do latim. Era uma mensagem de tal enormidade que não conseguia acreditar, embora estivesse em inglês claro diante dele.

Tratava-se de uma sentença de morte para a rainha. Garantia a quaisquer católicos descontentes a possibilidade de conspirar com toda a impunidade, na verdade com a bênção do Santo Padre. Era uma verdadeira cruzada contra a jovem rainha, tão poderosa e imprevisível como o ataque dos Cavaleiros Templários aos mouros. Autorizava o assassino desequilibrado, o sujeito com algum ressentimento; de fato, punha-lhe o punhal nas mãos. Violava a promessa eterna de que um monarca ungido tinha a obediência de todos os seus súditos, mesmo daqueles que discordassem dele. Quebrava a harmonia do universo, que punha Deus acima dos anjos, os anjos acima dos reis, os reis acima dos mortais. Um homem não podia atacar um rei mais do que um rei podia atacar um anjo, nem um anjo atacar Deus. Essa loucura do papa violava o acordo tácito de que um monarca jamais devia encorajar os súditos de outro monarca terrestre a se insurgirem contra ele.

A suposição sempre fora a de que reis se mantivessem unidos, de que nada era mais perigoso do que um povo com uma autorização. Agora que o papa ia dar ao povo uma autorização para rebelar-se contra Elizabeth, quem sabia quantos talvez se valessem dessa permissão?

Cecil tentou puxar a folha de papel para junto de si e descobriu que suas mãos tremiam. Pela primeira vez naqueles angustiantes meses, ele achou realmente que seriam derrotados. Imaginou que se alinhara a uma causa condenada. Não acreditava que Elizabeth sobrevivesse a isso. Muitos se haviam oposto a ela desde o início; assim que soubessem que sua trama traiçoeira não era mais pecado, iriam se multiplicar como piolhos. Já bastava ela ter de lutar com a Igreja, com o Conselho, com o Parlamento; nenhum deles unânime em seu apoio, alguns em franca oposição. Se o próprio povo se voltasse contra ela, Elizabeth não poderia durar muito.

Ele pensou por um momento, apenas por um momento, que talvez houvesse feito melhor se apoiasse Henrique Hastings como o pretendente protestante mais indicado ao trono, pois o papa certamente não ousaria convocar uma rebelião contra um rei. Pensou por outro momento que devia ter exortado Elizabeth a aceitar a elevação da hóstia, manter a Igreja na Inglaterra igualmente papista por mais ou menos um ano, para facilitar a transição da Reforma.

Cerrou os dentes. O que estava feito estava feito, e todos teriam de conviver com seus erros, e alguns morreriam por eles. Tinha plena certeza de que Elizabeth morreria, para citar apenas um. Fechou as mãos uma na outra, até voltarem a ficar firmes, e então começou a planejar meios de garantir que um assassino não alcançasse Elizabeth na corte, quando ela saísse para caçar, quando fosse ao rio, quando em visitas.

Era uma tarefa assustadora. Cecil ficou acordado a noite toda escrevendo listas de homens em quem podia confiar, preparando planos para mantê-la protegida sob guarda, e soube no fim que se os católicos da Inglaterra obedecessem ao papa, o que deveriam fazer, Elizabeth era uma mulher morta e ele só podia retardar seu funeral.

Amy Dudley não recebeu nenhuma carta do marido convidando-a para a corte, nem ninguém para dizer-lhe aonde deveria ir. Em vez disso, recebeu um convite muito agradável dos primos dela em Bury St. Edmunds.

— Viu? Ele mandou me buscar! — comentou, maravilhada, com a madrasta. — Eu disse que ele ia mandar me buscar assim que tivesse condições. Preciso partir assim que seus homens chegarem para me escoltar.

— Fico muito feliz por você, Amy — disse lady Robsart. — Ele mandou algum dinheiro?

O trabalho de Robert, como estribeiro-mor da rainha, era dirigir os estábulos reais, cuidar da saúde, bem-estar e treinamento de cada animal, desde os grandes cavalos de caça aos mais inferiores do comboio de carga. Nobres de visita, com centenas de homens montados, tinham de ter seus cavalos acomodados nos estábulos, os convidados da rainha precisavam ser providos de boas montarias para cavalgarem com ela. As damas de sua corte tinham de ter à sua disposição palafréns de temperamento dócil. Os paladinos da rainha tinham de alojar em estábulos seus cavalos de guerra para torneios de justa. Os perdigueiros para a caça também cabiam à jurisdição dele, além dos falcões adestrados para a falcoaria, gaviões para a caça, o couro, os arreios, as carroças, as carreteiras para as enormes excursões de um castelo a outro, as encomendas e entregas de feno e ração, tudo era responsabilidade de Sir Robert.

"Então, como", perguntou-se Cecil, "o homem tinha tanto tempo livre à disposição? Por que vivia ao lado da rainha? Desde quando Robert Dudley se interessava pela moeda do reino e seu valor em queda?"

— Temos de cunhar novas moedas — anunciou Sir Robert.

Introduzira-se sem ser convidado na conferência matinal da rainha com seu conselheiro pela simples técnica de trazer um ramo de folhas verdejantes e depositá-las sobre os documentos de estado. "Como se houvesse ido à celebração da festa da primavera em 1º de maio", pensou ressentidamente Cecil. Elizabeth sorrira e com um gesto permitira-lhe sentar-se, e agora ele participava da conferência.

— As moedas menores estão raspadas e gastas até quase perder o valor.

Cecil não respondeu. Isso era bem evidente. Sir Thomas Gresham, em seu imenso empório mercantil em Antuérpia, vinha examinando o problema fazia anos, enquanto seu próprio negócio flutuava catastroficamente com o valor instável da moeda inglesa, e os investimentos em empréstimos aos monarcas da Inglaterra iam ficando cada vez mais precários. "Mas parece que agora, muito superiores às opiniões de Gresham, somos abençoados com as perspicácias de Sir Robert Dudley."

— Temos de resgatar as moedas velhas e substituí-las por outras boas, de ouro maciço.

A rainha olhou-o, preocupada.

— Mas as velhas moedas foram tão mastigadas e raspadas que não conseguiremos nem a metade de nosso ouro de volta.

— Tem de ser feito — declarou Dudley. — Ninguém sabe o valor de um penny, ninguém confia nos quatro pennies que valiam um *groat*. Quando a gente tenta resgatar uma dívida antiga, como fiz, descobre que é paga em moedas que valem a metade do valor do empréstimo original. Quando nossos mercadores vão ao exterior pagar suas compras, são obrigados a esperar enquanto os comerciantes estrangeiros trazem as balanças para pesar as moedas e riem deles. Nem se dão o trabalho de olhar o valor cunhado na face; compram pelo peso. Ninguém confia mais na moeda inglesa. E o maior perigo é que, se emitirmos novas moedas, de valor total em ouro, e depois ficarem igualmente maltratadas, não ganharemos nada, a não ser que primeiro recolhamos as antigas. Do contrário, jogamos fora nossa riqueza.

Elizabeth virou-se para Cecil.

— Ele tem razão — admitiu o conselheiro de má vontade. — É exatamente isso o que Sir Thomas Gresham acha.

— A moeda ruim expulsa a boa — decretou Sir Robert.

Alguma coisa no tom dele chamou a atenção de Cecil.

— Eu não sabia que você tinha estudado questões mercantis — observou gentilmente.

Só Cecil viu o fugaz e oculto divertimento no rosto do mais moço.

Mas só ele esperava isso.

— Um bom servidor da rainha precisa pensar em todas as suas necessidades — disse Sir Robert, sem se alterar.

"Bom Deus, ele interceptou as cartas de Gresham a mim", pensou Cecil. Por um momento, ficou tão aturdido com a impertinência do rapaz em espionar o mestre da espionagem da rainha, que mal conseguiu falar. "Deve ter agarrado o mensageiro, copiado a carta e a lacrado de novo. Mas como? E em que ponto da jornada de Antuérpia? E se ele pode se apoderar das cartas de Gresham, que outras informações tem de mim?"

— As ruins expulsam as boas? — repetiu a rainha.

Robert Dudley voltou-se para ela.

— Na cunhagem como na vida — respondeu-lhe, com um ar de intimidade, como se apenas para os ouvidos dela. — As alegrias menores, os prazeres mais ignóbeis, são aqueles que consomem o tempo de um homem ou de uma mulher, fazem exigências. As coisas mais refinadas, o verdadeiro amor ou uma vida espiritual entre um homem e seu Deus, essas são as expulsas dia após dia. Não acha que isso é verdade?

Por um momento, ela pareceu totalmente extasiada.

— É isso mesmo. É sempre mais difícil arranjar tempo para as experiências verdadeiramente valiosas, há sempre as comuns a serem feitas.

— Para ser uma rainha extraordinária, você tem de escolher — disse ele, em voz baixa. — Tem de escolher o melhor, todo dia, sem concessão, sem ouvir seus conselheiros, guiada pelo seu próprio verdadeiro coração e altíssima ambição.

Ela inspirou um pouco e olhou-o como se ele soubesse desvendar os segredos do universo, como se fosse seu professor, John Dee, a falar com os anjos e predizer o futuro.

— Quero escolher o melhor — disse ela.

Robert sorriu.

— Eu sei que quer. Essa é uma das várias coisas que partilhamos. Nós dois queremos apenas o melhor. E agora temos uma oportunidade de alcançá-lo.

— Boa moeda? — ela sussurrou.

— Boa moeda e amor verdadeiro.

Com um esforço, ela desprendeu os olhos dele.

— Que acha, Espírito?

— Os problemas da cunhagem são bem conhecidos — respondeu Cecil, desanimado. — Qualquer comerciante em Londres lhe diria a mesma coisa. Mas o remédio não é aceito de forma tão generalizada. Acho que todos concordamos que uma moeda de uma libra não vale mais uma moeda de ouro, mas como restaurá-la vai ser difícil. O fato é que não temos ouro de sobra para cunhar novas moedas.

— Já preparou um plano de como revalorizar a moeda? — cobrou rapidamente Dudley do secretário de Estado.

— Tenho examinado isso com os conselheiros da rainha — respondeu Cecil, formal. — Homens que vêm pensando nesse problema há vários anos.

Dudley deu seu sorriso irrepreensível.

— É melhor mandá-los se apressar — recomendou cheio de animação.

— Estou elaborando um plano.

— Enquanto faz isso, vamos passear no jardim — propôs Dudley, criando deliberadamente um mal-entendido.

— Não posso elaborá-lo já! — exclamou Cecil. — Vou levar semanas para planejá-lo adequadamente.

Mas a rainha já se levantara; Dudley oferecera-lhe o braço, os dois fugiram da sala de audiências com a rapidez de estudantes debandando de uma aula. Cecil voltou-se para as damas de companhia da rainha, que se apressavam a fazer as mesuras.

— Vão com a rainha — disse.

— Ela nos chamou? — indagou uma das damas.

Cecil assentiu com a cabeça.

— Caminhem com eles e levem o xale dela, hoje está frio.

No jardim, Dudley reteve a mão da rainha e enfiou-a sob o cotovelo.

— Sei andar sozinha, você sabe — disse ela, atrevida.

— Eu sei. Mas gosto de segurar sua mão, gosto de caminhar ao seu lado. Permite-me?

Ela não disse sim nem não, mas deixou a mão no braço dele. Como sempre acontecia com Elizabeth, dava um passo à frente e depois recuava outro. Assim que o deixou manter a mãozinha aquecida no braço, decidiu suscitar a questão de sua mulher.

— Você não vai me perguntar se pode trazer lady Dudley para a corte? — começou, provocativa. — Não quer que ela a frequente? Não vai me pedir por ela um lugar em meu serviço? Estou surpresa de que não a tenha me indicado para uma de minhas damas de companhia. Foi bastante rápido ao recomendar sua irmã.

— Ela prefere morar no campo — disse Robert, impassível.

— Você tem uma casa de campo agora?

Ele fez que não com a cabeça.

— Ela tem uma casa que herdou do pai em Norfolk, mas é pequena e inconveniente demais. Mora com a madrasta em Stanfield Hall, perto; mas vai se hospedar com meus primos em Bury St. Edmunds esta semana.

— Vai comprar uma casa agora? Ou construir uma nova?

Ele encolheu os ombros.

— Hei de encontrar uma boa terra e construir uma boa casa, mas vou passar a maior parte do tempo na corte.

— Oh, vai, verdade? — ela perguntou, com um ar de flerte.

— Um homem se afasta do sol para a sombra? Deixa ouro por metal dourado? Prova do bom vinho e depois quer do ruim? — Tinha a voz propositalmente sedutora. — Hei de ficar na corte para sempre, se me deixar, refestelando-me na luz do sol, enriquecido pelo ouro, embriagado no perfume do melhor vinho imaginável. Que dizíamos: que não deixaríamos o ruim expulsar o bom? Que teríamos os dois o melhor de tudo?

Ela absorveu o cumprimento por um longo e delicioso momento.

— E sua mulher deve estar certamente muito velha agora?

Dudley sorriu-lhe de cima, sabendo que ela o provocava.

— Ela tem 30 anos, apenas cinco mais que eu — respondeu. — Como creio que você sabe. Esteve em meu casamento.

Elizabeth fez uma pequena careta.

— Isso foi anos e anos atrás, eu já tinha quase esquecido.

— Quase dez — ele murmurou.

— E achei mesmo então que ela era de muita idade.

— Só tinha 21.

— Bem, velha para mim, eu só tinha 16. — Falseou um sobressalto de surpresa. — Oh! Você também. Não o surpreendeu se casar com uma mulher tão mais velha que você?

— Não me surpreendeu — ele respondeu, sem alterar a voz. — Eu sabia qual era a idade e posição dela.

— E ainda sem filhos?

— Deus ainda não nos abençoou.

— Acho que ouvi um murmuriozinho de que você se casou com ela por amor, por um amor passional, e contra os desejos do seu pai — ela o incitou.

Ele fez que não com a cabeça.

— Ele só se opôs porque eu era muito jovem, não tinha nem 17 anos e ela, apenas 21. E imagino que teria escolhido uma noiva melhor para mim se eu lhe houvesse dado chance. Mas não negou sua permissão assim que a pedi, e Amy trouxe um belo dote. Eles tinham boas terras em Norfolk tratadas para criação de ovelhas, e naqueles dias meu pai precisava aumentar nossos amigos e influência no leste do país. Ela era a única herdeira de seu pai, que ficou muito feliz com a união.

— Só posso imaginar que sim! — exclamou ela. — O filho do duque de Northumberland para uma moça que jamais estivera na corte, que mal sabia escrever seu nome e nada fazia além de ficar em casa e chorar no momento em que o marido se deparou com problemas?

— Deve ter sido um murmuriozinho muito detalhado que chegou aos seus ouvidos — observou Robert. — Você parece conhecer toda a minha história conjugal.

O gorgolejo da alegre risada de Elizabeth foi reprimido quando a dama de companhia surgiu atrás deles.

— Vossa Graça, eu trouxe seu xale.

— Eu não pedi nenhum — disse Elizabeth, surpresa. Tornou a voltar-se para Robert. — Sim, claro, ouvi falar de seu casamento. E que tipo de mulher era sua esposa. Mas havia me esquecido.

Ele fez uma mesura, o sorriso rondando em volta da boca.

— Posso ajudá-la a ampliar mais sua memória?

— Bem — ela respondeu, cativante. — O que ainda não entendo com clareza é por que se casou com ela em primeiro lugar, e, se foi amor como ouvi dizer, se ainda a ama.

— Eu me casei com ela porque tinha 16 anos, um jovem de sangue quente; ela tinha um belo rosto e estava disposta a se casar — explicou, com cuidado para não deixar parecer romântico demais à sua plateia mais crítica, embora se lembrasse muito bem como fora, e que ficara louco por Amy, desafiando o pai dela e insistindo em tê-la como esposa. — Eu estava doido para ser um homem casado e adulto, como pensava. Tivemos alguns anos felizes juntos, mas ela era a filha preferida do pai e habituada a ser mimada. Com justiça, acho que eu também era um filho preferido e tinha sido ricamente abençoado. Um par de moleques mimados, de fato. Não soubemos lidar muito bem um com o outro depois que passou a novidade. Eu fui para a corte no séquito de meu pai, como você sabe, e ela ficou no campo... e que Deus a abençoe... não tem ares nem graças. Não tem talentos cortesões e nenhuma vontade de aprendê-los.

"Então, para dizer a verdade, quando estava na Torre e no terror pela minha vida, deixei até mesmo de pensar nela. Ela me visitou uma ou duas vezes, quando as mulheres de meus irmãos os visitaram; mas não me trouxe nenhum reconforto. Era como ouvir falar de outro mundo: ela me falava da colheita do feno, das ovelhas e brigas com as criadas. Eu simplesmente me sentia mal, tenho certeza, como se ela me atormentasse com o mundo seguindo em frente sem mim. Parecia-me que era mais feliz sem mim. Havia retornado para a casa do pai, livre da mancha de desgraça de minha família, retomado mais uma vez sua vida de infância, e quase achei que preferia que eu estivesse trancado, em segurança, longe dos problemas. Preferia que eu fosse um prisioneiro a um eminente na corte e filho do mais poderoso."

Ele se interrompeu um momento.

— Você sabe como é — disse. — Quando somos prisioneiros, depois de algum tempo nosso mundo se reduz às paredes de pedra da masmorra, nossa caminhada é ir até a janela e refazer o caminho inverso. Nossa vida não passa de lembranças. E então passamos a ansiar pelo jantar. Sabemos que somos um prisioneiro de verdade. Esquecemos de desejar o mundo lá fora.

Instantaneamente Elizabeth apertou o braço dele.

— É — disse, pela primeira vez sem coquetismo. — Deus sabe que eu sei como é. E estraga nosso amor por tudo do lado de fora.

Ele assentiu com a cabeça.

— É. Sabemos os dois. Então, quando fui solto e saí da Torre, era um homem arruinado. Toda a riqueza de nossa família havia sido confiscada. Eu era um homem pobre.

— Um mendigo robusto? — ela sugeriu com um sorriso.

— Nem sequer muito vigoroso. Fui arrasado até o chão, Elizabeth; cheguei ao mais baixo a que pode chegar um homem. Minha mãe morreu implorando nossa liberdade. Meu pai tinha abjurado diante de todos nós, dito que nossa fé havia sido uma praga no reino. Isso corroeu minha alma; senti tanta vergonha. Depois, embora nos houvéssemos ajoelhado perante eles para conseguir seu perdão, eles o executaram como traidor, e, que Deus o tenha, ele recebeu uma morte que nos envergonhou a todos.

"Meu adorado irmão John adoeceu na Torre comigo e não pude salvá-lo, nem cuidar dele, não sabia o que fazer. Deixaram-no ficar com minha irmã, mas morreu da doença, Tinha só 24 anos, mas não pude salvá-lo. Eu tinha sido um filho medíocre, um irmão medíocre, e segui os passos de um pai medíocre. Não havia muito do que me orgulhar quando saí da Torre."

Ela esperou.

— Eu não tinha lugar algum para ir, além da casa da madrasta dela, em Stanfield Hall, Norfolk — ele continuou, a amargura na voz ainda intensa. — Tudo que tínhamos: a casa de Londres, as grandes propriedades, a casa em Syon, tudo se fora. A coitada da Amy tinha perdido até a própria herança, a fazenda do pai em Syderstone. — Deu uma risada curta. — A rainha Mary tinha posto as freiras de volta em Syon. Imagine! Minha casa era mais uma vez um convento, e elas cantavam o *Te Deum* em nosso grande salão.

— A família dela tratou você bem? — perguntou Elizabeth, adivinhando a resposta.

— Como todo mundo trataria um genro que se apresentara como o mais poderoso homem no reino e depois volta para casa como um prisioneiro sem um centavo e com os nervos abalados por causa da prisão — ele respondeu secamente. — A madrasta dela jamais me perdoou pela sedução da filha de John Robsart e o colapso de suas esperanças. Jurou que ele havia morrido de profundo sofrimento pelo que eu tinha feito à sua filha, e ela também jamais me perdoou. Nunca me deu mais que alguns pennies para ter no bolso. E quando souberam que eu tinha estado em Londres para uma reunião, me ameaçaram de me pôr para fora de casa só com as minhas botas.

— Que reunião? — ela perguntou, conspiradora de longo hábito.

Ele deu de ombros.

— Oh, para pôr você no trono — respondeu, a voz muito baixa. — Nunca parei de conspirar. Meu grande terror era sua irmã ter um filho e cairmos em desgraça. Mas Deus foi bom para nós.

— Arriscou sua vida tramando por mim? — ela perguntou, os olhos escuros arregalados.

Ele sorriu-lhe.

— Claro — disse com naturalidade. — Quem mais existe para mim, senão Elizabeth da Inglaterra?

Ela suspirou de leve.

— E depois disso, foi obrigado a ficar quieto em casa?

— Eu, não. Quando eclodiu a guerra, meu irmão e eu nos oferecemos como voluntários para servir a Felipe contra os franceses nos Países Baixos. — Sorriu. — Eu a vi antes de embarcar. Lembra-se?

O olhar dela foi afetuoso.

— Claro. Eu fui lá para me despedir de Felipe e escarnecer da pobre Mary, e lá estava você, o belo aventureiro que sempre partia para a guerra, sorrindo de cima do navio real para mim embaixo.

— Tinha de encontrar um jeito de me levantar de novo. Escapar da família de Amy. — Ele fez uma pausa. — E de Amy — confessou.

— Deixou de amá-la?

Robert sorriu.

— Aquilo que agrada a um jovem que não sabe de nada aos 16 anos não pode segurar um homem que foi obrigado a examinar sua vida, pensar no que lhe é caro, e começar mais uma vez desde o início. Meu casamento já estava acabado quando saí da Torre. A humilhação da madrasta observando de perto só rematou o fim. Lady Robsart me levou ao mais baixo que podia chegar. Não pude perdoar Amy por testemunhar isso. Não pude perdoá-la por não ter tomado o meu lado. Talvez a houvesse amado mais se tivéssemos saído daquela casa juntos para o desastre. Mas ela se sentava junto à lareira em seu banquinho e me lembrava de vez em quando, quando erguia os olhos da bainha que fazia em camisas, que Deus nos ordena a honrar nosso pai e mãe, e que éramos totalmente dependentes dos Robsarts.

Interrompeu-se, o rosto sombrio da raiva lembrada. Elizabeth escutava, ocultando seu prazer.

— Então... parti para lutar nos Países Baixos, e achei que faria meu nome e fortuna naquela guerra. — Deu uma risada curta. — Perdi meu irmão, perdi quase toda a minha tropa, e perdi Calais. Voltei para casa um homem ainda mais humilhado.

— E ela se importou com você?

— Foi quando ela achou que eu devia ser um condutor de parelha — respondeu, ressentido. — Lady Robsart me ordenou trabalhar nos campos.

— Não!

— Queria me pôr de joelhos. Saí de casa naquela noite, e passei a me hospedar na corte ou com os amigos que me acolhessem. Meu casamento tinha acabado. No fundo do coração, eu era um homem livre.

— Um homem livre?

— Sim — ele confirmou firmemente. — Sou livre para amar de novo, e desta vez não vou aceitar nada além do melhor. Não vou deixar que a moeda fraca expulse a de ouro.

— Na verdade — disse Elizabeth, de repente fria, e logo se retraindo da intimidade perigosa. Virou-se e fez sinal na direção da dama de companhia. — Vou querer esse xale agora — disse. — Pode caminhar conosco.

Seguiram em silêncio, Elizabeth absorvendo o que ele lhe contara, peneirando a verdade comprovada do que era enfeite. Não era tola a ponto de acreditar na palavra de um homem casado. Ao seu lado, Dudley reexaminou o que dissera, decididamente ignorando um desconfortável sentimento de deslealdade por Amy, cujo amor, ele sabia, fora mais fiel, e continuou com mais força do que ele optara por descrever. Claro que o amor remanescente por ela, ele negara completamente.

Cecil, Sir Francis Knollys e o jovem tio de 23 anos da rainha, Thomas Howard, duque de Norfolk, postavam-se, cabeças juntas, na janela saliente privada da sala de audiências; atrás deles, a corte da rainha espalhava-se conversando, tramando, flertando. A rainha no trono falava com o embaixador da Espanha em espanhol fluente. Cecil, um dos ouvidos inclinados para qualquer perigo daquele lado, expressava-se, no entanto, de modo muito objetivo com Sir Francis Knollys.

— Precisamos encontrar um meio de revistar todo mundo antes que se aproxime da rainha, até os cavalheiros da corte.

— Seríamos muito ofensivos — relutava o duque. — E a ameaça certamente não vem dos plebeus?

— Vem de todo papista convicto — afirmou Cecil sem rodeios. — A declaração do papa, quando publicada, vai torná-la um cordeiro para o massacre como nunca foi antes.

— Ela não pode mais jantar em público — disse Sir Francis Knollys, pensativo. — Teremos de negar permissão às pessoas de entrarem e saírem durante seu jantar.

Cecil hesitou. Acesso ao monarca, ou mesmo aos grandes lordes em seus salões, era parte da ordem natural, como sempre as coisas haviam sido. Se isso fosse mudado, a corte estaria comunicando com muita clareza às pessoas que não mais confiava nelas, e que se retirava para trás de portas trancadas.

— Vai parecer estranho — disse, de má vontade.

— E dificilmente ela vai poder fazer mais qualquer cortejo público — acrescentou Sir Francis. — Como é possível fazer isso?

Antes que Cecil pudesse detê-lo, Sir Francis fez sinal para Robert Dudley, que pediu licença ao grupo à sua volta e encaminhou-se na direção deles.

— Se acrescentá-lo ao nosso Conselho, eu saio — disse o duque bruscamente.

— Por quê? — perguntou Sir Francis. — Ele sabe como fazer isso melhor que qualquer um de nós.

— Ele não conhece nada além da própria ambição, e você vai lamentar o dia em que porventura incluí-lo em qualquer coisa — continuou brusco Thomas Howard, e deu as costas quando Dudley se juntou a eles.

— Bom dia, Sir William, Sir Francis.

— Que é que tem o jovem Howard? — perguntou Sir Francis, quando passou dando um esbarrão em outro homem e se afastou.

— Acho que sofre com a ascensão de minha estrelinha — disse Dudley, divertido.

— Por quê?

— O pai dele odiava o meu — disse Dudley. — De fato, Thomas Howard prendeu meu pai, meus irmãos e eu e nos fez caminhar para a Torre. Acho que não esperava me ver sair mais uma vez de lá caminhando.

Sir Francis balançou a cabeça, absorvendo.

— Deve temer que ele influencie a rainha contra você.

— É melhor que receie que eu influencie a rainha contra ele — respondeu Dudley. Sorriu para Cecil. — Ela sabe quem são seus amigos. Sabe quem continuou sendo amigo durante os anos de suas tribulações.

— E as tribulações ainda não terminaram — comunicou Sir Francis, retomando à questão principal. — Falamos da segurança da rainha quando ela sai para todo lado. Sir William tem a notícia de que o papa sancionou o uso da força contra ela por homens e mulheres plebeus.

Dudley voltou o rosto espantado para o mais velho.

— Será que é verdade? Certamente ele jamais faria uma coisa dessas? Isso é uma blasfêmia!

— Está em exame — disse Cecil, impassível. — E haveremos de receber a confirmação muito em breve. E então as pessoas vão ficar sabendo.

— Eu não ouvi falar em nada disso — exclamou Robert.

"Oh, não?", Cecil escondeu o sorriso.

— No entanto, eu tenho certeza.

Dudley calou-se por um momento, chocado com a notícia, mas percebendo ao mesmo tempo que Cecil tinha um espião na própria corte do bispo de Roma. A rede de agentes de inteligência e informantes dele vinha crescendo a proporções impressionantes.

— Isso é derrubar a ordem natural — acabou dizendo. — Ela foi ungida por um de seus próprios bispos. Não pode fazer isso. Não pode açular os cachorros a atacar uma pessoa sagrada.

— Ele vai fazê-lo — retrucou Cecil, irritado com a lentidão do rapaz. — Na verdade, a essa altura provavelmente já o fez. O que estávamos ponderando é como impedir que alguém obedeça.

— Eu dizia que ela tem de ser mantida longe do povo — disse Sir Francis.

Uma sonora risada do trono fez os três interromperem-se, virarem-se e sorrirem para onde a rainha flertava com seu leque e ria para o embaixador Feria, que se ruborizou — dilacerado entre frustração e risos. Eles três sorriram-lhe, ela era irresistível em sua alegria, nas brincadeiras e na vivacidade de sua energia.

— As pessoas são a sua maior segurança — disse Dudley devagar.

Cecil negava com a cabeça, mas Sir Francis deteve-o com a mão em sua manga.

— Que quer dizer, Robert?

— O papa faz disso uma questão dos plebeus, convida-os a atacarem; mas não conhece essa rainha. Ela não deve se esconder dos homens ou mulheres que lhe fariam mal, deve sair e atrair o amor de todos os demais. Sua grande segurança seria se todo homem, mulher ou criança deste país dessem a vida por ela.

— E como conseguiríamos isso?

— Você já sabe — disse Dudley, sem rodeios, a Cecil. — Viu. No cortejo da coroação, ela conquistou cada coração naquela multidão. Temos de correr o risco de levá-la ao povo lá fora e saber que serão eles que vão protegê-la. Cada inglês deve ser membro da guarda da rainha.

Sir Francis assentia devagar com a cabeça.

— E quando se tratasse de uma invasão eles lutariam por ela.

— Um único homem com um único punhal é irrefreável — insistiu Cecil, sombrio. — Talvez ela conquiste mais de uma centena, mas se apenas um se opõe a ela e a ataca com uma faca, ela é morta, e em nossa porta. — Fez uma pausa. — E uma rainha católica herda o trono, a Inglaterra vira a pata de gato da França, e estamos arruinados.

— Como você diz, irrefreável — retorquiu Robert, não de todo oprimido pelo pessimismo dessa imagem. — Mas do seu jeito, você dá a ela vinte guardas, talvez trinta. Do meu: dou-lhe toda a Inglaterra.

Cecil fez uma careta para a linguagem romântica do mais jovem.

— Mesmo assim, em alguns lugares não podemos permitir a entrada de pessoas — continuou Sir Francis. — Quando ela estiver jantando, quando atravessa os salões até sua capela. Há gente demais, e que se acotovela perto demais.

— Precisamos restringir isso — concordou Robert. — E podemos servir seu jantar sem que ela esteja aqui.

Cecil inspirou fundo.

— Sem que ela esteja aqui? Com que finalidade?

— As pessoas chegam para vê-la no trono, a baixela e a grande cerimônia — explicou Robert, despreocupado. — Virão de qualquer modo. Desde que lhes seja oferecido um bom espetáculo, não precisam vê-la em pessoa. Em dias importantes e festas religiosas, ela deve aparecer para mostrar que está bem e alegre. Mas na maioria das vezes pode comer em seus aposentos com os amigos, em segurança. Desde que seja magnífico o bastante, as trombetas toquem e sirva-se refeição com pompa, as pessoas irão embora com a sensação de que assistiram a um bom espetáculo. Irão embora sabendo que o país é rico e seguro. É isso que precisamos fazer. A rainha não precisa sempre estar lá, desde que todos sintam sua presença.

— Servir o jantar a um trono vazio? — indagou Cecil, sem entender.

— Sim — respondeu Dudley. — E por que não? Já se fez isso antes. Quando o jovem rei Eduardo estava doente, serviam seu jantar em travessas de ouro toda noite a um trono vazio, e as pessoas vinham olhar e saíam muito satisfeitas. Meu pai estabeleceu isso. Dávamos-lhes um grande espetáculo de magnificência, riqueza. E quando *de fato* a virem, ela tem de estar linda, acessível, tocável. Tem de ser uma rainha para o povo.

Cecil abanou a cabeça, consternado, mas Sir Francis convenceu-se.

— Falarei com ela sobre isso — disse, virando-se para olhá-la no trono.

O embaixador espanhol despedia-se, entregava-lhe uma carta lacrada ostensivamente com o escudo de armas real do imperador espanhol. Diante dos olhos da corte, Elizabeth recebeu-a e — aparentemente alheia a que todos a observavam — levou-a junto ao coração.

— Acho que você vai descobrir que Elizabeth sabe como apresentar um espetáculo — disse Robert, secamente. — Ela nunca decepcionou uma plateia na sua vida.

O mordomo do próprio Robert Dudley chegou de Londres para escoltar Amy em sua jornada para Bury St. Edmunds, e entregar-lhe uma bolsa de ouro, um corte de veludo vermelho para um novo vestido e os cumprimentos afetuosos do marido.

Também trouxe consigo uma dama de companhia, a Sra. Elizabeth Oddingsell, irmã viúva de um dos velhos e fiéis amigos de Robert Dudley, que estivera com Amy em Gravesend e depois a acompanhara até Chichester. Amy ficou feliz ao rever a animada mulherzinha de cabelos escuros.

— Mas seu destino está em ascensão — disse a Sra. Elizabeth Oddingsell, cheia de alegria. — Quando eu soube pelo meu irmão que Sir Robert tinha sido nomeado estribeiro-mor, pensei em escrever a você, mas não quis parecer oferecida. Imaginei que deve ter muitos amigos buscando sua convivência agora.

— Espero que meu lorde tenha muitos amigos novos — disse Amy. — Mas tenho vivido muito isolada aqui no campo.

— Claro que deve. — A Sra. Oddingsell lançou um rápido olhar ao pequeno e frio salão em volta que formava o principal corpo da casa quadrada de pedra. — Bem, sei que vamos fazer uma série de visitas. Será muito agradável. Andaremos como rainhas.

— Sim — disse Amy, baixinho.

— Oh! Eu ia esquecendo! — A Sra. Oddingsell desprendeu uma quente estola da garganta. — Ele mandou uma linda égua preta para você. Dê-lhe o nome que quiser. Isso vai tornar nossa viagem bem alegre, não vai?

Amy correu até a janela e olhou para o pátio. Uma pequena escolta transportava os baús de Amy para uma carreta, e atrás da tropa destacava-se uma égua preta de aparência mansa, quase imóvel.

— Oh! Ela é tão linda! — exclamou Amy.

Pela primeira vez desde a chegada de Elizabeth ao trono, sentiu seu ânimo melhorar.

— E ele mandou um saco de ouro para você saldar suas dívidas aqui, e comprar o que quiser — disse a Sra. Oddingsell, remexendo no bolso de sua capa e retirando o dinheiro.

Amy tomou a pesada bolsa na mão.

— Para mim — disse.

Era a maior quantidade de dinheiro que segurava em anos.

— Seus tempos difíceis acabaram — disse a Sra. Oddingsell amavelmente.

— Graças a Deus. Para todos nós, chegaram afinal os bons tempos.

Amy e a Sra. Oddingsell partiram em sua jornada pouco depois do amanhecer, numa fria manhã de inverno. Interromperam a viagem em Newborough, descansaram ali duas noites e depois continuaram. O percurso prosseguiu sem incidentes, prejudicado apenas pela obscuridade hibernal e o estado das estradas. Mas Amy adorou o animal novo, e a Sra. Oddingsell a mantinha com o ânimo elevado enquanto cavalgavam pelas pistas enlameadas e chapinhavam por poças cobertas de gelo.

O Sr. e a Sra. Woods, em Bury St. Edmunds, saudaram Amy amavelmente e com toda aparência de prazer. Tranquilizaram-na dizendo-lhe que era bem-vinda pelo tempo que quisesse; Sir Robert mencionara em sua carta que ela ficaria com eles até abril.

— Ele mandou uma carta para mim? — indagou Amy.

A animação esvaiu-se de seu rosto quando eles responderam "não". Fora apenas um bilhete curto para dizer-lhes que a esperassem e a duração de sua estada.

— Ele disse que viria aqui? — ela perguntou.

— Não — repetiu a Sra. Woods, sentindo-se desconfortável com a sombra que varreu o rosto de Amy. — Imagino que esteja muito ocupado na corte — continuou, tentando disfarçar o momento constrangedor. — Duvido que tenha condições de vir para casa durante semanas.

Ela teve vontade de morder a língua de irritação com sua própria falta de tato, ao compreender que não havia casa para aquela jovem e seu marido. Recorreu então às boas maneiras de hospitalidade. Amy não gostaria de descansar após a viagem? Gostaria de lavar-se? Gostaria de jantar logo?

Amy disse bruscamente que lamentava, sentia-se muito cansada e ia repousar em seu quarto. Apressou-se a sair do vestíbulo, deixando a Sra. Woods e a Sra. Oddingsell sozinhas.

— Ela está cansada — disse a Sra. Oddingsell. — Receio que não seja forte.

— Será que devo mandar chamar nosso médico em Cambridge? — sugeriu a Sra. Woods. — Ele é muito bom, viria logo. É um grande adepto de aplicação de ventosas no paciente para equilibrar os humores. Ela me parece muito pálida, é de um humor aquoso, que acha?

Elizabeth Oddingsell abanou a cabeça, discordando.

— Ela sente grande desconforto — respondeu.

A Sra. Woods achou que isso queria dizer indigestão, e já ia oferecer araruta e leite, mas lembrando o vislumbre que tivera de Robert Dudley, olhos ensombrados, montado num cavalo preto no cortejo da coroação, a cavalgar atrás da rainha como se fosse o próprio príncipe consorte, de repente compreendeu.

Era Cecil, não Dudley, que estava ao lado da rainha após o jantar. Ela fora servida com toda a magnificência da tradição Tudor, travessas esplêndidas passando do pelo comprido salão de jantar do palácio de Whitehall, inspecionadas pelo provador à procura de veneno e apresentadas de joelhos. Três dos copeiros eram novos e desajeitados. Homens de Cecil, postos na função para vigiá-la e guardá-la, aprendendo ao mesmo tempo como servir de joelhos.

Elizabeth serviu-se muito pouco de cada prato e depois os enviou aos favoritos, sentados no corpo principal do salão. Olhos penetrantes observavam aonde iam os melhores pratos, e quando um de carne de veado refogada foi entregue a Dudley, ouviram-se algumas queixas resmungadas. A balbúrdia alegre e alta da corte ao jantar encheu o grande salão, os criados esvaziaram as mesas, e então, com um sinal Cecil foi chamado a subir até o estrado e postou-se diante da rainha.

Ela indicou-lhe com um gesto que os músicos tocassem; ninguém podia ouvir a conversa deles em voz baixa.

— Alguma notícia de assassinos contratados? — perguntou.

Ele percebeu a tensão em seu rosto.

— Você está segura — respondeu ele sem titubear, embora soubesse que jamais poderia verdadeiramente dizer-lhe isso de novo. — Os portos estão vigiados; seus portões, guardados. Nem um rato entra sem sabermos.

Ela encontrou um sorriso fraco.

— Ótimo. Diga-lhes para ficarem alertas.

Ele assentiu com a cabeça.

— E quanto à Escócia: eu li seu bilhete esta tarde. Não podemos fazer o que propõe — ela comunicou. — Não podemos apoiar rebeldes contra uma rainha, isso é subverter a regra da lei. Temos de esperar para ver o que acontece.

Era como Cecil esperara. Ela tinha terror mortal de cometer um erro. Como se houvesse vivido à beira do desastre por tanto tempo que não suportava avançar nem recuar um passo. Toda decisão na Inglaterra tinha uma centena de adversários; toda mudança, milhares. Qualquer coisa que ameaçava a prosperidade individual de um homem fazia dele um inimigo, qualquer coisa que lhe fosse vantajosa tornava-o um aliado ganancioso e indigno de confiança. Ela era uma rainha recém-chegada ao trono e a coroa pairava perigosamente vacilante em sua cabeça. Não ousava pensar em nada que solapasse o poder das rainhas.

Cecil tomava todo cuidado para que nenhum desses pensamentos se revelasse em seu rosto. Acreditava profundamente que a inteligência de uma mulher, mesmo com uma formidável educação como essa, não podia carregar o fardo de demasiadas informações, e o temperamento de uma mulher, sobretudo dessa, não era forte o suficiente para tomar decisões.

— Eu nunca poderia apoiar uma rebelião contra uma rainha no exercício do governo — ela especificou.

Com tato, Cecil evitou citar os anos em que Elizabeth fora o foco e às vezes instigadora de uma dezena de complôs contra sua meia-irmã de ancestralidade pura e ungida.

— Está certo que você queira que apoiemos os protestantes escoceses contra a regente, rainha Marie de Guise, mas eu não posso apoiar quaisquer rebeldes contra um rei ou rainha no exercício do governo. Não posso me intrometer em outro reino.

— É verdade, mas a princesa francesa vai se intrometer no seu — ele advertiu-a. — Já mandou até gravar, no escudo dela dividido em quatro países, as armas da Inglaterra. Considera-se a verdadeira herdeira do trono da Inglaterra, e da metade da Inglaterra a maioria da cristandade diria que ela tem esse direito. Se o sogro, o rei francês, decidir apoiar a reivindicação dela ao seu trono, os franceses poderiam invadir a Inglaterra amanhã, e que melhor meio para alcançar isso que a Escócia e o norte? A mãe dela, uma francesa, controla a Escócia como regente, já os soldados franceses se arregimentam em massa em sua fronteira norte; que fazem lá, senão esperar para invadir? Trata-se de uma batalha que deve acontecer. É melhor combatermos o exército francês na Escócia, com os escoceses protestantes do nosso lado, que esperarmos que cheguem marchando pela Grande Estrada do Norte, onde não sabemos quem pode se insurgir por nós e quem talvez se insurja por eles.

Elizabeth fez uma pausa; o surgimento dos leopardos ingleses no escudo de armas da filha de Marie de Guise era uma ofensa que lhe atingia direto o coração ciumento.

— Que ela não ouse reivindicar meu trono. Ninguém se ergueria a favor dela em detrimento a mim — declarou, destemida. — Ninguém ia querer outra rainha Mary católica no trono.

— Centenas iam querer — refutou Cecil, friamente. — Milhares.

Isso a ameaçou, como ele sabia que faria. Viu que a rainha perdeu um pouco de cor.

— O povo me ama — ela afirmou.

— Não todos.

Ela riu, mas sem nenhuma verdadeira alegria na voz.

— Quer me dizer que tenho mais amigos na Escócia que no norte da Inglaterra?

— Sim — ele respondeu sem rodeios.

— Felipe da Espanha se manteria meu aliado se houvesse uma invasão — ela declarou.

— Sim, desde que ache que será sua mulher. Mas vai conseguir mantê-lo achando isso por muito tempo? Não pode pensar seriamente em aceitá-lo?

Elizabeth deu risinhos como uma menina e, sem perceber que se traía, lançou uma olhada ao outro lado da sala em direção a Robert Dudley, sentado entre dois outros belos rapazes. Sem esforço algum, ele os suplantava em brilho. Reclinou a cabeça para trás para rir e estalou os dedos pedindo mais vinho. Um criado, deliberadamente ignorando outros comensais sedentos, saltou ao seu gesto.

— Eu talvez me case com dom Felipe — disse ela. — Ou talvez o mantenha esperando.

— O importante — disse Cecil, amavelmente — é escolher um marido e nos dar um herdeiro. É esse o meio de deixar o país seguro contra a princesa Maria. Se tiver um marido forte ao seu lado e um filho no berço, ninguém iria querer outra rainha. As pessoas até deixariam passar a religião por uma sucessão segura.

— Não recebi proposta de ninguém de quem pudesse ter certeza de gostar como um marido — disse ela, acalorando-se em seu tema favorito e irritantíssimo. — E estou feliz em meu estado de solteira.

— Você é a rainha — disse Cecil, impassível. — E rainhas não podem escolher o estado de solteira.

Robert ergueu a taça à saúde de uma das damas de companhia de Elizabeth, a mais recente amante dele, a amiga do lado cutucou-a e ela sorriu-lhe com falsa timidez. Parecia que Elizabeth não vira nada, mas Cecil sabia que nada daquilo lhe escapara.

— E a Escócia? — ele instigou.

— É um risco muito grande. Pode-se dizer que os lordes protestantes talvez se insurjam contra Marie de Guise, mas se não o fizerem? Ou se o fizerem e formos derrotados? Onde ficamos então, além de derrotados numa guerra que nós próprios iniciamos? E nos intrometendo nos negócios de uma rainha ungida. Que significa fazer isso, senão ir contra a vontade de Deus? E atrair uma invasão francesa.

— Na Escócia ou na Inglaterra, teremos de enfrentar os franceses — vaticinou Cecil. — Com ou sem os espanhóis do nosso lado. O que estou aconselhando, Vossa Graça... não, o que estou pedindo que entenda... é que teremos de enfrentar os franceses e devemos fazer isso num momento e lugar de nossa escolha, e com os nossos aliados. Se lutarmos agora, teremos os espanhóis como nossos amigos. Se Vossa Graça demorar muito a se decidir, terá de lutar sozinha. E aí, certamente, perderá.

— Vai enfurecer os católicos na Inglaterra se formos vistos abraçando a causa protestante contra uma rainha católica legítima — ela observou.

— Você é conhecida como a princesa protestante, isso pouco os surpreenderá, não vai piorar a nossa causa. E vários deles, mesmo os católicos resolutos, ficariam felizes em ver os franceses derrotados. Muitos deles são ingleses antes de ser católicos.

Elizabeth deslocou-se, irritada, no trono.

— Eu não quero ser conhecida como a rainha protestante — retrucou, mal-humorada. — Já não tivemos interrogatórios suficientes sobre a fé dos homens para ainda ter de perseguir mais uma vez suas almas? Não podem as pessoas simplesmente prestarem seu culto como quiserem e deixarem as demais às suas devoções? Preciso suportar o constante questionamento, de bispos a plebeus, quanto ao que penso, quanto ao que as pessoas devem pensar? Será que para eles não basta havermos restaurado a Igreja ao que era na época do meu pai mas sem as punições dele?

— Não — respondeu Cecil com franqueza. — Vossa Graça — acrescentou, quando ela lhe disparou um olhar duro. — Será obrigada repetidas vezes a tomar partido. A Igreja precisa de liderança, a senhora precisa comandá-la ou deixá-la ao papa. Qual vai ser?

Viu-a desviar o olhar para além dele, para Robert Dudley, que se levantara de seu lugar e se dirigia ao outro lado da mesa, onde se sentavam as damas de companhia. Quando se aproximou, todas se voltaram para ele, sem parecerem mover-se; as cabeças viraram-se como flores em busca do sol, sua atual favorita corando por antecipação.

— Hei de pensar nisso — ela respondeu bruscamente.

Ela apontou o dedo para Robert Dudley e ele suavemente alterou o curso, chegou ao tablado e fez uma mesura.

— Vossa Graça — disse, rindo.

— Eu gostaria de dançar.

— Aceitaria me dar a honra? Venho ansiando por pedir-lhe, mas não ousei interromper sua conversa, parecia tão séria.

— Não apenas séria, mas urgente — lembrou Cecil, sisudo, à rainha.

Ela assentiu com a cabeça, mas ele viu que perdera sua atenção. Elizabeth levantou-se do assento, os olhos apenas para Robert. Cecil afastou-se para o lado e ela passou por ele até o centro do salão. Robert curvou-se, tão gracioso quanto um italiano, e tomou-lhe a mão. Ela desviou a cabeça dele.

Cecil observou o grupo de dançarinos formar-se depois do casal, Catarina e Francis Knollys atrás dos dois, a irmã de Robert, lady Mary Sidney, e seu par, outras senhoras e cavalheiros da corte atrás deles, mas nenhum par nem a metade tão bonito quanto a rainha e seu favorito. Cecil não pôde evitar de sorrir à visão deles, um par radiante de beldades harmonizadas. Elizabeth captou seu olhar e deu-lhe um sorriso descarado. Cecil curvou a cabeça. Afinal, ela era jovem, não apenas rainha, e era bom para a Inglaterra ter uma corte alegre.

Mais tarde naquela noite, no palácio silencioso, sob um inflexível céu sombrio, a corte dormia, mas Cecil continuava bem desperto. Pusera um robe sobre o camisolão de linho e sentou-se à sua grande escrivaninha, os pés descalços apoiados na borda revestida de pele da toga, contra a frieza hibernal do piso de pedra. A pena arranhava o manuscrito enquanto ele redigia uma lista de candidatos à mão da rainha, além das vantagens e desvantagens de cada par. Era excelente para listas; o desenrolar dos nomes página abaixo combinava com a progressão ordenada de seu pensamento.

Maridos para a rainha:

1. Rei Felipe da Espanha — vai precisar de dispensa do papa/ele nos apoiaria contra a França e nos salvaria do perigo dos franceses na Escócia/mas usará a Inglaterra em suas guerras/o povo jamais o aceitará uma segunda vez/pode ao menos gerar um filho?/ela se sentiu atraída por ele antes, mas talvez fosse por rancor, e só porque ele era casado com sua irmã.

2. Arquiduque Carlos — Habsburgo, mas livre para morar na Inglaterra/ aliança espanhola/considerado fanaticamente religioso/tido como medonho, e ela não tolera feiura nem em homens.

3. Arquiduque Ferdinando — irmão de Carlos, portanto as mesmas vantagens, mas considerado simpático e mais bem-apessoado/mais moço, portanto mais maleável?/Ela nunca se submeterá a um senhor, nem nós.

4. Príncipe Erik da Suécia — uma grande jogada para ele e agradaria os comerciantes do Báltico, mas de nenhuma ajuda para nós em outra parte/tornaria os franceses e os espanhóis nossos inimigos mais acirrados e com a parca vantagem de uma aliada fraca/protestante, claro/rico, também, o que seria uma grande ajuda.

5. *Conde de Arran* — *herdeiro do trono escocês após a princesa Maria/poderia liderar a campanha escocesa para nós/bonito/protestante/pobre (e portanto grato a mim). Se derrotasse os franceses na Escócia, nosso pior perigo desapareceria/e um filho para ele e a rainha iria finalmente unir os reinos/Uma monarquia anglo-escocesa resolveria tudo...*

6. *Um plebeu inglês* — *ela é jovem, e mais cedo ou mais tarde há de gostar de alguém que vive à sua volta/Esta seria a pior escolha: ele promoveria seus próprios amigos e família/enfureceria outras famílias/tentaria obter maior poder do conhecimento do país/desastre para mim...*

Cecil interrompeu e roçou a pluma da pena nos lábios.

Isso não pode acontecer, escreveu. Não podemos aceitar um súdito superpoderoso a promover sua própria família e voltá-la contra mim e a minha. Graças a Deus Robert Dudley já é casado, ou estaria tramando levar esse flerte adiante. Eu o conheço e a seu...

Ficou ali sentado no silêncio do palácio durante a noite. Fora, na torrinha, uma coruja arrulhou, a chamar um macho. Cecil pensou na rainha adormecida e seu rosto suavizou-se num sorriso tão terno quanto o de um pai. Então puxou outra folha de papel para si e começou a escrever.

Ao conde de Arran:
Meu lorde,
Neste momento urgente em seus afazeres, o portador desta transmitirá minhas recomendações e esperanças de que o deixe ajudá-lo a vir à Inglaterra, onde minha casa e meus criados ficarão honrados em se colocar ao seu dispor.

Elizabeth, em seu aposento privado no palácio de Whitehall, relia uma carta de amor de Felipe da Espanha, a terceira de uma série que fora ficando cada vez mais passional à medida que prosseguira a correspondência. Uma das damas de companhia, lady Betty, esticou o pescoço para ver as palavras de cabeça para baixo, mas não conseguiu entender o latim, e em silêncio amaldiçoou sua pouca educação.

— Oh, escute — arfou Elizabeth. — Ele diz que não come nem dorme por pensar em mim.

— Vai ficar terrivelmente descarnado então — afirmou Catarina Knollys, categórica. — Já era magro demais; tinha pernas de pombo.

Lady Mary Sidney, irmã de Robert Dudley, soltou uns risinhos.

— Xiu! — repreendeu-as formalmente Elizabeth; sempre fora sensível ao status de um colega monarca. — Ele é muito distinto. E de qualquer modo, me atrevo a dizer que tem comido. Não passa de poesia, Catarina. Só está dizendo isso para me agradar.

— Baboseira total — murmurou Catarina. — E baboseira papista, além do mais.

— Diz que lutou com sua consciência, lutou com seu respeito pela minha fé e minha erudição, e que tem certeza de que podemos encontrar um meio que nos permita aos dois continuarmos em nossa fé, e no entanto unir nossos corações.

— Ele vai trazer uma dezena de cardeais em seu séquito — vaticinou Catarina. — E a Inquisição atrás deles. Não tem nenhuma afeição por você, isso é só política.

Elizabeth ergueu os olhos.

— Catarina, ele tem afeição, sim, por mim. Você não estava aqui, caso contrário teria visto por si mesma. Todo mundo notou isso na época, foi um escândalo total. Juro que eu teria sido deixada na Torre, ou sob prisão domiciliar, se ele não tivesse intervindo a meu favor contra os desejos perversos da rainha. Insistiu que eu fosse tratada como uma princesa e herdeira... — Ela interrompeu-se e alisou a saia de brocado dourado do vestido. — E foi muito carinhoso comigo. — A voz adquiriu a típica inclinação narcisista. Elizabeth achava-se sempre disposta a apaixonar-se por si mesma. — Ele me admirava, para dizer a verdade; adorava-me. Um verdadeiro príncipe, um rei de verdade, e desesperadamente apaixonado por mim. Enquanto minha irmã esteve confinada, passamos muito tempo juntos, e ele...

— Que excelente marido daria — interrompeu Catarina. — Um marido que flerta com a cunhada enquanto a esposa está de resguardo.

— Ela não estava realmente de resguardo — disse Elizabeth com magnificente irrelevância. — Só achou que tinha engravidado porque ficou muito inchada e nauseada.

— Mais bondoso da parte dele então — triunfou Catarina. — Quer dizer que flertava com a cunhada enquanto a esposa estava doente e a dilacerava por uma coisa que a coitada não podia evitar. Vossa Graça, com toda a seriedade, não pode aceitá-lo. O povo da Inglaterra não vai tolerar ter mais uma vez de volta o rei espanhol, ele já era odiado aqui a primeira vez, todo mundo se enfureceria se voltasse. Esvaziou o tesouro, arrasou o coração de sua irmã, não lhe deu um filho, fez-nos perder Calais e passou os últimos meses nos mais desgraçados casos amorosos com as damas de Bruxelas.

— Não! — reagiu Elizabeth, instantaneamente desviada de sua carta de amor. — Então é isso que ele quer dizer quando se refere a não comer nem dormir?

— Porque vive levando para a cama as esposas dos burgueses. É tão lascivo quanto um pardal! — Catarina sorriu radiante com a risadinha irresistível da prima. — Você com certeza deve ser capaz de conseguir coisas melhores que os restos de sua irmã! Não é uma solteira tão velha que tenha de se contentar com refeições frias, um marido de segunda mão.

— Oh! E quem você gostaria que eu tivesse?

— O conde de Arran — disse Catarina, sem pestanejar. — Ele é jovem, protestante, bonito, muito, muito encantador... eu o conheci brevemente e me apaixonei no mesmo instante... e quando herdar o trono, você unirá a Inglaterra e a Escócia num único reino.

— Só se Marie de Guise contribuísse com a grande ajuda de cair morta, seguida pela filha — observou Elizabeth. — E ela goza de boa saúde e a filha é mais nova que eu.

— Coisas estranhas acontecem para promover o desígnio de Deus — disse Catarina, confiante. — E se a regente Marie vive, quem garante que não pode ser derrubada do trono por um belo herdeiro protestante?

Elizabeth franziu o cenho e olhou o aposento em volta para ver quem prestava atenção.

— Chega, Catarina, arranjo de casamento não combina com você.

— Isso é ao mesmo tempo arranjo de casamento e segurança de nossa nação e a nossa fé — frisou Catarina, incorrigível. — E você tem a chance de garantir a Escócia para seu filho, e salvá-la do Anticristo do papismo, casando-se com um belo rapaz. A mim me parece que não há outra decisão a tomar. Quem não ia querer o conde de Arran, lutando ao lado dos lordes escoceses pelo reino de Deus na terra, e o reino da Escócia como seu dote?

Catarina Knollys talvez estivesse certa em sua preferência pelo jovem conde de Arran, mas em fins de fevereiro surgiu outro pretendente na corte de Elizabeth: o embaixador austríaco, conde Von Helfenstein, insistindo nas pretensões dos arquiduques de Habsburgo, Carlos e Ferdinando.

— Você é uma flor atormentada por borboletas — sorriu Robert Dudley, ao entrarem nos frios jardins do palácio de Whitehall, dois dos novos guardas de Elizabeth seguindo-os a uma discreta distância.

— Na verdade, devo ser, pois não faço nada para atrair.

— Nada? — ele perguntou, uma sobrancelha escura arqueada.

Ela parou para espreitá-lo sob a aba do chapéu.

— Não faço nada para chamar atenção.

— Do jeito como anda?

— Claro que não, eu me locomovo de um lugar para outro.

— Do jeito como dança?

— À maneira italiana, como faz a maioria das damas da corte.

— Oh, Elizabeth!

— Você não pode me chamar de Elizabeth.

— Ora, você não pode mentir para mim.

— Que regra é essa?

— Uma regra para seu bem. Agora, voltando ao assunto. Você atrai pretendentes com seu jeito de falar.

— Sou obrigada a ser atenciosa ao visitar diplomatas.

— Você é mais que atenciosa, é...

— O quê? — ela o incitou com uma gargalhada na voz.

— Promissora.

— Ah, eu não prometo nada! — ela retrucou de chofre. — Nunca prometo.

— Exatamente. Isso é a sua própria armadilha. Você parece promissora, mas não promete nada.

Ela riu alto, em sua felicidade.

— É verdade — confessou. — Mas, para ser franca, meu doce Robin, tenho de fazer esse jogo, não apenas por prazer pessoal.

— Nunca se casaria com um francês pela segurança da Inglaterra?

— Eu nunca recusaria um — ela respondeu. — Qualquer pretendente meu é um aliado da Inglaterra. Isso tem mais a ver com jogo de xadrez que com namoro.

— E nenhum homem faz seu coração bater mais rápido? — ele perguntou, num repentino rasgo de intimidade.

Elizabeth ergueu os olhos para ele, encarando-o, a expressão destituída de coquetismo, absolutamente honesta.

— Nenhum — disse apenas.

Por um momento, ele ficou inteiramente pasmo.

Ela se rejubilou com uma risada.

— Peguei você! — Apontou-o. — Seu cachorro vaidoso! E achou que tinha me pegado!

Ele tomou-lhe a mão e levou-a à boca.

— Acho que nunca vou pegar você. Mas seria um homem feliz em passar a vida tentando.

Ela tentou rir, mas quando ele se aproximou mais a risada se entalou na garganta.

— Ah, Robert...

— Elizabeth?

Ela quis retirar a mão, mas ele segurou-a apertada.

— Vou ter de me casar com um príncipe — disse ela, vacilante. — É um jogo para ver onde caem os melhores dados, mas sei que não posso governar sozinha e preciso ter um filho para me suceder.

— Você tem de se casar com um homem que possa servir aos seus interesses e aos interesses do país — ele corrigiu-a firmemente. — E seria sensato escolher um homem com quem gostasse de se deitar.

Ela emitiu um pequeno arquejo de choque.

— Você tem muita liberdade, Sir Robert.

A confiança dele era inabalável, continuava com a mão dela segura no seu acalorado aperto.

— Eu sou muito seguro — disse baixinho. — Você é uma jovem, assim como uma rainha. Tem um coração, assim como uma coroa. E devia escolher um homem para seus desejos, assim como para seu país. Você não é mulher para uma cama fria, Elizabeth. Não é mulher que possa se casar apenas para política. Quer um homem que possa amar e em quem possa confiar. Eu sei disso. Conheço você.

Primavera de 1559

Os lírios da Quaresma haviam desabrochado em Cambridgeshire numa dispersão de creme e dourado nos campos junto ao rio, e os melros chilreavam nas sebes. Amy Dudley saía para cavalgar com a Sra. Woods toda manhã e revelou-se uma encantadora hóspede, admiradora de seus campos de ovelhas e grande conhecedora da colheita de feno que começava a verdejar pela insipidez árida da pastagem de inverno.

— Você deve ansiar por uma propriedade sua — observou a Sra. Woods, quando cavalgavam por um bosquete de carvalhos novos.

— Espero que compremos uma — disse Amy, feliz. — Flitcham Hall, perto da minha antiga casa. Minha madrasta me escreveu que o fidalgo Symes está disposto a vender, e eu sempre gostei da propriedade. Meu pai dizia que daria sua fortuna por ela. Desejou comprá-la alguns anos atrás para mim e Robert, mas então... — interrompeu-se. — De qualquer modo, espero que possa ser nossa agora. Tem três conjuntos de floresta e dois rios. E também bons prados úmidos, onde se juntam os rios, e na extensão mais elevada a terra suporta uma boa colheita, sobretudo de cevada. Os campos mais altos são para ovelhas, e eu conheço o rebanho, cavalguei ali desde a infância. Meu lorde gosta da aparência do lugar, e acho que teria comprado, mas quando surgiram nossos infortúnios... — Interrompeu-se mais uma vez. — De qualquer modo — disse ainda mais feliz. — Pedi a Lizzie Oddingsell que escrevesse a ele que está à venda, e estou esperando sua resposta.

— E não o viu desde que a rainha herdou o trono? — perguntou a Sra. Woods, incrédula.

Amy minimizou a questão com uma risada.

— Não! Não é um escândalo? Achei que ele viria para a Noite de Reis, na verdade prometeu que viria; mas desde que se tornou estribeiro-mor, ficou encarregado de todas as festas na corte, e tinha muito a fazer. A rainha cavalga ou caça todo dia, você sabe. Ele tem de cuidar dos estábulos, além de todos os divertimentos da corte, apresentações teatrais, bailes, festas e tudo mais.

— Não tem vontade de ir juntar-se a ele?

— Oh, não — respondeu Amy, decidida. — Fui a Londres com ele quando o pai estava vivo, toda a família na corte, e foi horrível!

A Sra. Woods riu dela.

— Ora, que houve de tão terrível lá?

— Quase o dia inteiro não se tem nada a fazer além de ficar ali parada sem conversar — disse Amy francamente. — Para os homens, claro, há os negócios do Conselho Privado e Parlamento a discutir, e uma infindável procura de pensões, lugares e favores. Mas para as mulheres, só o serviço nos aposentos da rainha e nada mais, na verdade. Muito poucas senhoras se interessam pelos negócios do reino, e nenhum homem queria minha opinião, de qualquer modo. Eu tive de ficar sentada com a minha sogra durante dias em uma ocasião, e ela só se interessava pelo duque, seu marido, e seus filhos. Os quatro irmãos do meu marido eram todos brilhantes e muito leais uns aos outros, e ele tinha duas irmãs, lady Catherine e Mary...

— A que é lady Sidney agora?

— É, ela. Todos acham que Sir Robert é um verdadeiro deus, e assim ninguém jamais seria bom demais para ele. Muito menos eu. Todos acharam que eu era uma tola, e quando recebi permissão para partir, concordei completamente com eles.

A Sra. Woods riu com ela.

— Que pesadelo! Mas você devia ter opiniões, fazia parte de uma família no centro mesmo do poder.

Amy fez uma careta.

— A gente aprendia muito rápido naquela família que, se tinha opiniões que não concordavam com o duque, então era melhor não emiti-las — disse. — Apesar de meu marido se revoltar contra ela, eu sempre soube que a rainha Mary era a verdadeira rainha e que sua fé iria triunfar. Mas foi melhor para mim, e também melhor para Robert, que eu guardasse minhas ideias e minha fé só para mim mesma.

— Mas que prova de força! Jamais discutir quando eles eram tão autoritários!

Amy deu risadinhas nervosas.

— Não posso nem começar a lhe contar. E o pior disso é que Robert não é assim. Quando o conheci na casa do meu pai, ele era tão menino, tão doce e amoroso. Íamos ficar com uma mansão senhorial, criar ovelhas, e Robert criar cavalos. E aqui estou eu, ainda à espera de que ele volte para casa.

— Eu sempre tive vontade de ir para a corte — comentou a Sra. Woods na pausa melancólica. — O Sr. Woods me levou uma vez para ver a antiga rainha em seu jantar e achei tudo muito magnífico.

— O jantar leva uma eternidade — disse Amy, impassível. — E a comida é sempre fria, e na metade das vezes é tão mal preparada que todo mundo volta para seus aposentos e manda preparar sua própria comida lá, para ter alguma coisa boa para comer. Não nos é permitido ter nossos próprios cães de caça nem mais criados que o lorde camareiro deixa, e temos de seguir o horário da corte... ficar acordados até tarde e, quando deitamos, o cansaço é tão grande que dá vontade de morrer.

— Mas não é essa vida que agrada a Sir Robert? — perguntou a Sra. Woods com perspicácia.

Amy assentiu com a cabeça e virou o cavalo em direção à casa.

— Agrada por enquanto. Ele nasceu nos palácios com a família real. Viveu como um príncipe. Mas no fundo do coração sei que continua sendo o rapaz por quem me apaixonei, que não queria mais que uma boa terra de pasto para criar belos cavalos. Sei que devo ser fiel a isso... seja qual for o custo para mim.

— Mas e quanto a você? — perguntou delicadamente a Sra. Woods, conduzindo seu cavalo ao lado do da moça.

— Mantenho a fé — respondeu Amy, leal. — Espero por ele e confio que vá voltar para nossa casa e para mim. Eu me casei com Robert porque o amava assim como ele é. E ele se casou comigo porque me amava assim como eu sou. E quando a novidade dessa rainha e do reino houver passado, todas as pensões e lugares, experimentados, e todos os privilégios, concedidos, então, quando ele tiver tempo, vai voltar para casa, e lá estarei, em nossa linda casa, com os belos potros dele acompanhados pelas éguas no campo, tudo exatamente como deve ser.

O flerte de Elizabeth com Felipe da Espanha por correspondência privada foi longe o suficiente para alarmar William Cecil e Catarina Knollys. Mas Mary Sidney, consultando em voz baixa o amado irmão Robert Dudley, mostrou-se tranquilizadora.

— Tenho certeza de que ela só o está garantindo como aliado — disse calmamente. — E se divertindo, claro. Ela precisa de admiração constante.

Ele balançou a cabeça. Os irmãos cavalgavam juntos, voltando sem pressa para casa depois de uma caça a toda a brida, os dois cavalos suados e bufando. À frente, a rainha cavalgava com Catarina Knollys de um lado e um novo jovem, de rosto meigo, do outro. Robert Dudley dera uma boa examinada no rapaz e não ficara preocupado. Elizabeth jamais se apaixonaria por um rosto bonito, precisava de um homem que a fizesse ficar sem ar.

— Como aliado contra a França? — ele sugeriu.

— É esse o padrão — disse ela. — Felipe ficou do nosso lado contra a França quando eles ocuparam Calais, e nós com ele quando os franceses ameaçaram os Países Baixos.

— Será que ela quer mantê-lo como amigo para poder ir contra a regente escocesa? — ele perguntou. — Ela gosta do plano de Cecil para apoiar os protestantes escoceses? Fala alguma coisa quando fica calma e a sós com vocês mulheres? Está planejando ir à guerra, como Cecil diz que deve estar?

Mary fez que não com a cabeça.

— Ela é igual a um cavalo rodeado de moscas. Não consegue ficar em paz. Às vezes parece achar que devia ajudá-los, partilha sua fé, e, claro, os franceses são a maior ameaça à nossa paz. Mas em outras sente demasiado medo de fazer o primeiro avanço contra um monarca ungido. Receia que os inimigos talvez surjam e sente um terror vivo de alguém chegar contra ela, em segredo, com uma faca. Não ousa fazer nada para aumentar o número de seus inimigos.

Ele franziu o cenho.

— Cecil tem certeza de que a França é o nosso maior perigo e que precisamos combatê-las já, enquanto os próprios escoceses se voltam contra seus senhores. Este é nosso momento, quando nos chamam pedindo ajuda.

— Cecil gostaria que ela se casasse com Arran — disse Mary. — Não com Felipe. Ele odeia os espanhóis e o papismo mais que qualquer um, embora sempre fale com muita calma e comedimento.

— Você já se encontrou alguma vez com Arran?

— Não, mas Catarina Knollys fala dele com grande admiração. Diz que é bonito, inteligente, e claro que sua pretensão ao trono da Escócia fica atrás apenas da de Maria, rainha dos escoceses. Se a rainha se casar com Arran, e ele derrotar a regente e ocupar o trono, o filho deles uniria os dois reinos.

Ela viu o rosto de Dudley cobrir-se de sombras.

— Ele é o nosso maior perigo — ele afirmou, e ela percebeu que o irmão não falava do perigo para a Inglaterra, mas para eles mesmos.

— Ela gosta mais de você do que de qualquer outro homem na corte — tranquilizou-o Catarina com um sorriso. — Vive dizendo como você é talentoso e bonito. Vive comentando isso, e até as damas de companhia mais moças sabem que se quiserem agradá-la só precisam dizer que você cavalga bem, ou que os cavalos são bem cuidados, ou que gosto maravilhoso você tem para roupas. Laetitia Knollys decididamente não é nada virginal no jeito como fala de você, e a rainha ri.

Ela achou que ele ia rir, mas ele continuou com o semblante carrancudo.

— De que me adianta isso, se tenho uma esposa? — perguntou. — E além disso, Elizabeth não se casaria se tivesse de colocar o trono em risco.

Ele chocou-a a ponto de deixá-la em completo silêncio.

— Como? — ela perguntou.

Ele retribuiu-lhe o olhar assombrado com franqueza.

— Elizabeth não se casaria contra a política, quaisquer que sejam seus desejos — respondeu, sem alterar a voz. — E eu não sou livre.

— Mas claro que não! — ela gaguejou. — Robert, meu irmão, eu sabia que você era o favorito dela... todo mundo vê isso! Todas nós caçoamos da rainha porque ela só tem olhos para você. Metade dos homens na corte o odeia por isso. Mas jamais sonhei que você pensava em mais alguma coisa.

Ele deu de ombros.

— Claro que penso — disse apenas. — Mas não posso imaginar como isso poderia acontecer. Sou um homem casado e minha mulher não é forte; mas não é provável que morra nos próximos vinte anos, e eu não desejaria isso a ela. Elizabeth é toda Tudor. Vai querer se casar ao mesmo tempo por poder e por desejo, assim como fez a irmã, assim como sempre fez o pai. Arran seria um brilhante partido para ela, poderia unir os escoceses contra os franceses e derrotá-los na Escócia, depois se casar com ela e tornar a Inglaterra e a Escócia um reino imbatível. Então ele me demitiria.

Mary Sidney disparou um ansioso olhar de esguelha ao irmão.

— Mas se isso for melhor para a Inglaterra? — sugeriu, timidamente. — Então não devíamos ficar do lado de Arran? Mesmo que possa ser contra nossos desejos pessoais? Se for melhor para a Inglaterra?

— Não existe Inglaterra — ele respondeu brutalmente. — Não como você quer dizer. Não existe nenhuma entidade que se reconhece como Inglaterra. Há apenas um bairro de famílias poderosas: nós, os Howards, os Parrs, os Cecils, os arrivistas, os Percys, os Nevilles, os Seymours e a maior tribo de bandidos de todas elas: os Tudors. O que é bom para a Inglaterra é bom para a mais poderosa família, e a mais poderosa família é a que melhor administra seus próprios negócios. Isso é o que nosso pai sabia; era o plano que tinha para nós. Agora, a mais poderosa família da terra são os Tudors, e não há muito tempo éramos nós. E seremos mais uma vez. Cuide do bem de nossa família como eu faço, irmã, que a Inglaterra se beneficiará.

— Mas por mais que planeje por nossa família, você não pode esperar se casar com a rainha — disse ela, quase num sussurro. — Sabe que não pode. Tem Amy... e a própria rainha não faria isso.

— De nada adianta ser o favorito se não me torno o primeiro homem do país — insistiu Robert. — Qualquer que seja o título que receba.

Com a mesma rapidez com que chegara à casa dos Woods, em meados de março Amy disse-lhes que precisava deixá-los.

— Lamento tanto que vá embora — disse a Sra. Woods, calorosa. — Eu tinha a esperança de que ficasse aqui a tempo de ver chegar o mês de maio.

Amy estava fora de si de felicidade.

— Virei outro ano, se puder — apressou-se a dizer. — Mas Sir Robert acabou de me mandar buscar para encontrá-lo em Camberwell. Os primos de minha mãe, os Scotts, têm uma casa lá. E, claro, preciso ir sem demora.

A Sra. Woods arquejou.

— Para Camberwell? Quer dizer que ele pretende levá-la para a capital? Vai levá-la para a corte? Você vai conhecer a rainha?

— Eu não sei — respondeu Amy, rindo de prazer. — Acho que ele talvez queira comprar uma casa em Londres para nós, e assim receber seus amigos. A família dele tinha a Casa de Sion antes, talvez a rainha lhe devolva essa.

A Sra. Woods levou as mãos às faces.

— Aquele palácio enorme! Amy! Como ele vem se tornando grandioso. Até que ponto você se tornará grandiosa. Não deve se esquecer de nós. Escreva e me conte tudo quando for à corte.

— Farei isso! Vou lhe escrever e contar tudo. Tudinho! O que a rainha está vestindo, quem está com ela e tudo mais.

— Talvez ela empregue você como uma de suas damas de companhia — disse a Sra. Woods, as visões da importância de Amy desenrolando-se à sua frente. — A irmã dele está na corte a serviço dela, não está?

Sem pestanejar, Amy abanou a cabeça.

— Oh, não! Eu não poderia. Ele não pediria isso de mim. Sabe que não suporto a vida da corte. Mas se tivéssemos Flitcham Hall por todo o verão, eu poderia morar com ele em Londres no inverno.

— Imagino que possa! — a Sra. Woods deu risadinhas. — Mas e seus vestidos? Tem tudo que precisa? Posso lhe emprestar alguma coisa? Sei que provavelmente estou muito fora de moda...

— Hei de encomendar tudo novo em Londres — declarou Amy com tranquila alegria. — Meu lorde sempre gostou que eu gastasse uma pequena fortuna em roupas, quando estava no auge de sua glória. E se eu vir algum material que sirva para fazer uma capa de montaria como a minha, faço questão de mandá-la para você.

— Oh, por favor, mande, sim — disse a Sra. Woods, visões de sua amizade com Amy introduzindo-a no glamouroso círculo da corte. — E eu lhe mandarei os morangos, assim que brotarem, prometo.

A Sra. Oddingsell enfiou a cabeça pela porta; já usava o manto de viagem com o capuz erguido contra o frio ar matinal.

— Minha dama? — chamou. — Os cavalos aguardam.

A Sra. Woods deu um gritinho.

— Mas quanta pressa!

Amy, porém, já cruzara meio caminho da porta.

— Não posso me atrasar; meu lorde me quer. Se esqueci alguma coisa, mandarei alguém buscar.

A Sra. Woods viu-a sair em direção aos cavalos à espera.

— E não deixe de aparecer de novo — disse ela. — Talvez eu lhe faça uma visita. Talvez eu a visite em sua nova casa de Londres.

O palafreneiro que esperava a postos ergueu Amy para a sela e ela juntou as rédeas. Ela deu um sorriso radiante para a Sra. Woods.

— Obrigada — disse. — Que visita tão alegre me proporcionou. E quando meu lorde e eu estivermos estabelecidos em nossa nova casa, haverá de ir hospedar-se comigo.

Cecil escreveu a Elizabeth um de seus memorandos de próprio punho, para leitura exclusiva dela.

Palácio de Whitehall
Vigésimo quarto dia de março.
Referente à sua constante correspondência com Felipe da Espanha

1. Felipe da Espanha é um católico convicto e vai esperar que sua esposa siga a sua prática religiosa. Se lhe disser qualquer outra coisa, está mentindo.

2. Ele talvez nos proteja da França neste presente perigo com a Escócia, mas também nos levará à guerra com a França em seus próprios termos e em defesa de sua causa. Lembro-lhe que eles não teriam atacado Calais se não fosse por ele. E não vai ajudar-nos a recuperá-la.

3. Se se casasse com ele, perderíamos o apoio dos ingleses protestantes que o odeiam.

4. E não ganharíamos o apoio dos ingleses católicos que também o odeiam.

5. Ele não pode se casar com você, visto que era casado com sua meia-irmã, a não ser que receba dispensa papal.

Se reconhecer o poder do papa para governar, tem de aceitar o decreto dele de que seu pai e Catarina de Aragão eram verdadeiramente casados, caso em que sua própria mãe não passava da amante do rei e você será considerada uma bastarda.

E assim, não a herdeira legítima ao trono.
Então por que ele se casaria com você?

6. Qualquer filho nascido do rei Felipe de Espanha seria criado como católico.

7. Este seria seu filho. Haveria posto um príncipe católico no trono da Inglaterra.

8. É claro que não vai se casar com ele, portanto em algum momento terá de descartar o rei Felipe.

9. Se deixar isso se prolongar demais, fará o mais poderoso homem da Europa parecer um idiota.

10. Não seria uma medida sensata.

— Eu sinto muitíssimo — disse Elizabeth, com doçura, ao embaixador espanhol, conde Feria. — Mas é impossível. Admiro seu amo mais do que posso dizer.

O conde Feria, após meses de incômodas negociações com uma mulher de quem sempre desgostara e desconfiava, curvou-se até o chão, na esperança de manter a conversa nos limites da razão e em linguagem diplomaticamente aceitável.

— Como ele a admira, Vossa Graça — disse. — Vai ficar entristecido por sua decisão, mas sempre será seu amigo, e um amigo de seu país.

— Eu sou uma herege, entende? — apressou-se a dizer Elizabeth. — Nego categoricamente a autoridade do papa. Todo mundo sabe que nego. O rei não pode se casar comigo. Eu o atrapalharia.

— Ele será seu irmão, então — disse o conde. — Seu irmão amoroso, como sempre foi.

— Isso seria inteiramente impossível — repetiu Elizabeth, com seriedade ainda maior que antes. — Por favor transmita-lhe meu pesar e minha dor.

O conde, curvando-se muito, ia sair da sala de audiências o mais rápido possível, antes que a jovem rainha inconstante constrangesse os dois. Já lágrimas se avolumavam nos olhos dela, e a boca tremia.

— Vou escrever-lhe agora mesmo — disse ele, apaziguador. — Ele vai entender. Vai entender completamente.

— Eu sinto tanto! — gritou Elizabeth, quando o embaixador recuou rapidamente até as portas duplas. — Rogo que lhe diga que sinto um grande pesar!

Ele ergueu a cabeça da reverência.

— Vossa Graça, não pense mais nisso — disse. — Nenhuma ofensa foi feita e nenhuma ofensa foi recebida. É uma questão de pesar para ambas as partes, só isso. Continua sendo a mais calorosa amiga e aliada que a Espanha pode desejar.

— Sempre aliados? — perguntou Elizabeth, o lenço nos olhos. — Pode me prometer isso, de seu amo? Que sempre seremos aliados?

— Sempre — ele respondeu, sem ar.

— E se eu precisar de sua ajuda, posso contar com ele? — ela estava prestes a desmoronar, quando afinal as portas se abriram para ele. — Aconteça o que acontecer no futuro?

— Sempre. Eu garanto isso pelo meu amo.

Ele fez uma mesura ao atravessar para a segurança da galeria do lado de fora.

Quando as portas se fecharam em sua apressada retirada, Elizabeth largou o lenço e deu a Cecil uma piscadela triunfante.

O Conselho Privado de Elizabeth reunia-se em sua sala de audiências. A rainha, que devia estar sentada com pompa à cabeceira da mesa, andava de um lado para outro entre as janelas como uma leoa aprisionada. Cecil ergueu os olhos das bem-arrumadas páginas do memorando e desejou que a reunião não se tornasse impossivelmente difícil.

— O tratado de Cateau-Cambrésis nos põe numa posição muito mais forte — começou. — Garante a paz entre a Espanha, a França e nós. Podemos nos considerar fora de perigo de invasão por enquanto.

Houve um coro de assentimento e autossatisfação. O tratado que garantia a paz entre os três grandes países ficara um longo tempo em negociação, mas foi um primeiro triunfo para a diplomacia de Cecil. Pelo menos a Inglaterra podia ter certeza da paz.

Cecil lançou um olhar nervoso à sua ama, que sempre se irritava com o presunçoso estilo masculino do Conselho Privado.

— Devemos isso quase inteiramente à habilidade de Sua Graça com os espanhóis — apressou-se a dizer.

Elizabeth parou atônita para ouvir.

— Ela os tem mantido como nossos amigos e aliados por tempo suficiente para assustar a França e fazê-la aceitar o acordo, e quando dispensou Felipe da Espanha de suas promessas a ela, Sua Graça o fez com tal habilidade que a Espanha continua sendo nossa amiga.

Elizabeth, acalmada pela lisonja, encaminhou-se para a cabeceira da mesa e sentou-se no braço de sua grande cadeira de madeira, cabeça e ombros acima dos demais.

— Isso é verdade. Pode continuar.

— O tratado, e a segurança que nos traz, dá-nos ainda a possibilidade de fazer as reformas de que necessitamos — ele prosseguiu. — Podemos deixar de lado a questão da Escócia no momento, pois o tratado nos assegura que os franceses não invadirão. E assim estamos livres para retomar os negócios urgentes do país.

Elizabeth assentiu com a cabeça, esperando.

— O primeiro deve ser tornar Sua Graça a governadora suprema da Igreja. Assim que houvermos aprovado este, vamos suspender a sessão do Parlamento.

Elizabeth levantou-se de um salto e dirigiu-se empertigada mais uma vez à janela.

— É este de fato nosso primeiro negócio? — ela exigiu saber.

— Boa ideia — disse Norfolk, ignorando a sobrinha, a rainha. — Mandá-los de volta aos campos antes que comecem a pôr ideias em suas cabeças duras. E trancar a Igreja a sete chaves.

— Todos os nossos problemas terminaram — disse um idiota.

Foi a centelha para o pavio do temperamento de Elizabeth.

— Terminaram? — ela cuspiu, saindo da janela como uma gata enfurecida. — Terminaram? Com Calais ainda em poder dos franceses e pouca chance de comprá-lo de volta? Com Marie ainda pondo as armas inglesas como um quarto de seu escudo? Como terminaram nossos problemas? Sou eu rainha da França ou não?

Fez-se um silêncio aturdido.

— É — disse Cecil, em voz baixa, quando ninguém mais ousou falar.

Em teoria, era. Os monarcas ingleses sempre se intitularam reis da França, mesmo quando os domínios ingleses na França haviam encolhido sob o domínio de Calais. Agora parecia que Elizabeth ia continuar a tradição, embora se houvesse perdido Calais.

— Então onde estão meus fortes e meus territórios franceses? Vou dizer-lhes. Nas mãos de uma força ilegal. Onde estão minhas armas, minhas muralhas e minhas fortificações? Vou dizer-lhes. Demolidas ou voltadas contra a Inglaterra. E quando meu embaixador vai jantar na corte francesa, o que vê nas baixelas da princesa francesa?

Todos baixaram o olhar para a mesa, torcendo para que a tempestade passasse.

— Meu escudo de armas! — gritou Elizabeth. — Na travessa francesa. Isso foi resolvido nesse tratado com o qual estão emocionados? Não! Alguém chegou a tratar disso? Não! E vocês acham que o mais importante negócio do reino é a liderança da Igreja. Não é! Meus lordes! Não é! O mais importante negócio é devolver-me meu Calais e fazer aquela mulher parar de usar meu escudo de armas em seus malditos pratos!

— Isso será resolvido — acalmou-a Cecil.

Ele olhou a mesa em volta. Todos pensavam com uma única mente masculina: que essas reuniões do Conselho seriam muito mais fáceis se ela se casasse com um homem razoável e o deixasse conduzir os negócios do reino.

Para seu horror, ele viu os olhos dela se encherem de lágrimas:

— E Felipe da Espanha. — Tinha a voz rouca. — Ora, eu soube que vai se casar.

Cecil olhava-a, lívido. A última coisa que imaginava era que ela tivesse sentido verdadeiramente alguma coisa pelo homem que atormentara durante a vida da mulher dele e então arrastara atrás de si por meses a fio.

— Um casamento para selar o tratado — disse ele, hesitante. — Não creio que haja algum namoro, alguma preferência. Não há atração, nenhuma atração envolvida. Ele não a prefere a... a...

— Vocês me encorajaram a me casar com ele — disse ela, a voz vibrando de emoção, olhando as cabeças curvadas de seu Conselho Privado. — Apesar disso, me induzem continuamente a um ou outro homem, e estão vendo? O homem que escolheram, *seu* pretendente preferido, não tem fidelidade. Jurou que me amava; mas estão vendo? Vai se casar com outra. Vocês queriam me ver casada com um flerte infiel.

— Ninguém conviria melhor a ela — disse Norfolk, tão baixo que ninguém o ouviu além do vizinho, que bufou com uma risada reprimida.

Era inútil tentar até mesmo convencê-la, sabia Cecil.

— Sim — disse ele apenas. — Nós nos enganamos muito com a natureza dele. Graças a Deus que Vossa Graça é tão jovem e tão bela que sempre haverá pretendentes à sua mão. Cabe à Vossa Graça escolher. Sempre haverá homens que anseiam desposá-la. O que podemos fazer é apenas aconselhar sua própria e sensata preferência.

Um suspiro como uma brisa passando varreu os sitiados membros do Conselho. Mais uma vez, Cecil tocara o tom exatamente certo. Sir Francis Knollys levantou-se e conduziu a sobrinha até sua cadeira à cabeceira da mesa.

— Muito bem — disse. — Embora sejam de fato menos importantes, *precisamos*, sim, falar dos bispos, Vossa Graça. Não podemos continuar assim. Temos de fazer um acordo com a Igreja.

A prima de Amy e o marido, um próspero comerciante em Antuérpia, receberam-na no degrau da porta da grande casa de estrutura quadrada em Camberwell.

— Amy! Você não vai acreditar! Acabamos de receber notícias de Sir Robert ainda de manhã! — disse Frances Scott, ofegante. — Vai chegar para almoçar hoje mesmo, e passar no mínimo uma noite!

Amy ficou escarlate.

— Vai? — Virou-se para sua criada. — Sra. Pirto, tire da mala meu melhor vestido, e vai precisar passar minha gola de rufos. — Tornou a virar-se para a prima. — Seu cabeleireiro vem?

— Mandei que viesse há uma hora para você! — riu a prima. — Sabia que ia querer ficar belíssima. Mandei a cozinheira pôr mãos à obra desde que recebi a notícia. E eles estão preparando o preferido dele: marzipã.

Amy ria alto, contagiada pela excitação da prima.

— Ele mais uma vez se tornou um grande homem — disse Ralph Scott, adiantando-se para beijar a prima postiça. — Só ouvimos bons relatos dele. A rainha o honra e procura sua companhia diariamente.

Amy fez que sim com a cabeça e esgueirou-se do abraço dele para a porta da frente.

— Vou ficar no quarto de sempre? — perguntou, impaciente. — E pode pedir que se apressem e tragam meu baú com os vestidos para cima?

Mas após toda a correria de preparativos, o alisamento a ferro dos vestidos, o despachar da criada em pânico para comprar meias novas, Sir Robert enviou suas desculpas e disse que ia se atrasar. Amy teve de esperar duas horas, sentada junto à janela no elegante salão dos Scotts, prestando atenção na estrada, para a chegada da comitiva do marido.

Eram quase cinco da tarde quando eles chegaram trotando pela rua principal de Camberwell, seis homens lado a lado montados em soberbos cavalos baios iguais, usando as librés dos Dudleys, fazendo galinhas e pedestres debandarem e enxotando aos gritos as crianças que corriam na frente. No meio deles cavalgava Robert, uma das mãos nas rédeas, a outra no quadril, o olhar distraído, o sorriso encantador: sua resposta normal aos aplausos públicos.

Pararam diante da bela casa nova e o palafreneiro de Dudley chegou correndo para segurar o cavalo enquanto ele saltava lepidamente.

Amy, na janela, levantara-se ao primeiro matraquear de cascos nas pedras do calçamento. A prima, correndo casa adentro para avisá-la que Sir Robert estava na porta, encontrou-a extasiada, olhando-o pela janela. Frances Scott recuou, nada dizendo, e ficou no vestíbulo ao lado do marido quando seus dois melhores empregados escancararam a porta e Sir Robert entrou.

— Primo Scott — cumprimentou, agradável, apertando a mão do homem. Ralph Scott enrubesceu levemente de prazer com o reconhecimento.

— E minha prima Frances — recuperando o nome dela da memória bem a tempo de beijá-la nas duas faces e ver sua cor intensificar-se sob o toque dele, o que sempre ocorria com as mulheres, e depois os olhos dela se anuviarem de desejo, o que também era uma ocorrência frequente.

— Minha queridíssima prima Frances — disse Dudley, afetuoso, examinando-a mais de perto.

"Mas veja só", pensou Robert. "Uma ameixa madura e pronta para a colheita; mas dificilmente digna do tumulto quando fôssemos descobertos, o que sem a menor dúvida seríamos."

A porta atrás se abriu, e Amy surgiu, emoldurada no vão de entrada.

— Meu lorde — disse ela, tranquila. — Que grande felicidade ver você.

Suavemente, Dudley soltou Frances e encaminhou-se para a mulher. Tomou-lhe a mão na sua e curvou a cabeça escura para beijar-lhe os dedos, depois a aproximou mais para junto de si e beijou-lhe a face, primeiro uma e em seguida a outra, e depois seus quentes e prontos lábios.

Com a visão dele, o toque, o cheiro, Amy sentiu-se derreter de desejo.

— Meu lorde — sussurrou. — Meu lorde, faz tanto tempo. Tenho esperado para vê-lo há tanto tempo.

— Estou aqui agora — ele se apressou a dizer, como qualquer homem para desviar uma reprovação. — Deslizou o braço em volta da cintura dela e virou-se de volta para os anfitriões. — Mas condenavelmente atrasado, primos, espero que me perdoem. Estava jogando boliche com a rainha e não podia me retirar até que Sua Graça ganhasse. Tive de fingir, disfarçar e trapacear a ponto de até vocês me julgarem meio cego e semi-inteligente e perder para ela.

O desinteresse disso foi quase demais para Frances Scott, mas Ralph ergueu-se à altura da ocasião.

— Claro, claro, as damas precisam de diversão — disse. — Mas trouxe consigo o apetite?

— Estou faminto como um cavalo de caça — garantiu-lhe Dudley.

— Então venha jantar! — chamou Ralph, e indicou com o braço que Sir Robert seguisse com ele pelo corredor até a sala de jantar nos fundos da casa.

— Que bela casa vocês têm aqui — elogiou Sir Robert.

— Muito pequena, comparada com uma de fazenda, claro — disse Frances, seguindo-os com deferência ao lado de Amy.

— Mas recém-construída — observou Dudley com prazer.

— Eu mesmo planejei grande parte dela — disse Ralph, meio convencido. — Sabia que tinha de construir uma nova casa para nós e pensei: por que tentar fazer um palácio suntuoso junto ao rio e empregar um exército para mantê-la aquecida e limpa? Depois teria de construir um salão enorme para alimentar e manter todos eles. Então pensei: por que não uma casa mais aconchegante, mais compacta, que pode ser mais facilmente administrada e ainda sim com espaço para receber uma dezena de amigos no jantar?

— Oh, concordo com você — respondeu Dudley, falsamente. — Que homem sensato ia querer mais?

O Sr. Scott abriu as portas duplas para o salão de jantar que, embora pequeno pelos padrões de Whitehall ou Westminster, podia acomodar uma dúzia de convidados e seus acompanhantes, e abriu caminho pelos outros comensais, meia dúzia de dependentes e uma dúzia de funcionários superiores, até a mesa principal. Amy e Frances seguiam atrás. A Sra. Oddingsell e a dama de companhia de Frances vinham também, além dos filhos mais velhos dos Scotts, uma menina de dez e um menino de 11 anos, muito formalmente vestidos com roupas de adulto, cabisbaixos, reverentes, em silêncio total diante da grandeza da ocasião. Dudley cumprimentou a todos com prazer, e sentou-se à direita do anfitrião, com Amy no outro lado. Oculta pela mesa e a grande profusão de tecido da toalha de banquete, Amy moveu seu banco para ficar perto dele. Robert sentiu o pequeno chinelo dela encostar em sua bota de montaria e curvou-se para a frente para ela sentir o calor e a força de seu ombro.

Só ele ouviu o suspirinho de desejo da mulher e sentiu seu estremecimento, baixando então a mão e tocando os dedos dela à espera.

— Minha querida.

Dudley e Amy só conseguiram ficar a sós na hora de dormir, mas quando a casa silenciou, os dois se sentaram em cada lado da lareira do quarto e Robert aqueceu dois copos de cerveja clara.

— Tenho algumas notícias — disse, com uma voz tranquila. — Uma coisa que preciso contar a você. Deve saber primeiro de mim, e não por algum mexerico de esquina.

— Qual é? — perguntou Amy, erguendo os olhos e sorrindo-lhe. — Boas notícias?

Ele pensou por um momento como ainda era jovem o sorriso dela: o sorriso de uma menina cujas esperanças estavam sempre prontas a crescer, o olhar aberto de uma menina que tinha motivos para achar que o mundo estava cheio de promessas para ela.

— Sim, são boas notícias.

Ele achou que só um homem de coração insensível suportaria dizer àquela mulher infantil que alguma coisa dera errado, sobretudo quando já lhe causara tanto sofrimento.

Ela cruzou as mãos.

— Você comprou Flitcham Hall! Eu não ousava esperar que comprasse! Eu sabia! Eu sabia com toda a certeza!

Ele fora desviado de seu curso.

— Flitcham? Não. Enviei Bowes para olhá-la e dizer ao proprietário que não estávamos interessados.

— Não estamos interessados? Mas eu disse a lady Robsart que dissesse ao dono que íamos comprá-la.

— É impossível, Amy. Achei que tinha lhe dito antes de partir de Chichester, quando você falou nisso pela primeira vez, não?

— Não, nunca. Achei que... você não gostava dela? Sempre disse que gostava. Disse a meu pai...

— Não, não é sobre Flitcham. Eu quero lhe dizer...

— Mas que foi que o Sr. Bowes disse ao Sr. Symes? Eu tinha prometido a ele que era quase certo ficarmos com ela.

Ele percebeu que tinha de responder-lhe antes que ela pudesse ouvi-lo.

— Bowes disse ao Sr. Symes que não queríamos Flitcham. Ele não ficou aborrecido, entendeu.

— Mas *eu* é que não entendo! — ela insistiu, queixosa. — Não entendo. Achei que você queria fazer de Flitcham o nosso lar. Achei que gostava da casa como eu gosto. E fica tão perto de Syderstone, e de toda a minha família, e papai sempre gostou dela...

— Não. — Ele tomou as mãos dela nas suas e viu a indignação magoada da esposa dissolver-se de chofre sob esse toque. Acariciou as palmas das mãos com as pontas dos dedos suaves. — Ora, Amy, você precisa entender o seguinte: Flitcham Hall não é muito perto de Londres. Eu jamais a veria se você se enterrasse em Norfolk. E jamais conseguiríamos torná-la um lugar grande o bastante para os visitantes que teremos.

— Eu não quero ficar perto de Londres — ela insistiu, teimosa. — Papai sempre dizia que de Londres só vinham problemas...

— Seu pai adorava Norfolk, e era um grande homem no próprio condado — disse Robert, controlando a irritação com esforço. — Mas nós não somos seu pai. Eu não sou seu pai, Amy, meu amor. Norfolk é uma região pequena demais para mim. Não amo aquele lugar como seu pai amava. Quero que encontre uma casa maior para nós, em algum lugar mais central, perto de Oxford. Sim? Há muito mais na Inglaterra do que a Norfolk que você conhece, minha queridíssima.

Percebeu que a acalmara com as palavras meigas, e na quietude dela pôde abordar o resto do que tinha a lhe dizer.

— Mas não é isso que eu queria dizer a você. Vou ser agraciado pela rainha.

— Uma honra? Oh! Ela vai lhe dar um lugar no Conselho Privado?

— Não, não isso! — corrigiu-a. — Isso seria ridículo.

— Não vejo por quê — ela respondeu, sem pestanejar. — Não vejo por que ser um conde seria ridículo. Todo mundo diz que você é o favorito dela.

Ele examinou-a, perguntando-se exatamente que escândalo poderia haver-lhe chegado aos ouvidos.

— Não sou o favorito. O favorito dela é Sir William Cecil como conselheiro e Catarina Knollys como companhia. Eu lhe asseguro, minha irmã e eu somos apenas dois entre os vários da corte.

— Mas ela o nomeou estribeiro-mor — contestou Amy, com razão. — Não espera que eu acredite que ela não gosta mais de você que de todos os demais. Sempre me disse que ela gostava de você quando passaram a infância juntos.

— Ela gosta de seus cavalos bem-cuidados — ele se apressou a dizer. — E claro que gosta de mim, somos velhos amigos, mas não era isso que eu queria dizer... Eu...

— Ela deve gostar muito de você — insistiu Amy. — Todo mundo diz que ela sai com você todo dia. — Tomou cuidado para não deixar um tom de ciúme se introduzir na voz. — Alguém me disse que ela negligencia seus afazeres régios para cavalgar.

— Eu a levo para cavalgar, sim... mas é meu trabalho, não minha preferência. Não existe nada entre nós, nenhuma afeição especial.

— Espero que sim — ela retrucou, ríspida. — É melhor a rainha lembrar que é um homem casado. Nem um fato como esse a impediu no passado. Todo mundo diz que ela...

— Oh, tenha a santa paciência, chega!

Ela bufou discretamente.

— Talvez você não goste, Robert, mas é apenas o que todos dizem dela.

Ele inspirou fundo.

— Perdoe-me, não tive a intenção de erguer a voz.

— Não é muito agradável, para mim, saber que você é o favorito e que ela não tem reputação alguma por ser casta. — Amy concluiu a queixa numa pressa ofegante. — Não é muito agradável, para mim, ver os nomes de vocês ligados.

Ele teve de inspirar fundo e demoradamente.

— Amy, isso é ridículo. Já disse que não sou um favorito especial. Cavalgo com ela porque sou seu estribeiro-mor. Sou um sujeito privilegiado na corte por causa de meus talentos, graças a Deus, e por causa de minha família. Devíamos estar os dois felizes porque a rainha me favoreceu. Quanto à reputação dela, estou surpreso por ver você se rebaixar a ponto de dar ouvidos a mexericos, Amy. Estou mesmo. Ela é a sua rainha ungida. Não lhe convém passar comentários adiante.

Ela mordeu o lábio.

— Todo mundo sabe como ela é — insistiu, obstinada. — E não é muito agradável para mim, quando associam seu nome ao dela.

— Não quero que minha mulher faça fofoca — disse ele, sem alterar a voz.

— Só repeti o que todo mundo...

— Todo mundo está errado — ele contestou. — É quase certo que ela vai se casar com o conde de Arran e garantir o direito dele ao trono escocês. Eu conto isso em profundo segredo, Amy. Para que saiba que não existe nada entre mim e ela.

— Jura?

Robert suspirou, como se estivesse cansado, para tornar a mentira mais persuasiva.

— Claro, juro que não existe nada.

— Eu confio em você. Claro que sim. Mas não posso confiar nela. Todo mundo sabe que ela...

— Amy! — Ele ergueu ainda mais alto a voz, e ela acabou se calando.

O olhar dela para a porta revelou-lhe que Amy temia que a prima tivesse ouvido o tom irado do marido.

— Oh, pelo amor de Deus, não importa o que pensem — ele declarou com a arrogância de um Dudley.

— Importa, sim.

— Para mim, não — ele retrucou, pomposo.

— Para mim, importa.

Ele mordeu o lábio na discussão.

— Ora, não deveria — disse, tentando manter a calma. — Você é lady Dudley, e a opinião de um comerciante de Londres e sua esposa não devia significar nada para você.

— A prima de minha própria mãe... — Ele ouviu apenas algumas palavras do sussurrado desafio da mulher. — Nossos anfitriões. E sempre muito delicados com você.

— Amy... por favor.

— Eu tenho de viver com eles, afinal — ela continuou, com teimosia infantil. — Você não vai estar aqui na semana que vem...

Ele levantou-se e viu-a hesitar.

— Mulher, eu lamento. Fiz tudo errado em relação a isso.

Ao primeiro sinal de retraimento, ela se apressou ao encontro dele. Ergueu a cabeça, um sorriso no rosto.

— Oh, não se sente bem?

— Não, eu...

— Está muito cansado?

— Não!

— Quer que eu lhe traga um pouco de leite quente com cerveja e vinho?

Já se pusera de pé querendo servi-lo. Ele tomou-lhe a mão e teve de forçar-se a segurá-la com delicadeza e não sacudi-la de raiva.

— Amy, por favor, fique quieta e me deixe falar com você. Estou tentando lhe dizer uma coisa desde que subimos, e você não me deixa falar.

— Como eu poderia impedi-lo?

Ele respondeu-lhe com silêncio, até que ela, obediente, desabou no banquinho e esperou.

— A rainha vai me agraciar me concedendo a Ordem da Jarreteira. Vou recebê-la com três outros nobres e vai haver uma grande celebração. Eu me sinto de fato muito honrado.

Ela o teria interrompido com parabéns, mas ele prosseguiu para o tópico mais difícil.

— E vai me dar terras e uma casa.

— Uma casa?

— A leiteria em Kew — ele respondeu.

— Uma casa em Londres para nós? — ela indagou.

Ele imaginava a reação de Elizabeth se tentasse instalar uma mulher no belo ninho de solteiro nos jardins do palácio real.

— Não, não. É apenas uma casinha para mim. Mas minha ideia era você ficar com os Hydes e procurar uma para nós. Uma casa que pudéssemos tornar nosso lar, uma casa maior que Flitcham Hall, um lugar mais suntuoso em tudo. Algum lugar perto de Oxfordshire.

— Sim, mas quem vai cuidar da casa em Kew?

Ele fez pouco caso.

— São pouco mais que alguns aposentos. Bowes vai arranjar criados para mim, não é nada.

— Por que ela não quer que você more mais no palácio?

— É apenas um presente. Eu talvez nem o use.

— Então por que dar a você?

Robert tentou livrar-se rindo.

— É só um sinal de seu favor — respondeu. — E meus aposentos no palácio não são os melhores. — Já, ele sabia, os mexericos especulavam que a rainha lhe dera uma casa onde os dois pudessem ficar sozinhos juntos, escondidos dos olhos da corte. Tinha de fazer com que Amy desmentisse tais rumores se chegassem aos seus ouvidos. — Na verdade, acho que Cecil a queria, e ela o provoca dando-a a mim.

Ela fez um ar desaprovador.

— E Cecil moraria lá com a mulher dele?

Alegrou-o pisar em terreno firme.

— Cecil não vê a mulher desde a ascensão da rainha — respondeu. — Ela está supervisionando a construção da nova casa da família, em Burghley. Ele tem passado pelos mesmos apertos que eu. Quer ir para casa, mas vive ocupado demais. E quero que você seja como a mulher dele; quero que construa uma casa para nós, onde eu possa ir no verão. Faria isso por mim? Encontraria uma casa ou sítio realmente lindo e o transformaria num lar para nós, um verdadeiro lar, afinal?

A expressão dela se iluminou como ele sabia que se iluminaria.

— Oh, eu adoraria — ela concordou. — E íamos morar lá e ficar juntos o tempo todo?

Delicadamente, Robert tomou-lhe as duas mãos.

— Eu teria de ficar na corte a maior parte do tempo — respondeu. — Como você sabe. Mas iria para casa quantas vezes conseguisse, e você gostaria de ter uma casa como deve só sua, não?

— Você viria com frequência? — ela estipulou.

— Meu trabalho é na corte — frisou Robert. — Mas nunca me esqueço que sou casado e que você é minha mulher. Claro que vou para casa.

— Então, sim. Oh, meu lorde. Eu gostaria tanto disso.

Ele puxou-a para junto de si e sentiu o calor através da fina camisola de linho.

— Mas você vai tomar cuidado, não vai?

— Tomar cuidado? — Ele ficou cauteloso. — Com o quê?

— Com a tentativa dela... — Escolheu as palavras cuidadosamente para não irritá-lo. — Com a tentativa dela de atrair você.

— Ela é a rainha — respondeu Robert, com toda a delicadeza. — Sente-se lisonjeada cercada por homens. Isso não significa nada.

— Mas se o favorecer demais, você fará inimigos.

— Que quer dizer com isso?

— Sei apenas que todo mundo que é favorecido pelo rei ou a rainha faz inimigos. Só quero que tome cuidado.

Ele fez que sim com a cabeça, aliviado por ela não ter mais nada a dizer.

— Você tem razão, tenho meus inimigos, mas sei quem são e o que ameaçam. Eles me invejam, mas são impotentes contra mim enquanto eu tiver o favor dela. Mas você tem razão em me avisar, mulher. E obrigado pelo sábio conselho.

Naquela noite, Robert Dudley e sua mulher dormiram na mesma cama em alguma harmonia. Ele se deitou com ela com o máximo de delicadeza e afeto que conseguiu, e Amy, desesperada pelo contato, aceitou a moeda falsa da bondade como amor. Esperara tanto pelos beijos dele, pela agradável pressão de seu corpo no dela, que gemeu e gritou de alegria nos primeiros minutos, e ele, entrando tranquilamente no ritmo habitual do amor dos dois, o corpo conhecido dela a surpreendê-lo com prazer, achou fácil satisfazê-la e alegrou-se com isso, embora com nada mais. Habituara-se a prostitutas, e às damas da corte, passando a ser-lhe um raro prazer fazer amor com uma mulher de quem gostava, estranhando conter-se por consideração. Ao sentir a agradável precipitação da resposta de Amy, sua mente vagou para o que seria ter Elizabeth agarrada a ele, como Amy se agarrava agora — e a fantasia foi tão poderosa que sua luxúria veio como uma tempestade e o deixou arquejando com o pensamento de uma garganta branca atirada para trás, pestanas escuras adejando de lascívia, e uma massa de cabelos castanhos caídos.

Amy logo adormeceu, a cabeça apoiada em seu ombro, e ele ergueu-se no cotovelo para examinar-lhe o rosto à luz do luar que entrava, branca e aquosa, pela vidraça da janela chumbada. Dava à pele dela uma palidez estranha, esverdeada, como a de uma afogada, e os cabelos espalhados no travesseiro eram como os de uma mulher balançando na água profunda de um rio e afundando.

Olhava-a com irritada compaixão: sua mulher, cuja felicidade dependia apenas dele, cujo desejo girava em torno dele, que se perdia sem ele e o enfurecia, a mulher que jamais poderia satisfazê-lo. Também sabia que, embora ela o negasse até a própria morte, na verdade ele jamais poderia fazê-la verdadeiramente feliz. Os dois eram pessoas tão diferentes, com vidas tão diferentes, que ele não via como, nem mesmo agora, chegariam a unir-se como um casal.

Ele exalou um suspiro e deitou-se de costas, a cabeça apoiada na dobra do braço. Pensou na advertência do pai contra se casar com um belo rosto por amor, e a mãe a dizer-lhe com amargura que Amy Robsart era tão útil para um homem de ambição quanto uma prímula em sua botoeira. Ele quisera então mostrar aos pais que não era um filho igual a Guilford, que se casaria depois com uma moça que o odiava, a mando do pai. Quisera escolher sua própria mulher, e Amy era tão jovem, tão meiga e disposta a aceitar qualquer coisa que oferecesse. Achara então que ela poderia aprender a ser mulher de um cortesão, que poderia ser uma aliada sua, uma fonte de poder e informação — como a mãe dele era para o pai. Achara que poderia ser uma parceira leal e eficaz na ascensão da família à grandeza. Não compreendera que sempre seria a satisfeita filha de Sir John Robsart, um grande homem num condado pequeno, ao contrário de uma mulher ambiciosa para Robert Dudley — um homem que vinha julgando a grandeza tão pouco confiável e tão difícil de conquistar.

Robert acordou cedo e sentiu a habitual onda de irritação porque a mulher a seu lado na cama era Amy, e não alguma prostituta de Londres que ele poderia descartar antes que ela tivesse a temeridade de abrir a boca. Em vez disso, sua mulher mexeu-se quando ele se mexeu, como se cada sentido, mesmo no sono, houvesse ficado de vigília por ele. Abriu os olhos quase tão logo ele abriu os seus, e assim que o viu deu aquele sorriso conhecido, vazio, e disse, como sempre dizia:

— Você está bem?

Também detestava que, quando respondia bruscamente, uma sombra lhe varria o rosto como se ele lhe houvesse dado um tapa nos primeiros momentos do despertar, o que o obrigava a sorrir por sua vez e perguntar se ela dormira bem, com preocupação extra na voz, na tentativa de reparar a ofensa.

A repetitiva chatice disso o fez ranger os dentes e levantar-se de um salto da cama, como se fosse urgentemente necessário em outra parte, embora de fato houvesse dito a todo mundo na corte que ia passar alguns dias com a mulher em Camberwell. A previsível interação de sua irritação e a mágoa dela era insuportável.

— Oh, vai se levantar? — ela perguntou, como se não o visse por si mesma pôr o manto nos ombros nus dele.

— Sim — ele respondeu, seco. — Lembrei de uma coisa que devia ter feito na corte, terei de voltar mais cedo.

— Mais cedo? — Amy não pôde disfarçar a decepção da voz.

— Sim, mais cedo — ele repetiu bruscamente e saiu logo do quarto.

Esperara tomar o desjejum sozinho e estar no cavalo e longe antes que a família acordasse, mas Amy se levantara a toda da cama e acordara todo mundo. O Sr. e a Sra. Scott desceram às pressas, a Sra. Scott ainda prendendo os cabelos ao trotar atrás do marido, a Sra. Oddingsell em seguida, Robert ouviu os saltos dos sapatos caros de Amy matraqueando pelas tábuas de madeira quando ela também desceu.

Uma família mais sofisticada teria de estalo adivinhado a simples verdade: seu nobre convidado não suportaria mais nem um minuto ali. Mas para os Scotts, e para a prima deles, Amy, foi uma surpresa e uma decepção, e Amy em particular receou que o marido estivesse sobrecarregado em excesso pelos negócios na corte.

— Eles não podem arranjar outra pessoa para fazer isso por você? — ela perguntou, pairando em volta dele com preocupação maternal e vendo-o tomar cerveja e comer pão.

— Não — ele respondeu, a boca cheia.

— Pedem que faça coisas demais — disse ela, orgulhosa. Lançou um olhar à Sra. Scott, à Sra. Oddingsell. — Não podem se arranjar sem você? Não deviam pôr tanto assim sobre seus ombros.

— Sou estribeiro-mor. É meu dever fazer o trabalho que me deram.

— Cecil não pode fazer por você? — ela perguntou, ao acaso. — Podia mandar um bilhete para ele.

Dudley teria rido se não estivesse tão irritado.

— Não. Cecil já tem seu próprio trabalho, e a última coisa que quero é ele interferindo no meu.

— Ou seu irmão, então? Será que não pode confiar nele? E aí poderia passar mais uma noite aqui.

Dudley fez que não com a cabeça.

— Lamento deixar todos vocês — disse, incluindo os Scotts no charmoso pedido de desculpas. — E se eu pudesse ficar, ficaria. Mas acordei à noite com a súbita compreensão que deverá haver uma grande saída em barcaças após a cerimônia da Ordem da Jarreteira, e não encomendei as barcaças. Tenho de voltar à corte e pôr tudo isso em andamento.

— Oh, se é apenas encomendar alguns barcos, você pode fazer por carta. E um dos pajens a levará agora mesmo.

— Não — ele repetiu. — Tenho de estar lá. As embarcações precisam ser inspecionadas e os remos, distribuídos. Tenho ainda de preparar uma apresentação teatral marítima e providenciar um barco para os músicos, há muito que fazer. Não se trata apenas de encomendar os barcos. Não sei como deixei passar isso.

— Se eu também fosse, talvez pudesse ajudá-lo.

Robert levantou-se da mesa. Não suportava encarar a melancolia no rosto dela.

— Como eu gostaria que pudesse! — disse, cordial. — Mas tenho outra tarefa para você, uma muito mais importante. Não se lembra? E você prometeu se encarregar dela por mim, por nós.

O sorriso retornou ao rosto dela.

— Oh, sim!

— Quero que faça o mais rápido possível. Vou deixá-la agora, e você pode contar aos nossos amigos a novidade.

Ele saiu porta afora antes que ela pudesse pedir-lhe mais uma vez que ficasse. Seus homens no pátio do estábulo já subiam às selas, prontos para partir. Ele revistou-os com um olhar de especialista. Dudley era famoso por ter a escolta pessoal tão elegante quanto soldados prontos para partir. Assentiu com a cabeça, pegou as rédeas de seu grande cavalo de caça e conduziu-o até a fachada da casa.

— Preciso agradecer-lhe a hospitalidade que me ofereceu — disse ele ao Sr. Scott. — Sei que não exigem agradecimentos pela estada de minha mulher, sei como ela lhes é cara.

— É sempre um prazer receber minha prima aqui — disse o homem, sem alterar a voz. — E uma grande honra ver você. Mas esperava ter tempo para uma palavrinha.

— Oh?

O Sr. Scott levou Robert Dudley para um lado.

— Tenho tido alguma dificuldade em cobrar uma dívida de um comerciante em Antuérpia, e apesar de estar de posse do título, não posso fazer com que ele a honre. Preferia não apresentá-la aos magistrados, há algumas cláusulas meio complicadas para as mentes simples deles, e meu devedor sabe disso, aproveita-se disso, e não vai me pagar.

Robert decodificou com sua usual rapidez a questão como significando que o Sr. Scott emprestara algum dinheiro a um comerciante em Antuérpia, a uma taxa de juros ilegalmente alta, e que agora o homem renegava a dívida, seguro no conhecimento de que nenhum ilustre comerciante de Londres ia querer que viesse a público que ele emprestava dinheiro aos vulneráveis a juros de 25 por cento.

— Qual é a soma total? — perguntou, cauteloso.

— Nada, para um homem tão poderoso quanto você. Apenas 300 libras. Mas uma preocupação para mim.

Robert balançou a cabeça.

— Pode escrever a Sir Thomas Gresham em Antuérpia e dizer que é primo da minha mulher e lhe peço que aja nessa questão — disse tranquilamente. — Vai me conceder o favor de examiná-la para você, e depois me diga qual foi a conclusão dele.

— Sou muitíssimo grato a você — disse o Sr. Scott, cordial.

— É um prazer ser-lhe útil — Robert fez uma graciosa mesura, e voltou-se para beijar a Sra. Scott e depois Amy.

No momento em que a deixou, ela não pôde esconder o desespero. O rosto esvaiu-se de cor e os dedos tremeram no confiante aperto das mãos quentes dele. Ela tentou sorrir, mas os olhos se encheram de lágrimas.

Ele curvou a cabeça e beijou-lhe os lábios, sentindo a triste curva descendente deles sob sua boca. Na noite anterior, por baixo, ela sorria quando ele a beijou, envolvera-o com os braços e as pernas e sussurrou seu nome, e o gosto dela fora muito doce.

— Fique alegre — exortou-a, sussurrando-lhe baixo no ouvido. — Detesto quando você fica triste.

— Eu o vejo tão raramente — ela murmurou, com urgência. — Não pode ficar? Oh, por favor, fique, só até a hora do almoço...

— Tenho de ir — disse ele, abraçando-a bem junto de si.

— Está saindo nessa correria para se encontrar com outra mulher? — ela acusou-o, de repente cheia de raiva, a voz um silvo no ouvido dele, como uma serpente.

Robert desprendeu-se do abraço.

— Claro que não. É como eu disse. Fique alegre! Nossa família está em ascensão. Fique alegre por mim, por favor, mande-me embora com seu sorriso.

— Desde que jure pela honra de sua mãe que não existe mais ninguém.

Ele fez uma careta para a linguagem exagerada.

— Claro, prometo — disse apenas. — Agora fique alegre por mim.

Amy tentou sorrir, embora os lábios tremessem.

— Eu estou alegre — mentiu. — Estou alegre por você em seu sucesso e estou alegre porque vamos ter afinal uma casa. — A voz caiu. — Se você jurar que se mantém fiel a mim.

— Claro. Por que mais quero que você faça um lar para nós? E vou vê-la na casa dos Hydes em Denchworth, daqui a uns 15 dias. E a avisarei por um bilhete para a Sra. Oddingsell.

— Escreva para mim — ela exortou-o. — Gosto quando me trazem cartas suas.

Robert deu-lhe um leve abraço.

— Muito bem, então — disse, pensando que era como apaziguar uma criança. — Vou escrever para você, lacrar a carta, que lhe será entregue para você mesma quebrar o lacre.

— Oh, eu nunca quebro. Desgrudo da página e guardo. Tenho uma coleção inteira deles na gaveta da minha caixa de joias, tirados de todas as cartas que você me mandou.

Ele desviou o pensamento do valor que ela dava a uma coisa tão trivial quanto sua cera de lacre, desceu correndo os degraus e saltou na sela alta de seu cavalo.

Retirou com um gesto largo o chapéu da cabeça.

— Vou dizer adeus a vocês por ora — disse, agradavelmente. — E aguardar nosso próximo encontro.

Não aguentaria retribuir o olhar dela. Lançou-o então à Sra. Oddingsell e viu que ela estava próxima, disposta a apoiar Amy quando ele se fosse. De nada adiantaria prolongar a despedida. Fez um sinal com a cabeça para seu séquito montado, eles se encaixaram atrás dele, o porta-estandarte à frente, e saíram trotando, o ruído dos cavalos muito alto quando a rua se estreitava em direção ao fim da estrada.

Amy viu-os seguirem até contornarem a esquina e desaparecerem. Apesar disso, aguardou nos degraus até não mais ouvir o estardalhaço dos cascos e o tilintar dos freios. Mesmo então, esperou para o caso de ele milagrosamente mudar de ideia e surgir a cavalgar de volta, querendo um último beijo, ou que ela o acompanhasse. Por meia hora depois que Robert se fora, Amy deixou-se ficar perto da porta da frente, para a hipótese de ele voltar. Mas não voltou.

Robert cavalgou a uma espantosa velocidade o longo caminho de volta à corte num percurso indireto, que testou a destreza da equitação da escolta e a resistência das montarias. Quando chegaram afinal matraqueando no pátio de estábulos do palácio de Whitehall, os animais bufavam, os pescoços escurecidos de suor, e o porta-estandarte rangia os dentes por causa da dor nos braços por haver cavalgado com um braço só a meio galope durante quase uma hora.

— Bom Deus, o que está consumindo o homem? — perguntou, caindo da sela nos braços de um dos companheiros.

— Luxúria — respondeu o outro com crueldade. — Luxúria, ambição ou consciência culpada. Isso resume em poucas palavras nosso lorde. E hoje, vendo que ele cavalgava fugindo como o diabo da cruz da esposa para a rainha, é consciência culpada, portanto ambição, portanto luxúria.

Quando Robert desmontou, um dos agregados de casa, Thomas Blount, levantou-se de onde estivera preguiçosamente recostado nas sombras, e avançou para segurar as rédeas do cavalo.

— Algumas novidades — disse, calmamente.

Robert esperou.

— Na reunião do Conselho Privado, a rainha caiu em cima deles pelo fato de o tratado de Cateau-Cambrésis não ter conseguido devolver Calais à Inglaterra e não obrigar a princesa francesa a desistir do escudo de armas inglês. Concordaram em construir duas belonaves, por subscrição. Vão lhe pedir que contribua com dinheiro, assim como a todo mundo.

— Mais alguma coisa? — perguntou Dudley, o rosto uma máscara.

— Sobre a Igreja. Cecil tem de redigir um projeto de lei a ser aprovado pelo Parlamento para decidir como devem ser os serviços religiosos. Acertaram que os mesmos devem se basear no livro de orações do rei Eduardo, com algumas pequenas mudanças.

Dudley estreitou os olhos, pensando.

— Não a pressionaram para ir mais longe?

— Sim, mas Cecil disse que mais qualquer coisa provocaria uma rebelião dos bispos e dos lordes. Não podia prometer nem que passasse como está. E alguns dos conselheiros disseram que se opunham de qualquer modo. Deve ser apresentado ao Parlamento por volta da Páscoa, Cecil espera cuidar da oposição por essa época.

— Mais alguma coisa?

— Nada de importância. Uma explosão de ciúme da rainha sobre o casamento de Felipe da Espanha. Algumas discussões entre eles mesmos, quando ela se retirou, sobre ser melhor ela se casar com Arran. A maioria do Conselho está de acordo, sobretudo se Arran libertar a Escócia. Algumas palavras ásperas contra você.

— Contra mim?

— Por distrair a rainha de seus planos de casamento, virando a cabeça dela, flerte, esse tipo de coisa.

— Só palavras duras?

— Norfolk disse que você deve ser mandado de volta à Torre, ou ele mesmo o traspassaria, e acha que faria um trabalho bem-feito.

— Norfolk é um fantoche; mas vigie-o por mim — disse Robert. — Você fez um bom trabalho. Venha me ver hoje mais tarde, tenho outros negócios para lhe passar.

O homem fez uma mesura e desapareceu no fundo do pátio do estábulo como se nunca houvesse estado ali. Robert voltou para o palácio e tomou os degraus que levavam ao salão, subindo-os dois de cada vez.

— E como encontrou sua mulher? — perguntou Elizabeth amavelmente, o tom recatado em acentuado contraste com o olhar penetrante que lhe lançou.

Robert era um indivíduo mulherengo experiente demais para hesitar por um momento.

— Muito bem, na verdade — respondeu. — Desabrochando de saúde e beleza. Toda vez que a vejo, ela está mais bonita.

Elizabeth, sempre pronta a rejubilar-se com qualquer admissão das imperfeições de Amy, foi pega de surpresa.

— Ela está bem?

— Tinindo de saúde — ele tranquilizou-a. — E muito feliz, hospedada com a prima, uma dama muito próspera, casada com Sr. Ralph Scott, um comerciante londrino, homem muito bem-sucedido. Tive de me arrastar para deixá-los; eram de fato um grupo muito alegre.

Ela piscou os olhos rapidamente.

— Não precisava ter todo esse trabalho, Sir Robert. Podia ter ficado o tempo que quisesse em... onde era mesmo, Kendal?

— Camberwell, Vossa Graça — ele respondeu. — Logo na saída da estrada para Londres. Uma bela aldeiazinha. Você gostaria. Surpreende-me que nunca tenha ouvido falar dela. Amy a adora, e ela tem um gosto maravilhoso.

— Ora, você não fez falta na corte. Não aconteceu nada aqui, além de namoros, pretendentes e romances.

— Não duvido — disse ele, sorrindo-lhe com um ar de superioridade. — Pois sentiu tão pouco a minha falta que me imaginou em Kendal.

Ela fez um biquinho.

— Como posso saber onde está, ou o que faz? Não devia ficar na corte o tempo todo? Não é seu dever ficar aqui?

— Meu dever, não — frisou Robert. — Pois eu jamais negligenciaria meu dever.

— Então admite que me negligencia, a mim?

— Negligência? Não. Fuga? Sim.

— Você foge de mim? — As damas de companhia viram o rosto dela se iluminar de riso quando se curvou para ouvi-lo. — Por que fugiria de mim? Sou assustadora?

— Você, não, mas a ameaça que representa, sim, pior do que qualquer Medusa.

— Eu nunca o ameacei em toda a minha vida.

— Você me ameaça a cada respiração sua. Elizabeth, se eu me permitir amá-la, como bem poderia fazer, que seria de mim?

Ela reclinou-se e deu de ombros.

— Oh, você suspiraria de amor, choraria por sete noites, depois visitaria mais uma vez sua mulher em Camberwell e se esqueceria de voltar para a corte.

Robert fez que não com a cabeça.

— Se eu me permitisse amá-la, como quero amá-la, depois tudo mudaria para mim, para sempre. E para você...

— E para mim o quê?

— Você jamais seria a mesma de novo — ele prometeu-lhe, a voz caindo para um sussurro. — Sua vida jamais seria igual. Você seria uma mulher transformada, tudo seria... reavaliado.

Elizabeth teve vontade de encolher os ombros e rir, mas o olhar escuro dele era totalmente hipnótico, sério demais para a tradição de flerte do amor cortesão.

— Robert....

Ela pôs a mão na base da garganta, onde a pulsação martelava, o rosto ficando vermelho de desejo. Mas mulherengo experiente como ele era, não deu atenção à cor das faces dela e sim à lenta e reveladora mancha que se espalhou da nuca às pontas dos lobos das orelhas, onde dançavam duas pérolas inestimáveis. Era o vermelho-róseo da luxúria, e Robert teve de morder o lábio para não rir alto por ver a virgem rainha da Inglaterra tão ruborizada quanto qualquer desavergonhada, de desejo ardente por ele.

Na casa em Camberwell, Amy foi para o salão com os Scotts e a Sra. Oddingsell, fê-los jurar a mais estrita confiança, e anunciou que o marido ia receber a elevadíssima classe de honra da cavalaria, a Ordem da Jarreteira, uma bela casinha em Kew, uma concessão de terras, um cargo lucrativo, e o melhor de tudo: pedira-lhe que procurasse uma casa apropriada em Oxfordshire.

— Ora, que foi que a Sra. Woods disse? — a Sra. Oddingsell cobrou de seu sorriso radiante. — E que foi que eu disse? Você terá uma bela casa e ele virá todo verão, e talvez até a corte a visite em viagem, e você receberá a rainha em sua própria casa, e ele ficará muito orgulhoso de você.

O rosto de Amy brilhou com a descrição.

— Isso é que é subir alto de verdade — disse Ralph Scott, maravilhado. — É não ter limites até onde chegar no favor da rainha.

"E depois vai querer uma casa em Londres, não se contentará com uma casinha em Kew, veremos a Casa Dudley ou o Palácio Dudley, e você vai morar em Londres o inverno todo, e dará tamanhas festas e diversões que todo mundo vai querer ser seu amigo, todo mundo vai querer conhecer a bela lady Dudley."

— Oh, é mesmo? — disse Amy, corando. — Eu não pretendo...

— É, mesmo. E pense nas roupas que vai encomendar!

— Quando ele disse que ia se encontrar com você em Denchworth? — perguntou Ralph Scott, pensando em convidar o primo em Oxfordshire e promover seu relacionamento com o marido dela.

— Dentro de uns 15 dias, foi o que ele disse. Mas sempre se atrasa.

— Bem, enquanto ele não chega, você terá tempo de cavalgar por todo o campo e encontrar uma casa do agrado de seu marido — disse a Sra. Oddingsell. — Já conhece Denchworth, mas há muitas casas antigas que nunca viu. Sei que é minha terra, e portanto sou suspeita; mas acho Oxfordshire a mais bela região rural da Inglaterra. E meu irmão e cunhada ficarão muito felizes em nos ajudar a procurá-la. Podemos sair todos juntos. E então, quando Sir Robert finalmente chegar, você poderá cavalgar com ele e mostrar a melhor terra. Estribeiro-mor da Rainha! Ordem da Jarreteira! Eu diria que pode comprar metade do campo.

— Precisamos fazer as malas! — gritou Amy, tomada de urgência. — Ele disse que quer que eu parta logo. Precisamos partir logo.

Levantou a amiga, a Sra. Oddingsell rindo-lhe.

— Amy! Vamos levar apenas dois ou três dias para chegar lá. Não precisamos correr!

Amy saiu dançando até a porta, o rosto iluminado como o de uma menina.

— Ele vai me encontrar lá! — sorriu, radiante. — Quer que eu esteja logo lá. Claro que temos de partir sem demora.

William Cecil conferenciava em voz baixa com a rainha no vão da janela no palácio de Whitehall, um aguaceiro de março bombardeando a espessa vidraça da janela atrás deles. Em vários estados de alerta, a corte da rainha esperava que interrompesse a conversa com o conselheiro e virasse, à procura de diversão. Robert Dudley não estava entre eles, mas em seus suntuosos gabinetes, organizando barcaças fluviais com os principais barqueiros. Apenas Catarina Knollys podia ouvi-los, e Cecil confiava na lealdade dela à rainha.

— Não posso me casar com um homem que nunca vi.

Ela repetiu a resposta que vinha usando para todo mundo a fim de adiar a corte do arquiduque Ferdinando.

— Ele não é um cisne voador que pode vir chilreando e cantando para cortejá-la — salientou Cecil. — Não pode atravessar meia Europa para que o examine cuidadosamente como um novilho. Se o casamento for acertado, ele poderia vir para uma visita e vocês se unirem no fim dela. Viria nessa primavera e o casamento poderia ser marcado para o outono.

Elizabeth abanou a cabeça, retirando-se instantaneamente da ameaça de ação decisiva, com a própria menção da data no calendário.

— Oh, não tão cedo, Espírito. Não me pressione.

Ele tomou-lhe a mão.

— Não é essa a minha intenção — disse, sério. — Mas sua segurança está aí. Se se casar com um arquiduque Habsburgo, terá uma aliança para toda a vida, irrompível.

— Dizem que Carlos é muito feio e um católico fanático — ela lembrou-lhe.

— Dizem, sim — ele concordou, paciente. — Mas é de seu irmão Ferdinando que falamos. E dizem que ele é bonito e moderado.

— E o imperador apoiaria a união? E teríamos um tratado de apoio mútuo se eu me casasse com ele?

— O conde Feria me indicou que Felipe veria isso como uma garantia de boa vontade mútua.

Ela pareceu impressionada.

— Semana passada, quando lhe aconselhei em favor da união com Arran, você disse que achava esta a melhor — ele lembrou-a. — Por isso é que falo dela agora.

— Eu achava mesmo então — ela concordou.

— Roubaria os franceses da amizade com a Espanha e tranquilizaria os nossos próprios papistas — ele acrescentou.

Ela fez que sim com a cabeça.

— Vou pensar a respeito.

Cecil suspirou e captou o divertido olhar de esguelha de Catarina Knollys. Ela sabia exatamente como Elizabeth podia ser frustrante para seus conselheiros. Ele retribuiu-lhe o sorriso. De repente, ouviram-se um grito, uma interpelação do vão da porta e uma pancada na porta fechada da sala de audiências. Elizabeth empalideceu e pôs-se a correr, sem saber aonde podia ir em busca de segurança. Os dois guarda-costas secretos de Cecil logo avançaram para ela, todo mundo olhando em direção à porta. Cecil, a pulsação martelando, deu dois passos à frente.

"Bom Deus, aconteceu. Eles vieram atrás dela", pensou. "Em seu próprio palácio."

Lentamente, a porta abriu-se.

— Perdoe-me, Vossa Graça — disse a sentinela. — Não é nada. Um aprendiz embriagado. Apenas tropeçou e caiu. Nada para se alarmar.

A cor de Elizabeth retornou-lhe às faces, os olhos cheios de lágrimas. Ela se voltou para a janela, tentando esconder da corte o rosto angustiado. Catarina Knollys aproximou-se e passou o braço em volta da cintura da prima.

— Muito bem — disse Cecil ao soldado.

Fez sinal com a cabeça aos seus homens para se encostarem mais uma vez nas paredes. Elevou-se um burburinho de receio e interesse dos cortesões; apenas alguns deles haviam visto o repentino salto de medo de Elizabeth. Cecil fez uma pergunta em voz alta a Nicholas Bacon e tentou encher o silêncio com conversa. Olhou para trás. Catarina conversava firme e calma com a rainha, tranquilizando-a de que estava em segurança, que nada havia a temer. Elizabeth conseguiu sorrir, Catarina afagou-lhe a mão, e as duas voltaram-se para a corte.

Elizabeth olhou em volta. O conde Von Helfenstein, o embaixador representante do arquiduque Ferdinando, vinha entrando na longa galeria. Ela se encaminhou para ele, as mãos estendidas.

— Ah, conde — disse, cordialmente. — Eu acabava de me queixar de que não havia ninguém para me divertir nesse dia frio, e louvado seja! Aqui está você como uma andorinha na primavera.

Ele curvou-se sobre as mãos dela e beijou-as.

— Pois bem — disse ela, arrastando-o para andar ao seu lado pela corte. — Precisa me contar tudo sobre Viena e as modas das senhoras. Como usam os capuzes, que tipo de damas o arquiduque Ferdinando admira?

A energia e determinação de Amy para encontrar o marido significaram que arrumara seus artigos e roupas, organizara a escolta e despedira-se dos primos em questão de dias. Seu ânimo não oscilou na longa jornada de Camberwell até Abingdon, embora houvessem passado três noites na estrada e uma delas numa estalagem muito inferior, onde nada havia para comer no jantar além de um ralo caldo de carne de carneiro e apenas mingau no desjejum. Às vezes ela cavalgava na frente da Sra. Oddingsell, conduzindo o cavalo a meio galope nas luxuriantes orlas gramadas primaveris, e o resto do tempo mantinha a montaria de caça num passo ágil. No fértil e acolhedor campo com a relva a verdejar, o pasto e as colheitas começando a colori-lo, a escolta julgou seguro deixar para trás as duas mulheres; não havia ameaça alguma de mendigos ou de outros viajantes, a estrada deserta serpeava por uma planície vazia, não demarcada por sebes nem campos.

De vez em quando, a escolta armada de Robert cerrava fileiras em volta delas, quando o percurso conduzia o grupo por uma floresta de velhos carvalhos, onde algum perigo podia estar à espreita, mas o campo era tão aberto e vazio, a não ser pelo solitário homem arando atrás de uma parelha de bois, ou um rapazola vigiando o rebanho de ovelhas, que não era provável que qualquer coisa ameaçasse lady Dudley em sua cavalgada, alegremente de uma casa à outra, segura de sua acolhida e esperançosa afinal de um futuro mais feliz.

A Sra. Oddingsell, acostumada com as mudanças inconstantes de humor de Amy, que tanto dependiam da ausência ou promessa de Sir Robert, deixava a jovem cavalgar na frente, e sorria com indulgência quando ouvia os trechos de música trazidos de volta pela corrente.

Claro que Sir Robert, com sua candidata no trono e com uma vultosa renda fluindo paras os seus cofres, ia procurar uma propriedade magnífica, e muito em breve ia querer ver a esposa à cabeceira de sua mesa, um filho e herdeiro no berço.

Qual o valor de influência na corte e uma fortuna, sem um filho a quem passá-las? De que valia uma esposa que o adorava senão para dirigir a propriedade no campo e organizar a casa em Londres?

Amy sentia um amor muito profundo por Robert, e faria qualquer coisa para satisfazê-lo. Queria que ele voltasse para casa, e tinha todo o conhecimento e aptidões para administrar uma propriedade rural com êxito. A Sra. Oddingsell achava que os anos de negligência de Amy e de Robert à sombra de traição tinham acabado afinal, e o casal poderia recomeçar de novo. Seriam parceiros num empreendimento típico da época: promover a fortuna da família: o homem movendo-se e negociando na corte, enquanto a mulher cuidava de suas terras e fortuna no campo.

Muitos bons casamentos haviam começado sem nada mais afetuoso que esse, e transformaram-se numa forte e sólida parceria. E... quem sabe?... os dois podiam se apaixonar de novo.

A casa do Sr. Hyde era uma bela mansão, situada a alguma distância da área de bosque da aldeia, com uma boa extensão de caminho até ela e altos muros de pedra local. Fora antes uma casa de fazenda, e sucessivos anexos davam-lhe uma linha de telhados desordenada, além de alas extras que se ramificavam do antigo solar medieval. Amy sempre gostara de ficar com os Hydes, a Sra. Oddingsell era irmã do Sr. Hyde e sempre emanava um caloroso senso de visita de família, ocultando o mal-estar que Amy às vezes sentia quando procurava um dos dependentes de Robert Dudley. Às vezes parecia que ela era o fardo de Robert, a ser partilhado igualmente entre seus familiares; mas com os Hydes estava entre amigos. A casa de fazenda desconexa situada nos amplos campos abertos fazia-a lembrar sua casa de infância em Norfolk, e as pequenas preocupações do Sr. Hyde, a umidade do feno, o rendimento da colheita de cevada, o rio não despejando água nos prados desde que um vizinho construíra um lago de carpa demasiado profundo, eram a trivial mas fascinante ocupação de administração de uma propriedade rural que ela conhecia e amava.

As crianças vigiavam a chegada da tia Lizzie e lady Dudley; quando a pequena cavalgada subiu a ladeira, a porta da frente se abriu e elas saíram se atropelando, acenando e dançando em volta das duas.

Lizzie Oddingsell saltou do cavalo e abraçou-as indiscriminadamente, depois se endireitou para beijar a cunhada, Alice, e o irmão, William.

Os três voltaram-se e apressaram-se a ajudar Amy a descer do cavalo.

— Minha querida lady Dudley, é muito bem-vinda a Denchworth — disse calorosamente William Hyde. — Devemos esperar Sir Robert?

O brilho de um sorriso aqueceu a todos.

— Oh, sim — ela respondeu. — Dentro de 15 dias, vim para procurar uma casa para nós, pois vamos ter uma propriedade aqui!

Robert, andando no pátio de estábulo numa de suas inspeções semanais, virou a cabeça ao ouvir um cavalo trotando rápido na rua pavimentada de pedras, e então viu Thomas Blount saltar de sua égua cansada, lançar as rédeas a um rapazola do estábulo e seguir em direção à bomba, como se necessitasse urgente lavar a cabeça com água. Obsequioso, Robert acionou a manivela da bomba.

— Notícias de Westminster — apressou-se a dizer Thomas. — E acho que me adiantei a qualquer outro. Talvez de interesse para você.

— Sempre são de interesse. Informação é a única moeda verdadeira.

— Acabei de vir do Parlamento. Cecil conseguiu. Eles vão aprovar o projeto de lei para mudar a Igreja.

— Conseguiu?

— Dois bispos presos, dois alegaram que estavam doentes, e um não compareceu. Mesmo assim, ele conseguiu apenas por três votos. Vim assim que contei as cabeças e tive certeza.

— Uma nova Igreja — disse Dudley, pensativo.

— E um novo chefe da Igreja. Ela vai ser a governadora suprema.

— Governadora suprema? — perguntou Dudley, questionando o nome curioso. — Não chefe?

— Foi o que eles disseram.

— Que coisa estranha — disse Robert, mais para si mesmo que para Blount.

— Senhor?

— Faz-nos pensar.

— Faz?

— Mas imaginamos o que ela poderia fazer.

— Senhor?

— Nada, Blount. — Dudley fez um aceno com a cabeça ao homem. — Meus agradecimentos.

Seguiu adiante, gritou a um garoto do estábulo para mudar a corda de um cabresto, concluiu sua inspeção em tranquila altivez, depois deu meia-volta e dirigiu-se devagar aos degraus que levavam ao palácio.

No limiar, encontrou William Cecil, vestido para a viagem à sua casa em Theobalds.

— Oh, lorde secretário, bom dia. Eu vinha exatamente pensando no senhor.

Dudley cumprimentou-o jovialmente e deu-lhe um tapinha no ombro.

Cecil fez uma mesura.

— Muito me honra ocupar seus pensamentos — disse com a irônica cortesia que muitas vezes usava para manter Dudley a uma distância segura, e lembrar aos dois que o antigo relacionamento de patrão e empregado já não se aplicava mais.

— Soube que triunfou na reorganização da Igreja? — indagou Dudley.

"Como diabos ele sabe disso? Só eu sabia quais seriam os votos. Nem sequer fiz meu relatório para dizer que se conseguiu", perguntou-se Cecil. "E por que não pode simplesmente dançar com a rainha e deixá-la feliz até eu fazer com que seja afinal casada em segurança com o conde de Arran?"

— Sim, uma lástima em muitos aspectos. Mas afinal conseguimos um acordo — disse Cecil, desprendendo delicadamente a manga da mão do mais jovem que o detinha.

— Ela vai ser governadora da Igreja?

— Não mais nem menos que o pai, ou o irmão.

— Mas eles não eram chamados chefes da Igreja?

— Consta que São Paulo era contra o ministério de uma mulher — ofereceu Cecil. — Julgou-se governadora aceitável. Mas se isso perturba sua consciência, Sir Robert, outros líderes espirituais podem orientá-lo melhor que eu.

Robert deu uma breve risada ao esplêndido sarcasmo de Cecil.

— Obrigado, meu lorde. Mas em geral posso confiar em minha alma para o exame de consciência nessas questões. O clero vai agradecer-lhe por isso?

— Eles não vão nos agradecer — respondeu Cecil, cuidadoso. — Mas podem ser coagidos, amaciados, convencidos e ameaçados a fazer o acordo. Espero uma luta. Não vai ser fácil.

— E como vai coagi-los, amaciá-los, convencê-los e ameaçá-los?

Cecil ergueu uma sobrancelha.

— Administrando um juramento, o Juramento da Supremacia. Isso já foi feito antes.

— Não numa Igreja totalmente oposta — sugeriu Dudley.

— Temos de esperar que não se oponham todos quando se tratar de uma opção entre fazer um juramento ou perder a vida ou a liberdade — disse Cecil, rindo.

— Não pretende mandá-los para a fogueira? — perguntou Dudley, malévolo.

— Confio em que não cheguemos a isso, embora o pai dela assim o teria feito.

Robert assentiu com a cabeça.

— Todo o poder vai para ela, apesar do nome diferente? Isso lhe dá todos os poderes que teve o pai? Ou o irmão? Ela vai ser a papisa na Inglaterra?

Cecil fez uma pequena mesura majestosa, preparatória para se retirar.

— Na verdade, sim, e se me der licença...

Para sua surpresa, o mais jovem não continuou detendo-o, mas lhe ofereceu uma graciosa mesura e ergueu-se sorrindo.

— Claro! Não devia ter atrasado o senhor, lorde secretário. Perdoe-me. Está de partida para casa?

— Sim — respondeu Cecil. — Apenas por dois dias. Hei de voltar com tempo de folga para sua investidura. Preciso parabenizá-lo pela honra.

"Mas como é que ele sabe disso?", perguntou-se Dudley. "Ela jurou que ninguém ia saber até mais perto da cerimônia. Conseguiu a informação por seus espiões, ou ela mesma lhe contou? Será que conta tudo a ele?" Em voz alta, disse:

— Obrigado. Sinto-me honrado demais.

"Sente-se mesmo", disse Cecil a si mesmo, retribuindo a mesura e descendo os degraus até onde seu cavalo de dorso curto aguardava-o e sua comitiva se reunia. "Mas por que ficaria tão maravilhado ao saber que ela é chefe da Igreja? Que tem isso a ver com você, seu sonso, indigno de confiança e belo janota pretensioso?"

"Ela vai ser o papa inglês", sussurrou Robert para si mesmo, seguindo sem pressa como um príncipe na direção oposta. Os soldados no fim da galeria abriram as portas duplas para ele e Robert cruzou-as. O intenso charme de seu sorriso fez todos curvarem as cabeças e arrastarem os pés, mas o sorriso não era para eles. Sorria da requintada ironia de Cecil servir a Robert, totalmente sem saber. Cecil, a grande raposa, trouxera para casa um pássaro de caça e pusera-o aos pés de Robert, tão obediente quanto um *spaniel* Dudley.

"Ele tornou-a papisa em tudo, menos no nome. Pode conceder dispensa de um casamento, pode conceder a anulação de um casamento, pode decretar em favor de um divórcio", sussurrou Robert a si mesmo. "Não tem ideia do que fez para mim. Ao convencer aqueles parvos fidalgos a torná-la governadora suprema da Igreja da Inglaterra, deu-lhe o poder de conceder um divórcio. E quem sabe se não poderemos nos beneficiar disso?"

Elizabeth não pensava em seu belo estribeiro-mor. Na sala de audiências, admirava um retrato do arquiduque Ferdinando, as damas de honra à sua volta. Pelo murmúrio de aprovação quando notaram o negror Habsburgo dos olhos dele e a elegante alta moda de suas roupas, Robert, entrando na sala sem pressa, entendeu que Elizabeth continuava seu namoro público com o mais recente pretendente.

— Um homem bonito — disse ele, merecendo um sorriso dela. — E uma bela postura.

Ela deu um passo na direção dele. Robert, alerta como um coreógrafo a cada movimento de uma dança, permaneceu imóvel e deixou-a aproximar-se.

— Admira o arquiduque, Sir Robert?

— Com certeza admiro o retrato.

— É uma imagem muito boa — interferiu defensivamente o conde Von Helfenstein. — O arquiduque não tem vaidade alguma, não ia querer um retrato para lisonjeá-lo com o intuito de enganar.

Robert deu de ombros.

— Claro que não. — Virou-se para Elizabeth. — Mas como se pode escolher um homem numa pintura? O senhor nunca escolheria um cavalo assim.

— Sim, mas um arquiduque não é um cavalo.

— Bem, eu ia querer saber como se move meu cavalo, antes de passar a desejá-lo — disse ele. — Ia querer conhecer seus passos. Saber como se sentiria quando o acariciasse, alisasse seu pescoço, quando o tocasse em toda parte, atrás das orelhas, nos lábios, atrás das pernas. Ia querer ver até que ponto era responsivo quando o montasse, quando o tivesse entre as pernas. A senhora sabe, ia querer até conhecer o cheiro dele, o próprio cheiro do suor.

Ela deu um pequeno arquejo com a imagem que ele lhe descrevia, tão mais vívida, tão mais íntima, que o óleo morto na tela diante deles.

— Se eu fosse a senhora, escolheria um marido que conhecesse — disse-lhe Robert tranquilamente. — Um homem que eu testasse com meus próprios olhos, meus próprios dedos, de cujo perfume eu gostasse. Só me casaria com um homem ao qual soubesse que poderia desejar. Um homem que já desejasse.

— Eu sou uma donzela — disse ela, a voz um murmúrio. — Não desejo homem algum.

— Oh, Elizabeth, você está mentindo — ele sussurrou-lhe com um sorriso. Ela arregalou os olhos com a impertinência dele, mas não o refreou. Ele tomou o silêncio por encorajamento, como sempre fazia:

— Deseja, *sim*, um homem.

— Não um que não seja livre para se casar — ela disparou de volta.

Ele hesitou.

— Gostaria que eu fosse livre?

De imediato ela afastou a cabeça para longe dele e ele viu que a perdera para seu charme habitual.

— Oh, estávamos falando de você?

Logo ele a soltou.

— Não. Falamos do arquiduque. É de fato um belo rapaz.

— E agradável — interpôs-se o embaixador, ouvindo apenas o final da conversa em voz baixa dos dois. — Um excelente estudioso. Seu inglês é quase perfeito.

— Tenho certeza — respondeu Sir Robert. — O meu também é admiravelmente bom.

Amy florescia no clima de abril. Todo dia cavalgava com Lizzie Oddingsell ou com Alice e William Hyde, para procurar terra que pudesse comprar, florestas que pudessem ser derrubadas a fim de abrir espaço para uma casa, ou casas de fazenda que pudessem ser reconstruídas.

— Será que ele não vai querer uma coisa muito mais grandiosa que essa? — perguntou-lhe William Hyde um dia, quando cavalgavam por uma propriedade de 80 hectares e uma bela casa campestre de tijolos vermelhos erguida no centro.

— Nós reconstruiríamos a casa, claro — disse Amy. — Mas não precisamos de um grande palácio. Ele gostou muito da casa de minha prima em Camberwell.

— Oh, a casa de um comerciante na cidade, sim — concordou o Sr. Hyde. — Mas será que não vai querer um lugar em que possa receber a rainha quando a corte fizer uma viagem cerimonial pelo reino? Uma casa onde possa receber toda a corte? Uma grande mansão, mais como Hampton Court, ou Richmond?

Ela pareceu bastante chocada por um momento.

— Oh, não — respondeu. — Ele quer uma coisa que teríamos como nossa casa, que desse a sensação de um lar apropriado. Não um grande palácio. E com certeza a rainha não ficaria em Oxford se viesse a esta parte do campo.

— E se ela quisesse caçar? — sugeriu Alice. — Ele é estribeiro-mor. Não ia querer bastante terra para um parque de veados?

A risada confiante de Amy ressoou.

— Ah, vocês querem me fazer comprar a Nova Floresta! — ela exclamou. — Não. O que queremos é um lugar como minha casa em Norfolk, só que um pouco maior. Qualquer coisa como Flitcham Hall, que nós quase compramos, apenas um pouco mais suntuosa e maior que aquela propriedade. Um lugar onde possamos anexar uma ala e uma entrada, para que fique uma bela casa, ele não ia querer nada insignificante, e com jardins agradáveis, um pomar e lagos de peixe, claro, além de uns bosques bonitos, boas montarias, e o resto seria terra cultivada onde ele criaria cavalos para a corte. Ele passa o tempo todo lá, vai querer chegar a uma casa que dê a sensação de um lar e não de uma catedral cheia de um bando de mexeriqueiros, o que os palácios reais são na verdade.

— Se tem certeza de que é isso o que ele quer, então podemos perguntar o preço que eles querem por esta propriedade — disse William Hyde, cauteloso, ainda não convencido. — Mas talvez devêssemos escrever a ele para confirmar se não quer uma coisa mais imponente, com mais aposentos e mais terra.

— Não é necessário — respondeu Amy, confiante. — Eu sei o que meu marido quer. Temos esperado há anos para fazer uma casa como essa.

Robert Dudley achava-se mergulhado no planejamento da maior festa da corte desde o ponto alto da coroação da rainha. Ostensivamente era para homenagear o Dia de São Jorge, o grande dia de comemoração inglesa que os Tudors haviam introduzido no calendário da corte. Seria aquele em que ele e três outros destacados nobres iam receber a Ordem da Jarreteira, a mais alta condecoração da cavalaria, das mãos da rainha. A ordem era concedida apenas a homens que se haviam sobrepujado na defesa da coroa. A rainha ia dá-la a Robert Dudley, a seu jovem parente Thomas Howard, duque de Norfolk, a Sir William Parr, irmão de sua falecida mãe, e ao conde de Rutland.

Alguns sugeriram que Robert Dudley era uma adição estranha a esse leque de família, ou conselheiros experientes, e talvez, como fizera parte da expedição que perdera Calais para a Inglaterra, não tivesse feito uma defesa particularmente deslumbrante do reino.

Também, diziam as bisbilhotices, o planejamento de alguns cortejos dificilmente qualificava alguém para a mais elevada ordem da cavalaria inglesa, sobretudo visto que seu bisavô e avô haviam sido condenados como traidores. De que forma um homem como Robert Dudley merecera tão excepcional honra? Mas ninguém o dizia em voz alta. E ninguém o dizia em lugar algum perto da rainha.

Haveria torneio de justa durante toda a tarde, os cavaleiros iam chegar à arena usando fantasias e disfarces, recitar versos chistosos e belos para explicar seu papel. O tema da festa ia ser arturiano.

— É Camelot? — perguntou Sir Francis Knollys a Robert com amável ironia, no pátio de torneios, onde supervisionava o drapejar das bandeiras com timbres medievais. — Estamos encantados?

— Espero que fiquem encantados — respondeu Robert rindo.

— Por que exatamente Camelot? — insistiu Sir Francis, visivelmente sem compreender.

Dudley desviou os olhos do pátio de torneios que estava sendo forrado de tecido dourado, economicamente poupado e reusado dos quadros vivos da coroação.

— É óbvio.

— Não para mim. Diga-me — pediu Sir Francis.

— Bela rainha — disse Robert, sucinto, desgrudando os elementos de seus longos e magros dedos. — Perfeita Inglaterra. Unida sob um monarca mágico. Sem questões religiosas, sem questões matrimoniais, sem escoceses sanguinários. Camelot. Harmonia. E a adoração à Senhora.

— À Senhora? — indagou Sir Francis, pensando nos santuários em toda a Inglaterra à Nossa Senhora, mãe de Jesus, agora caindo aos poucos em desuso, enquanto o povo do campo era convencido de que o que fora o núcleo de sua fé honesta era errado, quase heresia.

— A Senhora. A rainha. Elizabeth — respondeu Robert. — A rainha de nossos Corações, a rainha da Justa, em sua corte de verão, governando para sempre. Viva!

— Viva — repetiu Sir Francis, obediente. — Mas viva o quê exatamente? A não ser para comemorar sua ascensão à Ordem da Jarreteira, pela qual, aliás, minhas maiores congratulações.

Robert corou levemente.

— Obrigado — disse com simples dignidade. — Mas não é para comemorar minha honra. Vai muito além de alguém tão humilde quanto eu, muito além até dos nobres.

— Vai?

— Estende-se por todo o país. Pelo povo. Toda vez que fazemos uma encenação ou dia de festividades, isso é copiado, em cada cidade e cada aldeia, de cima a baixo do país. Não acha que dar a todos a ideia de que a rainha é uma governante tão maravilhosa quanto Artur os faz lembrar de que devem amá-la, reverenciá-la e defendê-la? Lembrar-lhes que ela é jovem, bela, e que sua corte é a mais bonita de toda a Europa não apenas faz bem à Inglaterra; a palavra circula por todo lado: chega a Paris, Madri, Bruxelas. Eles têm de admirá-la, para reconhecer seu poder. Torna-a tão segura quanto o acordo de Cecil.

— Vejo que é um político — comentou Sir Francis. — E isso é como acertamos. Que ela deve ser vista de forma tão adorável que seja amada, para que a mantenham fora de perigo.

— Queira Deus — concordou Robert, e depois fez um pequeno muxoxo de irritação quando um pajem desajeitado deixou cair sua ponta de tecido, que se arrastou no chão de areia. — Pegue-o, rapaz! Está sujando!

— E pensou na segurança dela nesse dia? — quis confirmar Sir Francis. — A maioria das pessoas já ficou sabendo agora que o papa abençoou um ataque a ela.

Dudley virou-se de frente para ele.

— Penso apenas na segurança dela — disse, sem hesitar. — Noite e dia. Penso apenas nela. Não vai encontrar nenhum homem mais fiel a serviço da rainha. Penso nela como se a minha vida dependesse disso. Na verdade, minha vida depende mesmo disso.

Sir Francis fez que sim com a cabeça.

— Eu não duvido de você — disse, com franqueza. — Mas são tempos angustiantes. Sei que Cecil tem uma rede de espiões em toda a Europa para agarrar qualquer um que possa vir à Inglaterra ameaçá-la. Mas e quanto aos ingleses? Homens e mulheres que se fazem passar por nossos amigos? Pessoas que mesmo agora talvez pensem que é seu dever, seu sagrado dever, assassiná-la?

Robert acocorou-se e riscou com o dedo o chão de areia da arena de justa.

— Aqui fica a entrada real. Só permitida a membros da corte. Comerciantes, cidadãos de Londres, plebeus em geral aqui: afastados dela pelos cavalheiros armados. Aprendizes aqui, mais atrás: são sempre os mais desordeiros. Pessoal do campo, todos que chegarem sem convite, ainda mais atrás. Em cada canto um homem armado. Os homens de Cecil vão circular entre a multidão, vigiando. Tenho alguns homens de confiança que também vão circular e manter os olhos abertos.

— Mas e quanto à ameaça dos amigos dela? Plebeus e nobres? — perguntou Sir Francis, a voz branda.

Robert ergueu-se e esfregou as mãos para retirar a areia.

— Rogo a Deus que todos agora entendam que sua lealdade é antes de tudo a ela, por mais que gostem de celebrar missa. — Fez uma pausa. — E, para dizer a verdade, a maioria daqueles de quem desconfiamos já vem sendo vigiada.

Sir Francis deu uma gargalhada.

— Pelos seus homens?

— Sobretudo pelos de Cecil — respondeu Robert. — Ele tem centenas em seu serviço secreto.

— Ora, está aí um homem que eu não ia querer como meu inimigo — observou Sir Francis rindo.

— Só se tivesse certeza de que poderia vencer — respondeu Robert, impassível. Virou-se para trás e viu um pajem desenrolando um galhardete e içando-o num mastro. — Você aí! Olhe bem o que faz! Está de cabeça para baixo!

— Bem, vou deixá-lo trabalhar — disse Sir Francis, retirando-se como se temesse ser mandado subir uma escada.

Robert deu-lhe um sorriso.

— Certo. Chamo-o quando o trabalho estiver concluído — disse, com uma expressão descarada, e encaminhou-se para o palco central. — Imagino que vá retornar em boa hora para a festa, assim que todo o trabalho duro houver terminado. Vai participar da justa?

— Bom Deus, sim! Hei de ser um nobre gentil e perfeito cavaleiro! Hei de ser a própria flor do cavalheirismo. Parto agora para polir meu escudo e minha parelha de versos — gritou Sir Francis jocosamente do estrado.

— Vou recitar ei, blá-blá-blin, doce Robin.

— Ei, blá-blá-blancis, Francis! — gritou Robert de volta, rindo.

Ele retornou ao trabalho, sorrindo do diálogo, e então teve a sensação de ser observado. Era Elizabeth, em pé sozinha na plataforma que seria decorada como camarote real, contemplando embaixo as raias vazias da justa e a arena de areia.

Robert examinou-a em detalhes por um momento, notou sua imobilidade, e a ligeira curva da cabeça. Então pegou um mastro de bandeira como se ainda no trabalho e passou pelo camarote real.

— Oh! — exclamou, como se a houvesse visto de repente. — Vossa Graça!

Ela sorriu-lhe e foi até a frente do camarote.

— Olá, Robert.

— Pensativa?

— Sim.

Ele perguntou-se se ela havia ouvido a conversa deles sobre o perigo pelo qual passava todo dia, se os ouvira citar os perigos de todo tipo de pessoa, dos mais ínfimos aprendizes aos mais íntimos amigos. Como poderia uma jovem suportar saber que era odiada pelo seu próprio povo? Que o maior poder espiritual na cristandade a declarara merecedora da morte?

Enfiou o mastro da bandeira no suporte, chegou diante do camarote e ergueu os olhos.

— Alguma coisa em que eu posso ajudar, minha princesa?

Elizabeth deu-lhe um sorrisinho tímido.

— Não sei o que fazer.

Ele não a entendeu.

— Fazer? Fazer sobre o quê?

Ela debruçou-se sobre o parapeito para poder falar baixo.

— Não sei o que fazer num torneio.

— Você deve ter comparecido a centenas de torneios.

— Não, a muito poucos. Eu não ia assim com tanta frequência à corte durante o reinado do meu pai, a corte de Mary não era alegre e fiquei presa a maior parte do tempo.

Mais uma vez Robert foi lembrado de que ela estivera no exílio durante quase toda a infância. Educara-se com a paixão de uma estudiosa, mas não se preparara para os entretenimentos triviais da vida cortesã. Nem poderia; não tinha como sentir-se à vontade nos palácios ou nos grandes eventos, a não ser dominando os procedimentos. Ele talvez apreciasse a brincadeira de imaginar um novo tema para dar sabor a um acontecimento tradicional, mas conhecia o acontecimento tradicional, porque participara de todas as justas desde que chegara à corte, e na verdade ganhara a maioria delas.

O desejo de Robert era ultrapassar os torneios e entretenimentos que conhecia bem demais, o de Elizabeth era passar por eles sem trair sua falta de descontração.

— Mas gosta de combater na justa?

— Oh, sim — ela respondeu. — E entendo as regras, mas não como devo me comportar, quando aplaudir, quando mostrar favor e todo o resto.

Ele pensou por um momento.

— E se eu lhe fizer um plano? — perguntou, amavelmente. — Como fiz para o desfile de sua coroação? Para que mostre onde deve ficar, o que deve fazer e dizer em cada ponto?

De chofre ela pareceu mais feliz.

— Sim. Isso seria ótimo. Então eu poderia aproveitar o dia em vez de me preocupar com ele.

Robert sorriu.

— E devo fazer um plano para a cerimônia da Ordem da Jarreteira?

— Sim — disse ela, entusiasmada. — Thomas Howard me disse o que eu devia fazer, mas não consigo me lembrar de tudo.

— Como é possível ele saber? — retrucou Dudley, fazendo pouco caso. — Nem chegou ao mais alto grau na corte nos últimos três reinos.

Ela sorriu da habitual rivalidade dele com o duque, tio dela, contemporâneo deles em idade, o rival de toda a vida de Robert.

— Bem, vou escrever tudo — disse ele. — Posso ir ao seu aposento antes do jantar e repassar todo o plano?

— Sim — ela concordou. — Estendeu impulsivamente a mão para ele embaixo. Ele estendeu a dele e só conseguiu alcançar as pontas dos dedos dela, beijou a própria mão e esticou-se para tocar a dela.

— Obrigada — disse ela, com doçura, as pontas dos dedos demorando-se nas dele.

— Vou sempre explicar-lhe, vou sempre ajudá-la — ele prometeu. — Agora que sei, vou desenhar uma tabela para lhe mostrar onde ir e o que fazer em todo evento. Assim, vai sempre saber. E quando tiver realizado uma dezena de justas pode me dizer o que quer fazer de forma diferente, e será a senhora quem vai planejá-la e me mostrar como quer tudo mudado.

Elizabeth sorriu disso, virou-se e retirou-se do camarote real, deixando-o com uma estranha sensação de ternura por ela. Às vezes, não parecia uma rainha chegada à grandeza pela sorte e pela astúcia. Às vezes era mais uma menina com uma tarefa difícil demais para realizar sozinha. Ele estava acostumado a desejar mulheres, a usá-las. Mas por um momento, no pátio de torneios semipreparado, sentiu apoderar-se dele uma nova sensação — ternura, de querer mais a felicidade dela que a sua.

Lizzie Oddingsell escreveu uma carta ditada por Amy, e depois a própria Amy a copiou, laboriosamente, fazendo as letras seguirem retas pelas linhas traçadas a régua.

Querido Marido,

Espero que esta o encontre em boa saúde. Estou feliz e bem, hospedada com nossos queridos amigos, os Hydes. Acho que encontrei uma casa e terra para nós, como me pediu para fazer. Acho que vai ficar muito satisfeito com ela. O Sr. Hyde falou com o fidalgo proprietário, que a está vendendo devido à saúde debilitada e não tem filho para herdá-la, além de afirmar que pede um preço razoável.

Não vou dar mais prosseguimento até receber suas instruções, mas talvez você venha ver a casa e as terras muito em breve. O Sr. e a Sra. Hyde enviam-lhe seus melhores votos de felicidade e esta cesta de folhas de salada frescas. Lady Robsart me disse que temos oitenta cordeiros nascidos este ano em Stanfield, nosso melhor ano de todos. Espero que venha logo.

Sua devotada mulher
Amy Dudley
P.S.: Espero mesmo que venha logo, marido

Amy foi andando para a igreja do outro lado do parque com a Sra. Oddingsell, pelo bosque da aldeia, transpôs o portão coberto à entrada do cemitério e depois as duas entraram na fria e imutável obscuridade da igreja paroquiana.

Contudo, não era imutável, pois fora estranhamente modificada. Amy olhou em volta e viu uma nova e grande estante de coro em metal, na frente da nave, e a Bíblia, aberta como se fosse permitido a todo mundo lê-la. O altar, onde ficava em geral guardada, estava visivelmente vazio. Amy e Lizzie Oddingsell trocaram um olhar silencioso e fecharam-se no banco da família Hyde. A cerimônia religiosa prosseguiu em inglês, não no mais familiar latim, segundo o livro de orações do rei Eduardo, ao contrário da amada missa. Amy curvou a cabeça sobre as novas palavras e tentou sentir a presença de Deus, embora aquela igreja houvesse mudado e a língua também, e a hóstia estivesse escondida.

Chegou a hora de o sacerdote rezar pela rainha, e assim ele fez, a voz tremendo apenas um pouco, mas quando foi rezar por seu amado bispo, Thomas Goldwell, as lágrimas na voz o impediram totalmente de falar e ele se calou. O ajudante terminou a oração por ele e o serviço continuou, sendo finalizado com a oração de encerramento e a bênção.

— Vá na frente — sussurrou Amy à amiga. — Quero rezar mais um momento.

Esperou até a igreja ficar vazia e então saiu do banco dos Hydes. O padre estava ajoelhado diante do anteparo de altar ornamentado, encimado por um crucifixo, que separava o coro da igreja da nave. Amy foi calmamente ajoelhar-se ao lado dele.

— Padre?

Ele virou a cabeça.

— Filha?

— Aconteceu alguma coisa?

Ele assentiu com a cabeça. Tinha-a curvada bem baixa como se estivesse muito envergonhado.

— Dizem que nosso bispo Thomas não é sequer mais bispo.

— Como assim? — ela perguntou.

— Dizem que a rainha não o nomeou para Oxford, e no entanto ele não é mais bispo de St. Asaph. Dizem que não é nem um nem outro, que não pertence a lugar algum, é bispo de nada.

— Por que diriam uma coisa dessas? — ela indagou. — Devem saber que ele é um homem bom e santo, e saiu de St. Asaph porque vinha assumir Oxford. Foi nomeado pelo papa.

— Você devia saber tão bem quanto eu — disse ele, cansado. — Seu marido sabe como funciona essa corte.

— Ele não... confia em mim — disse ela, escolhendo a palavra certa com todo o cuidado. — Não sobre assuntos da corte.

— Eles sabem que nosso bispo é um homem fiel até a morte — disse o padre, triste. — Sabem que era o amigo mais querido do cardeal Pole, ficou em seu leito de morte, deu-lhe os últimos sacramentos. Sabem que não vai virar a casaca para agradar a rainha. Não desonraria a hóstia como lhe ordenam fazer. Acho que vão primeiro destituí-lo de seu Santo Ofício, por esse passe de mágica, e depois assassiná-lo.

Amy arquejou.

— De novo, não. Chega de matança. Não outro Thomas More!

— Ele recebeu ordens de se apresentar perante a rainha. Temo que vá ao encontro da morte.

Amy assentiu com a cabeça, o rosto lívido.

— Lady Dudley, seu marido é tido como um dos mais poderosos homens na corte. Pode pedir a ele que interceda por nosso bispo? Juro que padre Thomas jamais disse uma palavra contra a ascensão dela como rainha. Só se manifestou, como Deus lhe ordenou a fazer, em defesa de nossa Santa Igreja.

— Eu não posso — ela disse apenas. — Padre, perdoe-me, Deus me perdoe, mas não posso. Não tenho influência. Meu marido não aceita meu conselho sobre assuntos da corte, nem sobre política. Ele nem sequer sabe o que penso sobre essas questões! Não posso aconselhá-lo, e ele não me ouviria.

— Então vou rezar por você, para que ele se volte para você — disse o padre, afetuoso. — E se Deus o fizer ouvi-la, então, filha, fale. É a vida do nosso bispo que corre perigo.

Amy curvou a cabeça.

— Farei isso se puder — prometeu, sem muita esperança.

— Deus a abençoe e a guie.

O empregado de Robert entregou-lhe a carta de Amy na tarde de sua investidura como cavaleiro da jarreteira. Ele acabara de pendurar a liga azul de seda da insígnia no encosto de uma cadeira e recuou para admirá-la. Depois vestiu um novo colete, passou os olhos rapidamente pela carta e devolveu-a.

— Escreva a ela dizendo que estou ocupado agora, mas irei o mais cedo que puder — disse, ao abrir a porta. Com a mão no trinco, percebeu que as letras mal formadas eram feitas pelo próprio punho de Amy, e que ela devia ter dedicado horas a escrever-lhe. — Diga que fiquei muito feliz por ela mesma ter me escrito. E mande-lhe um saquinho de dinheiro para comprar luvas ou alguma coisa que queira.

Fez uma pausa, com a angustiante sensação de que devia fazer mais; mas então ouviu o som da trombeta do arauto para o torneio de justa e não teve tempo.

— Diga-lhe que irei sem demora — disse, virou-se e desceu lepidamente a escada para o pátio do estábulo.

A justa tinha todas as encenações, quadros vivos e o colorido que Elizabeth amava, com cavaleiros disfarçados cantando seus louvores e compondo versos improvisados. As damas de honra distribuíam mimos e os cavaleiros usavam as cores de suas damas sobre o coração. A rainha usava uma luva de seda branca e segurava a outra na mão, ao se curvar para a frente e desejar a Sir Robert a melhor das sortes, quando ele se aproximou do camarote real a fim de erguer os olhos para ela, muito acima, e prestar-lhe seus respeitos.

Acidentalmente, quando ela se curvou para a frente, a luva escorregou de seus dedos e caiu. No mesmo instante, quase mais rápido do que qualquer um poderia ver, ele incitou a montaria com as esporas, o grande cavalo de guerra deslizou, respondendo de chofre, e pegou a luva em pleno ar antes de cair no chão.

— Obrigada! — gritou Elizabeth. Fez sinal a um pajem. — Vá pegar minha luva com Sir Robert.

Com uma das mãos retendo o grande cavalo a curvetear, ele ergueu o visor com a outra e levou a luva aos lábios.

Elizabeth, a cor avivando-se, viu-o beijar a luva, não exigiu a devolução nem descartou o gesto rindo como parte das cortesias da justa.

— Posso guardá-la? — ele perguntou.

Ela recuperou-se um pouco.

— Visto que a pegou com tanta destreza — ela respondeu, estonteada.

Robert levou o cavalo um pouco mais para perto.

— Eu lhe agradeço, minha rainha, por deixá-la cair para mim.

— Caiu por acidente — ela corrigiu.

— Eu a peguei de propósito — ele respondeu, os olhos escuros brilhando para ela, e enfiou-a cuidadosamente dentro da peça de armadura que lhe cobria o peito, deu meia-volta no cavalo e cavalgou até o fim das raias.

O torneio de justa durou a tarde toda, sob o sol quente de abril, e quando anoiteceu a rainha chamou todos os seus convidados especiais ao rio para um passeio à vela nas barcaças. Os londrinos, que haviam esperado esse fim para o dia, imploraram, tomaram emprestado e alugaram barcos aos milhares, e o rio ficou tão abarrotado como uma feira, com barcos e barcaças tremulando galhardetes e bandeirolas alegremente coloridos, e uma em cada três embarcações levava um cantor ou tocador de alaúde a bordo, de modo que melodias inesquecíveis eram transportadas sobre a água de um barco ao outro.

Robert e Elizabeth estavam na barcaça da rainha com Catarina e Sir Francis Knollys, lady Mary Sidney e o marido, Sir Henry Sidney, duas outras damas de companhia da rainha, Laetitia Knollys e outra dama de honra.

Uma barca de músicos navegava ao lado deles e as notas de canções de amor pairavam demorando-se sobre a água, enquanto os remadores acompanhavam o ritmo do delicado bater de um tambor. O sol, pondo-se entre nuvens de rosa e dourado, deitava um caminho pelo Tâmisa a escurecer, como se fosse levá-los direto ao próprio centro da Inglaterra.

Elizabeth inclinava-se na amurada laminada de dourado da barcaça e olhava as águas marulhantes do rio, o panorama dos barcos de diversão emparelhando-se com o dela e as lanternas balançando que iluminavam seus próprios reflexos na água. Robert juntou-se a ela e os dois ficaram lado a lado por um longo tempo em silêncio, vendo o rio.

— Sabe, este foi o dia mais perfeito de minha vida — disse Elizabeth baixinho a Robert.

Por um momento, a constante tensão erótica relaxou-se entre eles. Robert deu-lhe o afetuoso sorriso de um velho amigo.

— Estou feliz — disse apenas. — Queria lhe desejar muito mais desses dias, Elizabeth. Tem sido generosa comigo e sou-lhe grato.

Ela voltou-se e sorriu-lhe, os rostos tão próximos que a expiração dele agitou uma mecha de cabelo que escapara do capuz dela.

— Você ainda tem minha luva — ela sussurrou.

— Você tem meu coração.

"Generosa, de fato", disse secamente a si mesmo William Cecil, quando a corte saiu a cavalo na manhã do Primeiro de Maio, festa da primavera, para visitar Robert Dudley em sua nova casa da antiga Leiteria em Kew, um lugar de encantadora beleza construído na própria borda do parque, a apenas uma caminhada de dez minutos do palácio. Um lance de grandes degraus de pedra branca levava a uma porta dupla em arco de grande altura, emoldurada por duas janelas. Dentro, um enorme salão dava lugar a pequenos e íntimos aposentos retirados, voltados para os jardins de cada lado. Uma sebe demarcava a fachada da casa com duas ameixeiras podadas à perfeição, tão redondas quanto as ameixas, uma sentinela de cada lado.

Robert Dudley cumprimentou o pequeno grupo na porta da frente e levou-os direto pela casa até o belo jardim murado nos fundos. Era plantado parcialmente com flores e parcialmente como um pomar, muito na nova moda de fazer os jardins se parecerem o máximo possível com um prado florido. Uma mesa fora posta com uma toalha de linho branco e um desjejum se achava pronto para a rainha. Numa típica concepção de Dudley, todos os criados vestiam-se como ordenhadoras e pastores, e um pequeno rebanho de ovelhas, absurdamente tingidas com as cores Tudors, verde e branco, cabriolava sob as inflorescências no pomar de maçãs.

Elizabeth bateu palmas de prazer à visão de tudo aquilo.

— Oh, Robert, como é requintado!

— Achei que gostaria de ser uma simples moça do campo neste dia — disse ele baixinho em seu ouvido.

Ela virou-se para ele.

— Foi mesmo? Por quê?

Ele encolheu os ombros.

— Uma coroa é um peso, assim como uma honra. As pessoas que se arrebanham à sua volta o tempo todo sempre lhe tiram alguma coisa; nunca dão. Eu queria que você tivesse um dia cheio de prazer e risos, um dia para uma bela moça; não uma rainha sobrecarregada.

Ela assentiu com a cabeça.

— Você entende. Eles querem tanto de mim — concordou, ressentida.

— E esses novos pretendentes são os piores — disse ele. — Os dois duques Habsburgo, que querem que sua glória os eleve de pobres duques na Áustria a rei da Inglaterra num grande salto! Ou o conde de Arran, que quer arrastá-la para a guerra com a Escócia! Nada lhe oferecem, e tudo esperam em troca.

Elizabeth pareceu reprovadora, e por um momento temeu que ele fora longe demais. Então disse:

— Só o que me oferecem são problemas, mas o que querem de mim é tudo que sou.

— Não querem nada de *você* — ele a corrigiu. — Não a verdadeira você. Querem a coroa, ou o trono, ou o herdeiro que poderia lhes dar. Mas são pretendentes falsos, ouro falso, eles não a amam, ou não amam como eu... — interrompeu-se.

Ela curvou-se para a frente, sentiu o cálido hálito dele no rosto, e Robert viu-a inspirar junto com ele.

— Você? — incitou-o.

— Como eu — ele sussurrou muito baixo.

— Nós vamos comer? — cobrou Cecil, queixoso, do grupo à espera dos dois atrás. — Estou definhando de fome. Sir Robert parece o próprio Tântalo por estender um banquete diante de nós e não nos chamar para saboreá-lo.

Robert riu e afastou-se da rainha, que levou um momento para recuperar seu senso dos demais, dos olhos neles, das mesas arrumadas com as toalhas cor de neve no pomar inundado pela luz do sol.

— Por favor... — disse ele, gesticulando como um grande lorde, para que ocupassem seus lugares às mesas.

Sentaram-se para um desjejum tão sofisticado quanto um banquete italiano, mas servido com a informalidade refinada que era a assinatura de Dudley, e então, quando terminou a refeição e serviram-se as ameixas, os pastores e as ordenhadoras apresentaram uma dança campestre e cantaram uma música em louvor à rainha pastora. Um menino, louro e parecendo um querubim, adiantou-se e recitou um poema a Elizabeth, Rainha de todos os Pastores e Pastoras, e presenteou-a com uma coroa de espinheiro-alvar e um cajado raspado de um galho de salgueiro; então um conjunto de músicos, desconfortavelmente escondidos nos galhos das macieiras, tocou um acorde de abertura e Robert ofereceu a mão a Elizabeth e conduziu-a numa dança popular campestre, da festa da primavera, o dia próprio para namoro, quando mandava a tradição que até os pássaros se casassem.

"Muito bonito", disse Cecil a si mesmo, olhando o sol que agora quase chegava acima da cabeça. "Metade do dia gasto e uma montanha de cartas para eu ler quando voltar à corte. Más notícias da Escócia, sem a menor dúvida, e ainda sem dinheiro da rainha para apoiar nossos correligionários, embora eles implorem nossa ajuda e perguntem, com razão, o que julgamos estar fazendo: abandonando-os quando se acham à beira mesmo da vitória?"

Examinou com mais atenção. A mão de Dudley não estava onde devia estar, nas costas da rainha ao guiá-la adiante nos passos da dança, mas em volta da cintura dela. E ela, longe de ficar ereta como sempre fazia, curvava-se decididamente para ele. "Poder-se-ia quase dizer desejando-o."

O primeiro pensamento de Cecil foi para a reputação dela, e os planos de casamento. Olhou em volta. Graças a Deus que se achavam entre amigos: os Knollys, os Sidneys, os Percys. O irritável e jovem tio da rainha, o duque de Norfolk, não ia gostar de ver sua parenta nos braços de um homem como se fosse uma serviçal promíscua numa estalagem de beira de estrada, mas dificilmente a denunciaria ao embaixador Habsburgo. Talvez houvesse criados espiões na festa, mas suas palavras teriam pouco peso. Todo mundo sabia que Elizabeth e Dudley eram amigos íntimos. Nenhum mal evidente resultava da afeição entre o jovem casal.

"Apesar disso", disse Cecil a si mesmo. "Apesar disso, devíamos fazê-la casar-se. Se deixa que ele a acaricie, estamos seguros, ele é casado e não pode fazer mais que acender uma chama que terá de ser apagada. Mas e se um solteiro arrebatar-lhe a fantasia? Se Dudley despertar os desejos dela, se algum jovem e esperto macho apresentar-se, e por acaso for ao mesmo tempo belo e livre? E se ela pensasse em se casar por amor? É melhor casá-la logo."

Amy esperava a chegada de Robert.

Toda a casa esperava a chegada de Robert.

— Tem certeza de que ele disse que vinha logo? — perguntou William Hyde à irmã, Elizabeth Oddingsell, na segunda semana de maio.

— Você viu a carta tão bem quanto eu — ela respondeu. — Primeiro o auxiliar de escritório escreveu que ele estava ocupado mas viria o mais rápido que pudesse, depois, na segunda frase, corrige a primeira e diz que virá logo.

— Minha prima em Londres, que é parenta da família Seymour, diz que ele passa o dia todo com a rainha — observou Alice Hyde. — Ela foi à justa do Dia de São Jorge e ouviu alguém dizer que ele levava a luva da rainha na armadura do peito.

Lizzie deu de ombros.

— Ele é o estribeiro-mor dela, claro que ela o favorece.

— A prima do Sr. Hyde diz que à noite ele velejou com ela na barcaça real.

— Como devia, homenageado entre outros — sustentou Lizzie, resoluta.

— Ela o visitou para um desjejum de Primeiro de Maio na nova casa dele em Kew e ficou o dia todo.

— Claro — disse Lizzie, paciente. — Um desjejum da corte pode muito bem durar quase o dia todo.

— Bem, minha prima diz que o que circula na Inglaterra é que ela nunca o deixa fora de vista. Ele fica ao seu lado o dia inteiro e os dois dançam juntos toda noite. Dizem que o próprio parente da rainha, o duque de Norfolk, jurou que, se ele a desonrar, é um homem morto, e não ia fazer tal ameaça levianamente, nem sem motivo.

O olhar de Lizzie para a cunhada não foi nem fraternal nem afetuoso.

— Sua prima obviamente está mal informada — disse, irritada. — Mas você pode lembrar a ela que Sir Robert é um homem casado, prestes a comprar terra e construir sua primeira casa com a esposa, e que isso vai acontecer a qualquer dia em breve. Lembre-a ainda que ele se casou com a mulher por amor, e que eles estão planejando sua vida juntos. E também pode dizer-lhe que há um mundo de diferença entre um amor cortesão que não passa de exibição, frivolidade, poesia e cantoria, feito por todo homem na corte para agradar a rainha, e a vida real. E sua prima devia morder a língua antes por mexericar sobre os superiores.

O embaixador espanhol, conde Feria, profundamente desgastado pela dança amorosa de Elizabeth que já suportara uma vez por conta do amo, Felipe da Espanha, achou que não aguentava vê-la mais uma vez encenada com um colega embaixador e outro pretendente: o arquiduque Habsburgo. Por fim, o rei Felipe atendeu aos seus pedidos e concordou em substituí-lo por outro embaixador: o astuto bispo De Quadra. O conde Feria, mal conseguindo ocultar seu alívio, pediu permissão a Cecil para despedir-se de Elizabeth.

O experiente embaixador e a jovem rainha eram velhos adversários. Ele fora o mais leal conselheiro da rainha Mary Tudor e recomendara constante e publicamente que ela executasse a problemática herdeira e meia-irmã, Elizabeth. Foram seus espiões que repetidas vezes apresentaram provas da conspiração de

Elizabeth com rebeldes ingleses, com espiões franceses, com o mago Dr. Dee, com qualquer um que se oferecesse para derrubar a irmã por traição, por exércitos estrangeiros ou por magia.

O mais fiel e firme amigo de Mary, o conde Feria apaixonara-se e casara-se com sua mais constante dama de companhia, Jane Dormer. A rainha Mary só teria dispensado sua adorada amiga para o embaixador espanhol, e deu-lhes sua bênção no leito de morte.

Em obediência à tradição, o conde levou sua mulher à corte para apresentar as despedidas à rainha, e Jane Dormer, com a cabeça bem erguida, entrou no palácio de Whitehall mais uma vez, após sair repugnada no dia em que Elizabeth se tornou rainha. Agora condessa espanhola, a barriga arredondada pela gravidez, Jane Dormer retornava, satisfeita por dizer adeus. Quis a sorte que a primeira pessoa que encontrou foi um rosto da corte antiga: o bobo real, Sir William Somers.

— Ora veja, Jane Dormer — ele a cumprimentou, efusivo. — Ou devo chamá-la de senhora condessa?

— Pode me chamar de Jane — disse ela. — Como sempre. Como você está, Will?

— Divertindo. Esta é uma corte disposta a ser divertida, mas temo pelo meu posto.

— Oh? — perguntou ela.

A dama de companhia que acompanhava Jane até a rainha parou para o gracejo.

— Numa corte em que todo homem faz papel de bobo, por que alguém iria pagar a mim? — ele perguntou.

Jane riu alto. A dama de companhia deu risadinhas nervosas.

— Que tenha um bom dia, Will — disse Jane, afetuosa.

— Sim, vai sentir a minha falta quando estiver na Espanha. Porém, ouso adivinhar, não de muito mais, não é?

Jane fez que não com a cabeça.

— O melhor da Inglaterra deixou-a em novembro.

— Que sua alma descanse — disse Will. — Ela foi uma rainha muitíssimo desafortunada.

— E esta? — perguntou-lhe Jane.

Will desatou a rir.

— Ela tem toda a sorte do pai — respondeu com esplêndida ambiguidade, pois a convicção de Jane sempre fora que Elizabeth era filha de Mark Smeaton, o tocador de alaúde, e a sorte dele foi esticada até o ponto de ruptura na tortura antes de dançar no ar pendendo da forca.

Jane sorriu radiante da piada privada, traiçoeira, e acompanhou então a dama de companhia rumo à sala de audiências da rainha.

— Deve esperar aqui, condessa — disse bruscamente a dama, e conduziu Jane a uma antessala.

Jane descansou a mão nas costas e encostou-se no peitoril da janela.

A sala não tinha uma única cadeira, nem um banco, tampouco uma saliência abaixo da janela, nem sequer uma mesa onde ela pudesse se apoiar.

Minutos se passaram. Uma vespa, despertando do sono de inverno, lutou contra a vidraça da janela chumbada e silenciou no peitoril. Jane deslocou o peso de um pé para o outro, sentindo dor nas costas.

Era abafada a sala, a dor na parte inferior da coluna desceu até as pernas. Jane flexionou os pés, erguendo e baixando os dedos, tentando aliviar a dor. Na barriga, a criança mexeu-se e chutou. Ela pôs a mão no peitilho e avançou para o vão da janela. Olhou pela vidraça o jardim interno. O palácio de Whitehall era uma coelheira de prédios e átrios, aquele tinha uma pequena nogueira amadurecendo no centro, com um banco em toda a volta. Enquanto ela olhava, um pajem e uma criada andaram vagarosamente por cinco preciosos minutos sussurrando segredos e depois saíram correndo em direções contrárias.

Jane sorriu. Aquele palácio fora sua casa como a dama de companhia favorita da rainha, e ela pensava que fora ali naquele mesmo assento que se encontrara com o embaixador espanhol. Fora num verão breve e cheio de alegria, entre o casamento da rainha e seu triunfal anúncio de que esperava um filho, quando aquela era uma corte feliz, o centro do poder mundial, unida à Espanha, confiante num herdeiro e governada por uma mulher que afinal assumira seu direito.

Jane deu de ombros. A frustação e morte da rainha Mary haviam sido o fim de tudo aquilo, agora sua brilhante e enganadora meia-irmãzinha sentava-se em seu lugar, e o usava para insultar Jane com esse descortês atraso. Era, pensou, uma vingança mesquinha a uma morta, indigna de uma rainha.

Ouviu um relógio bater em algum lugar no palácio. Planejara visitar a rainha antes do jantar e já a haviam deixado esperando por meia hora. Sentia a cabeça meio zonza pela falta de comida e esperava não ser tão tola a ponto de desmaiar quando fosse afinal recebida na sala de audiências.

Esperou. Outros longos minutos se passaram. Jane perguntou-se se podia simplesmente sair despercebida; mas isso seria um tão grande insulto da mulher do embaixador espanhol à rainha que bastaria para causar um incidente internacional. Mas a longa espera era, em si, uma ofensa à Espanha. Jane suspirou. Elizabeth devia estar cheia de despeito, para correr tal risco pela pequena vantagem de insultar uma pessoa tão pouco importante como ela própria.

A porta acabou se abrindo. A dama de companhia pareceu terrivelmente sem graça.

— Poderia vir por aqui, condessa? — pediu educadamente.

Jane avançou e sentiu a cabeça rodar. Cerrou os punhos e enterrou as unhas nas palmas das mãos para a dor distraí-la da tonteira e da dor nas costas. "Não falta muito agora", disse a si mesma. "Ela não pode me deixar em pé por muito mais tempo."

A sala de audiências de Elizabeth estava quente e apinhada de gente, a dama de companhia abriu caminho por entre várias pessoas, e algumas sorriram e reconheceram Jane, que fora muito querida quando servira a rainha Mary. Elizabeth, de pé no sol resplandecente no centro de um vão de janela, em profunda conversa com um de seus conselheiros privados, parecia não vê-la. A dama de companhia levou Jane até bem próximo de sua ama. Ainda assim, não houve reconhecimento algum. Jane parou e esperou.

Por fim, Elizabeth concluiu a animada conversa e olhou em volta.

— Ah, condessa Feria! Espero não tê-la deixado esperando.

O sorriso de Jane foi majestoso.

— De modo algum — respondeu, impassível.

A cabeça agora martelava, a boca estava seca. Sentiu um grande receio de desmaiar aos pés de Elizabeth, e pouco mais que determinação a mantinha em pé.

Embora não visse o rosto da rainha, pois a janela era um clarão de luz branca atrás dela, percebeu o sorriso de escárnio e os olhos negros dançando.

— E espera um filho — disse Elizabeth, meiga. — Daqui a poucos meses?

Ouviu-se um arquejo reprimido da corte. Um nascimento em poucos meses significava que a criança fora concebida antes do casamento.

A calma expressão de Jane não oscilou.

— No outono, Vossa Graça — disse, firme.

Elizabeth calou-se.

— Vim apresentar minhas despedidas, rainha Elizabeth — disse Jane com glacial cortesia. — Meu marido está retornando à Espanha e eu vou com ele.

— Ah, sim, agora é espanhola — disse Elizabeth, como se fosse uma doença contraída por Jane.

— Uma condessa espanhola — respondeu Jane, impassível. — Sim, nós duas mudamos de posições no mundo desde a última vez que nos encontramos, Vossa Graça.

Foi um lembrete perspicaz. Jane vira Elizabeth de joelhos e aos prantos em falsa penitência diante da irmã, vira Elizabeth inchada de enfermidade, sob prisão domiciliar, sob acusação de traição, doente de terror, implorando uma audiência.

— Bem, desejo-lhe uma boa viagem de qualquer modo — disse Elizabeth, com indiferença.

Jane fez uma profunda mesura, numa perfeita reverência de cortesia; ninguém imaginaria que estava à beira de perder a consciência. Levantou-se e viu a sala rodar diante de seus olhos, e então saiu recuando voltada para o trono, um passo regular após o outro, o rico vestido seguro fora do caminho dos saltos altos escarlates, a cabeça erguida, os lábios sorrindo. Só se virou quando chegou à porta. Então ergueu a saia em volta e partiu, sem um olhar para trás.

— Ela fez o quê? — perguntou Cecil, incrédulo, à excitada Laetitia Knollys, que lhe relatava, como era paga para fazer, as atividades dos aposentos privados da rainha.

— Deixou-a esperando meia hora, e depois insinuou que ela já tinha o bebê na barriga antes do casamento — sussurrou Laetitia, ofegante.

Estavam no escuro gabinete revestido de madeira de Cecil, as venezianas fechadas, embora fosse pleno dia, um homem de confiança na porta e os outros aposentos de Cecil barrados a visitantes.

Ele franziu ligeiramente o cenho.

— E Jane Dormer?

— Parecia uma rainha — continuou Laetitia. — Falou graciosamente, fez suas reverências, o senhor devia ter visto a mesura, saiu como se desprezasse todos nós, mas não proferiu nenhuma palavra de protesto. Fez Elizabeth parecer tola.

Cecil fez um ar de leve reprovação.

— Cuidado com a linguagem, senhorita — disse firmemente. — Eu teria sido açoitado se houvesse chamado meu rei de tolo.

Laetitia curvou a cabeça com cabelos de bronze.

— Elizabeth disse alguma coisa depois que ela saiu?

— Disse que Jane fazia-a lembrar-se da velha irmã de rosto amargo e graças a Deus que aqueles dias eram passado.

Ele assentiu com a cabeça.

— Alguém respondeu?

— Não! — Laetitia borbulhava de mexericos. — Todo mundo ficou tão chocado por Elizabeth ter sido tão... tão...

Não encontrou palavras para isso.

— Tão o quê?

— Tão desagradável! Tão rude! Tão indelicada! E com uma mulher tão simpática! E esperando um bebê! E mulher do embaixador espanhol! Que grande insulto à Espanha!

Cecil balançou a cabeça.

"Era uma surpreendente indiscrição para uma jovem tão controlada", pensou. "Provavelmente a relíquia de alguma tola briga de mulheres que repercutira durante anos. Mas era atípico de Elizabeth mostrar o jogo com tamanha vulgaridade."

— Acho que vai descobrir que ela às vezes é muito desagradável — foi o que ele disse à mocinha. — Melhor faria você se não lhe desse motivo.

Ela ergueu a cabeça a isso, os olhos escuros, olhos Bolenas, e olhou-o francamente. Ajeitou os cabelos cor de bronze sob a touca. Sorriu, o cativante sorriso Bolena, sexualmente consciente.

— Como posso evitar? — perguntou-lhe limpidamente. — Ela só tem de me olhar para me odiar.

Tarde naquela noite, Cecil mandou pedir velas novas e mais lenha para a lareira. Escrevia a Sir James Croft, um velho colega conspirador. Sir James estava em Berwick, mas Cecil decidira que chegara a hora de o colega visitar Perth.

A Escócia é uma caixa de palitos,

Escreveu no código que ele e Sir James usavam um com o outro desde que o serviço de espionagem de Mary Tudor interceptara suas cartas.

e John Knox a centelha que a deixará em chamas.

Minha incumbência para você é ir a Perth e não fazer nada além de observar. Deve chegar lá antes das forças da rainha regente. Meu palpite é que verá John Knox pregando a liberdade da Escócia a uma entusiástica multidão, e eu gostaria de saber até que ponto entusiástica e efetiva. Terá de se apressar, porque os homens da rainha regente talvez o prendam. Ele e os lordes protestantes escoceses pediram a nossa ajuda, mas queria saber que espécie de homens eles são antes de comprometer a rainha. Converse com eles, faça sua avaliação. Se celebrariam sua vitória virando o país contra os franceses, e em aliança conosco, podem ser encorajados. Informe-me sem demora. Informação é uma moeda melhor que ouro aqui.

Verão de 1559

Robert finalmente chegou a Denchworth nos primeiros dias de junho, todo sorrisos e desculpas por sua ausência. Disse a Amy que conseguira ser dispensado por alguns dias porque a rainha, após formalmente recusar o arquiduque Ferdinando, era agora inseparável de seu embaixador, conversando o tempo todo sobre seu amo e mostrando sinal de mudar de ideia e se casar com ele.

— Ela está enlouquecendo Cecil — disse ele, sorrindo. — Ninguém sabe o que pretende nem o que quer. Recusou-o, mas agora fala dele sem parar. Não tem mais tempo para caçar e nenhum interesse por cavalgar. Só quer conversar com o embaixador ou praticar o espanhol.

Amy, sem o menor interesse nos flertes da rainha nem em sua corte, apenas balançava a cabeça em assentimento e tentava desviar a atenção de Robert para a propriedade que ela encontrara. Mandara preparar cavalos dos estábulos para Robert, os Hydes, Lizzie Oddingsell e para si mesma, e encabeçou o séquito na bela trilha de vaqueiro que atravessava o campo até a casa.

William Hyde emparelhou o cavalo com o de Robert.

— Que notícias traz do reino? — perguntou. — Eu soube que os bispos não vão apoiá-la.

— Eles dizem que não vão prestar o juramento que a confirma como governadora suprema — respondeu em suma Robert. — Isso é traição, como digo a ela. Mas ela é misericordiosa.

— Que vai a rainha... hã... misericordiosamente fazer? — perguntou o Sr. Hyde, nervoso, os dias incendiários de Mary Tudor ainda muito frescos em sua memória.

— Vai aprisioná-los — disse Robert, sem rodeios. — E substituí-los por clero protestante, se não conseguir encontrar católicos que recuperem a razão. Eles perderam a oportunidade. Se houvessem recorrido aos franceses antes que ela fosse coroada, talvez virassem o país contra ela, mas deixaram-no tarde demais. — Deu um sorriso radiante. — Conselho de Cecil — explicou. — Ele mandou avaliá-los. Um após o outro, vão ceder ou ser substituídos. Não têm coragem de levantar-se contra ela com armas, só se opõem por motivos teológicos, e Cecil vai descartá-los.

— Mas ela vai destruir a Igreja — disse William Hyde, chocado.

— Ela vai derrubá-la e erguer uma nova — explicou o protestante Dudley com prazer. — Foi forçada a uma posição que se resume aos bispos católicos ou à sua autoridade. Terá de destruí-los.

— E tem força para isso?

Dudley ergueu uma sobrancelha escura.

— Como se ficou sabendo, não é preciso muita força para prender um bispo. Ela já tem metade deles sob prisão domiciliar.

— Quer dizer, força da mente — explicou William Hyde. — Ela é apenas uma mulher, embora rainha. Tem coragem para se opor a eles?

Dudley hesitou. Esse sempre fora o medo de todos, pois todo mundo sabia que ela não pensava nem podia fazer qualquer coisa com alguma consistência.

— Ela é bem orientada. E seus conselheiros são homens bons. Sabemos o que tem de ser feito, e a mantemos a par.

Amy deu meia-volta no cavalo e juntou-se a eles.

— Você disse à Sua Graça que vinha ver uma casa?

— Na verdade, sim — ele respondeu animado, quando chegavam ao cimo de uma das colinas ondulantes. — Faz tempo demais desde que os Dudleys tiveram uma sede de família. Tentei comprar o castelo Dudley de meu primo, mas ele não tolera a ideia de desfazer-se da propriedade. Ambrose, meu irmão, também anda à procura de um lugar. Mas talvez ele e a família possam ficar com uma ala deste lugar. É bem grande?

— Há prédios que podem ser ampliados — ela respondeu. — Não vejo por que não.

— E era uma casa de mosteiro, uma abadia, ou coisa assim? — perguntou. — Um lugar de bom tamanho? Você não me disse nada sobre ele. Tenho imaginado um castelo com uma dezena de torres!

— Não é um castelo — disse ela, rindo. — Mas acho que é de muito bom tamanho para nós. A terra está em bom estado. Eles a cultivaram à maneira antiga, em faixas, mudando a cada dia de festa de São Miguel, por isso não foi esgotada. E os campos mais altos produzem bom capim para ovelhas, há uma floresta muito bonita que acho que podia ser desbastada e depois abrir algumas pistas nela. Os prados com água são dos mais ricos que já vi, o leite das vacas deve ser quase cremoso. A casa mesmo é um tanto pequena demais, claro, mas se acrescentássemos uma ala, poderíamos alojar quaisquer convidados que...

Interrompeu-se quando o grupo contornou a esquina na alameda estreita e Robert viu a casa de fazenda diante de si. Era comprida e baixa, um estábulo na ponta à direita construída de tijolo vermelho gasto e encimado por telhado de colmo como a casa, apenas uma fina parede separando os animais dos habitantes. Um pequeno muro de pedra caindo aos pedaços dividia a casa da alameda e dentro, a galinhada ciscava no que antes fora um jardim de ervas, embora agora se houvesse transformado quase todo em ervas daninhas e pó. Num dos lados do prédio bastante destruído, atrás do monturo de lixo fumegando, via-se um pomar densamente cultivado, ramos curvados até o chão e alguns porcos revolvendo-o, andorinhas lançavam-se do lago para o celeiro, construindo seus ninhos com bicos cheios de lama.

A porta da frente abriu-se, e foi mantida aberta escorada por uma pedra. Robert entreviu um teto baixo, manchado, um piso desigual de lajes de pedras dispersas com ervas deterioradas, mas o resto do interior estava oculto na obscuridade, pois quase não havia janelas, e sufocado de fumaça, pois não havia chaminé, apenas um buraco no telhado.

Ele voltou-se para Amy e encarou-a como se ela fosse uma louca, trazida para implorar-lhe sua misericórdia.

— Achou que eu ia querer morar aqui? — ele perguntou, incrédulo.

— Exatamente como eu previ — resmungou William Hyde, em voz baixa, e afastou delicadamente o cavalo do grupo, fazendo sinal para a mulher acompanhá-lo, e os dois saírem do alcance da voz.

— Ora, sim — respondeu Amy, ainda sorrindo confiante. — Sei que a casa não é grande o bastante, mas aquele estábulo poderia se tornar outra ala, é alto o suficiente para construirmos um pavimento no beiral, assim como fizeram em Hever, e então você teria aposentos em cima e um salão embaixo.

— E que planos fez para o monturo? — ele quis saber. — E o lago dos patos?

— Poderíamos limpar o monturo, claro — disse ela, rindo dele. Aquilo é intolerável! Seria a primeira coisa, naturalmente. Mas poderíamos espalhá-lo pelo jardim e plantar algumas árvores.

— E o lago dos patos? Vai se tornar um lago ornamental?

Afinal ela percebeu o cortante sarcasmo do tom dele. Virou-se em verdadeira surpresa.

— Você não gosta da casa?

Ele fechou os olhos e viu logo a beleza de casa de bonecas da Leiteria em Kew, e o desjejum servido pelas pastoras no pomar, com as ovelhas domesticadas tingidas de verde e branco saltitando em volta da mesa. Pensou nas magníficas casas de sua infância, da serena majestade da Casa de Syon, em Hampton Court, uma de suas preferidas e um dos grandes palácios da Europa, no modelo de perfeição em Sheen, ou no palácio em Greenwich, na solidez das muralhas de Windsor, no castelo Dudley, sede de sua família. Então abriu os olhos e viu, mais uma vez, aquele lugar que sua mulher escolhera: uma casa feita de lama numa planície de lama.

— Claro que não gosto. É um casebre — respondeu de chofre. — Meu pai mantinha suas porcas em chiqueiros melhores que esse.

Para variar, ela não se sentiu esmagada sob a desaprovação dele.

— Não é um chiqueiro — respondeu. — Visitei toda a casa. É solidamente construída de tijolos, sarrafos e reboco. O colmo só tem 20 anos. Precisa de mais janelas, com certeza, mas isso se faz com facilidade. Reconstruiríamos o estábulo, cercaríamos um lindo jardim, o pomar poderia ficar muito agradável, o lago foi feito para barcos, e a terra é muito boa, 80 hectares de terra excelente. Achei que era exatamente o que queríamos, e podíamos fazer tudo que quiséssemos aqui.

— Oitenta hectares? — ele perguntou. — Onde vão correr os veados? Onde a corte vai cavalgar?

Ela piscou os olhos.

— E onde vai se hospedar a rainha? — ele exigiu saber, num tom ácido. — No galinheiro, ou nos fundos? E a corte? Vamos levantar alguns casebres no outro lado do pomar? Onde os cozinheiros reais vão lhes preparar o jantar? Naquela lareira aberta? E onde vamos abrigar os cavalos? Ficarão dentro da casa conosco, como claramente ficam no presente? Podemos esperar uns trezentos hóspedes, onde você acha que irão dormir?

— Por que a rainha viria para cá? — perguntou Amy, a boca tremendo. — Com certeza ela ficará em Oxford. Por que ia querer vir para cá? Por que teríamos de convidá-la?

— Porque sou um dos homens mais poderosos na corte dela! — ele exclamou, batendo o punho na sela, o que fez o cavalo saltar e depois avançar nervosamente. Ele o deteve com uma rédea rígida, forçando-a na boca do animal. — A própria rainha virá se hospedar na minha casa para me honrar! Para honrar você, Amy! Pedi que encontrasse uma casa para comprar. Eu queria uma propriedade como Hatfield, como a dos Theobalds, como Kenninghall. Cecil vai para casa no palácio dos Theobalds, um lugar do tamanho de uma aldeia sob um único teto, tem uma mulher que a administra como uma própria rainha. Está construindo Burghley para mostrar sua riqueza e grandeza, vem desembarcando pedras de toda a cristandade. Sou um homem melhor que Cecil, Deus sabe. Venho de uma estirpe que o faz parecer um tosquiador de ovelha. Quero uma casa à altura da dele, pedra por pedra! Quero o espetáculo externo que combine com as minhas realizações.

"Em nome de Deus, Amy, você se hospedou com minha irmã em Penshurst! Sabe o que espero! Eu não queria uma casa de fazenda imunda que pudéssemos limpar para ficar na melhor das formas, essa aí convém a um camponês para criar cachorros dentro!

Ela tremia, esforçando-se para manter o domínio das rédeas. De certa distância, Lizzie Oddingsell observava e perguntava-se se devia intervir.

Amy encontrou a voz. Ergueu a cabeça.

— Ora, está tudo muito bem, marido, mas o que você não sabe é que essa fazenda tem uma produção de...

— Que se dane a produção! — Robert gritou com ela. O cavalo espantou-se e ele espetou-o com a mão dura. O animal refugou e reclinou-se, assustando o cavalo de Amy, que recuou, quase a desequilibrando. — Não me interesso nem um pouco pela produção! Que os meus locatários se preocupem com isso. Amy, eu vou ser o homem mais rico da Inglaterra, a rainha vai despejar o tesouro da Inglaterra em mim. Não me interessa saber quantos feixes de feno podemos produzir de um campo. Peço-lhe que seja minha mulher, minha anfitriã numa casa de uma escala de grandeza...

— Grandeza! — ela enfureceu-se com ele. — Continua correndo atrás de grandeza? Nunca vai aprender a lição? Você não tinha nada de grandioso quando saiu da Torre, sem casa e faminto. Não tinha nada muito grandioso em seu irmão quando ele morreu de febre das prisões como um criminoso comum. Quando vai aprender que seu lugar é em casa, onde poderíamos ser felizes? Por que insiste em correr atrás do desastre? Você e seu pai perderam a batalha por Jane Grey, e isto lhe custou o filho e a própria vida. Você perdeu Calais e voltou para casa sem seu irmão, mais uma vez em desgraça! Até onde vai precisar descer para aprender a lição? Até onde precisa afundar para que os Dudleys aprendam seus limites?

Ele deu meia-volta no cavalo e enterrou as esporas nas laterais, puxando-o para trás com as rédeas. O cavalo ergueu-se nas patas traseiras, numa grande marcha a ré, debatendo-se no ar. Robert sentou-se na sela como uma estátua, controlando a raiva e o cavalo com apenas a mão forte. O cavalo de Amy recuou assustado com os cascos espancando o ar, e ela teve de agarrar-se à sela para não cair.

O cavalo dele baixou e ficou com as quatro patas no chão.

— Jogue isso na minha cara todo o dia se lhe dá prazer — ele sibilou, a voz cheia de ódio. — Mas não sou mais o genro idiota de Sir John Robsart, saído da Torre e ainda manchado. Sou mais uma vez Sir Robert Dudley, uso a Ordem da Jarreteira, o mais alto título de cavalaria que existe. Sou estribeiro-mor da rainha, e se não consegue sentir orgulho sendo lady Dudley, então pode voltar mais uma vez a ser Amy Robsart, a filha idiota de Sir John Robsart. Mas para mim aqueles dias se foram.

Temendo cair do assustado cavalo, ela liberou os pés e saltou da sela. Na segurança do chão, virou-se e olhou feroz para ele, que a dominava de cima, o grande cavalo curveteando para ir embora. A raiva intensificou-se, irrompeu nas faces e ardeu na boca.

— Não ouse insultar meu pai — praguejou contra ele. — Não ouse! Ele foi um homem melhor do que você jamais será e ganhou suas terras com trabalho honesto, não dançando a convite de uma bastarda herege. E não diga que produções não têm importância! Quem é você para dizer que produções não interessam? Você, que teria morrido de fome se meu pai não mantivesse a terra em bom estado, para pôr comida no seu prato quando não tinha meio algum de ganhá-la? Ficou muito feliz com a safra de lã então! E não me chame de idiota. A única coisa idiota que já fiz na vida foi acreditar em você e no seu pai fanfarrão quando entraram cavalgando em Stanfield Hall, e não muito depois vocês eram transportados numa carroça para a Torre como traidores. — Ela quase gaguejava de tanta raiva. — E não ouse me ameaçar. Hei de ser lady Dudley até o dia de minha morte! Já passei pelo pior com você quando meu nome era uma vergonha para mim. Mas agora nem você nem sua pretendente herege ao trono podem tirar isso de mim.

— Ela pode tirar, sim — disse ele, ferino. — Que tola você é. Pode tirar amanhã, se quiser. Ela é a governadora suprema da Igreja da Inglaterra. Pode tirar o seu casamento se quiser e mulheres melhores que você já se divorciaram por menos que um... um sonho irreal como essa casa de bosta.

O grande cavalo dele deu marcha a ré, Amy se esquivou, e ele afrouxou a rédea da montaria, que saiu varando a terra com os grandes cascos, afastando-se aos estrondos da pista e deixando-os num súbito silêncio.

Quando chegaram à casa, um homem nos estábulos aguardava Robert Dudley.

— Mensagem urgente — disse ele a William Hyde. — Pode enviar um cavalariço aonde eu possa encontrá-lo?

O rosto quadrado de William Hyde vincou-se de preocupação.

— Não sei onde ele poderia estar — respondeu. — Saiu para uma cavalgada. Gostaria de entrar e tomar uma caneca de cerveja enquanto espera?

— Vou atrás dele — disse o homem. — Ele gosta que suas mensagens sejam entregues sem demora.

— Não sei que direção ele tomou — explicou William com tato. — É melhor entrar e esperar.

O homem fez que não com a cabeça.

— Eu ficaria muito grato por uma bebida, mas vou esperá-lo aqui.

Sentou-se no cepo de montaria e só se mexeu quando o sol já baixava no céu, até ouvir afinal o barulho de cascos, Robert subir a alameda, entrar no pátio dos estábulos e jogar as rédeas do cavalo cansado a um cavalariço à espera.

— Blount?

— Sir Robert.

Robert afastou-o para um lado, a raiva de Amy inteiramente esquecida.

— Deve ser importante,

— Sir William Pickering está de volta à Inglaterra.

— Pickering? O antigo flerte da rainha?

— Ele não tinha certeza de como seria recebido, nem sabia até que ponto era boa a memória dela. Houve rumores de que servira à irmã dela. Ele não sabia o que ela poderia ter ouvido.

— Ela saberia de tudo — disse Dudley, mal-humorado. — Pode confiar em mim e em Cecil para isso. De qualquer modo, ela o recebeu?

— Viu-o a sós.

— Como? Uma audiência privada? Ela o viu em particular? Amado Deus, que honra para ele!

— Não, quero dizer sozinha. Completamente sozinha. Durante toda a tarde, cinco horas, ele ficou trancado a sós com ela.

— Com a suas damas de companhia — declarou Robert.

O espião fez que não com a cabeça.

— Completamente sozinha, senhor. Só os dois. Cinco horas atrás de uma porta fechada, antes de saírem.

Robert sentiu-se abalado com um privilégio que ele nunca tivera.

— Cecil permitiu isso? — indagou, incrédulo.

Thomas Blount encolheu os ombros.

— Eu não sei, senhor. Deve ter permitido, pois no dia seguinte ela viu Sir William de novo.

— A sós?

— A tarde toda. Do meio-dia até a hora do jantar. Alguns estão apostando nele como sendo o marido dela. É o favorito, ultrapassou o arquiduque. Dizem que os dois se casaram e que já se deitaram; só está faltando um anúncio.

Robert soltou uma exclamação, deu meia-volta e retornou.

— E que faz ele agora? Vai se hospedar na corte?

— É o favorito. Ela lhe deu uma suíte perto dos seus aposentos no palácio de Greenwich.

— Até que ponto perto?

— Dizem que há uma passagem que ele pode atravessar a qualquer hora da noite ou do dia. Ela só tem de destrancar a porta e ele entrar em seu quarto de dormir.

Robert de repente ficou muito imóvel e calmo. Lançou uma olhada ao seu cavalo quando o cavalariço o conduziu pelo pátio, notando o suor no pescoço do animal e a espuma na boca, como se pensasse em partir em sua jornada sem demora.

— Não — disse baixo a si mesmo. — Melhor amanhã, descansado e com a cabeça clara. Com um cavalo repousado. Mais outras notícias?

— Que os protestantes estão se rebelando contra a regente francesa na Escócia e ela tem arregimentado seus soldados, pedindo mais homens da França.

— Eu sabia disso antes de deixar a corte — disse Robert. — Cecil tem insistido com a rainha para mandar reforço?

— Ainda não — assentiu o homem. — Mas ela não diz sim nem não.

— Ocupada demais com Pickering, imagino — concluiu Robert, carrancudo, e virou-se para entrar na casa. — Pode esperar aqui e ir embora comigo amanhã? — perguntou de repente. — É óbvio que não posso correr o risco de ficar longe nem por um momento. Partimos para Greenwich à primeira luz. Diga ao meu pessoal que partimos ao amanhecer e vamos cavalgar a toda.

Amy, farta de lágrimas, esperava, tão humilde quanto qualquer solicitante, diante da porta do gabinete privado de Robert. Vira-o entrando em seu cavalo espumoso e pairara nos degraus tentando falar com ele, que passara por ela com uma breve e cortês palavra de desculpas. Lavara-se e trocara de roupas, ela ouvira o tinido do jarro na bacia. Depois entrara em seu gabinete privado, fechara a porta e visivelmente arrumava os livros e documentos na mala. Amy imaginou que ia partir e não ousou bater em sua porta e pedir que ficasse.

Em vez disso, esperou do lado de fora, sentada no banco simples de madeira sob a janela, como uma criança querendo justificar-se à espera de um pai furioso.

Quando a porta se abriu, ela levantou-se de um salto e ele a viu nas sombras. Por um momento quase esquecera por completo a briga, então as bastas e escuras sobrancelhas juntaram-se de estalo numa carranca.

— Amy.

— Meu lorde! — ela suplicou, as lágrimas inundando-lhe os olhos, e não conseguiu falar.

Conseguiu apenas ficar parada como uma parva diante dele.

— Oh, em nome de Deus — disse ele impaciente, e abriu a porta do gabinete chutando-a com o pé calçado na bota. — É melhor entrar antes que o mundo todo pense que bato em você.

Ela entrou no gabinete antes dele. E como temera, o aposento esvaziara-se de todos os documentos e livros que ele trouxera. Claramente fizera as malas e se aprontara para partir.

— Você vai embora? — ela perguntou, a voz trêmula.

— Preciso ir. Recebi uma mensagem urgente da corte, um assunto exige minha atenção, sem demora.

— Vai partir porque está zangado comigo? — ela sussurrou.

— Não, vou partir porque recebi uma mensagem da corte. Pergunte a William Hyde, ele viu o mensageiro e pediu que me esperasse.

— Mas você *está* zangado comigo — ela insistiu.

— Estava — disse ele, com franqueza. — Mas agora me arrependo por ter perdido a calma. Não vou partir por causa da casa, nem pelo que eu disse. Tenho coisas a resolver na corte.

— Meu lorde...

— Você ficará aqui por mais um mês, talvez dois, e quando eu lhe escrever, pode mudar-se para a casa dos Hayes em Chislehurst. Irei vê-la lá.

— E não devo procurar uma casa para nós lá?

— Não — ele respondeu de chofre. — Está claro que temos ideias diferentes sobre isso. Teremos uma longa conversa sobre como você quer viver e o que eu preciso. Mas não posso discutir isso agora. Neste momento, preciso ir aos estábulos. Vejo você no jantar. Vou partir amanhã ao amanhecer, não precisa se levantar para se despedir. Estou com muita pressa.

— Eu não devia ter dito o que disse. Lamento muitíssimo, Robert.

Ele endureceu o semblante.

— Já foi esquecido.

— Eu não posso esquecer — disse ela, a sério, pressionando-o com sua contrição. — Perdão, Robert, eu não devia ter mencionado sua desgraça nem a vergonha de seu pai.

Ele inspirou fundo, tentando reprimir o senso de indignação.

— Seria melhor se esquecêssemos essa briga e não a repetíssemos — avisou-a, mas ela não quis ouvi-lo.

— Por favor, Robert, eu não devia ter dito o que disse sobre você correr atrás de grandeza e desconhecer seu lugar...

— Amy, eu me lembro do que você disse! — ele a interrompeu. — Não há a menor necessidade de lembrar. Não há a menor necessidade de repetir o insulto. Lembro cada palavra e que você falou alto o bastante para William Hyde, sua mulher e sua companheira também ouvirem. Não tenho dúvida de que a ouviram me insultar, a mim e a meu pai. Não esqueço que o chamou de traidor fracassado e me culpou pela perda de Calais. Culpou-o pela morte de meu irmão Guilford e a mim pela morte de meu irmão Henry. Se você fosse uma de minhas criadas, eu a açoitaria e mandaria embora por dizer a metade disso. Mandaria cortar sua língua pelo escândalo. Seria melhor se não me lembrasse, Amy. Passei quase todo o dia tentando esquecer sua opinião sobre mim. Tenho tentado esquecer que vivo com uma mulher que me despreza como um traidor malsucedido.

— Esta não é a minha opinião — ela arquejou. Ajoelhava-se a seus pés num único movimento suave, martelada pela raiva dele. — Eu não o desprezo. Esta não é a minha opinião, eu amo você, Robert, e confio em você.

— Você escarneceu de mim pela morte de meu irmão — disse ele friamente. — Amy, eu não quero brigar com você. Na verdade, não vou brigar. Você precisa me dar licença agora, tenho de ver uma coisa nos estábulos antes de jantar.

Fez-lhe uma rasa mesura e retirou-se do aposento. Amy levantou-se rastejando de seu agachamento subserviente no chão e correu para a porta. Tê-la-ia rasgado e aberto para sair correndo atrás dele, mas quando ouviu o rápido passo de suas botas no piso de madeira, não ousou. Em vez disso, encostou a testa quente no frio revestimento de madeira da porta e envolveu com as mãos a maçaneta, onde antes estivera a mão dele.

O jantar era uma refeição onde as boas maneiras se sobrepunham ao desconforto. Amy sentava-se em aturdido silêncio, sem nada comer, William Hyde e

Robert mantiveram um fluxo agradável de conversa sobre cavalos, a caça e a perspectiva de guerra com os escoceses. Alice Hyde permaneceu cabisbaixa, e Lizzie observava Amy como se temesse que ela desmaiasse na mesa. As senhoras se retiraram assim que puderam após o jantar, e Robert, alegando a partida cedo, saiu logo depois. William Hyde entrou em seu gabinete privado, serviu-se um generoso cálice alto de vinho, girou sua grande poltrona para o fogo, apoiou os pés no anteparo da lareira e recostou-se para analisar o dia.

Sua mulher Alice apareceu na porta e entrou silenciosamente no aposento, seguida pela cunhada.

— Ele já foi? — perguntou, decidida a não se encontrar de novo com Sir Robert, se pudesse evitá-lo.

— Sim. Peguem uma cadeira, Alice, irmã, e sirvam-se de vinho se quiserem.

Elas se serviram e arrastaram suas cadeiras para perto dele, num semicírculo conspirador ao pé do fogo.

— Isso é o fim dos planos dele de construir aqui? — perguntou William a Lizzie Oddingsell.

— Eu não sei — respondeu a irmã, tranquila. — Ela só me disse que ele está furioso com ela, e que devemos ficar aqui por mais um mês.

Um rápido olhar trocado entre William e Alice mostrou que fora um assunto de certa discussão.

— Acho que não vai construir — disse ele. — Acho que tudo o que ela mostrou a ele hoje foi que uma grande distância os separa um do outro. Coitada, que mulher tola. Acho que ela cavou sua própria sepultura.

Lizzie logo se persignou.

— Em nome de Deus, irmão! Que quer dizer com isso? Eles tiveram uma briga. Mostre-me um homem e uma mulher que não trocaram palavras iradas.

— Esse não é um homem comum — ele afirmou, enfático. — Você o ouviu, assim como ela o ouviu, mas nenhuma das duas tem presença de espírito para entender. Ele disse na cara dela: é o homem mais poderoso no reino. Candidata-se a ser o mais rico do reino. Tem toda a atenção da rainha, ela vive em sua companhia. É indispensável à primeira rainha solteirona que este país já conheceu. Que acha que isso poderia significar? Pense e conclua por si mesma.

— Significa que vai querer uma propriedade rural — continuou Lizzie Oddingsell. — Enquanto ascende na corte. Vai querer uma grande propriedade rural para a mulher e os filhos, quando vierem, queira Deus.

— Não para a mulher dele — retrucou Alice, perspicaz. — Que fez ela até então, além de ser um fardo para ele? Ela não quer o que o marido quer: a casa nem a vida. Acusa-o de ambição quando isso é sua própria natureza, carne e osso.

Lizzie teria discutido para defender Amy, mas William pigarreou e cuspiu no fogo.

— Não faz diferença se ela o agrada ou não — disse o irmão, impassível. — Ele agora tem outros planos.

Lizzie desviou os olhos de um rosto grave para outro.

— Como?

— Você o ouviu — respondeu-lhe William, paciente. — Como ela, você o ouviu; mas não prestam atenção. Ele é um homem ascendendo para longe dela.

— Mas eles são casados — ela insistiu, sem compreender. — Casados diante de Deus. Ele não pode descartá-la. Não tem motivo algum.

— O rei se livrou de duas rainhas sem motivo algum — disse William Hyde, sinistro. — E metade dos nobres se divorciou de suas mulheres. Todo sacerdote católico romano na Inglaterra que se casou durante os anos protestantes teve de abandonar a mulher quando a rainha Mary chegou ao trono, e agora talvez o clero protestante tenha de fazer o mesmo. As leis antigas não duram. Tudo pode ser refeito. Casamento não significa casamento agora.

— A Igreja...

— O chefe da Igreja é a rainha. Decreto do Parlamento. Não há como negar. E se a chefe da Igreja quiser que Robert Dudley seja mais uma vez solteiro?

O rosto de Lizzie Oddingsell empalideceu de choque.

— Por que ela faria isso? — ela o desafiou a dizer o motivo.

— Para ela mesma se casar com ele — o Sr. Hyde baixou a voz para quase um sussurro.

Lizzie largou o cálice de vinho, bem devagar, e cruzou as mãos no colo para impedi-las de tremerem. Quando ergueu os olhos, viu que o rosto do irmão não estava abatido como o dela, mas brilhante de excitação reprimida.

— E se nosso lorde vier a ser rei da Inglaterra? — ele sussurrou. — Esqueça Amy por um momento, ela assinou o mandato de seu próprio exílio, ele desistirá dela agora, de nada serve a ele. Mas pense em Sir Robert! Pense em nós! E se ele se tornar rei da Inglaterra! Que isso significaria para nós? Que tal, irmã?

Amy esperava na varanda da igreja, às primeiras horas da manhã, o padre Wilson chegar e destrancar as grandes portas de madeira. Quando ele surgiu no atalho do cemitério e a viu, pálido em sua batina contra a porta de madeira prateada, nada disse além de dar-lhe um lento e meigo sorriso, e abriu-lhe a porta em silêncio.

— Padre? — disse ela, em voz baixa.

— Diga isso a Deus e depois a mim — ele pediu delicadamente, e deixou-a entrar na igreja antes de si.

Ele esperou nos fundos até ela levantar-se dos joelhos e sentar-se no assento do banco, e só então se dirigiu a ela.

— Problemas? — perguntou.

— Eu enfureci meu marido sobre outra questão — disse ela, apenas. — E por isso não pleiteei pelo nosso bispo.

Ele assentiu com a cabeça.

— Não se reprove por isso — tranquilizou-a. — Acho que nenhum de nós pode fazer alguma coisa. A rainha será chamada governadora suprema da Igreja. Todos os bispos terão de se curvar a ela.

— Governadora suprema? — repetiu Amy. — Mas como pode?

— Eles afirmam que ela não faz mais que reivindicar o direito de seu irmão e de seu pai. Não dizem que é uma mulher e cheia das fraquezas femininas. Não explicam como uma mulher destinada por Deus a ser serva de seu marido, amaldiçoada por Deus pelo primeiro pecado, pode ser governadora suprema.

— Que vai acontecer? — perguntou Amy num fiozinho de voz.

— Temo que ela mande todos os bispos para a fogueira — respondeu firmemente o padre. — O bispo Bonner já está preso, e um por um, quando se recusarem a ajoelhar-se perante ela, os outros serão levados.

— E nosso bispo? O bispo Thomas?

— Vai ser levado como os outros, como uma ovelha para o abate. Uma grande escuridão vai baixar sobre este país, e você e eu, filha, não podemos fazer nada mais que rezar.

— Se eu puder falar com Robert, falarei — ela prometeu. Hesitou, lembrando a rápida partida e a raiva na voz dele. — É um homem poderoso agora, mas sabe o que é ser um prisioneiro, temendo pela vida. É misericordioso. Não vai aconselhar a rainha a destruir esses homens santos.

— Deus a abençoe — disse o padre. — São poucos os que vão ousar falar.

— E quanto ao senhor? — ela perguntou. — Também terá de fazer um juramento?

— Assim que terminarem com os bispos, virão atrás de homens como eu — disse o padre, com certeza. — E terei de estar pronto. Se puder ficar, ficarei. Jurei servir a essa gente, é minha paróquia, é meu rebanho. O bom pastor não abandona seu rebanho. Mas se quiserem que eu faça um juramento dizendo que ela é a papisa, não vejo como poderei fazer isso. As palavras vão me sufocar. Haverei de aceitar meu castigo como homens melhores que eu vêm fazendo agora.

— Eles vão assassinar o senhor por causa de sua fé?

Ele estendeu as mãos.

— Se precisarem.

— Padre, que vai ser de todos nós? — perguntou Amy.

Ele abanou a cabeça.

— Quisera eu saber.

Robert Dudley, tomando de assalto a corte, com o humor nada bom, encontrou o lugar estranhamente silencioso. A sala de audiências abrigava apenas um punhado de damas e cavalheiros cortesãos, e um grupo de cidadãos inferiores.

— Onde está todo mundo? — ele perguntou a Laetitia Knollys, sentada num vão de janela ostensivamente lendo um livro de sermões.

— Eu estou aqui — ela respondeu, prestativa.

Robert escarneceu dela.

— Eu quis dizer alguém importante.

— Ainda eu — disse ela, nem um pouco desbancada — continuo aqui.

Relutante, ele riu.

— Senhorita Knollys, não ponha minha paciência à prova, acabo de fazer uma longa e difícil cavalgada de uma mulher idiota e danada de teimosa para outra. Não seja uma terceira.

— Oh? — ela exclamou, arregalando muito os olhos escuros. — Quem foi tão desafortunada para ofendê-lo, Sir Robert? Não sua mulher?

— Ninguém que lhe diga respeito. Onde está a rainha?

— Saiu com Sir William Pickering. Ele retornou à Inglaterra, sabia?

— Claro que sim. Somos velhos amigos.

— O senhor não o adora? Acho que é o mais belo homem que já vi na minha vida.

— Com toda a certeza — concordou Dudley. — Saíram a cavalo?

— Não, a pé. É mais íntimo, não acha?

— Por que não está com eles?

— Ninguém está com eles.

— As outras damas de companhia dela?

— Não. Realmente, ninguém. Ela e Sir Williams estão bem a sós como têm estado durante os últimos três dias. Todos nós achamos que isso é uma certeza.

— Isso?

— O noivado dos dois. Ela não consegue tirar os olhos dele. E ele, as mãos dela. É uma verdadeira história de amor. Como uma balada. É Guinevere e Artur, verdade!

— Ela nunca se casará com ele — afirmou Dudley, com mais certeza do que sentia.

— Por que não? Ele é o homem mais bem-apessoado da Europa, rico como um imperador, não tem nenhum interesse por política nem por poder, assim ela pode governar como quiser, e tampouco tem inimigos na Inglaterra nem esposa. Eu o julgaria perfeito.

Robert afastou-se dela, sem condições de falar de tanta raiva, e quase colidiu com Sir William Cecil.

— Perdão, lorde secretário. Eu já estava de saída.

— Achei que tinha acabado de chegar.

— De saída para meus aposentos — disse Robert, mordendo a parte interna da boca para conter o mau humor.

— Alegra-me que tenha voltado — disse Cecil, caminhando a seu lado. — Precisamos de seu conselho.

— Achei que não se tinha feito nenhum trabalho.

— Seu conselho com a rainha — disse Cecil, impassível. — Esse namoro arrebatador talvez convenha à Sua Graça, mas não sei se é benéfico para o país.

— Já disse isso a ela?

— Eu, não! — respondeu Cecil com um risinho nervoso. — Ela é uma jovem apaixonada. Achei preferível que você dissesse.

— Por que eu?

— Ora, então não diga. Achei que talvez pudesse distraí-la. Desviá-la. Lembrar-lhe que há vários homens bonitos no mundo. Ela não precisa se casar com o primeiro que aparece desimpedido.

— Sou um homem casado — disse Robert, desolado. — Caso você tenha esquecido. Dificilmente poderia competir com um solteiro pingando ouro.

— Tem razão em me lembrar isso — disse Cecil, imperturbável, mudando de tática. — Porque se ele se casar com ela, nós dois poderemos ir para casa ao encontro de nossas mulheres. Ele não vai nos querer aconselhando-a. Vai nomear seus próprios favoritos. Nosso trabalho na corte terminará. Vou voltar para Burghley, afinal, e você para sua casa, em... — Interrompeu-se, como surpreso ao lembrar que Robert não tinha nenhuma grande propriedade de família. — Para onde preferir, suponho.

— Dificilmente construirei um Burghley com minhas atuais economias — retrucou Dudley, furioso.

— Não. Talvez fosse melhor para nós dois se Pickering arranjasse um rival. Se enfrentasse obstáculos. Se não conseguisse tudo muito à sua própria maneira. É fácil para ele ficar sorrindo e agradável quando percorre uma estrada reta sem competidores.

Dudley suspirou, como um homem extenuado de tanto absurdo.

— Vou para meus aposentos.

— Irei vê-lo no jantar?

— Claro que virei jantar.

Cecil sorriu.

— Fico muito feliz em vê-lo de volta à corte.

A rainha enviou um prato de carne de veado à mesa de Sir William Pickering, e, sem parcialidade, uma torta de caça muito boa à de Robert Dudley. Depois que se esvaziaram os aparadores e os músicos começaram a tocar, ela dançou com um e em seguida com o outro. Sir William emburrou-se um pouco com esse tratamento; mas Robert Dudley exibiu o máximo de sua sofisticação cosmopolita, e a rainha estava radiante. Robert Dudley levantou-se para uma dança com Laetitia Knollys e teve o prazer de ouvir o embaixador espanhol comentar com a rainha que belo par os dois formavam. Teve o prazer de ver a rainha empalidecer de raiva. Logo depois, ela pediu um baralho e Dudley apostou com ela a pérola em seu chapéu que teria ganho nos pontos por volta da meia-noite. Os dois prosseguiram de cabeças juntas como se não houvesse mais ninguém no salão, ninguém mais no mundo; e Sir William Pickering retirou-se cedo.

1º de julho de 1559
Caro William,

Sir Nicholas Throckmorton, embaixador em Paris, comunicou-se com Cecil numa carta em código, recém-entregue por um mensageiro enviado com urgência.

Notícias incríveis. O rei, neste dia mesmo, foi ferido num torneio de justa e os cirurgiões estão com ele agora. A informação que recebi é que não têm esperança; o golpe talvez seja fatal. Se ele morrer, não há a menor dúvida de que o reino da França será governado em tudo, menos no nome, pela família Guise, nem a menor dúvida de que vão logo enviar homens para fortalecer sua parenta Marie de Guise na Escócia, e prosseguir em busca da conquista da Inglaterra para a filha dela, Maria, rainha dos escoceses. Em vista da riqueza, poder e determinação deles (e a justiça de sua pretensão ao trono, para todos os católicos romanos), em vista da fraqueza, divisão e incerteza de nosso pobre país, governado por uma jovem não há muito no trono, com uma legitimidade discutível, e sem um herdeiro, acho que não pode haver dúvida alguma sobre o resultado.

Em nome de Deus, por todos nós, peça à rainha para reunir nossas tropas e preparar-se para defender as fronteiras, ou estamos perdidos. Se ela não travar essa batalha, perderá seu reino sem uma luta. Na verdade, duvido que possa vencer.

Enviar-lhe-ei informação no momento em que o rei morrer. Rogue a Deus que ele se restabeleça, pois sem ele estamos perdidos. Aviso-o que de fato não tenho esperança de que se recupere.

Nicholas

William Cecil leu a carta inteira duas vezes e em seguida a empurrou delicadamente para a parte mais quente da lareira em seu gabinete privado. Depois se sentou com a cabeça nas mãos por um longo tempo. Pareceu-lhe que o futuro da Inglaterra estava nas mãos dos cirurgiões que naquele mesmo momento lutavam para manter a respiração do rei Henrique II da França no corpo que falhava. A segurança da Inglaterra fora garantida na paz de Cateau-Cambrésis por esse rei. Sem ele, não havia nenhum garantidor, nenhuma garantia, nenhuma segurança. Se morresse, a avarenta família governante da França iria lançar sua implacável cavalaria por toda a Escócia e depois por toda a Inglaterra.

Ouviu-se uma batida na porta.

— Sim? — perguntou Cecil calmamente, sem traço de medo na voz.

Era seu camareiro.

— Um mensageiro — disse apenas.

— Mande-o entrar.

O homem entrou, sujo da viagem, e andando com o rígido passo de pernas curvadas de um cavaleiro que passou dias na sela. Cecil reconheceu o mais leal empregado e espião de Sir James Croft.

— William! Que bom ver você. Sente-se.

O homem agradeceu a cortesia com um aceno da cabeça e baixou-se cauteloso até a cadeira.

— Bolhas — explicou. — Abertas e sangrando. Meu lorde disse que era importante.

Cecil assentiu com a cabeça, esperou.

— Mandou lhe dizer que se desencadeou o inferno em Perth, que a rainha francesa regente não conseguiu dominar o espírito dos lordes protestantes. Disse que sua aposta é que ela jamais vai conseguir fazer suas tropas resistirem contra eles. Não têm coragem para isso e os escoceses protestantes estão loucos por uma luta.

Cecil assentiu com a cabeça.

— Os protestantes estão arrasando as abadias por todo o caminho na estrada para Edimburgo. A informação que circula é que o capitão do castelo de Edimburgo não vai tomar partido, vai barrar os portões do castelo contra os dois lados até a restauração da lei. A crença de meu lorde é que a rainha regente terá de recuar para o castelo de Leith. Ele disse que se o senhor quisesse fazer uma aposta, ele poria sua fortuna nos homens de Knox; que são imbatíveis enquanto têm o sangue quente.

Cecil esperou, para a hipótese de o outro ter mais informações.

— Obrigado — disse. — E que acha você deles? Viu muitos combates?

— Achei que eram uns animais selvagens — respondeu o homem, sem rodeios. — E eu não ia querê-los nem como aliados nem como inimigos.

Cecil sorriu-lhe.

— Esses são os nossos nobres aliados — disse firmemente. — E haveremos de rezar todo dia pelos seus sucessos nessa nobre batalha.

— São destruidores gratuitos, uma praga de gafanhotos — disse o homem, resoluto.

— Vão derrotar a França por nós — incitou-o Cecil, com mais confiança que qualquer homem sensato teria. — Se alguém lhe perguntar, diga que está do lado dos anjos. Não esqueça.

Naquela noite, com as graves notícias martelando medo em suas têmporas, Elizabeth recusou-se a dançar com Sir William Pickering ou com Sir Robert Dudley, que encararam um ao outro como dois gatos num telhado estável. De que serviam William Pickering ou Robert Dudley, quando o rei francês jazia à morte e seus herdeiros arregimentavam uma excursão contra a Inglaterra, com o pretexto de travar uma guerra com os escoceses? De que adiantava qualquer inglês, por mais encantador e por mais desejável que fosse?

Robert Dudley sorriu-lhe, ela mal o via pela névoa de dor atrás dos olhos. Simplesmente abanou-lhe a cabeça e afastou-se. Fez sinal ao embaixador austríaco para que tomasse uma cadeira ao lado do trono e lhe falasse do arquiduque Ferdinando, que ia chegar com todo o poder da Espanha nas costas e era o único homem que poderia trazer consigo um exército grande o bastante e manter a Inglaterra a salvo para ela.

— Sabe, não tenho nenhum gosto pelo estado de solteira — disse Elizabeth carinhosamente ao embaixador, ignorando os olhos arregalados de Sir William para ela. — Só tenho esperado, como faria qualquer donzela sensata, o homem certo.

Robert planejava um grande torneio para quando todos retornassem a Greenwich, a última celebração antes que a corte partisse em sua excursão oficial de verão. Na comprida mesa de refeitório em sua bela casa em Kew havia um pergaminho de papel desenrolado, e seu empregado formava em pares os cavaleiros que iam lutar no combate de justa. Ia ser um torneio de rosas, ele decidira. Haveria um caramanchão de rosas no qual a rainha ia se sentar, com a rosa vermelha de Lancaster, a rosa branca de York e a rosa da Galícia, que reunia ambas as cores e resolvia a antiga inimizade entre os maiores condados da Inglaterra, como os próprios Tudors haviam feito antes. Pétalas de rosa seriam espalhadas por crianças de rosa-fúcsia perante a rainha quando ela saísse da porta do palácio de Greenwich até o pátio para torneios. O próprio pátio ia exibir uma decoração brilhante de rosas, e informara-se a todos os competidores que deviam incorporar rosas em suas poesias, ou em suas armas ou armaduras.

Um quadro vivo saudaria Elizabeth como a Rainha das Rosas e ela seria coroada com um chapeuzinho de botões de rosa. Os participantes comeriam confeitos açucarados cor-de-rosa e haveria uma batalha com água de rosas, o próprio ar seria aromatizado com o perfume sensual, e o pátio para torneios atapetado de pétalas.

A luta de justa ia ser o acontecimento central do dia. Dudley tinha o doloroso conhecimento de que Sir William Pickering era um poderoso rival pelas afeições da rainha, um solteiro louro e rico, bem constituído, cultíssimo, viajado e bem-educado. Irradiava um intenso charme; um sorriso dos olhos azul-escuros deixava a maioria das mulheres em delírio, e a rainha sempre fora vulnerável a um homem dominador. Tinha toda a confiança de um homem abastado desde a infância, que descendia de pais ricos e poderosos. Jamais descera tão baixo quanto Robert, nem sequer sabia que um homem podia chegar a tal ponto, e seu porte no conjunto, o encanto tranquilo, a disposição ensolarada, tudo revelava um homem cuja vida fora boa e o futuro seria tão abençoado quanto o passado.

Pior de tudo, do ponto de vista de Dudley, nada o impedia de casar-se amanhã com a rainha. Ela poderia beber um cálice de vinho a mais, ser excitada um pouco além, despertada, envolvida e provocada — e Pickering era um mestre da sedução sutil —, depois ele lhe ofereceria um diamante inestimável, e sua fortuna, e todo o trabalho estaria feito. Os homens que gostavam de jogar apostavam no casamento de Sir William com a rainha por volta do outono, e sua constante e leve ondulação de risos na presença dele, e a divertida tolerância dela ao orgulho cada vez maior dele, dava a todos motivo para crer que seu grande estilo louro convinha mais ao gosto dela que a beleza morena de Dudley.

Robert tivera muitos rivais desde que ela chegara ao trono. Elizabeth era uma namoradeira e qualquer um com um presente valioso ou um belo sorriso podia conseguir sua evanescente atenção. Mas Sir William era um risco maior que essas fantasias passageiras. Era fenomenalmente rico, e Elizabeth, com a bolsa cheia de moedas de peso leve e um tesouro vazio, achava sua riqueza muito atraente. Ele fora amigo dela desde os primeiros dias, e ela valorizava muito a fidelidade, sobretudo de homens que haviam conspirado para pô-la no trono, por mais incompetentes que houvessem sido. Porém, mais que qualquer outra coisa, era bonito e recém-chegado à corte, além de solteiro protestante, de modo que quando ela dançava com ele e os dois viravam o centro das atenções, criavam um clima agradável. A corte sorria ao vê-los. Ninguém lhe lembrava, como no caso de Dudley, que ele era um homem casado, nem um traidor condenado, e tampouco cochichava que ela devia ser louca por favorecê-lo. E embora o rápido retorno de Dudley à corte houvesse perturbado a fácil ascensão de Sir William ao favor e poder, não a evitara. A rainha exibia um despudorado prazer em ter os dois mais desejáveis homens da Inglaterra competindo por sua atenção.

Dudley esperava usar a justa para desequilibrar Sir William com um golpe forte, preferivelmente no belo rosto ou na cabeça basta, e redigia a relação do torneio para garantir que Pickering e ele se enfrentassem na disputa final. Estava absorto no trabalho, quando de repente a porta se abriu de supetão, sem uma batida. Robert levantou-se de um salto, a mão pegando a adaga, o coração a martelar, sabendo afinal que a última coisa acontecera: um levante, um assassino.

Era a rainha, inteiramente sozinha, sem uma única acompanhante, ela mesma branca como uma rosa, que se lançou quarto adentro para ele e disse três palavras:

— Robert! Salve-me!

Sem demora, ele puxou-a e segurou-a junto de si. Sentia-a ofegante, correra direto do palácio até a Leiteria e subira os degraus da porta da frente da casa dele.

— Que foi, meu amor? — ele perguntou, com urgência. — Que foi?

— Um homem — ela arquejou. — Me seguindo.

Com o braço ainda em volta de sua cintura, ele retirou a espada do gancho de onde pendia, e escancarou a porta. Viu dois de seus homens lívidos ali fora, com a visão da rainha ao passar desabalada por eles.

— Viram alguém? — perguntou Robert brusco.

— Ninguém, senhor.

— Vão dar uma busca. — Voltou-se para a mulher quase a desfalecer. — Como era ele?

— Bem vestido, traje marrom, como um comerciante de Londres, mas vinha ao meu encalço quando eu passeava no meu jardim perto do rio, e quando apertei o passo ele continuou atrás, e quando corri ele correu atrás de mim, achei que era um papista, que vinha para me matar...

Ela perdeu o ar de medo.

Robert virou-se para seu funcionário aturdido.

— Vá com eles, chame a guarda e os Cavalheiros de Armas da Rainha. Diga a eles para procurar um homem de traje marrom. Vasculhem o rio primeiro. Se ele partiu num barco, pegue outro e siga-o. Quero-o vivo. E já.

Despachou os homens e em seguida conduziu Elizabeth de volta à casa, para seu salão de recepção, bateu a porta e trancou-a.

Delicadamente sentou-a numa poltrona, fechou as persianas e aferrolhou-as. Desembainhou a espada e estendeu-a ao alcance da mão, na mesa.

— Robert, eu achei que ele tinha vindo me pegar, achei que ia me matar, ali onde eu passeava no meu próprio jardim.

— Você está fora de perigo agora, meu amor — disse, carinhoso. — Está segura comigo.

— Eu não sabia o que fazer, não sabia para onde correr. Só pensava em procurar você.

— Certíssimo. Você agiu muito certo, e foi muito corajosa por correr.

— Não fui! — ela gemeu de repente, como uma criança. Robert ergueu-a da poltrona e sentou-a em seus joelhos. Ela enterrou o rosto no pescoço dele, fazendo-o sentir seu rosto suado e o dela molhado de lágrimas. — Não fui corajosa nada. Não agi nem um pouco como uma rainha, agi como uma ninguém. Fiquei cheia de medo como uma feirante. Não consegui chamar meus guardas. Nem gritar. Nem sequer pensei em me virar e o interpelar. Só apertei meu passo, e quando ele começou a andar mais rápido, andei mais rápido.

"Ouvia os passos dele vindo atrás de mim cada vez mais rápidos e só o que consegui fazer... — Ela irrompeu em outro gemido. — Eu me sinto tão infantil! Uma grande tola! Qualquer um pensaria que eu era a filha de um tocador de alaúde...

A enormidade disso a fez calar-se de choque e ela ergueu o rosto manchado de lágrimas do ombro dele.

— Oh, meu Deus — disse, dilacerada.

Firme, amorosamente, ele encontrou seus olhos, sorriu-lhe.

— Ninguém pensaria isso de você, pois ninguém vai saber — tranquilizou-a em voz baixa. — Isso é entre nós dois, ninguém jamais saberá.

Ela recuperou o fôlego num soluço e assentiu com a cabeça.

— E ninguém, mesmo se souber, poderia culpá-la por sentir medo se um homem chega às suas costas. Você sabe o perigo que corre, todo dia. Qualquer mulher teria medo, e você é uma mulher, e uma linda mulher além de uma rainha.

Instintivamente, ela enrolou um cacho dos cabelos e enfiou-o atrás da orelha.

— Eu devia ter me virado para ele e o interpelado.

Robert fez que não com a cabeça.

— Você fez exatamente a coisa certa. Ele podia ser um louco, podia ser qualquer um. A coisa mais sensata a fazer era vir correndo me procurar, e aqui você está segura, segura. Segura comigo.

Ela aninhou-se um pouco mais perto dele e ele estreitou os braços à sua volta.

— E ninguém poderia jamais duvidar de quem você é filha — disse ele em seus cabelos ruivos. — Você é uma Tudor, da inteligente cabeça cor de cobre aos velozes pezinhos. É a minha princesa Tudor, e sempre será. Eu conheci seu pai, você sabe, e lembro que ele a olhava e a chamava de sua melhor menina Bessie.

Eu estava lá. Ouço a voz dele agora. Ele a amava como uma filha e herdeira legítima, e sabia que você era dele, e agora é minha.

Elizabeth inclinou a cabeça de volta para ele, os olhos escuros confiantes, a boca começando a curvar para cima num sorriso.

— Sua?

— Minha — disse ele, seguro, baixou a boca sobre a dela e beijou-a profundamente.

Ela não resistiu nem por um momento. Seu terror e depois a sensação de segurança com ele foram tão potentes quanto uma poção de amor. Ele sentiu o cheiro de suor do medo dela e o novo odor de sua excitação, e deslizou a boca dos lábios para o pescoço e até o topo do vestido, onde os seios se comprimiam apertados contra o corpete rendado, enquanto ela arfava ligeiramente. Ele roçou o rosto no pescoço dela, Elizabeth sentiu a aspereza de seu queixo, a ávida lambida de sua língua, riu e recuperou de repente o fôlego.

Então ele já levava as mãos aos cabelos dela, soltando os grampos, tomando um punhado das grandes mechas que tombavam, reclinando-lhe a cabeça para poder ter mais uma vez sua boca, e desta vez saboreou o suor dela, salgado, em sua boca. Mordeu-a, lambeu-a, encheu-a do calor de seu desejo e do próprio gosto dele salivando como se ela fosse um prato que devorava.

Ele levantou-se da poltrona com ela em seus braços e ela agarrou-se a seu pescoço quando ele varreu o pergaminho da mesa e deitou-a ali, e depois ficou em cima dela, como um garanhão cobrindo uma égua. A coxa dele enterrava-se entre as pernas dela, as mãos levantando-lhe o vestido para poder tocá-la, e Elizabeth derreteu-se sob o toque, puxou-o mais para junto de si, abriu a boca para seus beijos, ansiosa por senti-lo em toda parte.

— Meu vestido! — ela gritou, frustrada.

— Sente-se — ele ordenou.

Ela obedeceu e virou de costas, oferecendo-lhe os cordões da parte de trás do apertado peitilho. Ele lutou com os cordões entrelaçados, arrancou-o e atirou para o lado. Com um grunhido de total desejo, enterrou as mãos e depois o rosto na combinação de linho para sentir o calor da barriga através do tecido fino, e as firmes e arredondadas curvas dos seios.

Ele despiu-se do colete, rasgou a própria camisa e colou-se mais uma vez nela, o peito contra seu rosto, como se pudesse alisá-la com o corpo, e sentiu os afiados dentinhos dela esfolar-lhe o mamilo enquanto ela lambia os pelos de seu peito e esfregava o rosto nele, como uma gata despudorada.

Ele tateou os nós da saia, e então, perdendo a paciência, pegou os cordões e com um único puxão rebentou-os, baixando a saia da cintura para poder pôr a mão nela.

Ao primeiro toque dele, ela gemeu e arqueou para trás, empurrando-se contra a palma da mão dele. Robert reclinou-se, desamarrou os calções, baixou-os e ouviu-a arfar quando viu a força e poder dele, e em seguida seu suspiro de desejo quando se dirigiu para ela.

Ouviram-se altas pancadas na porta da frente.

— Vossa Graça! — veio um grito urgente. — Está a salvo?

— Derrubem a porta! — ordenou alguém.

Com um gemido, Elizabeth rolou debaixo dele e voou pela sala, agarrando seu peitilho.

— Prenda-o em mim! — sussurrou urgentemente, ajeitando o apertado acessório nos seios palpitantes e dando as costas para ele.

Robert vestia os calções e amarrava os cadarços.

— A rainha está aqui, e segura comigo, Robert Dudley — ele gritou, a voz extraordinariamente alta. — Quem está aí?

— Graças a Deus. Sou o comandante da vigilância, Sir Robert. Vou levar a rainha de volta aos seus aposentos.

— Ela... — Dudley se atrapalhou com o encordoamento do vestido de Elizabeth e então enfiou os cordões em qualquer orifício que conseguiu e amarrou-o em cima. Vista de frente, parecia bastante apresentável. — Ela já vai. Espere aí. Quantos homens você tem?

— Dez, senhor.

— Deixe oito para guardar a porta e vá buscar mais dez — disse ele, ganhando tempo. — Não correrei riscos com Sua Graça.

— Sim, senhor.

Eles saíram correndo. Elizabeth curvou a cabeça e atou o que restara das tiras na cinta de sua saia. Robert pegou o colete e vestiu-o.

— Seus cabelos — ele sussurrou.

— Consegue achar minhas travessas?

Ela enrolava-o em cachos cor de bronze e enfiava-os sob as travessas de ébano que haviam sobrevivido ao agarramento dele. Robert ajoelhou-se no chão e catou os grampos debaixo do banco e da mesa e levantou-se com quatro ou cinco. Rapidamente, ela espetou-os nos cabelos e prendeu o capuz no alto.

— Como estou?

Ele avançou para ela.

— Irresistível.

Ela tapou a boca com a mão para que os homens à espera não ouvissem sua risada.

— Você perceberia o que eu estava fazendo?

— Na hora.

— Que vergonha! Será que alguém mais perceberia?

— Não. Eles vão esperar que esteja como alguém que andou correndo.

Ela estendeu-lhe a mão.

— Não chegue mais perto — disse, vacilante, avançando para a frente. — Só segure a minha mão.

— Meu amor, eu preciso ter você.

— E eu você — ela sussurrou, quando ouviram o ruído de passos pesados dos guardas chegando à porta.

— Sir Robert?

— Sim?

— Estou aqui com vinte homens.

— Afastem-se da porta — disse Robert. Ergueu a espada e abriu a porta da sala de recepção, e em seguida destrancou a da frente. Cuidadosamente, abriu uma fresta. Eram os homens da rainha, reconheceu, e abriu a porta. — Ela está a salvo — disse, deixando que a vissem. — Eu a mantive em segurança.

Todos se ajoelharam.

— Graças a Deus — exclamou o comandante. — Devo escoltá-la aos seus aposentos, Vossa Graça?

— Sim — disse ela, tranquila. — Sir Robert, jantará comigo em meu gabinete particular esta noite.

Ele fez uma mesura polida.

— Às suas ordens, Vossa Graça.

— Ele ficou transtornado, porque ficou decepcionado — disse de repente Amy, no jantar a seus anfitriões, como se continuasse uma conversa, embora eles estivessem comendo em silêncio.

William Hyde lançou um olhar à sua mulher, não era a primeira vez que Amy tentava convencê-los de que o que haviam visto fora uma pequena rusga entre um casal confortavelmente casado. Como vinha tentando convencer a si mesma.

— Fui muito idiota por fazê-lo achar que a casa estava acabada, pronta para nos mudar nesse verão. Agora ele terá de ficar na corte, e sair em excursão com a rainha. Claro que ficou decepcionado.

— Oh, sim — disse Lizzie Oddingsell em leal apoio.

— Eu o interpretei mal — continuou Amy. Deu uma risadinha sem jeito. — Vocês vão me julgar uma idiota, mas eu pensava nos planos que fizemos quando nos casamos, quando não passávamos de crianças. Eu pensava num pequeno solar e em alguns prados em volta. E é claro que ele agora precisa mais que isso.

— Você vai procurar uma grande propriedade? — perguntou Alice Hyde, curiosa.

Do seu lugar, Lizzie ergueu a cabeça e lançou à cunhada um olhar incisivo.

— Claro — respondeu Amy, com simples dignidade. — Nossos planos continuam inalterados. Foi erro meu não ter entendido bem o que meu lorde tinha em mente. Mas agora que sei, vou começar a procurá-lo para nós. Ele quer uma casa majestosa, situada num belo parque com boas fazendas arrendadas. Vou encontrá-la, contratar construtores e mandar erguê-la para ele.

— Vai ficar ocupada — disse William Hyde, brincando.

— Cumprirei meu dever de mulher dele — disse ela a sério — como Deus me mandou fazer, e não o decepcionarei.

Elizabeth e Dudley sentaram-se defronte um ao outro a uma mesa posta para dois e comeram no gabinete privado dela no palácio de Greenwich, como tinham feito toda manhã desde que haviam voltado de Kew. Alguma coisa mudara entre eles que todo mundo via mas ninguém entendia. Nem a própria Elizabeth. Não fora o súbito brotar de sua paixão por Dudley; ela já o desejara antes, desejara outros homens antes, estava acostumada a curvar seus desejos sob um pulso forte. Mas o fato de ter corrido para ele em busca de segurança. Instintivamente, com uma corte de homens para servi-la, com os espiões de Cecil em algum lugar em seu gabinete, saíra em disparada ao primeiro sinal de ameaça e correra para Dudley como o único homem em quem podia confiar.

Depois chorara de terror como uma criança, e ele a reconfortara como um amigo de infância. Ela não falou disso a ele, nem a ninguém. Nem sequer pensava nisso. Mas sabia que alguma coisa mudara. Revelara a si mesma e revelara a Robert que ele era seu único amigo.

Os dois não estavam sozinhos. Três criados o serviam, o criado de sempre postado atrás da cadeira da rainha, um pajem de pé em cada ponta da mesa, quatro damas de companhia sentadas num grupinho no vão da janela, um trio de músicos a tocar, e uma cantora do coro da capela da rainha a entoar canções de amor. Robert teve de reprimir o desejo, a frustração e a raiva ao ver que sua amante real cercara-se mais uma vez em quatro paredes contra ele.

Conversava com ela educadamente durante a refeição, com a tranquila intimidade que sempre soube chamar a si, e com a afeição que sentia sinceramente por ela. Elizabeth, recuperando a confiança após o susto, deliciava-se com o emocionante toque de Robert, ria, sorria, flertava com ele, afagava-lhe a mão, puxava-lhe a camisa, deixava o pezinho calçado de chinelo deslizar até o dele sob a proteção da mesa, mas sequer uma vez sugeriu que deviam mandar as pessoas embora e ficar a sós.

Robert, aparentemente não perturbado pelo desejo, tomou um suculento café da manhã, tocou os lábios com os guardanapos, estendeu os dedos para ser lavados e enxugados pelo copeiro e então se levantou da mesa.

— Preciso me despedir, Vossa Graça.

Ela ficou espantada e não pôde ocultá-lo.

— Por que vai tão cedo?

— Tenho de me encontrar com alguns homens no pátio de torneios, estamos treinando para a justa das rosas. Vossa Graça não ia me querer desmontado na primeira inclinação.

— Não, mas achei que ia me fazer companhia pelo resto da manhã.

Ele hesitou.

— Como me ordenar.

Ela franziu o cenho.

— Não vou afastá-lo de seu cavalo, Sir Robert.

Ele tomou-lhe a mão e curvou-se sobre ela.

— Não teve tanta pressa em me deixar quando estávamos juntos em seus aposentos em Kew — ela sussurrou-lhe enquanto o tinha próximo.

— Você me quis então como uma mulher quer um homem, e é como eu a quero — ele respondeu, tão rápido quanto uma serpente no bote. — Mas desde então tem me convocado como um cortesão e uma rainha. Se é isso o que quer, também estou ao seu serviço, Vossa Graça. Sempre. Claro.

Era como um jogo de xadrez; ele viu-a virar a cabeça e dar-lhe tratos para saber como ia superá-lo em presença de espírito.

— Mas eu sempre serei rainha. E você sempre será meu cortesão.

— Eu não ia querer nada menos — disse ele, e sussurrou depois, exigindo que ela se curvasse para ouvi-lo — mas desejo muito mais, Elizabeth.

Ela sentiu o claro cheiro viril dele, e ele a mão dela tremer na sua. Foi um esforço para Elizabeth afastar-se, endireitar-se na cadeira e deixá-lo ir. Ele percebeu o que lhe custou, conhecera mulheres antes que não suportavam perder um momento de seu toque. Sorriu-lhe, o sorriso moreno, sombrio, experiente, e curvou-se até embaixo, desaparecendo em seguida.

Elizabeth deixou-o ir, mas não conseguiu se acalmar sem ele. Mandou pedir o alaúde e tentou tocar, mas não encontrou paciência alguma para isso, e quando uma corda se rebentou, nem se deu o trabalho de prendê-la. Sentou-se à escrivaninha e leu os memorandos que Cecil enviara, mas as graves palavras de advertência dele sobre a Escócia não tinham o menor sentido. Sabia que tinha muito mais a fazer, que a situação da moeda era desesperadora, e a ameaça à Escócia e à Inglaterra verdadeira e urgente, o rei francês jazia em seu leito de morte, e assim que morresse também morreria a segurança da Inglaterra; mas não conseguia pensar. Levou a mão à cabeça e gritou:

— Estou com febre! Uma febre!

Sem demora, todos vieram socorrê-la, as damas de honra esvoaçavam em volta, Kat Ashley e Blanche Parry foram chamadas. Puseram-na na cama, ela dispensou a atenção das damas de companhia, não podia suportar que ninguém a tocasse.

— Fechem as venezianas, a luz me queima os olhos! — exclamou.
Decidiram chamar os médicos.

— Não quero ver ninguém — disse ela.

Iam preparar uma bebida para baixar a febre, uma para acalmá-la, uma para fazê-la dormir.

— Não quero nada! — ela quase gritou com a irritação que sentia. — Apenas saiam daqui! Não quero ninguém me olhando. Nem quero ninguém diante da minha porta. Esperem em minha sala de audiências, tampouco quero alguém no meu gabinete privado. Vou dormir. Não quero ser incomodada.

Como um transtornado bando de pombas, elas saíram esvoaçantes como lhes fora mandado e reuniram-se todas na sala de audiências para discuti-la. Em seu quarto de dormir, através das duas portas fechadas, Elizabeth continuou ouvindo o murmúrio preocupado delas e virou o rosto quente para o travesseiro, enlaçou os braços em volta do corpo magro e cerrou-os com força em si mesma.

Sir Robert, cavalgando devagar de um lado para outro no pátio de esportes, fez o cavalo girar e depois o alinhou mais uma vez. Vinham fazendo o exercício por mais de uma hora. Tudo dependia da disposição do cavalo em cavalgar em linha reta, embora outro cavalo, de guerra, com um cavaleiro de armadura completa montado, a lança para baixo, viesse estrondoso da outra ponta, apenas uma fina barreira entre as duas criaturas. O cavalo de Sir Robert não pôde desviar-se, nem dar uma guinada, precisava manter-se na raia mesmo quando Sir Robert, baixando a própria lança, segurava as rédeas com uma só mão, precisava manter-se na raia mesmo que ele balançasse na sela de um golpe, e quase o soltasse.

Robert girou-o, deu meia-volta, percorreu a raia num trote, girou, repetiu mais uma vez a linha a pleno galope. O cavalo bufava quando o freou, uma pátina escura de suor marcando-lhe o pescoço. Ele girou-o numa volta completa e precipitou-se de novo a toda pela raia.

Uma ondulação de cascos martelando veio da entrada para o pátio. Uma criada estava parada onde os cavaleiros entravam e saíam, um xale em volta dos ombros, uma touca enfiada na cabeça, uma mecha de cabelo vermelho saindo por baixo, o rosto pálido, os olhos pretos.

— Elizabeth — disse o cavaleiro, em tranquilo triunfo, ao reconhecê-la, e cavalgou na direção dela.

Parou o cavalo e desceu da sela. Esperou.

Ela mordeu o lábio, baixou os olhos e tornou a erguê-los. Ele viu o olhar dela dardejar da camisa de linho, onde o suor escurecia o tecido no peito e nas costas, do culote de montaria justos até as envernizadas botas de montaria pretas. Viu as narinas dela arfarem, absorvendo o perfume dele, os olhos estreitos a erguerem-se mais uma vez para ele, para sua escura cabeça em silhueta contra o brilhante sol matinal.

— Robert — ela arquejou.

— Sim, meu amor?

— Eu vim para você. Não posso ficar fora dos meus aposentos por mais de uma hora.

— Então não vamos desperdiçar um momento sequer — disse ele apenas, e atirou as rédeas do cavalo de guerra ao escudeiro. — Ponha o xale na cabeça — disse, baixinho, e passou a mão em volta da cintura dela, conduzindo-a, não para o palácio, mas para seus aposentos privados acima dos estábulos.

Havia uma pequena entrada fechada com portões que saía do jardim, e ele abriu-os e levou-a para cima.

Nos aposentos de Robert, Elizabeth largou o xale e olhou em volta. Era um grande espaço com duas janelas altas, as paredes cobertas de tecido escuro. As plantas para o torneio do dia seguinte espalhavam-se, abertas, na mesa, a escrivaninha cheia de papéis de trabalho dos estábulos. Ela olhou para a porta atrás da escrivaninha, que dava para o quarto dele.

— Sim, venha — disse ele, acompanhando seu olhar, e conduziu-a pela porta até o quarto.

— Ninguém vai entrar? — ela perguntou, ofegante.

— Ninguém — ele tranquilizou-a, fechando a porta e passando o pesado ferrolho.

— Eu não posso engravidar — ela especificou.

Ele assentiu com a cabeça.

— Eu sei. Vou cuidar disso.

Mesmo assim, ela continuou ansiosa.

— Como pode ter certeza?

Ele enfiou a mão no bolso interno do colete e retirou um profilático, feito de bexiga de ovelha costurado com pontos minúsculos e debruado de fitas.

— Isso a manterá protegida.

Dilacerada entre os nervos e a curiosidade, ela deu risadinhas baixas.

— Que é isso? Como funciona?

— Como uma armadura. Você tem de ser meu escudeiro e pôr isso em mim.

— Não posso ficar com hematomas onde minhas damas possam ver.

Ele sorriu.

— Não deixarei mais que uma marca de meus lábios em você. Mas por dentro, Elizabeth, você vai ficar em chamas, prometo.

— Sinto um pouco de medo.

— Minha Elizabeth — disse ele, baixinho, e adiantou-se para ela, retirando-lhe a touca. — Venha para mim, meu amor.

A massa de cabelos vermelhos tombou em volta dos ombros dela. Robert pegou um punhado de mechas e beijou-as, depois, quando ela virou o rosto em transe para ele, beijou-a em cheio a boca.

— Minha Elizabeth, finalmente — repetiu.

Momentos depois, Elizabeth se viu num sonho de sensualidade. Ele sempre a imaginara responsiva, mas sob suas hábeis mãos estendia-se como uma gata, deleitando-se de prazer. E despudorada: sem nenhum sinal de vergonha quando se despiu e ficou nua em pelo, deitou-se na cama e abriu os braços. Quando ele encostou o peito no rosto dela, sorriu ao vê-la febril de desejo, mas depois perdeu a própria consciência na exacerbação de seus sentimentos. Queria tocar cada centímetro da pele dela, beijar cada ponta de dedo, cada sarda, cada fenda do corpo. Virava-a de um lado para outro, tocando, saboreando, lambendo, sondando, até ela gritar alto que necessitava tê-lo, e então afinal ele a penetrou e viu suas pálpebras piscarem antes de fecharem-se e os lábios róseos sorrirem.

Era domingo. A família Hyde, Lizzie Oddingsell, lady Dudley e todos os empregados dos Hydes sentavam-se num cepo na igreja paroquiana. A família Hyde e seus convidados no banco de encosto alto da família e os empregados distribuídos na estrita ordem de precedência atrás; as mulheres primeiro, os homens depois.

Ajoelhada, ela fixava os olhos no padre Wilson, enquanto ele lhes estendia a hóstia, preparando a comunhão em plena vista da congregação, em obediência à nova diretriz, embora nenhum padre no país houvesse concordado e a maioria estivesse na Torre ou na prisão Fleet. O bispo Thomas de Oxford escapara para Roma antes que conseguissem prendê-lo, e o bispado achava-se desocupado. Ninguém se apresentou para preenchê-lo. Nenhum verdadeiro homem de Deus serviria à Igreja herege de Elizabeth.

O olhar de Amy parecia em transe, os lábios movendo-se em silêncio quando o viu abençoar a hóstia e chamá-los para receber a comunhão.

Como uma sonâmbula num sonho, ela avançou para a frente com os demais e curvou a cabeça. A hóstia grudou-se na língua quando ela fechou os olhos e soube que partilhava do próprio corpo de Cristo vivo, um milagre que ninguém podia negar nem explicar. Retornou ao banco e curvou mais uma vez a cabeça. Sussurrou sua prece:

— Deus, meu Senhor, mande-o de volta para mim. Salve-o do pecado da ambição e do pecado que é essa mulher, e mande-o de volta para mim.

Após o término da cerimônia, o padre Wilson despediu-se com um aceno de mão dos paroquianos no portão coberto à entrada do cemitério.

— Padre, eu queria me confessar e celebrar a missa da maneira correta.

Ele recuou e olhou os Hydes em volta. Apenas ele ouvira o pedido sussurrado de Amy.

— Sabe que é proibido agora — respondeu em voz baixa. — Posso ouvir sua confissão mas tenho de rezar em inglês.

— Não me sinto livre de meu pecado sem assistir à missa do jeito antigo. Ele afagou-lhe a mão.

— Filha, é verdade isto em seu coração?

— Padre, é verdade, estou em grande necessidade de graça.

— Venha à igreja ao entardecer de quarta-feira, às cinco horas — disse ele. — Mas não conte a ninguém. Diga que vem rezar sozinha. Cuidado para não nos trair por acidente. Trata-se de uma questão de vida ou morte agora, lady Dudley, nem seu marido deve saber.

— É pelo pecado dele que tenho de expiar. E também pelo meu próprio por falhar com ele.

Ele inspecionou a dor no rosto da jovem.

— Ah, lady Dudley, não pode ter falhado com ele — exclamou, falando mais como homem do que como padre, motivado pela compaixão.

— Eu devo ter falhado — ela insistiu, pesarosa. — E muitas vezes. Pois ele se afastou de mim, padre, e não sei viver sem ele. Só Deus pode devolvê-lo, só Deus pode me devolver, só Deus pode devolver um ao outro, se puder me perdoar pelos meus erros como esposa.

O padre curvou-se e beijou-lhe a mão, desejando poder fazer mais. Olhou em volta. A Sra. Oddingsell, que se achava perto, aproximou-se e tomou o braço de Amy.

— Vamos seguir a pé para casa, agora — disse ela, animada. — Vai ficar quente demais depois.

Era 15 de julho, o dia do torneio, e todos na corte de Elizabeth só pensavam nas roupas que iam usar, nos preparativos para o combate de justa, nas rosas que iam levar, nas músicas que iam cantar, nas danças que iam dançar, os corações que iam partir. Tudo em que Cecil conseguia pensar era a carta mais recente de Throckmorton em Paris.

9 de julho

Ele vem definhando rápido. Espero saber de sua morte a qualquer dia. Mandarei avisá-lo no momento em que souber. Francisco II será rei da França, e é certo que Maria vai se intitular rainha da França, Escócia e Inglaterra, meu informante viu o anúncio que os meirinhos estão redigindo. Com a riqueza da França e o generalato, a família de Guise, com a Escócia como seu cavalo de Troia, os franceses serão indestrutíveis. Deus ajude a Inglaterra e Deus ajude você, velho amigo. Acho que será o último secretário de Estado da Inglaterra e todas as nossas esperanças vão jazer em ruínas.

Cecil traduziu a carta cifrada e sentou-se com ela por alguns pensativos minutos. Depois levou toda a transcrição para a rainha em seu gabinete privado. Ela ria com as damas de honra enquanto preparavam suas fantasias; Laetitia Knollys, em virginal branco enfeitado com a rosa vermelha mais escura, entrelaçava rosas num pequeno círculo para a rainha usar como coroa. Cecil achou que as notícias que tinha na carta em sua mão eram como uma tempestade de verão que surge de qualquer lugar, arranca as pétalas de rosas e destrói um jardim numa tarde.

Elizabeth usava um vestido rosa-maravilha com pinceladas de seda branca nas mangas, rematado com tiras prateadas, e um adereço de cabeça enfeitado com pérolas toscas, em deslumbrante contraste com os cabelos cor de cobre.

Ela sorriu radiante para o rosto surpreso de Cecil e rodopiou diante dele.

— Como estou?

"Como uma noiva", pensou Cecil horrorizado.

— Como uma beldade — apressou-se a dizer. — Uma rainha da primavera.

Ela estendeu abertas as saias dos lados e fez-lhe uma reverência.

— E por quem você torce para campeão?

— Não sei — respondeu Cecil, desligado. — Vossa Graça, sei que este é um dia para lazer, mas preciso lhe falar, perdoe-me, mas preciso lhe falar com urgência.

Por um momento, ela fez um biquinho, e quando viu o rosto dele continuar grave, disse:

— Oh, muito bem, mas não por muito tempo, Espírito, pois não podem começar sem mim; e Sir Ro... e os cavaleiros não vão gostar de esperar em suas armaduras pesadas.

— Ora, quem é Sir Ro...? — perguntou Laetitia, brincalhona, e a rainha deu risadinhas nervosas e corou.

Cecil ignorou a jovem e em vez disso conduziu a rainha até a janela e deu-lhe a carta.

— É de Throckmorton — disse apenas. — Adverte sobre a iminente morte do rei francês. Assim que ele falecer, Vossa Graça, ficamos em perigo mortal. Já devíamos estar nos armando. Já devíamos estar prontos. Já devíamos ter enviado dinheiro para os protestantes escoceses. Dê-me permissão para enviar dinheiro a eles já e começar a reunir gente para um exército inglês.

— Você sempre diz que não temos fundos — ela retrucou, voluntariosa.

Com todo o cuidado, Cecil ignorou as pérolas nas orelhas dela e o grosso cordão de pérolas no pescoço.

— Princesa, corremos gravíssimo perigo — declarou.

Elizabeth puxou-lhe a carta da mão e levou-a junto da janela para ler.

— Quando recebeu? — ela perguntou, o interesse se aguçando.

— Ainda hoje. Veio em código, acabei de traduzir.

— Ela não pode chamar a si mesma de rainha da Inglaterra, aceitou abrir mão de seu direito no tratado de Cateau-Cambrésis.

— Não, ela não abriu. *Ela* não aceitou nada. Foi o rei que fez aquele acordo, e o rei que assinou aquele tratado jaz agonizante. Nada vai impedir a ambição dela agora, o novo rei e sua família vão incitá-la a prosseguir.

Elizabeth praguejou baixinho e deu as costas para a alegre corte, para que ninguém visse o seu rosto sombrio.

— Jamais vou me sentir segura? — ela quis saber num tom selvagem. — Após lutar toda a minha vida por esse trono, tenho de continuar lutando por ele? Tenho de temer a faca nas sombras e a invasão de meus inimigos para sempre? Ter medo de minha própria prima? Do meu próprio sangue?

— Sinto muito — disse Cecil, firme. — Mas você vai perder o trono e talvez a vida se não combater isso. Corre mais perigo agora do que sempre correu.

Ela deu um gritinho áspero.

— Cecil, eu quase fui incriminada por traição, enfrentei o cepo, enfrentei minha própria morte por assassinos. Como posso correr mais perigo agora?

— Porque agora enfrenta sua morte e a perda de sua herança, e ainda o fim da Inglaterra. Sua irmã perdeu Calais por causa do desatino dela. Iremos nós perder a Inglaterra?

Ela inspirou fundo.

— Entendo. Sei o que deve ser feito. Talvez tenha de ser a guerra. Falarei com você mais tarde, Espírito. Assim que o rei morrer e eles mostrarem o jogo, precisamos estar prontos para enfrentá-los.

— Precisamos — ele concordou, maravilhado com a decisão dela. — Agora, sim, você falou como um príncipe.

— Mas Sir Robert diz que devíamos convencer os protestantes escoceses a fazer um acordo com sua regente, a rainha Marie. Diz que, se houver paz na Escócia, não pode haver pretexto para os franceses mandarem homens e nem invadirem a Inglaterra.

"Ah, ele diz?", pensou Cecil com escassa gratidão pelo conselho indesejado.

— Talvez ele tenha razão, Vossa Graça; mas caso não tenha, estamos despreparados para um desastre. E cabeças mais velhas e sensatas que a de Sir Robert acham que devíamos atacá-los já, antes que se reforcem.

— Mas ele não pode ir — disse ela.

"Quem dera que eu pudesse mandá-lo ao próprio inferno", passou fulminando pela mente irritada de Cecil.

— Não, devemos mandar um comandante amadurecido — ele concordou. — Mas primeiro temos de mandar dinheiro aos lordes escoceses para manter a luta contra a regente, Marie de Guise. E precisamos fazer isso já.

— A Espanha vai permanecer nossa amiga — lembrou Elizabeth.

— Então podemos enviar aos protestantes alguns fundos? — Ele insistiu na principal questão, na única questão.

— Desde que ninguém saiba que vem de mim — disse Elizabeth, a habitual cautela acima de tudo como sempre. — Mande a eles o que precisam, mas não quero os franceses me acusando de armar uma rebelião contra uma rainha. Posso ser encarada como traidora.

Cecil curvou-se.

— Será feito com discrição — prometeu-lhe, ocultando sua imensa sensação de alívio.

— E talvez consigamos ajuda da Espanha — repetiu Elizabeth.

— Só se acreditarem que você está seriamente pensando em aceitar o arquiduque Carlos.

— Estou pensando nele — disse ela, enfática. Devolveu-lhe a carta. — E após essas notícias, estou pensando nele com muita afeição. Confie em mim para isso, Espírito. Não é brincadeira. Sei que terei de me casar com ele se a guerra vier.

Ele duvidou de sua palavra ao vê-la no camarote real, que dava para a pista de torneios, e viu seus olhos vasculharem os cavaleiros montados à procura de Dudley; como ela avistou rapidamente o seu estandarte esfarrapado; como Dudley levava uma estola rosa-maravilha, com o tom exato do vestido da rainha, sem a menor dúvida dela, portando-a ousadamente sobre os ombros onde qualquer um veria. Viu como ela se levantou com a mão na boca, num gesto de terror, quando Dudley atacou pela raia abaixo; como aplaudiu as vitórias dele, mesmo quando derrubou Sir William Pickering; e como, quando ele chegou ao camarote real, ela se curvou e o coroou com seu próprio ramalhete de rosas por ter sido o campeão do dia, e quase o beijou na boca quando se inclinou sorridente para sussurrar no seu ouvido.

Mas apesar de tudo isso, ela tinha o embaixador Habsburgo, Caspar von Breuner, ao seu lado no camarote, alimentado de acepipes de sua própria escolha, punha a mão em sua manga e sorria para ele, e — sempre que alguém, com exceção de Dudley, competia — enchia-o de perguntas sobre o arquiduque Ferdinando e dava-lhe claramente a entender que sua recusa à proposta dele de casamento, no início do mês, era uma coisa que começava a lamentar, profundamente arrependida.

Caspar von Breuner, encantado, desconcertado, só pôde pensar que Elizabeth recuperava afinal a razão e o arquiduque poderia vir à Inglaterra para conhecê-la e os dois se casarem próximo ao fim do verão.

Na noite seguinte, Cecil se encontrava sozinho quando ouviu uma pancadinha na porta.

— Um mensageiro.

— Vou recebê-lo.

O homem quase caiu na sala, as pernas enfraquecidas de exaustão. Puxou o capuz para trás, e Cecil reconheceu o homem de maior confiança de Sir Nicholas Throckmorton.

— Sir Nicholas me enviou para dizer ao senhor que o rei está morto, e entregar isso — estendeu uma carta amassada.

— Sente-se — Cecil indicou-lhe com a mão um banco junto à lareira e quebrou o lacre da carta. Era curta e escrita às pressas.

> *O rei morreu, hoje, dia dez. Que Deus dê descanso à sua alma. O jovem Francisco diz que é rei da França e da Inglaterra. Eu espero em Deus que estejam prontos e a rainha, resoluta. Isso é um desastre para todos nós.*

Amy, caminhando no jardim em Denchworth, colheu algumas rosas pelo doce perfume e entrou na casa pela porta da cozinha à cata de algumas fibras para juntá-las num buquê. Ao ouvir seu nome, ela hesitou, e então percebeu que a cozinheira, a copeira e o ajudante de cozinha falavam de Sir Robert.

— Ele foi o cavaleiro da própria rainha, usando o favor dela — contou a cozinheira deliciada. — E ela o beijou na boca diante de toda a corte, diante de toda Londres.

— Que Deus nos perdoe — disse a cozinheira devota. — Mas essas grandes damas fazem o querem.

— Ele a possuiu — disse o ajudante de cozinha. — Teve relações sexuais com a própria rainha! Ora, isso é que é homem!

— Xiu — disse instantaneamente a cozinheira. — Ninguém lhe pediu para espalhar mexericos sobre seus superiores.

— Foi meu pai quem disse — defendeu-se o menino. — O ferreiro contou a ele. Disse que a rainha não passa de uma prostituta com Robert Dudley. Vestiu-se como uma criada camponesa para ir atrás dele e que ele a possuiu no depósito de feno, e que o cavalariço de Sir Robert pegou os dois no ato, e contou ao próprio ferreiro, quando ele veio aqui na semana passada para entregar a bolsa à milady.

— Não! — exclamou a cozinheira, deliciosamente escandalizada. — No feno, não!

Devagar, com o vestido seguro num dos lados para não farfalhar, mal conseguindo respirar, Amy recuou da porta da cozinha, voltou à passagem calçada de pedra, abriu a porta externa de modo a não rangê-la e retornou ao calor do jardim. As rosas, esquecidas, caíram de seus dedos, ela apertou o passo e pôs-se a correr, sem direção, as faces ardendo de vergonha, como se fosse ela a desgraçada pelos mexericos. Afastando-se a correr da casa, para fora do jardim e pelos arbustos, atravessou a pequena floresta, as amoreiras-pretas rasgando-lhe a saia, as pedras desfazendo os sapatos de seda. Saiu desabalada, sem parar para recuperar o fôlego, ignorando a dor no lado e o ferimento nos pés, corria como se pudesse fugir da imagem em sua cabeça: de Elizabeth como uma cadela no feno, os cabelos ruivos caídos debaixo de uma touca, o rosto claro triunfante, com Robert, dando seu sorriso sensual, mergulhando nela como um cachorro lascivo por trás.

O Conselho Privado, viajando na excursão oficial de verão com a corte, atrasou o início da reunião de emergência no palácio de Eltham à espera de Elizabeth; mas ela saíra para caçar com Sir Robert e uma dezena de outros e ninguém sabia quando ia retornar. Os conselheiros, com ar sinistro, sentaram-se à mesa e prepararam-se para o trabalho com uma cadeira vazia na cabeceira.

— Se apenas um de vocês se juntasse a mim, e os demais me dessem nada mais que seu consentimento, eu o mandaria matar — disse tranquilamente o duque de Norfolk ao círculo de amigos em volta. — Isso é intolerável. Ela fica com ele noite e dia.

— Pode fazê-lo com a minha bênção — disse Arundel, e dois outros assentiram com a cabeça.

— Achei que ela estava louca por Pickering — queixou-se um homem. — Que foi feito dele?

— Não pôde tolerar mais um momento disso — disse Norfolk. — Nenhum homem poderia.

— Não pôde se dar o luxo de mais um momento disso — corrigiu-o alguém. — Gastou todo o seu dinheiro subornando amigos na corte e foi para o campo recuperá-lo.

— Ele sabia que não tinha a menor chance contra Dudley — insistiu Norfolk. — Por isso é que teve de sair do caminho.

— Xiu, aí está Cecil — disse outro, e os homens se separaram.

— Recebi notícias da Escócia. Os lordes protestantes entraram em Edimburgo — informou Cecil, entrando na sala.

Sir Francis Knollys ergueu os olhos.

— Entraram, por Deus! E a regente francesa?

— Retirou-se para o castelo de Leith. Ela está fugindo.

— Não necessariamente — Thomas Howard, o duque de Norfolk, disse duramente. — Quanto maior o perigo que correr, maior é a probabilidade de os franceses a reforçarem. Se quisermos pôr um fim nisso, ela precisa ser derrotada sem demora, sem qualquer esperança de reunir forças, e rápido. Ela ergueu um cerco na esperança certa de reforços. Tudo isso significa que os franceses estão chegando para defendê-la. É uma certeza.

— Quem poderia acabar com ela para nós? — perguntou Cecil, sabendo a resposta mais provável. — A que comandante os escoceses seguiriam que seria nosso amigo?

Um dos conselheiros privados ergueu os olhos.

— Onde está o conde de Arran? — perguntou.

— A caminho da Inglaterra — respondeu Cecil, ocultando sua satisfação. — Quando ele chegar, podemos assinar um acordo com ele, poderíamos mandá-lo para o Norte com um exército. Mas é apenas jovem...

— Ele é apenas jovem, mas tem o melhor direito ao trono depois da rainha francesa — concluiu alguém mais afastado na mesa. — Podemos apoiá-lo com a consciência tranquila. Ele é nosso legítimo pretendente ao trono.

— Ele aceitaria apenas um acordo que podemos oferecer — declarou Norfolk duramente. — A rainha.

Alguns homens deram uma olhada na porta fechada, como para garantir que ela não se abrisse e Elizabeth irrompesse sala adentro, acalorada de raiva. Então, um a um, todos assentiram com a cabeça.

— E a aliança espanhola com o arquiduque? — perguntou Francis Bacon, irmão de Sir Nicholas, a Cecil.

Cecil encolheu os ombros.

— Eles continuam de boa vontade e ela diz que está disposta a aceitá-lo. Mas eu preferiria que tivéssemos Arran. Ele é de nossa fé, traz para nós a Escócia e a chance de unir a Inglaterra, País de Gales, Irlanda e Escócia. Isso nos tornaria uma potência a ser levada em conta. O arquiduque mantém os espanhóis do nosso lado, mas que vão querer de nós? Enquanto os interesses de Arran são os mesmos que os nossos, e se eles se casassem — Cecil respirou fundo, as esperanças tão preciosas que ele mal conseguia suportar dizê-las —, se eles se casassem, nós uniríamos a Escócia e a Inglaterra.

A maioria dos homens assentiu com a cabeça.

— Certamente precisamos da ajuda espanhola ou de Arran para liderar a campanha — disse Knollys. — Não podemos fazê-la sozinhos. Os franceses têm quatro vezes nossa riqueza e força humana.

— E estão determinados — disse outro homem, inquieto. — Eu soube por meu primo em Paris. Ele disse que a família de Guise vai governar tudo, e seus membros são inimigos jurados da Inglaterra. Vejam o que fizeram em Calais, simplesmente invadiram e nos atacaram. Vão pôr um pé na Escócia e depois marchar sobre nós.

— Se ela se casasse com Arran... — começou alguém.

— Arran! Qual chance de ela se casar com Arran! — explodiu Norfolk. — Tudo muito bem decidir qual pretendente conviria melhor ao país, mas como ela vai se casar quando não vê nem pensa em ninguém além de Dudley? Ele tem de ser afastado do caminho. A rainha parece uma ordenhadeira com um cisne. Onde diabo está ela agora?

Elizabeth estava deitada sob um carvalho na capa de caça de Dudley, seus cavalos amarrados a uma árvore próxima, Dudley recostado na árvore atrás dela, a cabeça da rainha no colo, enrolando os cachos dos cabelos nos dedos.

— Há quanto tempo saímos? — ela perguntou.

— Uma hora, talvez, não mais.

— E você sempre tira suas amantes de seus cavalos e deita-as no chão?

— Quer saber uma coisa? — disse ele, em tom confidencial. — Eu nunca fiz uma coisa dessas em toda a vida. Nunca senti desejos assim antes, sempre fui um homem que podia esperar a hora certa, planejar seu tempo. Mas com você... — interrompeu-se.

Ela rolou de lado para ver o rosto dele, que a beijou na boca: um beijo longo e quente.

— Estou cheia de desejo de novo — disse ela, imaginando. — Estou virando uma gulosa por você.

— Eu também — disse ele, baixinho, e ergueu-a de modo que ela ficou deitada como uma cobra sinuosa ao longo dele. — É uma satisfação que traz consigo apenas mais apetite.

Um assobio longo e baixo alertou-os.

— É o sinal de Tamworth — avisou Robert. — Alguém deve estar se aproximando.

De repente Elizabeth se ergueu e levantou-se, retirando as folhas do vestido de caça, procurando o chapéu em volta. Robert agarrou o manto e sacudiu-o. Ela virou-se para ele.

— Como estou?

— Misteriosamente virtuosa — ele respondeu, e foi recompensado pelo brilho de seu sorriso.

Ela foi até o cavalo e parou junto à cabeça do animal, quando Catarina Knollys e seu cavalariço entraram montados na pequena clareira no mato, seguidos por Tamworth, o camareiro pessoal de Dudley.

— Aí estão vocês! Achei que os tinha perdido!

— Onde você se meteu? — perguntou Elizabeth. — Achei que vinha atrás de mim!

— Eu parei por um momento e então vocês todos tinham desaparecido. Onde está Sir Peter?

— O cavalo dele mancou — disse Robert. — Está voltando a pé para casa no pior dos humores, com as botas ainda por cima apertando. Está com fome? Vamos comer?

— Morrendo — respondeu Catarina. — Onde estão suas damas?

— Foram na frente para o piquenique — disse Elizabeth tranquilamente. — Eu quis esperar você, e Sir Robert ficou para me proteger. Sir Robert, sua mão, por favor.

Ele lançou-a para a sela sem encontrar os olhos dela e depois montou em seu próprio cavalo de caça.

— Por aqui — indicou, e cavalgou na frente das duas mulheres até a pista cruzar um riacho. No outro lado, erguera-se um pavilhão suspenso listado de verde e branco, e eles sentiram o cheiro de carne de veado assando no fogo e os empregados desembalando pastéis e doces.

— Estou com tanta fome! — exclamou Elizabeth de prazer. — Nunca tive tanto apetite antes.

— Está se tornando uma gulosa — comentou Robert para surpresa de Catarina.

Ela captou o olhar de cumplicidade trocado entre a amiga e Sir Robert.

— Gulosa? — exclamou. — A rainha come como um passarinho.

— Um passarinho muito guloso — ele disse, muito à vontade. — Gula e vaidade numa só pessoa.

Elizabeth deu risadinhas.

No entardecer de quarta-feira, a igreja de Denchworth parecia deserta, a porta destrancada mas fechada. Hesitante, Amy girou a grande maçaneta e sentiu-a ceder sob seu toque. Uma velha no banco ergueu os olhos e apontou silenciosamente a capela feminina na lateral da igreja. Amy assentiu com a cabeça e encaminhou-se para lá.

Cortinas fechavam de um lado a outro a divisória de pedras que separava a capela do corpo principal da igreja. Amy abriu-as para o lado e entrou. Duas ou três pessoas rezavam no genuflexório do altar. Amy parou um instante e entrou no banco dos fundos junto ao padre, em conferência de cabeças juntas com um rapaz. Alguns momentos depois, o jovem, cabisbaixo, ocupou seu lugar no genuflexório do altar. Amy foi para junto do padre e ajoelhou-se na almofada gasta.

— Pai celestial, eu pequei — disse ela, baixinho.

— Qual é seu pecado, filha?

— Falhei no meu amor ao meu marido. Pus meu julgamento acima do dele. — Hesitou. — Achei que sabia melhor que ele como devíamos viver. Vejo agora que foi o pecado do orgulho, meu orgulho. E também, achei que podia ganhá-lo da corte, trazê-lo de volta para mim, e que podíamos morar de uma maneira simples, uma maneira inferior. Mas ele é um grande homem, nascido para ser um grande homem. Temo haver sentido inveja de sua grandeza, e acho que meu amado pai... — Puxou a voz para proferir a crítica desleal. — Mesmo meu pai sentia inveja. — Fez uma pausa. — Eles eram tão acima de nossa posição... E receio que em nossos corações tenhamos nos deleitado com a queda dele. Acho que secretamente nos alegramos por vê-lo humilhado, e não tenho sido generosa com sua ascensão ao poder desde então. Não fiquei verdadeiramente feliz por ele, como uma esposa e companheira deve ficar.

Ela calou-se. O padre continuou calado.

— Tenho sentido inveja da grandeza dele, da excitação de sua vida e importância na corte — disse ela, em voz baixa. — E pior. Sinto ciúmes do amor que ele tem pela rainha e desconfio disso. Envenenei meu amor por ele com inveja e ciúme. Envenenei a mim mesma. Adoeci a mim mesma de pecado e tenho de ser curada dessa doença e perdoada desse pecado.

O padre hesitou. Em toda cervejaria do país, homens juravam que Robert Dudley era amante da rainha e vinham fazendo apostas variadas de que ele ia abandonar a mulher, envenená-la ou afogá-la no rio. Na mente do padre, pouca dúvida havia de que os piores temores de Amy estavam próximos da verdade.

— Ele é seu marido posto acima de você por Deus — disse devagar.

Ela baixou a cabeça.

— Eu sei disso. Devo ser obediente a ele, não apenas em meus atos, mas também em meus pensamentos. Ser obediente em meu coração e não começar a julgá-lo, nem tentar desviá-lo de seu grande destino. Devo tentar me ensinar a ser feliz por ele em sua fama, e não retê-lo.

O padre pensou por um momento, a perguntar-se como aconselhar aquela mulher.

— Sou amaldiçoada por uma imagem em minha mente — disse Amy, a voz muito baixa. — Ouvi sem querer alguém dizer uma coisa sobre meu marido, e agora a vejo o tempo todo, na cabeça, nos sonhos. Tenho de me livrar desse... tormento.

Ele se perguntou o que ela poderia haver sabido. Certamente, parte da conversa que lhe chegara aos ouvidos fora vil.

— Deus a libertará — disse com mais certeza do que sentia. — Leve essa imagem a Deus e ponha aos Seus pés, que ele a libertará.

— É muito... obscena — disse Amy.

— Tem pensamentos obscenos, filha?

— Não que me deem algum prazer! Só me causam dor.

— Deve levá-los a Deus e livrar sua mente deles — aconselhou-a firmemente. — Precisa encontrar seu próprio caminho para Deus. Não importa como seu marido prefira viver a vida dele, quaisquer que sejam as suas escolhas, é seu dever para com Deus e para com ele suportá-las alegremente e avançar mais para perto de Deus.

Ela assentiu com a cabeça.

— E que vou ter de fazer?

O padre pensou por um momento. Muitas histórias na Bíblia descreviam a apavorante escravidão que era o estado do casamento, e ele exortara várias mulheres de mente independente à obediência. Mas não teve coragem de coagir Amy, de face pálida e olhos tão suplicantes.

— Vai ler a história de Maria Madalena. E analisar o texto: "Aquele dentre vós que está sem pecado seja o primeiro que lhe atire uma pedra." Não somos ordenados por Deus a julgar uns aos outros. Nem somos ordenados por Ele a analisar o pecado de outra pessoa. Somos ordenados por Deus a deixar que Ele o considere, deixá-lo ser o juiz. Espere até a vontade de Deus ficar clara para você e obedeça-a, minha filha.

— E uma penitência? — incitou-o.

— Cinco dezenas do rosário — disse ele. — Mas reze a sós e em segredo, minha filha, esses são tempos conturbados e a devoção à Igreja não é justamente respeitada.

Amy curvou a cabeça pela bênção sussurrada e juntou-se às outras pessoas no genuflexório do altar. Elas ouviram o padre mover-se atrás, seguido por silêncio. Então, em suas vestes e levando o pão e o vinho, ele atravessou devagar a nave e a tela do confessionário.

Amy viu, através de seus dedos e da treliça da tela do crucifixo, ele virar-se de costas para elas e dizer as preces em latim, de frente para o altar. Sentiu uma dor no peito que julgou ser um ataque cardíaco. O padre não lhe dissera que seus sofrimentos eram imaginários, que ela devia tirá-los da cabeça. Não recuara da sugestão e negara o mexerico da cozinheira, do ajudante de cozinha. Não a reprovara pela vaidade das suspeitas malévolas contra um marido honesto. Em vez disso, aconselhara-a em seu dever e coragem como se achasse que talvez tivesse alguma coisa a suportar.

"Então ele também sabe", ela pensou consigo mesma. "Todo o país sabe, da cozinheira ao padre de Denchworth. Eu devo ser a última pessoa na Inglaterra a saber. Oh, meu Deus, como é profunda, tão profunda, a minha vergonha."

Ela viu-o erguer o pão e inspirou fundo no momento miraculoso da transubstanciação, quando o pão se transformava no corpo de Cristo e o vinho em seu sangue. Todo bispo na Inglaterra desafiara Elizabeth para insistir em que essa era a verdade, todo padre na terra ainda acreditava nisso, e centenas continuavam a celebrar a missa assim, à maneira antiga, em esconderijos.

Amy, deslumbrada pelas velas e reconfortada pela presença do Deus Vivo, sagrada demais para ser mostrada à congregação, sagrada demais para ser recebida todo domingo, tão sagrada que Ele só poderia ser visto através do entrelaçamento de seus dedos, através da divisória de pedra, orou mais uma vez para que Robert decidisse voltar para casa, ao seu encontro, e que quando ele viesse, ela encontrasse alguma forma de manter a cabeça erguida, lavar aquelas imagens da mente, ser livre de pecado e feliz em vê-lo.

Cecil conseguiu alcançar Elizabeth antes do grande banquete no magnífico palácio do duque de Arundel, o Sem Igual, e retardá-la um momento em seu gabinete privado.

— Vossa Graça, tenho de lhe falar.

— Espírito, eu não posso. O duque preparou um banquete para um imperador, fez de tudo, menos envolver a carne em folha de ouro. Não posso insultá-lo chegando atrasada.

— Vossa Graça, sou obrigado pelo dever a adverti-la. O papa intensificou a ameaça contra você, e circulam muitos mexericos contra a sua pessoa no país.

Ela hesitou e franziu o cenho.

— Que mexericos?

— Dizem que está favorecendo Sir Robert em excesso e acima de qualquer outro homem.

"Palavras doces, mas hipócritas", Cecil ralhou consigo mesmo. "Mas como posso convencê-la a enfrentar os que andam chamando-a de meretriz de Dudley?"

— E assim devo — ela respondeu, sorrindo. — Ele é o homem mais excelente em minha corte.

Cecil encontrou coragem para ser mais claro.

— Sua Graça, é pior que isso. Há rumores de que você e ele têm um relacionamento desonrado.

Elizabeth ruborizou-se de cólera.

— Quem diz isso?

"Toda cervejaria na Inglaterra."

— A conversa é generalizada, Vossa Graça.

— Não temos leis que impeçam de eu ser difamada? Não temos ferreiros para cortar-lhes a língua?

Cecil piscou os olhos à ferocidade dela.

— Vossa Graça, podemos fazer prisões, mas se uma coisa é falada por todos e acreditada por todos, não sabemos o que fazer. As pessoas a amam, mas...

— Basta — ela cortou-o de chofre. — Não fiz nada de desonroso, e tampouco o fez Sir Robert. Não vou ser difamada em minha própria audiência. Precisa punir os mexeriqueiros que pegar, que tudo se extingue. Se não o fizer, eu o culparei, Cecil. A ninguém mais.

Ela virou-se, mas ele a deteve.

— Vossa Graça!

— O quê?

— Não é uma questão da gente comum fuxicando sobre seus superiores. Homens na corte dizem que Dudley deve ser morto antes que a derrube.

Agora tinha toda a atenção dela.

— Ele foi ameaçado?

— Você dois correm perigo por esse desatino. Sua reputação sofreu e muitos dizem que é dever patriótico deles matá-lo antes que fique desonrada.

Ela empalideceu quase até a lividez.

— Ninguém deve tocar nele, Cecil.

— O remédio é fácil. A segurança dele é fácil. Case-se. Case-se com o arquiduque ou com Arran, que o mexerico silencia e a ameaça desaparece.

Elizabeth assentiu com a cabeça, o ar acossado, amedrontado, mais uma vez no rosto.

— Vou me casar com um deles, pode contar com isso. Diga às pessoas que vou me casar com um ou com o outro, nesse outono. É uma certeza. Sei que tenho de fazer isso.

— Caspar von Breuner vai estar no jantar. Não devia sentar-se ao seu lado? Precisamos recrutar o apoio dele para nossa luta com a Escócia.

— Claro! — disse ela, impaciente. — Quem você achou que ia sentar-se ao meu lado? Sir Robert? Dei a entender a todo mundo que venho reconsiderando a proposta de casamento com o arquiduque, tenho dado ao embaixador dele toda a atenção.

— Seria melhor para todos nós acreditarmos em você desta vez — disse Cecil francamente. — O embaixador tem esperanças, você já cuidou disso; mas não a vejo redigindo um tratado de casamento.

— Cecil, é agosto, estou em excursão oficial, não é hora de redigir tratados.

— Princesa, você está em perigo. O perigo não para porque alguém lhe preparou um banquete, a caça é boa e o tempo é perfeito. O conde de Arran deve chegar à Inglaterra a qualquer dia agora, diga-me que posso levá-lo a você no momento em que ele chegar.

— Sim. Pode fazer isso.

— E diga-me que posso retirar fundos para ele e começar a reunir um exército para ir ao Norte com ele.

— Um exército, não — ela se apressou a dizer. — Não até sabermos que ele tem coragem para comandar um. Não até sabermos quais são seus planos. Pelo que sei, Cecil, ele já poderia ter uma esposa escondida em algum lugar.

"Isso dificilmente a impediria, a julgar pelo seu atual comportamento com um homem casado", pensou Cecil, mal-humorado. Em voz alta, disse apenas:

— Vossa Graça, ele não pode ser vitorioso sem nosso apoio, além de ter a pretensão mais legítima ao trono escocês. Se comandasse nosso exército à vitória, e você o aceitasse como marido, íamos tornar a Inglaterra segura contra os franceses, não apenas por ora, mas para sempre. Se fizer isso pela Inglaterra, será o maior príncipe que o país já teve até então no trono, maior que seu pai. Ponha a Inglaterra a salvo da França, que será lembrada para sempre. Tudo mais será esquecido, você será a salvadora da Inglaterra.

— Eu vou vê-lo — disse Elizabeth. — Confie em mim, Cecil, ponho meu país acima de qualquer coisa. Vou vê-lo e decidirei o que devo fazer.

As velas e o crucifixo foram retirados do depósito, polidos e exibidos no altar da capela real em Hampton Court. A corte retornara da excursão de verão em clima espiritual. Elizabeth, indo à missa, passara a fazer uma mesura ao altar e persignar-se na chegada e na partida. Via-se água-benta no banco, e Catarina Knollys ostensivamente saía da corte toda manhã e cavalgava até Londres para rezar com uma congregação reformada.

— A que se deve tudo isso agora? — perguntou Sir Francis Bacon à rainha, quando os dois pararam na entrada da capela e viram cantores de coro polindo o genuflexório do altar.

— Um auto — ela respondeu, desdenhosa. — Para aqueles que desejam uma conversão.

— E quem são eles? — ele perguntou, curioso.

— Para o papa, que quer me ver morta — disse ela com irritação. — Para os espanhóis, que preciso manter como amigos; para o arquiduque, a fim de lhe dar esperança; para os papistas ingleses, para que deem uma trégua. Para você e todos os seus colegas luteranos, para lhes deixar em dúvida.

— E qual a verdade disso? — ele perguntou sorrindo.

Ela encolheu os ombros, mal-humorada, e cruzou a porta.

— A verdade é a última coisa que importa — respondeu. — E pode acreditar numa coisa sobre verdade e eu: mantenho-a bem escondida, dentro do meu coração.

William Hyde recebeu uma carta do mordomo de Robert, Thomas Blount, solicitando-lhe que se aprontasse para receber os homens do amo que chegariam em três dias para escoltar Amy e a Sra. Oddingsell até os Forster em Cumnor Place, para uma breve visita, e depois prosseguir para Chislehurst. Um bilhete rabiscado por seu patrão contava a William as últimas novidades da corte, os presentes que Robert recebera da rainha, agora de volta a Hampton Court, e indicava que William ia em breve ser nomeado para um lucrativo cargo numa das faculdades de Oxford, como forma de agradecimento pela gentileza com lady Dudley, e para manter sua amizade no futuro.

Ele foi até Amy com a carta na mão.

— Parece que vai nos deixar.

— Tão cedo? Ele não falou nada sobre uma casa lá?

— A rainha deu a ele uma grande propriedade em Kent — respondeu William. — Escreve para me contar. O palácio Knole, você conhece?

Ela fez que não com a cabeça.

— Então não quer que eu procure uma casa para ele agora? Não vamos morar em Oxfordshire? Vamos morar em Kent?

— Ele não diz — explicou William gentilmente, julgando uma vergonha que ela tivesse de perguntar a um amigo onde seria sua casa.

Era óbvio que a briga pública com o marido a ferira profundamente, ele a vira encolher-se envergonhada dentro de si mesma. Nas últimas semanas, tornara-se muito devota, e na opinião de William Hyde a Igreja era um conforto para as mulheres, sobretudo quando vítimas de circunstâncias infelizes sobre as quais não tinham controle. Podia-se contar com um bom sacerdote como o padre Wilson para pregar resignação; e William Hyde acreditava, como outros homens de sua idade, que a resignação era uma grande virtude numa esposa. Ele viu-a levar a mão ao peito.

— Sente dor, lady Dudley? — perguntou. — Vejo-a sempre pôr a mão no coração. Não é melhor ver um médico antes de partir?

— Não — disse ela, com um rápido e triste sorriso. — Não é nada. Quando meu lorde diz que devo partir?

— Em três dias. Vocês vão primeiro para Cumnor Place visitar os Forster, e depois para a casa de seu amigo, o Sr. Hayes, em Chislehurst. Ficaremos tristes sem a sua companhia. Mas espero que volte logo para nós. Você é como da família agora, lady Dudley. É sempre um prazer tê-la aqui.

Para seu desconforto, os olhos dela se encheram de lágrimas e ele quis sair apressado, temendo uma cena.

Mas ela apenas sorriu-lhe e disse.

— Vocês são muito bondosos. Eu sempre gostei de vir para cá, sua casa parece um lar para mim agora.

— Tenho certeza de que voltará logo para nós — disse ele, animado.

— Talvez vão me visitar. Talvez eu vá morar em Knole — disse ela. — Talvez Robert pretenda que seja minha nova casa.

— Talvez — ele concordou.

Laetitia Knollys postou-se diante da grande escrivaninha de William Cecil, nos aposentos dele em Hampton Court, as mãos cruzadas atrás, a expressão séria.

— Blanche Parry disse à rainha que ela estava brincando com fogo e ia pôr a casa toda em chamas e conosco dentro — informou.

Cecil ergueu os olhos.

— E a rainha?

— Disse que não tinha feito nada de errado, que ninguém podia provar nada.

— E a Sra. Parry?

— Disse que bastava olhar os dois para saber que eram amantes. — Um tremor de risada coloriu seu tom solene. — Ela disse que eles eram quentes como castanhas numa pá.

Cecil olhou-a com um ar carrancudo.

— E a rainha?

Expulsou Blanche dos aposentos dela e mandou-a só voltar depois que houvesse lavado a maledicência da boca, senão ia ver a língua cortada por difamação.

— Mais alguma coisa?

Ela fez que não com a cabeça.

— Não, senhor. Blanche chorou e disse que estava mortificada; mas imagino que isso não é importante.

— A rainha dorme sempre com uma companhia, um guarda na porta?

— Sim, senhor.

— Então não podia haver verdade alguma nessa maledicência vil.

— Não, senhor — repetiu Laetitia como uma aluna de pouca idade. — A não ser que...

— A não ser que o quê?

— A não ser que exista uma passagem atrás do revestimento de madeira, para que a rainha saia sem ser vista da cama quando sua companhia adormece e atravesse uma porta secreta até Sir Robert, como dizem que o pai dela, o rei, fazia quando queria visitar uma mulher.

— Mas essa passagem não existe — disse Cecil, categórico.

— A não ser que seja possível que um homem possa se deitar com uma mulher nas horas do dia e se eles não precisarem de uma cama. Se puderem fazer isso embaixo de uma árvore, ou num canto secreto, ou junto a um muro às pressas. — Os olhos escuros dela transbordavam de travessura.

— Tudo isso pode ser verdade, mas duvido que seu pai ia ficar satisfeito de saber quais são seus pensamentos — disse Cecil, severo. — É preciso lembrar-lhe que guarde tal especulação para si mesma.

Ela olhou-o com os olhos brilhando.

— Sim, senhor, claro, senhor — ela prometeu, com recato.

— Pode ir agora. — "Bom Deus, se essa rapariga diz isso na minha cara, que deve andar dizendo nas minhas costas?"

Sir Robert curvava-se para sussurrar alguma coisa no ouvido da rainha sentada, quando Cecil entrou na sala de audiências, e a rainha erguia os olhos a sorrir-lhe. O desejo entre os dois foi tão forte por um momento que Cecil achou que quase o via, depois balançou a cabeça contra tal absurdo e avançou para fazer sua mesura.

— Oh, más notícias, não, Cecil, por favor! — exclamou Elizabeth.

Ele tentou sorrir.

— Nem uma palavra. Mas posso dar uma volta com você por um momento?

Ela levantou-se do assento.

— Não vá embora — disse ela baixinho a Robert.

— Talvez eu vá aos estábulos.

Ela estendeu voando a mão e tocou a manga dele.

— Espere por mim, só vou sair por um instante.

— Talvez — disse ele, provocando-a.

— Espere, senão mandarei decapitá-lo — ela o ameaçou num sussurro.

— Com certeza eu me deitaria para você e diria quando estivesse pronto.

Com a onda de risada chocada dela, a corte olhou em volta e viu Cecil, antes seu maior amigo e único conselheiro, à espera, paciente, enquanto a rainha se separava a duras penas de Sir Robert, as faces ruborizadas.

Cecil ofereceu-lhe o braço.

— De que se trata? — ela perguntou, não muito amável.

Ele esperou até os dois saírem da sala de audiências para o comprido salão da galeria. Membros da corte também aguardavam ali, e alguns deixaram a sala de audiências para ver Cecil e a rainha, e esperar sua vez de atrair a atenção dela agora que alguém, afinal, separara-a de Dudley.

— Eu soube de Paris que os franceses vão mandar reforços para ajudar a rainha regente na Escócia.

— Ora, nós sabíamos que eles iam mandar — disse ela, indiferente. — Mas algumas pessoas acham que os escoceses não vão manter o cerco por muito tempo, de qualquer modo. Eles nunca levam suprimentos para mais de 15 dias, vão simplesmente desistir e ir embora.

"Assim diz Sir Robert, não é?", disse Cecil baixinho a si mesmo.

— Melhor faríamos rezar para que não mantenham — disse ele, com certa aspereza. — Pois aqueles lordes escoceses são a nossa primeira linha de defesa contra os franceses. E a notícia que tenho é que os franceses estão enviando homens para a Escócia.

— Quantos? — ela perguntou.

— Mil piquetes e mil arcabuzeiros. Dois mil homens ao todo.

Ele quisera chocá-la mas achou que fora longe demais. Ela ficou muito pálida e pôs a mão na base das costas para firmá-la.

— Cecil, isso é mais do que eles precisam para derrotar os escoceses.

— Eu sei. Isso é a primeira onda de uma força invasora.

— Eles pretendem vir. — Ela falou em pouco mais que um sussurro. — Pretendem realmente invadir a Inglaterra.

— Tenho certeza de que virão.

— Que podemos fazer? — Ela ergueu-lhe os olhos, certa de que ele teria um plano.

— Precisamos enviar Sir Ralph Sadler a Berwick sem demora para fazer um acordo com os lordes escoceses.

— Sir Ralph?

— Claro. Ele serviu lealmente a seu pai na Escócia e conhece pelo nome metade dos lordes escoceses. Precisamos enviá-lo com um cofre de guerra. E ele precisa inspecionar as defesas de fronteira e fortalecê-las para manter os franceses fora da Inglaterra.

— Sim — ela apressou-se a concordar. — Sim.

— Posso pôr isso em andamento?

— Sim. Onde está Arran?

Ele olhou-a com um ar sinistro.

— A caminho, meu homem está trazendo-o.

— A não ser que tenha voltado para Genebra — disse ela, desanimada. — Achando as desvantagens grandes demais contra ele.

— Ele está a caminho — disse Cecil, sabendo que seu melhor homem fora enviado a Genebra com ordens de trazer Arran para Londres, quer gostasse ou não.

— Temos de fazer os espanhóis prometerem nos apoiar. Os franceses temem a Espanha. Se os tivéssemos como aliados ficaríamos mais seguros.

— Se puder fazer isso.

— Eu vou fazer — ela prometeu-lhe. — Vou prometer-lhes qualquer coisa.

William Hyde aproveitou um momento para ver a irmã Lizzie, que se achava às voltas com a arrumação das malas para deixar sua casa.

— Ela não tem mesmo nenhuma ideia do que as pessoas andam dizendo sobre Sir Robert e a rainha?

— Ela fala com tão poucas pessoas que talvez não tenha sabido de nada, e de qualquer modo, quem teria a coragem de dizer-lhe uma coisa dessas?

— Uma amiga — ele sugeriu. — Uma amiga de verdade. Para prepará-la.

— Como alguém poderia prepará-la? — Ela virou-se para ele. — Ninguém sabe o que vai acontecer. Nada parecido com isso aconteceu antes. Eu não estou preparada, nem você, como sua mulher pode estar? Como alguém pode preparar alguém quando nada semelhante a isso aconteceu antes? Que país já teve uma rainha que age como uma prostituta com um homem casado? Quem pode saber o que vai acontecer em seguida?

— Em nome de Deus, princesa, eu preciso falar com você — disse Kat Ashley desesperada no aposento privado de Elizabeth, no palácio de Hampton Court.

— Do que se trata?

Sentada diante do espelho da penteadeira, Elizabeth sorria para seu reflexo enquanto penteavam seus cabelos com escovas macias de cabo de marfim depois os esfregavam com seda vermelha.

— Vossa Graça, todo mundo anda falando da senhora e Sir Robert, e as coisas que dizem são vergonhosas. Coisas que não deviam ser ditas de nenhuma jovem se quisesse fazer um bom casamento, coisas que jamais deviam ser sonhadas em associação com a rainha da Inglaterra.

Para surpresa dela, Elizabeth, que como princesa fora tão cuidadosa com sua reputação, virou o rosto para o outro lado de sua antiga governanta e disse, fazendo pouco caso.

— As pessoas sempre falam.

— Não coisas assim — insistiu Kat, pressionando-a. — É escandaloso. É horrível ouvir.

— E que dizem elas? Que não sou casta? Que Sir Robert e eu somos amantes?

Elizabeth desafiou-a a dizer o pior.

Kat inspirou fundo.

— Sim. E mais. Dizem que você engravidou dele e foi por isso que a corte partiu em excursão nesse verão. Dizem que o bebê nasceu e foi escondido com sua ama de leite até você se casar e tirá-lo de lá. Dizem que Sir Robert está tramando matar a mulher dele, assassiná-la, para se casar com você. Dizem que está enfeitiçada por ele, que perdeu o juízo, que não pensa em nada além de lascívia. Dizem que negligencia os negócios do reino para cavalgar com ele todos os dias. Dizem que ele é rei em tudo, menos no nome. Dizem que ele é seu amo.

Elizabeth ficou escarlate de raiva. Kat ajoelhou-se.

— Elas dizem coisas muito detalhadas sobre você se deitando com ele, coisas que qualquer um enrubesceria de ouvir. Vossa Graça, eu a amei como uma mãe e sabe o que sofri por você a seu serviço, e sofri alegremente. Mas nunca suportei uma ansiedade tão grande quanto a que sinto agora. Você vai se jogar fora de seu trono se não afastar Sir Robert.

— Afastá-lo! — Elizabeth levantou-se de um salto, espalhando escovas e pentes. — Por que diabos eu o afastaria?

As outras damas de companhia no aposento também se levantaram de um salto, dispersando-se do caminho dela, distribuindo-se junto à parede, cabis-baixas, esperando ficarem invisíveis, desesperadas para evitar o olhar furioso de Elizabeth.

— Porque ele será a sua morte! — Kat também se levantou, encarando sua jovem ama, desesperadamente séria. — Não pode conservar o trono e deixar as pessoas falarem de você como têm falado. Dizem que você não é nada melhor que uma prostituta, Vossa Graça. Deus me perdoe por eu ter de lhe dizer uma palavra dessas. Isso é pior que tudo que já aconteceu. Mesmo com lorde Seymour...

— Basta! — ela ordenou, irritada. — E deixe-me dizer-lhe uma coisa. Eu nunca tive um momento de segurança na vida, você sabe disso, Kat. Nunca tive um momento de alegria. Nunca tive um homem que me amasse, não um homem a quem eu admirasse. Em Sir Robert tive um grande amigo, o melhor homem que já conheci. Eu me sinto honrada pelo amor dele, nunca terei vergonha disso.

"E não existe vergonha nenhuma nisso. Sei que ele é um homem casado, dancei nas bodas dele, em nome de Deus. Durmo no meu quarto toda noite com guardas na porta e uma companhia em minha cama. Sabe disso tão bem quanto eu. Se eu fosse uma idiota e quisesse arranjar um amante — e não faço isso — seria impossível fazê-lo. Mas se quisesse, quem poderia me negar? Não você, Kat, nem o Conselho Privado, e muito menos os Comuns da Inglaterra. Se eu quisesse um amante, por que me deveria ser, como rainha da Inglaterra, negado o que para qualquer guardadora de gansos é só pedir?"

Elizabeth gritava sua justificativa, fora de si de tanta raiva. Kat Ashley, encostada na parede revestida de madeira, estava em choque:

— Elizabeth, minha princesa, Vossa Graça — ela sussurrou. — Eu só quero que tome cuidado.

Elizabeth deu meia-volta rodopiando e desabou mais uma vez no banco, atirou a escova de cabelo para Laetitia Knollys, lívida.

— Bem, eu não vou tomar.

Naquela noite, ela se esgueirou pela passagem secreta até o aposento contíguo de Robert. Ele a esperava, um fogo quente a arder na lareira, duas cadeiras estendidas na frente. Seu mordomo, Tamworth, pusera vinho e pasteizinhos na mesa para eles, antes de sair do quarto e ficar de guarda do lado de fora da porta.

Elizabeth, de camisola, deslizou para os braços de Robert e sentiu seus beijos ardentes nos cabelos.

— Tive de esperar uma eternidade — ela sussurrou. — Fui dormir com Laetitia, e ela falava, falava e não dormia.

Resolutamente, ele desviou a mente da imagem da refinada jovem e sua ama na cama juntas, penteando os cabelos cor de cobre uma da outra, as camisolas brancas abertas no pescoço.

— Temi que você não viesse.

— Sempre virei para você. Apesar do que todo mundo diz.

— Que é que todo mundo diz?

— Mais escândalo. — Ela descartou isso com um meneio da cabeça. — Não posso repetir. É muito vil.

Ele sentou-a na cadeira e deu-lhe um cálice de vinho.

— Não anseia por que fiquemos juntos abertamente? — perguntou em voz baixa. — Quero poder dizer a todo mundo o quanto a adoro. Quero poder defendê-la. Quero que seja minha.

— Como isso seria possível?

— Se nos casássemos — ele sugeriu tranquilamente.

— Você é um homem casado — disse ela, tão baixo que nem o pequeno galgo sentado a seus pés ouviria.

Mas Robert ouviu, viu a forma que os lábios dela assumiram, nunca despregava os olhos de sua boca.

— Seu pai era um homem casado quando conheceu sua mãe. E quando a conheceu, a mulher que ele tinha de ter, a mulher que ele sabia ser o grande amor de sua vida, largou a primeira.

— O primeiro casamento dele não era válido — ela respondeu no mesmo instante.

— Nem o meu. Eu já disse, Elizabeth, meu amor por Amy Robsart morreu, como o dela por mim, e ela não significa nada para mim. Vive separada de mim agora, e tem vivido há anos, por escolha dela. Sou livre para amar você. Você pode me libertar, e então verá o que seremos um para o outro.

— Libertar você? — ela sussurrou.

— Você tem o poder. É a chefe da Igreja. Pode me conceder um divórcio.

Ela arquejou.

— Eu?

Robert sorriu.

— Quem mais?

Via o cérebro dela trabalhando furiosamente.

— Você vem planejando isso?

— Como poderia planejar uma coisa dessas? Como poderia sonhar que isso aconteceria conosco? O Parlamento tornou-a governadora suprema e lhe deu os poderes do papa sem uma palavra minha. Agora você tem o poder para anular meu casamento, os Comuns da Inglaterra lhe deram esse poder, Elizabeth. Você pode me libertar, como seu pai libertou a si mesmo. Pode me libertar para eu ser seu marido. Podemos nos casar.

Ela fechou os olhos para que ele não visse o redemoinho de pensamentos em sua cabeça, a imediata rejeição assustada.

— Beije-me — disse ela, devaneando. — Oh, beije-me, meu amor.

Thomas Blount estava nos aposentos privados de Robert, em cima dos estábulos, na manhã seguinte, encostado na porta, limpando as unhas da mão com uma faca afiada, quando a porta do outro lado se abriu e Dudley entrou, vindo de uma cavalgada, um maço de notas de ferreiros na mão.

— Thomas?

— Meu lorde.

— Notícias?

— O conde de Arran, James Hamilton, chegou e está escondido.

— Arran? — Dudley ficou genuinamente chocado. — Aqui?

— Chegou a Londres três noites atrás. Está alojado em alguns aposentos privados em Demtford.

— Bom Deus! Isso foi feito à surdina. Quem o trouxe? Quem paga as contas dele?

— Cecil, pela própria rainha.

— Ela sabe que ele está aqui?

— Ela mandou que ele viesse. Está aqui a convite e requisição dela.

Dudley praguejou brevemente e voltou-se para a janela que dava para as hortas que se estendiam até o rio.

— Se não é um maldito perseguidor de oportunidades, é outro. Para que finalidade? Sabe?

— Meu informante, que conhece a criada da casa onde o nobre cavalheiro está hospedado, diz que ele vai se encontrar com a rainha em particular, para ver se fazem um acordo, e depois, quando decidirem os termos, vão ficar noivos e ele vai marchar para a Escócia a fim de reivindicar seu trono. Quando for o rei da Escócia, voltará em triunfo para se casar com ela, unindo os dois reinos.

Por um momento, Dudley ficou tão chocado que não pôde falar.

— Tem certeza de que é esse o plano? Poderia ter-se enganado? Poderia ser plano de Cecil e a rainha talvez não saber de nada.

— Talvez. Mas meu homem tem certeza disso, e a criada parecia achar que entendera tudo certo. Ela é prostituta, além de criada, e o nobre ficou se vangloriando para ela quando estava bêbado. Ela tem certeza de que a rainha consentiu.

Dudley atirou-lhe um saquinho de moedas que retirara de uma gaveta na escrivaninha.

— Vigie-o como se vigiasse seu próprio bebê — ordenou, sucinto. — Quero que me diga quando ele vai ver a rainha. Quero saber de cada detalhe, cada palavra, cada sussurro, cada rangido do assoalho de madeira.

— Ele já a viu — disse Blount com uma careta. — Veio aqui sob um manto de escuridão na noite passada e ela o recebeu ontem à noite mesmo, após o jantar, depois que se retirou para a cama.

Dudley tinha uma lembrança muito vívida da noite anterior. Ajoelhara-se aos pés descalços dela e os cabelos dela caíram no rosto dele quando ela se inclinou para ele, abraçando-o. Esfregara o rosto nos seios e na barriga dela, quentes e cheirando a suor sob a camisola.

— Ontem à noite?

— É o que dizem.

Thomas Blount achou que nunca vira o patrão tão sinistro.

— E não sabemos nada do que foi dito?

— Só tive conhecimento esta manhã. Sinto muito, meu lorde. Os homens de Cecil o mantiveram muito bem escondido.

— É — disse Dudley, brusco. — Ele é o mestre das sombras. Bem, vigie Arran de agora em diante, e me mantenha informado.

Sabia que devia dominar o temperamento e morder a língua, mas o orgulho exaltado e a raiva ainda mais descontrolada o venceram. Abriu a porta de supetão, deixando os papéis voarem da escrivaninha, saiu desembestado do quarto e desceu a escada em caracol privativa que leva até o jardim, onde a corte assistia a uma partida de tênis. A rainha sentava-se em sua cadeira ao lado da corte, sob um toldo dourado, as damas de honra em volta, vendo dois jogadores disputarem o prêmio: uma bolsinha de moedas de ouro.

Robert fez uma mesura, ela sorriu-lhe e fez-lhe um gesto para que se sentasse ao seu lado.

— Preciso ver você a sós — disse ele bruscamente.

Ela virou rápido a cabeça, absorveu a linha branca em volta dos lábios comprimidos dele.

— Amor, que foi que houve?

— Recebi uma notícia hoje que me transtornou. — Mal podia falar, estava furioso demais. — Acabei de saber. Preciso lhe perguntar se é verdade.

Apaixonada demais, Elizabeth não lhe disse para esperar o fim do torneio, embora faltassem poucos *games* a serem jogados. Levantou-se e toda a corte também se levantou, os homens na quadra deixaram a bola ricochetear do teto e sair do jogo. Tudo foi suspenso, à espera da rainha.

— Sir Robert quer falar comigo em particular. Vamos dar uma volta a sós em meu jardim privado. O resto de vocês pode ficar aqui e ver o torneio terminar e... — Ela olhou em volta. — Catarina entregará o prêmio em meu lugar.

Catarina Knollys sorriu pela honra, e fez uma reverência. Elizabeth afastou-se da corte e virou para seu jardim privado. Os guardas no portão de madeira assentado no muro de pedra cinza saltaram em posição de sentido e abriram-no.

— Não deixem ninguém mais entrar — ordenou-lhes Elizabeth. — Sir Robert e eu queremos ficar a sós.

Os dois homens a saudaram e fecharam a porta atrás do casal. No jardim ensolarado vazio, Elizabeth virou-se para Robert.

— Bem, acho que fiz o suficiente para receber outro sermão de Kat sobre indiscrição. De que se trata? — Quando ela viu a expressão sombria dele, o sorriso desapareceu de seu rosto. — Ah, amor, não fique assim, está me assustando. Que foi que houve? Qual o problema?

— O conde de Arran — ele respondeu, o tom mordente. — Ele está em Londres?

Ela virou a cabeça de um lado para o outro, como se o olhar enfurecido dele fosse um raio de luz batendo nela. Ele a conhecia tão bem que quase via as rápidas negações voando pela cabeça dela.

— Sim — ela respondeu, de má vontade. — Ele está em Londres.

— E você se encontrou com ele ontem à noite?

— Sim.

— Ele a procurou em segredo, você se encontrou com ele a sós?

Ela fez que sim com a cabeça.

— Em seu quarto de dormir?

— Apenas no meu gabinete privado. Mas, Robert...

— Você passou a primeira parte da noite com ele e depois foi ter comigo. Tudo que me contou sobre ter de esperar Laetitia Knollys adormecer: tudo era mentira. Você esteve com ele.

— Robert, se está pensando...

— Não estou pensando em nada — disse ele, categórico. — Não suporto o que poderia pensar. Primeiro Pickering, quando dou as costas, e agora Arran, quando somos amantes, amantes declarados...

Ela afundou num banco circular em volta do tronco de um carvalho. Robert apoiou uma bota no assento ao lado dela para dominá-la de cima. Suplicante, ela ergueu os olhos para ele.

— Será necessário que eu conte a verdade?

— Sim. Mas me conte tudo, Elizabeth. Não tolero que brinquem comigo como um idiota.

Ela tomou fôlego.

— É um segredo.

Ele rangeu os dentes.

— Perante Deus, Elizabeth, se você declarou que vai se casar com ele, jamais me verá de novo.

— Eu não fiz isso! Eu não fiz isso! — ela protestou. — Como poderia? Você sabe o que é para mim! O que somos um para o outro!

— Eu sei o que sinto quando a tenho em meus braços, a beijo e mordo seu pescoço — disse ele, ressentido. — Não sei o que você sente quando se encontra com outro homem apenas momentos antes de vir para mim, com um monte de mentiras na boca.

— Eu sinto que vou enlouquecer! — ela gritou com ele. — É isso o que sinto! Sinto que estou sendo dilacerada! Como se você estivesse me enlouquecendo, sinto que não suporto mais um momento sequer disso.

Robert recuou.

— Como?

Ela levantara-se, colocando-se em posição diante dele como um lutador.

— Tenho de jogar a mim mesma como uma peça num tabuleiro de xadrez — ela ofegou. — Sou meu próprio peão. Tenho de manter os espanhóis do nosso lado, tenho de intimidar os franceses, tenho de convencer Arran a ir para e Escócia e reivindicar seu próprio trono, e não tenho nada a levar comigo para suportar qualquer um desses além de meu próprio peso. Só posso prometer a qualquer um deles eu mesma. E... e... e...

— E o quê?

— Não sou dona de mim!

Ele foi silenciado.

— Não é?

Elizabeth exalou um sopro soluçante.

— Eu sou sua, de coração e alma. Deus sabe, pois Deus é minha testemunha, eu sou sua, Robert...

Ele estendeu os braços para ela, pôs-se a puxá-la para junto de si.

— Mas...

Ele hesitou.

— Mas o quê?

— Eu tenho de jogar com eles, Robert — ela continuou. — Tenho de fazê-los acharem que vou me casar. Tenho de parecer que vou aceitar o arquiduque Ferdinando, tenho de dar esperança a Arran.

— E que acha que acontece comigo? — ele perguntou.

— Você?

— É. Quando dizem que passa horas com Pickering, quando a corte fervilha com a notícia de que vai se casar com o arquiduque.

— Que acontece com você? — Ela ficou genuinamente perplexa.

— Aí meus inimigos se juntam contra mim. Seu parente Norfolk, seu conselheiro Cecil, Francis Bacon, o irmão dele, Nicholas, Catarina Knollys, Arundel, eles caçam em bando como perdigueiros à espera de abater um veado. Quando você me der as costas, saberão que chegou a hora deles. Eles vão levantar incriminações contra mim, me derrubar, me acusar. Você me elevou tão alto, Elizabeth, que sou invejado agora. Na hora em que você anunciar seu noivado com outro homem, é a hora em que vou ser arruinado.

Ela ficou horrorizada.

— Eu não sabia. Você não me disse.

— Por que deveria dizer? — ele cobrou. — Não sou nenhuma criança para correr chorando para minha babá porque outras crianças me ameaçam. Mas é verdade. No momento em que souberem que você me deu as costas por outro homem, estou arruinado ou pior.

— Pior?

— Morto — disse ele, brusco. — Todo dia espero ser arrastado para um beco escuro e esfaqueado.

Ela ergueu os olhos, ainda agarrada às mãos dele.

— Meu amor, você sabe que eu faria qualquer coisa para deixar você a salvo e mantê-lo seguro.

— Você não pode me manter seguro, a não ser que declare seu amor por mim. Elizabeth, você sabe que eu faria qualquer coisa para amá-la e protegê-la. Casamento, um filho e um herdeiro nos deixarão mais seguros que qualquer outro meio, e estarei a seu lado para sempre. Não precisa mais jogar a si mesma como um peão. Pode ser você mesma, seu querido e adorável eu, e não ser de ninguém além de mim.

Elizabeth desenlaçou as mãos dele e virou-se.

— Robert, eu sinto muito medo. Se os franceses entrarem na Inglaterra pela Escócia, marcharão pelos reinos do Norte como amigos bem-vindos. Onde posso detê-los? Quem pode deter o exército francês? Mary perdeu Calais e eles ainda amaldiçoam seu nome. Que dirão de mim se eu perder Berwick? Ou Newcastle? Ou York? E se eu perder a própria Londres?

— Não vai perder — ele exortou-a. — Case-se comigo que levarei um exército ao Norte para você. Já combati os franceses antes. Não os temo. Serei o homem para lutar por você, meu amor. Não precisa pedir ajuda de outros, eu sou seu, coração e alma. Só precisa confiar em mim.

O capuz dela caíra para trás, ela pegou as grossas tranças de cabelos nas têmporas com os punhos fechados e puxou-as, como se esperasse que a dor lhe acalmasse os pensamentos. Deu um soluço estremecido.

— Robert, eu sinto tanto medo, e não sei o que fazer. Cecil diz uma coisa, Norfolk diz outra; e o conde de Arran não passa de um menino bonito! Eu tinha esperanças nele até conhecê-lo ontem à noite; mas é uma criança vestida de soldado. Ele não vai me salvar, e preciso encontrar um exército, e uma fortuna, e um homem para lutar pela Inglaterra, e não sei como fazer isso, ou em quem confiar.

— Em mim — disse Robert instantaneamente. Intempestivo, puxou-a para seus braços, dominando os protestos dela com seu peso e sua força. — Confie em mim. Declare seu amor por mim, case-se comigo, e vamos combater isso juntos. Eu sou seu paladino, Elizabeth. Sou seu amante. Sou seu marido. Você não pode confiar em ninguém além de mim, e juro que a manterei segura.

Ela lutava no abraço dele, libertou o rosto, ele só ouviu a palavra:

— Inglaterra?

— Eu manterei a Inglaterra a salvo para você, para mim e para nosso filho — ele jurou. — Posso fazer isso por ele e farei por você.

Amy, mais uma vez na estrada para Chislehurst, após uma breve visita aos amigos de Robert, os Forster no palácio de Cumnor, guardava o rosário no bolso, e toda vez que tinha um pensamento de ciúme punha a mão nas contas e rezava uma "Salve Rainha". Lizzie Oddingsell, vendo a companheira cavalgar tranquilamente pelos campos secos de agosto em fins de um verão inclemente, perguntava-se sobre a mudança nela. Era como se, sob o fardo de terrível incerteza, houvesse amadurecido de uma criança petulante para uma mulher feita.

— Você está bem, Amy? — perguntou. — Não está cansada demais? Não está achando quente demais?

Instintivamente, Amy levou a mão ao coração.

— Eu estou bem — respondeu.

— Sente dor no peito? — perguntou Lizzie.

— Não. Não há nada de errado comigo.

— Se sentir qualquer coisa, podemos entrar em Londres no caminho e ver o médico de seu lorde.

— Não! — apressou-se a dizer Amy. — Não quero ir a Londres sem convite de meu lorde. Ele disse que devíamos ir para Chislehurst, não há necessidade alguma de irmos por Londres.

— Eu não quis dizer que devíamos ir à corte.

Amy enrubesceu ligeiramente.

— Sei que não quis, Lizzie — disse. — Perdoe-me. Só que... — Interrompeu-se. — Creio que há muito falatório no campo sobre Robert e a rainha. Não quero que ele pense que eu vim a Londres espioná-lo. Não quero parecer uma esposa ciumenta.

— Ninguém jamais poderia achar isso — disse Lizzie, afetuosa. — Você é a esposa de mais doce coração e compreensiva que um homem podia desejar.

Amy virou a cabeça para o outro lado.

— Certamente eu o amo — disse ela, a voz bem miúda. Cavalgaram por mais alguns minutos. — E tem ouvido muitos mexericos, Lizzie? — perguntou, bem tranquila.

— Há sempre mexericos sobre um homem como Sir Robert — disse Lizzie, resoluta. — Quisera eu ganhar um xelim por cada rumor infundado que ouvi sobre ele. Seria uma mulher rica agora. Você lembra o que disseram dele quando estava com o rei Felipe nos Países Baixos? E como você ficou perturbada quando ele voltou para casa com aquela viúva francesa de Calais? Mas tudo aquilo não significou nada, e nada resultou.

A mão de Amy procurou as frias contas do rosário no bolso.

— Mas ouviu algum rumor dele com a rainha? — Amy pressionou a amiga.

— Minha cunhada contou que sua prima em Londres tinha dito que a rainha favorece Sir Robert acima de qualquer outro, mas não tem nada aí que já não soubéssemos — respondeu Lizzie. — Eles foram amigos na infância, ele é estribeiro-mor dela. Claro que são amigos íntimos.

— Ela deve estar se divertindo — disse Amy, ressentida. — Sabe que ele é casado, sabe que tem de se casar com o arquiduque, está simplesmente aproveitando o verão na companhia dele.

— Leviana — disse Lizzie, examinando o rosto de Amy. — Ela é uma jovem leviana. Circularam muitos rumores sobre *ela* na meninice. Se quiser pensar em escândalos... Elizabeth estava envolvida neles!

Oculta pela tampa do bolso, Amy enrolou o rosário em volta dos dedos.

— Não cabe a nós julgarmos — lembrou a si mesma. — É meu dever permanecer leal ao meu marido e esperar sua volta ao lar.

— Melhor ela faria cuidando dos assuntos de Estado — ofereceu espontaneamente Lizzie Oddingsell. — Dizem que deve haver uma guerra com os franceses e estamos muito despreparados. Era melhor que ela se casasse com um bom homem que governasse o reino com segurança para todos nós. A irmã se casou assim que chegou ao trono, e escolheu um homem que trouxe seu próprio exército.

— Não cabe a mim julgar — repetiu Amy, segurando as contas. — Mas que Deus a guie de volta ao caminho certo.

Outono de 1559

A corte, recém-chegada em setembro, numa das casas favoritas de Elizabeth, o castelo de Windsor, deu início aos preparativos para as comemorações de seu aniversário. Robert planejou um dia de festividades com a rainha despertada por cantores de coro, uma caça coreografada em que os caçadores iam fazer pausas para cantar-lhe louvores, ninfas pastorais iam dançar e um veado domesticado com uma guirlanda em volta do pescoço encabeçaria o séquito, conduzindo a rainha para uma refeição servida na mata verde. Naquela noite, haveria um grande banquete, com dança, música e um quadro vivo representando as Graças, com deusas acompanhantes e Diana, simbolizando a caçadora Elizabeth e levando a coroa.

As damas de companhia iam dançar como deusas e as de honra mais jovens iam ser as Graças.

— Qual das Graças sou eu? — perguntou Laetitia Knollys a Robert, enquanto ele distribuía papéis num canto tranquilo da sala de audiências da rainha.

— Se houvesse uma Graça chamada Impontualidade, você poderia ser ela — ele recomendou. — Ou se houvesse uma Graça chamada Flerte, também poderia.

Ela disparou-lhe um olhar que era puro Bolena: promissor, provocativo, irresistível.

— Eu? O senhor *me* chamou de namoradeira? Ora, mas que verdadeiro elogio.

— Eu pretendia que fosse um insulto — disse ele, beliscando-lhe o queixo.

— Vindo de tão grande mestre no ofício, é um grande cumprimento.

Ele deu-lhe um tapa de leve no nariz, como se reprovasse um gatinho.

— Você vai ser a Castidade — disse. — Não pude resistir.

Ela arregalou os olhos escuros, oblíquos, para ele.

— Sir Robert! — fez um biquinho. — Não sei o que fiz para o ofender tanto. Primeiro me chama de impontual, depois de namoradeira, e agora diz que não pôde resistir a me dar o papel da Castidade. Eu aborreci o senhor?

— De jeito nenhum. Você delicia meu olhar.

— Perturbei o senhor?

Robert deu-lhe uma piscadela. Tinha certeza de que não ia dizer a essa jovem que às vezes achava difícil desviar o olhar dela quando dançava, que assim que dançava com ela e o movimento a punha em seus braços ele sentia um golpe instantâneo, irresistível de desejo, mais forte do que já sentira antes na vida por um toque tão leve.

— Como poderia uma tolinha como você perturbar um homem como eu?

Ela ergueu as sobrancelhas.

— Eu imagino uma dezena de maneiras. O senhor, não? Mas a questão não é como eu faria; mas se eu faço?

— De jeito nenhum, Srta. Despudorada.

— Castidade, por favor. E que vou vestir? — ela perguntou.

— Alguma coisa temerosamente não recatada — ele prometeu-lhe. — Você vai adorar. Mas precisa mostrar à sua mãe para ver se ela aprova. O guarda-roupa da rainha confeccionou para você. É muito indecente.

— Será que não posso ir mostrá-la ao senhor? — ela perguntou, provocativa. — Poderia ir aos seus aposentos antes do jantar.

Robert olhou em volta. A rainha se retirara do jardim e se achava num vão de janela, afastada dos demais, em íntima conversa com William Cecil. O rapaz escolhido para ser marido de Laetitia encostava-se no muro, os braços cruzados, parecendo inteiramente carrancudo. Robert julgou por bem pôr um fim naquela conversa tentadora.

— Com toda a certeza, não irá aos meus aposentos — disse ele. — Vai tentar se comportar como uma dama. Podia ser delicada com o coitado do Devereux, seu infeliz noivo, enquanto vou falar com a sua ama.

— Sua ama — disse ela, impertinente.

Robert hesitou e olhou-a circunspecto.

— Não exagere, Srta. Knollys — repreendeu-a em voz baixa. — Você é encantadora, claro, seu pai é um homem poderoso e sua mãe adorada pela rainha, mas nem eles podem salvá-la se descobrirem que está disseminando escândalo.

Ela hesitou, uma resposta atrevida na ponta da língua; mas então, ao ver a inflexibilidade do olhar dele e a firmeza de sua expressão, baixou os olhos para as pontas das botas.

— Perdão, Sir Robert, eu só falei de brincadeira.

— Muito bem, então — disse ele, e afastou-se dela, sentindo o absurdo de que, embora ela não tivesse razão e houvesse se desculpado, ele fora um chato pomposo.

Elizabeth, no vão da janela, falava em voz baixa com Cecil tão absorta que não esquadrinhava a sala à procura de Robert.

— E ele partiu em segurança?

— Partiu, levando o acordo consigo.

— Mas nada por escrito.

— Vossa Graça, nem pense em negar sua palavra. Disse que se ele tentasse o trono escocês e fosse bem-sucedido, você se casaria com ele.

— Eu sei que disse — ela concordou friamente. — Mas se ele morresse na tentativa eu não ia querer que se encontrasse uma carta dessas com ele.

"Bem", pensou Cecil, "meu sonho de que ela se encantasse com ele, belo rapaz que é, pode ser esquecido, se ela o imagina morrendo em sua causa e só se preocupa com o fato de ele portar documentos incriminadores."

— Não há nada por escrito, mas você deu sua palavra, ele a dele, e eu a minha — lembrou Cecil. — Prometeu casar-se se ele conquistar a Escócia dos franceses.

— Oh, sim — disse ela, arregalando muito os olhos escuros. — Sim, de fato.

Ela ia afastar-se dele, mas Cecil se manteve firme.

— Tem mais uma coisa, Vossa Graça.

Ela hesitou.

— Sim?

— Tenho informação de um possível atentado contra sua vida.

Ela ficou logo alerta. Ele viu seu rosto estremecer de medo.

— Um novo complô?

— Temo que sim.

— Os homens do papa?

— Desta vez, não.

Ela sorveu um hausto entrecortado.

— Quantos homens mais virão atrás de mim? É pior do que com Mary, e ela era detestada por todos.

Ele não tinha nada a dizer; era verdade. Mary fora odiada; mas nenhum monarca fora mais ameaçado do que esta. O poder de Elizabeth estava em sua pessoa, e muitos homens achavam que se ela morresse o país podia ser restaurado.

Ela virou-se para ele.

— De qualquer modo, você capturou os homens que planejaram isso?

— Eu tenho apenas um informante. Espero que ele me leve adiante. Mas trago isso à sua atenção nesse estágio porque não apenas você foi ameaçada por esse complô.

Ela virou-se, curiosa.

— Quem mais?

— Sir Robert Dudley.

O rosto dela empalideceu.

— Espírito, não!

"Bom Deus, ela o ama tanto assim?", exclamou Cecil para si mesmo. "Recebe a ameaça contra si mesma como uma questão de preocupação; mas quando o cito como uma vítima, faz a gente achar que sentiu terror mortal."

— Na verdade, sim. Lamento.

Os olhos de Elizabeth dilataram-se.

— Espírito, quem iria feri-lo?

Cecil quase sentia os próprios pensamentos encaixando-se a estalarem, enquanto uma estratégia se formava em sua mente.

— Uma palavra em particular?

— Ande comigo — ela se apressou a dizer. — Leve-me para longe de todos.

Pelo veludo da manga cortada, ele sentiu o calor da palma da mão dela. "Está suando de medo", pensou. "Isso foi além do que eu imaginara, chegou à própria loucura do amor proibido."

Afagou-lhe a mão, tentando firmar-se e ocultar os pensamentos que rodopiavam em sua mente. Os cortesãos se separaram diante de Cecil e da rainha, ele vislumbrou Francis Knollys com a esposa, a filha falando, recatada, com o jovem Walter Devereux, Mary Sidney, os irmãos Bacons conversando com o tio da rainha, o duque de Norfolk, alguns homens do séquito do embaixador espanhol, meia dúzia de frequentadores assíduos, dois comerciantes da capital com seus patrocinadores, nada fora do comum, nenhum rosto estranho, nenhum perigo.

Os dois chegaram à intimidade da galeria e afastaram-se dos demais, para ninguém ver a terrível agonia estampada no rosto dela.

— Cecil, quem sonharia em fazer mal a ele?

— Vossa Graça, vários. Ele nunca lhe disse que tem inimigos?

— Uma vez. Uma vez me disse que era cercado de inimigos. Eu achei... achei que queria dizer rivais.

— Ele não conhece a metade deles — disse Cecil, sinistro. — Os católicos o culpam pelas mudanças na Igreja. Os espanhóis acham que você o ama, e que se ele morresse você aceitaria o candidato deles em casamento. Os franceses o odeiam desde que lutou com Felipe em St. Quentin, os da Câmara dos Comuns da Inglaterra o culpam por desviá-la de seus deveres de rainha, e cada lorde do país, de Arundel a Norfolk, pagaria para vê-lo morto porque o invejam por seu amor, ou o culpam pelo terrível escândalo que tem gerado sobre você.

— Não pode ser tão ruim assim.

— Ele é o homem mais odiado na Inglaterra, e quanto mais você for vista sob a influência dele, maior o perigo que você corre. Eu passo dias e noites rastreando os indícios de complôs contra você; mas ele... — Cecil interrompeu-se e balançou a cabeça, pesaroso. — Não sei como mantê-lo a salvo.

Elizabeth, branca como o rufo de renda da gola, cutucara os dedos na manga dele.

— Precisamos mantê-lo protegido, Espírito. Precisamos pôr guardas perto dele, você tem de encontrar aqueles que fariam mal a ele e prendê-los, torturá-los, descobrir com quem formam conluio. Que nada o detenha, deve levar esses conspiradores para a Torre e torturá-los até que nos digam...

— Seu próprio tio! — ele exclamou. — Metade dos lordes da Inglaterra. O desprezo por Dudley é generalizado. Só você e meia dúzia de pessoas o toleram.

— Ele é amado — ela sussurrou.

— Só pelos parentes e por aqueles a quem paga — afirmou, altivo.

— Por você, não? — ela perguntou, encarando-o. — Você não o odeia, Espírito? Precisa ficar ao lado dele, mesmo que apenas por mim. Ele precisa ter sua amizade. Se você me ama, precisa amá-lo.

— Oh, eu estou ao lado dele — respondeu Cecil, cauteloso. "Pois não sou louco a ponto de deixar você ou ele pensar de outro modo."

Ela inspirou trêmula.

— Oh, meu Deus, precisamos mantê-lo em segurança. Eu não poderia viver se... Espírito, precisa protegê-lo. Como fazemos para deixá-lo a salvo?

— Só deixando-o declinar do seu favor — respondeu Cecil. "Cuidado", advertiu a si mesmo. "Cuidado e firmeza aqui." — Não pode se casar com ele, Princesa, ele é um homem casado e sua esposa é uma mulher virtuosa, agradável, bonita e de temperamento doce. Ele não pode ser mais que um amigo seu. Se quiser salvar a vida, tem de deixá-lo.

Ela pareceu inteiramente desfigurada.

— Deixá-lo?

— Mandá-lo para casa e a esposa, isso silenciará as bisbilhotices. Concentre-se na Escócia e no trabalho que temos de fazer para o país. Dance com outros homens, libere-o.

— Liberá-lo?

Contra a sua vontade, Cecil comoveu-se com a dor no rosto dela.

— Princesa, isso não vai a lugar nenhum — insistiu tranquilamente. — Ele é um homem casado, não pode abandonar a mulher sem motivo. Você não pode sancionar um divórcio para servir à sua própria luxúria. Ele jamais vai poder se casar com você. Talvez o ame; mas esse será sempre um amor desonroso. Vocês não podem ser marido e mulher, não podem ser amantes, você não pode sequer ser vista desejando-o. Se houver mais escândalo contra você, isso talvez lhe custe o trono, talvez custe até sua vida.

— Minha vida esteve por um fio desde que nasci! — Ela parou na retaguarda.

— Talvez custe a vida *dele* — apressou-se a mudar Cecil. — Favorecê-lo, aberta e generosamente, como faz, será a sentença de morte dele.

— Você o protegerá — ela insistiu, obstinada.

243

— Não posso protegê-lo de seus amigos e família — respondeu Cecil firmemente. — Só você pode fazer isso. Agora que já lhe contei, sabe o que deve fazer.

Elizabeth agarrou-lhe o braço.

— Não posso deixá-lo — disse ela, num gemido baixo. — Ele é o único... ele é meu único amor... não posso mandá-lo para casa ao encontro da mulher. Você deve ter um coração de pedra para sugerir isso. Não posso deixá-lo.

— Então assinará a sentença de morte dele — ele respondeu asperamente.

Sentiu um profundo tremor varrê-la de cima a baixo.

— Não me sinto bem — disse ela, baixinho. — Chame Kat.

Ele conduziu-a até o fim da galeria e despachou um pajem voando aos aposentos da rainha para chamar Kat Ashley. Ela chegou e deu uma olhada na palidez de Elizabeth e outra no rosto grave de Cecil.

— Que foi que houve?

— Oh, Kat — sussurrou Elizabeth. — O pior, o pior.

Kat Ashley avançou para protegê-la dos olhos da corte e levou-a às pressas para seus aposentos. A corte, fascinada, olhou para Cecil, que sorriu tranquilo para todos.

Chovia, as gotas cinzentas escorriam como um córrego pelas vidraças da janela chumbada do castelo de Windsor, tamborilando como lágrimas. Elizabeth mandara chamar Robert e ordenou que as damas de companhia se sentassem em volta do fogo, enquanto os dois conversavam no banco sob a janela. Quando Robert entrou no aposento num redemoinho de veludo vermelho, a rainha estava sozinha no banco sob a janela, como uma garota solitária sem amigas.

Ele aproximou-se de repente, fez uma mesura e sussurrou:

— Meu amor?

Ela tinha o rosto pálido, as pálpebras vermelhas e inchadas de chorar.

— Oh, Robert.

Ele deu um passo rápido para ela e então se deteve, lembrando que não devia agarrá-la em público.

— Qual o problema? — inquiriu. — A corte acha que você está doente, fiquei desesperado para vê-la.

Ela virou a cabeça para a janela e pôs a ponta do dedo no frio vidro verde.

— Ele me advertiu — disse ela, em voz baixa.

— Do quê?

— Um novo complô contra a minha vida.

Robert levou instintivamente a mão aonde devia estar a espada, mas ninguém portava armas nos aposentos da rainha.

— Meu amor, não tenha medo. Por mais malévolo que seja o complô, eu sempre protegerei você.

— Não era só contra mim — ela tomou a palavra. — Eu não ficaria doente de medo assim, só por uma conspiração contra mim.

— Então? — ele juntou as sobrancelhas.

— Eles querem matar você também — disse ela, sem alterar a voz. — Cecil diz que tenho de deixá-lo, por nossa segurança.

"Aquela maldita raposa velha e sonsa", amaldiçoou Robert por dentro. "Que brilhante jogada: usar o amor dela contra mim."

— Corremos perigo — ele reconheceu, calmamente. — Elizabeth, eu imploro, deixe-me afastar minha mulher e me casar com você. Assim que for minha mulher e tiver meu filho, todos os perigos desaparecerão.

Ela fez que não com a cabeça.

— Eles vão destruí-lo, como você me avisou. Robert, eu vou desistir de você.

— Não! — Ele falou alto demais em seu choque, a conversa junto à lareira silenciou e as mulheres se voltaram para olhá-lo. Robert chegou mais perto da rainha. — Não, Elizabeth. Não pode ser. Você não pode desistir de mim, não se me ama e eu a amo. Não quando estamos tão felizes. Não depois de tantos anos de esperar e esperar a felicidade!

Ela se impusera o mais rígido controle, ele viu-a morder o lábio para impedir que as lágrimas aflorassem em seus olhos.

— Eu tenho de fazer isso. Não torne tudo mais difícil para mim, meu amor, acho que meu coração vai se partir.

— Mas me dizer aqui! Em plena visão da corte!

— Oh, você acha que eu poderia lhe dizer em outro lugar? Não sou muito forte com você, Robert. Tenho de dizer aqui, onde você não pode me tocar, e preciso que me dê sua palavra de que não vai tentar mudar minha decisão. Você tem de desistir de mim e de seu sonho de se casar comigo. E eu deixar você, tenho de me casar com Arran se ele for vitorioso, ou com o arquiduque se não for.

Robert ergueu a cabeça, e teria discutido.

— É a única maneira de deter os franceses — ela disse apenas. — Arran ou o arquiduque. Precisamos de um aliado contra os franceses na Escócia.

— Você desistiria de mim por um reino — disse ele, ressentido.

— Por nada menos — ela respondeu firmemente. — E peço mais uma coisa de você.

— Oh, Elizabeth, você tem meu coração. Que posso lhe dar mais?

Os olhos dela encheram-se de lágrimas, e ela lhe estendeu a mão trêmula.

— Vai continuar meu amigo, Robert? Embora nunca mais sejamos amantes, embora eu tenha de casar com outro homem?

Devagar, alheio aos olhares das damas de companhia, ele tomou-lhe a mão fria na sua, curvou a cabeça e beijou-a. Depois se ajoelhou perante ela e ergueu as mãos juntas no tradicional gesto de vassalagem. Ela curvou-se para a frente e tomou-lhe as mãos em prece nas suas.

— Sou seu — disse ele. — Coração e alma. Sempre fui desde que é minha rainha, porém mais que isso: é a única mulher que já amei e a única mulher que amarei. Se me quiser para dançar com você em seu casamento, farei o melhor que puder. Se me mandar regressar dessa infelicidade, retornarei para a alegria com você em um segundo. Sou seu amigo para toda a vida, sou seu amante para sempre, sou seu marido diante de Deus. Basta que me ordene, Elizabeth, agora e sempre, sou seu até a morte.

Os dois tremiam, os olhos fixos nos do outro, como se nunca fossem conseguir separar-se. Foi Kat Ashley que teve a coragem de interrompê-los, após os longos minutos que haviam ficado com as mãos entrelaçadas e calados.

— Vossa Graça — disse ela amavelmente. — As pessoas vão falar.

Elizabeth mexeu-se e soltou Robert, e ele se levantou.

— Devia descansar, milady — disse Kat, tranquila. Olhou o rosto branco e chocado de Robert. — Ela não está bem. Isso é demais para ela. Deixe-a agora, Sir Robert.

— Que Deus lhe dê boa saúde e felicidade — disse ele, apaixonado, e ao gesto afirmativo da cabeça de Elizabeth, fez uma mesura e retirou-se da sala antes que ela visse o desespero em seu próprio rosto.

O pai do Sr. Hayes nascera arrendatário dos Dudleys, mas subira por meio do comércio de lã à posição de prefeito em Chislehurst. Enviara o filho para a escola, depois para estudar e se qualificar como advogado, e quando morreu, deixou ao jovem uma pequena fortuna. John Hayes continuou a ligação familiar com os Dudleys, orientando a mãe de Robert em seu apelo para recuperar o título e as propriedades, e à medida que Robert ascendia em poder e riqueza, dirigindo os vários ramos de negócio dele que cresciam cada vez mais firmemente em Londres e em todo o país.

Amy muitas vezes se hospedara com ele em Hayes Court, Chislehurst, e às vezes Robert juntava-se a ela ali para conversar sobre negócios, jogar com John Hayes, caçar em sua terra e planejar os investimentos deles.

O séquito de Dudley chegou à casa por volta do meio-dia, e Amy ficou feliz por se ver fora do sol de setembro, que continuava quente e forte.

— Lady Dudley. — John Hayes beijou-lhe a mão. — Que bom vê-la de novo. A Sra. Minchin vai levá-la ao seu quarto de sempre, achamos que preferia o do jardim?

— Prefiro, sim. Recebeu notícia de meu lorde?

— Só que ele promete a si mesmo o prazer de vê-la no decorrer da semana — informou John Hayes. — Não disse que dia, mas não esperamos isso, não é? — Sorriu-lhe.

Amy retribuiu o sorriso. "Não, pois ele não sabe que dia a rainha vai liberá-lo", falou a voz ciumenta em sua cabeça. Ela tocou o rosário no bolso com o dedo.

— Quando estiver livre para me ver, ficarei feliz em vê-lo — disse, virou-se e subiu para o andar de cima com a governanta.

A Sra. Oddingsell entrou na casa, empurrando para trás o capuz e sacudindo a poeira da saia. Trocou apertos de mão com John Hayes, eram velhos amigos.

— Ela parece bem — ele comentou, surpreso, indicando com a cabeça a direção do quarto de Amy. — Ouvi dizer que estava muito doente.

— Oh, é mesmo? — perguntou Lizzie, serena. — E onde ouviu isso?

Ele pensou por um momento.

— Dois lugares, eu acho. Alguém me disse na igreja noutro dia, e meu funcionário falou disso comigo em Londres.

— Disseram o que a adoecia?

— Uma dor no peito, disse meu funcionário. Uma pedra, ou um tumor, grande demais para cortar, disseram. Que Dudley talvez a largue, que ela aceitaria ir para um convento e anular o casamento, porque nunca conseguiu ter um filho dele.

Lizzie comprimiu a boca numa linha rígida.

— Isso é mentira — disse, em voz baixa. — Ora, quem você acha que teria interesse em espalhar tal mentira? Que a mulher de Dudley está doente e não pode ser curada?

Por um momento, ele olhou-a muito espantado.

— São águas profundas, Sra. Oddingsell. Ouvi dizer que isso foi longe demais...

— Soube que eles são amantes?

Ele olhou seu salão em volta como se em parte alguma fosse seguro falar da rainha e Robert Dudley, mesmo que não se mencionassem os nomes.

— Eu soube que ele tem planos de afastar a mulher e casar-se com a senhora de quem falamos, e que ela tem poder e desejo para fazer isso.

Ela fez que sim com a cabeça.

— Parece que todo mundo acha isso. Mas não há fundamentos, e nunca poderia haver.

Ele pensou por um momento.

— Se ela soubesse que se achava doente demais para ter filhos, ela mesma poderia afastar-se — ele sussurrou.

— Ou, se todo mundo pensasse que ela estava doente, ninguém ficaria surpreso se morresse — disse Lizzie, ainda mais baixo.

John Hayes exclamou em choque e persignou-se.

— Meu Deus! Sra. Oddingsell, a senhora deve estar louca para sugerir uma coisa dessas. Não creio que pense realmente isso! Ele nunca faria tal coisa, Sir Robert, não!

— Não sei o que pensar. Mas sei, sim, que em todo lugar em que cavalgamos, de Abingdon até aqui, ouviam-se mexericos sobre o lorde e a rainha, e uma crença que minha senhora está doente à beira da morte. Numa pousada, a senhoria chegou a me perguntar se precisávamos de um médico antes mesmo de desmontar. Todo mundo tem falado da doença dela e do caso amoroso de meu lorde. Por isso não sei o que pensar, a não ser que alguém anda muito ocupado.

— Não lorde Robert — ele afirmou lealmente. — Ele nunca faria mal a ela.

— Eu já não sei mais — ela repetiu.

— Então, se não é ele, quem espalharia um rumor desses e com que finalidade?

Ela olhou-o sem expressão.

— Quem iria preparar o país para seu divórcio e novo casamento? Só a mulher que quisesse se casar com ele, imagino.

Mary Sidney, sentada diante da lareira no aposento do irmão em Windsor, tinha aos seus pés um dos filhotes de perdigueiro dele a mordiscar sua bota de cavalgar. Espetava ociosamente a barriguinha rechonchuda com o outro pé.

— Deixe-o em paz, vai mimá-lo — ordenou Robert.

— Ele não me deixa em paz — ela respondeu. — Saia de cima de mim, seu monstro!

Deu-lhe mais uma espetada e o filhote contorceu-se maravilhado com a atenção.

— A gente jamais imaginaria que é de raça pura — observou Robert, assinando o nome numa carta e largando-a ao lado. Depois foi até a lareira, puxou um tamborete para o outro lado. — Ele tem gostos tão inferiores.

— Eu já tive filhotes de reprodução elevadíssima escravizados aos meus pés antes — disse a irmã, sorrindo. — Não é sinal algum de má reprodução me adorar.

— Tem toda a razão — ele respondeu. — Mas você chamaria Sir Henry, seu marido, de filhote de cruzamento inferior?

— Jamais na frente dele — ela sorriu.

— Como está a rainha hoje? — ele perguntou, mais sério.

— Ainda muito abalada. Não comeu ontem à noite e só tomou cerveja quente esta manhã, mais nada. Passeou sozinha no jardim durante uma hora e entrou muito desatinada. Kat entra e sai do quarto dela com grogues misturados com leite quente, e quando a vestiram e ela saiu, não falou nem sorriu. Não vai trabalhar nem ver ninguém. Cecil anda de um lado para outro com um maço de cartas e nada pode ser decidido. Alguns dizem que vamos perder a guerra na Escócia porque ela já se desesperou.

Ele assentiu com a cabeça.

Ela hesitou.

— Irmão, precisa me contar. Que foi que ela disse a você ontem? Parecia angustiada e agora parece a meio caminho da morte.

— Ela desistiu de mim — ele respondeu, brusco.

— Mas por que agora?

— Primeiro, os rumores, e depois as ameaças contra mim.

Ela balançou a cabeça.

— Os rumores estão em toda parte. Minha própria criada me veio com uma história de Amy, veneno e uma lista inteira de mentiras difamantes, que me deixaram de cabelo arrepiado.

— Dê-lhe uma boa surra.

— Se ela houvesse inventado as histórias, eu faria isso. Mas só repetia o que se diz na esquina de cada rua. É uma vergonha o que as pessoas andam dizendo sobre você e a rainha. Seu pajem foi provocado nos estábulos no outro dia, sabia?

Ele fez que não com a cabeça.

— Não é a primeira vez. Os rapazes dizem que não vão usar nossa libré quando forem à cidade. Sentem vergonha de nossa cota de armas, Robert.

Ele franziu o cenho.

— Eu não sabia que a coisa estava tão ruim assim.

— Minha criada diz que alguns homens juram que vão mandar matar você antes que se case com a rainha.

Robert assentiu com a cabeça.

— Ah, Mary, isso nunca poderia acontecer. Como poderia? Sou um homem casado.

Ela ergueu a cabeça, surpresa.

— Eu achei que você... e ela... não tinham algum plano? Achei que talvez...

— Você é tão má quanto essas pessoas que sonham com divórcio, morte e destronamento! — disse ele, sorrindo. — Tudo isso é absurdo. A rainha e eu tivemos uma aventura amorosa de verão que não passou de dança, torneio de justa, prados floridos, e agora que acabou o verão e o inverno chega, tenho de visitar John Hayes e Amy, o país tem de ir para a guerra com a Escócia, Cecil

250

previu isso; e ele tem razão. A rainha tem de ser uma rainha de verdade; foi rainha de Camelot, agora precisa ser rainha na realidade mortal. Passou o verão a seu bel-prazer, agora tem de se casar para garantir a segurança do reino. Sua escolha recaiu em Arran, se ele conseguir conquistar a Escócia para ela, ou então o arquiduque Carlos, como a melhor opção para a segurança do país. Sejam quais forem os sentimentos que tenha sentido por mim em julho, ela sabe que deverá se casar com um deles por volta do Natal.

— Sabe mesmo?

Ele assentiu com a cabeça.

— Oh, Robert, não admira que ela fique sentada com os olhos fixos, sem nada dizer. Deve estar com o coração dilacerado.

— É — ele concordou ternamente. — Talvez esteja angustiada. Mas sabe que isso tem de ser feito. Não vai falhar com o país agora. Nunca lhe faltou coragem. Ela sacrificaria qualquer coisa pelo país. Com certeza vai sacrificar a mim e seu amor por mim.

— E você vai aguentar isso?

A expressão do irmão era tão sombria que ela achou que jamais o vira assim desde que ele saíra da Torre para enfrentar a ruína.

— Tenho de enfrentar isso como homem. Encontrar a coragem que ela tem de encontrar. De certo modo, nós continuamos juntos. Seu coração e o meu vão se partir juntos. Teremos esse mísero conforto.

— Vai voltar para Amy?

Ele encolheu os ombros.

— Eu nunca a deixei. Trocamos umas palavras furiosas quando nos encontramos a última vez, e ela talvez tenha ficado desesperada pela bisbilhotice. Em meu destempero e orgulho, jurei que ia deixá-la, mas ela não acreditou em mim nem por um momento. Manteve sua posição e disse na minha cara que éramos casados e jamais poderíamos nos divorciar. E eu sabia que ela tinha razão. No íntimo, eu sabia que jamais poderia me divorciar de Amy. Que delito ela cometeu? E sabia que eu não ia envenenar a coitada da mulher nem empurrá-la poço abaixo! Portanto, que mais podia acontecer além de a rainha e eu termos um verão de flerte e beijos... sim! Admito os beijos... — acrescentou com um sorriso. — E mais. Muito delicioso, muito amoroso, mas sempre, sempre, não levando a parte alguma. Ela é a rainha da Inglaterra; eu, seu estribeiro-mor. Sou um homem casado e ela precisa se casar para salvar o reino.

Ele olhou em volta. Lágrimas afloravam nos olhos da irmã.

— Robert, eu acho que você jamais amará outra pessoa além de Elizabeth. Terá de viver o resto da vida amando-a.

Ele deu-lhe um sorriso forçado.

— É verdade. Amei-a desde a infância, e nesses últimos meses me apaixonei, mais profunda e verdadeiramente do que julgava ser possível. Eu me considerava um homem de coração duro, e no entanto descubro que ela é tudo para mim. Na verdade, eu a amo tanto que vou deixá-la. Vou ajudá-la a se casar com Arran ou o arquiduque. Sua própria segurança depende disso.

— Vai abrir mão dela pela segurança dela?

— Custe o que me custar.

— Meu Deus, Robert, nunca pensei que você pudesse ser tão...

— Tão o quê?

— Tão abnegado!

Ele riu.

— Muito obrigado!

— Falo sério. Ajudar a mulher que você ama a se casar com outro é uma coisa verdadeiramente abnegada a se fazer. — Ela se calou por um momento. — E como vai suportar isso? — perguntou, carinhosa.

— Vou ter o maior apreço pela lembrança do amor de uma bela e jovem rainha em seu primeiro ano de reinado. No verão dourado quando ela chegou ao trono, com toda juventude e beleza, e na convicção de que podia fazer qualquer coisa, até se casar com um homem como eu. E voltarei para casa, para minha mulher, terei um berçário cheio de herdeiros e darei a todas as meninas o nome de Elizabeth.

Ela levou a manga da blusa aos olhos.

— Oh, meu caríssimo irmão.

Ele cobriu-lhe a mão com a sua.

— Vai me ajudar a fazer isso, Mary?

— Claro — ela sussurrou. — Claro, qualquer coisa.

— Procure o embaixador espanhol, De Quadra, e diga-lhe que a rainha precisa da ajuda dele para concluir a união com o arquiduque.

— Eu? Mas eu mal o conheço.

— Não importa. Ele conhece muito bem os Dudleys. Vá até ele como se fosse a mando da rainha, não a meu pedido. Diga que ela lamenta não poder procurá-lo diretamente, depois do verão em que ela se animou com o plano e, em seguida, se desanimou. Mas se ele a procurar com uma proposta renovada, ela dirá "sim" sem demora.

— É esse o desejo da própria rainha? — perguntou Mary.

Ele assentiu com a cabeça.

— Ela quer mostrar a todo mundo que eu não fui rejeitado, que continua minha amiga, que me ama e a você também. Quer que a família Dudley agencie esse casamento.

— É uma grande honra levar essa mensagem — disse ela solenemente. — E também uma grande responsabilidade.

— A rainha achou que devíamos manter isso em família. — Ele sorriu. — O sacrifício é meu, você a mensageira, e juntos, o trato é feito.

— E que será de você, quando ela se casar?

— Ela não vai se esquecer de mim. Nós nos amamos demais e por tempo demais para Elizabeth se afastar de mim. E você e eu seremos recompensados tanto por ela quanto pelos espanhóis, pela transação leal agora. Isso é o certo a fazer, Mary, eu não tenho a menor dúvida. Garante a segurança dela e me tira do alcance das línguas mentirosas... e pior. Não duvido que tentem me matar. Isso é minha segurança, além da dela.

— Vou amanhã mesmo — ela prometeu.

— E diga que vai por ela, a seu pedido.

— Pode deixar.

Cecil, sentado junto à lareira no silêncio do palácio à meia-noite, levantou-se da cadeira para responder a uma discreta batida na porta. O homem que entrou jogou para trás o capuz preto e foi até o fogo aquecer as mãos.

— Tem um cálice de vinho? — perguntou num leve sotaque espanhol. — Essa neblina no rio vai me deixar febril. Se já está essa umidade em setembro, imagine como vai ficar em pleno inverno?

Cecil serviu o vinho e indicou-lhe com o braço uma cadeira junto à lareira. Atirou outro toro no fogo.

— Melhor?

— Sim, obrigado.

— Deve ser uma notícia interessante, para fazê-lo vir aqui numa noite fria como esta — observou Cecil, a ninguém em particular.

— Apenas a própria rainha, propondo casamento ao arquiduque Carlos!

A reação de Cecil foi de total satisfação. Ele ergueu a cabeça, parecendo espantado.

— A rainha propôs casamento?

— Por uma intermediária. Não sabia disso?

Cecil negou com um meneio da cabeça, recusando-se a responder. Para ele, informação era moeda corrente e, ao contrário de Gresham, acreditava que não havia cunhagem boa nem ruim na moeda da informação. Eram todas valiosas.

— Conhece a intermediária? — perguntou.

— Lady Mary Sidney — respondeu o homem. — Uma das damas de honra da própria rainha.

Cecil assentiu com a cabeça; talvez isso fosse a ondulação da pedra que ele atirara.

— E lady Mary tinha uma proposta?

— Que o arquiduque viesse logo para fazer uma visita à rainha, como de cortesia. Que ela aceitaria uma proposta de casamento nessa visita. Os termos seriam redigidos sem demora, e o casamento seria realizado por volta do Natal.

O rosto de Cecil era uma máscara imóvel.

— E que achou Sua Excelência dessa proposta?

— Ele achou que poderia ser feita agora ou nunca — respondeu o homem, de chofre. — Acredita que ela quer salvar sua reputação antes que qualquer coisa pior se diga dela. Acha que ela recobrou o juízo, afinal.

— Ele disse isso em voz alta?

— Ditou a mim para traduzir em código a ser enviado ao rei Felipe.

— Não quer me trazer uma cópia dessa carta?

— Não ouso — disse o homem, sucinto. — Ele não é nenhum tolo. Arrisco minha vida por lhe contar apenas isso.

Cecil descartou o perigo com um aceno de mão.

— Lady Mary sem dúvida teria me contado esta manhã, se eu já não o houvesse sabido da própria rainha.

O homem pareceu meio confuso.

— Mas ela lhe contaria que meu amo escreveu ao arquiduque esta noite mesma, recomendando que ele viesse sem demora para essa visita? Que Caspar von Breuner mandou buscar advogados austríacos para redigirem o contrato de casamento? Que desta vez acreditamos que a rainha fala a sério e podemos prosseguir? E que o arquiduque deve estar aqui em novembro?

— Não, essa é a notícia boa — respondeu Cecil. — Mais alguma coisa?

O homem pareceu pensativo.

— Isso é tudo. Quer que eu volte quando souber de mais alguma coisa?

Cecil enfiou a mão na gaveta de sua escrivaninha e retirou um saquinho de couro.

— Sim. Isto é por agora. E quanto aos seus documentos, serão redigidos para você... — Fez uma pausa.

— Quando? — perguntou o homem gentilmente.

— Quando o casamento for solenizado — respondeu Cecil. — Podemos todos descansar seguros em nossas camas quando isso ocorrer. Você disse Natal?

— A própria rainha designou o Natal como a data de seu casamento.

— Então vou lhe dar seus documentos para permitir que fique na Inglaterra quando seu amo, o arquiduque, for nomeado consorte de Elizabeth.

O homem fez uma mesura de assentimento e então hesitou antes de partir.

— Sempre há um saquinho para mim nessa gaveta — disse, curioso. — Espera que eu venha, ou muitos homens lhe trazem informação que precisa de pagamento imediato?

Cecil, cujos informantes agora totalizavam mais de mil, sorriu.

— Só você — disse, com um ar simpático.

Robert chegou a Hayes Court em setembro, de humor calado e sombrio, o rosto sinistro.

Amy, olhando-o de uma janela superior, achou que não via aquela expressão desolada em seu rosto desde que viera para casa do cerco de Calais, quando a Inglaterra perdera sua posição segura na França. Devagar, ela desceu a escada, perguntando-se o que ele perdera agora.

Desmontando do cavalo, ele a cumprimentou com um beijo apressado no rosto.

— Meu lorde — cumprimentou-o Amy. — Sente-se mal?

— Não — ele respondeu, seco. Amy quis agarrar-se a ele, sentir seu toque, mas ele delicadamente a afastou. — Me solte, Amy, estou sujo.

— Eu não me importo!

— Mas eu, sim.

Virou-se, o amigo John Hayes chegava dos degraus da frente da casa.

— Sir Robert! Achei que ouvi cavalos!

Robert deu-lhe um tapa amistoso nas costas.

— Nem é preciso perguntar como você está — disse, sorrindo. — Engordou, John. É óbvio que não tem caçado muito.

— Mas você está com uma aparência péssima. — O amigo ficou preocupado. — Está doente?

Robert deu de ombros.

— Eu lhe conto depois.

— A vida da corte? — John logo se apressou a adivinhar.

— Seria mais fácil dançar no inferno do que sobreviver em Londres — respondeu Robert exatamente. — Entre Sua Graça, Sir William Cecil, as mulheres dos aposentos da rainha e o Conselho Privado, minha cabeça rodopia desde o amanhecer, quando me levanto para ir aos estábulos, até a meia-noite, quando deixo, afinal, a corte e vou para a cama.

— Entre e tome um copo de cerveja — ofereceu John. — Fale-me disso.

— Estou fedendo a cavalo — avisou Robert.

— Oh, e quem se importa com isso?

Os dois se viraram e dirigiram-se para a casa. Amy ia segui-los, mas recuou e deixou-os continuar. Achou que talvez o marido ficasse aliviado se conversasse a sós com o amigo, e quiçá mais tranquilo, relaxado, sem a presença dela. Encaminhou-se, porém, furtivamente, atrás dos dois e sentou-se na cadeira de madeira no corredor, diante da porta fechada, para estar ali quando ele saísse.

A cerveja ajudou a aplacar o mau humor de Robert, e depois um banho quente e uma troca de roupas. Um bom jantar rematou a mudança; a Sra. Minchin era famosa como governanta generosa. Às seis da tarde, quando os quatro — Sir Robert, Amy, Lizzie Oddingsell e John Hayes — sentaram-se para um jogo de cartas, Dudley já recuperara o habitual temperamento amável e exibia uma expressão menos fechada. Ao cair da noite, já se achava ligeiramente embriagado e Amy percebeu que não ia conseguir nada compreensível dele naquela noite. Os dois foram para a cama juntos, e ela esperou que fizessem amor, mas ele apenas se virou para o outro lado, puxou as cobertas até os ombros e caiu em sono profundo. Ela, deitada acordada no escuro, achou que não devia acordá-lo, pois ele estava cansado, e de qualquer modo ela nunca iniciara o ato de amor deles. Desejava-o; mas não sabia por onde começar — as costas lisas e musculosas não respondiam ao seu toque hesitante. Ela também se virou e ficou vendo a luz do luar entrar pelas ripas das venezianas, ouvindo a pesada respiração dele, e lembrou-se de seu dever perante Deus, de amar o marido em quaisquer circunstâncias. Resolveu ser uma mulher melhor para ele de manhã.

— Gostaria de cavalgar comigo, Amy? — perguntou Robert, educado, no desjejum. — Preciso manter meu cavalo de caça em forma, mas não vou muito longe nem rápido demais hoje.

— Eu gostaria, sim — ela aceitou, sem pestanejar. — Mas não acha que vai chover?

Ele não a escutava mais: virara a cabeça e mandava o criado aprontar os cavalos.

— Que foi que disse?

— Só disse que receio que vá chover — repetiu.

— Então voltamos para casa.

Amy corou, achando que parecera uma idiota.

No passeio, não foi muito melhor. Ela não conseguia pensar em nada a dizer além das mais óbvias banalidades sobre o tempo e os campos dos dois lados, enquanto ele cavalgava, o rosto fechado, os olhos abstraídos, o olhar fixo na trilha adiante, mas nada vendo.

— Está bem, meu lorde? — perguntou Amy calmamente, quando voltaram para casa. — Não parece nada bem.

Ele olhou-a como se houvesse esquecido que ela estava ali.

— Oh, Amy. Sim, muito bem. Um pouco preocupado com os acontecimentos na corte.

— Que acontecimentos?

Ele sorriu como se fosse interrogado por uma criança.

— Nada para se preocupar.

— Pode me contar — ela o tranquilizou. — Sou sua mulher, quero saber se alguma coisa o perturba. É a rainha?

— Ela corre grande perigo — ele respondeu. — Todo dia surge uma notícia de mais um complô. Nunca existiu uma rainha mais amada pela metade do povo, e no entanto mais odiada pela outra metade.

— Muita gente acha que ela não tem direito algum ao trono — observou Amy. — Dizem que como ela era bastarda, o trono devia ter ido para Maria, rainha dos escoceses, e então os reinos já estariam unidos a essa altura, sem guerra, sem a mudança da Igreja, sem o problema acarretado por Elizabeth.

Robert engasgou-se em sua surpresa.

— Amy, que foi que deu na sua cabeça? O que acabou de falar comigo é traição. Queira Deus que jamais diga tais coisas a mais ninguém. E não deve jamais repeti-las, nem para mim.

— É apenas a verdade — comentou Amy calmamente.

— Ela é a rainha ungida da Inglaterra.

— O próprio pai dela declarou que ela era bastarda, e isso nunca foi revogado — afirmou Amy, com muita razão. Nem ela mesma jamais o revogou.

— Não há a menor dúvida de que é filha legítima dele — disse Robert, neutro.

— Perdoe-me, marido, mas pairam todas as dúvidas — insistiu Amy, educada. — Não o culpo por não querer ver, mas fatos são fatos.

Robert ficou pasmo com a confiança dela.

— Bom Deus, Amy, que foi que deu em você? Com quem andou conversando, quem lhe encheu a cabeça com esses absurdos?

— Ninguém, claro. Quem vejo eu sempre, além de seus amigos? — perguntou.

Por um momento, ele achou que ela estava sendo sarcástica e olhou-a furioso, mas ela mantinha a expressão serena, o sorriso tão doce quanto sempre.

— Amy, falo a sério. Homens em toda a Inglaterra tiveram a língua cortada por muito menos do que você disse.

Ela assentiu com a cabeça.

— Que crueldade dela torturar homens inocentes por não falarem nada além da verdade.

Cavalgaram um momento em silêncio, Robert inteiramente desconcertado com o repentino levante em sua própria família.

— Você sempre pensou assim? — perguntou, calmo. — Mesmo sabendo que eu a apoiava? Que sentia orgulho de ser amigo dela?

Amy fez que sim com a cabeça.

— Eu nunca achei que o direito dela ao trono era o melhor.

— Você nunca me disse nada.

Ela lançou-lhe um sorrisinho.

— Você nunca me perguntou.

— Eu ficaria feliz em saber que tinha uma traidora em minha própria família.

Ela deu uma risadinha.

— Houve época em que você era o traidor e eu a que pensava certo. Foram os tempos que mudaram, não nós.

— Sim, mas um homem gosta de saber se sua mulher anda conspirando para traição.

— Eu sempre achei que ela não era a verdadeira herdeira; mas achava que era a melhor opção para o país, até agora.

— Por quê? Que aconteceu agora? — ele exigiu saber.

— Ela está se voltando contra a verdadeira religião e apoiando os rebeldes protestantes na Escócia — disse Amy, sem alterar a voz. — Aprisionou todos os bispos, a não ser os que foram obrigados a se exilar. Deixou de existir Igreja, apenas padres assustados, sem saber o que devem fazer. Isso é um ataque aberto à religião do nosso país. Que espera ela? Tornar a Inglaterra, a Escócia, o País de Gales e a Irlanda todos protestantes? Competir com o próprio Santo Padre? Tornar o Sacro Império só dela? Quer ser uma papisa? Não admira que não se case. Quem ia suportar a mulher que ela quer ser?

— Verdadeira religião? — exclamou Robert. — Amy, você foi protestante a vida toda. Nós nos casamos pela cerimônia do rei Eduardo na presença dele. Com quem tem conversado para ter essas ideias?

Ela olhou-o com sua habitual brandura.

— Não tenho falado com ninguém, Robert. E nossa família foi papista durante todos os anos da rainha Mary. Eu penso, sabe? Nas longas horas que passo sozinha, não tenho nada a fazer além de pensar. Tenho viajado por todo o país, e vejo o que Elizabeth e seus servidores estão fazendo. Vejo a destruição dos mosteiros e a pobreza das terras da Igreja. Ela tem atirado centenas na mendicância, deixado os pobres e doentes sem hospitais. As moedas dela não valem quase nada, e suas igrejas não podem nem celebrar missa. Ninguém que visse a Inglaterra sob Elizabeth pensaria nela como uma boa rainha. Trouxe apenas problemas.

Ela interrompeu-se, vendo a expressão estarrecida dele.

— Eu não falo assim com ninguém — tranquilizou-o. — Achei que estaria tudo bem partilhar meus pensamentos com você. E quis falar com você sobre o bispo de Oxford.

— Que o bispo de Oxford apodreça no inferno! — ele explodiu. — Você não pode me falar desses assuntos. Não fica bem. Você é uma protestante, Amy, como eu. Nascida e criada. Como eu.

— Nasci católica como você, depois passei a ser protestante quando o rei Eduardo estava no trono — disse ela, calma. — E depois fui católica romana quando a rainha Mary estava no trono. Fui mudando e mudando. Exatamente como você. E seu pai abandonou o protestantismo e o chamou de grande erro, não foi? Atribuiu a essa heresia todos os sofrimentos do país, essas foram suas próprias palavras. Éramos todos católicos então. E agora você quer que eu seja protestante, que eu seja protestante só porque ela é. Bem, eu não sou.

Afinal, ele ouviu um tom que lhe deu a chave para ela.

— Ah, está com ciúme dela?

Amy levou a mão ao bolso para tocar as frias contas de seu rosário.

— Não — disse firmemente. — Jurei que não ia ser uma mulher ciumenta, de nenhuma mulher nesse mundo, menos ainda dela.

— Você sempre foi uma mulher ciumenta — disse ele, franco. — É sua maldição, Amy... e a minha.

Ela abanou a cabeça.

— Desfiz minha maldição então, nunca mais vou ser ciumenta.

— É o seu ciúme que a leva a essas especulações perigosas. E toda essa teologia não passa de uma máscara para o ódio ciumento que sente por ela.

— Nada disso, meu lorde. Eu jurei renunciar ao ciúme.

— Oh, admita — disse ele, sorrindo. — Isso não passa de despeito feminino.

Ela puxou a rédea, diminuindo a velocidade, e olhou-o firme, para que seus olhos se encontrassem.

— Ora, que motivo eu tenho para ciúme? — perguntou.

Por um momento Robert bufou, deslocando-se na sela, o cavalo nervoso sob a rédea rígida.

— Que motivo eu tenho? — ela repetiu.

— Ouviu falar dela e de mim?

— Claro. Imagino que todo o país ouviu.

— Isso a deixou ciumenta. Deixaria qualquer mulher ciumenta.

— Não se você me garantir que não há fundamento algum.

— Você não pode achar que ela e eu somos amantes! — Ele disse isso num tom jocoso.

Amy não riu, nem sequer sorriu.

— Não acharei isso, se você puder me garantir que não é verdade!

No bolso, agarrava o rosário com força, parecia uma corda que poderia salvá-la de afundar nas profundezas dessa perigosa conversa.

— Amy, não pode achar que sou amante dela e estou tramando para me divorciar de você, ou assassiná-la, como dizem os fabricantes de mexericos.

Ela continuou não sorrindo.

— Se me garantir que os rumores são falsos, não darei ouvido a eles — disse ela, firme. — Claro que os ouvi, e como são vívidos e desagradáveis.

— São muitíssimo obscenos e mentirosos — afirmou, ousadamente. — E eu acharia muito ruim se você desse ouvidos a eles.

— Eu não dou ouvidos a eles, mas a você. Estou ouvindo-o com muita atenção agora. Pode jurar por sua honra que não está apaixonado pela rainha e nunca pensou em divórcio?

— Por que me pergunta isso?

— Porque eu quero saber. Você quer o divórcio, Robert?

— Será que você consentiria num divórcio se tal coisa chegasse a ser proposta? — ele perguntou, curioso.

Ela disparou os olhos no rosto dele, que a viu empalidecer como se houvesse adoecido. Por um momento ela ficou imóvel no cavalo diante dele, a boca semiaberta quando arquejou, e então, muito devagar, tocou o cavalo com o saltinho e precedeu-o na trilha em direção à casa.

Robert seguiu-a.

— Amy...

Ela não parou, nem virou a cabeça. Ele percebeu que jamais a chamara pelo nome sem uma imediata resposta. Amy sempre vinha quando a chamava, em geral ele se postava ao seu lado antes de chamá-la. Pareceu muito estranho e não natural que a pequena Amy Robsart cavalgasse adiante dele com o rosto lívido como a morte.

— Amy...

Firmemente ela avançou cavalgando, sem olhar à direita nem à esquerda, com certeza sem olhar para trás para ver se ele a seguia. Em silêncio cavalgou direto de volta à casa, e quando chegou ao pátio dos estábulos, entregou as rédeas ao cavalariço e entrou calada.

Robert hesitou, e depois foi atrás dela escada acima para o quarto deles. Não sabia como lidar com aquela nova e estranha Amy. Ela entrou no quarto e fechou a porta; ele esperou para o caso de poder ouvir o ruído da chave girando na fechadura. Se lhe barrasse a entrada, ficaria furioso, se o trancasse do lado de fora, ele poderia arrombar a porta, tinha o direito legal de surrá-la — mas ela não o fez. Ela fechou a porta, sem a trancar. Ele avançou e abriu-a, como era seu direito, e entrou.

Encontrou-a sentada em seu lugar habitual sob a janela, olhando para fora, como tantas vezes olhava, à procura dele.

— Amy — disse ele delicadamente.

Ela virou a cabeça.

— Robert, chega disso. Eu preciso saber a verdade. Meu coração tem adoecido de mentiras e rumores. Você quer ou não o divórcio?

Estava tão calma que ele sentiu, incrédulo, um fio de esperança.

— Amy, o que você tem em mente?

— Quero saber se você quer ser liberado de nosso casamento — ela respondeu, firme. — Talvez eu não seja a mulher que você precisa, agora que se tornou um homem tão poderoso. Isso tem se tornado claro para mim nos últimos meses.

"E Deus ainda não nos abençoou com filhos — acrescentou. — Só isso poderia ser motivo suficiente. Mas se metade do que dizem é verdade, é possível que a rainha o aceitasse como marido se você fosse livre. Nenhum Dudley resistiria a uma tentação dessas. Seu pai teria fritado a esposa em óleo por uma chance igual, e ele a adorava. Portanto eu lhe peço, por favor me responda com franqueza, meu lorde: você quer o divórcio?

Aos poucos, Robert percebeu o que ela dizia, aos poucos se esclareceu em sua mente que ela vinha se preparando para isso, mas em vez de um senso de oportunidade ele sentiu raiva e desespero avolumando-se como uma tempestade dentro de si.

— É tarde demais agora! — explodiu. — Meu Deus! Que você só me diga isso agora! De nada adianta você cair em si, após todos esses anos, é tarde demais. É tarde demais para mim!

Assustada, Amy ergueu os olhos para ele, o rosto chocado com a violência reprimida em sua voz.

— Que quer dizer?

— Ela desistiu de mim — ele gritou, a verdade jorrando dele em sua agonia. — Ela me amava e sabia disso, queria se casar comigo e eu com ela; mas precisava ter um aliado para uma guerra contra a França e desistiu de mim pelo arquiduque ou aquele fantoche Arran.

Fez-se um silêncio assustador.

— É por isso que está aqui? — ela perguntou. — E tão sisudo e calado?

Ele desabou no banco da janela e curvou a cabeça, e quase sentiu que podia chorar como uma mulher.

— Sim — respondeu sem rodeios. — Porque acabou tudo para mim. Ela me disse que tinha de ser liberada e eu a deixei ir. Nada me restou além de você; seja você a mulher certa ou não, quer tenhamos filhos ou não, desperdicemos o resto de nossa vida juntos e morramos odiando um ao outro, ou não.

Ele pôs a mão na boca, fechou os dentes nos nós dos dedos, repelindo quaisquer outras palavras, voltando ao silêncio.

— Você está infeliz — observou.

— Nunca estive numa situação pior em toda a minha vida — ele concordou, bruscamente.

Ela nada disse, e em alguns momentos Robert dominou-se, engolindo a dor, e ergueu a cabeça para olhá-la.

— Vocês eram amantes? — ela perguntou muito tranquila.

— Que importa isso agora?

— Mas eram? Acho que já pode me contar a verdade.

— Sim — disse ele, entorpecido. — Nós éramos amantes.

Amy levantou-se e Robert olhou para ela quando parou à sua frente. Seu rosto, contra a claridade da janela, estava envolto em sombras. Ele não via a expressão dela. Não sabia dizer o que ela pensava. Mas a voz saiu calma como sempre.

— Então eu preciso lhe dizer: você cometeu um erro muito grave, meu lorde. Errou em relação à minha natureza, e aos insultos que vou tolerar; errou em relação a si mesmo e em como devia viver. Você deve de fato estar louco para me fazer uma confissão dessas, esperando que eu sinta compaixão. Logo a mim, a mais magoada; eu, que sei o que é amar sem ser amada. Eu, que sei o que é desperdiçar uma vida amando.

"Você é um tolo, Robert, e ela é uma prostituta mesmo, como acha metade do país. Terá de inventar outra religião inteiramente nova para justificar o mal que ela me fez, e o risco a que levou você. Levou-o ao pecado e ao perigo, levou este país à beira da ruína, à desolação e à pobreza, e só está no primeiro ano de reinado. Que maldades perpetrará antes de chegar ao fim?

Então ela afastou as saias dele como se a indicar que jamais o deixaria tocar nem a bainha do seu vestido, e retirou-se do quarto que haviam partilhado.

A neblina de novembro era fria no rio. A rainha, olhando das altas janelas de Whitehall a mortalha que encobria o Tâmisa, arrepiou-se e puxou o vestido de pele mais para junto de si.

— Apesar disso, é muito melhor que Woodstock. — Kat Ashley sorriu-lhe.

Elizabeth fez uma careta.

— Melhor que presa na Torre — disse. — Melhor que muitos lugares. Mas não melhor que o solstício de verão. Faz um frio de rachar e o tédio é mortal. Onde está Sir Robert?

Kat não sorriu.

— Ainda visitando a mulher, princesa.

Elizabeth curvou o ombro.

— Não precisa me olhar assim, Kat. Tenho o direito de saber onde está meu estribeiro-mor. E o direito de esperar que compareça à corte.

— E ele o direito de ver a mulher — retrucou Kat, resoluta. — Deixá-lo ir foi a melhor coisa que fez, princesa. Sei que é doloroso para você, mas...

O rosto de Elizabeth ficara exangue com a perda dele.

— Não é algo definitivo; suas congratulações são antecipadas demais — disse ela, emburrada. — É um sacrifício que tenho de refazer de novo, todo dia. Não foi o trabalho de um dia, Kat, cada dia da minha vida eu tenho de viver sem ele e saber que ele está vivendo sem mim. Acordo toda manhã e sei que não posso lhe sorrir e vê-lo me olhar com amor. Toda noite eu me deito para dormir com dor pela falta dele. Não vejo como suportá-la. Faz 51 dias que o mandei embora, e ainda estou doente de amor por ele. Isso não diminui nunca.

Kat Ashley olhou para a jovem que conhecera desde a infância.

— Ele pode ser seu amigo — disse, consolando-a. — Não precisa perdê-lo de todo.

— Não é da amizade dele que eu sinto falta — disse Elizabeth sem rodeios. — É dele. A própria pessoa dele. De sua presença. Quero sua sombra na minha parede, quero o cheiro dele. Não consigo comer sem ele, não posso fazer o trabalho do reino. Não leio um livro sem querer ouvir sua opinião, não ouço uma melodia sem querer cantá-la para ele. É como se toda a vida, a cor e o calor se esvaíssem do mundo quando ele não está comigo. Não estou sentindo a falta do meu amigo, Kat. Mas dos meus olhos, não enxergo sem ele. Sem ele, sou uma cega.

As portas se abriram e Cecil entrou, o semblante circunspecto.

— Sir William — Elizabeth disse sem muita efusão. — E trazendo más notícias, se o julgo corretamente.

— Apenas notícias — ele informou em tom neutro, até Kat Ashley se afastar dos dois.

— É de Ralph Sadler — disse, breve, dando o nome do agente inglês em Berwick. — Ele enviou nosso dinheiro, mil coroas, aos lordes protestantes, e lorde Bothwell, um protestante vira-casaca a serviço de Marie de Guise, interceptou-o e roubou-o. Não temos como recuperá-lo.

— Mil coroas! — Ela ficou estarrecida. — É quase a metade de todo o dinheiro que levantamos para eles.

— E acertamos ao fazer isso. Os lordes protestantes estão vendendo as próprias facas e baixelas para armar suas forças. E quem imaginaria que Bothwell ousaria trair seus colegas lordes? Mas perdemos o dinheiro, e pior que a perda, a rainha regente vai saber que estamos armando seus inimigos.

— Eram coroas francesas, não inglesas — ela disse logo, apressando-se para recorrer a uma mentira. — Podemos negar tudo.

— Veio do nosso homem, Sadler, em Berwick. Dificilmente acreditarão que não era dinheiro nosso.

Elizabeth ficou estarrecida.

— Cecil, que vamos fazer?

— É uma razão suficiente para os franceses declararem guerra contra nós. Com isso demo-lhes uma causa justa.

Ela virou-se e afastou-se dele, os dedos esfregando as cutículas nas mãos.

— Eles não vão declarar guerra a mim — disse. — Não enquanto acharem que vou me casar com um Habsburgo. Não ousariam.

— Então você terá de se casar com ele — Cecil pressionou-a. — Eles têm de saber que isso já está em andamento. Você terá de anunciar seu noivado e informar a data do casamento: no Natal.

O olhar dela ficou desolado.

— Não tenho opção?

— Sabe que não tem. Ele já está se aprontando para vir para a Inglaterra a esta altura.

Ela tentou sorrir.

— Vou ter de me casar com ele.

— Vai.

Robert Dudley voltou e encontrou a corte em clima febril. O duque John, da Finlândia, chegara para representar seu amo, o príncipe Erik da Suécia, e vinha espalhando dinheiro e prometendo favores a qualquer um que apoiasse sua proposta de casamento com a rainha.

Elizabeth, cintilante de falsa alegria, dançava com ele, passeava e conversava com o embaixador do arquiduque, e desnorteava os dois sobre suas verdadeiras intenções. Quando Cecil a levou para um lado, os sorrisos caíram-lhe do rosto como uma máscara. As notícias da Escócia eram implacáveis. Os lordes protestantes, acampados diante do castelo de Leith, esperavam expulsar a regente fazendo-a passar fome, antes que chegassem reforços da França; mas o castelo era inexpugnável, a rainha regente estava bem suprida e os franceses logo chegariam. Ninguém confiava nos escoceses para manter o cerco. Era um exército de ataque e vitória rápidos, não tinham qualquer disciplina para uma guerra longa. E agora todos sabiam que era uma guerra, não uma rebelião. Uma daquelas completa, perigosa, e nada na frágil alegria da corte ocultava sua ansiedade.

Elizabeth cumprimentou Robert com prazer mas friamente, e não o convidou a ficarem a sós. Em retribuição, ele deu-lhe um lento e doce sorriso, e manteve distância.

— Acabou tudo entre vocês para sempre? — perguntou-lhe Mary Sidney, desviando o olhar da rainha sentada bem ereta, assistindo à dança, para o olhar sombrio do irmão, cravado em Elizabeth.

— Não é o que parece?

— É óbvio que vocês não mais procuram um ao outro. Você nunca mais foi visto sozinho com ela. Eu gostaria de saber como está se sentindo.

— Como morto — ele respondeu simplesmente. — Todo dia acordo e sei que vou vê-la e no entanto não posso sussurrar em seu ouvido, nem tocar-lhe a mão. Não posso tentá-la a sair de suas reuniões, não posso roubá-la para longe dos outros. Todo dia cumprimento-a como uma estranha e vejo a dor em seus olhos. Todo dia magoo-a com a minha frieza e ela me destrói com a dela. É tão ruim ficar longe da corte quanto ficar perto dela. A frieza entre nós está nos matando e não posso sequer expressar-lhe minha compaixão.

Ele olhou de relance o rosto pesaroso da irmã e desviou-o de volta à rainha.

— Ela está tão só. Vejo-a mantendo-se coesa por um fio. Ela sente tanto medo. Eu sei disso, e não posso ajudá-la.

— Medo? — repetiu a irmã.

— Tem medo pela própria vida, pelo país, e imagino que esteja inteiramente aterrorizada porque vai ter de levar-nos à guerra com os franceses. A antiga rainha Mary lutou com os franceses, eles a derrotaram e destruíram sua reputação. E estão mais fortes agora do que antes. E desta vez a guerra será em solo inglês, na Inglaterra.

— Que é que ela vai fazer?

— Adiar o máximo que puder — previu Robert. — Mas o cerco tem de ser rompido de um jeito ou de outro, e então o quê?

— E que vai fazer você?

— Vigiá-la a distância, orar por ela, sentir sua falta como uma dor mortal.

Em meados de novembro, a pergunta de Robert foi respondida. Chegou a pior notícia: as forças da rainha regente francesa haviam tomado de assalto e rompido a armadilha do castelo de Leith, rechaçando os atormentadores protestantes de volta a Stirling. A regente, pela filha Maria, rainha dos escoceses, ocupou mais uma vez Edimburgo, e a causa protestante na Escócia foi totalmente derrotada.

Inverno de 1559-60

Amy viajava nas frias e molhadas estradas de volta a Stanfield Hall, a casa de sua infância em Norfolk, para a estação de inverno. Os céus arqueando-se acima da paisagem plana estavam cinza de nuvens de chuva, a terra embaixo marrom salpicada de sílex cinza, tão insípida e pobre como tecido de fio cru feito em casa. Amy cavalgava cabisbaixa no frio com o capuz erguido.

Não esperava ver Robert de novo antes do Natal, nem vê-lo em qualquer tempo durante os 12 dias da celebração natalina. Sabia que ele ia ficar ocupado na corte, planejando os festejos, organizando os autos, os atores, as danças, as festas e a caça, pois a corte decidira comemorar a festa de inverno, achando, mas sem dizer em voz alta, que talvez fosse o último deles com Elizabeth como rainha. Sabia que o marido ia ficar constantemente ao lado da jovem rainha: seu amante, amigo e companheiro íntimo. Sabia que, amantes ou separados, não havia ninguém no mundo para Robert além de Elizabeth.

— Eu não o culpo — ela sussurrou de joelhos na igreja paroquiana em Syderstone, olhando para o espaço vazio onde antes ficava o crucifixo, o pedestal em que outrora se erguia uma estátua da Virgem Maria, a bondosa mão de pedra a abençoar os fiéis. — Não vou culpá-lo — sussurrou para os espaços vazios que eram tudo que o novo sacerdote de Elizabeth deixara para os fiéis se voltarem quando oravam. — E não vou culpá-la. Não quero culpar nenhum dos dois, ninguém. Tenho de me libertar da minha raiva e da minha dor, tenho de dizer que ele pode me abandonar, ir para outra mulher, pode amá-la mais do que já me amou, e tenho de livrar meu coração do ciúme, da tristeza e do sofrimento, ou tudo isso vai me destruir.

Levou a cabeça às mãos.

— Esta dor em meu peito que lateja o tempo todo é a ferida do meu pesar — disse. — É como uma espada enfiada no coração. Tenho de perdoá-lo para fazê-la sanar. Toda vez que a toco com meu ciúme, a dor surge inesperadamente de novo. Vou me forçar a perdoá-lo. Vou me forçar a perdoar até ela.

Ergueu a cabeça das mãos e olhou para o altar. Vagamente contra a pedra, viu o contorno do lugar de onde pendera o crucifixo. Cerrou os olhos e orou como se ele ainda estivesse ali.

— Não vou seguir adiante com a heresia de divórcio. Mesmo que ele voltasse para mim e dissesse que mudara de ideia, que queria que os dois se casassem, mesmo então eu não ia consentir. Deus uniu Robert e eu, ninguém nos pode separar. Eu sei disso. Ele sabe disso. Provavelmente até ela, em seu pobre e pecaminoso coração, sabe disso.

Em seus grandes aposentos em Whitehall, Cecil labutava na escrita de uma carta. Era endereçada à rainha, mas não em seu estilo rápido habitual de pontos numerados. Era uma carta muito mais formal, composta por ele para os protestantes escoceses enviarem a ela. A rota tortuosa da carta, de Cecil para a Escócia, copiada pelos lordes escoceses de próprio punho e enviada urgentemente de volta ao Sul, à rainha, era justificada na mente de Cecil porque alguma coisa tinha de sacudir Elizabeth e fazê-la mandar um exército inglês para a Escócia.

A guarnição francesa em Leith rompera as linhas do cerco e derrotara os protestantes escoceses acampados diante do castelo. Horrorizado com a derrota, o conde de Arran, a grande esperança de Cecil na Escócia, comportava-se de maneira estranhíssima: alternando delírio com raiva e mergulhando em silêncio e lágrimas. Não se podiam esperar quaisquer feitos de liderança heroica do pobre James Hamilton, e nenhum casamento triunfante com Elizabeth; o coitado do rapaz de rosto bonito estava claramente desequilibrado, e sua derrota o levava à beira da loucura. Os lordes escoceses haviam ficado sem líder. Sem o apoio de Elizabeth, também sem amigos. O que agora era uma batida em retirada seria uma derrota quando os reforços franceses desembarcassem, e Sir Nicholas Throckmorton, recém-chegado de Paris, frenético de medo, avisou que a frota francesa se aglomerava em todos os portos da Normandia, as tropas haviam sido armadas e seriam embarcadas assim que houvesse um vento favorável. O embaixador jurou que os franceses não tinham a menor dúvida de que iam primeiro conquistar a Escócia e depois marchar para a Inglaterra. Não tinham sequer dúvida de que venceriam.

Vossa Graça,

escreveu Cecil para os escoceses.

Como um correligionário, como um aliado que teme o poder dos franceses, como vizinho e amigo, pedimos que venha em nosso socorro. Se não nos apoiar, ficaremos sós contra os usurpadores franceses, e não há a menor dúvida de que depois que a Escócia cair, eles invadirão a Inglaterra. Nesse dia, haverá de desejar que nos tivesse ajudado agora, pois não restará nenhum de nós vivo para ajudá-la.

Não somos desleais à rainha Maria da Escócia, mas resistimos aos seus maus conselheiros, os franceses, não a ela. Desafiamos a regente Marie de Guise que governa no lugar de nossa verdadeira rainha Maria. Os conterrâneos da regente, tropas francesas, já se acham engajados, qualquer tratado que a senhora tenha com os franceses já foi violado, pois empunharam armas contra nós, em nosso solo. A família da regente é formada por inimigos jurados nossos, e seus.

Se houvéssemos apelado assim ao vosso pai, ele nos teria defendido e desse modo unido o reino, era o grande plano dele. Por favor, seja a verdadeira filha de seu pai.

Podem acrescentar o que quiserem,

recomendou Cecil, num pós-escrito aos lordes protestantes,

mas cuidado para não parecerem rebeldes contra uma governante legítima; ela não apoiaria uma rebelião aberta. Se os franceses tiverem matado mulheres e crianças quando forem escrever, contem a ela isso, e não poupem palavras no relato. Não falem em dinheiro, deem-lhe um bom motivo para achar que será uma campanha rápida e barata. Deixo a seu encargo descrever-lhe a situação atual quando esta carta chegar às suas mãos, vocês a copiem e enviem. Boa sorte, e que Deus os ajude.

"E que Deus ajude a todos nós", disse receoso a si mesmo, quando a dobrou e lacrou em três lugares com um lacre não identificado. Deixara-a sem assinar. Cecil raras vezes punha seu nome em alguma coisa.

Um novo baile de máscaras, planejado por Robert, teria o sempre popular tema de Camelot; mas nem ele, com seu encanto determinado, conseguiu pôr muita alegria na peça.

A rainha fazia o papel do espírito da Inglaterra e sentou-se no trono, enquanto as jovens damas de honra dançavam diante dela e os instrumentistas chegavam depois com um auto especialmente escrito para comemorar a grandeza da Inglaterra de Arthur. Houve uma representação burlesca nos entreatos, de atores que ameaçavam a glória dourada da távola redonda, para que ninguém duvidasse que um dos símbolos de um grande reino era a existência de seus inimigos, mas foram derrubados sem muita dificuldade; na Inglaterra ficcional de Robert, não se via sinal do constante terror à guerra de Elizabeth.

A rainha, olhando a corte por entre os dançarinos em volta, viu Robert e forçou-se a olhar além. Parado em pé perto o bastante do trono para ser chamado, se ela quisesse lhe falar, viu seus olhos escuros passarem por ele e percebeu que fora surpreendido contemplando-a.

"Como um menino anêmico", disse furioso consigo mesmo.

Ela o olhou diretamente e deu-lhe um esboço de sorriso, como se já fossem fantasmas, como se a sombra de Elizabeth houvesse vagamente vislumbrado, através da neblina, o rapaz que ela amara como menino; e então ela virou a cabeça para Caspar von Breuner, o embaixador do arquiduque, o aliado que precisava ter, o marido com quem devia se casar, para perguntar-lhe quando achava que o arquiduque ia chegar à Inglaterra.

O embaixador não se divertiu. Nem mesmo Elizabeth, com todo o seu charme derramado, conseguiu provocar-lhe um sorriso. Ele acabou por levantar-se do seu assento, alegando problemas de saúde.

— Está vendo o problema que você causou? — Norfolk interpelou rispidamente Dudley.

— Eu?

— O barão Von Breuner acha improvável que minha sobrinha, a rainha, se case enquanto estiver abertamente apaixonada por outro homem, e tem aconselhado o arquiduque a não vir ainda para a Inglaterra.

— Eu sou o amigo leal da rainha, como você sabe — respondeu Dudley, desdenhoso. — E só quero o melhor para ela.

— É um maldito cachorro ambicioso — xingou-o Norfolk. — E se interpôs na luz dela de modo que nenhum príncipe europeu vai querê-la. Acha que eles não ouvem a bisbilhotice? Acha que não sabem que você está grudado nela como suor? Acha que acreditam que você e ela romperam agora? Todo mundo acha que você só recuou para ela pegar um idiota, e nenhum homem honrado vai querê-la.

— Você a insulta com isso, vai ter de se ver comigo — repreendeu-o Dudley, branco de raiva.

— Talvez a insulte; mas você a arruinou — devolveu-lhe Norfolk.

— Porque algum arquiduque não vem fazer a corte a ela? — interpelou-o Dudley. — Você não é nem um verdadeiro amigo nem um verdadeiro inglês, se acha que ela deve se casar com um estrangeiro. Por que deveríamos ter outro príncipe estrangeiro no trono inglês? Que bem nos fez Felipe da Espanha?

— Porque ela precisa ser casada — disse Norfolk, no calor da raiva. — E com sangue real, de qualquer modo com um homem melhor que um cachorro como você.

— Cavalheiros. — O tom frio de sir Francis fez com que se virassem. — Nobres, na verdade. A rainha está olhando em sua direção, vocês estão quebrando a agradável harmonia da festa.

— Diga a ele — bufou Norfolk, empurrando Dudley ao passar. — Estou farto de ouvir esse absurdo enquanto minha parenta é arruinada e o país afunda sem aliados.

Robert deu-lhe passagem. Sem querer, lançou uma olhada ao trono. Elizabeth olhava na direção dele, o embaixador se retirara, e em sua preocupação com o que o tio dizia ao homem que ela amava, nem notara sua mesura de despedida.

A carta dos protestantes escoceses, devidamente manchada da viagem e autenticamente reescrita, chegou à mão da rainha em fins de novembro. Cecil levou-a para ela e deixou-a em sua escrivaninha enquanto ela rondava com o olhar o salão em volta, incapaz de concentrar-se, nem de nada mais.

— Está doente? — ele perguntou, vendo a palidez da pele e o nervosismo dela.

— Infeliz — disse Elizabeth, direto.

"Aquele maldito Dudley", ele pensou consigo mesmo, e empurrou a carta um pouco mais para perto, a fim de que ela a abrisse.

Ela leu-a devagar.

— Isso lhe dá causa para mandar um exército à Escócia — disse Cecil. — É um apelo dos lordes unidos da Escócia à sua ajuda para resistir a uma potência usurpadora: os franceses. Ninguém pode dizer que está invadindo para seus próprios fins. Nem que está derrubando uma rainha legítima. Trata-se de um convite dos lordes legítimos, citando suas aflições justificáveis. Pode dizer "sim".

— Não — ela respondeu, nervosa. — Ainda não.

— Enviamos fundos — enumerou Cecil. — Enviamos observadores. Sabemos que os lordes escoceses lutarão bem. E até que podem derrotar Marie de Guise; eles a repeliram direto para a praia em Leith. Sabemos que os franceses chegarão, mas ainda não embarcaram, esperam o tempo mudar. Apenas os ventos nos separam da invasão. Apenas o próprio ar se interpõe entre a invasão e nós. Este é nosso momento. Temos de aproveitá-lo.

Ela levantou-se da mesa.

— Cecil, metade do Conselho Privado me adverte que é certa a nossa derrota. Lorde Clinton, o Grande Almirante, diz que não pode garantir que nossa Marinha rechaçará uma frota francesa; eles têm navios e armas melhores. O conde de Pembroke e o marquês de Winchester me aconselham a não ir para a Escócia; seu cunhado, Nicholas Bacon, afirma que o risco é grande demais. Caspar von Breuner me adverte em segredo que embora ele e o imperador sejam meus amigos, têm certeza de que vamos perder. A corte francesa ri alto da ideia de tentarmos travar guerra contra eles. Acha risível até que sonhemos com isso. Todo mundo a quem pergunto me diz que seguramente vamos perder.

— Vamos perder com certeza, se deixarmos para tomar a decisão tarde demais — contestou Cecil. — Mas acho que é possível vencermos se mandarmos nosso exército já.

— Talvez na primavera — ela contemporizou.

— Na primavera, a frota francesa vai estar atracada nas docas de Leith e os franceses terão guarnecido cada castelo na Escócia contra nós. Você bem poderia enviar-lhes as chaves agora e liquidar o assunto.

— É um risco, um risco tão grande — disse Elizabeth, infeliz, virando-se para as janelas e esfregando as unhas em seu nervosismo.

— Eu sei disso. Mas você tem de corrê-lo. Tem de correr o risco porque a chance de vencer agora é maior do que jamais terá mais tarde.

— Podemos mandar mais dinheiro — ela insistiu, atormentada. — Gresham pode nos emprestar mais dinheiro. Mas eu não ouso fazer mais.

— Ouça conselhos — ele exortou-a. — Vamos ver o que o Conselho Privado tem a dizer.

— Eu não tenho conselheiros — disse ela, desolada.

"Mais uma vez Dudley", pensou Cecil. "Ela mal consegue viver sem ele." Em voz alta, disse:

— Vossa Graça, tem todo um Conselho de orientadores. Vamos consultá-los amanhã.

Mas no dia seguinte, antes da reunião do Conselho Privado, chegou um visitante da Escócia. Lorde Maitland de Lethington chegou disfarçado, autorizado pelos outros lordes escoceses a oferecer à rainha a coroa da Escócia se ela apenas os apoiasse contra os franceses.

— Então eles perderam a esperança em Arran — disse Cecil, numa alegria tão grande que quase pôde saboreá-la na língua. — Querem você.

Por um momento, a pronta ambição de Elizabeth ressaltou.

— Rainha da França, Escócia, Gales, Irlanda e Inglaterra — ela exalou. — Terras de Aberdeen a Calais. Eu seria uma das maiores princesas da Europa, uma das mais ricas.

— Isso torna certo o futuro do reino — prometeu-lhe Cecil. — Pense no que poderia fazer a Inglaterra se se juntasse à Escócia! Ficaríamos seguros, afinal, e seguros para sempre do perigo de invasão do Norte. Poderíamos correr o risco de invasão dos franceses. Poderíamos usar a força e a riqueza da Escócia para avançar cada vez mais longe. Íamos nos tornar uma potência poderosa na Cristandade. Quem pode saber o que alcançaríamos? As coroas da Inglaterra e Escócia juntas seriam uma potência no mundo a ser reconhecida por todos! Seríamos o primeiro grande reino protestante que o mundo já conheceu até então.

Por um momento ele achou que conseguira transmitir-lhe sua própria visão do destino que ela poderia pretender.

Então ela virou mais uma vez a cabeça.

— Isso é um engodo para me atrair — queixou-se. — Quando os franceses invadirem a Escócia eu terei de combatê-los. Vão estar na minha terra, eu não poderia ignorar. Isso nos obrigaria a lutar com eles.

— Teremos de lutar com eles de qualquer modo! — exclamou Cecil diante da circularidade do pensamento dela. — Aliás, se vencermos, você é rainha da Inglaterra e Escócia!

— Mas se perdermos, serei decapitada como rainha da Inglaterra e Escócia.

Ele teve de controlar a impaciência.

— Vossa Graça, trata-se de uma oferta extraordinária dos lordes escoceses. É o fim de anos... não... de *séculos* de inimizade. Se vencermos, terá unido o reino como queria seu pai, com que sonhava seu avô. Você tem a chance de ser o maior monarca que a Inglaterra já conheceu. A chance de criar um reino unido dessas ilhas.

— Sim — disse Elizabeth, infeliz. — Mas e se perdermos?

Era Véspera de Natal, mas a corte estava longe de sentir-se alegre. Elizabeth sentava-se inteiramente imóvel na sua cadeira, na cabeceira da mesa, os membros do Conselho Privado em volta, seu único movimento a constante esfregação das cutículas nas unhas, polindo as unhas com as pontas dos dedos.

Cecil concluiu os argumentos a favor da guerra, certo de que ninguém com juízo discordaria da incansável perseverança de sua lógica. Fez-se um silêncio, enquanto os nobres pares absorviam a lista apresentada por ele.

— Mas e se perdermos? — disse a rainha, desanimada.

— Exatamente. — Sir Nicholas Bacon concordou com ela.

Cecil viu que ela se achava numa agonia de medo.

— Espírito — ela começou, a voz muito baixa. — Deus me ajude, mas não posso ordenar uma guerra à França. Não na nossa porta de entrada. Não sem certeza de vencer. Não sem... — interrompeu-se.

"Ela quer dizer não sem a ajuda de Dudley", ele pensou. "Oh, Deus misericordioso, por que nos dar uma princesa quando precisamos tão desesperadamente de um rei? Ela não pode tomar uma decisão sem o apoio de um homem, e esse homem é um imbecil e traidor."

A porta abriu-se e Sir Nicholas Throckmorton entrou, fez uma mesura à rainha e estendeu um papel diante de Cecil. Ele olhou-o de relance e ergueu os olhos para a rainha e os colegas conselheiros.

— O vento mudou — informou.

Por um momento, Elizabeth não entendeu o que ele quis dizer.

— A frota francesa fez-se ao mar.

Ouviu-se uma forte inspiração de cada conselheiro. Elizabeth empalideceu ainda mais.

— Eles estão vindo? — ela sussurrou.

— Quarenta navios — respondeu Cecil.

— Nós só temos 14 — disse Elizabeth, e ele mal conseguiu entender as palavras, pois ela tinha os lábios tão rígidos e gelados que mal conseguiu falar.

— Que naveguem — Cecil sussurrou-lhe, tão persuasivo quanto um amante. — Que nossos navios saiam do porto quando puderem pelo menos interceptar os desgarrados da frota francesa, talvez atraí-los ao combate. Em nome de Deus, não os mantenha no porto, onde os franceses podem entrar à vela e incendiá-los ao passarem!

O medo de Elizabeth de perder os navios era maior que o medo da guerra.

— Sim — ela assentiu, hesitante. — Sim, eles devem fazer-se ao mar. Não podem ser colhidos no porto.

Cecil apressou-se a fazer uma mesura, redigiu um bilhete e levou-o até o vão da porta para um mensageiro à espera.

— Eu lhe agradeço — disse. — E agora precisamos declarar guerra aos franceses.

Elizabeth, com os lábios em carne viva de mordidas e as cutículas arrancadas, atravessou a corte para ir receber a comunhão no Dia de Natal como uma mulher assombrada, um sorriso alfinetado no rosto como uma fita vermelha desfiada.

Na capela, olhou para o outro lado e viu que Robert Dudley a observava. Ele deu-lhe um sorriso.

— Coragem! — sussurrou.

Ela olhou-o como se ele fosse o único amigo que tinha no mundo. Ele meio se levantou do banco, como se fosse até ela, atravessando a nave da igreja antes de toda a corte. Ela abanou a cabeça e virou-se para o outro lado, a fim de não ver o desejo nos olhos dele, para ele não ver a fome nos dela.

A festa do Dia de Natal foi realizada com desanimada competência. O coro cantou, as fileiras de copeiros apresentaram um prato atrás do outro de sofisticadas e gloriosas comidas, Elizabeth recusou um prato atrás do outro. Comer estava acima de suas forças. Até fingir comer estava acima de suas forças.

Após o jantar, quando as damas de honra dançavam numa mascarada especialmente preparada para a ocasião, Cecil chegou e postou-se atrás da cadeira dela.

— Que foi? — ela perguntou, não muito graciosa.

— O embaixador Habsburgo me diz que planeja regressar a Viena — ele informou tranquilamente. — Desistiu das esperanças do casamento entre você e o arquiduque. Não quer esperar mais.

Ela estava exausta demais para protestar.

— Oh. Vamos deixá-lo ir embora? — ela perguntou, entorpecida.

— Não vai se casar com o arquiduque? — perguntou Cecil retoricamente.

— Eu teria me casado com ele se ele tivesse vindo. Mas não poderia me casar com um homem que nunca vi, e Cecil, Deus é minha testemunha, estou tão arrasada que não posso pensar em namoro agora. É tarde demais para me poupar da guerra, quer ele fique ou parta, eu nunca lhe dei a menor importância. Preciso de um amigo em quem possa confiar, não um pretendente que precisa ter tudo assinado e lacrado antes de me procurar. Ele não me prometeu nada, e queria toda garantia que um marido pode ter.

Cecil não a corrigiu. Vira-a sob prisão domiciliar, e com medo da própria morte, e no entanto achou que jamais a vira tão desanimada como nessa festa, apenas o segundo Natal no trono.

— É tarde demais — disse Elizabeth, tristonha, como se já houvesse sido derrotada. — Os franceses já partiram. Devem estar ao largo de nossas costas agora. Não temiam o arquiduque, sabiam que o derrotariam como derrotaram Arran. De que me serve ele agora que os franceses já singram o mar?

— Anime-se, princesa — disse Cecil. — Ainda temos uma aliança com a Espanha. Podemos vencer os franceses sem o arquiduque.

— Também podemos perder sem ele.

Três dias depois, Elizabeth convocou outra reunião do Conselho Privado.

— Eu rezei por orientação — disse ela. — Passei a noite toda ajoelhada, não posso fazer isso, não ouso nos levar à guerra. Os navios devem ficar no porto, não podemos enfrentar os franceses.

Fez-se um silêncio aturdido, e depois cada homem esperou Cecil contar-lhe.

— Mas os navios já partiram, Vossa Graça — ele comunicou, sem alterar a voz.

— Partiram? — Ela ficou chocada.

— A frota partiu no momento em que deu a ordem — disse ele.

Elizabeth soltou um pequeno gemido e colou-se no alto encosto de uma cadeira quando os joelhos cederam.

— Como pôde fazer isso, Cecil? Você é um grande traidor por despachá-los.

Ouviu-se uma alta aspiração de ar dos conselheiros ao uso que ela fez dessa poderosa e perigosa palavra; mas Cecil não titubeou.

— A ordem foi sua — respondeu firmemente. — E era a coisa certa a fazer.

A corte esperava notícias da Escócia, e estas chegaram em fragmentos contraditórios, exasperadoras, que faziam as pessoas se juntarem aos sussurros nos cantos. Muitos homens vinham comprando ouro e enviando para fora do país, a Genebra, à Alemanha, para que, quando os franceses chegassem, como a maioria tinha quase certeza que fariam, pudessem realizar uma fuga noturna mais fácil. O valor da moeda inglesa, já no fundo do poço, despencou para nada.

Ninguém fazia fé na frota inglesa, inferior em números e armas, e tampouco na rainha, cujo abatimento pelo medo era visível. Então chegou a notícia desastrosa: toda a frota inglesa, os preciosos 14 navios de Elizabeth, fora colhida numa tempestade e todas as embarcações haviam desaparecido.

— Aí, está vendo! — gritou a rainha ensandecida de dor para Cecil, diante de todo o Conselho Privado. — Se tivesse me deixado retardá-los, teriam evitado os ventos fortes, e eu teria uma frota pronta para partir, em vez de todos os meus navios desaparecidos no mar!

Cecil nada disse, nada havia a dizer.

— Minha frota! Meus navios! — ela lamentou gemendo. — Perdidos por causa de sua impaciência, seu desatino, Cecil. E agora o reino aberto à invasão, sem defesa marítima, e nossos pobres meninos, perdidos no mar.

Passaram-se longos dias até chegar a notícia de que os navios haviam sido recuperados, e uma frota de 11 dos 14 ancorara na enseada Firth of Forth e abastecia os lordes escoceses quando eles mais uma vez estendiam o cerco ao castelo de Leith.

— Três navios já perdidos! — exclamou Elizabeth, desconsolada, aconchegada junto à lareira em seu gabinete privado, cutucando a pele em volta dos dedos, mais como uma menina emburrada que uma rainha. — Três navios já perdidos, e nem um tiro disparado!

— Onze navios salvos — retrucou Cecil, teimoso. — Pense nisso. Onze navios salvos em Firth of Forth, apoiando o cerco contra Marie de Guise. Pense em como ela deve se sentir, olhando pela janela e vendo os escoceses embaixo de sua janela e a frota inglesa em seu porto.

— Ela só vê 11 navios — respondeu ela com igual teimosia. — Três já perdidos. Deus queira que não sejam as primeiras perdas de muitas. Precisamos chamá-los de volta enquanto ainda temos os 11. Cecil, eu não ouso continuar isso sem a certeza de vitória.

— Nunca há certeza de vitória — ele declarou. — Sempre haverá um risco, mas você precisa assumi-lo agora, Vossa Graça.

— Espírito, por favor, não me peça isso.

Ela arfava, começando a ter um de seus chiliques, mas ele continuou a pressioná-la.

— Você não pode rescindir a ordem.

— Estou com muito medo.

— Não pode fazer papel de mulher agora, precisa ter a coragem e o estômago de um homem. Encontre sua coragem, Elizabeth. Você é a filha de seu pai, faça o papel de rei. Já a vi tão valente quanto um homem.

Por um momento, achou que sua mentira lisonjeira a convencera. Elizabeth ergueu o queixo, a cor intensificou-se, mas então ele viu o brilho de repente esvair-se de seus olhos e ela mais uma vez se curvar.

— Não posso — respondeu. — Você nunca me viu ser um rei. Sempre fui apenas uma mulher inteligente e dúplice. Não sei lutar abertamente. Nunca soube. Não haverá guerra.

— Terá de aprender a ser um rei — avisou-a Cecil. — Um dia terá de dizer que não passa de uma mulher fraca, mas tem a coragem e o estômago de um rei. Não pode governar este reino sem ser um rei.

Ela abanou a cabeça, teimosa como uma mula assustada.

— Eu não ouso.

— Não pode chamar de volta os navios, tem de declarar guerra.

— Não.

Ele inspirou fundo e testou sua própria determinação. Depois retirou sua carta de demissão de dentro do colete.

— Então tenho de pedir-lhe que me demita.

Elizabeth virou-se para ele.

— Como? O que é isso?

— Demita-me. Não posso servi-la. Se não aceita meu conselho nessa questão que diz tão estreito respeito à segurança do reino, não posso servi-la. Se não consegui convencê-la, fracassei, e deixei de cumprir minha função. Tudo no mundo que puder fazer por você, eu farei. Sabe como me é cara, tão cara quanto uma esposa ou uma filha. Mas se não consigo convencê-la a enviar nosso exército à Escócia, tenho de deixar de servi-la.

Por um momento, ela ficou tão pálida que ele achou que ia desmaiar.

— Você está brincando comigo — disse ela, ofegante. — Para me obrigar a concordar.

— Não.

— Jamais me deixaria.

— É preciso. Outra pessoa que consiga convencê-la de seus interesses irá servi-la. Eu me tornei a moeda ruim que expulsa a boa. Estou desvalorizado. De peso leve. Falsificado como uma moeda.

— Não está desvalorizado, Espírito. Você sabe...

Ele se curvou até embaixo.

— Farei qualquer outra coisa que Vossa Graça ordenar, qualquer outro serviço, mesmo que seja na cozinha ou no jardim de Vossa Majestade, estou disposto, sem consideração de estima, riqueza ou facilidade, a cumprir o mandamento de Vossa Majestade até o fim da minha vida.

— Espírito, não pode me deixar.

Cecil pôs-se a andar para trás até a porta. Ela ficou como uma criança abandonada, as mãos estendidas para ele.

— William! Por favor! Vou ficar sem ninguém? — exigiu saber. — Essa Escócia, que já me custou o único homem que amo, vai me custar meu maior conselheiro e amigo? Você, que tem sido meu amigo e conselheiro constante desde que eu era menina?

Ele parou na porta.

— Por favor, tome medidas para se defender — disse tranquilamente. — Assim que os escoceses forem derrotados, atravessarão a Inglaterra mais rápido do que já vimos um exército se deslocar. Virão para cá e vão derrubá-la do trono. Por favor, pelo seu próprio bem, prepare um refúgio para si mesma e um meio de fugir para lá.

— Cecil! — Foi um pequeno gemido de infelicidade.

Ele fez outra mesura e foi para a porta. Saiu. Esperou do lado de fora. Tinha certeza de que ela ia correr atrás dele, mas se fez silêncio. Então ele ouviu de dentro da sala um soluço abafado quando Elizabeth desabou.

— Você é tão devota que as pessoas começam a dizer que reza como uma papista — observou lady Robsart de Stanfield Hall, crítica, para a enteada Amy. — Isso não se reflete bem em nós, seu cunhado disse ainda outro dia que parecia muito estranha na igreja, continuando ajoelhada quando as pessoas já saíam.

— Estou muito necessitada de graça — explicou Amy, nem um pouco constrangida.

— Você não é mais a mesma, de jeito nenhum — continuou a madrasta.

— Era tão... alegre. Bem, não alegre, mas não tão religiosa assim. Não é dada a preces constantes, de qualquer modo.

— Antes eu me sentia segura do amor do meu pai, e depois segura do amor de meu marido, e agora não tenho nenhum dos dois — disse Amy, impassível, sem tremor na voz nem lágrimas nos olhos.

Lady Robsart caiu, aturdida, num silêncio momentâneo.

— Amy, minha querida, sei que tem havido muita bisbilhotice sobre ele, mas...

— É verdade — ela cortou-a, de chofre. — Ele mesmo me contou a verdade. Mas desistiu dela para ela poder se casar com o arquiduque e fazer a Espanha juntar-se a nós numa guerra contra os franceses.

Lady Robsart ficou pasma.

— Ele disse isso a você? Confessou tudo isso?

— Sim. — Por um momento, Amy pareceu quase pesarosa. — Acho que pensou que eu ia ficar com pena dele. Sentia tanta pena de si mesmo que achou que eu devia me solidarizar. Sempre me solidarizei com ele antes em seu hábito de me trazer seus sofrimentos.

— Sofrimentos?

— Isso custou muito caro a ele — disse ela. — Deve ter havido um momento em que pensou que ela poderia amá-lo, e eu deixá-lo ir em frente, e talvez ele realizasse o sonho do pai e pusesse um Dudley no trono da Inglaterra. O irmão se casou com a herdeira do trono, Jane Grey, a irmã é casada com Henry Hastings, o seguinte na linhagem após Maria, rainha dos escoceses; ele deve sentir que é o destino da família. — Fez uma pausa. — E, claro, está profundamente apaixonado por ela — concluiu, prosaica.

— Está apaixonado — repetiu lady Robsart, como se jamais houvesse ouvido essas palavras antes. — Apaixonado pela rainha da Inglaterra.

— Vejo isso em tudo o que ele diz — confirmou tranquilamente Amy. — Ele me amou um dia, mas todo mundo achou que condescendeu com o casamento, e sempre foi verdade que ele mesmo se julgava muito superior. Mas com ela é diferente. Ele é um homem transformado. Ela é sua amante mas ainda sua rainha, ele a admira além de desejá-la. Ele... — Parou para encontrar as palavras. — Ele aspira a amá-la, enquanto eu sempre fui um amor fácil.

— Amy, não está arrasada? — perguntou a madrasta, tateando o caminho diante dessa nova e composta mulher. — Achei que ele era tudo para você.

— Estou doente até a alma — ela respondeu tranquilamente. — Nunca soube que alguém podia sentir tamanha dor. É como uma doença, uma úlcera que me devora todo dia. Por isso é que sou devota. Meu único alívio é rezar para que Deus me leve logo para junto de Si, e então Robert e ela façam o que lhes aprouver, e que eu afinal me livre desta dor.

— Oh, minha querida! — Lady Robsart estendeu a mão a Amy. — Não diga isso. Ele não vale isso. Nenhum homem no mundo merece que se derrame uma lágrima por ele. Muito menos esse que já lhe custou tanto.

— Acho que meu coração está realmente partido — disse ela tranquilamente. — Acho que deve estar. A dor no meu peito é tão aguda e constante que acho que será a minha morte. É mesmo de cortar o coração. Não acho que tenha remédio. Não importa se ele vale isso ou não. Já aconteceu. Mesmo se ela se casasse com o arquiduque e Robert chegasse cavalgando em casa ao meu encontro e dissesse que foi tudo um engano, como poderíamos ser felizes de novo? Meu coração se partiu e sempre estará partido daqui por diante.

As damas da rainha nada conseguiam fazer para agradá-la, ela andava com ar empertigado pelos seus aposentos no palácio de Whitehall como uma leoa irritada. Mandava chamar os músicos e dispensava-os. Não lia. Não descansava. Vivia num frenesi de preocupação e agonia. Queria mandar chamar Cecil, não imaginava como iria arranjar-se sem ele. Queria mandar chamar o tio, mas ninguém sabia onde ele se encontrava, e depois mudava de ideia e já não queria mais vê-lo, de qualquer modo. Solicitantes esperavam para vê-la na sala de audiências, mas ela não saía para recebê-los, o costureiro chegou com algumas peles da Rússia, mas ela nem sequer as olhou. O príncipe Erick da Suécia escrevera-lhe uma carta de 12 páginas, presa com um diamante; mas ela não se deu o trabalho de lê-la.

Nada conseguia libertar Elizabeth do terror que a perseguia feito uma bruxa. Era uma mulher ainda jovem, apenas no segundo ano de seu reinado, e no entanto tinha de decidir se comprometia ou não o reino na guerra contra um inimigo imbatível, e os dois homens em que confiava acima de todos a haviam abandonado.

Às vezes tinha certeza de que cometia um engano por sua própria covardia, em outros momentos tinha certeza de que protegia seu país do desastre, o tempo todo a aterrorizava a ideia de estar cometendo um profundo e grave erro.

— Vou procurar Sir Robert — sussurrou Laetitia Knollys à mãe, após ver a passagem frenética de Elizabeth toda manhã de uma atividade inacabada para outra.

— Não sem a ordem dela — respondeu Catarina.

— Sim — insistiu Laetitia. — Ele é o único homem que pode reconfortá-la, e se ela continuar assim vai adoecer e enlouquecer todos nós.

— Lettice! — repreendeu-a asperamente a mãe, mas a moça já saíra do quarto e dirigira-se aos aposentos de Robert.

Ela bateu na porta e espiou o quarto.

Ele pagava contas, um grande cofre de dinheiro aberto diante de si, o camareiro apresentando notas e contando moedas para os imensos custos dos estábulos.

— Senhorita Knollys — disse Robert, neutro. — É uma honra imprópria, de fato.

— Trata-se da rainha — disse ela.

De repente ele se levantou de um salto, o olhar interrogativo desaparecido de todo.

Laetitia notou que seu primeiro pensamento foi que Elizabeth pudesse ter sido atacada. Então o pai dela tinha razão, todos corriam o maior dos perigos, o tempo todo.

— Ela está a salvo, mas muito aflita.

— Mandou me chamar?

— Não. Eu vim sem ser mandada. Achei que você podia ir vê-la.

Ele deu-lhe um sorriso lento.

— Você é uma moça extraordinária — disse. — Por que assumiu uma tarefa dessa sozinha?

— Ela está fora de si — confidenciou Laetitia. — É a guerra com a Escócia. Não sabe o que decidir e tem de decidir. Agora perdeu Cecil, e parece que perdeu também você. Não tem ninguém. Às vezes ela pensa "sim", às vezes pensa "não", mas não fica feliz com nenhuma das duas decisões. Anda nervosa como um coelho com um furão dentro da toca.

Robert fez uma cara feia com a impertinência da linguagem dela.

— Já vou — disse ele. — E obrigado por me dizer.

Ela lançou-lhe de lado um sorriso coquete sob as pálpebras escuras.

— Se eu fosse a rainha, ia querê-lo ao meu lado o tempo todo — disse. — Com guerra ou não.

— E como andam seus planos de casamento? — ele perguntou mundanamente. — Vestido pronto? Tudo pronto? Noivo impaciente?

— Sim, obrigada — ela respondeu, muito recatada. — E como vai lady Dudley? Não está doente, espero? Vem logo para a corte?

Nos aposentos da rainha, Elizabeth sentava-se junto à lareira, as damas espalhadas em volta do salão, tensas à espera do que ela ia exigir em seguida. Outros cortesãos ali se achavam, na esperança de ser convidados a falar com ela, mas Elizabeth não queria ouvir petições, nem ser distraída por qualquer pessoa.

Dudley entrou, e ao ruído de seus passos, ela logo se virou. A expressão de alegria no rosto dela foi indisfarçável. Ela se levantou:

— Oh, Robert!

Sem mais convite, ele se aproximou e levou-a consigo para o vão de uma janela, longe dos olhares curiosos de suas damas.

— Sei que você estava infeliz — disse ele. — Eu tinha de vir. Não podia ficar longe nem mais um momento.

— Como é que soube? — ela perguntou, sem poder impedir-se de inclinar-se para ele. Até o cheiro de suas roupas, cabelos, era um reconforto para ela. — Como soube que eu precisava de você tão desesperadamente?

— Porque não consigo descansar sem estar perto de você — ele respondeu. — Porque eu também preciso de você. Alguma coisa a transtornou?

— Cecil me deixou — disse ela, alquebrada. — Não posso ficar sem ele.

— Eu soube que ele se foi, claro; mas por quê? — perguntou Robert, embora houvesse recebido um relatório completo de Thomas Blount no dia em que Cecil partira.

— Ele disse que não ia ficar comigo se eu não declarasse guerra aos franceses, e não ouso, Robert, realmente não ouso, e no entanto como vou governar sem Cecil a meu lado?

— Bom Deus, achei que ele nunca a deixaria. Achei que fizera um juramento.

A boca de Elizabeth tremia.

— Eu achava que ele nunca ia fazer isso. Teria confiado a ele minha própria vida. Mas ele diz que não pode me servir se eu não o ouvir, e Robert... eu sinto medo demais.

As últimas palavras foram um fio de som, ela olhou a sala em volta como se o medo fosse um segredo muito vergonhoso que só pudesse confiar a ele.

"Ah, não é apenas a guerra", pensou Robert. "Cecil é como um pai para ela. O conselheiro em que ela confiava havia anos. E tem uma visão deste país como nenhum outro. Ele pensa na Inglaterra como uma nação independente, não apenas um bando heterogêneo de famílias em guerra como era a visão do meu pai... e a minha também. O amor de Cecil pela Inglaterra, sua própria crença na Inglaterra, é uma visão maior que a minha ou a dela. Ele a mantém firme, fiel, mesmo que tudo isso não passe de um sonho."

— Estou aqui agora — disse ele, como se sua presença bastasse para reconfortá-la. — Conversaremos após o jantar e decidiremos o que deve ser feito. Você não está sozinha, meu amor. Estou aqui para ajudá-la.

Ele inclinou-se mais para perto.

— Não posso dar conta sozinha — sussurrou-lhe. — É demais. Não posso decidir, sinto muito medo. Não sei como decidir. E nunca o vejo agora. Renunciei a você pela Escócia, e agora isso me custou Cecil também.

— Eu sei — disse Robert. — Mas ficarei mais uma vez ao seu lado, como seu amigo. Ninguém pode nos culpar. O arquiduque esfriou em seu próprio acordo, e Arran foi derrotado, não serve para nada. Ninguém pode dizer que estou me interpondo entre você e um bom casamento. E vou trazer Cecil de volta para você. Ele nos aconselhará e decidiremos. Não tem de ser juíza sozinha, meu amor, meu caríssimo amor. Ficarei com você agora. Ficarei com você.

— Isso não pode fazer diferença para nós. — Ela hesitou. — Nunca mais poderei ser sua amante de novo. Terei de me casar com alguém. Se não neste ano, no outro.

— Então me deixe simplesmente ficar ao seu lado — ele disse apenas. — Nenhum de nós suporta nossas vidas quando estamos separados.

Naquela noite no jantar, a rainha riu do bobo da corte pela primeira vez em várias semanas, e Sir Robert sentou-se mais uma vez ao seu lado e serviu-lhe vinho.

— Esse tempo úmido já chegou até à madeira do telhado — observou quando os criados tiraram os pratos da mesa e trouxeram os doces e as frutas cristalizadas. — Meu quarto está tão úmido que a gente vê o vapor emanando da roupa de cama quando Tamworth a segura diante da lareira de manhã.

— Diga a eles para trocar seus aposentos — disse ela, despreocupada. — Diga ao moço da estrebaria da família para pôr você de volta em seus aposentos ao lado dos meus.

Ele esperava. Sabia que o segredo com Elizabeth era não pressioná-la. Decidiu que não ia fazer nada mais que esperá-la.

À meia-noite, a porta entre os dois aposentos se abriu devagar e ela entrou tranquilamente. Usava um robe azul sobre a camisola branca, os cabelos ruivos escovados e brilhando na altura dos ombros.

A mesa diante da lareira foi posta com ceia para dois, o fogo aceso, a cama desfeita, a porta trancada e Tamworth, o mordomo de Sir Robert, de guarda do lado de fora.

— Meu amor — disse ele, e tomou-a nos braços.

Ela aninhou-se mais junto dele.

— Não posso viver sem você. Temos de manter isso em segredo, um segredo guardado a sete chaves. Mas não posso ser rainha sem você, Robert.

— Eu sei. Eu não posso viver sem você.

Ela ergueu-lhe os olhos.

— Que vamos fazer?

Ele encolheu os ombros, o sorriso quase pesaroso.

— Acho que fomos além de toda opção. Teremos de nos casar, Elizabeth.

Ela olhou para a janela, onde uma das venezianas continuava aberta.

— Feche as venezianas — disse em súbito temor supersticioso. — Não quero que nem a lua nos veja.

Em seu antigo quarto de dormir, em Stanfield Hall, Amy acordou com um sobressalto e descobriu que as cobertas haviam deslizado para fora da cama e ela congelava de frio. Abaixou-se, pegou os lençóis de linho, as mantas de lã, e puxou-os até os ombros tiritando de frio. Deixara uma das venezianas aberta, e a lua pálida, ousada, traçava um caminho de luz em seu travesseiro. Ela se deitou e olhou para a lua lá fora pela janela.

— A mesma lua que brilha sobre mim brilha sobre meu lorde — sussurrou. — Talvez o acorde também, e o faça-o pensar em mim. Talvez Deus desperte mais uma vez o amor dele por mim em seu coração. Mesmo agora, talvez ele pense em mim.

— Você me fez de idiota! — enfureceu-se Mary Sidney com o irmão, avançando a passos largos até ele pelo pátio de estábulos no palácio de Whitehall.

Dudley e meia dúzia de outros homens exercitavam-se para um torneio de justa, o cavalo já armado, o escudeiro em pé ao lado da armadura de peito, o capacete e a lança, belamente polidos.

Robert distraiu-se. Estalou os dedos para o pajem com as luvas.

— Que foi, Mary? Que foi que eu fiz?

— Você me mandou como uma idiota transmitir uma mensagem enganosa ao embaixador que a rainha ia se casar com o arquiduque. Mandou-me sabendo que, como eu acreditava em você, como estava profundamente aflita por você, que eu faria um relato convincente. Eu era a melhor pessoa na corte a ser enviada a ele. Sabia que chorei ao lhe contar que você tinha renunciado a ela? E portanto, claro, ele acreditou em mim, e no entanto o tempo todo isso foi apenas uma trama para jogar poeira nos olhos da corte.

— Que poeira? — Robert era pura inocência.

— Você e a rainha são amantes — ela cuspiu. — Na certa têm sido desde o primeiro dia. Provavelmente eram amantes quando achei que sofria pela perda dela. E você me fez passar por alcoviteira.

— A rainha e eu concordamos em nos separar pela segurança dela — disse ele, firme. — Esta foi a pura verdade. Como eu lhe contei. Mas ela precisa de amigos, Mary, você sabe disso. Voltei para o lado dela para ser seu amigo. E somos amigos, como eu disse que seríamos.

Ela se afastou da mão dele estendida.

— Oh, não, outro saco de mentiras, não, Robert, recuso-me a ouvi-las. Você é infiel a Amy e desonesto comigo. Eu disse ao embaixador que tinha certeza de que a rainha e você eram verdadeiros amigos e que ela era virgem, livre para se casar como uma princesa casta. Jurei pela minha alma imortal que não existia nada entre vocês além de amizade e alguns beijos.

— E não existe!

— Não fale comigo! — ela gritou, exaltada. — Não minta para mim. Não vou mais ouvir uma única palavra.

— Venha comigo até a pista inclinada...

— Não vou com você, não falo mais com você. Não quero nem ver você, Robert. Não há nada em você além de ambição. Deus ajude sua mulher e a rainha.

— Amém — disse ele, rindo. — Amém às duas, pois são boas mulheres e inocentes de qualquer mal, e na verdade Deus me abençoe, a mim e a todos os Dudleys enquanto ascendemos no mundo.

— E que fez Amy para ser envergonhada perante o mundo? — ela cobrou. — Que pecado cometeu, pois todo mundo na Inglaterra sabe que você não gosta nada dela? Que prefere outra mulher a ela, sua própria e verdadeira mulher?

— Ela não fez nada. E eu também não fiz nada. Realmente, Mary, não devia lançar essas acusações.

— Não ouse falar comigo! — ela praguejou mais uma vez, inteiramente fora de si de raiva. — Eu não tenho nada a lhe dizer e nunca terei outra palavra a dizer a você sobre isso. Você brincou comigo como uma idiota, brincou com os espanhóis e com a coitada de sua mulher como idiotas, e o tempo todo foi amante da rainha e continua sendo amante da rainha.

Num largo passo ligeiro, Robert chegou a ela, segurando-a pelo pulso num aperto forte.

— Agora, chega. Você já disse coisas demais, e eu ouvi mais do que o suficiente. A reputação da rainha está além de comentários. Ela vai se casar com o pretendente certo assim que ele apareça. Todos sabem disso. Amy é minha mulher e não vou ouvir nada contra ela. Visitei-a no outono e a visitarei de novo em breve. O próprio Cecil não vai para casa com maior frequência que isso.

— Cecil ama a mulher dele e ninguém duvida de sua honra! — ela se enfureceu com ele.

— E ninguém questiona a minha — disse ele, brusco. — É melhor deixar essa linguinha venenosa fora dos meus assuntos, ou vai causar mais estragos do que imagina. Esteja avisada, Mary.

Ela não se atemorizou.

— Você está louco, Robert? Acha que pode enganar os melhores espiões da Europa, como engana sua irmã e sua mulher? Em Madri, em Paris, em Viena, todos sabem que você e a rainha têm, mais uma vez, aposentos contíguos. Que acha que eles pensam disso? O arquiduque de Habsburgo não virá para a Inglaterra enquanto você e a rainha dormirem atrás de portas fechadas, um painel de madeira entre os dois. Todo mundo, menos a coitada da sua mulher, acredita que são amantes, todo o país sabe disso. Você arruinou as perspectivas da rainha com sua lascívia, arruinou o amor de Amy por você, queira Deus que não arruíne o reino também.

A advertência de Mary chegou tarde demais e não impediu a escandalosa intimidade entre a rainha e seu estribeiro-mor. Com Robert ao seu lado mais uma vez, a cor de Elizabeth voltou-lhe às faces, as unhas revelavam-se polidas, brilhando e as cutículas lisas. Ela resplandecia na companhia dele, acalmado o constante nervosismo quando ele estava perto. Não importava o que dissessem, os dois haviam claramente nascido um para o outro, e não conseguiam ocultar isso. Cavalgavam juntos todo dia, dançavam juntos toda noite, e Elizabeth recuperara a coragem de abrir suas cartas e ouvir os solicitantes.

Na ausência de Cecil, Robert era seu único conselheiro de confiança. Ninguém era visto pela rainha exceto pela apresentação dele, ela não falava com ninguém sem ele ficar, discretamente, no pano de fundo. Não tomava nenhuma decisão sem ele, os dois eram inseparáveis. O duque John da Suécia dançava na corte mas dificilmente impunha sua corte, William Pickering retirou-se tranquilamente para o campo a fim de tentar fazer economia em vista das grandes dívidas, Caspar von Breuner aparecia apenas raras vezes na corte, e todo mundo esquecera o conde de Arran.

Cecil, permanecendo firmemente na periferia do jovem casal e de seus cortesãos, observou com Throckmorton que essa não era de modo algum a forma de governar um país à beira da guerra, e soube que ela acabara de nomear Dudley como lorde tenente e condestável do Castelo de Windsor, com honorários correspondentes.

— Ele será o homem mais rico da Inglaterra se isso continuar — comentou Cecil.

— Rico, nada. Ele pretende ser rei — respondeu Sir Nicholas, dizendo o indizível. — E então, como acha que o país será governado?

Cecil nada disse. Apenas na noite anterior, um homem de rosto oculto pelo chapéu puxado bem para baixo na testa batera à sua porta e com uma voz rude perguntara-lhe se ele queria se juntar a outros três num ataque a Dudley.

— Por que vir a mim? — ele perguntou. — Deduzo que possam matá-lo a pancadas sozinhos, sem a minha permissão.

— Porque os guardas da rainha o protegem e obedeceriam à sua ordem — disse o estranho. — Cecil empurrou um candelabro de velas na mesa e captou um vislumbre do rosto furioso de Thomas Howard semiescondido sob o chapéu. — E quando ele morrer, ela vai lhe pedir para procurar os assassinos. Não queremos espiões atrás da gente. Não queremos ser enforcados por ele mais do que seríamos enforcados por matar um verme.

— Devem fazer como julgar melhor — disse Cecil, escolhendo as palavras com cuidado. — Mas não vou protegê-los depois do assassinato.

— Iria impedir-nos de fazer isso?

— Sou responsável pela segurança da rainha. Ouso dizer, lamentavelmente, que não posso impedi-los.

O homem riu.

— Em suma, não se incomodaria com ele morto, mas não quer correr risco algum — escarneceu.

Cecil assentiu com a cabeça de acordo.

— Acho que ninguém na Inglaterra, além da rainha e da mulher dele, se incomodaria — respondeu francamente. — Mas não vou tomar parte num complô contra ele.

— Que é que o diverte? — perguntou Throckmorton, olhando a corte em volta à procura do motivo do sorriso de Cecil.

— Thomas Howard — ele respondeu. — Não é exatamente um mestre da sutileza, é?

Throckmorton olhou para a frente. Thomas Howard conseguira entrar pelas portas duplas abertas da sala de audiências no momento em que Dudley ia saindo. Todo mundo cedia a vez a Dudley agora, com a exceção talvez de Cecil, que jamais cronometraria a entrada para ficar cara a cara com o favorito real. Howard defendia seu terreno como um novilho furioso.

"Daqui a pouco", pensou Cecil, "ele vai dar patadas no piso e mugir."

Dudley encarou-o com friíssimo desprezo, e avançou para passar por ele. De repente Howard deslocou-se para o lado e deu-lhe um encontrão.

— Perdão, mas estou entrando — disse alto o bastante para todos ouvirem. — Eu! Um Howard! E tio da rainha.

— Oh, por favor, não me peça perdão, pois estou saindo — disse Dudley, o riso quente na voz. — São aqueles infelizes ali aos quais está prestes a se juntar que merecem suas desculpas.

Howard engasgou-se com suas palavras.

— Você é ofensivo! — falou cuspindo.

Dudley passou tranquilamente por ele, sereno em seu poder.

— Você é um maldito carreirista, de lugar algum! — Thomas Howard gritou às suas costas.

— Acha que ele vai deixar passar isso? — perguntou Throckmorton a Cecil, inteiramente fascinado com o pequeno drama diante deles. — É tão frio quanto parece? Vai ignorar Thomas Howard?

— Não ele — respondeu Cecil. — E provavelmente sabe que corre verdadeiro perigo.

— Um complô?

— Um de dezenas. Acho que podemos esperar ver o jovem Thomas Howard como o próximo embaixador da corte turca. Acho que ele será o império otomano para os Howards, e por muito tempo.

Cecil só se enganou no destino.

— Acho que Thomas Howard devia fortalecer nossas defesas no Norte — observou Dudley à rainha naquela noite, quando os dois estavam sozinhos, um leve sorriso aquecendo seu olhar. — Ele é tão feroz e belicoso.

Logo Elizabeth ficou alerta, temendo por ele.

— Ele o está ameaçando?

— Aquele fantoche? Dificilmente — respondeu Robert, orgulhoso. — Mas você precisa de alguém em que possa confiar no Norte, e como ele está tinindo por uma briga, que brigue com os franceses em vez de comigo.

A rainha riu, como se as palavras dele pretendessem ser uma brincadeira, mas no dia seguinte conferiu ao tio um novo título: ele ia ser tenente-geral da fronteira escocesa.

Howard curvou-se ao aceitar a nomeação.

— Eu sei por que estou sendo despachado, Vossa Graça — disse, com a dignidade espicaçada de um jovem. — Mas vou servi-la lealmente. E acho que talvez descubra que lhe sou um melhor servidor em Newcastle do que alguém que se esconde atrás de suas anáguas em Londres, longe do perigo.

Elizabeth teve a graça de parecer envergonhada.

— Preciso de alguém em quem possa confiar — disse. — Temos de ocupar o Norte francês de Berwick. Eles não podem entrar no coração da Inglaterra.

— Muito me honra a sua confiança — disse ele, sarcástico, e despediu-se, ignorando os rumores que circularam em torno de sua partida, o mexerico dizendo que Elizabeth pusera a própria família na frente de batalha, para não constranger o amante.

— Por que simplesmente não o decapita e acaba logo com isso? — perguntou Catarina Knollys.

Elizabeth deu risadinhas nervosas para a prima, mas enfrentou uma reprimenda de sua antiga governanta assim que se viram a sós.

— Princesa! — exclamou Kat Ashley, desesperada. — Isso está pior do que antes. Que vão pensar todos? Todo mundo acredita que você está mais apaixonada por Sir Robert do que nunca. O arquiduque jamais virá para a Inglaterra agora. Nenhum homem se arriscaria a ser tão insultado.

— Se ele houvesse vindo para mim quando tinha prometido, eu teria me casado com ele, dei a minha palavra — disse Elizabeth, despreocupada, segura no conhecimento de que ele não viria agora, e se viesse, Robert arranjaria alguma maneira de sair disso.

Mas Kat Ashley, Mary Sidney e toda a corte tinham razão: ele não viria mais. O embaixador, profundamente ofendido, pediu para ser chamado de volta e escreveu ao seu amo que considerava que todo o episódio de lady Sidney procurá-lo e pedir-lhe que propusesse mais uma vez casamento à rainha não passara de um complô para desviar a atenção do caso amoroso clandestino novamente tão notório em toda a Inglaterra e em toda a Europa. Escreveu que a rainha se tornara uma jovem acostumada à vergonha, corrompida e sem esperança, e ele recomendava que nenhum homem honrado se casasse com ela, quanto mais um príncipe. A rainha vivia como uma prostituta com um homem casado, e a única saída deles era um divórcio semilegal, ou a morte da mulher, o que era pouco provável.

Cecil, ao ler o primeiro rascunho da carta, recuperado por seu agente na cesta de papéis para acender fogo, achou que sua política externa jazia em ruínas, que a segurança da Inglaterra não podia ser garantida, que a rainha da Inglaterra enlouquecera por luxúria e ia perder a guerra na Escócia e depois a cabeça, e tudo por causa do sorriso de um homem de olhos escuros.

Mas quando Elizabeth convocou nominalmente Cecil ele atendeu na mesma hora.

— Você tinha razão, tenho certeza disso agora — disse ela tranquilamente. — Encontrei a coragem que queria que eu encontrasse. Decidi-me pela guerra.

Cecil olhou além dela onde Sir Robert, encostado nas venezianas da janela, parecia absorvido num jogo de boliche no frio jardim embaixo.

"Então temos o benefício de seu conselho, não é? E você, em sua sabedoria, decidiu adotar uma política que venho implorando há meses." Em voz alta, perguntou:

— Que decidiu Vossa Graça?

— Vamos invadir a Escócia e derrotar os franceses — ela respondeu calmamente.

Cecil fez uma mesura, ocultando a sensação de intenso alívio.

— Vou cuidar para que o dinheiro seja levantado e o exército, arregimentado. Você vai precisar reunir o Conselho Privado e emitir uma proclamação de guerra.

Elizabeth olhou na direção de Robert. Bem de leve, ele assentiu com a cabeça.

— Sim — ela concordou. — E, Cecil, voltará a ser meu lorde secretário, não? Agora que aceitei seu conselho?

— E quanto ao arquiduque? — ele perguntou.

Robert, na janela, reconheceu de imediato que a pergunta não era tão irrelevante quanto parecia, atingindo o próprio âmago do que ele fazia ali, a distância do ouvido da rainha e seu conselheiro de mais confiança, dando o assentimento final com a cabeça às decisões dela, como se fosse seu marido e rei consorte. Mas desta vez a rainha nem sequer o olhou.

— Ficarei noiva do arquiduque assim que ele chegar à Inglaterra — respondeu. — Sei que a aliança com a Espanha é mais vital que nunca.

— Sabe muito bem que ele não virá — disse Cecil de chofre. — Sabe que seu embaixador está de partida de Londres.

Robert ergueu-se da persiana.

— Não tem importância — disse brevemente a Cecil. — O rei Felipe da Espanha vai continuar aliado dela contra a França, com casamento ou não. Não pode correr o risco de os franceses criarem um reino na Inglaterra. Suas fronteiras se estenderão de Berth ao Mediterrâneo, eles destruiriam a Espanha depois que nos escravizassem.

"Acha isso, não é?", perguntou Cecil em silêncio. "E eu tenho de salvar este reino para seus bastardos herdarem, não tenho?"

— O que importa agora — determinou Dudley — é convocarmos os homens e armá-los. A sobrevivência do reino e da própria rainha depende de ação rápida. Contamos com você, Cecil.

Naquela noite, Cecil trabalhou furiosamente, enviando centenas de instruções necessárias a recrutar, armar e abastecer o exército que devia marchar sem demora para o Norte. Escreveu a lorde Clinton, o Grande Almirante, para mandar a Marinha interceptar a frota francesa no mar do Norte, impedir a todo custo que os reforços franceses desembarcassem na Escócia, mas destruísse a sua carta e fizesse parecer que o ataque era de sua própria iniciativa. Escreveu aos seus espiões junto aos escoceses, a todos os seus homens postados em Berwick e aos mais recentes correspondentes na corte da rainha regente, Marie de Guise, para dizer que afinal a rainha da Inglaterra encontrara uma resolução bélica, e que a Inglaterra ia defender os lordes protestantes da Escócia e suas próprias fronteiras, frisando que precisava das mais completas informações já.

Cecil trabalhou com tanta rapidez e eficiência que quando o Conselho Privado se reuniu, alguns dias depois, em fins de fevereiro, e a rainha anunciou que, após refletir, mudara de ideia, e que, como o risco era grande demais, não haveria empreendimento arriscado na Escócia, ele pediu desculpas mas disse que era tarde demais.

— Mande regressar a frota — ela ordenou, branca como os rufos de renda do vestido.

Cecil estendeu os braços.

— Eles já se fizeram ao mar. Com ordens para atacar.

— Traga de volta meu exército!

Ele fez que não com a cabeça.

— Estão marchando para o Norte, recrutando enquanto avançam. Trata-se de uma guerra de infantaria, não podemos reverter a decisão.

— Não podemos entrar em guerra com os franceses! — ela quase gritou com ele.

Os membros do Conselho Privado baixaram a cabeça para a mesa. Apenas Cecil a encarava.

— Os dados já foram lançados. Vossa Graça, nós estamos em guerra. A Inglaterra está em guerra com a França. Deus nos ajude.

Primavera de 1560

Robert Dudley chegou a Stanfield Hall em março, um péssimo mês para viajar em estradas malconservadas, e tiritando de frio e mal-humorado.

Ninguém o esperava, não enviara nenhum aviso de que ia chegar, e Amy, relutante ouvinte dos constantes rumores de que ele e a rainha eram mais uma vez inseparáveis, dificilmente esperava voltar a vê-lo.

Assim que os cavalos entraram com barulho no pátio, lady Robsart foi chamá-la.

— Ele chegou! — ela avisou, fria.

Amy levantou-se de um salto.

"Ele" só podia significar um homem em Stanfield Hall.

— Meu lorde Robert?

— Os homens dele estão retirando as selas no pátio.

Amy tremia ao ficar de pé. Se ele voltara para ela, depois da última separação dos dois, em que ela insistira em que sempre seria sua mulher, isso só podia significar uma coisa: que ele terminara com Elizabeth e queria se reconciliar com sua mulher.

— Ele chegou? — ela repetiu, como não acreditando.

Lady Robsart deu um sorriso forçado à enteada com o triunfo partilhado de mulheres sobre homens.

— Parece que você venceu — disse ela. — Ele chegou e parece sentir muito frio e pena de si mesmo.

— Então precisa entrar! — exclamou Amy, e correu para a escada. — Diga à cozinheira que ele chegou, avise à aldeia que vamos precisar de duas galinhas, e alguém precisa abater uma vaca.

— Um novilho engordado, por que não? — murmurou lady Robsart; mas foi fazer o que pedira a enteada.

Amy desceu a toda a escada e escancarou a porta da frente. Robert, sujo de viagem e exausto, subiu o curto lance de escada e ela se lançou em seus braços.

Por força do antigo hábito, ele segurou-a junto de si, e ela, sentindo os braços à sua volta, aquele toque conhecido da mão na cintura e a outra na omoplata, encostou a cabeça no pescoço quente e cheirando a suor dele, e soube que Robert voltara para ela, afinal, que apesar de tudo, tudo, ia perdoá-lo com a mesma facilidade com que aceitava seu beijo.

— Entre, você deve estar congelado — disse ela, puxando-o para o vestíbulo.

Pôs lenha no fogo e sentou-o na cadeira de pesado entalhe do pai. Lady Robsart chegou com cerveja quente e bolos da cozinha e fez uma reverência a Sir Robert.

— Bom dia a você — disse, neutra. — Não temos como acomodar um grupo tão grande assim aqui. — Para Amy, comentou: — Hughes disse que tem um pouco de carne de veado que pode nos ceder.

— Eu não desejo incomodar vocês — disse Robert amavelmente, como se nunca a houvesse amaldiçoado.

— Como poderia nos incomodar? — cobrou Amy. — Este é meu lar, você é sempre bem-vindo. Sempre há um lugar para você aqui.

Robert nada disse à ideia da fria casa de lady Robsart ser o lar deles, e sua senhoria retirou-se da sala para cuidar das camas e de um pudim.

— Meu lorde, é tão bom vê-lo. — Amy pôs outro toro na lareira. — Vou mandar minha criada Sra. Pirto tirar sua roupa, a camisa que deixou aqui da última vez foi toda cerzida, nem se veem os pontos, eu fiz com grande cuidado.

— Obrigado — disse ele, sentindo-se pouco à vontade. — Mas não é a Sra. Pirto que faz os consertos para você?

— Gosto de cuidar da roupa eu mesma — disse Amy. — Quer se lavar?

— Depois — ele respondeu.

— Só vou ter de avisar à cozinheira para aquecer a água.

— É, eu sei. Morei aqui muito tempo.

— Você mal ficou aqui! E de qualquer modo, as coisas estão muito melhores agora.

— Bem, apesar disso, lembro que não se consegue uma botija de água quente sem pedir assim que acorda de manhã no terceiro domingo do mês.

— É só porque temos uma lareira pequena e...

— Eu sei — ele repetiu, desgastado. — Lembro tudo sobre a pequena lareira.

Amy calou-se. Não ousava perguntar-lhe a única coisa que queria saber: quanto tempo ia ficar com ela. Quando ele olhou melancólico e calado o fogo, ela pôs outro toro e os dois ficaram vendo as centelhas voarem chaminé escura acima.

— Como foi sua viagem?

— Tudo bem.

— Que cavalo você trouxe?

— Blithe, o meu de caça — ele respondeu, surpreso.

— Não trouxe um de reserva?

— Não — disse ele, mal ouvindo a pergunta.

— Devo desfazer suas malas? — Ela levantou-se. — Trouxe muitas malas?

— Só uma.

Robert não viu a expressão dela cair. Amy percebeu de imediato que um cavalo e uma mala queriam dizer uma visita curta.

— E Tamworth já deve tê-la desfeito.

— Não está planejando uma longa estada, então?

Ele ergueu os olhos para ela.

— Não, não, lamento, eu devia ter dito. A situação está muito grave, tenho de voltar para a corte, eu só queria ver você, Amy, sobre uma coisa importante.

— Sim?

— Falaremos disso amanhã — ele decidiu. — Mas preciso de sua ajuda, Amy. Conto tudo mais tarde.

Ela corou com a ideia de ele vir pedir sua ajuda.

— Você sabe que tudo que puder fazer por você, eu farei.

— Eu sei. Fico muito feliz por isso.

Levantou-se e levou as mãos sobre as chamas.

— Eu gosto quando você me pede coisas — disse ela, tímida. — Sempre foi assim antes.

— É — disse ele.

— Você está com frio, quer que eu acenda a lareira em nosso quarto?

— Não, não. Vou trocar de camisa e desço logo.

O sorriso dela iluminou-lhe o rosto como o de uma criança.

— E teremos um jantar delicioso, a família aqui come só carne de carneiro e estou farta!

Foi um bom jantar, com filés de veado, um empadão de carneiro, um caldo de galinha e alguns pudins. Quase não havia legumes da estação, mas o pai de Amy fora um entusiasta por vinhos e sua adega ainda era muito boa. Robert, achando que ia precisar de alguma ajuda para aguentar o jantar até o fim com as duas mulheres, a filha e o cunhado de lady Robsart, pegou quatro garrafas e convenceu a todos que o ajudassem a tomá-las.

Quando se recolheram para dormir, pouco depois das nove da noite, as mulheres estavam ligeiramente embriagadas e rindo, e Robert continuou embaixo para terminar seu cálice em solidão bem-humorada. Deu bastante tempo para Amy e subiu apenas quando achou que ela já teria adormecido.

Tirou as roupas com o máximo de silêncio possível e botou-as no baú aos pés da cama. Amy deixara uma vela acesa, e à bruxuleante luz dourada ele achou que ela parecia uma criança adormecida. Sentiu-se cheio de ternura por ela quando apagou a vela com um sopro e deitou a seu lado na cama, com cuidado para não tocá-la.

Semiadormecida, ela virou-se para ele e deslizou a perna nua entre as suas coxas. No mesmo instante ele ficou excitado, mas afastou-se um pouco, segurando com firmeza sua cintura nas mãos e desprendendo-a de si, mas ela deu um suspirinho sonolento e pôs a mão no peito dele, deslizando-a inexoravelmente pela barriga para acariciá-lo.

— Amy — ele sussurrou.

Embora não a visse no escuro, o ritmo regular de sua respiração lhe dizia que, apesar de adormecida, ela se aproximava dele no sono, acariciava-o, juntava o corpo ao dele, e por fim rolava de costas para que ele a possuísse, num estado de sonolência que o marido, sabendo que ela não era idiota, não resistisse. Mesmo gozando, mesmo ouvindo o grito dela, o conhecido gritinho rouco de prazer ao acordar e descobri-lo dentro dela, Robert sabia que fazia a coisa errada, a pior coisa que podia fazer: a si mesmo, a Amy e a Elizabeth.

De manhã, Amy resplandecia, confiante, uma mulher restaurada ao amor, uma esposa restaurada ao seu lugar no mundo. Robert não teve de acordar e ver o sorriso tímido dela; Amy estava na cozinha, enquanto ele se vestia, batendo a massa para assar o pão do desjejum exatamente como ele gostava. Pegara o mel da própria colmeia deles, trouxera manteiga fresca da leiteria com o selo de Stanfield Hall na tampa. Da dispensa de carne trouxera um bom corte de presunto tomado emprestado de alguém na aldeia, e ainda restara algumas costeletas de carne de veado da noite anterior.

Amy, presidindo uma boa mesa, serviu cerveja ao marido e enfiou uma mecha de cabelos atrás da orelha.

— Vamos cavalgar hoje? — perguntou. — Posso mandar Jeb ao estábulo dizer a eles que selem seu cavalo. Podemos cavalgar juntos se desejar.

Ele não podia acreditar que ela esquecera o último passeio a cavalo deles, mas seu prazer à noite restaurara a Amy que ele um dia amara, a confiante dona de seu reino, a filha preferida de John Robsart.

— Sim — disse ele, adiando o momento em que ia ter de falar francamente com ela. — Devia ter trazido meu falcão, em breve vou lhe consumir tudo.

— Oh, não — disse ela. — Pois os Carter já enviaram um novilho desmamado como um cumprimento a você, e agora que todo mundo sabe que está aqui, seremos soterrados em presentes. Achei que podíamos convidá-los para passar o dia, você sempre os considerou boa companhia.

— Amanhã, talvez — disse ele, ansioso. — Hoje, não.

— Tudo bem — disse ela, agradável. — Mas você vai ter dificuldade para comer o novilho sozinho.

— Diga a eles que vou cavalgar em uma hora — disse ele, levantando-se bruscamente da mesa. — E ficarei satisfeito com a sua companhia.

— Podemos cavalgar até Flitcham Hall? — ela perguntou. — Só para lembrar a você como a casa é excelente? Sei que disse que é muito longe de Londres, mas eles ainda não encontraram um comprador.

Ele se contraiu.

— Como quiser — respondeu, evitando o assunto da casa. — Em uma hora.

"E assim evito falar com ela até o jantar", Robert repreendeu a si mesmo, subindo dois degraus da escada de cada vez. "Porque jamais tentarei convencer uma mulher enquanto cavalgo com ela. Mas esta noite, após o jantar, tenho de falar. Não posso mentir-lhe de novo, faço de mim mesmo um trapaceiro e ela de tola." Abriu com um chute a porta do gabinete de Sir John e sentou-se na velha poltrona do homem. "Maldito seja", dirigiu-se ao sogro morto. "Maldito seja por dizer que eu ia partir o coração dela, e maldito seja por ter razão."

Robert esperou até depois do jantar, quando lady Robsart os deixou a sós, e Amy se sentara defronte dele no outro lado da pequena lareira.

— Lamento não termos companhia — ela observou. — Deve ser muito chato para você, após a corte. Podíamos ter chamado os Rushley para nos visitar, lembra-se deles? Eles podiam vir amanhã, se quisesse convidá-los.

— Amy — disse ele, hesitante. — Quero lhe pedir uma coisa.

Ela logo ergueu a cabeça, o sorriso doce. Achou que ele ia pedir-lhe perdão.

— Falamos certa vez de divórcio — ele começou, calmo.

Uma sombra atravessou-lhe o rosto.

— Sim. Não tive um momento feliz desde aquele dia. Até ontem à noite.

Robert fez uma careta.

— Peço desculpas por isso.

Ela interrompeu-o.

— Eu sei. Sabia que ia pedir. E achei que eu jamais ia conseguir perdoá-lo; mas consegui. Está tudo perdoado e esquecido entre nós, e não precisamos mais voltar a falar no assunto.

"Isso é uma coisa dez mil vezes mais difícil porque fui um tolo lascivo", Robert xingou a si mesmo. Em voz alta, disse:

— Amy, vai me achar mesquinho, mas eu não mudei de ideia.

Os olhos honestos e abertos dela encontraram os dele.

— Que quer dizer? — perguntou simplesmente.

— Preciso lhe pedir uma coisa. Quando falamos pela última vez, você viu Elizabeth como sua rival, e entendo seus sentimentos. Mas ela é a rainha da Inglaterra, e me concedeu a honra de me amar.

Amy franziu o cenho, sem querer pensar no que ele ia pedir-lhe.

— Sim, mas você disse que ela tinha desistido. E quando me procurou...

— Interrompeu-se. — É um milagre que tenha vindo para mim, como se fôssemos mais uma vez menino e menina.

— Estamos em guerra com a Escócia — Robert continuou mourejando. — Não podíamos estar em maior perigo. Eu quero ajudá-la, quero salvar meu país. Amy, é muito provável que os franceses invadam.

Amy fez que sim com a cabeça.

— Mas...

— Invadir — ele repetiu. — Destruir todos nós.

Ela tornou a assentir com a cabeça; mas não se importava com os franceses quando sua própria felicidade se revelava diante dela.

— E por isso quero lhe pedir que me libere do casamento com você, para eu poder me oferecer à rainha como um homem livre. O arquiduque não vai mais lhe propor casamento, ela precisa de um marido. Eu quero me casar com ela.

Amy arregalou os olhos como se não acreditasse no que acabara de ouvir. Ele viu-a enfiar a mão no bolso e fechar os dedos sobre alguma coisa ali.

— Como? — perguntou, descrente.

— Quero que me libere do casamento com você. Tenho de me casar com Elizabeth.

— Está dizendo que quer que eu me divorcie de você?

Ele assentiu com a cabeça.

— Estou.

— Mas ontem à noite...

— Ontem à noite foi um erro — disse ele, brutalmente, e viu a cor ruborizar-lhe as faces e as lágrimas encherem-lhe os olhos como se lhe houvesse dado um tapa até a cabeça zunir.

— Um erro? — ela repetiu.

— Não pude resistir a você — ele explicou, tentando suavizar o golpe. — Eu a amo, Amy, sempre amarei. Mas meu destino chegou a mim. John Dee certa vez disse...

Ela sacudiu a cabeça.

— Um erro? Deitar-se com sua própria esposa? Você não sussurrou: "Eu a amo"? Também isso foi um erro?

— Eu não disse isso.

— Eu ouvi você dizer.

— Talvez ache que ouviu, mas eu não disse.

Ela levantou-se da pequena cadeira e afastou-se dele até a mesa que arrumara para o jantar com tanta alegria. Tudo se estragara agora, as carnes desfeitas entregues aos criados, o lixo dado aos porcos.

— Você me falou de Sir Thomas Gresham certa vez — disse ela, irrelevante. — Que ele achava que o pior sobre a moeda ruim é que reduz tudo, mesmo as moedas boas, ao valor mais reles.

— Sim — disse ele, sem entender.

— Isso foi o que ela fez. Não me surpreende que uma libra não valha uma libra, que estejamos em guerra com a França, que o arquiduque não vá mais se casar com ela. Ela fez tudo ruim, ela é a moeda falsa do reino e reduziu tudo, até um amor honrado, até um bom casamento que começou com amor, ao valor de uma moeda falsa.

— Amy...

— A ponto de à noite você dizer "Eu a amo" e tudo que faz me dizer que me ama, e depois no dia seguinte, no dia seguinte mesmo, me pedir que o libere.

— Amy, por favor!

Ela parou de chofre.

— Sim, meu lorde?

— Seja o que for que pense dela, é a rainha ungida da Inglaterra, o reino corre perigo. A rainha da Inglaterra precisa de mim e eu lhe peço que me libere.

— Você pode comandar os exércitos dela — ela observou.

Robert assentiu com a cabeça.

— Sim, mas há outros soldados mais competentes.

— Pode aconselhá-la a fazer o que deve fazer, ela podia nomeá-lo para o Conselho Privado.

— Eu já a aconselho.

— Então que mais pode fazer? E que mais pode, honrosamente, me pedir?

Ele rangeu os dentes.

— Eu quero ficar ao lado dela, dia e noite. Quero ser seu marido e estar com ela o tempo todo. Quero ser seu companheiro no trono da Inglaterra.

Preparou-se para lágrimas e raiva, mas para sua surpresa ela o olhou com olhos secos e falou com muita tranquilidade.

— Robert, você sabe, se isso fosse da minha competência, eu lhe daria. Amo-o tanto e há tanto tempo que lhe daria. Mas não é da minha competência. Nosso casamento é um ato de Deus, ficamos juntos numa igreja e juramos que não nos separaríamos. Não podemos nos separar agora, só porque a rainha quer você e você a ela.

— Outras pessoas no mundo se divorciam! — ele exclamou.

— Não sei como vão responder por isso.

— O próprio papa permite, diz que elas não terão de responder por isso, não há pecado algum.

— Oh, vai procurar o papa? — ela inquiriu com uma súbita onda de maldade. — Deve o papa declarar que nosso casamento, nosso casamento protestante, é inválido? Vai Elizabeth, a princesa protestante, ajoelhar-se mais uma vez perante o papa?

Ele levantou-se de um salto da cadeira e enfrentou-a.

— Claro que não!

— Então quem? — ela insistiu. — O arcebispo da Cantuária? Criatura dela? Nomeado apesar de seus receios, o único vira-casaca na Igreja quando todos os outros bispos são jogados na prisão ou exílio porque sabem que ela é uma falsa pretendente a chefe da Igreja?

— Eu não conheço os detalhes — ele respondeu mal-humorado. — Mas com boa vontade isso poderia ser feito.

— Teria de ser ela, não? — desafiou-o Amy. — Uma mulher de 26 anos, cega pela própria lascívia, querendo o marido de outra e decidindo que seu desejo é a vontade de Deus. Sabe que Deus o quer livre. — Inspirou fundo e soltou uma risada sonora, louca. — Isso é um absurdo, marido. Vocês vão fazer de si mesmos motivo de chacota. É um pecado contra Deus, um pecado contra o homem e um insulto a mim.

— Não é insulto nenhum. Se seu pai estivesse vivo...

Foi a pior coisa que ele poderia ter dito. Ressaltou o orgulho de família de Amy.

— Você ousa dizer o nome dele! Meu pai o teria fustigado com chibata por apenas pensar em tal coisa. Teria matado você por me dizer isso.

— Ele nunca encostaria um dedo em mim! — praguejou Robert. — Não ousaria.

— Ele disse que você era um fanfarrão e que eu valia dez de você — ela cuspiu-lhe. — E tinha razão. Você é um fanfarrão e eu valho dez de você. E você disse que me amava ontem à noite; é um mentiroso.

Ele mal conseguia vê-la através da névoa que se ergueu diante de seus olhos, com a raiva cegante. A voz tensa saiu curta, como arrancada a força.

— Amy, nenhum homem no mundo me insultaria como você fez e viveria.

306

— Marido, eu garanto que milhares vão chamá-lo de coisa pior. Vão chamá-lo de menino dela, seu objeto de brincadeira, o potrinho comum que ela cavalga por lascívia.

— Vão me chamar de rei da Inglaterra — ele gritou.

Ela rodopiou, agarrou-o pela gola da camisa de linho que cerzira com tanto capricho e sacudiu-o de raiva.

— Nunca! Você terá de me matar antes de ela poder tê-lo.

Ele arrancou as mãos dela de seu pescoço e empurrou-a para longe, jogando-a sentada na cadeira.

— Amy, eu jamais a perdoarei por isso, você vai me transformar de marido e amante em inimigo.

Ela ergueu os olhos para ele, juntou saliva na boca e cuspiu-lhe. De repente, cego de raiva, ele avançou para ela e, rápida como um pensamento, ela levantou os pés e chutou-o, repelindo-o.

— Eu sei *disso* — gritou-lhe. — Idiota que você é! Mas que diferença faz seu ódio, quando você se deita como um porco com ela e depois se deita comigo e diz "eu a amo" a nós duas?

— Eu nunca disse isso! — ele berrou, inteiramente fora de si.

Atrás dele, lady Robsart abriu a porta e ficou em silêncio, olhando os dois.

— Saia daqui! — berrou Amy.

— Não, entre — apressou-se a dizer Robert, afastando-se dela, enxugando a saliva na camisa e puxando a gola que ela rasgara. — Em nome de Deus, entre. Amy está descontrolada, lady Robsart, ajude-a ir para seu quarto. Eu vou dormir no de hóspede e partir assim que amanhecer.

— Não! — gritou Amy. — Você vai me procurar, Robert. Sabe que vai. Sua lascívia, sua lascívia imunda, vai acordá-lo e você vai me querer de novo e vai dizer: "Eu a amo. Eu a amo." Seu mentiroso. Seu mentiroso perverso, perverso.

— Leve-a embora, em nome de Deus, antes que eu a mate — ele disse a lady Robsart, e passou esbarrando nela ao sair da sala, evitando as mãos de Amy que tentava agarrá-lo.

— Você virá para mim ou eu vou matá-lo — ela gritou.

Robert subiu, desabalado, os estreitos degraus de madeira e livrou-se da mulher antes que ela envergonhasse ainda mais os dois.

De manhã, Amy estava doente demais para vê-lo. Lady Robsart, a voz como gelo, falou de uma noite de choro histérico e disse-lhe que Amy levantara nas primeiras horas da manhã, ajoelhara-se e orara a Deus para libertá-la da agonia que era a sua vida.

A escolta de Robert esperava do lado de fora.

— Sabe o que é tudo isso, eu imagino — disse ele, seco.

— Sim — respondeu lady Robsart. — Acho que sim.

— Confio na sua discrição. A rainha ficaria muito ofendida por qualquer mexerico.

Os olhos dela voaram para o rosto dele.

— Então ela não devia dar tão rico pano para mangas aos mexericos — ela retrucou, sem rodeios.

— Amy tem de recuperar a razão. Tem de concordar com o divórcio. Eu não quero obrigá-la. Não quero mandá-la embora do campo e interná-la num convento contra a vontade dela. Quero fazer um acordo justo e bom para ela. Mas ela tem de concordar.

Viu o choque no rosto dela por sua franqueza.

— Valeria a pena — ele continuou, suave. — Eu continuaria seu amigo se a aconselhasse no melhor interesse dela. Falei com o cunhado dela, John Appleyard, e ele concorda comigo.

— John concorda? Meu genro acha que ela devia lhe dar o divórcio?

— E seu filho Arthur.

Lady Robsart calou-se diante dessa prova da unanimidade masculina.

— Não posso dizer qual seria o melhor interesse dela neste caso — disse, em fraco desafio.

— Exatamente como eu disse — retrucou logo Robert. — Como nós dizemos: nós, homens. Ou ela consente num divórcio com um bom acordo, ou é divorciada de qualquer modo e mandada para um convento, longe do campo, sem nenhuma fortuna. Ela não tem outra opção.

— Não sei o que o pai dela teria achado disso. Ela não para de chorar e desejar a morte.

— Lamento; mas não serão as primeiras lágrimas derramadas, nem, imagino, as últimas — disse ele, implacável, e saiu pela porta sem mais outra palavra.

Robert Dudley chegou às dependências da rainha em Westminster durante um recital de improviso de uma nova composição musical de algum homem, e teve de ficar ali perto, sorrindo educadamente, até o madrigal — com muito lá-lá-ra-lá — terminar. Sir William Cecil, observando-o tranquilamente de um canto, divertia-se com o ar carrancudo no rosto do camarada, e depois se surpreendeu ao ver que, mesmo ao fazer a mesura para a rainha, sua expressão não se tornou nem um pouco mais agradável.

"Que estão fazendo agora, para ele se mostrar tão azedo e ela tão preocupada com ele?" Cecil sentiu o coração afundar de apreensão. "Que andam planejando agora?"

Assim que terminou a música, Elizabeth indicou a Robert um vão de janela e os dois se afastaram para um lado, longe do alcance do ouvido dos cortesãos atentos.

— Que foi que ela disse? — quis saber, sem uma palavra de cumprimento. — Concordou?

— Ficou muito furiosa — ele respondeu apenas. — Disse que preferia morrer a concordar com o divórcio. Deixei-a após uma noite em que adoeceu de tanto chorar, orando pela morte.

Ela levou a mão voando à face dele, mas se deteve antes de abraçá-lo diante de toda a corte.

— Oh, meu pobre Robin.

— Ela cuspiu na minha cara — disse ele, sombreando-se com a lembrança. — Me chutou. Chegamos quase a brigar.

— Não! — Apesar da seriedade da situação, Elizabeth não pôde evitar de achar graça da ideia de lady Dudley brigando como uma vendedora de peixe. — Ela ficou furiosa?

— Pior que isso — ele respondeu, brusco. — Está cheia de pensamentos traiçoeiros e opiniões hereges. O ciúme que sente de você a levou a ideias muito extremas. Deus sabe o que dirá ou fará.

— Então tem de ser mandada para longe — disse simplesmente Elizabeth.

Robert curvou a cabeça.

— Meu amor, isso vai causar um escândalo tão grande, duvido que possamos fazê-lo sem demora. Você não pode correr esse risco. Ela vai lutar comigo, vai provocar uma tempestade contra mim, e tenho muitos inimigos que a apoiariam.

Ela olhou-o diretamente, toda a paixão de um novo caso amoroso visível no rosto ruborizado.

— Robert, eu não posso viver sem você. Não posso governar a Inglaterra sem você a meu lado. Agora mesmo lorde Grey está conduzindo meu exército para a Escócia, e a frota inglesa, Deus os ajude, tenta evitar que três vezes o número de navios franceses chegue ao Castelo de Leith, onde aquela mulher má ergueu mais uma vez um cerco. Estou no fio da navalha, Robert. Amy é uma traidora por piorar as coisas para mim. Podíamos simplesmente prendê-la por traição, pô-la na Torre e esquecê-la.

— Esqueça-a agora — ele se apressou a dizer, sendo seu primeiro desejo acalmar a jovem que ele amava. — Esqueça-a. Vou ficar com você na corte, a seu lado, dia e noite. Seremos marido e mulher em tudo, menos no nome, e quando tivermos vencido na Escócia e o país estiver em segurança e em paz, cuidaremos de Amy e nos casaremos.

Ela fez que sim com a cabeça.

— Não vai mais vê-la?

Ele teve uma repentina e indesejada lembrança da mão de Amy acariciando-o, da sonolenta entrega dela embaixo dele, da forma como lhe afagara as costas com a mão e de suas próprias palavras sussurradas no escuro, que talvez houvessem sido "Oh, eu a amo", falando por desejo, não por cálculo.

— Eu não vou vê-la — garantiu-lhe. — Sou seu, Elizabeth, coração e alma.

Elizabeth sorriu e Dudley tentou retribuir o sorriso tranquilizando-a, mas por um momento foi o rosto sonhador e desejoso de Amy que ele viu.

— Ela é uma idiota — disse Elizabeth, áspera. — Devia ter visto minha madrasta Anne de Cleves quando meu pai pediu o divórcio. O primeiro pensamento dela foi concedê-lo e o segundo, obter um razoável acordo para si mesma. Amy é uma idiota e uma idiota má por tentar ficar no nosso caminho. E duplamente idiota por não lhe pedir um bom acordo.

— Sim — ele assentiu, pensando em que Anne de Cleves não se casara por amor e ansiara pelo marido toda noite durante 11 anos, nem estivera em seus braços fazendo um amor apaixonado na noite anterior à que ele pedira para liberá-lo.

A corte aguardava notícias do tio da rainha, Thomas Howard, que fora despachado para satisfazer à conveniência dos amantes, mas agora era um jogador-chave na fronteira sensível. Ia assinar uma aliança com os lordes escoceses em seu quartel-general, mas esperaram, esperaram e nada receberam dele.

— O que o está retendo tanto? — cobrou Elizabeth de Cecil. — Será que ele não me estaria traindo? Por causa de Sir Robert?

— Nunca — declarou Cecil, firme. — Essas coisas levam tempo.

— Não temos tempo — disse ela irritada. — Graças a você nos apressamos para a guerra sem estar preparados.

O exército inglês, comandado por lorde Grey, já devia ter-se reunido em Newcastle em janeiro e avançado para a Escócia no fim do mês. Mas janeiro chegara e se fora e o exército não se mexera do quartel.

— Por que leva tanto tempo? — Elizabeth cobrou mais uma vez de Cecil. — Você não mandou que ele marchasse já para Edimburgo?

— Sim. Ele sabe o que deve fazer.

— Então por que não faz? — ela gritou em sua frustração. — Por que ninguém avança; ou se não pode, por que não se retira? Por que temos de esperar, apenas esperar, e só ouço desculpas?

Ela esfregava as unhas das mãos, empurrando as cutículas para trás, numa paródia nervosa de sua manicura diária. Cecil reprimiu a vontade de tomar-lhe as mãos.

— Notícias chegarão — ele manteve. — Temos de ser pacientes. E eles receberam ordens para não se retirar.

— Precisamos proclamar nossa amizade com os franceses — ela decidiu. Cecil lançou um olhar a Dudley.

— Estamos em guerra com os franceses — lembrou-a.

— Devíamos escrever uma declaração que se os soldados deles voltarem para casa, não temos conflito algum com a França — continuou Elizabeth, os dedos trabalhando furiosamente. — Então eles ficam sabendo que estamos prontos para a paz, mesmo nesse estágio tardio.

Dudley adiantou-se um passo.

— Ora, mas que ideia excelente — disse, acalmando-a. — Escreva-a. Ninguém sabe apresentar um argumento como você.

"Um argumento que é pura autocontradição", pensou Cecil consigo mesmo, e viu pelo disparo do sorriso de Robert em sua direção que Dudley também sabia disso.

— Quando tenho tempo para escrever? — perguntou Elizabeth. — Nem consigo pensar; estou muito ansiosa.

— À tarde — sugeriu Dudley acalmando-a. — E ninguém sabe escrever como você.

"Ele a domestica como uma de suas éguas selvagens", pensou Cecil, admirado. "Controla-a de um jeito que ninguém mais consegue fazer."

— Você a compõe e eu anoto seu ditado — disse Robert. — Vou ser seu escrivão. E iremos publicá-la, para que todos saibam que não é uma fazedora de guerra. Se houve a guerra eles saberão que suas intenções sempre foram pacíficas. Mostrará que é tudo culpa dos franceses.

— Sim — disse ela, encorajada. — E talvez isso evite a guerra.

— Talvez — os homens a tranquilizaram.

A única notícia boa que chegou em março foi a de que os preparativos franceses para a guerra haviam sido transtornados por uma insurreição de protestantes franceses contra a família real católica.

— Isso não nos ajuda em nada — vaticinou Elizabeth, infeliz. — Agora Felipe da Espanha vai se virar contra todos os protestantes, vai ficar aterrorizado com a possibilidade de propagação e recusar-se a ser meu amigo.

Mas Felipe era inteligente demais para fazer qualquer coisa que ajudasse os franceses na Europa. Em vez disso, ofereceu-se para ser mediador entre eles e os ingleses, e o *Seigneur* de Glajon chegou com grande pompa para encontrar-se com Elizabeth em abril.

— Diga a ele que estou doente — ela sussurrou a Cecil, espiando o poderoso diplomata por uma fenda na porta de seus aposentos privados a sala de audiências. — Mantenha-o longe de mim por algum tempo. Não aguento vê-lo, realmente não, e minhas mãos estão sangrando.

Cecil ganhou tempo com o dom espanhol por vários dias, até chegar a notícia da Escócia de que lorde Grey acabara cruzando a fronteira com o exército inglês. Os soldados da Inglaterra marchavam em solo escocês. Não havia mais como negar: as duas nações estavam afinal em guerra.

As unhas de Elizabeth foram imaculadamente polidas, mas tinha os lábios mordidos em faixas inflamadas quando acabou por encontrar-se com o embaixador espanhol.

— Eles vão nos forçar a fazer a paz — sussurrou a Cecil após o encontro. — Ele quase me ameaçou. Advertiu-me de que se não selarmos a paz com os franceses, Felipe da Espanha vai mandar seus próprios exércitos e impor-nos uma trégua.

Cecil pareceu horrorizado.

— Como poderia fazer uma coisa dessas? Não é um conflito dele.

— Ele tem o poder — disse ela, furiosa. — E a culpa é sua por lhe pedir apoio. Agora ele acha que é seu problema, acha que tem o direito de entrar na Escócia. E se a França e a Espanha tiverem exércitos na Escócia, que será de nós? Quem quer que vença, vai ocupar a Escócia para sempre, e logo vai olhar a fronteira e querer vir para o Sul. Estamos agora à mercê tanto da França quanto da Espanha; como você pôde fazer isso?

— Bem, não era a minha intenção — ele respondeu contrariado. — Felipe acha que pode impor a paz à França assim como a nós?

— Se puder forçá-los a fazer um acordo, isso talvez seja a nossa saída — disse Elizabeth, um pouco mais esperançosa. — Se fizermos um armistício com ele, prometeu-me que conseguiremos Calais de volta.

— Ele mente — disse Cecil, imperturbável — Se você quer Calais, terá de lutar por isso. Se quer manter os franceses fora da Escócia, terá de combatê-los. Temos de impedir que os espanhóis venham. Temos de enfrentar os dois maiores países da cristandade e defender nossa soberania. Você precisa ser valente, Elizabeth.

Ele sempre a chamava pelo seu título. Era um sinal de sua aflição o fato de não o ter reprovado.

— Espírito, eu não sou valente. Estou morrendo de medo — disse ela, num fio de voz.

— Todo mundo está com medo — ele a tranquilizou. — Você, eu, provavelmente até o *Sieur* de Glajon. Não acha que Marie de Guise, doente no Castelo de Leith, também está com medo? Não acha que os franceses sentem medo, com os protestantes insurgindo-se contra eles no coração da própria França? Não acha que Maria, rainha dos escoceses, sente medo com eles enforcando centenas de rebeldes franceses diante de seus próprios olhos?

— Ninguém está tão sozinho quanto eu! — Elizabeth virou-se para ele. — Ninguém além de mim enfrenta dois inimigos na porta de casa! Ninguém, apenas eu, tem de enfrentar Felipe e os franceses sem marido, sem pai e sem ajuda!

— É — ele concordou, solidário. — Na verdade você tem um papel solitário e difícil a desempenhar. Mas precisa desempenhá-lo. Tem de fingir confiança mesmo quando sente medo, mesmo quando se sentir mais sozinha.

— Você quer me transformar num dos atores da nova trupe de Sir Robert — disse ela.

— Eu a veria como um dos atores da Inglaterra — ele respondeu. — Eu a veria desempenhar o papel de uma grande rainha.

"E preferia morrer a confiar o roteiro a Dudley", acrescentou para si mesmo.

A primavera chegou a Stanfield Hall, e com ela Lizzie Oddingsell, companheira de viagem de Amy, mas não receberam palavra alguma de Sir Robert quanto ao lugar onde sua mulher devia ir nessa estação.

— Escrevo a ele? — perguntou Lizzie Oddingsell a Amy.

Amy estava deitada numa espreguiçadeira, a pele branca feito papel, os olhos sem vida, magra como uma criança desnutrida. Ela fez que não com a cabeça, como se falar fosse demasiado esforço.

— Não importa mais a ele onde estou.

— Só que nesta época no ano passado fomos para Bury St. Edmunds, depois para Camberwell — comentou Lizzie.

Amy encolheu os ombros magros.

— Não este ano, parece.

— Você não pode ficar aqui o ano inteiro.

— Por que não? Vivi aqui todos os anos da minha infância.

— Não fica bem — disse Lizzie. — Você é mulher dele, e esta é uma casa pequena, sem nenhuma companhia alegre, sem boas comidas, sem música, dança ou sociedade. Não pode viver como mulher de fazendeiro quando é esposa de um dos homens mais poderosos no país. As pessoas vão falar.

Amy ergueu-se num dos cotovelos.

— Bom Deus, você sabe tão bem quanto eu que as pessoas falam coisas muito piores do que eu não manter uma boa mesa.

— Elas não falam de nada além da guerra com os franceses na Escócia — mentiu Lizzie.

Amy abanou a cabeça, voltou a reclinar-se e fechou os olhos.

— Eu não sou surda. Elas dizem que meu marido e a rainha vão se casar dentro de um ano.

— E que é que você vai fazer? — Lizzie ofereceu-se gentilmente. — E se ele insistir? Se ele a deixar de lado? Sinto muito, Amy, mas você devia pensar no que vai precisar. É uma mulher ainda jovem, e...

— Ele não pode me deixar de lado — disse ela tranquilamente. Serei sua mulher até o dia de minha morte. Não posso evitar. Deus nos uniu, só Deus pode nos separar. Ele pode me mandar embora, pode até se casar com ela, mas então será bígamo e ela uma prostituta para todo mundo. Nada poso fazer além de ser sua mulher até o dia de minha morte.

— Amy — murmurou Lizzie. — Certamente...

— Queira Deus que minha morte chegue logo e liberte todos nós dessa agonia — disse Amy com seu fino fio de voz. — Porque isso para mim é pior que a morte. Saber que ele me amou e se afastou de mim, saber que me quer bem longe, para nunca mais o ver. Saber, toda manhã que acordo, toda noite que durmo, que ele está com ela, que prefere estar com ela do que comigo. Isso me devora como uma úlcera, Lizzie. Já me vejo morrendo disso. Essa dor é igual à morte. Eu preferia estar morta.

— Você tem de se reconciliar consigo mesma. — disse Lizzie Oddingsell, sem muita fé na panaceia.

— Eu me reconciliei com o coração partido — disse Amy. — Eu me reconciliei com uma vida de desolação. Ninguém pode pedir mais de mim.

Lizzie levantou-se e jogou um toro na lareira. A chaminé fumegava e a sala se enchia de uma leve cerração que ardia nos olhos. Ela suspirou com o desconforto da casa de fazenda e a determinação do falecido Sir John de que o que ele estabelecera era bom o bastante para qualquer pessoa.

— Vou escrever a meu irmão — disse ela com firmeza. — Eles sempre ficam felizes em vê-la. Pelo menos podemos ir para Denchworth.

Palácio de Westminster,
14 de março de 1560

William Cecil ao comandante dos soldados da rainha
Senhor,

1. Chegou à minha atenção que os franceses tramaram uma conspiração contra a vida da rainha e a do nobre cavalheiro Sir Robert Dudley. Fui informado de que estão determinados a que um ou outro seja morto, acreditando que isso lhes dará uma vantagem na guerra na Escócia.

2. Pela presente, aviso-o dessa nova ameaça e recomendo que redobre a guarda da rainha e que permaneçam alertas o tempo todo.

Fique alerta também para qualquer um que se aproxime ou siga o nobre cavalheiro, e a qualquer um que frequente seus aposentos ou os estábulos.

Deus salve a rainha.

Sir Francis Knollys e Sir Nicholas Bacon procuraram William Cecil.

— Em nome de Deus, essas ameaças não têm fim?

— Parece que não — disse Cecil, tranquilo.

Sir Robert Dudley juntou-se a eles.

— Mais ameaças de morte contra a rainha — disse-lhe Sir Francis. — E contra você.

— Contra mim?

— Dos franceses, agora.

— Por que os franceses querem me matar? — perguntou Dudley, chocado.

— Acham que a rainha ficaria perturbada com a sua morte — respondeu-lhe Nicholas Bacon com certo tato, quando ninguém mais o fez.

Sir Robert deu um giro rápido e irritado no calcanhar.

— Não vamos fazer nada enquanto Sua Majestade é ameaçada de todos os lados? Quando os franceses a ameaçam, quando o próprio papa a ameaça? Quando os ingleses conspiram contra ela? Não podemos enfrentar esse terror e destruí-lo?

— A natureza do terror é que você não sabe bem o que é nem o que pode fazer — observou Cecil. — Podemos protegê-la, mas até certo ponto. Fora trancá-la numa sala com grades, não podemos preservá-la do perigo. Tenho um homem provando tudo que ela come. Tenho sentinelas em todas as portas, embaixo de cada janela. Ninguém entra na corte sem ser avalizado por alguém, e mesmo assim, dia sim dia não, sei de um novo complô, um novo plano de assassinato contra ela.

— Que achariam os franceses se assassinássemos a jovem rainha Maria? — quis saber Sir Robert.

William Cecil trocou um olhar com o outro homem mais experiente, Sir Francis.

— Não podemos chegar a ela — admitiu. — Mandei Throckmorton examinar a corte francesa quando ele estava em Paris. Não pode ser feito sem eles saberem que fomos nós.

— E é essa a sua única objeção? — espicaçou Robert.

— Sim — respondeu Cecil sedoso.

— Não tenho nenhuma objeção em teoria ao assassinato como um ato de Estado. Poderia salvar vidas e garantir a segurança de outros.

— Eu sou total e completamente contra isso — disse Dudley, indignado. — É proibido por Deus e contra a justiça dos homens.

— Sim, mas é você que eles querem matar, portanto pense nisso — disse Sir Nicholas com pouca simpatia. — O touro raras vezes partilha as crenças do abatedor, e você, você é carne morta, meu amigo.

Amy e Lizzie Oddingsell, escoltadas por Thomas Blount, com homens da libré Dudley cavalgando adiante e atrás, chegaram em silêncio à casa Hyde. As crianças, à espera deles como sempre, desceram correndo a entrada e depois hesitaram, quando a tia não mostrou nada além de um sorriso melancólico e a hóspede preferida deles, a bonita lady Dudley, não pareceu sequer vê-las.

Alice Hyde, apressando-se para cumprimentar a cunhada e a amiga nobre, teve uma sensação momentânea de que uma sombra caíra sobre sua casa e teve um pequeno arrepio involuntário, como se a luz do sol de abril de repente ficasse gelada.

— Irmã! Lady Dudley, sejam muito bem-vindas.

As duas mulheres viraram os rostos para ela, pálida de tensão.

— Oh, Lizzie! — disse Alice, chocada com o esgotamento no rosto dela, e foi ajudá-la a descer da sela, quando o marido saiu e ajudou Lady Dudley a desmontar.

— Posso ir para o meu quarto? — sussurrou Amy a William Hyde.

— Claro — disse ele, amavelmente. — Eu mesmo a levo e mando acender uma lareira para você. Tome um copo de conhaque para espantar o frio e pôr mais uma vez alguma cor nessa bonita face?

Ele achou que ela o olhava como se lhe falasse numa língua estrangeira.

— Eu não estou doente — ela respondeu de imediato. — Quem quer que lhe tenha dito que estou doente, está mentindo.

— Não? Alegra-me saber disso. Parece um pouco extenuada pela viagem, só isso — disse ele, apaziguante, conduzindo-a pelo vestíbulo e escada acima até o melhor quarto de hóspedes da casa. — Devemos esperar Sir Robert aqui, esta primavera?

Amy parou na porta de seu quarto.

— Não — respondeu, bastante serena. — Eu não espero ver meu marido nesta temporada. Não tenho quaisquer expectativas de vê-lo.

— Oh! — exclamou William Hyde, bastante desnorteado.

Então ela se virou e estendeu as mãos para ele.

— Mas ele é meu marido — disse, quase suplicando. — Isso nunca mudará.

Atônito, ele esfregou-lhe as duas mãos frias.

— Claro que é — tranquilizou-a, achando que ela falava ao acaso, como uma louca. — E um ótimo marido, também, eu tenho certeza.

De algum modo, dissera a coisa certa. O doce sorriso de Amy, a amada menina, de repente iluminou o rosto de Amy, a mulher abandonada.

— É, sim. Fico tão feliz que também veja isso, caro William. Ele é um bom marido e portanto deve voltar logo para mim.

— Bom Deus, que foi que eles fizeram com ela? — quis saber William Hyde da irmã, Lizzie Oddingsell, quando os três se sentavam em volta da mesa de jantar, as toalhas retiradas e a porta seguramente fechada contra criados bisbilhoteiros. — Parece à beira da morte.

— É como você previu — disse Lizzie, brusca. — Exatamente como disse quando tanto se alegrou com o que aconteceria se seu amo se casasse com a rainha. Ele fez o que você imaginou que talvez fizesse. Jogou-a fora e vai se casar com a rainha. Disse isso na cara dela.

Um assobio longo e baixo de William Hyde saudou a notícia. Alice ficou inteiramente aturdida do choque.

— E a rainha propôs isso? Acha que vai conseguir passar tal coisa entre a Câmara dos Lordes e dos Comuns da Inglaterra?

Lizzie encolheu os ombros.

— Ele fala como se tudo que se interpõe no caminho deles fosse o consentimento de Amy. Fala como se ele e a rainha estivessem de pleno acordo e já escolhendo o nome para o primeiro recém-nascido dos dois.

— Ele vai ser consorte. Ela talvez até o chame de rei — especulou William Hyde. — E ele não esquecerá os serviços que lhe prestamos e a bondade que lhe mostramos.

— E quanto a ela? — perguntou Lizzie, feroz, indicando com a cabeça o aposento acima — Quando ele for coroado e formos à Abadia de Westminster gritar viva? Onde acha que ela vai ficar então?

William Hyde abanou a cabeça.

— Morando tranquilamente no campo? Na velha casa do pai? Na casa de que ela gostou aqui, a propriedade do velho Simpson?

— Isso vai matá-la — previu Alice. — Ela nunca sobreviverá à perda dele.

— Também acho — concordou Lizzie. — E o pior é que eu acho que, no fundo do coração, ele sabe disso. E tenho certeza de que aquela rainha má também sabe.

— Xiu! — exortou-a William. — Mesmo atrás de portas fechadas, Lizzie!

— Toda a vida Amy tem ido de mal a pior por causa da ambição dele — sussurrou Lizzie. — Toda a vida ela o amou, esperou e rezou longas e insones noites por sua segurança. E agora, no momento de sua prosperidade, ele lhe diz que vai abandoná-la, que ama outra mulher, e que essa outra mulher tem tanto poder que pode lançar aos cães uma esposa legitimamente casada.

"Que acha que isso fará a ela? Você a viu. Não parece uma mulher que se encaminha para a sepultura?"

— Está doente? — perguntou William Hyde, um homem prático. — Tem mesmo o cancro no peito que todos dizem que a está matando?

— Ela está mortalmente doente de tristeza — respondeu Lizzie. — Toda a dor no peito é isso. E ele talvez não entenda, mas garanto que a rainha sim. Sabe que se brincar de cão e gato com Amy Dudley por bastante tempo, a saúde dela vai simplesmente desabar e ela recolher-se ao leito e morrer. Se não se matar primeiro.

— Nunca! Um pecado mortal! — exclamou Alice.

— Este se tornou um país pecaminoso — disse Lizzie, desolada. — Que é pior? Uma mulher se jogar de cabeça escada abaixo ou uma rainha levar um homem casado para a cama e os dois acossarem a verdadeira esposa até a morte?

Thomas,

escreveu Cecil em código ao velho amigo Thomas Gresham na Antuérpia.

1. Recebi seu bilhete sobre os navios de tropas espanhóis, presumivelmente se armam para invadir a Escócia. O grande número deles que você viu deve indicar que também planejam invadir a Inglaterra.

2. Eles têm um plano de invadir a Escócia sob o pretexto de impor a paz. Imagino que o estejam pondo em prática agora.

3. Ao receber esta, informe por favor aos seus clientes, fregueses e amigos que os espanhóis estão prestes a invadir a Escócia, e que isso os levará à guerra com os franceses e conosco, e advirta-os que todo o comércio inglês partirá da Antuérpia para a França. O mercado têxtil deixará os Países Baixos espanhóis para sempre, e a perda será incalculável.

4. Se criar pânico total nos redutos comerciais e mercantis com estas notícias eu lhe ficarei muito grato. Se os pobres se convencerem de que vão morrer de fome pela falta do comércio inglês e se rebelarem contra seus amos espanhóis, será ainda melhor. Se os espanhóis pudessem ser levados a achar que enfrentam uma revolta nacional, seria de grande ajuda.

Cecil não assinou a carta nem a lacrou com seu timbre. Raras vezes punha seu nome em alguma coisa.

Dez dias depois, Cecil entrava com seu ar empertigado no aposento privado da rainha, como um corvo triunfante e de patas compridas, e pôs uma carta diante dela em sua escrivaninha. Não havia outros documentos, a ansiedade de Elizabeth com a Escócia era tão grande que ela não fez nenhum outro trabalho. Apenas Robert Dudley conseguia distraí-la de seu apavorado interrogatório sobre o avanço da guerra, apenas ele a reconfortava.

— De que se trata? — ela perguntou.

— Um relatório de um amigo meu na Antuérpia de que houve pânico na cidade — respondeu Cecil com tranquilo prazer. — Os respeitáveis mercadores e comerciantes partem às centenas, os pobres erguem barricadas nas ruas e disparam nos cortiços. As autoridades espanholas foram obrigadas a emitir uma proclamação aos cidadãos e comerciantes de que não haverá expedição à Escócia nem contra a Inglaterra. Houve uma corrida à moeda, pessoas abandonando a cidade. Ocorreu um pânico absoluto. Elas temiam o início de uma rebelião que deflagrasse uma guerra civil. Os espanhóis foram forçados a garantir aos comerciantes dos Países Baixos que não iam intervir na Escócia contra nós, que vão continuar nossos amigos e aliados, ocorra o que ocorrer na Escócia. O risco para o interesse comercial deles era grande demais. Declararam publicamente sua aliança conosco, e que não vão invadir.

A cor inundou as faces dela.

— Oh, Espírito! Estamos a salvo!

— Ainda temos de enfrentar os franceses — ele acautelou-a. — Mas não precisamos temer que os espanhóis venham contra nós ao mesmo tempo.

— E não preciso me casar com o arquiduque! — Elizabeth riu alegremente.

Cecil conteve-se.

— Embora eu ainda espere fazê-lo — ela se apressou a corrigir. — Dei minha palavra, Cecil.

Ele fez que sim com a cabeça, sabendo que ela mentia.

— E assim escreverei a lorde Grey para capturar o castelo de Leith sem mais tardar?

Ele pegou-a, para variar, num humor confiante.

— Sim! — ela gritou. — Afinal alguma coisa está indo bem para nós. Diga-lhe que inicie o cerco e vença logo!

O humor animado e confiante de Elizabeth não durou muito. Lamentavelmente, o ataque ao castelo de Leith fracassou. As escadas de sítio usadas no assalto eram demasiado curtas e mais de dois mil homens morreram esgaravatando na difícil escalada aos muros do castelo, sem conseguir subir nem descer, ou caíram feridos no sangue e lama embaixo.

O horror da injúria, doença e morte de seus soldados obcecava tanto Elizabeth quanto a humilhação de malograr diante das próprias janelas de Marie de Guise. Alguns disseram que a francesa de coração de pedra olhara para fora e rira ao ver os ingleses varados em lanças no topo de suas escadas de assalto e caindo como pombos baleados.

— Eles precisam voltar para casa! — praguejou Elizabeth. — Estão morrendo quando se afogam na lama diante da porta dela. Ela é uma feiticeira, invocou a chuva para que caísse neles.

— Eles não podem voltar — disse-lhe Cecil.

As unhas dela brilhavam com o frenético polimento de seus dedos, as cutículas puxadas para trás até ficarem vermelhas e em carne viva.

— Eles precisam voltar para casa, estamos predestinados a perder a Escócia. Como é possível as escadas serem baixas demais? Grey devia ser levado à corte marcial. Norfolk deve ser ordenado a regressar. Meu próprio tio é um idiota traiçoeiro! Mil homens mortos nas muralhas de Leith! Eles vão me chamar de assassina por mandar homens bons para a morte por tamanha loucura.

— A guerra sempre significa morte — disse Cecil, impassível. — Sabíamos disso antes de começar.

Ele se refreou. Aquela moça exaltada, amedrontada, nunca vira um campo de batalha, nunca passara por homens feridos gemendo por água. Uma mulher não podia saber o que os homens suportavam, não podia governar como governaria um homem. Uma mulher jamais aprenderia a determinação de um homem feito à imagem de Deus.

— Você tem de adotar a coragem de um rei — disse ele firmemente. — Agora, mais que nunca. Sei que teme que malogremos, mas o lado que vence uma guerra é muitas vezes o que tem mais confiança. Quando você sente o pior dos medos é quando tem de se mostrar com o máximo de bravura. Diga o que lhe vier à cabeça, erga o queixo e jure que tem a coragem de um homem. Sua irmã sabia fazer isso, eu a vi transformar Londres em um momento. Você também pode fazer isso.

Elizabeth enfureceu-se.

— Não a mencione! Ela tinha um marido para governar por ela.

— Não naquele momento — ele a contradisse. — Não ao enfrentar os rebeldes de Wyatt, quando vieram direto até a capital e acamparam em Lambeth. Era uma mulher sozinha então, intitulava-se a Rainha Virgem e a milícia de Londres jurou que todos dariam suas vidas por ela.

— Bem, *eu* não posso fazer isso. — Ela torcia as mãos. — Não consigo encontrar a coragem. Não sei dizer coisas e fazer os homens acreditarem em mim.

Cecil tomou-lhe as mãos e apertou-as.

— Vai ter de conseguir — encorajou-a. — Temos de avançar agora, porque não podemos recuar.

Ela olhou-o, digna de pena.

— Que devemos fazer agora? Que podemos fazer agora? Não será o fim?

— Reunir mais tropas, renovar o cerco — ele respondeu.

— Tem certeza?

— Eu apostaria minha vida nisso.

Relutantemente, ela assentiu com a cabeça.

— Tenho sua permissão para enviar as ordens? — ele pressionou. — Para reunir mais homens, refazer o cerco em Leith?

— Muito bem. — Ela soprou as palavras como uma menina coagida.

Apenas Robert Dudley podia reconfortar Elizabeth. Cavalgavam cada vez menos, ela estava exausta demais devido às noites insones de preocupação. O dia fluía para a noite nos aposentos privados da rainha quando ela andava de um lado para outro até as quatro da manhã e depois caía em esgotado cochilo cheio de sonhos no início da tarde. Os dois fechavam a porta do gabinete particular dela, em desafio aos mexericos, e Robert sentava-se a seu lado diante da lareira nas frias tardes cinzentas. Elizabeth tirava o pesado capuz incrustado de joias, soltava os cabelos e deitava a cabeça no colo dele, e ele afagava-lhe as longas mechas cor de bronze até o olhar tenso, ansioso, dissipar-se do semblante, e às vezes ela fechava os olhos e adormecia.

Kat Ashley, embora sentada no banco da janela em nome da formalidade, mantinha os olhos fixos em seu trabalho de agulha ou lia um livro, jamais chegava sequer a dar uma olhada nos amantes quando Robert embalava Elizabeth com tanta ternura quanto uma mãe. Kat sabia que logo Elizabeth ia desabar sob a tensão. Cuidara dela durante uma dezena de enfermidades nervosas. Habituara-se a examinar seus finos dedos e pulsos à procura de sinais de inchaço, reveladores de que a hidropisia recorrente logo ia exilá-la na cama. E sabia, como sabiam apenas os amigos mais íntimos de Elizabeth, que nada a adoecia mais rápido que o medo.

Do outro lado da porta, sentada na sala de audiências tentando dar a impressão de que não havia problema algum, Catarina Knollys, a costurar uma camisa para o marido, tinha aguda consciência do trono vazio e da corte à espera, dos sussurros de que a rainha e Sir Robert se haviam trancado durante metade do dia e só sairiam na hora do jantar. Catarina mantinha a cabeça erguida e o rosto impávido, recusando-se a responder às pessoas que perguntavam o que fazia sua prima, a rainha, sozinha com Sir Robert, negando-se a dar ouvidos aos comentários resmungados.

Mary Sidney, chocada por ver até onde a ambição do irmão ia levá-lo, mas inabalável em sua lealdade familiar, jantava com Catarina Knollys e passeava com Kat Ashley, evitando qualquer um que pudesse interrogá-la sobre o que achava que Robert Dudley estava fazendo.

O Conselho Privado, os lordes, qualquer homem que não fazia parte da folha de pagamentos de Dudley, jurava que alguém em breve ia acabar trespassando o sujeito por desonrar a rainha e fazer o nome dela surgir nos mexericos de toda cervejaria no país. Alguns diziam que Thomas Howard, desesperadamente fortificando castelos ao longo da fronteira Norte e tentando persuadir homens a alistarem-se, encontrara, apesar disso, tempo para enviar um assassino à corte no Sul a fim de matar Dudley e eliminá-lo de uma vez por todas. Ninguém podia negar que o mundo seria um lugar melhor se Dudley desaparecesse. Ele punha mais em perigo o reino do que os franceses. Trancar-se com a rainha nos próprios aposentos dela, não importando quem se achasse à porta, era levá-la à infâmia fatal.

Mas ninguém podia deter Dudley. Quando reprovado por alguém em que confiava, como Sir Francis Knollys, ele salientava que a saúde da rainha desabaria sob sua ansiedade se não a reconfortasse. Lembrava aos amigos leais que a rainha era uma mulher jovem e sozinha no mundo. Não tinha pai, mãe, guardião. Não tinha ninguém que a amasse e cuidasse dela além dele mesmo, o velho amigo de confiança.

A todos os demais, apenas dava aquele impertinente sorriso de olhos escuros e agradecia-lhes sarcasticamente por sua preocupação com o bem-estar dela.

Laetitia Knollys entrou tranquilamente nas dependências de Cecil e ocupou um lugar à sua escrivaninha com toda a dignidade de uma jovem comprometida.

— Sim? — perguntou Cecil.

— Ela quer negociar a paz com os franceses — observou Laetitia.

Cecil ocultou o choque.

— Tem certeza?

— Tenho certeza de que ela pediu a ele. — A jovem encolheu os ombros magros. — Tenho certeza de que ele disse que ia ver o que poderia fazer. Se ela continua com a mesma ideia agora, eu não saberia dizer. Isso foi esta manhã, e já passa do meio-dia. Quando é que ela pensa a mesma coisa por mais de duas horas?

— Em que termos? — perguntou Cecil, ignorando a impertinência de Laetitia.

— Que eles fiquem com a Escócia e devolvam Calais, e retirem a cota de armas dela da rainha dos escoceses.

Cecil comprimiu os lábios a qualquer comentário.

— Imaginei que o senhor não ia gostar disso. — Ela sorriu. — Todo um país em troca de uma cidade. Às vezes ela age como se estivesse enlouquecendo. Chorava, agarrava-se a ele e pedia-lhe que salvasse a Inglaterra para ela.

"Oh, meu Deus, na frente de uma menina como você, que contaria a qualquer um."

— E ele?

— O que sempre diz: que ela não dever temer, que ele vai cuidar dela, que vai resolver tudo.

— Não prometeu nada específico? Nada de imediato?

Ela sorriu mais uma vez.

— Ele é inteligente demais para isso. Sabe que ela mudará de ideia num momento.

— Você acertou em vir me contar — disse Cecil. Enfiou a mão na gaveta da escrivaninha e, a julgar pelo toque, retirou um dos saquinhos mais pesados. — Para um vestido.

— Muito obrigada. É extraordinariamente caro ser a mulher mais bem-vestida da corte.

— A rainha não lhe dá os vestidos usados dela? — ele perguntou, momentaneamente curioso.

Laetitia deu-lhe um sorriso radiante.

— Acha que ela correria o risco de uma comparação? — perguntou, travessa. — Quando não vive sem Robert Dudley? Quando não suporta sequer que ele olhe para outra mulher? Eu não me daria um de seus velhos vestidos se fosse ela. Não ia querer ser comparada se fosse ela.

Cecil, na chefia de seu círculo de espiões, juntando mexericos sobre a rainha, ouvindo rumores de que metade do país já a considerava casada com Dudley e a outra metade a julgava desonrada, reunia boatos sobre o casal como uma aranha enreda os fios de sua teia, e estendia suas longas patas ao longo deles, alerta a qualquer tremor. Sabia que dezenas de homens ameaçavam arrastar Dudley para a morte, e juravam esfaqueá-lo, centenas diziam que ajudariam, e milhares que veriam isso ocorrer sem levantar sequer um dedo para defendê-lo.

"Queira Deus que alguém o faça mesmo, e logo, e acabe com isso de uma vez", ele sussurrou para si mesmo, vendo Elizabeth e Dudley jantando nos aposentos dela diante de metade da corte, mas sussurrando um com o outro como se estivessem inteiramente sozinhos, a mão dele na perna dela debaixo da mesa, ela com os olhos fixos nos dele.

Mas mesmo Cecil sabia que Elizabeth não podia governar sem Dudley a seu lado. Naquele estágio de sua vida — tão jovem e cercada por tantos perigos — ela precisava de um amigo. E embora ele desejasse de bom grado ficar ao seu lado noite e dia, Elizabeth queria um confidente: coração e alma. Só um homem estupidamente apaixonado por ela podia satisfazer sua fome de tranquilidade, só um homem traindo em público a esposa a cada momento do dia podia satisfazer sua vaidade voraz.

— Sir Robert.

Cecil curvou-se para Dudley quando o mais jovem desceu do estrado ao final do jantar.

— Eu só vou comandar os músicos, a rainha quer ouvir uma melodia que compus para ela — disse Sir Robert, negligente, sem vontade de parar.

— Então não o deterei — disse Cecil. — A rainha chegou a lhe falar sobre uma paz com a França?

Dudley sorriu.

— Não em qualquer sentido prático — respondeu. — Nós dois sabemos, senhor, que é impossível. Eu a deixo falar, acalma seus nervos, e depois explico isso a ela.

— Muito me alivia — disse Cecil, educado. "Explica, não é? Quando você e os seus conhecem apenas jogo duplo e traição!" — Muito bem, Sir Robert, eu venho redigindo uma relação de embaixadores para as cortes da Europa. Achei que devíamos ter alguns rostos novos, assim que se ganhar a guerra. Imaginei se gostaria de visitar a França? Poderíamos nos sair bem com um homem digno de confiança em Paris e Sir Nicholas prefere continuar em casa. — Fez uma pausa. "Precisaríamos de um homem para reconciliá-los com a derrota. E se algum homem poderia virar a cabeça da rainha da França, e seduzi-la a deixar seu dever, seria você."

Robert ignorou o cumprimento ambíguo.

— Já falou com a rainha?

"Não", pensou Cecil, "pois sei qual seria a resposta. Ela não o deixa fora de suas vistas. Mas se eu conseguir convencê-lo, você a convencerá. E serviria bem um belo libertino como você para flertar com Maria, rainha dos escoceses, e espionar para nós." Em voz alta, disse:

— Ainda não. Achei que talvez fosse melhor lhe perguntar primeiro se aceitaria.

Sir Robert deu-lhe seu sorriso mais sedutor.

— Acho que talvez não — respondeu. — Aqui entre nós, Sir William, eu acho que por volta desta época no ano que vem, terei outra função no reino.

— Oh? — exclamou Cecil.

"Que quer dizer?", pensou rapidamente. "Não pode estar falando do meu cargo? Será que ela pretende lhe dar a Irlanda? Ou, amado Deus, ela poria esse fantoche no comando do norte?"

Sir Robert riu, maravilhado com a expressão aturdida de Cecil.

— Acho que vai me encontrar numa posição muito superior — disse, tranquilamente. — Talvez a maior do país, mestre secretário, entende o que quero dizer? E se for meu amigo agora, serei seu amigo então. Entende-me?

E Cecil sentiu que perdia o equilíbrio, como se o chão se houvesse aberto como um abismo embaixo de seus pés. Ele acabou entendendo Sir Robert.

— Acha que ela vai se casar com você? — sussurrou.

Robert sorriu, um homem jovem na confiança de seu amor.

— Com certeza. Se alguém não me matar primeiro.

Cecil retardou-o com o toque na manga.

— Fala a verdade? Pediu-a em casamento e ela aceitou?

"Fique calmo, ela nunca aceita o casamento e fala a verdade. Nunca dá a palavra e cumpre."

— Foi ela quem me pediu. Está combinado entre nós. Ela não suporta o fardo do reino sozinha, eu a amo e ela me ama. — Por um momento, o brilho da ambição Dudley desapareceu do rosto de Robert. — Eu a amo mesmo, você sabe, Cecil. Mais do que pode imaginar. E a farei feliz. Vou dedicar minha vida a fazê-la feliz.

"Sim, mas não se trata de amor", pensou Cecil, infeliz. "Ela não é uma menina ordenhadora, nem você um menino pastor. Nenhum dos dois é livre para se casar por amor. Ela é a rainha da Inglaterra e você um homem casado. Se ela continuar nesse caminho. Será rainha no exílio e você decapitado." Em voz alta, disse:

— Ficou firmemente acertado entre vocês?

— Só a morte pode nos deter.

— Quer sair para uma cavalgada? — Lizzie Oddingsell convidou Amy. — Os narcisos estão desabrochando junto ao rio e são uma bela visão. Achei que podíamos cavalgar até lá e colher alguns.

— Estou cansada — disse Amy fracamente.

— Você não sai há dias — disse Lizzie.

Amy encontrou um débil sorriso.

— Eu sei, sou uma hóspede muito chata.

— Não é isso! Meu irmão se preocupa com sua saúde. Gostaria de ver nosso médico de família?

Amy estendeu a mão para a amiga.

— Você sabe qual é o meu problema. Sabe que não há cura. Soube alguma coisa da corte?

O olhar evasivo e culpado de Lizzie Oddingsell disse tudo a Amy.

— Ela não vai se casar com o arquiduque? Eles estão juntos?

— Amy, as pessoas falam do casamento deles com certeza. A prima de Alice, que frequenta a corte, está certa disso. Talvez você deva pensar no que vai fazer quando ele lhe impuser um divórcio.

Amy calou-se. A Sra. Oddingsell não ousou dizer mais nada.

— Eu vou falar com o padre Wilson — decidiu Amy.

— Faça isso! — disse a Sra. Oddingsell, aliviada do fardo moral de cuidar de Amy. — Quer que eu mande chamá-lo?

— Vou andar até a igreja — decidiu Amy. — Vou andar e vê-lo amanhã de manhã.

O jardim dos Hydes tinha os fundos voltados para o adro da igreja, foi uma caminhada agradável pelo atalho sinuoso por entre os narcisos até o portão coberto à entrada do cemitério, situado no muro do jardim. Amy abriu o portão e percorreu o caminho até a igreja.

Padre Wilson estava ajoelhado diante do altar, mas ao ruído da porta se abrindo, levantou-se e atravessou a nave.

— Lady Dudley.

— Padre, preciso confessar meus pecados e pedir seu conselho.

— Eu não devo ouvi-la. As ordens são para orar direto a Deus.

Cegamente, ela olhou a igreja em volta. As belas janelas de vitral que tão caro haviam custado à paróquia desapareceram, a divisória do crucifixo arrancada.

— Que aconteceu? — ela sussurrou.

— Eles retiraram os vitrais da janela, as velas, o cálice e a divisória do crucifixo.

— Por quê?

Ele encolheu os ombros.

— Eles os chamaram de armadilhas papistas para a alma.

— Podemos conversar aqui, então? — Amy indicou o banco com a mão.

— Deus nos ouvirá aqui, como em qualquer outro lugar — garantiu-lhe o padre. — Vamos nos ajoelhar e pedir-lhe ajuda.

Ele apoiou a cabeça nas mãos e orou muito sério por um momento, para encontrar alguma coisa a dizer que confortasse a jovem. Após ouvir alguns mexericos da corte, sabia que a tarefa estava além de sua competência; ela fora abandonada. Mas Deus era misericordioso, talvez lhe ocorresse alguma coisa.

Amy ajoelhou-se com o rosto enterrado nas mãos e então falou tranquilamente pelo escudo dos dedos.

— Meu marido, Sir Robert, propôs casamento à rainha — começou, em voz baixa. — Ele me disse que esse é o desejo dela. Diz que pode me impor um divórcio, que ela é a papisa na Inglaterra hoje.

O padre assentiu com a cabeça.

— E que disse você, minha filha?

Amy suspirou.

— Sou culpada do pecado da ira e do ciúme. Fui vil e má, e sinto vergonha do que disse e fiz.

— Que Deus a perdoe — disse o padre gentilmente. — Tenho certeza de que sofria grande dor.

Ela abriu os olhos e disparou-lhe um olhar sombrio.

— Sofro tanta dor que acho que vou morrer dela — disse apenas. — Rogo a Deus que me livre dessa dor e me leve para Sua misericórdia.

— No seu devido tempo — complementou o padre.

— Não; agora — disse ela. — Todo dia, padre, todo dia é uma infelicidade tão grande para mim. Mantenho os olhos fechados de manhã na esperança de ter morrido à noite, mas toda manhã, vejo a luz do dia e sei que é outro que tenho de aguentar até o fim.

— Precisa afastar pensamentos de sua própria morte — ele recomendou firmemente.

Surpreendendo-o, Amy deu-lhe um sorriso dulcíssimo.

Ele sentiu, como sentira antes, que não poderia aconselhar uma mulher diante de tal dilema.

— Deus deve ser seu conforto e seu refúgio — disse, recorrendo às palavras conhecidas.

Ela assentiu, como se não estivesse muito convencida.

— Devo dar meu consentimento a um divórcio? — perguntou-lhe. — Aí ele fica livre para se casar com a rainha, o escândalo se dissipará com o tempo, o país ficará em paz, e eu posso ser esquecida.

— Não — respondeu o padre, decisivo. Não pôde evitar, era uma blasfêmia muito grande contra a Igreja à qual ainda servia em segredo. — Deus uniu-os, nenhum homem pode separá-los, mesmo sendo ele seu marido, mesmo sendo ela a rainha. Ela não pode pretender ser papisa.

— Então tenho de viver em tormento, mantendo-o como meu marido mas sem seu amor?

Ele fez uma pequena pausa.

— Sim.

— Padre, ela é rainha da Inglaterra, que poderia fazer a mim?

— Deus vai protegê-la e guardá-la — disse ele com uma confiança que não sentia de fato.

A rainha convocara Cecil ao seu gabinete privado em Whitehall. Kat Ashley estava no vão de uma das janelas, Robert Dudley atrás de sua escrivaninha, algumas damas de companhia sentadas junto à lareira. Cecil fez uma mesura educada a todas antes de aproximar-se da rainha.

— Vossa Majestade? — abordou-a, cauteloso.

— Cecil, eu decidi. Quero que negocie a paz — disse ela.

Ele desviou rápido o olhar para Sir Robert, que deu um sorriso forçado, mas não fez comentário algum.

— O embaixador francês me disse que eles estão enviando um emissário especial para a paz. Quero que se reúna com *monsieur* Randan e encontre algum modo, alguma forma de palavras, que possamos aceitar.

— Vossa Majestade...

— Nossa única esperança seria Marie de Guise morrer, e embora eles digam que sua saúde é fraca, ela não se acha nem perto de morrer. E de qualquer modo, dizem o mesmo de mim! Dizem que estou encalhada por essa guerra, e Deus sabe que é verdade!

Cecil reconheceu o tom familiar de histeria na voz de Elizabeth e recuou um passo da escrivaninha.

— Espírito, nós precisamos ter paz. Não podemos nos permitir uma guerra, com certeza não podemos nos permitir — ela implorou.

— Certamente posso me encontrar com *monsieur* Randan e ver se chegamos a um acordo — disse ele sem alterar a voz. — Redigirei alguns termos, os mostrarei a você e depois os levarei a ele quando chegar.

Elizabeth ofegava de ansiedade.

— Sim, e providencie um cessar-fogo assim que possível.

— Precisamos ter algum tipo de vitória, ou eles vão pensar que estamos com medo — explicou Cecil. — Se pensarem que estamos com medo, avançarão. Posso negociar com eles enquanto mantivermos o cerco, mas temos de continuar o cerco enquanto negociamos, a Marinha precisa manter o bloqueio.

— Não! Traga os homens para casa!

— Então não conseguiremos nada — ele destacou. — E eles não vão precisar de um acordo conosco, pois poderão fazer o que quiserem.

Ela levantara-se da cadeira e andava em volta da sala, nervosa e ansiosa, esfregando as unhas. Robert Dudley foi atrás dela e envolveu-a pela cintura, levou-a de volta à cadeira e olhou para Cecil.

— A rainha está muito aflita com o risco da vida inglesa — explicou, apaziguador.

— Estamos todos profundamente preocupados, mas temos de manter o cerco — disse Cecil categórico.

— Estou certo de que a rainha concordaria em manter o cerco se fosse encontrar-se com o francês para discutir os termos — disse Robert. — Tenho certeza de que ela veria que você tem de negociar de uma posição de força. Os franceses precisam ver que estamos falando sério.

"Sim", pensou Cecil. "Mas onde fica você em tudo isso? Acalmando-a, eu vejo, e graças a Deus que alguém faz isso, embora eu desse uma fortuna para não ser você. Mas qual é o seu jogo? Tem de haver um interesse aqui Dudley, se eu ao menos conseguisse vê-lo."

— Desde que as negociações prossigam rápido — disse a rainha. — Isso não pode se arrastar. A doença está matando meus soldados enquanto aguardam diante do castelo de Leith.

— Se você mesmo fosse a Newcastle — sugeriu Dudley a Cecil. — Leve o emissário francês consigo e negocie de lá, no quartel-general de Norfolk, para que os tenhamos completamente sob nosso controle.

— E bem longe do representante espanhol, que continua tentando se intrometer — concordou Cecil.

— E perto o bastante da Escócia para que eles recebam instruções da rainha regente, mas distante da França — observou Dudley.

"E longe da rainha, para ela não poder me contraordenar o tempo todo" — complementou Cecil. Então lhe ocorreu o pensamento: "Bom Deus! Ele está me mandando também para Newcastle! Primeiro o tio dela, que fez comandante da fronteira escocesa e pôs na frente da batalha, e agora eu. Que pensa em fazer quando eu me for? Suplantar-me? Designar a si mesmo ao Conselho Privado e fazer passar seu divórcio? Assassinar-me?" Em voz alta, disse:

— Eu vou, mas precisaria de um compromisso de Vossa Majestade.

Elizabeth ergueu os olhos, e ele julgou jamais tê-la visto tão abatida e cansada, nem na infância, quando enfrentara a morte.

— Que é que você quer, Espírito?

— Que me prometa que será fiel à nossa longa amizade enquanto eu estiver longe de você — disse firmemente. — E que não tome nenhuma grande decisão, não faça nenhuma aliança, nenhum tratado — não ousou olhar para Dudley —, nenhuma parceria até eu regressar.

Ela, pelo menos, era inocente de algum complô contra ele. Respondeu-lhe rápido e francamente.

— Claro. E você vai tentar nos levar à paz, não vai, Espírito?

Cecil fez uma mesura.

— Darei o melhor de mim a você e à Inglaterra.

Ela estendeu a mão para ele beijar. As unhas estavam todas esfiapadas onde as cutucara, quando ele lhe beijou os dedos as cutículas rasgadas espetaram seus lábios.

— Deus devolva a paz de espírito à Vossa Graça — disse gentilmente. — Vou servi-la em Newcastle como a serviria aqui. Conserve sua fé em mim também.

Os cavalos de Cecil e o grande comboio de soldados, criados e guardas foram conduzidos até diante das portas do palácio, a própria rainha e a corte dispostas em leque para despedir-se dele. Era como se ela lhe mostrasse, e a todo mundo mais que se daria o trabalho de notar, que ele não estava sendo despachado para Norte para ser retirado do caminho, mas enviado com pompa e faria uma terrível falta.

Ele ajoelhou-se diante dela num degrau de pedra.

— Eu queria lhe falar antes de partir — disse, a voz muito baixa. — Quando entrei na sua sala de audiências ontem à noite, disseram que se havia retirado e não pude vê-la.

— Eu estava cansada — disse ela, evasiva.

— É sobre a moeda. E é importante.

Ela fez que sim com a cabeça e levantou-se, deu-lhe o braço e os dois desceram os degraus do palácio juntos, fora do alcance do ouvido do séquito de companhia.

— Precisamos reavaliar a moeda do reino — disse Cecil tranquilamente. — Mas isso tem de ser feito em total segredo, ou toda megera do país vai passar adiante as moedas atuais, sabendo que não vão servir para nada no novo valor.

— Achei que não tínhamos meios para isso — disse Elizabeth.

— Não podemos nos dar ao luxo de não o fazer. Precisa ser feito. E encontrei uma forma de obter ouro emprestado. Vamos cunhar novas moedas e numa única ação, da noite para o dia, recolher as velhas, pesá-las e substituí-las por novas.

Ela não entendeu a princípio.

— Mas as pessoas com estoques de moedas não terão a fortuna que julgavam ter.

— Sim — concordou Cecil. — Isso vai prejudicar as pessoas com tesouros acumulados, mas não as comuns. As com tesouros vão gritar, mas as comuns vão nos adorar. E as pessoas com tesouros também são comerciantes, criadores de ovelhas e especuladores, vão conseguir bom valor para as novas moedas quando trocarem no exterior. Não vão gritar alto demais.

— E o tesouro real? — ela perguntou, alerta de repente à sua própria fortuna diminuída.

— Seu conselheiro Armagil Waad está cuidando disso. Você vem convertendo para ouro desde que chegou ao trono. Tornaremos a moeda deste país mais uma vez sólida, e todos vão chamar esta de uma era de ouro.

Elizabeth sorriu a isso, como ele sabia que sorriria.

— Mas tem de ser um segredo total — repetiu Cecil. — Se contar a uma única pessoa, "e nós dois sabemos quem seria essa pessoa", ela iria especular em moedas e alertar todo mundo que a observa. Todos os amigos dela também iriam especular, iriam copiá-la, mesmo que ela não quisesse avisá-las, e seus rivais iriam querer saber por quê e também especular. Tem de ser um segredo total, ou não podemos fazer isso.

Ela assentiu com a cabeça.

— Se você contar a ele, ficará arruinada.

Ela não olhou para Dudley nos degraus atrás, manteve os olhos fixos em Cecil.

— Consegue guardar um segredo? — ele perguntou.

Os olhos Bolenas dela se iluminaram para ele com todo o brilhante cinismo de seus ancestrais mercadores.

— Oh, Espírito, mais do que qualquer pessoa, você sabe que sim.

Ele fez uma mesura, beijou-lhe a mão e virou-se para montar no cavalo.

— Quando faremos isso? — ela perguntou.

— Em setembro. Deste ano. Queria Deus que tenhamos paz então.

Verão de 1560

Cecil e sua delegação levaram uma semana para ir de Londres a Newcastle, cavalgando a maior parte do percurso na Grande Estrada do Norte, no excelente tempo de início de verão. Ele passou uma noite em Burghley, seu novo e belo palácio semipronto, ainda em construção. A esposa, Mildred, recebeu-o com seu habitual e constante bom humor, e os dois filhos estavam bem.

— Temos muitas moedas? — ele perguntou-lhe durante o jantar.

— Não — ela respondeu. — Quando a rainha chegou ao trono, você me disse que não devíamos guardar moedas, e desde então é fácil ver que os problemas ficaram ainda piores. Guardo o mínimo possível. Recebo as rendas da propriedade em espécie ou produtos sempre que possível, a moeda é muito ruim.

— Isso é bom — disse ele.

Sabia que não precisava dizer mais. Mildred podia viver numa área remota, mas não acontecia muita coisa no campo e na cidade de que ela não estivesse a par. Seus parentes eram os maiores protestantes do país; ela vinha da formidável família protestante Cheke, e cartas constantes de notícias, opinião e teologia passavam de uma casa grande para outra.

— Está tudo bem aqui? — ele perguntou. — Eu daria o resgate de um rei para ficar e ver os construtores.

— Custaria um resgate real você chegar atrasado à Escócia? — ela perguntou, perspicaz.

— Sim. Trata-se de uma grave missão, mulher.

— Nós vamos vencer? — ela perguntou, sem rodeios.

Cecil fez uma pausa antes de responder.

— Quisera eu ter certeza. Mas são demasiados jogadores, e não posso saber as cartas que têm. Temos bons homens na fronteira agora, lorde Grey é confiável, e Thomas Howard tão ardente quanto sempre. Mas os lordes protestantes são um bando misto e John Knox um risco.

— Um homem de Deus — disse ela, vigorosa.

— Com certeza ele age como divinamente inspirado — assentiu Cecil, malicioso, e viu-a sorrir.

— Temos de deter os franceses?

— Ou estamos perdidos — ele concordou. — Eu aceitaria qualquer aliado.

Mildred serviu-lhe um cálice de vinho e nada mais disse.

— É bom ter você aqui — observou. — Quando tudo isso acabar, será que poderia voltar para casa?

— Talvez. O trabalho com ela não é fácil.

Na manhã seguinte, Cecil tomou o desjejum e se aprontava para partir ao amanhecer. A esposa se levantara para despedir-se dele.

— Tome cuidado na Escócia — disse, dando-lhe um beijo de despedida. — Sei que há protestantes, assim como papistas patifes.

Fizeram um bom tempo até Newcastle, chegando na primeira semana de junho, e Cecil encontrou Thomas Howard em ótima disposição, confiante na força dos castelos da fronteira e determinado de que não houvesse negociações de paz para abrir mão do que se poderia ganhar numa batalha.

— Estamos aqui com um exército — queixou-se a Cecil. — Por que traríamos um exército se vamos simplesmente fazer a paz?

— Ela acha que Leith jamais cairá — disse Cecil, astucioso. — Acha que se trata de uma batalha que os franceses vencerão.

— Nós podemos derrotá-los! — exclamou Norfolk. — Podemos derrotá-los e então iniciar negociações para a paz. Eles podem nos pedir termos quando forem derrotados.

Cecil acomodou-se para o longo processo de negociação com o emissário da paz, *monsieur* Randan. Sem demora, Thomas Howard levou-o para um lado, para se opor à delegação francesa.

— Cecil, metade dos chamados cortesões dessa comitiva é de engenheiros. Eu não os quero olhando as nossas disposições e examinando as paredes do castelo aqui e em Edimburgo. Se você lhes der rédea livre, vão ver tudo o que fiz aqui. A outra metade é de espiões. Quando viajam para Edimburgo e Leith, eles se encontram com seus agentes e as notícias seguem direto de volta à França. Randan tem de negociar pela palavra dele mesmo, não pode sair galopando até a rainha regente e voltar dia sim, dia não, vendo sabe Deus o quê e falando sabe Deus com quem.

Mas *monsieur* Randan era obstinado. Tinha de rever instruções da própria Marie de Guise, e não podia oferecer propostas de paz, nem responder às propostas inglesas, sem falar com ela. Tinha de ir a Edimburgo e ter salvo-conduto pelas linhas do cerco para o castelo de Leith.

— É melhor desenhar um mapa para ele — disse Thomas Howard, irritado. — Convidá-lo a passar em cada maldita casa papista no caminho.

— Ele tem de ver sua ama — observou Cecil, sensatamente. — Tem de apresentar nossas propostas a ela.

— Sim, e ela é o nosso maior perigo — declarou Thomas Howard. — Ele não passa de seu porta-voz. Ela é uma grande política. Vai ficar entocada naquele castelo para sempre se puder, e impedir-nos de falar com os franceses. Vai se interpor entre nós e eles. Se deixarmos Randan falar com ela, vai ordenar-lhe que peça uma coisa e depois outra, vai concordar e depois voltar atrás, vai nos prender aqui até o outono, e então a temperatura tratará de nos matar.

— Acha mesmo isso? — perguntou Cecil, ansioso.

— Tenho certeza. Os escoceses já estão debandando, e perdemos homens todo dia para a doença. Quando o tempo quente chegar, podemos esperar a peste, e quando chegar o frio, seremos destruídos pela sezão. Temos de avançar agora, Cecil, não podemos deixar que nos atrasem com falsas ofertas de paz.

— Avançar como?

— Avançar o cerco. Romper as linhas de defesa. Não importa o que custe. Temos de chocá-los até que assinem o tratado.

Cecil assentiu com a cabeça.

— Sim, mas vi seus planos para o cerco. Exigem uma sorte fenomenal, extraordinária coragem e meticuloso dom de comando, e o exército inglês não tem nenhuma dessas coisas. Você tem razão apenas em seu medo: se Marie de Guise se mantiver firme dentro do castelo de Leith, seremos destruídos pelo tempo, e os franceses podem ocupar a Escócia e o norte da Inglaterra à vontade. Tem razão ao dizer que os franceses precisam ser assustados para assinar a paz.

Elizabeth estava exausta demais para se vestir adequadamente. Robert foi recebido em seu gabinete privado, ela sentada com suas damas de robe sobre a camisola, os cabelos numa trança descuidada nas costas.

Kat Ashley, em geral ansiosa guardiã da reputação da rainha, abriu a porta para ele sem uma palavra de queixa. O amigo de longa data e conselheiro da rainha, Thomas Parry, já se encontrava no aposento. Instalada no banco da janela, Elizabeth fez um gesto a Robert para que se sentasse a seu lado.

— Está doente, meu amor? — ele perguntou ternamente.

Tinha olheiras tão escuras que parecia um lutador de mãos nuas derrotado.

— Apenas cansada — disse, exibindo até os lábios exangues.

— Aqui, tome isto — ofereceu Kat Ashley, empurrando-lhe na mão uma caneca de hidromel.

— Alguma notícia de Cecil?

— Nada ainda. Temo que vão tentar mais uma vez tomar o castelo, meu tio é tão apressado, e lorde Grey tão determinado. Eu quis que Cecil me prometesse um cessar-fogo enquanto o emissário francês estava no Norte, mas ele disse que precisamos manter a ameaça de pé...

Interrompeu-se, a garganta apertada de ansiedade.

— Ele tem razão — disse tranquilamente Thomas Parry.

Robert apertou-lhe a mão.

— Beba enquanto está quente — disse. — Vamos lá, Elizabeth.

— É pior que isso — disse ela, tomando obedientemente um gole. — Não temos dinheiro. Não posso pagar os soldados se ficarem no campo de batalha mais uma semana. E então que acontecerá? Se eles se amotinarem, seremos destruídos, se tentarem voltar para casa sem dinheiro nos bolsos vão saquear desde a fronteira até Londres. E depois os franceses marcharão livremente atrás deles.

Interrompeu-se mais uma vez.

— Oh, Robert, saiu tudo tão terrivelmente errado. Arruinei tudo que restou para mim. Nem minha meia-irmã Mary faltou a este país tanto como eu.

— Xiu — ele fez, tomando-lhe a mão e apertando-a junto ao seu coração. — Nada disso é verdade. Se precisar de dinheiro, levantarei para você, há emprestadores a quem podemos recorrer, prometo-lhe. Pagaremos aos soldados, e Howard e Grey não vão atacar sem uma chance de ganhar. Se quiser, vou ao Norte ver para você o que está acontecendo.

Ela logo lhe apertou a mão.

— Não me deixe — disse. — Não aguento esperar sem você a meu lado. Não me deixe, Robert, não posso viver sem você.

— Meu amor — disse ele, em voz baixa. — Sou seu para o que mandar. Irei ou ficarei como desejar. E sempre a amando.

Ela ergueu um pouco a cabeça, afastando-a da caneca, e deu-lhe um sorriso fugidio.

— Pronto — disse ele. — Assim está melhor. E num momento deve ir trocar de roupa, pôr um belo vestido, que a levarei para cavalgar.

Ela fez que não com a cabeça.

— Não posso cavalgar, minhas mãos estão muito machucadas.

Estendeu-as para mostrar. Tinha as cutículas em toda a volta das unhas vermelhas e sangrando, e os nós dos dedos gordos e inchados.

— Bem, lave as mãos e passe creme, meu amor — disse Robert, ocultando o choque. — Depois ponha um vestido bonito, venha se sentar a meu lado junto à lareira, ouviremos um pouco de música e enquanto você descansa eu lhe falo dos meus cavalos.

Ela sorriu, como uma criança com a promessa de um mimo.

— Sim. E se vier uma mensagem da Escócia...

Ele ergueu a mão.

— Nem uma palavra sobre a Escócia. Se houver notícias, eles as trarão para nós o mais rápido possível. Temos de aprender a arte de esperar pacientemente. Vamos lá, Elizabeth, você sabe tudo sobre esperar. Já a vi fazer isso como um mestre. Precisa esperar as notícias como aguardou a coroa. De todas as mulheres no mundo, é a que espera com mais elegância.

Ela deu uns risinhos nervosos ao ouvir isso, todo o rosto se iluminando.

— Ora, é verdade — concordou Thomas Parry. — Desde que era menina conseguia ficar serena e julgar seu momento.

— Ótimo — disse Robert Dudley. — Agora vá se vestir e seja rápida.

Elizabeth obedeceu, como se ele fosse seu marido a comandá-la, e ela jamais a rainha da Inglaterra. Suas damas passaram por ele cabisbaixas, exceto Laetitia Knollys, que lhe fez uma reverência ao passar, uma profunda mesura, apropriada a uma jovem dama de companhia a um rei consorte. Poucas coisas em lorde Robert escapavam à observação de Laetitia.

Newcastle
7 de junho de 1560

1. O assassinato é um instrumento desagradável da arte de governar um país, mas há ocasiões em que deve ser considerado.

2. Por exemplo, quando a morte de uma pessoa é para o bem de muitas vidas.

3. A morte de um inimigo pode ser para o bem de muitos amigos.

4. No caso de um rei ou rainha, uma morte que parece acidental é melhor que uma derrota desse rei ou rainha, que poderia encorajar outros a pensar em rebelião no futuro.

5. Ela é, em todo caso, idosa e goza de pouca saúde. A morte pode lhe ser uma libertação.

6. Eu a aconselharia a não discutir isso com ninguém. Não há necessidade de resposta.

Cecil enviou a carta não assinada nem lacrada por mensageiro especial, a ser entregue na mão da rainha. Não havia a menor necessidade de esperar resposta, ele sabia que Elizabeth aceitaria qualquer crime em sua flexível consciência para trazer seus exércitos de volta.

Toda a corte, o mundo todo, aguardava notícias da Escócia, e apesar disso elas só vinham em fragmentos não reveladores. As cartas de Cecil, sempre chegando com três dias de atraso, diziam que ele e o enviado francês planejavam viajar juntos para Edimburgo, assim que se acertassem os detalhes da comitiva francesa. Escreveu que tinha esperança de acordo assim que *monsieur* Randan, o emissário francês para a paz, recebesse instruções de Marie de Guise. Que sabia que Elizabeth estaria ansiosa quanto aos soldados, às reservas, às dívidas de pagamento e às condições deles, mas ele relataria a respeito de tudo isso quando se encontrasse com lorde Grey em Edimburgo. Ela teria de esperar as notícias.

Todos teriam de esperar.

— Robert, eu não aguento isso sozinha — sussurrou-lhe Elizabeth. — Estou desmoronando. Eu me sinto assim.

Ele caminhava com ela na longa galeria, passando pelos retratos de seu pai, avô e dos outros monarcas da Europa. O de Marie de Guise encarava-os de cima, Elizabeth mantivera-o num lugar de honra, na esperança de confundir os franceses sobre seus sentimentos pela rainha regente que trouxera tantos transtornos ao reino e tanto perigo a ela.

— Não precisa aguentar sozinha. Você tem a mim.

Ela fez uma pausa na passada e agarrou-lhe a mão.

— Jura? Nunca vai me deixar?

— Você sabe quanto eu a amo.

Ela deu uma brusca gargalhada.

— Amor! Eu vi meu pai desesperado de amor por minha prima e depois ordenar a execução dela. Thomas Seymour jurou que me amava e deixei-o ir para a morte e nunca levantei um dedo para salvá-lo. Vieram me perguntar que achava dele e eu não disse nada em seu favor. Nem uma única palavra. Fui uma absoluta traidora do meu amor por ele. Preciso de mais que uma promessa de amor, Robert. Não tenho motivo algum para acreditar em doces promessas.

Ele parou por um momento.

— Se eu fosse livre, me casaria com você hoje.

— Mas não é! — ela gritou. — Repetidas vezes voltamos a isso. Você diz que me ama e se casaria comigo, mas não pode, e por isso estou sozinha, tenho de ficar sozinha, e não suporto mais ser sozinha.

— Espere — disse ele, pensando furiosamente. — Há uma maneira. Há. Eu poderia provar meu amor por você. Podíamos ficar noivos. Faríamos um noivado *de futuro*.

— Uma promessa compulsória de se casar em público quando você for livre — ela exalou.

— Um juramento tão compulsório quanto o voto de casamento — ele lembrou. — Um voto que faremos um ao outro tão seguro quanto o casamento. Assim, quando eu for livre, só precisamos declarar publicamente o que fizemos em privado.

— E você será meu marido, ficará sempre a meu lado e nunca me deixará — ela sussurrou, faminta, estendendo a mão para a dele. Sem hesitação, ele tomou-a e fechou-a na dele.

— Vamos fazer isso agora — sussurrou Robert. — Já. Em sua capela. Com testemunhas.

Por um momento, achou que fora longe demais e ela ia recuar de medo. Mas ela olhou a corte em volta que conversava languidamente, apenas meio olho em seu passeio com o companheiro constante.

— Kat, eu vou rezar por nossas tropas na Escócia — ela gritou para a Sra. Ashley. — Nenhum de vocês precisa vir comigo, além de Catarina e Sir Francis. Quero ficar sozinha.

As senhoras fizeram reverências e os cavalheiros, mesuras. Catarina e Francis Knollys seguiram Elizabeth e Robert quando, de braços dados, atravessaram juntos a galeria e desceram o largo lance de escada até a Capela Real.

O lugar se achava em silêncio e sombras, vazio, a não ser por um menino polindo a balaustrada do coro.

— Você. Fora — disse Elizabeth, breve.

— Elizabeth? — inquiriu Catarina.

Elizabeth virou-se para a prima, o rosto iluminado de alegria.

— Vocês testemunhariam nosso noivado? — ela perguntou.

— Noivado? — repetiu Sir Francis, olhando para Sir Robert.

— Um noivado *de futuro*, uma garantia de publicação de nosso casamento mais tarde — ele explicou. — É o mais caro desejo da rainha e meu.

— E quanto à sua mulher? — perguntou Sir Francis num semissussurro a Sir Robert.

— Ela vai ter um generoso acordo — ele respondeu. — Mas queremos fazer isso agora. Serão ou não nossas testemunhas?

Catarina e o marido se entreolharam.

— Trata-se de um voto compulsório — disse Catarina, hesitante.

Olhou o marido em busca de orientação.

— Nós seremos suas testemunhas — disse ele; e então se postou com Catarina, em silêncio, ao lado da rainha e seu amante quando os dois se voltaram para o altar.

Os castiçais e crucifixo papistas de Elizabeth cintilavam nas luzes de uma dezena de chamas de vela. Elizabeth ajoelhou-se, os olhos no crucifixo, e Robert ajoelhou-se a seu lado.

Ela virou o rosto para ele.

— Com este anel, eu vos desposo — disse.

Retirou o anel de sinete, o do sinete da rosa Tudor, do quarto dedo e entregou a ele.

Ele tomou-o e experimentou no dedo mindinho. Para deleite dos dois, deslizou como se houvesse sido feito sob medida. Ele retirou o próprio anel, o que usava para lacrar suas cartas, o anel do pai com o cajado desgastado e o urso da família Dudley.

— Com este anel, eu vos desposo — disse. — Deste dia e de agora em diante sou vosso marido prometido.

Elizabeth pegou o anel dele e enfiou em seu quarto dedo. Coube à perfeição.

— Deste dia e de agora em diante sou vossa esposa prometida — sussurrou. — E serei bondosa e alegre na cama e na mesa.

— E eu não amarei ninguém além de vós até que a morte nos separe — ele jurou.

— Até que a morte nos separe — ela repetiu.

Os olhos escuros de Elizabeth resplandeciam com lágrimas; quando ela se curvou para a frente e beijou-o nos lábios, transbordaram. A lembrança dele dessa tarde seria sempre do calor de seus lábios e do gosto salgado de suas lágrimas.

Comemoraram nessa noite, pediram música, dançaram e foram felizes pela primeira vez em muitos dias. Ninguém sabia por que motivo Elizabeth e Robert se haviam de repente enchido de alegria, ninguém além de Catarina e Francis Knollys; e eles se haviam retirado para seus aposentos privados. Apesar da boa animação, Elizabeth disse que queria ir cedo para a cama, e dava risadinhas nervosas ao dizer isso.

Obediente, a corte retirou-se, as damas acompanharam a rainha ao seu aposento privado e tiveram início as pequenas tradições dos preparativos para dormir da rainha: a perfuração ritual da espada na cama, o aquecimento da camisola, o aquecimento e adoçamento de sua cerveja com especiarias.

Ouviu-se uma leve batida na porta. Elizabeth fez sinal a Laetitia para que a abrisse.

O criado de Cecil estava ali. Mudamente, mostrou-lhe uma carta. Quando Laetitia estendeu a mão para pegá-la, ele desviou-a de sua mão. Ela ergueu as sobrancelhas numa razoável mímica da impaciência de Elizabeth e recuou.

Elizabeth adiantou-se para pegá-la. Ele fez uma mesura.

— Quanto tempo você levou para chegar aqui? — perguntou Elizabeth. — De quando é esta notícia?

— Três dias, Vossa Graça — respondeu o homem com outra mesura. — Temos cavalos esperando pela Grande Estrada do Norte, e meu lorde nos faz cavalgar em postas para vir mais rápido. Nós entregamos em três dias. Não encontrará ninguém que receba notícias mais rápido que a senhora.

— Obrigada — disse Elizabeth e mandou-o embora com um aceno. Laetitia fechou a porta e postou-se atrás do ombro de Elizabeth.

— Para trás, você — mandou a rainha.

Laetitia retirou-se quando a rainha partiu o lacre e abriu a carta na escrivaninha. Guardava o código numa gaveta. Começou a decodificar a análise por Cecil do uso do assassinato, depois se reclinou e sorriu ao entender o que ele lhe dizia, em sua maneira oblíqua: que os franceses estavam prestes a perder sua destacada líder política na Escócia.

— Boas notícias? — perguntou Laetitia Knollys.

— Sim — respondeu logo Elizabeth. — Acho que sim.

"Más notícias para a jovem rainha dos escoceses, que vai perder a mãe", pensou. "Mas alguns de nós têm de viver sem uma mãe por toda a vida. Que ela saiba o que é ser sozinha. Que saiba que tem de lutar por seu reino como eu lutei pelo meu. Não haverá piedade pela rainha dos escoceses da minha parte."

Assim que as mulheres se retiraram e a companheira de Elizabeth adormeceu, ela se levantou da cama, penteou os cabelos e destrancou a porta entre os aposentos contíguos. Robert esperava-a, a mesa posta para a ceia, a lareira acesa. Ele percebeu logo que a cor voltara às faces dela, o sorriso ao rosto, e atribuiu todo o crédito a si mesmo.

— Você está melhor — disse ele, abraçando-a e beijando-a. — O casamento lhe cai bem.

— Eu me sinto melhor. — Ela sorriu. — Não estou mais sozinha.

— Não está sozinha — ele prometeu. — Tem um marido para aguentar o fardo por você. Jamais ficará sozinha de novo.

Ela deu um pequeno suspiro de alívio, deixou-o levá-la para uma cadeira diante da lareira e aceitou um cálice de vinho que ele lhe serviu. "Não ficarei sozinha", pensou. "E Maria, rainha dos escoceses, ficará órfã."

Parecia que Cecil e *monsieur* Randan não conseguiam concordar com nada, nem com os preparativos para a viagem deles de Newcastle a Edimburgo. Thomas Howard exigiu que a comitiva de *monsieur* Randan fosse reduzida antes de cruzarem as fronteiras, mas o emissário francês agia como um homem que sabia estar negociando uma vitória para seu país, e não fazia nenhuma concessão.

Embora Marie de Guise estivesse sob sítio, num país em grande parte hostil, vinha exigindo o poderio de todo o exército inglês para mantê-la no castelo de Leith, e toda a marinha inglesa ancorada em Firth of Forth abastecendo as tropas. Os franceses, contudo, tinham maciças reservas e um grande tesouro que podiam ser dispostos estrategicamente contra a Inglaterra. A possibilidade de um ataque aos portos do Sul enquanto todo o contingente inglês estava atracado na Escócia acordava Cecil a maioria das noites e levava-o a rondar em volta das ameias de Newcastle, certo de que o cerco precisava ser terminado, e logo.

Apesar de toda a sua calma urbana diante do emissário francês, sabia que jogava pela própria sobrevivência da Inglaterra contra probabilidades quase impossíveis.

Assim que aprontaram a partida para Edimburgo, *monsieur* Randan despachou um mensageiro ao castelo de Leith para anunciar que eles iam fazer uma visita à regente e receber instruções durante a semana. O mensageiro voltou com informação de que Marie de Guise, embora doente com hidropisia, ia receber o emissário francês e dar-lhe suas instruções quanto ao acordo.

— Acho que vai descobrir que tem uma dura negociadora com que tratar — disse *monsieur* Randan, sorrindo para Cecil. — Ela própria é uma Guise, o senhor sabe, nascida e criada. Não estará disposta a entregar o reino da filha a invasores.

— Nós queremos apenas um acordo de que as forças francesas não ocuparão a Escócia — disse Cecil, imparcial. — Não somos os invasores aqui. Ao contrário. Defendemos os escoceses contra a invasão.

Monsieur Randan deu de ombros.

— Ah, ora! Que posso dizer? A rainha da Escócia é a rainha da França. Imagino que ela possa mandar seus servidores aonde queira nos dois reinos. A França e a Escócia são uma única coisa para nossa rainha. Sua rainha comanda os servidores a fazerem o que ela quer, não? — Interrompeu-se com uma risada afetada. — Oh! Exceto seu estribeiro-mor, ouvimos dizer, que parece comandá-la.

O sorriso agradável de Cecil não vacilou com o insulto.

— Temos de garantir um acordo de que as tropas francesas partirão da Escócia — repetiu tranquilamente. — Ou nada pode impedir a continuação de uma guerra que será prejudicial à Inglaterra e à França.

— Seja o que for que Sua Majestade deseja de mim — declarou *monsieur* Randan. — Fui chamado a vê-la amanhã quando chegarmos a Edimburgo, e ela me dirá o que deve ser feito, e acho que o senhor descobrirá que tem de fazê-lo.

Cecil assentiu com uma mesura, como um homem obrigado a uma posição que não pode defender, por um inimigo em vantagem.

Mas *monsieur* Randan jamais se encontrou com a regente, jamais recebeu suas instruções, jamais retornou a Cecil com uma recusa.

Em meados de junho, chegou da Escócia a notícia que Elizabeth vinha esperando fazia uma semana. Todo dia ela pusera um vestido ornado, sentara-se sob o manto do Estado e esperara que alguém lhe dissesse que um mensageiro de

Cecil, sujo de viagem, acabara de cavalgar pela corte adentro. Acabou acontecendo. Robert Dudley escoltou o homem à presença dela, atravessando um zumbido de cortesãos.

Elizabeth abriu a carta e leu-a; casualmente, Dudley postou-se atrás dela, como um segundo monarca, e leu-a por cima de seu ombro como de direito.

— Bom Deus — exclamou, quando chegou ao trecho em que Cecil contava à rainha que Marie de Guise morrera subitamente. — Bom Deus, Elizabeth. Você tem uma sorte dos diabos.

A cor inundou-lhe o rosto. Ela ergueu a cabeça e sorriu para a corte.

— Vejam como somos abençoados — anunciou. — Marie de Guise morreu de hidropisia, os franceses estão em desordem. Cecil me escreve que começou a trabalhar num tratado para trazer a paz entre nossas duas nações.

Ouviram-se um gritinho de uma das damas, cujo irmão servia com lorde Grey, e uma ondulação de aplausos que se espalhou pela corte. Elizabeth levantou-se.

— Derrotamos os franceses — ela anunciou. — O próprio Deus fulminou nossa inimiga Marie de Guise. Que outros tomem isso como um aviso. Deus está do nosso lado.

"Sim", disse Robert a si mesmo, aproximando-se mais da rainha vitoriosa e tomando-lhe a mão, para que os dois encarassem a corte nesse momento de triunfo. "Mas quem imaginaria que o instrumento escolhido de Deus seria uma pequena doninha como William Cecil?"

Elizabeth virou-se para ele, os olhos brilhando.

— Não é um milagre? — sussurrou.

— Eu vejo a mão de um homem, a mão de um assassino, mais que a mão de Deus — disse ele, observando-a de perto.

Ela não pestanejou, e naquele momento ele entendeu que ela soubera de tudo. Estivera à espera da notícia da morte da rainha regente, à espera com conhecimento prévio, provavelmente desde o dia do casamento deles, quando mais uma vez começara a parecer feliz. E só poderia haver sido preparada por Cecil.

— Não, Robert — disse ela, firme. — Cecil me escreveu que ela morreu de sua doença. É um milagre, na verdade, que sua morte fosse tão oportuna. Deus salve sua alma.

— Oh, amém.

O tempo mais quente em julho agradava Amy e ela fazia esforço para andar no jardim em Denchworth todo dia. Apesar de não haver recebido notícia de Robert sobre para onde devia ir em seguida, apesar de o desnorteamento quanto ao que devia fazer continuar a obcecá-la.

Um dos filhos de Alice Hyde voltara da ama de leite, e o menino, começando a andar, afeiçoou-se por ela. Erguia os bracinhos rechonchudos para que ela o levantasse e gritava "Mi-mi!" sempre que a via.

— Amy — ela corrigia com um sorrisinho. — Sabe dizer Amy?

— Mi-mi — ele repetia sério.

Amy, sem filhos e solitária, correspondeu ao afeto do menino, levava-o enganchado no quadril, cantava em seu ouvido, contava-lhe histórias e deixava-o dormir em sua cama durante o dia.

— Ele se apegou a Amy — comentou Alice aprovadora com o marido. — Ela teria sido uma mãe tão boa se houvesse sido abençoada com filhos, parece de fato lamentável que nunca venha a ter um filho seu.

— É — ele concordou, mal-humorado.

— E o pequeno Thomas gosta dela. Chama por ela o tempo todo. Prefere-a a qualquer outra.

Ele assentiu com a cabeça.

— Então essa criança é a única pessoa na Inglaterra que sente isso.

— Muito bem — disse Robert com prazer, caminhando com Elizabeth no frio da manhã de julho à beira do rio. — Tenho algumas notícias para você. Melhores notícias da Escócia do que recebe há um longo tempo.

— Que notícias?

De repente ela ficou alerta. "O homem de Cecil disse que ninguém recebe notícias mais rápido que eu. Que notícias pode ter Robert que eu não saiba?"

— Mantenho um casal de empregados em Newcastle e Edimburgo — disse ele casualmente. — Um deles veio à minha casa esta tarde e me disse que Cecil está confiante em levar os franceses a um acordo. O empregado dele contou ao meu que Cecil escreveu à mulher mandando-a esperar em casa em meados deste mês. Considerando-se que ele jamais deixaria seu trabalho inacabado, podemos ter certeza de sua confiança em concluir o tratado muito em breve.

— Por que não escreveu para mim? — ela quis saber, instantaneamente ciumenta.

Robert encolheu os ombros.

— Talvez queira ter certeza antes de falar com você? Mas, Elizabeth...

— Ele escreveu à mulher dele, antes de me escrever?

O amante sorriu.

— Elizabeth, nem todos os homens são tão dedicados quanto eu. Mas é uma notícia tão boa, achei que ia ficar felicíssima.

— Você acha que ele fez um acordo?

— Tenho certeza de que tem um em vista. Meu empregado sugeriu que o terá assinado e selado por volta do dia seis.

— No prazo de três dias? — ela arquejou.— Tão cedo?

— Por que não? Assim que a rainha morreu, ele tinha de lidar apenas com servidores.

— Que acha que ele conseguiu? Não deve ter acertado por menos que uma retirada francesa.

— Ele deve obter uma retirada francesa, e deve ter conseguido a devolução de Calais.

Ela fez que não com a cabeça.

— Eles prometeram conversar sobre Calais, jamais a devolveriam assim tão fácil.

— Julguei que essa fosse uma de suas exigências.

— Oh, eu exigi. Mas não esperava conseguir.

— Deve recuperá-la — disse Robert, obstinado. — Perdi um irmão em St. Quentin, quase perdi minha própria vida diante das muralhas de Calais. O sangue de bons ingleses entrou naquele canal, que escavamos e fortificamos. É uma cidade tão inglesa quanto Leicester. Devemos recuperá-la.

— Oh, Robert...

— Devemos — ele insistiu. — Se ele fez um acordo por qualquer coisa menos que isso, nos prestou um grande desserviço. E direi isso a ele. E, mais importante, se não recuperamos Calais, ele *não* garantiu uma paz duradoura, pois vamos ter de entrar em guerra assim que os homens voltarem da Escócia.

— Ele sabe o que Calais significa para nós — disse ela, fracamente. — Mas não iríamos para a guerra por ela...

— Significa! — Robert bateu o punho fechado no muro do rio. — Calais significa tanto quanto o castelo de Leith, talvez mais. E sua cota de armas, Elizabeth! A rainha da França tem de desistir de dividir em quatro nossas armas em seu escudo. E nos pagar por isso.

— Pagar? — ela perguntou, de repente atenta.

— Claro. Foram eles os agressores. Deviam nos pagar por nos obrigar a defender a Escócia. Esvaziamos o tesouro da Inglaterra para defendê-la contra eles. Deviam nos compensar por isso.

— Eles nunca fariam isso. Fariam?

— Por que não? — ele cobrou dela. — Sabem que estão errados. Cecil está conduzindo-os a um acordo. Ele os tem em fuga. Esta é a hora de atingi-los com força, enquanto os mantemos em desvantagem. Ele precisa recuperar para nós a Escócia, Calais, nossas armas e uma indenização.

Elizabeth foi contagiada pelo espírito de certeza dele.

— Poderíamos fazer isso?

— Precisamos fazer — ele confirmou. — Por que ir para a guerra senão para vencer? Por que fazer a paz senão para ganhar os espólios da guerra? Ninguém vai para a guerra apenas para defender, vai para melhorar as coisas. Seu pai sabia disso, nunca saiu de uma paz sem lucro. Você precisa fazer o mesmo.

— Escreverei para ele amanhã — ela decidiu.

— Escreva agora — disse Robert. — Ele tem de receber a carta já, antes de assinar a perda de seus direitos.

Por um momento, ela hesitou.

— Escreva agora — ele repetiu. — Levará três dias para chegar o mais rápido. Precisa fazer a carta alcançá-lo antes que conclua o tratado. Escreva enquanto está fresco em nossas mentes, e então o negócio de Estado está encerrado e podemos ser mais uma vez nós mesmos.

— Nós mesmos? — ela perguntou com um sorrisinho.

— Somos recém-casados — ele lembrou-lhe, em voz baixa. — Escreva sua proclamação, minha rainha, e depois venha para seu marido.

Ela brilhou de prazer com as palavras dele, e juntos voltaram para o palácio de Whitehall. Ele conduziu-a pela corte até seus aposentos, ficou atrás dela quando ela se sentou à mesa de escrever e ergueu a pena.

— Que devo escrever?

"Ela espera meu ditado", regozijou-se Robert em silêncio consigo mesmo. "A rainha da Inglaterra escreve minhas palavras, assim como seu irmão tomava o ditado de meu pai. Graças a Deus chegou esse dia, e chegou por amor."

— Escreva em suas próprias palavras, como em geral escreveria a ele — recomendou. "A última coisa que quero é ele ouvir minha voz na carta dela."

— Diga-lhe apenas que exige que os franceses deixem a Escócia, exige a devolução de Calais, a entrega de sua cota de armas e uma indenização.

Ela curvou a cabeça cor de bronze e escreveu.

— Quanto de indenização?

— Quinhentas mil coroas — disse ele, pegando o número ao acaso.

Elizabeth ergueu a cabeça de repente.

— Eles nunca pagarão isso!

— Claro que não. Talvez paguem a primeira parcela e depois trapaceiem no resto. Mas isso os informa o preço que estipulamos por sua interferência em nossos reinos. Mostra-lhes que nos valorizamos muito.

Ela assentiu com a cabeça.

— Mas e se recusarem?

— Então diga a ele para cancelar as negociações e partir para a guerra — declarou Robert. — Mas eles não vão recusar. Cecil os convencerá a fazerem esse acordo se souber que você está determinada. É um aviso para que ele volte para casa com um grande prêmio e um aviso aos franceses que não ousem se meter mais uma vez em nossos negócios.

Ela assentiu e assinou-a com um floreio.

— Eu a enviarei esta tarde.

— Envie-a já — ele ordenou. — O tempo é essencial. Ele tem de recebê-la antes de conceder qualquer das exigências deles.

Por um momento, ela hesitou.

— Como quiser.

Voltou-se para Laetitia.

— Mande uma criada chamar um dos mensageiros do lorde secretário — disse. — Virou-se de novo para Robert. — Assim que tiver enviado a carta, gostaria de ir cavalgar.

— Não está muito quente para você?

— Não se sairmos já. Sinto-me como se estivesse engaiolada aqui em Whitehall a vida toda.

— Mando então selar a nova égua?

— Oh, sim — disse ela, satisfeita. — Encontro-me com você nos estábulos, assim que tiver enviado a carta.

Ele viu-a assiná-la e selá-la para que não fosse emendada, e só então se curvou, beijou-lhe a mão e dirigiu-se para a porta. Os cortesãos se separaram diante dele, tirando os chapéus e vários fazendo mesuras. Robert saiu do aposento como um rei, e Elizabeth observou-o afastar-se.

A moça atravessou a galeria com o mensageiro atrás e conduziu-o até Elizabeth, onde ela observava a saída de Robert. Quando ele se aproximou, Elizabeth virou-se para o vão de uma janela, a carta lacrada na mão, e falou-lhe em voz tão baixa que ninguém mais a ouviu.

— Quero que leve esta carta a seu amo em Edimburgo — disse. — Mas não deve partir hoje.

— Não? Vossa Graça?

— Nem amanhã. Mas leve-a depois de amanhã. Quero a carta atrasada pelo menos três dias. Está entendendo?

Ele fez uma mesura.

— Como queira, Vossa Graça.

— Diga a todo mundo, em alto e bom som, que vai partir sem demora com uma mensagem para Sir William Cecil, e que ele deve recebê-la depois de amanhã, pois agora cartas podem ser levadas a Edimburgo em apenas três dias.

Ele assentiu com a cabeça, trabalhava a serviço de Cecil fazia demasiado tempo para se surpreender com qualquer jogo duplo.

— Devo partir de Londres como se fosse já e me esconder na estrada?

— Isso mesmo.

— Que dia quer que ele a receba?

A rainha pensou por um momento.

— Que dia é hoje? Três? Ponha nas mãos dele no dia 9 de julho.

O criado enfiou a carta no colete e curvou-se.

— Devo dizer a meu amo que foi atrasada?

— Pode dizer. Não fará diferença então. Não quero que se desvie do seu trabalho por esta carta. Ele já o terá concluído a essa altura, espero.

Edimburgo
4 de julho de 1560

Para a rainha,

A rainha regente está morta, mas o cerco continua de pé, embora o moral deles tenha desaparecido.

Encontrei uma redação com a qual concordam: que o rei e a rainha franceses garantam liberdade aos escoceses como um presente, em consequência de sua intercessão como soberana irmã, e retirem as tropas. Portanto conseguimos tudo que queríamos no último momento, e pela misericordiosa intercessão de Deus.

Esta será a maior vitória de seu reino, a fundação da paz e a força dos reinos unidos desta ilha. Rompeu para sempre a Aliança Auld entre a França e a Escócia. Identificou-a como a protetora do protestantismo. Estou mais aliviado e feliz do que já estive em minha vida.

Deus a abençoe e à sua semente, pois nem a paz nem a guerra sem isso nos seriam proveitosas por muito tempo. William Cecil, datada neste dia 4 de julho, no Castelo de Edimburgo, 1560.

Cecil, que, após evitar a guerra, rompera a aliança dos franceses com os escoceses, e identificara Elizabeth como a mais nova e ousada jogadora de poder, caminhava no frio do anoitecer no jardinzinho do castelo de Edimburgo, e admirava o canteiro dos pequenos loureiros e os rebuscados desenhos das pedras coloridas.

Seu empregado hesitou no topo dos degraus, tentando ver o amo no crepúsculo. Cecil ergueu a mão e o homem encaminhou-se para ele.

— Uma carta de Sua Majestade.

Ele assentiu com a cabeça e pegou-a, mas não a abriu de imediato. Ela sabia que ele estava próximo do acordo, seria uma carta agradecendo-lhe seus serviços, prometendo-lhe o amor dela e a recompensa dele. Ela sabia, mais que qualquer outro, que a Inglaterra estivera à beira do desastre com aquela guerra na Escócia. Sabia, mais que qualquer outro, que ninguém mais poderia ter ganho uma paz para eles, além de Cecil.

Ele sentou-se no banco do jardim e olhou as grandes muralhas cinzentas do castelo acima, os morcegos a se lançarem, as primeiras estrelas surgindo, e sentiu-se contente. Então abriu a carta da rainha.

Por um momento, ficou ali muito imóvel, lendo a carta, e depois a releu repetidas vezes. "Enlouqueceu", foi seu primeiro pensamento. "Enlouqueceu de preocupação e agonia, com a guerra, e agora se tornou tão faminta de guerra quanto a temia antes. Bom Deus, como pode um homem fazer com que sua vida tenha algum sentido quando trabalha para uma mulher que ora morde, ora sopra, num segundo, quanto mais num dia.

"Bom Deus, como pode um homem conseguir uma paz duradoura, uma paz honrosa, quando o monarca de repente exige acordos extras depois que se assinou o tratado? A devolução de Calais? A cota de armas? E agora uma indenização? Por que não pedir as estrelas do céu? Por que não pedir a lua?

"E que é isto, no final da carta? Cancelar as negociações se não se alcançarem esses objetivos? E, em nome de Deus: fazer o quê? Uma guerra com um exército falido, com a iminente chegada do calor do verão? Deixar os franceses mandarem regressar às posições de batalha suas tropas, que nesse momento mesmo levantam acampamento para partir?"

Cecil amassou a carta da rainha numa bola, jogou-a no chão e chutou-a com o máximo de força possível, sobre a pequena sebe ornamental no centro do jardim enredado.

"Mulher louca!", ele xingou, embora ainda não dissesse uma só palavra em voz alta. "Irresponsável, fútil, extravagante, voluntariosa. Deus me ajude por tê-la um dia julgado a salvadora de seu país. Deus me ajude por eu ter chegado a pôr meus talentos ao seu serviço ensandecido, quando estaria muito melhor cultivando meu próprio jardim em Burghley e jamais participar da dança em sua corte louca e vã."

Enfureceu-se por alguns momentos mais, andando para trás e para a frente diante da carta embolada, jogada no jardim emaranhado, e aí, como documentos eram ao mesmo tempo um tesouro e um perigo, avançou até a pequena sebe, recuperou-a, alisou-a e releu-a.

Então viu duas coisas que lhe haviam escapado nas leituras anteriores. Primeiro a data. Ela datara-a em 3 de julho, mas a carta chegara cinco dias após a assinatura do tratado e a proclamação da paz. Levara tempo demais para chegar. Levara o tempo de duas jornadas. Chegara tarde demais para influenciar os acontecimentos. Cecil virou-se para o mensageiro.

— Ô! Lud!

— Sim, Sir William?

— Por que esta carta levou seis dias para me alcançar? A data é de 3 de julho. Devia ter chegado há três dias.

— Foi o desejo da própria rainha, senhor. Ela disse que não queria atrapalhá-lo com a carta até seu negócio estar concluído. Mandou que eu partisse de Londres e ficasse escondido por três dias, para dar a impressão à corte de que eu saíra logo. Foi ordem dela, senhor. Espero ter agido certo.

— Claro que agiu certo obedecendo à rainha — grunhiu Cecil.

— Ela disse que não queria que se perturbasse com esta carta — explicou o rapaz. — Disse que queria que ela chegasse quando seu trabalho estivesse concluído.

Pensativo, Cecil despachou-o com um aceno da cabeça.

"Como?", ele cobrou do céu noturno. "Como, em nome de Deus, como?"

O céu noturno nenhuma resposta lhe deu, uma nuvenzinha deslizou como um véu cinza.

"Pense", ordenou Cecil a si mesmo. "À tarde, digamos; à noite, digamos; num mau humor, ela faz uma grande exigência de mim. Já fez isso antes, Deus sabe. Quer tudo: Calais, as armas devolvidas ao seu uso exclusivo, paz e 500 mil coroas. Mal aconselhada (por aquele idiota Dudley, por exemplo), poderia achar tudo isso possível, tudo devido a ela. Mas não é nenhuma tola, pensa melhor, sabe que está errada. Mas jurou diante de testemunhas que vai pedir tudo isso. Então escreve a carta que lhes promete e sela-a diante deles, mas em segredo atrasa-a na estrada, certifica-se de que eu faça o negócio, que se obtenha a paz, antes de me apresentar uma exigência impossível."

"Então fez uma exigência impossível, eu fiz um grande trabalho, e nós dois fizemos o que devíamos fazer. Rainha e servidor, senhora e homem. E depois, certifica-se de que seu gesto de interferência não passe disso, sem consequência: diz ao meu empregado que, se a carta chegar tarde demais (e dá um jeito para que chegue), eu talvez desconsidere suas instruções."

Suspirou. "Tudo bem. Cumpri meu dever, ela fez o que quis e nenhum mal foi causado à paz exceto minha alegria por ela, e minha antecipação de que ficasse felicíssima, gratíssima a mim, desapareceu por completo."

Cecil enfiou a carta no bolso dentro do paletó.

"Não é uma ama generosa", disse em silêncio a si mesmo. "Ou, de qualquer modo, não comigo, embora claramente escreva uma carta, atrase-a e minta sobre ela para agradar a outrem. Nenhum rei na cristandade nem nas terras infiéis tem um melhor servidor do que eu tenho sido para ela, e é assim que me recompensa, com essa... armadilha.

"Não parece realmente ela", resmungou em silêncio consigo, dirigindo-se aos degraus que levavam à entrada do castelo. "Um espírito mesquinho, afligir-me tanto no momento de meu triunfo, e ela em geral não é mesquinha." Fez uma pausa. "Mas talvez mal aconselhada."

Fez outra pausa. "Robert Dudley", observou confidencialmente para a escada, pondo o sapato bem engraxado no primeiro degrau de pedra. "Robert Dudley, eu apostaria minha vida nisso. Com inveja do meu sucesso, e desejando diminuí-lo aos olhos dela. Querendo mais, sempre mais do que se pode sensatamente conceder. Ordenando-lhe que escrevesse uma carta cheia de exigências impossíveis, e ela escrevendo-a para agradá-lo, mas atrasando-a para salvar a paz." Fez mais uma pausa. "Uma tola a correr tão grande risco para agradar um homem", concluiu.

Depois parou mais uma vez em seu caminhar, como se lhe houvesse ocorrido o pior pensamento. "Mas por que ela o deixaria ir tão longe, a ponto de ditar cartas para mim, sobre o maior problema de política já enfrentado por nós? Quando ele nem é membro do Conselho Privado? Quando não passa de estribeiro-mor? Enquanto estive tão longe, que vantagens ele obteve? Que avanço fez? Amado Deus, que poder tem ele sobre ela agora?"

A carta de Cecil proclamando a paz da Escócia foi recebida pela corte de Elizabeth, liderada por Robert, com acerba ação de graças. Era boa, mas não o bastante, deu a entender Robert; e a corte, com um olho na rainha e o outro em seu favorito, concordou.

Os principais membros do Conselho Privado resmungaram entre si que Cecil fizera um grande trabalho e parecia receber poucos agradecimentos por ele.

— Há um mês teria se lançado ao pescoço dele se Cecil conseguisse a paz após uma guerra de apenas três meses — disse, ressentido, Throckmorton. — Teria feito dele um conde por conseguir a paz em um mês e meio. Agora que a concluiu faltando um dia para chegar a Edimburgo, não tem agradecimentos para ele. Vejam como são as mulheres.

— Não é a mulher que é ingrata, é o amante dela — disse Sir Nicholas Bacon, categórico. — Mas quem vai dizer isso a ela? E quem vai desafiá-lo?

Fez-se um completo silêncio.

— Eu, não, de qualquer modo — disse Sir Nicholas, à vontade. — Cecil terá de encontrar uma solução para isso quando voltar. Pois certamente, para Deus, as coisas não podem continuar assim por muito mais tempo. É um escândalo, o que já é bastante ruim, mas a deixa numa posição delicada. Nem esposa nem criada. Como vai ter um filho, quando o único homem que vê é Robert Dudley?

— Talvez ela vá ter o filho de Dudley — disse alguém em voz baixa nos fundos.

Alguém praguejou ao ouvir a sugestão, outro se levantou bruscamente e saiu da sala.

— Ela vai perder o trono — disse outro firmemente. — O país não vai aceitá-lo, os lordes não vão aceitá-lo, os comuns não vão aceitá-lo, e sabem, meus senhores, nem *eu* com toda a certeza vou aceitá-lo.

Houve um rápido resmungo de aprovação, então alguém disse em tom alarmante:

— Isso é quase traição.

— Não, não é — insistiu Francis Bacon. — Tudo que qualquer um já disse é que não aceitará Dudley como rei. Muito bem. Não há traição nisso, visto que ele jamais será rei, não há possibilidade disso em nossas mentes. E Cecil terá de vir para casa e tratar de que tampouco haja possibilidade na mente de Dudley.

O homem que se considerava rei da Inglaterra em tudo menos no nome estava no terreno dos estábulos inspecionando o cavalo de caça da rainha. Ela cavalgara tão pouco, que o animal fora exercitado por um cavalariço e Dudley queria ter certeza de que o rapaz era tão gentil com a valiosa boca do cavalo quanto ele próprio teria sido. Enquanto puxava de leve as orelhas do cavalo e sentia o veludo da boca, Thomas Blount aproximou-se por trás dele e cumprimentou-o em voz baixa.

— Bom dia, senhor.

— Bom dia, Blount — disse Robert, em voz baixa.

— Uma coisa estranha que achei que devia saber.

— Sim? — Robert não virou a cabeça.

Ninguém que visse os dois haveria pensado que tratavam de qualquer coisa além de cuidados equinos.

— Topei por acaso com um carregamento de ouro ontem à noite, trazido de contrabando dos espanhóis, embarcado por Sir Thomas Gresham da Antuérpia.

— Gresham? — perguntou Dudley, surpreso.

— O empregado dele a bordo, cheio de facas, doente de medo — descreveu Blount.

— Ouro para quem?

— Para o tesouro — disse Blount. — Moedas pequenas, lingotes, todas as formas e tamanhos. Meu homem, que ajudou a descarregar, disse que corre a informação de que era para a cunhagem de novas moedas, o pagamento das tropas. Achei que talvez o senhor gostasse de saber. Devia ter o correspondente a cerca de três mil libras, e chegou mais antes, e haverá mais na semana que vem.

— Gosto mesmo de saber — confirmou Robert. — Conhecimento é moeda.

— Então espero que a moeda seja o ouro de Gresham — brincou Blount. — E não a escória que tenho em meu bolso.

Meia dúzia de pensamentos estalou ao mesmo tempo na cabeça de Robert. Ele não verbalizou nenhum deles.

— Obrigado — disse. — E me informe quando Cecil partir na viagem de volta para casa.

Deixou o cavalo com o criado do estábulo e foi procurar Elizabeth. Ela ainda não tinha se vestido, sentava-se à janela de seu gabinete privado com um xale em volta dos ombros. Quando ele entrou, Blanche Parry olhou-o com alívio.

— Sua Graça não vai se vestir, embora o enviado espanhol queira vê-la — ela explicou. — Diz que está muito cansada.

— Deixem-nos a sós — ele mandou, brusco, e esperou as mulheres e as criadas saírem do aposento.

Elizabeth virou-se, sorriu-lhe, tomou-lhe a mão e levou-a ao rosto.

— Meu Robert.

— Diga-me, meu lindo amor — disse ele tranquilamente. — Por que está trazendo barcos cheios de ouro espanhol da Antuérpia, e como vamos pagar isso?

Ela deu um pequeno arquejo e a cor esvaiu-se de seu rosto, o sorriso dos olhos.

— Oh — disse. — Isso.

— Sim — ele respondeu sem alterar a voz. — Isso. Não acha que é melhor me contar o que está acontecendo?

— Como você descobriu? Era para ser um grande segredo.

— Não importa. Mas lamento saber que ainda mantém segredos de mim, depois de suas promessas, embora sejamos marido e mulher.

— Eu ia lhe contar — ela disse logo. — Só que a Escócia expulsou tudo da minha mente.

— Tenho certeza — disse ele friamente. — Pois se houvesse continuado com esse esquecimento até o dia em que recolhesse as moedas velhas e emitisse as novas, só me restaria uma pequena tesouraria cheia de escória, não é? E uma perda substancial, não é? Era sua intenção que eu sofresse?

Elizabeth enrubesceu.

— Eu não sabia que vinha juntando moedas pequenas.

— Eu tenho terras, meus arrendatários não pagam os aluguéis em lingotes, lamentavelmente. Tenho cofres e cofres de tostões e vinténs. Pode me dizer o que posso conseguir pelas moedas?

— Pouco mais que o peso delas — ela respondeu, a voz muito baixa.

— Não o valor nominal?

Ela abanou a cabeça em silêncio.

— Estamos recolhendo as moedas e emitindo novas — disse ela. — É o plano de Gresham, sabe disso por si mesmo. Temos de fazer moedas novas.

Robert soltou-se da mão dela e dirigiu-se para o centro do aposento, enquanto ela, sentada, o olhava e perguntava-se o que ele ia fazer. Percebeu que a sensação de afundamento em sua barriga era apreensão. Pela primeira vez na vida temeu o que um homem pensava dela, não por política, mas por amor.

— Robert, não se zangue comigo. Não tive intenção de lhe prejudicar — disse ela, ouvindo a fraqueza em sua própria voz. — Você precisa saber que eu jamais o prejudicaria, logo você! Despejei-lhe lugares, posições e terras.

— Eu sei — disse ele, brusco. — Em parte é o que me surpreende. Que me dê com uma mão e me engane com a outra. Um expediente de prostituta, de fato. Não pensou que isso ia me custar dinheiro?

Ela arquejou.

— Só pensei que tinha de ser um segredo, um tremendo segredo, caso contrário todo mundo ia negociar entre si e as moedas ficariam ainda piores e mais desvalorizadas — ela se apressou a dizer. — É uma coisa terrível, Robert, saber que as pessoas acham que suas próprias moedas são quase sem valor. Temos de fazer isso certo, e todo mundo me culpa por estar errada.

— Um segredo guardado de mim. Seu marido.

— Não éramos prometidos quando o plano começou — ela se justificou humildemente. — Vejo agora que eu devia ter-lhe contado. Só que a Escócia levou tudo...

— A Escócia está em paz agora — ele retrucou, inabalável. — E tente ter em mente que somos casados, e que você não deve guardar segredos de mim. Vá se vestir, Elizabeth, e quando sair, me contará cada coisa que você e Cecil acertaram e planejaram juntos. Não vou ser feito de idiota. Não terá segredos com outro homem pelas minhas costas. Isso é me chifrar, e não vou andar com chifres por você.

Por um momento, ele achou que tinha ido longe demais, mas ela se levantou e foi para o quarto.

— Vou mandar chamar suas criadas — disse ele, aproveitando-se da obediência dela. — E depois teremos uma longa conversa.

Ela parou no vão da porta e virou-se para olhá-lo.

— Por favor, não se zangue comigo. Eu não quis lhe ofender. Jamais o ofenderia de propósito. Você sabe como foi este verão. Vou lhe contar tudo.

Era o momento de recompensá-la pelo pedido de desculpas. Ele atravessou o aposento, beijou-lhe os dedos e depois os lábios.

— Você é meu amor. Você e eu somos ouro verdadeiro e não haverá nada misturado que o deteriore. Entre nós sempre haverá absoluta honestidade e abertura. Assim eu posso aconselhá-la, ajudá-la e você não precisará recorrer a ninguém mais.

Ele sentiu os lábios dela se curvarem para cima quando sorriram sob o beijo dele.

— Oh, Robert — disse ela.

Cecil permitiu-se a indulgência de uma noite em casa com a mulher em Burghley, antes de continuar sua viagem para Londres. Mildred recebeu-o com a habitual afeição serena, mas absorveu o rosto sulcado e a queda dos ombros dele.

— Você parece cansado — foi só o que observou.

— Estava quente e empoeirado — ele explicou, nada dizendo sobre as várias jornadas que fora obrigado a fazer entre Edimburgo e Newcastle para forjar a paz e fazê-la durar.

Ela assentiu com a cabeça e indicou com um gesto que ele fosse para o quarto de dormir, onde no espaço palaciano o aguardavam água quente, uma muda de roupas, um jarro de cerveja gelada e uma fôrma de pão recém-assado. Tinha o prato preferido do marido pronto para o jantar quando ele tornou a descer, parecendo revigorado e usando um traje escuro limpo.

— Obrigado — disse ele, afetuosamente, e beijou-lhe a testa. — Obrigado por tudo isso.

Ela sorriu e se encaminhou na frente dele até a cabeceira da mesa, onde a família e os criados esperavam o amo para dar graças. Mildred era uma fiel protestante e seu lar gerido em linhas devotas.

Cecil disse algumas palavras de oração, sentou-se e dedicou-se ao seu jantar. Trouxeram a filha do casal, Anna, de 4 anos, do quarto de brinquedos no andar de cima com o irmão bebê William, que receberam uma bênção distraída; depois tiraram a mesa e Mildred e Cecil foram para seu aposento privado, onde se acendeu uma lareira e um jarro de cerveja o aguardava.

— Então é a paz — ela confirmou, sabendo que ele nunca deixaria a Escócia sem a missão concluída.

— Sim — disse ele brevemente.

— Você não parece muito alegre, não é um pacificador abençoado?

O olhar que ele lançou à mulher, ela nunca vira antes, como tivesse levado um golpe, não em seu orgulho, nem em sua ambição; mas como se houvesse sido traído por um amigo.

— Não sou — respondeu. — É pela paz maior que temos de aspirar. O exército francês vai partir, o interesse da Inglaterra na Escócia é reconhecido, quase sem um tiro disparado. Este devia ser o maior acontecimento de minha vida, meu triunfo. Derrotar os franceses seria uma vitória gloriosa em qualquer momento, derrotá-los com um país dividido, um tesouro quebrado, um exército não pago e comandado por uma mulher é quase uma vitória.

— E no entanto? — ela perguntou, sem compreender.

— Alguém pôs a rainha contra mim — disse ele apenas. — Tenho uma carta que me faria chorar se eu não soubesse que fiz para ela o melhor que poderia ser feito.

— Uma carta dela?

— Uma carta me pedindo as estrelas, a lua, além da paz na Escócia. E meu palpite é que ela não ficará satisfeita quando eu lhe disser que tudo que lhe posso dar é a paz na Escócia.

— Ela não é tola — salientou Mildred. — Se lhe disser a verdade, ela vai ouvir. Saberá que você fez o melhor que pôde, e mais do que qualquer um teria feito.

— Ela está apaixonada — disse ele, curto. — Duvido que ouça qualquer coisa além da batida de seu coração.

— Dudley?

— Quem mais?

— Continua, então — disse ela. — Até aqui, ouvimos tamanho escândalo que você não ia acreditar.

— Acredito, sim. Quase tudo é verdade.

— Dizem que os dois estão casados e que ela mantém um filho dele num esconderijo.

— Ora, isso é uma mentira — disse Cecil. — Mas não duvido que ela se casaria com Dudley se ele fosse livre.

— E foi ele quem envenenou a mente dela contra você?

Ele assentiu com a cabeça.

— Devo achar que sim. Só pode haver um favorito na corte. Achei que ela podia aproveitar a companhia dele e acatar meu conselho; mas quando preciso me afastar, ela tem ao mesmo tempo a companhia e o conselho dele, um conselheiro muito imprudente.

Mildred levantou-se da cadeira, foi até o marido e pôs a mão em seu ombro.

— Que vai fazer, William?

— Vou voltar para corte. Fazer meu relatório. Desembolsei centenas de libras e não espero nenhuma recompensa ou gratidão agora. Se ela não aceitar meu conselho, então terei de deixá-la, como ameacei fazer antes. Ela não conseguiu se arranjar sem mim então, veremos se consegue se arranjar agora.

Ela ficou pasma.

— William, você não vai deixá-la para aquele belo e jovem traidor. Não pode deixar a Inglaterra ser governada pelos dois. Isso é lançar nosso país nas mãos de crianças frívolas. Não pode deixar nossa Igreja nas mãos deles. Não são dignos de confiança para isso. São um casal de adúlteros. Você tem de ficar no conselho dela. Precisa salvá-la de si mesma.

Cecil, o mais experiente e respeitado conselheiro da rainha, era sempre aconselhado pela mulher.

— Mildred, para lutar com um homem como Dudley, eu teria de usar meios e recursos dos mais desleais. Teria de tratá-lo como um inimigo do país, teria de lidar com ele como faria com... — Interrompeu-se para pensar num exemplo. — ... Marie de Guise.

A rainha que morreu tão de repente.

Ela o entendeu muito bem, mas enfrentou seu olhar sem se retrair.

— William, você tem de fazer seu dever por nosso país, nossa Igreja e nossa rainha. É o trabalho de Deus que você faz, quaisquer que sejam os meios que tiver de usar.

Ele tornou a fitar direto os olhos cinza dela.

— Mesmo que tenha de cometer um crime, um grande pecado?

— Mesmo assim.

Cecil retornou nos últimos dias de julho e encontrou a corte numa breve expedição real pelas margens do Tâmisa, alojando-se nas melhores casas particulares que se encontraram e desfrutando a caça e o tempo estival. Ele fora avisado para não esperar uma recepção de boas-vindas de herói, e não a recebeu.

— Como pôde? — cumprimentou-o Elizabeth. — Como pôde jogar fora nossa vitória? Foi subornado pelos franceses? Passou para o lado deles? Ficou doente? Estava cansado demais para fazer sua tarefa corretamente? Velho demais? Como pôde simplesmente esquecer seu dever para comigo e para com o país? Gastamos uma fortuna tentando tornar a Escócia segura, e você simplesmente deixou os franceses voltarem para casa sem impor-lhes a nossa vontade?

— Vossa Graça — ele começou.

Sentiu-se corar de raiva e olhou em volta para ver quem se achava ao alcance do ouvido. Metade da corte espichava a cabeça para a frente a fim de ver o confronto, todos ouvindo abertamente. Elizabeth decidira recebê-lo no grande salão da casa de seu anfitrião, e havia pessoas em pé na escada para ouvir, cortesões inclinando-se para fora na galeria; sua descompostura era tão pública como se ela a houvesse passado na feira de Smithfield.

— Ter os franceses à nossa mercê e deixá-los ir sem garantir Calais! — ela exclamou. — Isso é pior que a perda de Calais, para começar. Aquilo foi um ato de guerra; combatemos o mais duro que pudemos. Esse foi um ato de loucura; você jogou Calais fora sem fazer o mínimo esforço para recuperá-la.

— Vossa Majestade...

— E minha cota de armas! Ela jurou jamais voltar a usá-las de novo? Não? Como ousa voltar para mim com aquela mulher ainda usando minhas armas?

Cecil não podia fazer nada sob aquele violento ataque. Calou-se e deixou-a despejar-lhe sua raiva.

— Elizabeth.

A voz serena era tão cheia de confiança que Cecil olhou rápido escada acima, para ver quem ousava dirigir-se à rainha pelo nome. Era Dudley.

Ele disparou um olhar solidário e fugaz a Cecil.

— O lorde secretário trabalhou duro a seu serviço e trouxe para casa a melhor paz que conseguiu. Talvez estejamos decepcionados com o que ele obteve, mas tenho certeza de que não se trata de uma questão de sua lealdade à nossa causa e sua devoção ao nosso serviço.

Cecil viu como as palavras dele, o próprio tom, acalmavam o descontrole dela. "Ele disse 'nosso' serviço?", comentou consigo mesmo. "Agora sirvo também a ele?"

— Vamos nos retirar com o lorde secretário — sugeriu Dudley. — E ele pode explicar suas decisões e nos dizer como estão as coisas na Escócia. Teve uma longa jornada e uma árdua missão.

Ela refugou, Cecil preparou-se para mais insultos.

"Ele a ordena pelo nome diante de toda a corte?", perguntou-se em atordoado silêncio.

Mas Elizabeth foi para ele como um cavalo de caça bem-treinado, pôs a mão na dele e deixou-o conduzi-la para fora do salão. Dudley olhou para Cecil atrás e permitiu-se um mínimo sorriso. "Sim", dizia o sorriso. "Agora você sabe como são as coisas."

William Hyde chamou a irmã ao seu escritório, a sala onde fazia as transações da propriedade, um sinal para ela de que o assunto era sério e não devia ser confundido por emoções ou as reivindicações de laços familiares.

Encontrou-o sentado atrás da grande mesa redonda, com tampo cilíndrico, dividida em gavetas embaixo, cada uma exibindo uma letra do alfabeto. A mesa girava num eixo central em direção ao senhor de terras e cada gaveta tinha os contratos e livros de pagamento dos agricultores arrendatários preenchidos sob a letra inicial de seu nome.

Lizzie Oddingsell observou ao acaso que a gaveta assinalada com um "Z" jamais fora usada, e imaginou que ninguém pensara em fazer uma mesa sem o "X" e o "Z", visto que deviam ser iniciais raras em inglês. "Zebidee", pensou consigo mesma. "Xerxes."

— Irmã, é sobre lady Dudley — começou William Hyde sem preâmbulo.

Ela notou de imediato seu uso de títulos para ela e sua amiga. Então iam ter de conduzir essa conversa num tom extremamente formal.

— Sim, irmão? — respondeu, respeitosa.

— Trata-se de uma questão difícil — disse ele. — Mas para ser direto, acho que está na hora de levá-la embora.

— Embora? — ela repetiu.

— Sim.

— Embora para onde?

— Para a casa de outros amigos.

— Seu lorde ainda não tomou disposições a respeito — ela hesitou.

— Recebeu ao menos alguma notícia dele?

— Não desde... — ela interrompeu-se. — Não desde que ele a visitou em Norfolk.

Ele ergueu as sobrancelhas e esperou.

— Em março — ela acrescentou, relutante.

— Quando ela lhe recusou o divórcio e eles se separaram brigados?

— Sim — ela admitiu.

— E desde quando você não recebe uma carta? Nem ela?

— Não que eu saiba de... — Enfrentou o olhar acusador dele. — Não, ela não recebeu.

— A pensão dela tem sido paga?

Lizzie exalou um pequeno sopro de choque.

— Sim, claro.

— E os seus salários?

— Não sou assalariada — respondeu com dignidade. — Sou uma companheira, não uma empregada.

— Sim; mas ele paga sua pensão.

— O camareiro dele a envia.

— Ele não a cortou de todo, então — disse ele, pensativo.

— Com muita frequência deixa de escrever — disse ela, resoluta. — Não a visita com muita frequência. Antes se passavam meses...

— Nunca ele deixa de mandar seus homens para escoltá-la de um amigo a outro — ele respondeu. — Ele nunca deixa de tomar providências para que ela fique numa ou noutra casa. E você disse que ele não mandou ninguém, e nem recebeu notícia dele desde março.

Ela assentiu com a cabeça.

— Irmã, você precisa levá-la daqui.

— Por quê?

— Porque ela está se tornando um embaraço para esta casa.

Lizzie ficou inteiramente desorientada.

— Por quê? Que foi que ela fez?

— Deixando de lado sua religiosidade excessiva, que nos faz pensar na consciência dela...

— Em nome de Deus, irmão, ela tem se agarrado a Deus como à própria vida. Não tem nenhuma culpa na consciência, só está tentando encontrar a vontade de viver!

Ele ergueu a mão.

— Elizabeth, por favor. Vamos ficar calmos.

— Eu não sei como ficar calma quando você chama essa mulher infeliz de um embaraço para você!

Ele se levantou.

— Não vou continuar esta conversa, a não ser que me prometa que vai ficar calma.

Inspirou fundo.

— Eu sei o que está fazendo.

— Como?

— Está tentando não se prejudicar por causa dela. Mas é ela quem se encontra na pior posição, e você só a pioraria com isso.

Ele dirigiu-se à porta como se fosse abri-la para a irmã. Lizzie reconheceu os sinais da determinação do irmão.

— Tudo bem — apressou-se a dizer. — Tudo bem, William. Não há a menor necessidade de ficar bravo comigo. É tão ruim para mim quanto para você. Pior, na verdade.

Ele retornou à cadeira.

— Deixando de lado sua religiosidade excessiva, como eu disse, é a posição em que nos coloca com seu marido que me preocupa.

Lizzie esperou.

— Ela tem de ir embora — ele declarou apenas. — Enquanto eu achava que estávamos lhe fazendo um favor acolhendo-a aqui, protegendo-a de calúnia e desprezo, aguardando as instruções dele, ela era um patrimônio para nós. Achei que ele ia ficar feliz por ela haver encontrado um porto seguro. Achei que me seria agradecido. Mas agora penso diferente.

Ela ergueu a cabeça para olhá-lo. Era seu irmão caçula, e acostumara-se a vê-lo sob duas luzes contraditórias: uma como irmão mais moço, que sabia menos do mundo que ela; e a outra como seu superior: o chefe da família, um homem de propriedades, um grau acima dela na cadeia que levava a Deus.

— E que pensa agora, irmão?

— Acho que ele a abandonou. Como ela recusou seu desejo, enfureceu-o e não vai mais vê-lo. E, o que é mais importante, onde quer que ela fique, não o verá mais. Não o estamos ajudando com um problema complicado, estamos ajudando e instigando a rebelião dela contra ele. E eu não posso ser visto fazendo tal coisa.

— Ela é a mulher dele — disse Lizzie, categórica. — Não está se rebelando, mas apenas se recusando a ser posta de lado.

— Não posso fazer nada — disse William. — Ele agora vive como marido em tudo, menos no nome, da rainha da Inglaterra. Lady Dudley é um obstáculo para a felicidade deles. Não quero ser o chefe de uma família onde o obstáculo à felicidade da rainha da Inglaterra encontra refúgio.

Lizzie nada tinha a dizer que contradissesse a lógica do irmão e ele a proibira de apelar ao seu coração.

— Mas o que ela vai fazer?
— Tem de ir para outra casa.
— E depois?
— Para outra, para outra, e para outra, até concordar com Sir Robert, fazer algum tipo de acordo e encontrar um lar permanente.
— Quer dizer, até ser obrigada a aceitar o divórcio e ir para um convento estrangeiro, ou até morrer de desilusão.

Ele suspirou.
— Irmã, não há necessidade de fazer uma tragédia disso.

Ela encarou-o.
— Eu não estou fazendo uma tragédia. Isso *é* trágico.
— Não por minha culpa! — ele exclamou em repentina impaciência. — Não é necessário me culpar por isso. Estou entalado com a dificuldade, mas não sou responsável por nada disso.
— De quem é a culpa, então? — ela cobrou.

Ele respondeu a coisa mais cruel.
— Dela. E portanto ela tem de partir.

Cecil teve três encontros com Elizabeth antes de conseguir fazê-la ouvi-lo sem interrupção e enfurecer-se com ele. Os dois primeiros, com Dudley e dois outros homens presentes, e Cecil teve de curvar a cabeça enquanto a rainha o dilacerava, queixava-se de sua desatenção com os negócios dela, desrespeito ao seu orgulho, direitos, as finanças deles. Após o primeiro encontro, ele não tentou se defender, mas se perguntava de quem era aquela voz que saía tão esganiçada da reprovadora boca da rainha.

Viu que era de Robert Dudley, claro; que se mantinha recuado junto à janela, encostado na veneziana, olhando o jardim no solstício de verão embaixo e cheirando uma bola aromática de boa sorte segura junto ao nariz com a mão branca e magra. De vez em quando, mudava de posição, ou inspirava levemente, ou pigarreava, e no mesmo momento a rainha se interrompia e virava-se, como a dar lugar a ele. Se Robert Dudley tinha apenas um pensamento passageiro, ela deduzia que todos ficariam ansiosos por ouvi-lo.

"Ela o adora", pensou Cecil, mal ouvindo o detalhamento das queixas da rainha. "Ela está em sua primeira excitação do amor, e ele é o primeiro amor de sua idade adulta. Acha que o sol brilha dos olhos dele, suas opiniões são a única sabedoria que ouve, a voz o único discurso, o sorriso o único prazer dela. É inútil queixar-se, é inútil zangar-se com o desatino dela. Ela é uma mulher jovem na loucura do primeiro amor e é inútil esperar que exercite algum tipo de julgamento sensato."

No terceiro encontro, Cecil encontrou a rainha sozinha, além de Nicholas Bacon e duas damas de companhia.

— Sir Robert se atrasou — disse ela.

— Vamos começar sem ele — sugeriu Sir Nicholas suavemente. — Lorde secretário, o senhor ia nos passar todos os termos do tratado e os detalhes da retirada francesa.

Cecil assentiu com cabeça e pôs os documentos diante deles. Pela primeira vez, a rainha não se levantou de um salto e afastou-se da mesa, ralhando com ele. Permaneceu sentada e examinou cuidadosamente a proposta para a retirada francesa.

Incentivado, Cecil repassou mais uma vez todos os termos do tratado e depois se recostou na cadeira.

— E acha mesmo que esta é uma paz compulsória? — perguntou Elizabeth.

Por um momento, era como sempre fora entre os dois. A jovem recorrendo ao mais velho para seu conselho, confiante em que ele lhe serviria com absoluta fidelidade. Cecil olhou o rostinho da discípula e viu sabedoria e habilidade. Teve a sensação de que o mundo retornava ao seu próprio eixo, das estrelas recuando para seus cursos, da apagada harmonia das esferas, da volta ao lar.

— Acho. Estão muito alarmados com o levante protestante em Paris, não vão querer arriscar outros empreendimentos aventureiros por enquanto. Temem a ascensão dos huguenotes, temem a influência de Vossa Graça. Acreditam que irá defender os protestantes onde estiverem, como fez na Escócia, e acham que os protestantes vão procurá-la. Vão querer manter a paz, tenho certeza. E Maria, rainha dos escoceses, não assumirá sua herança na Escócia enquanto puder viver em Paris. Colocará outro regente e ordenará que ele negocie justamente com os lordes escoceses, segundo os termos do contrato de paz. Manterão a Escócia apenas no nome.

— E Calais? — perguntou a rainha, ciumenta.

— Calais é, e sempre será, uma questão separada — ele respondeu firmemente. — Como sempre soubemos. Mas acho que devemos exigi-la de volta sob os termos do tratado de Cateau-Cambrésis, quando o arrendamento expirar, como estipulado. E é mais provável que honrem o acordo agora do que antes. Aprenderam a nos temer. Nós os surpreendemos, Vossa Graça, eles achavam que não tínhamos a determinação. Não vão rir de nós novamente. Com certeza não tornarão a fazer guerra despreocupadamente contra Vossa Graça.

Ela assentiu e empurrou o tratado para ele.

— Ótimo — disse de repente. — Jura que foi o melhor que pôde fazer?

— Fiquei satisfeito por conseguir tanto.

Ela assentiu.

— Graças a Deus estamos livres da ameaça deles. Eu não gostaria de passar de novo o que passei no ano passado.

— Nem eu — disse Sir Nicholas, acalorado. — Foi um grande jogo de azar quando nos levou para a guerra, Vossa Majestade. Uma brilhante decisão.

Elizabeth teve a graça de sorrir para Cecil.

— Fui muito valente e determinada — disse, piscando-lhe o olho. — Não acha, Espírito?

— Tenho certeza de que se a Inglaterra vier algum dia a enfrentar tão grande inimigo, vai se lembrar desta vez — ele respondeu. — Você aprendeu a desempenhar o papel de rei.

— Mary nunca fez tanto — ela lembrou-lhe. — Nunca teve de enfrentar uma invasão de uma potência estrangeira.

— Não, é verdade — ele concordou. — A têmpera dela não foi testada como foi a sua. E você foi testada e não decepcionou. Foi a filha do seu pai e mereceu a paz.

Ela levantou-se da mesa.

— Não consigo imaginar o que está retardando Sir Robert — queixou-se. Ele prometeu que estaria aqui há uma hora. Tem uma nova entrega de cavalos árabes e tinha de ficar lá para vê-los chegarem, para o caso de precisar mandar algum de volta. Mas me prometeu que viria logo.

— Vamos até os estábulos encontrá-lo? — sugeriu Cecil.

— Sim — ela concordou, animada.

Tomou o braço dele e os dois se encaminharam lado a lado, como faziam tantas vezes antes.

— Vamos dar uma volta no jardim primeiro — ele sugeriu. — As rosas floresceram lindas este ano. Sabe, a Escócia está um mês inteiro atrasada em questão de jardim.

— É muito frio e bárbaro? — ela perguntou. — Eu gostaria de conhecê-la.

— Poderia ir em expedição a Newcastle num verão. Eles iriam se alegrar em vê-la, e seria uma boa política visitar os castelos da fronteira.

— Eu teria grande prazer — disse Elizabeth. — Você deve ter massacrado seus cavalos, indo para lá e para cá de Edimburgo a Newcastle, não?

Cecil fez que sim com a cabeça.

— Eu queria conferenciar com seu tio e precisava ficar de olho em *monsieur* Randan. Era uma cavalgada difícil e uma estrada malconservada, sobretudo na Escócia.

Ela balançou a cabeça.

— E você? — Cecil baixou a voz. As damas de companhia vinham atrás, fora do alcance da conversa. — Como foram as coisas para você nesses dois últimos meses, princesa?

Por um momento, achou que ela ia descartar a pergunta com uma risada, mas se conteve.

— Eu senti muito medo — respondeu francamente. — Kat achou que minha saúde ia entrar em colapso sob a tensão.

— Esse era meu medo — disse ele. — Você suportou maravilhosamente.

— Não o teria feito sem Sir Robert. Ele sempre sabe me acalmar, Espírito. Tem uma voz tão maravilhosa, e as mãos... Acho que tem magia nas mãos... por isso é que sabe fazer qualquer coisa com os cavalos. Assim que põe a mão na minha testa, me sinto em paz.

— Você está apaixonada por ele — disse ele, amável.

Elizabeth logo ergueu os olhos para ele, para ver se a acusava; mas ele recebeu seu olhar com firme simpatia.

— Sim — confirmou com franqueza, e foi um alívio para ela poder dizer a verdade afinal a seu conselheiro. — Sim, estou.

— E ele por você?

Ela sorriu.

— Sim, oh, sim. Pense na infelicidade se não estivesse!

Ele fez uma pausa, depois lhe perguntou.

— Princesa, que vai resultar disso? Ele é um homem casado.

— A mulher dele está doente e pode morrer — disse Elizabeth. — E de qualquer modo, os dois têm sido infelizes há anos. Ele diz que seu casamento acabou. Ela o liberará. Posso conceder-lhes o divórcio. Depois ele se casará comigo.

"Como lidar com isso? Ela não vai querer conselho sensato, vai querer ser confirmada nessa loucura. Mas se eu não falar, quem falará?", Cecil inspirou fundo.

— Minha rainha, Amy Dudley, Amy Robsart, era este o nome, é uma mulher jovem, não há motivo para achar que ela vai morrer. Não pode adiar seu casamento à espera de que uma jovem morra. E não pode conceder a ele o divórcio, não há fundamentos para divórcio. Você mesma dançou nas bodas dele, quando se casaram por amor com a bênção de seus pais. E você não pode se casar com um plebeu, um homem cuja família esteve à sombra de traição, um homem com uma esposa viva.

Elizabeth virou-se para ele.

— Cecil, eu posso e eu vou. Prometi a ele.

"Bom Deus! O que ela quer dizer com isso? O que ela quer dizer com isso? O que ela quer dizer com isso?"

Nada do horror de Cecil se revelou em seu rosto.

— Uma promessa particular? Conversa de amor? Sussurrada entre vocês dois?

— Uma promessa compulsória de casamento. Um noivado *de futuro* diante de testemunhas.

— Quem testemunhou? — ele arquejou. — Que testemunhas?

"Talvez pudessem ser subornadas para silenciar."

— Catarina e Francis Knollys.

Ele calou-se de choque.

Os dois continuaram andando sem dar uma palavra. Ele achou que suas pernas enfraqueciam pelo horror do que ela lhe dissera. Não a guardara como devia. Ela fora colhida numa armadilha, e o país com ela.

— Você está zangado comigo — disse ela, em voz baixa. — Acha que cometi um terrível engano quando não estava aqui para me impedir.

— Estou horrorizado.

— Espírito, eu não pude evitar. Você não estava aqui, achei que naquele momento os franceses iam invadir. Achei que já tinha perdido meu trono. Não me restava mais nada a perder. Queria saber que pelo menos eu o tinha.

— Princesa, esse é um desastre pior do que uma invasão francesa. Se os franceses houvessem invadido, todos os homens no país teriam dado sua vida por você. Mas se soubessem que estava prometida em casamento a Sir Robert, teriam posto Katherine Grey no trono em seu lugar.

Eles se aproximavam dos estábulos.

— Siga em frente — ela se apressou a dizer. — Não ouso me encontrar com ele agora. Ele vai ver que lhe contei.

— Ele lhe disse para não confiar em mim?

— Não precisou dizer! Todos nós sabemos que me aconselharia contra ele. Cecil tomou outro atalho no jardim. Sentia-a tremendo.

— O povo da Inglaterra jamais se voltaria contra mim só porque me apaixonei.

— Princesa, eles não vão aceitá-lo como seu marido e consorte. Sinto muito; mas o melhor que pode fazer é escolher seu sucessor. Você terá de abdicar, terá de renunciar ao trono.

Ele sentiu-a cambalear quando os joelhos cederam.

— Quer se sentar?

— Não, vamos andar — disse Elizabeth febrilmente. — Não fala a sério, Espírito, fala? Só está tentando me assustar.

Ele abanou a cabeça.

— Digo-lhe apenas a verdade.

— Ele é tão odiado assim no país? Apenas alguns lhe querem mal na corte, meu tio, claro, e o duque de Arundel, os que sentem ciúmes dele e invejam a sua aparência, os que querem o favor que lhe demonstro, os que querem sua riqueza, a posição...

— Não é isso — disse Cecil, extenuado. — Ouça o que lhe digo, Elizabeth, estou dizendo a verdade. Não é uma ciumeira insignificante na corte, é uma opinião que corre muito fundo no país. É a família, a posição e o passado. O pai foi executado por traição contra a sua irmã, o avô executado por traição contra o seu pai. Ele tem sangue ruim, princesa, a família dele sempre foi uma traidora para a sua. Todo mundo lembra que se os Dudleys ascendem muito, abusam do poder. Ninguém jamais confiou num Dudley em alta posição. Todo mundo sabe que ele é um homem casado, e ninguém soube de nada contra a mulher dele. Ele não pode simplesmente descartá-la, seria um escândalo intolerável. Já as cortes da Europa riem de você e dizem que é desonrada por seu amor adúltero por seu estribeiro-mor.

Ele viu-a enrubescer a essa ideia.

— Deve se casar com um rei, princesa. Ou um arquiduque, no mínimo, alguém de sangue bom, cuja aliança ajude ao país. Não pode se casar com um plebeu sem nada mais que o recomende além da bela aparência e o domínio do cavalo. O país jamais o aceitará como seu consorte. Eu sei disso.

— Você também o odeia — disse ela, feroz. — É tão indelicado com ele como todos os demais.

"Inveteradamente", ele reconheceu para si mesmo. Mas deu-lhe seu sorriso.

— Não importaria o que eu sentisse por ele, se fosse o homem certo para você — disse, amavelmente. — Creio que teria o bom-senso de aconselhá-la quanto ao seu melhor caminho, quaisquer que fossem as minhas preferências. E, na verdade, eu não o odeio; gosto muito dele. Temi que chegasse a um ponto, jamais sonhei que levasse a isso.

Elizabeth virou a cabeça para o outro lado, ele viu-a cutucando as unhas.

— Foi além do que eu pretendia — disse ela, a voz muito baixa. — Eu não pensava direito e fui mais além...

— Se puder fugir de sua promessa de noivado compulsório agora, sua reputação terá sido manchada, mas você se recuperará, se desistir dele, seguir em frente e casar-se com outro. Mas se levar isso adiante, as pessoas vão preferir derrubá-la do trono a dobrar o joelho para ele.

— Mary se casou com Felipe embora eles o odiassem! — ela explodiu.

— Ele era um rei ungido! — exclamou Cecil. — Podiam detestá-lo, mas não podiam contestar sua criação. E Felipe tinha um exército para apoiá-lo, era herdeiro do império da Espanha. Que tem Dudley? Meia dúzia de rendeiros e os caçadores! Como o servirão na primeira rebelião que irromper?

— Eu lhe dei minha palavra — ela sussurrou. — Diante de Deus e testemunhas honradas.

— Terá de retirá-la — disse ele, sem rodeios. — Ou essa paz será o mesmo que nada, você terá ganho a paz para a Inglaterra e a rainha Katherine Grey.

— Katherine Grey? — ela repetiu pasma. — Nunca!

— Princesa, há pelo menos dois complôs para pô-la no trono em vez de você. Ela é protestante como a irmã Jane, é bem-amada, é da família Tudor.

— Ela sabe disso? Está conspirando contra mim?

Ele negou com a cabeça.

— Eu já a teria mandado prender se houvesse a mínima suspeita de sua lealdade. Só a citei agora para que saiba que pessoas a derrubariam do trono agora... quando souberem dessa promessa, vão recrutar muitos outros.

— Vou mantê-la em segredo — disse ela.

— Terá de ser mais que segredo, terá de ser desfeita e escondida. Você terá de retirá-la. Jamais poderá se casar com ele e ele sabe disso. Ele tem de desobrigá-la.

— Que tal eu escrever ao Sr. Forster? — sugeriu Lizzie Oddingsell a Amy, tentando manter o tom impessoal. — Podíamos ir nos hospedar em Cumnor Place por algumas semanas.

— Cumnor Place?

Amy pareceu surpresa. Sentada no banco da janela aproveitando o resto de luz, costurava uma camisa para Tom Hyde.

— Sim — disse Lizzie, firmemente. — Fomos à casa dele esta época no ano passado, próximo ao fim do verão, antes de irmos para Chislehurst.

Amy ergueu a cabeça bem devagar.

— Não recebeu notícia de meu lorde? — ela perguntou, muito certa de que a resposta seria negativa. — O Sr. Hyde não recebeu carta de meu lorde sobre mim?

— Não — disse Lizzie, sem graça. — Lamento, Amy.

Ela curvou a cabeça de volta ao trabalho.

— Seu irmão falou alguma coisa com você? Ele quer que vamos embora?

— Não — apressou-se a dizer Lizzie. — Só achei que seus outros amigos ficarão com ciúmes se não a virem. E depois talvez ir para a casa dos Scotts em Camberwell? Você vai querer fazer compras em Londres, imagino?

— Achei que ele tinha sido um pouco frio comigo — disse Amy. — Receei que quisesse que eu partisse.

— De jeito nenhum! — gritou Lizzie, ouvindo sua voz superempática. — Foi tudo ideia minha. Achei que talvez estivesse cansada daqui e quisesse seguir em frente.

— Oh, não — disse Amy com um sorrisinho vago. — Não estou cansada de ficar aqui, e gosto muito daqui, Lizzie. Vamos ficar um pouco mais.

— Que esteve fazendo a tarde toda? — perguntou Sir Robert a Elizabeth quando jantavam na intimidade do gabinete dela. — Vim para a sala do Conselho assim que vi os cavalos, mas você não esperou por mim. Disseram que estava passeando com Cecil no jardim. Mas quando cheguei ao jardim, não a encontrei. Voltei a seus aposentos e disseram que não queria ser perturbada.

— Eu estava cansada — disse ela sucintamente.

Ele examinou o rosto pálido, absorvendo as sombras sob os olhos, as pálpebras róseas.

— Ele disse alguma coisa para aborrecê-la?

Ela fez que não com a cabeça.

— Não.

— Zangou-se com ele por seu fracasso na Escócia?

— Não. Isso já terminou. Não podemos conseguir mais do que ele conseguiu.

— Uma grande vantagem jogada fora — ele instigou-a.

— É — disse ela laconicamente.

Seu sorriso era inescrutável. "Ele a persuadiu a voltar à sua influência", pensou. "Ela é mesmo desesperadamente maleável." Em voz alta, disse:

— Vejo que alguma coisa não está bem, Elizabeth. O que é?

Ela virou os olhos escuros para ele.

— Não posso falar agora. — Não precisou indicar o pequeno círculo de cortesãos que jantava com eles e viviam, como sempre, constantemente alerta a tudo que os dois diziam e faziam. — Falarei com você mais tarde, quando estivermos a sós.

— Claro — disse ele sorrindo-lhe, delicado. — Então vamos tratar de diverti-la. Jogamos cartas? Ou um jogo? Ou dançamos?

— Cartas — ela respondeu.

"Pelo menos um jogo de cartas impediria uma conversa", ela pensou.

Robert esperou no quarto por Elizabeth, seu camareiro Tamworth na guarda do lado de fora, o vinho servido, a lareira recém-empilhada com lenha de macieira, de doce perfume. A porta de seu quarto abriu-se e ela entrou, não com o habitual andar ansioso, não com o desejo iluminando-lhe o rosto. Nessa noite chegou meio hesitante, quase como se desejasse estar em outro lugar.

"Então ela se reconciliou com Cecil", ele pensou. "E ele a advertiu contra mim. Como eu sabia que ia fazer, assim que voltassem mais uma vez a bons termos. Mas somos o mesmo que casados. Ela é minha." Em voz alta, disse:

— Minha caríssima. Este dia não acabava nunca — e tomou-a nos braços.

Robert sentiu uma levíssima retração antes de ela mover-se para perto dele, afagou-lhe as costas e beijou seus cabelos.

— Meu amor. Meu primeiro e único amor. — Ele soltou-a antes que ela se retirasse e levou-a pela mão para uma cadeira ao pé do fogo. — E aqui estamos — disse. — A sós, enfim. Tomaria um cálice de vinho, caríssima?

— Sim — ela aceitou.

Ele serviu-lhe o vinho e tocou-lhe os dedos quando ela pegou o cálice da mão dele. Ele viu-a olhar o fogo e não ele.

— Há alguma coisa entre nós? Alguma coisa que fiz para ofendê-la?

Elizabeth olhou-o imediatamente.

— Não! Nunca! Você é sempre...

— Então que é, meu amor? Diga-me, e enfrentemos qualquer dificuldade juntos.

Ela abanou a cabeça.

— Não há nada. É só que eu o amo muito, e tenho pensado que não suportaria perder você.

Robert largou o cálice e ajoelhou-se aos pés dela.

— Não vai me perder — disse simplesmente. — Eu sou seu, coração e alma. Sou prometido a você.

— Se não pudermos nos casar por um longo tempo, você continuará me amando? Esperaria por mim?

— Por que não publicamos nosso noivado já? — ele perguntou, atingindo o âmago do problema.

— Oh. — Ela adejou a mão. — Você sabe, milhares de razões. Talvez nenhuma delas importe. Mas se não pudéssemos, você esperaria por mim? Seria fiel a mim? Seríamos sempre assim?

— Eu esperaria por você, seria fiel a você — ele prometeu-lhe. — Mas não poderíamos continuar assim para sempre. Alguém descobriria, alguém falaria. E eu não poderia continuar sempre a amando, ficando ao seu lado e no entanto sem poder ajudá-la quando está com medo ou sozinha. Tenho de poder tomar sua mão diante de toda a corte, dizer que você é minha e eu sou seu, que seus inimigos são meus inimigos e os derrotarei.

— Mas se tivéssemos que esperar, poderíamos? — ela insistiu.

— Por que teríamos de esperar? Não ganhamos o direito à felicidade? Nós na Torre, pensando que podíamos enfrentar o cepo no dia seguinte? Não merecemos um pouco de alegria agora?

— Sim — ela apressou-se a responder. — Mas Cecil diz que muitos falam contra você e conspiram contra mim, mesmo agora. Temos de fazer o reino aceitá-lo. Talvez leve algum tempo, é só isso

— Oh, que sabe Cecil? — cobrou Robert, imprudente. — Ele acabou de chegar de Edimburgo. Meus informantes secretos me dizem que o povo ama você, e passará a me aceitar com o tempo.

— Sim — concordou Elizabeth. — Com o tempo. Teremos de esperar um pouco.

Ele achou perigoso demais discutir.

— Para sempre, se quiser — disse, sorrindo. — Durante séculos, se é isso que deseja. Você me dirá quando quiser declarar nosso noivado, e isso será nosso segredo até então.

— Não quero me retirar dele — ela apressou-se a dizer. — Eu não quero quebrá-lo.

— Você não pode quebrá-lo — disse ele simplesmente. — E nem eu. É indissolúvel. É uma promessa sagrada legalmente compulsória diante de Deus e testemunhas. Aos olhos de Deus, somos marido e mulher e ninguém pode nos separar.

Uma carta para Amy chegou do amigo e cliente de Robert, o Sr. Forster, em Cumnor Place, convidando-a a ficar com ele durante o mês de setembro. Lizzie Oddingsell leu-a em voz alta para ela, que não fez o esforço para decifrá-la sozinha.

— É melhor responder e dizer-lhes que terei muito prazer em ficar com eles — disse friamente. — Você vai comigo? Ou ficará aqui?

— Por que eu não iria com você? — cobrou Lizzie, chocada.

— Se quiser deixar meu serviço — disse Amy, desviando o olhar da amiga. — Se achar, como acha claramente seu irmão, que estou em situação desfavorável e que é melhor não se relacionar comigo.

— Meu irmão não disse nada disso — mentiu firmemente Lizzie. — E eu nunca a deixaria.

— Não sou o que era — disse Amy, e a frieza logo deixou a sua voz, restando apenas um fio de som. — Não desfruto mais do favor de meu marido. Seu irmão não melhorou com a minha visita, Cumnor Place não será honrado por me receber. Vejo que terei de encontrar pessoas que me recebam, apesar do desfavor de meu lorde. Não sou mais um patrimônio.

Lizzie nada disse. A carta de Anthony Forster era uma resposta dada de má vontade ao seu pedido para que Amy ficasse com eles por todo o outono. Os Scotts de Camberwell, primos da própria Amy, haviam respondido que infelizmente iam ficar fora todo o mês de novembro. Era claro que os anfitriões de Amy, até os membros de sua própria família, não a queriam mais em suas casas.

— Anthony Forster sempre a admirou — disse Lizzie. — E meu irmão e Alice diziam ainda outro dia que prazer era vê-la brincando com Tom. Você é como da família aqui.

Amy queria demais acreditar na amiga para sentir ceticismo.

— Disseram mesmo?

— Sim — respondeu Lizzie. — Disseram que se afeiçoaram a você como a ninguém mais.

— Então posso ficar aqui? — ela perguntou simplesmente. — Eu preferiria ficar aqui a seguir viagem. Preferiria ficar aqui a voltar para casa em Stanfield no Natal. Eu poderia pagar a manutenção, você sabe, se seu irmão nos deixasse ficar aqui.

Lizzie calou-se.

— Claro, mas agora que o Sr. Forster foi tão gentil em nos convidar devíamos ir para lá — disse ela, pouco convincente. — Não vai querer ofendê-lo.

— Oh, vamos então por uma semana ou mais. E depois voltamos.

— Claro que não — Lizzie se esquivou. — Não vai querer parecer indelicada. Vamos passar o mês inteiro em Cumnor Place.

Ela pensou por um momento que se livrara da mentira, mas Amy fez uma pausa, como se toda a conversa se houvesse passado numa língua estrangeira e ela de repente entendesse.

— Oh. Seu irmão quer que a gente vá embora, não é? — ela perguntou, devagar. — Não vão me querer de volta aqui em outubro. Não vão me querer de volta aqui por algum tempo, na verdade, talvez nunca. Foi o que pensei a princípio, e tudo isso não passou de uma mentira. Seu irmão não quer que eu fique. Ninguém vai querer que eu fique.

— Bem, de qualquer modo, o Sr. Forster a quer lá — disse Lizzie, resoluta.

— Você lhe escreveu e pediu que fôssemos?

Lizzie baixou os olhos para o chão.

— Sim — confessou. — Acho que é lá ou Stanfield.

— Vamos para lá, então — disse Amy, em voz baixa. — Sabe, apenas um ano atrás ele se sentia honrado com a minha companhia e insistiu para eu ficar mais tempo que aqueles poucos dias. E agora vai me tolerar por apenas um mês.

Elizabeth, que antes agarrara toda oportunidade para ver Robert sozinha, agora o evitava, e encontrava meios de estar com William Cecil. Cancelou um dia de caça no último momento, alegando que a cabeça lhe doía muito para cavalgar, e viu a corte, liderada por Robert, partir. Embora Laetitia Knollys estivesse ao lado dele, Elizabeth deixou-o ir. Em seus aposentos, Cecil a esperava.

— Ele disse que vai esperar — ela contou, em pé na janela do castelo de Windsor para captar um último vislumbre dele, quando o grupo de caça serpeou a íngreme colina até a cidade e os pântanos ao lado do rio. — Disse que não fará diferença alguma se não anunciarmos nosso compromisso. Podemos esperar a hora oportuna.

— Você tem de retirar a promessa — disse Cecil.

Ela virou-se para ele.

— Espírito, eu não posso. Não ouso perdê-lo. Seria pior que a morte para mim, perdê-lo.

— Deixaria seu trono por ele?

— Não! — ela exclamou, exaltada. — Por nenhum homem. Por nada. Nunca.

— Então desista dele.

— Não posso quebrar minha palavra com ele. Não posso deixar que me julgue infiel.

— Então ele terá de liberá-la — disse Cecil. — Precisa saber que jamais deveria ter entrado em tal promessa. Não era livre para fazê-lo. Já era casado. Agora é um bígamo.

— Ele nunca me liberará.

— Não se achasse que há alguma chance de conquistá-la — concordou Cecil. — Mas se achasse que não havia esperança? E se achasse que poderia perder seu lugar na corte? Se fosse uma opção entre jamais vê-la de novo e viver em desgraça no exílio; ou desistir de você e ser como ele era antes da promessa?

— Aí poderia — admitiu Elizabeth, relutante. — Mas não posso ameaçá-lo com isso, Espírito. Não tenho nem coragem de pedir que me libere. Não aguentaria magoá-lo. Você não sabe o que é o amor? Não posso rejeitá-lo. Preferiria cortar minha mão direita a magoá-lo.

— Sim — disse ele, insensível. — Vejo que isso tem de ser feito por ele, como se fosse por livre escolha.

— Ele sente a mesma coisa por mim! — ela exclamou. — Nunca me deixaria.

— Ele não cortaria a mão direita por você — disse Cecil, experiente.

Ela fez uma pausa.

— Você tem um plano? Está planejando uma forma de me liberar?

— Claro — ele respondeu simplesmente. — Você perderá seu trono se vazar alguma palavra dessa promessa de casamento. Preciso encontrar um meio de salvá-la, e então teremos de pô-lo em prática, Elizabeth. Custe o que custar.

— Não vou trair meu amor por ele. É preciso que ele não saiba disso por mim. Tudo menos isso. Eu preferiria morrer a ele me julgar infiel.

— Eu sei — disse Cecil, preocupado. — Eu sei. De algum modo, tem de ser decisão e opção dele.

Amy e Lizzie Oddingsell atravessaram cavalgando o largo campo aberto de Oxfordshire de Denchworth a Cumnor. O terreno alto era agreste e espraiado, lindo num dia de verão, com rebanhos de ovelhas pastoreadas por crianças distraídas que gritavam às viajantes e chegavam elas próprias saltando como cabras para ver as senhoras passarem a cavalo.

Amy não sorriu nem acenou para elas, nem distribuiu tostões de sua bolsinha. Não parecia vê-las. Pela primeira vez na vida, cavalgava sem uma escolta de empregados de libré em volta, pela primeira vez em muitos anos cavalgava sem o estandarte Dudley do urso e cajado escalavrado à frente. Cavalgava a rédea solta, olhando em volta, mas sem nada ver. E seu cavalo curvava a cabeça e prosseguia entediado, como se o leve peso de Amy fosse um fardo pesado.

— Pelo menos os campos parecem animados — disse Lizzie, rindo.

Amy olhou sem expressão em volta.

— Oh, sim — disse ela.

— Não parece que a colheita será promissora?

— Sim.

Lizzie escrevera a Sir Robert para lhe dizer que sua mulher ia mudar-se de Abingdon para Cumnor e não recebera resposta alguma. O camareiro dele não mandara dinheiro para o acerto da dívida delas, nem para dar gorjeta ao pessoal de Abingdon, e não dissera a Lizzie que se providenciaria uma escolta para ela. No fim, elas foram ajudadas pelos homens do irmão de Lizzie, e uma pequena carroça vinha atrás com seus bens. Quando Amy entrou no brilhante sol da manhã, calçando as luvas de montaria, viu o reduzido grupo e compreendeu que dali em diante viajaria como cidadã comum. O estandarte dos Dudleys não a proclamaria como a esposa de um grande lorde, a libré dos Dudleys não avisaria as pessoas para saírem da estrada, tirar os chapéus, ajoelhar-se. Ela se tornara apenas Amy Robsart — menos que Amy Robsart, pois não era nem uma solteira que podia se casar com alguém, uma mulher com perspectivas; agora era a forma mais inferior de vida feminina, uma mulher que se casara com o homem errado.

O pequeno Tom agarrou-se à sua saia e pediu para ser erguido.

— Mi-mi! — lembrou-lhe.

Amy olhou-o.

— Tenho de dizer adeus a você. Acho que não vão me deixar vê-lo de novo.

Ele não entendeu as palavras, mas sentiu a tristeza dela como uma sombra.

— Mi-mi!

Ela curvou-se rápido, beijou a pele quente e sedosa dele, sentiu o doce cheiro do menininho, levantou-se e saiu correndo para o seu cavalo antes que ele chorasse.

Fazia um belo dia de verão e era uma deslumbrante cavalgada pelo interior da Inglaterra, mas Amy não via. Uma cotovia alçou voo do campo de milho à direita, cada vez mais alto, as asas batendo com cada nota ondulante, e ela não ouvia. Devagar, pela inclinação das encostas verdes da colina acima, as duas labutaram e depois deslizaram até os vales embaixo, cobertos de florestas, e as férteis terras da várzea, e mesmo assim Amy não via nada, não reparava nada.

— Está sentindo dor? — perguntou Lizzie, captando um vislumbre do rosto pálido da amiga ao erguer o véu do chapéu de montaria para tomar um gole de água, quando pararam junto a um córrego.

— Sim — disse Amy sucintamente.

— Está doente? Pode cavalgar? — perguntou Lizzie, alarmada.

— Não, é a mesma dor de sempre — respondeu Amy. — Vou precisar aprender a me acostumar com ela.

Devagar, a pequena comitiva passou serpeando pelos campos nos arredores de Cumnor e entrou na aldeia, dispersando as galinhas e desencadeando o latido de cachorros. Passaram pela igreja com a bela torre quadrada erguendo-se altaneira em seu próprio pequeno outeiro, ladeado por grossos e escuros teixos. Amy seguia a cavalgar, sem um olhar à bandeira de Elizabeth que esvoaçava do mastro no topo da torre, atravessaram as ruas lamacentas da aldeia que contornava os chalés de telhado de colmo rústicos.

Cumnor Place situava-se ao lado do adro da igreja, mas a pequena cavalgada contornou a alta muralha de blocos de calcário para aproximar-se da casa pela arcada. O percurso levou-os por uma avenida de teixos, e Amy estremeceu quando a obscuridade deles caiu sobre o caminho iluminado de sol.

— Estamos quase chegando — disse, animada, Lizzie Odingsell, achando que Amy talvez estivesse cansada.

— Eu sei.

Outra arcada instalada nas grossas muralhas de pedra levou-as ao pátio e ao centro da casa. A Sra. Forster, ouvindo os cavalos, saiu do grande salão à direita para saudá-las.

— Aí estão vocês! — ela gritou. — E em que tempo bom! Devem ter tido uma cavalgada muito fácil.

— Foi fácil — disse Lizzie, quando Amy não respondeu, mas apenas ficou sentada no cavalo. — Mas receio que lady Dudley esteja muito cansada.

— Está, Vossa Senhoria? — perguntou a Sra. Forster, preocupada.

Amy ergueu o véu do chapéu.

— Oh! Você está pálida. Desça e venha descansar — disse a Sra. Forster.

Um cavalariço adiantou-se e Amy desceu deslizando pelo lado do cavalo num salto desajeitado. A Sra. Forster tomou-lhe a mão e conduziu-a para o enorme salão onde um fogo ardia numa grande lareira de pedra.

— Aceita uma caneca de cerveja? — perguntou, solícita.

— Obrigada — disse Amy.

A Sra. Forster acomodou-a numa grande cadeira de madeira junto ao fogo e mandou um pajem buscar cerveja e canecas. Lizzie Oddingsell entrou na sala e tomou um assento ao lado de Amy.

— Bem, aqui estamos! — observou a Sra. Forster.

Tinha consciência da dificuldade de sua posição. Mal podia perguntar notícias da corte, quando a única notícia era que o comportamento da rainha com o marido da jovem de rosto pálido se vinha tornando cada dia mais descarado. Todo o país sabia agora que Robert Dudley se portava como um aspirante a rei, e Elizabeth mal tinha olhos para alguém mais pelo encanto que exercia seu estribeiro-mor.

— O tempo parece muito agradável — disse a Sra. Forster, por falta de qualquer outra coisa para falar.

— Na verdade, sim. Está quente — concordou Lizzie. — Mas o milho parece muito bem nos campos.

— Oh, eu não entendo nada disso — apressou-se a dizer a Sra. Forster, enfatizando sua posição como rica inquilina de uma bela casa. — Você sabe, não entendo nada de cultivo.

— Deverá render uma excelente colheita — observou Amy. — E imagino que ficaremos todos felizes do pão que vamos comer.

— Na verdade, sim.

A chegada do pajem quebrou o silêncio embaraçoso.

— A Sra. Owen também está hospedada conosco — disse-lhes a Sra. Forster. — Ela é a mãe de nosso proprietário, Sr. William Owen. Acho que seu marido...

— Ela interrompeu-se confusa. — Acho que o Sr. William Owen é muito conhecido na corte — disse, sem graça. — Talvez o conheça, lady Dudley?

— Meu marido o conhece muito bem — respondeu Amy, sem constrangimento. — E sei que o tem em alta estima.

— Bem, a mãe dele nos honra com uma longa visita — continuou a Sra. Forster, recuperando-se. — Você a conhecerá no jantar, e o Sr. Forster estará em casa a tempo. Ele saiu a cavalo hoje para ver alguns vizinhos nossos. E me disse para tomar especial cuidado de vocês duas.

— Que delicadeza — disse Amy vagamente. — Acho que eu devia descansar agora.

— Certamente. — A Sra. Forster levantou-se. — Seu quarto é logo acima do corredor, dando para a entrada.

Amy hesitou: vinham recebendo o melhor quarto na outra extremidade da casa.

— Deixe que eu vou lhe mostrar — disse a Sra. Forster, e saiu na frente do grande salão, atravessou a arcada dupla, a adega de lajotas de pedra, até a escada de pedra circular.

— Aqui está, e o da Sra. Oddingsell fica próximo — disse ela, indicando com um gesto as duas portas de madeira.

— Parece tão estranho que isto fosse um mosteiro há apenas cinquenta anos — disse Amy, parando perto de um dos modilhões de madeira que mostrava um pequeno querubim polido da madeira escura clareada pelo constante toque. — Este anjinho talvez tenha ajudado alguém a orar.

— Graças a Deus que nos livraram da superstição papista — disse a Sra. Forster, fervorosa.

— Amém — disse Lizzie, esperta.

Amy não disse uma palavra; mas tocou a face do anjinho, abriu a pesada porta do seu quarto e entrou.

As duas esperaram até a porta fechar-se atrás dela.

— Ela está tão pálida, não está?

Elas viraram-se e dirigiram-se ao quarto de Lizzie Oddingsell.

— Está muito cansada — explicou Lizzie. — E quase não come. Queixase de uma dor no peito, mas diz que é dor de coração. Está recebendo tudo isso muito mal.

— Ouvi dizer que ela tem cancro do seio?

— Ela sente uma dor constante, mas não há tumor, é mais um rumor de Londres, como todos os outros.

A Sra. Forster franziu os lábios e abanou a cabeça, consternada, aos rumores de Londres, que vinham ficando cada vez mais ensandecidos e detalhados.

— Fiz o trabalho do diabo para convencer meu marido até mesmo a recebê-la aqui. De todos os homens no mundo, eu o teria julgado o mais capaz de apiedar-se dela, mas ele disse na minha cara que era mais do que valia sua vida ofender Sir Robert agora, e mais importante que qualquer coisa no mundo para ele ser incluído nos bons livros dele se vier a ascender como todos dizem.

— E que dizem? — perguntou Lizzie. — Quanto mais alto ainda pode chegar?

— Dizem que ele será rei consorte — respondeu simplesmente a Sra. Forster. — Dizem que já está casado com a rainha em segredo, e será coroado no Natal. E ela, pobre senhora, vai ser esquecida.

— Sim, mas esquecida onde? — quis saber Lizzie. — Meu irmão não quer recebê-la de volta, e ela não pode morar em Stanfield Hall o ano todo, é pouco mais que uma fazenda. Além disso, não sei se as portas estão abertas para ela. Se sua família recusá-la, para onde ela vai? Que vai fazer?

— Parece que não vai sobreviver a isso — disse a Sra. Forster, categórica. — E será a solução para a dificuldade do marido. Devemos chamar um médico para vê-la?

— Sim — respondeu Lizzie. — Não tenho a menor dúvida de que ela está doente de mágoa, mas talvez um médico pudesse lhe dar alguma coisa para que ela ao menos coma, durma e pare com esse contínuo choro.

— Ela chora?

A voz da própria Lizzie tremeu.

— Ela engole o choro durante o dia, mas se você prestar atenção na porta do quarto à noite, vai ouvi-la chorar. Chora no sono. A noite toda lágrimas escorrem pelas suas faces e ela grita por ele. Sussurra o nome dele no sono. Repetidas vezes, chama-o: "Meu lorde."

Cecil e Elizabeth estavam no jardim das roseiras em Windsor com as damas da corte, quando Robert chegou para juntar-se a eles, acompanhado do embaixador espanhol.

Elizabeth sorriu e estendeu a mão para De Quadra beijá-la.

— Esta visita é de prazer ou de negócios? — perguntou.

— Agora me dedico ao prazer — disse ele com forte sotaque. — Já realizei meus negócios com Sir Robert e posso passar o resto do tempo no prazer de sua companhia.

Elizabeth arqueou as sobrancelhas pintadas a lápis.

— Negócios? — ela perguntou a Robert.

Ele assentiu com a cabeça.

— Tudo concluído. Eu dizia ao embaixador espanhol que vamos ter um torneio de tênis esta tarde, e ele mostrou grande interesse em assisti-lo.

— É só um joguinho — disse Elizabeth. Não ousou olhar para Cecil. — Alguns dos rapazes da corte distribuíram-se em equipes, os Homens da Rainha e os Homens do Cigano.

Ouviu-se uma gargalhada das damas ao ouvirem os dois nomes.

O embaixador espanhol sorriu, olhando de um para o outro.

— E quem são os Rapazes do Cigano? — ele perguntou.

— É uma impertinência a Sir Robert — respondeu a rainha. — Um apelido com que o chamam.

— Nunca na minha frente — disse Sir Robert.

— Um insulto? — perguntou o espanhol mais formal.

— Uma brincadeira — disse Robert. — Ninguém admira minha cor. Sou muito moreno para um inglês.

Elizabeth deu um leve suspiro de desejo, inconfundível. Todos a ouviram e Dudley virou-se para ela com um intimíssimo sorriso.

— Felizmente ninguém me despreza por causa de minha pele morena e olhos negros — disse.

— Eles estão treinando agora.

Elizabeth não conseguiu tirar os olhos da curva do sorriso dele.

— Vamos ver? — interveio Cecil.

Ele conduziu o embaixador e o resto da corte acompanhou-os. Devagar, Dudley ofereceu o braço a Elizabeth e ela deslizou a mão na manga dele.

— Você parece encantada — disse ele em voz baixa.

— E estou. Você sabe.

— Eu sei.

Os dois deram alguns passos em silêncio.

— Que queria o embaixador? — ela perguntou.

— Ele se queixava de o ouro espanhol ir para fora dos Países Baixos por nossos comerciantes — disse Dudley. — É ilegal tirar os lingotes do país.

— Eu sei. Só não sei quem faria uma coisa dessas.

Com brandura, ele ignorou a rapidez da mentira dela.

— Algum inspetor zeloso revistou um dos nossos navios e descobriu que o manifesto da carga foi falsificada. Confiscaram o ouro e deixaram o navio seguir viagem, e o embaixador espanhol ia fazer uma queixa formal.

— Ele vai se apresentar perante o Conselho Privado? — ela perguntou, alarmada. — Se descobrirem que estamos transportando ouro, saberão que é para cunhar moedas. Haverá uma corrida contra as moedas velhas. Terei de falar com Cecil, temos de manter isso em segredo. — Começou a avançar, mas Robert segurou a mão dela e manteve-a atrás.

— Não, claro que não pode ver o Conselho Privado — disse ele, decisivo. — Isso tem de ser mantido em segredo.

— Você marcou uma hora para se encontrar comigo e Cecil?

— Já resolvi a questão — disse Robert apenas.

Elizabeth parou no caminho, o sol muito quente em sua nuca.

— Você fez o quê?

— Resolvi a questão — ele repetiu. — Disse que deve ter havido um engano, condenei o contrabando com regra geral, concordei que contrabandear lingotes de um país para outro é perigosíssimo para o comércio. Prometi-lhe que não ia acontecer de novo e disse que ia cuidar disso pessoalmente. Ele acreditou pela metade, no máximo, mas vai mandar seu despacho ao imperador espanhol, e ficamos todos satisfeitos.

Ela hesitou, de repente com frio, apesar do calor do dia.

— Robert, em que base ele falou com você?

Ele fingiu não entender.

— Como eu disse.

— Por que ele falou com você? Por que não apresentou sua queixa a Cecil? Ou veio direto a mim? Ou pediu para se encontrar com o Conselho Privado?

Robert passou a mão em volta da cintura dela, embora ninguém da corte que olhasse para trás o visse segurando-a.

— Porque quero tirar problemas dos seus ombros, meu amor. Porque conheço tanto a arte de reinar quanto você, ou Cecil, e para dizer a verdade, provavelmente mais. Porque nasci para fazer isso, tanto quanto você, ou Cecil; provavelmente mais. Porque a queixa dele era sobre o seu agente Thomas Gresham, que agora se comunica diretamente comigo. Este negócio é tanto meu quanto seu. Seu negócio é meu negócio. Sua moeda é minha moeda. Fazemos tudo juntos.

Elizabeth não pôde convencer-se a afastar-se do toque dele, mas não se derreteu como em geral fazia.

— De Quadra devia ter vindo a mim.

— Oh, por quê? — cobrou Robert. — Não acha que ele sabe que serei seu marido declarado dentro de um ano? Não acha que todo mundo sabe que somos noivos e logo vamos anunciar isso? Não acha que ele já lida comigo como se eu fosse seu marido?

— Ele devia falar comigo ou com Cecil — ela insistiu.

Esfregou as cutículas, para puxá-las para trás das unhas esmaltadas.

Dudley tomou-lhe a mão.

— Claro — disse. — Quando for alguma coisa que não possa resolver por você.

— E quando seria isso? — ela cobrou bruscamente.

Ele riu sozinho em sua autoconfiança.

— Sabe, não consigo pensar numa única coisa que você ou Cecil poderiam fazer melhor do que eu.

Embora Cecil se sentasse ao lado de Elizabeth no torneio de tênis, nenhum dos dois acompanhava o jogo.

— Ele só se encontrou com De Quadra para me poupar de problema — ela sussurrou-lhe em rápida voz monótona.

— Ele não tem autoridade, a não ser que Vossa Graça a dê — disse Cecil firmemente.

— Cecil, ele diz que todo mundo sabe que estamos noivos, que De Quadra pensa nele como meu marido e portanto meu representante.

— Isso tem de parar — declarou Cecil. — Vossa Graça tem de parar com essa... usurpação.

— Ele não é desleal — ela disse, com violência. — Tudo que faz é por amor a mim.

"Sim, é o mais leal traidor que já derrubou uma rainha por amor a ela", pensou Cecil, ressentido. Em voz alta, disse:

— Vossa Graça, pode ser para o seu bem, mas não sabe que o poder dele sobre você será relatado ao imperador espanhol e visto como fraqueza? Não acha que os católicos ingleses vão saber que planeja se casar com um homem casado? Logo você, filha de uma rainha divorciada, uma rainha executada por adultério?

Ninguém nunca falava à rainha de sua mãe, exceto em tons de untuosíssima deferência. Elizabeth empalideceu de choque.

— Como? — disse, gélida.

Cecil não se calou assustado.

— Sua reputação tem de ser puríssima — disse, inflexível. — Porque sua mãe, que Deus dê descanso à sua alma, morreu com a reputação muito obscenamente difamada. Seu pai divorciou-se de uma boa mulher para se casar com ela e depois culpou essa decisão à bruxaria e luxúria. Ninguém pode reviver esse libelo e aplicá-lo a você.

— Tome muito cuidado, Cecil — disse ela friamente. — Você está repetindo difamação traiçoeira.

— Tome cuidado você — impôs ele com força e vigor, levantando-se do assento. — Diga a De Quadra que nos encontre amanhã de manhã para fazer sua queixa formal. Sir Robert não transaciona negócios para a coroa.

Elizabeth ergueu os olhos para ele e então, muito de leve, abanou a cabeça.

— Não posso — disse ela.

— Como?

— Não posso solapar Sir Robert. O negócio foi feito, e ele disse apenas o que eu teria dito. Vamos deixá-lo como está.

— Ele então é rei consorte, em tudo menos no nome? Está contente por lhe dar seu poder?

Quando ela não respondeu, Cecil curvou-se.

— Vou deixá-la — disse sem se alterar. — Não tenho humor para assistir à partida. Os Homens do Cigano sem dúvida vão ganhar.

Anthony Forster, ao retornar para casa com um novo rolo de madrigais debaixo do braço, achava-se de bom humor e não ficou muito satisfeito por ser recebido pela esposa com uma crise doméstica antes mesmo de entrar no grande salão.

— Lady Dudley está aqui e muito doente — disse ela, com urgência. — Elas chegaram esta manhã, e ela adoeceu desde então. A coitadinha não consegue engolir comida nem tomar líquido, e se queixa de uma dor no peito que diz ser de profundo sofrimento, mas acho que pode ser cancro. Ela não quer deixar ninguém vê-la.

— Deixe-me entrar, mulher — disse ele, e passou ao salão. — Vou tomar um copo de cerveja — declarou, severo. — Foi um trabalho árduo cavalgar até em casa nesse calor.

— Perdoe-me — disse ela logo.

Serviu-lhe a cerveja e mordeu a língua enquanto ele se instalava em sua poltrona e tomava um longo gole.

— Bem melhor agora — disse ele. — O jantar está pronto?

— Claro — ela respondeu, respeitosa. — Estávamos apenas esperando seu retorno.

Forçou-se a ficar parada em silêncio até ele tomar outro gole de cerveja e voltar a olhá-la.

— Muito bem, então, a que se deve tudo isso?

— É lady Dudley — disse ela. — Muito doente. Doente e com uma dor no peito.

— É melhor mandar chamar um médico. O Dr. Bayly.

A Sra. Forster assentiu com a cabeça.

— Vou mandar alguém chamá-lo já.

Ele levantou-se.

— Ela está em condições de me ver? Vai descer para jantar?

— Não. Acho que não.

Ele balançou a cabeça.

— Isso é muito inconveniente, mulher. Mesmo tê-la em nossa casa já é partilhar a desgraça dela. Ela não pode passar uma longa doença aqui.

— Acho que ela não está desfrutando nada — ela retrucou, áspera.

— Creio que não — disse ele com breve compaixão. — Mas ela não pode ficar aqui por mais tempo do que o estabelecido, doente ou não.

— Lorde Dudley proibiu-lhe de oferecer hospitalidade a ela?

O Sr. Forster fez que não com a cabeça.

— Ele não precisa fazer isso. Não temos que nos molhar para saber que está chovendo. Eu sei para que lado o vento sopra, e não sou eu quem vai pegar um resfriado.

— Vou mandar chamar o médico — disse a mulher. — Talvez ele diga que foi apenas a cavalgada no calor que a adoeceu.

O criado do estábulo de Cumnor fez o trajeto em bom tempo e chegou a Oxford quando o Dr. Bayly, o professor de Física da rainha em Oxford, acabara de sentar-se para jantar.

— Vou agora mesmo — disse ele, levantando-se e pegando o chapéu e a capa. — Quem está doente em Cumnor Place? Não o Sr. Forster, espero.

— Não — respondeu o rapaz, transmitindo o recado. — Uma visitante, acabou de chegar de Abingdon. Lady Dudley.

O médico imobilizou-se, chapéu a meio caminho da cabeça, a capa, presa e erguida pela metade, batendo para cair num ombro como uma asa quebrada.

— Lady Dudley — ele repetiu. — Mulher de Sir Robert Dudley?

— Ela mesma — confirmou o rapaz.

— Sir Robert, que é o estribeiro-mor da rainha?

— Estribeiro-mor da rainha é como o chamam — repetiu o rapaz com uma larga piscadela do olho, pois ouvira os rumores tão bem quanto todo mundo.

Devagar, o Dr. Bayly tornou a apoiar o chapéu no cabide de madeira.

— Acho que não vou poder ir — disse. Tirou a capa do ombro e envolveu-a no alto encosto do banco. — Não ouso ir, na verdade.

— Não se falou nada de peste, nem de suor, senhor — disse o garoto. — Ela é a única doente na casa, e não há peste nenhuma em Abingdon que eu tenha ouvido falar.

— Não, rapaz, não — disse o médico, pensativo. — Há coisas mais perigosas que a peste. Acho que não devo me comprometer.

— Dizem que ela sente dor — continuou o rapaz. — Uma das criadas contou que ela chorava, ouviu-a pela porta. Disse que a ouviu pedir a Deus que a libertasse.

— Eu não ouso — disse-lhe o médico francamente. — Não ouso vê-la. Não poderia receitar medicamento para ela, mesmo se soubesse qual era o problema que a adoece.

— Por que não? Se a senhora está doente.

— Porque se ela morrer vão achar que foi envenenada e me acusar de tê-lo feito — disse o médico, impassível. — E se, em desespero, ela já tomou um veneno que está penetrando em seu corpo, vão culpar o medicamento que eu der. Vou ser responsabilizado e talvez tenha de enfrentar julgamento pelo assassinato dela. E se alguém já a envenenou, ou se alguém se alegrou por ela estar doente, não vai me agradecer por salvá-la.

O rapaz ficou boquiaberto.

— Mandaram-me buscar o senhor para ajudá-la. Que vou dizer à Sra. Forster?

O médico pôs a mão no ombro do rapaz.

— Diga a eles que é mais do que vale minha licença me meter em tal caso. É possível que ela já venha tomando medicamento que lhe foi receitado por um homem mais poderoso que eu.

O rapaz fez um ar carrancudo, tentando compreender o sentido do médico.

— Eu não entendo — disse.

— Quero dizer que se o marido dela está tentando envenená-la, eu não ouso me intrometer — disse o médico, sem rodeios. — E se ela está doente para morrer, duvido que ele me agradeça por salvá-la.

Elizabeth estava nos braços de Robert, ele a cobrir-lhe o rosto e os ombros de beijos, lambendo o pescoço, esmagando-a, e ela, a rir, empurrava-o, puxava-o de volta, tudo ao mesmo tempo.

— Xiu, xiu, alguém vai ouvir — disse ela.

— É você quem está fazendo todo o barulho com sua gritaria.

— Estou quieta como um camundongo. Não estou gritando — ela protestou.

— Ainda não, mas já irá — ele prometeu, fazendo-a rir de novo e tapando-lhe a boca com a mão.

— Você é louco!

— Sou louco de amor — ele concordou. — E gosto de ganhar. Sabe quanto tirei do embaixador De Quadra?

— Estava apostando com o embaixador espanhol?

— Só na certa.

— Quanto?

— Quinhentas coroas — ele exultou. — E sabe o que eu disse?

— O quê?

— Disse que ele podia me pagar em ouro espanhol.

Ela tentou rir, mas ele viu na hora o estalo de ansiedade em seus olhos.

— Ah, Elizabeth não estrague isso, o embaixador espanhol é muito fácil de manejar. Eu o entendo, ele me entende. Foi apenas um gracejo, ele riu e eu também. Posso cuidar dos negócios de Estado. Deus sabe. Nasci e fui criado para isso.

— Eu nasci para ser rainha — ela disparou-lhe.

— Ninguém nega isso. Eu menos que todos. Porque nasci para ser seu amante, seu marido e seu rei.

Ela hesitou.

— Robert, mesmo se declarássemos nosso noivado, você não receberia o título de rei.

— Mesmo se?

Ela corou.

— Quero dizer: quando.

— *Quando* declararmos nosso noivado, eu serei seu marido e rei da Inglaterra — disse ele simplesmente. — De que mais você pode me chamar?

Elizabeth calou-se pasma, mas logo tentou manobrá-lo.

— Ora, Robert — disse com brandura. — Dificilmente você ia querer ser rei. Felipe da Espanha foi apenas conhecido sempre como rei consorte. Não rei.

— Felipe da Espanha tinha outros títulos — disse ele. — Era imperador em suas terras. Não lhe importava o que ele era na Inglaterra, mal vinha aqui.

Gostaria que eu me sentasse num lugar inferior, comesse em travessas de prata enquanto você come em ouro, como Felipe fez com Mary? Gostaria de me humilhar tanto perante outros? Todos os dias da minha vida?

— Não — ela se apressou a dizer. — Nunca.

— Considera-me indigno da coroa? Bom o bastante para a cama, mas não para o trono?

— Não. Claro que não, Robert, meu amor, não distorça e mude minhas palavras. Você sabe que eu o amo, você sabe que não amo ninguém, apenas você, e preciso de você.

— Então temos de completar o que começamos — disse ele. — Conceda-me o divórcio de Amy e publique nosso noivado. Então posso ser seu parceiro e marido em tudo. E serei chamado de rei.

Ela ia protestar, mas ele puxou-a mais uma vez para si e pôs-se a beijar-lhe o pescoço. Impotente, Elizabeth derreteu-se no seu abraço.

— Meu amor, seu gosto é tão bom que eu poderia comê-la.

— Robert — ela suspirou. — Meu amor, meu único amor.

Gentilmente ele tomou-a nos braços e a levou para a cama. Ela deitou-se de costas enquanto ele despia sua camisola e vinha nu para ela. Ela sorriu, esperando que ele pusesse o preservativo que sempre usava quando faziam amor. Ao não ver a pele envolta em fitas em sua mão, nem estender a mão à mesa junto da cama, ela se surpreendeu.

— Robert? Sem proteção?

Ele deu um sorriso muito misterioso e sedutor. Arrastou-se na cama em direção a ela, apertando seu corpo nu em cada centímetro do dela, esmagando-a com seu fraco cheiro almiscarado, o calor da pele, o macio e felpudo tapete de seu peito e a coluna erguida de sua carne.

— Não temos necessidade dele — disse ele. — Quanto mais cedo fizermos um filho para o berço da Inglaterra, melhor.

— Não! — disse ela, chocada, e começou a fazer força para sair. — Não até que saibam que somos casados.

— Sim — ele sussurrou-lhe no ouvido. — Sinta, Elizabeth, nunca o sentiu direito. Nunca o sentiu como minha mulher o sentia. Amy me adora nu e você nem sabe como é. Nunca teve metade do prazer que dei a ela.

Ela soltou um gemidinho de ciúme e de repente baixou a mão, segurou-o e guiou-o para dentro de sua umidade. Quando os corpos se uniram e ela sentiu a carne nua dele com a sua, adejou os olhos antes de fechá-los de prazer. Robert Dudley sorriu.

Pela manhã, a rainha declarou que estava doente e não ia receber ninguém. Quando Cecil foi até a porta de seu quarto, mandou dizer que só podia vê-lo brevemente, e apenas se fosse um assunto de urgência.

— Receio que sim — disse ele solenemente, indicando com um gesto o documento em sua mão.

As sentinelas afastaram-se para um lado e deixaram-no entrar no quarto dela.

— Eu disse a eles que precisava que você assinasse o retorno dos prisioneiros franceses — falou Cecil, entrando e curvando-se. — Seu bilhete dizia para eu vir sem demora com uma desculpa para vê-la.

— Sim — disse ela.

— Por causa de Sir Robert?

— Sim.

— Isso é ridículo — ele declarou.

— Eu sei.

Alguma coisa na neutralidade da voz dela alertou-o.

— Que foi que ele fez?

— Ele me fez uma... exigência.

Cecil esperou.

Elizabeth deu uma olhada na fiel Sra. Ashley.

— Kat, saia, fique do lado de fora da porta e cuide para que ninguém possa ouvir.

A mulher saiu do quarto.

— Que exigência?

— Uma que não posso satisfazer.

Ele esperou.

— Quer que declaremos nosso noivado, que eu lhe conceda o divórcio, a ele e àquela mulher, e que seja chamado de rei.

— Rei?

Ela abaixou a cabeça, assentiu, não encontrando os olhos dele.

— Rei consorte bastava para o imperador da Espanha.

— Eu sei. Eu disse. Mas é isso que ele quer.

— Você tem de recusar.

— Espírito, eu não posso recusar-lhe nada. Não posso deixar que me julgue falsa com ele. Não tenho palavras de recusa para ele.

— Elizabeth, essa loucura vai lhe custar o trono da Inglaterra, e todo o perigo, toda a espera e a paz de Edimburgo de nada servirão. Vão arrancá-la do trono e pôr sua prima como rainha. Ou pior. Não posso salvá-la disso, você estará liquidada se o puser no trono.

— Não pensou em nada? — exigiu ela. — Você sempre sabe o que fazer. Espírito, precisa me ajudar. Tenho de romper com ele, e Deus é testemunha, não posso.

Cecil olhou-a desconfiado.

— É só isso? Ele quer um divórcio e ser chamado rei consorte? Ele não a magoou, ou a ameaçou? Lembre-se que seria traição, mesmo feito por amor. Mesmo feito por um amante comprometido a se casar.

Elizabeth fez que não com a cabeça.

— Não, ele é sempre... — Interrompeu-se, pensando no grande prazer que ele lhe proporcionara. — Ele é sempre... Mas e se eu tiver um filho?

O olhar horrorizado dele era tão sombrio quanto o dela.

— Você está grávida?

Ela abanou a cabeça.

— Não. Bem, não sei...

— Eu supunha que ele tomava cuidado...

— Até ontem à noite.

— Você devia ter recusado.

— Eu não posso! — ela gritou de repente. — Não está me ouvindo, Cecil, embora eu lhe diga repetidas vezes? Eu não posso recusar-lhe. Não posso me impedir de amá-lo. Não sei dizer-lhe não. Você tem de encontrar uma forma de eu me casar com ele, ou um meio de eu escapar às exigências dele, porque *não* sei dizer-lhe não. Tem de me proteger de meu desejo por ele, das exigências dele, é sua obrigação. Não posso proteger a mim mesma. Você tem de me salvar dele.

— Decrete seu banimento!

— Não. Você tem de me salvar dele sem ele jamais saber que eu disse uma palavra contra ele.

Cecil ficou calado por um longo momento, então se lembrou que tinham apenas um breve tempo juntos: a rainha e seu próprio secretário de Estado eram obrigados a se encontrar em segredo, em momentos roubados, por causa da loucura dela.

— Há um meio — disse ele, devagar. — Mas se trata de um caminho muito sombrio.

— Ensinaria a ele seu lugar? — ela perguntou. — Que o lugar dele não é o meu?

— Iria deixá-lo com medo pela própria vida e humilhá-lo até o pó.

Elizabeth enfureceu-se com isso.

— Ele não tem medo de nada — explodiu. — E seu espírito não se quebrantou nem quando toda a família caiu em desgraça.

— Tenho certeza de que ele é infatigável — disse Cecil, acerbo. — Mas isso vai abalá-lo e quebrantá-lo tanto que ele desistirá de toda ideia do trono.

— E jamais saberá que fui quem ordenei isso — ela sussurrou.

— Não.

— E não falharia.

— Acho que não. — Ele hesitou. — Exige a morte de uma pessoa inocente.

— Só uma?

Ele assentiu com a cabeça.

— Só uma.

— Ninguém que eu amo?

— Não.

Ela não pensou nem por um momento.

— Faça então.

Cecil permitiu-se um sorriso. Com muita frequência, quando achava Elizabeth a mais fraca das mulheres, via que era a mais poderosa das rainhas.

— Eu vou precisar de um sinal dele. Você tem alguma coisa com seu sinete?

Ela quase disse "não". Ele viu o pensamento da mentira atravessar-lhe a mente.

— Tem?

Devagar, do decote da camisola, ela retirou uma corrente de ouro com o anel de sinete de Dudley, que ele lhe dera quando os dois haviam jurado seu noivado.

— O anel dele — ela sussurrou. — Ele o pôs no meu dedo quando ficamos noivos.

Cecil hesitou.

— Vai me dar para a destruição dele? A prova de seu amor por você? Seu próprio anel de sinete?

— Sim — disse ela simplesmente. — Pois é ele ou eu.

Devagar, abriu o fecho da corrente e ergueu-a para o anel cair na palma da mão. Beijou-o, como se fosse uma relíquia sagrada, e relutantemente entregou-o.

— Preciso tê-lo de volta — disse ela.

Ele assentiu com a cabeça.

— E ele jamais deve vê-lo em suas mãos. Saberia na hora que veio de mim.

Cecil assentiu mais uma vez.

— Quando vai fazer isso? — ela perguntou.

— Sem demora — ele respondeu.

— Não no meu aniversário — ela especificou como uma criança. — Deixe-me ser feliz com ele no meu aniversário. Robert planejou um adorável dia para mim, não o estrague.

— No dia seguinte, então — disse Cecil

— Domingo?

Ele fez que sim com a cabeça.

— Mas você não pode correr o risco de conceber um filho.

— Darei uma desculpa.

— Vou precisar que represente um papel — avisou Cecil.

— Ele me conhece bem demais, vai me desmascarar num instante.

— Não um papel a representar para ele. Terá de fazer algumas observações para outros. Tem de pôr uma lebre a correr. Vou lhe dizer o que falar.

Ela enroscou as mãos.

— Não vai magoá-lo?

— Ele tem de aprender — disse Cecil. — Não quer que se faça isso?

— Precisa ser feito.

"Quisera Deus que eu pudesse apenas mandar matá-lo e acabar logo com isso", pensou Cecil ao curvar-se e sair do quarto. Kat Ashley esperava do lado de fora do aposento da rainha quando ele saiu e os dois trocaram um breve e assustado olhar pela trapalhada em que essa nova rainha fora colhida apenas no segundo ano de seu reinado.

"Mas embora sem matá-lo, vou derrubá-lo tão baixo que ele saberá que jamais será rei", pensou Cecil. "Outra geração Dudley e mais uma desgraça. Será que nunca vão aprender?" Ele atravessou imponente a longa galeria, passando pelos ancestrais da rainha, seu belo pai, o macilento retrato do avô. "Uma mulher não pode governar", pensou Cecil, olhando os reis. "Uma mulher, mesmo muito inteligente como essa, não tem temperamento para governar. Ela busca um senhor, e Deus nos ajude, escolhe um Dudley. Bem, assim que ele for extirpado como uma erva daninha e o caminho desobstruído, é claro que ela pode buscar um amo correto para a Inglaterra."

O pajem, comunicando que o médico não ia atender a lady Dudley, foi chamado à presença da Sra. Forster.

— Você disse a ele que ela estava doente? Disse que lady Dudley precisava da ajuda dele?

O rapaz, olhos arregalados de ansiedade, assentiu com a cabeça.

— Ele sabia — respondeu. — Foi por ela ser quem é que ele não virá.

A Sra. Forster abanou consternada a cabeça e foi procurar a Sra. Oddingsell.

— Nosso próprio médico não vai atendê-la, por temer não poder curá-la — disse ela, dando a melhor impressão do problema que pôde.

A Sra. Oddingsell parou ao ouvir essa nova notícia ruim.

— Ele soube quem era a paciente?

— Sim.

— Recusou-se a vir para evitá-la?

A Sra. Forster hesitou.

— Sim.

— Ela agora não tem mais para onde ir, e nenhum médico vai curá-la? — ela perguntou, incrédula. — Que vai fazer? Que vou fazer com ela?

— Ela terá de se entender com o marido — disse a Sra. Forster. — Nunca devia ter brigado com ele. Ele é um homem poderoso demais para ofender.

— Sra. Forster, sabe tão bem quanto eu, ela não teve briga nenhuma com ele além do adultério e o desejo dele de se divorciar. Como uma boa esposa deve atender a um pedido desses?

— Quando o homem é Robert Dudley, seria melhor que a esposa aceitasse — disse a Sra. Forster sem rodeios. — Pois veja os apuros em que ela se encontra agora.

Amy, um pouco melhor após o descanso de dois dias, desceu a estreita escada circular do seu quarto à adega embaixo e tomou então o grande salão para o pátio, balançando o chapéu numa das mãos. Atravessou o pátio de calçamento de pedras, pondo o chapéu na cabeça e amarrando as fitas no queixo. Embora fosse setembro, o sol continuava muito quente. Ela cruzou a grande arcada e virou à esquerda para caminhar no terraço cultivado defronte da casa. Os monges andavam ali nas horas de oração silenciosa e leitura, e ela ainda conseguia refazer o percurso nas pedras do calçamento pelo caminho circular deles na grama podada irregularmente.

Imaginou que eles deviam ter enfrentado dificuldades muito maiores que as dela, às voltas com suas almas e não preocupados com simples coisas mortais como se um marido voltaria algum dia para casa, e como sobreviver se não voltasse. "Mas eram homens santos", disse a si mesma. "E cultos. Eu não sou nem santa nem culta, e de fato acho que sou uma pecadora muito tola. Pois Deus deve ter se esquecido de mim tanto quanto fez Robert, se puderam me deixar aqui sozinha, e em tão grande desespero."

Engoliu um pequeno soluço e retirou as lágrimas da face com a mão enluvada. "Não adianta chorar", sussurrou infeliz para si mesma.

Desceu os degraus do terraço para atravessar o pomar em direção ao muro do jardim, o portão e a igreja além.

O portão emperrou quando o empurrou, e então um homem avançou do outro lado do muro e abriu-o para ela.

— Obrigada — disse ela, sobressaltada.

— Lady Amy Dudley? — ele perguntou.

— Sim?

— Tenho uma mensagem de seu marido para a senhora.

Ela deu um pequeno arquejo e suas faces de repente enrubesceram.

— Ele está aqui?

— Não. Uma carta para a senhora.

Entregou-a e esperou-a examinar o lacre. Depois ela fez uma coisa estranha.
— Tem uma faca?
— Para quê, minha senhora?
— Para soltar o lacre. Eu não os quebro.
Ele pegou um pequeno punhal, afiado como uma lâmina, no cano da bota.
— Tome cuidado.
Ela inseriu a lâmina entre a brilhante cera seca e o papel grosso e soltou o lacre da dobra. Enfiou-o no bolso do vestido, devolveu-lhe a faca e abriu a carta.
Ele viu que as mãos dela tremiam quando segurou o papel para ler, e lia bem devagar, os lábios soletrando as palavras. Olhou-o.
— É da confiança dele?
— Sou seu empregado e vassalo.
Amy estendeu-lhe a carta.
— Por favor — pediu. — Não leio muito bem. Diz aí que ele vem me ver amanhã ao meio-dia, e quer me ver a sós na casa?
Sem graça, ele pegou a carta e leu-a rápido.
— Sim. Amanhã ao meio-dia, e pede que dispense os criados pelo dia e fique sozinha em seu quarto.
— Eu o conheço? — ela perguntou de repente. — É novo no serviço dele?
— Sou seu empregado confidencial. Tinha negócios a fazer em Oxford e por isso ele me pediu para trazer esta carta. Disse que não seria necessária nenhuma resposta.
— Ele me mandou um sinal? — ela perguntou. — Visto que eu não o conheço?
O homem deu-lhe um sorrisinho.
— Sou Johann Worth, minha senhora. E ele me deu isto para a senhora.
Enfiou a mão no bolso e deu-lhe o anel, o anel de sinete Dudley com o cajado escalavrado e o urso.
Solenemente, ela recebeu-o dele e de imediato enfiou-o no quarto dedo, aconchegando-o junto da aliança de casamento, e sorriu ao pôr a ponta do dedo no relevo do timbre Dudley.
— Claro que farei exatamente como ele pede.

O embaixador espanhol, De Quadra, hospedado em Windsor para o fim de semana do aniversário de Elizabeth, viu-se defronte a Cecil para assistir a um torneio de arco e flecha no gramado superior, diante dos jardins do palácio, no entardecer de sexta-feira. Notou de imediato que o lorde secretário tinha o mesmo ar sorumbático que exibia desde seu regresso da Escócia, e usava o habitual preto não suavizado por qualquer remate, cor ou joia, como se fosse um dia comum e não a véspera do aniversário da rainha.

Cuidadosamente, encaminhou-se pelo meio dos presentes para ficar perto do lorde secretário quando o grupo se dispersasse.

— Então tudo está preparado para o aniversário da rainha amanhã — observou o embaixador espanhol. — Sir Robert jura que dará a ela um dia alegre.

— Alegre para ela, mas pouco para mim — disse Cecil, imprudente, a língua solta pelo vinho.

— Oh?

— Vou lhe dizer uma coisa, não posso tolerar muito mais disso — continuou Cecil num tom de raiva surda. — Tudo que tento fazer, tudo que digo, tem de ser confirmado por aquele filhote.

— Sir Robert Dudley?

— Já encheu minhas medidas — disse Cecil. — Deixei o serviço dela uma vez antes, quando ela não aceitava minha opinião sobre a Escócia, e posso fazê-lo mais uma vez. Tenho uma bela casa, uma excelente família, e nunca tenho tempo para vê-los, e o agradecimento que recebo pelo meu trabalho é vergonhoso.

— Não fala a sério — disse o espanhol. — Não deixaria realmente o serviço?

— É um marinheiro sábio aquele que se dirige para o porto quando uma tempestade se aproxima — disse Cecil. — E o dia em que Dudley subir ao trono é o dia em que sairei para o meu jardim em Burghley House e nunca mais voltarei a ver Londres. A não ser que ele me prenda no momento em que me demitir e me atire na Torre.

O embaixador recuou da raiva de Cecil.

— Sir William! Nunca o vi tão angustiado!

— Nunca senti tanta angústia! — disse Cecil sem rodeios. — Eu lhe digo, ela será arruinada por ele e o país com ela.

— Ela algum dia poderia se casar com ele? — perguntou De Quadra, escandalizado.

— Não pensa em outra coisa, e não consigo fazê-la recuperar a razão. Eu lhe digo, ela entregou todos os assuntos de Estado a Robert e pretende se casar com ele.

— Mas e a mulher dele, lady Dudley?

— Não creio que ela viva por muito mais tempo se atrapalhar Dudley, o senhor crê? — perguntou Cecil, ressentido. — Ele não é homem de parar por muita coisa com o trono à vista. É filho do pai, afinal.

— Isso é muitíssimo chocante! — exclamou o embaixador, a voz em tom de sussurro.

— Estou certo de que anda pensando em matar a mulher por envenenamento. Por que mais espalharia por aí que ela está doente? Embora eu saiba que está muito bem e agora empregou um provador para sua comida. Que acha disso? Ela mesma acha que ele vai assassiná-la.

— Com certeza as pessoas jamais o aceitariam como rei. Sobretudo se a mulher morrer de repente e em condições suspeitas!

— Diga isso à rainha — exortou-o Cecil. — Pois ela não quer ouvir uma palavra contra ele de mim. Eu falei com ela, Kat Ashley falou com ela. Em nome de Deus, diga a ela o que resultará de sua conduta imprópria, pois talvez o escute quando é surda a todos nós.

— Eu dificilmente ouso — gaguejou De Quadra. — Não sou de sua confiança.

— Mas tem a autoridade do rei espanhol — insistiu Cecil. — Diga a ela, pelo amor de Deus, ou ela aceitará Dudley e perderá o trono.

De Quadra era um embaixador experiente, mas achou que jamais se confiara a alguém antes uma missão tão louca quanto dizer a uma rainha de 27 anos, na manhã de seu próprio aniversário, que seu conselheiro mais experiente estava desesperado, e que todo mundo achava que ela ia perder o trono se não desistisse daquele caso amoroso.

A manhã do aniversário começou com uma caça de veado, e Robert fez todos os caçadores vestirem as cores dos Tudors, verde e branco, e toda a corte de prateado, branco e dourado. O cavalo da própria Elizabeth, um enorme castrado branco, exibia uma nova sela de couro espanhol vermelho e uma nova brida, presente de Dudley.

O embaixador espanhol ficou para trás quando a rainha e seu amante dispararam a cavalgar na habitual velocidade desmedida, mas depois de caçarem e tomarem um cálice de vinho por cima da cabeça do animal para comemorar, e voltarem para casa, ele emparelhou seu cavalo com o dela e desejou-lhe um feliz aniversário.

— Obrigada — sorriu Elizabeth radiante.

— Tenho um pequeno presente para lhe dar do imperador no castelo — disse o embaixador. — Mas não pude conter meus parabéns por mais um momento. Jamais a vi com tanta saúde e felicidade.

Ela virou a cabeça e sorriu-lhe.

— E Sir Robert também está com ótima aparência. É um homem feliz por ter o seu favor — começou, cuidadoso.

— De todos os homens do mundo, ele foi o que mais mereceu — disse ela. — Na guerra ou na paz, é meu conselheiro mais confiável e fiel. E em dias de prazer, é o melhor dos companheiros!

— E Vossa Graça ama-o muito — observou De Quadra.

Ela conduziu o cavalo um pouco mais para perto do dele.

— Posso lhe contar um segredo? — perguntou.

— Sim — ele logo a tranquilizou.

— Sir Robert logo enviuvará e estará livre para se casar — disse, mantendo a voz baixa.

— Não!

Ela fez que sim com a cabeça.

— A mulher dele morreu de uma doença, ou está bem próxima da morte. Mas não conte a ninguém sobre isso até anunciarmos.

— Eu prometo que guardarei seu segredo — ele tropeçou. — Pobre senhora, está doente há muito tempo?

— Oh, sim — disse Elizabeth, descuidada. — Assim ele me garante. Coitadinha. Vai comparecer ao banquete esta noite, senhor?

— Vou.

Ele cerrou o controle das rédeas de seu cavalo e desemparelhou dela, ficando mais para trás. Quando cavalgavam a estrada sinuosa até o castelo, viu Cecil, à espera do retorno da caça, nas pequenas ameias acima da entrada. O embaixador abanou a cabeça em direção ao conselheiro de Elizabeth, como a dizer que não conseguia entender nada, era como se todos se vissem colhidos num pesadelo, que alguma coisa muito ruim vinha acontecendo, mas ninguém sabia exatamente o quê.

As comemorações do aniversário de Elizabeth, que haviam começado com um estrondo de armas, terminaram numa explosão de fogos de artifício que ela viu de uma barcaça no Tâmisa, amontoada de rosas, com os amigos mais íntimos e o amante ao lado. Quando cessaram os fogos de artifício, as barcas subiram devagar o rio e depois desceram até o povo de Londres, que enfileirado ao longo das margens, admirava o espetáculo, gritava bênçãos à rainha de 27 anos.

— Ela terá de se casar logo — observou Laetitia à mãe num sussurro mudo. — Ou haverá esperado demais.

Catarina olhou o perfil da amiga e a sombra mais escura atrás dela que era Robert Dudley.

— Casar com outro lhe causaria um grande sofrimento amoroso — previu. — E ela perderá o trono se se casar com ele. Que dilema para uma mulher enfrentar. Queira Deus que você nunca ame insensatamente, Lettice.

— Bem, você já cuidou disso — disse Laetitia com grande esperteza. — Por ser comprometida sem amor, tenho chance de encontrá-lo agora.

— Para a maioria das mulheres, é melhor casar-se bem do que se casar por amor — disse Catarina, impassível. — O amor às vezes vem depois.

— Não veio para Amy Dudley — observou Laetitia.

— Um homem como Robert Dudley traria problemas para a amante ou esposa — disse-lhe a mãe.

Enquanto a olhavam, a barca balançou e Elizabeth deu um ligeiro tropeção. Na mesma hora, Robert já passara o braço em volta da cintura dela, alheio à multidão presente, e reclinara-a junto de si para ela sentir o calor do seu corpo nas costas.

— Venha para o meu quarto esta noite — sussurrou-lhe no ouvido.

Ela virou-se para ele.

— Você vai partir meu coração — ela sussurrou. — Mas não posso. É o meu período mensal. Na semana que vem voltarei para você.

Ele deu um pequeno grunhido de decepção.

— É melhor que seja logo — avisou-a. — Ou irei ao seu quarto diante de toda a corte.

— Ousaria fazer isso?

— Experimente — ele desafiou. — Veja o quanto eu ousaria.

Amy jantou com seus anfitriões no sábado à noite e comeu uma boa refeição. Beberam à saúde da rainha nessa noite, do aniversário dela, como o fez toda família leal no país, e Amy ergueu o copo, tocou-o nos lábios, sem hesitar.

— Está com uma aparência melhor, lady Dudley — disse o Sr. Forster amavelmente.

Ela sorriu e ele ficou impressionado com sua beleza, que esquecera enquanto pensava nela como um fardo.

— Vocês é que na verdade têm sido bondosos anfitriões — disse ela. — E sinto muito por ter chegado à sua casa e logo ido para a cama.

— Foi um dia quente e uma longa cavalgada — disse ele. — Eu saí naquele dia e senti o calor na pele.

— Bem, vai fazer frio muito em breve — disse a Sra. Forster. — Como o tempo passa rápido. Amanhã é a feira de Abingdon, já pensou nisso?

— Vou cavalgar até Didcot — disse o Sr. Forster. — Houve algum problema com os dízimos para a Igreja. Eu disse que vou ouvir o sermão do vigário e depois me reunir com ele e o administrador. Vou jantar com ele e voltar à noite, minha querida.

— Vou deixar então os criados irem à feira — disse a Sra. Forster. — Eles em geral têm um feriado no domingo de feira.

— Você vai? — perguntou Amy com súbito interesse.

— No domingo, não — disse a Sra. Forster. — Todos os plebeus vão no domingo. Podíamos ir a cavalo na segunda-feira se você quiser vê-la.

— Oh, vamos amanhã — pediu Amy, de repente animada. — Por favor, diga que podemos. Adoro a feira toda movimentada e cheia de gente. Gosto de ver os criados todos arrumados em seus melhores trajes e comprar fitas. É sempre melhor no primeiro dia.

— Oh, minha querida, acho que não — disse a Sra. Forster, em dúvida. — Às vezes há muita desordem.

— Oh, vá — recomendou-lhe o marido. — Um pouco de animação não vai lhe fazer mal. Vai levantar o ânimo de lady Dudley. E se quiser fitas ou qualquer outra coisa, saberá que não se esgotaram.

— A que horas iremos? — perguntou a Sra. Oddingsell.

— Podíamos sair ao meio-dia — sugeriu a Sra. Forster — e almoçar em Abingdon. Tem uma pousada muito boa, se quiser comer lá.

— Sim — disse Amy. — Eu adoraria.

— Bem, alegra-me ver que recuperou tanto sua saúde que já quer sair — disse a Sra. Forster amavelmente.

Na manhã de domingo, o dia em que todos iam sair para a feira, Amy desceu para o desjejum parecendo mais uma vez pálida e doente.

— Dormi pessimamente, estou muito mal para sair — disse.

— Que pena — disse a Sra. Forster. — Precisa de alguma coisa?

— Acho que vou só descansar — disse Amy. — Se eu conseguir dormir, tenho certeza de que ficarei bem de novo.

— Todos os criados já foram para a feira, portanto a casa vai ficar silenciosa — prometeu a Sra. Forster. — E eu mesma vou preparar-lhe um chá aromatizado com ervas, e você almoçará no seu quarto, na cama, se quiser.

— Não — disse Amy. — Você vai para a feira como planejou. Não gostaria que se atrasasse por minha causa.

— Nem em sonho — disse a Sra. Forster. — Não vamos deixá-la sozinha.

— Eu insisto — pediu Amy. — Vocês estavam aguardando com impaciência a feira, e como disse o Sr. Forster ontem, se quiserem algumas fitas ou outra coisa, o primeiro dia é sempre o melhor.

— Podemos ir todas amanhã, quando você melhorar — Lizzie entrou na conversa.

Amy virou-se para ela.

— Não! Não me ouviu? Acabei de dizer. Eu quero que vocês todas vão, como planejaram. Vou ficar. Mas quero que vocês vão. Por favor! Minha cabeça lateja, não vou aguentar uma briga por causa disso! Simplesmente vão!

— Mas você vai comer sozinha? — perguntou a Sra. Forster. — Se formos todas?

— Comerei com a Sra. Owen — disse Amy. — Se me sentir bem. E vou vê-las de novo quando voltarem para casa. Mas vocês precisam ir.

— Muito bem — concordou Lizzie, lançando um olhar de advertência à Sra. Forster. — Não fique tão angustiada, Amy querida. Nós vamos e lhe contaremos tudo à noite, depois que tiver dormido um bom sono e se sentir melhor.

De repente a irritabilidade deixou Amy e ela sorriu.

— Obrigada, Lizzie. Vou poder descansar se souber que todos estão se divertindo na feira. Não voltem antes do jantar.

— Sim — disse a Sra. Oddingsell. — E se eu encontrar algumas belas fitas azuis que combinariam com seu chapéu de montaria vou comprá-las para você.

A rainha dirigiu-se à Capela Real no castelo de Windsor, atravessando o jardim, na manhã de domingo. Laetitia Knollys seguia de má vontade atrás dela, levando seu xale e um livro de poemas religiosos para o caso de Elizabeth preferir sentar-se e rezar.

Robert Dudley encaminhou-se ao seu encontro quando a viu parada, olhando para o rio, onde alguns pequenos esquifes faziam linha de ida e volta a Londres, Tâmisa acima e abaixo.

Curvou-se em saudação.

— Bom dia — disse. — Não está cansada após as comemorações de ontem à noite?

— Não — respondeu Elizabeth. — Dançar nunca me cansa.

— Achei que ia me procurar, embora tenha dito que não ia. Não pude dormir sem você.

— Ainda estou no meu período. Só daqui a dois ou três dias.

Ele cobriu-lhe a mão com a dele.

— Claro. Sabe que nunca vou pressioná-la. E quando declararmos nosso casamento e dormirmos na mesma cama toda noite, dará as ordens como quiser. Não tema isso.

Elizabeth, que achara que sempre dava todas as ordens como quisesse por direito, e não pela permissão de outro, manteve a expressão inteiramente calma.

— Obrigado, meu amor — disse com meiguice.

— Vamos passear? — convidou-a.

Ela fez que não com a cabeça.

— Vou me sentar e rezar.

— Vou deixá-la então. Tenho uma tarefa a fazer, mas voltarei lá pela hora do jantar.

— Aonde vai?

— Só olhar alguns cavalos em Oxfordshire — disse ele vagamente. — Duvido que valha a pena comprá-los, mas prometi ir vê-los.

— Num domingo? — disse ela, levemente desaprovadora.

— Só vou olhar. Não é pecado olhar um cavalo no domingo, com certeza. Ou você será uma papisa muito rigorosamente?

— Serei uma estrita governadora suprema da Igreja — ela respondeu com um sorriso.

Ele curvou-se para ela como se fosse beijar-lhe a face.

— Então me dê o divórcio — sussurrou-lhe no ouvido.

Amy, sentada na casa silenciosa, esperava a chegada de Robert, como ele prometera na carta. A casa estava inteiramente vazia, com exceção da Sra. Owen, que fora para o quarto dormir após jantar cedo. Amy caminhara no jardim, e depois, obediente às instruções na carta de Robert, fora esperar em seu quarto na casa vazia.

A janela dava para a entrada da casa e ela sentou-se no banco embaixo, atenta ao estandarte de Dudley e à cavalgada de cavaleiros.

— Talvez ele tenha brigado com ela — sussurrou para si mesma. — Talvez ela tenha se cansado dele. Ou talvez acabou aceitando o casamento com o arquiduque e os dois sabem que devem se separar.

Ela pensou um momento. "Seja qual for o motivo, tenho de aceitá-lo de volta sem reprovação. Esse seria meu dever para ele como sua esposa." Fez uma pausa. Não conseguia fazer o coração parar de exaltar-se. "E de qualquer modo, seja qual for o motivo, tenho de aceitá-lo de volta sem reprovação. Ele é meu marido, meu único amor, o único amor de minha vida. Se voltar para mim", interrompeu o pensamento. "Não posso nem imaginar como eu ficaria feliz se ele voltasse para mim."

Ouviu o ruído de um único cavalo e olhou pela janela. Não era um dos puros-sangues de Robert, nem ele cavalgando imponente e orgulhoso a montaria, uma das mãos nas rédeas esticadas, a outra no quadril. Era outro homem, curvado bem baixo sobre o pescoço do cavalo, o chapéu enterrado a cobrir-lhe o rosto.

Amy esperou o ruído da campainha, mas o silêncio continuou. Achou que ele talvez tivesse ido ao pátio do estábulo e o encontrado vazio, pois todos os rapazes haviam ido para a feira. Levantou-se, achando que era melhor ela mesma receber o estranho, pois não havia criados em casa. Mas ao fazê-lo, a porta de seu quarto se abriu em silêncio, e um estranho alto entrou sem fazer barulho e fechou a porta atrás.

Amy arquejou.

— Quem é você?

Não via o rosto dele, que continuava com o chapéu puxado bem baixo sobre os olhos. A capa era de lã azul, sem distintivo de posto. Ela não reconheceu a altura nem a larga constituição dele.

— Quem é você? — perguntou mais uma vez, a voz estridente de medo. — Responda-me! E como ousa entrar no meu quarto?

— Lady Amy Dudley? — ele perguntou, a voz baixa e tranquila.

— Sim.

— A esposa de Robert Dudley?

— Sim. E quem é você?

— Ele me mandou buscá-la. Quer que vá encontrá-lo. Ele voltou a amá-la. Olhe pela janela, ele a espera.

Com um gritinho, Amy virou-se para a janela e de repente o homem avançou atrás dela. Num único e rápido movimento, tomou-lhe o maxilar nas mãos e logo lhe torceu o pescoço para o lado e para cima. Quebrou-o com um estalo, e ela tombou nas mãos dele sem sequer um grito.

Ele baixou-a até o chão, ouvindo atentamente. Nenhum ruído na casa. Ela enviara todos para fora, como lhe haviam mandado fazer. Ergueu-a, era leve como uma criança, as faces ainda inundadas de rosa do momento em que achara que Robert passara a amá-la. O homem segurou-a nos braços e levou-a cuidadosamente para fora do quarto, desceu a escadinha de pedra em caracol, um curto lance de meia dúzia de degraus, e deitou-a no chão, como se ela houvesse caído.

Parou e escutou mais uma vez. A casa continuava em silêncio. O capuz de Amy deslizava para trás da cabeça, e o vestido amarrotado mostrava suas pernas. Ele achou que não devia deixá-la descoberta. Delicadamente, puxou as saias do vestido e endireitou o gorro na cabeça. Tinha a testa ainda quente, a pele macia ao toque. Era como deixar uma criança dormindo.

Tranquilamente, saiu pela porta externa. O cavalo estava amarrado ali fora. Ergueu a cabeça quando o viu, mas não relinchou. Ele fechou a porta atrás, montou no cavalo e virou-o de costas para Cumnor Place, em direção a Windsor.

O corpo de Amy foi encontrado por dois criados que haviam chegado em casa de volta da feira, um pouco antes dos outros. Estavam namorando e esperavam ficar uma hora juntos a sós. Quando entraram na casa, viram-na deitada no pé da escada, as saias puxadas para baixo, o capuz ainda bem arrumado na cabeça. A moça gritou e desmaiou, mas o rapaz ergueu-a gentilmente e deitou-a em sua cama. Quando a Sra. Forster chegou em casa, eles foram recebê-la na porta e disseram-lhe que lady Dudley morrera de uma queda da escada.

— Amy! — ela exalou o nome, saltou voando do cavalo e precipitou-se a toda escada acima para o quarto.

— Oh, Amy, que foi que você fez? — chorou Lizzie. — Que foi que você fez? Nós íamos encontrar um jeito de consertar tudo, íamos encontrar algum lugar para onde ir. Ele ainda gostava de você, jamais a negligenciaria. Talvez voltasse. Oh, Amy, caríssima Amy, que foi que você fez?

— Uma mensagem precisa ser enviada a Sir Robert. Que vou dizer? — cobrou a Sra. Forster a Lizzie Oddingsell. — Que devo escrever? Que posso lhe dizer?

— Diga apenas que ela está morta — respondeu Lizzie, furiosa. — Ele pode vir aqui em pessoa se quiser saber por que ou como.

A Sra. Forster escreveu um breve bilhete e enviou-o a Windsor por seu empregado John Bowes.

— Não deixe de entregá-lo a Sir Robert, na mão dele, e a ninguém mais — avisou-o, desconfortavelmente cônscia de que se achavam todos no centro mesmo de um maciço desencadeamento de escândalo. — E não fale a ninguém sobre esse assunto, e venha direto para casa sem falar com outra pessoa além dele.

Às nove horas da manhã de segunda-feira, Robert Dudley encaminhou-se a passos largos para os aposentos da rainha e entrou sem olhar para qualquer de seus amigos e seguidores que conversavam parados em pé ao redor.

Seguiu marchando trono acima e fez uma reverência.

— Preciso falar com você a sós — disse, sem preâmbulo.

Laetitia Knollys notou que ele segurava o chapéu na mão tão apertado que os nós dos dedos cintilavam brancos.

Elizabeth absorveu a tensão no rosto dele e levantou-se no mesmo instante.

— Claro — ela respondeu. — Vamos caminhar?

— Em seu gabinete — disse ele, tenso.

Ela arregalou os olhos para a aspereza do tom da voz, mas aceitou o braço oferecido e os dois atravessaram as portas para o gabinete privado dela.

— Ora! — observou uma das damas de companhia da rainha. — A cada dia que passa ele parece mais um marido. Logo nos dará ordens como dá a ela.

— Aconteceu alguma coisa — adivinhou Laetitia.

— Absurdo — disse Mary Sidney. — Deve ser um novo cavalo ou coisa do tipo. Ainda ontem ele cavalgou até Oxfordshire para ver um cavalo.

Assim que a porta se fechou atrás deles, Robert enfiou a mão no colete e retirou uma carta.

— Acabei de receber isto — disse, conciso. — É de Cumnor Place. Onde Amy estava hospedada com meus amigos. Amy, minha mulher, está morta.

— Morta? — exclamou Elizabeth, alto demais. Tapou a boca com a mão e olhou-o. — Morta como?

— Aqui não diz. É da Sra. Forster, e a maldita da mulher diz apenas que lamenta me informar que Amy morreu hoje. A carta é datada de domingo. Meu empregado está a caminho para descobrir o que aconteceu.

— Morta? — ela repetiu.

— Sim. E portanto estou livre.

Ela deu um pequeno arquejo e vacilou.

— Livre. Claro que está.

— Deus sabe que eu não a mandaria matar — ele se apressou a dizer. — Mas a morte dela nos liberta, Elizabeth. Podemos declarar nosso noivado. Eu serei rei.

— Estou sem fala. — Ela mal conseguia inspirar.

— Eu também. Uma mudança tão repentina e tão inesperada.

Ela abanou a cabeça.

— É inacreditável. Eu sabia que ela estava mal de saúde...

— Achei que estava muito bem — disse ele. — Nunca se queixou de nada além de uma dorzinha. Não sei o que pode ser. Talvez tenha caído do cavalo?

— É melhor sairmos — disse Elizabeth. — Alguém vai trazer a notícia à corte. É melhor não a ouvirmos juntos. Todo mundo vai nos olhar e imaginar o que estamos pensando.

— Sim. Mas eu tinha de dizer-lhe assim que soube.

— Claro, eu entendo. Mas é melhor sairmos agora.

De repente, ele agarrou-a junto de si e deu-lhe um beijo profundo, faminto.

— Logo vão saber que é minha mulher — ele prometeu-lhe. — Vamos governar juntos a Inglaterra. Estou livre, nossa vida juntos começa já!

— Sim — disse ela, afastando-se dele. — Mas é melhor sairmos.

Mais uma vez ele a conteve na porta.

— É como se fosse a vontade de Deus — disse ele, imaginando. — Que ela morresse e me libertasse nesse momento mesmo, quando estamos prontos para nos casar, quando temos todo o país em paz, quando temos tanto a fazer. "Pelo Senhor isso foi feito, e é maravilhoso aos nossos olhos."

Elizabeth reconheceu as palavras que ela dissera em sua própria ascensão ao trono.

— Você acha que essa morte o tornará um rei — ela disse, testando-o. — Como a morte de Mary me tornou rainha.

Robert assentiu, o rosto brilhante e feliz.

— Seremos juntos rei e rainha da Inglaterra — disse. — E faremos uma Inglaterra tão gloriosa quanto Camelot.

— Sim — disse ela, os lábios frios. — Mas devemos sair agora.

Na sala de audiências, Elizabeth olhou em volta à procura de Cecil, e quando ele entrou, ela fez-lhe um sinal chamando-o. Sir Robert achava-se num vão de janela conversando, descontraído, com Sir Francis Knollys sobre o comércio com os Países Baixos.

— Sir Robert acabou de me dizer que sua mulher está morta — disse ela, semicobrindo a boca com a mão.

— É verdade — confirmou Cecil firmemente, o rosto uma máscara para os cortesãos.

— Ele diz que não sabe a causa.

Cecil assentiu com a cabeça.

— Cecil, que diabo está acontecendo? Eu disse ao embaixador espanhol que ela estava doente, como você me pediu para fazer. Mas isso é muito repentino. Ele assassinou-a? Vai me reivindicar como sua e não terei como dizer não.

— Eu esperaria para ver se fosse você — disse Cecil.

— Mas que farei? — ela exigiu, urgente. — Ele diz que será rei da Inglaterra.

— Não faça nada por enquanto — disse Cecil. — Espere e veja.

Bruscamente, ela virou-se para o vão da janela e arrastou-o ao seu lado.

— Você vai me contar mais — ela exigiu, feroz.

Cecil pôs a boca no ouvido dela e sussurrou baixinho. Elizabeth manteve o rosto virado da corte para olhar pela janela.

— Muito bem — disse ela a Cecil, e virou-se de volta para a corte. — Ora — anunciou. — Aqui está o Sir Nielson. Bom dia, Sir Nielson. E como vai seu negócio em Somerset?

Laetitia Knollys postou-se diante da escrivaninha de Sir William Cecil, enquanto o resto da corte esperava ser chamado para jantar.

— Sim?

— Estão dizendo que Robert Dudley vai assassinar a mulher e que a rainha sabe tudo sobre isso.

— Estão? E por que estão dizendo uma mentira tão caluniosa?

— Foi porque o senhor a começou?

Sir William sorriu-lhe e pensou mais uma vez como a moça era toda Bolena: a rapidez da inteligência Bolena e a encantadora indiscrição Howard.

— Eu?

— Alguém o ouviu dizer ao embaixador espanhol que a rainha seria arruinada se se casasse com Dudley e o senhor não pode detê-la, ela está determinada. — Laetitia indicou o primeiro ponto nos dedos finos.

— E?

— Depois a rainha diz ao embaixador espanhol, segundo eu mesma ouvi, que Amy Dudley está morta.

— Ela disse isso? — Cecil pareceu surpreso.

— Disse "morta ou quase morta" — citou Laetitia. — Então todo mundo acha que estamos sendo preparados para a notícia da morte dela por alguma doença misteriosa, e que quando a notícia chegar eles vão anunciar seu casamento e o viúvo Robert será o próximo rei.

— E o que todo mundo acha que acontecerá depois? — perguntou Cecil educadamente.

— Não que alguém ouse dizer muito alto, mas alguns homens apostariam que o tio dela virá marchando direto de Newcastle no comando do exército inglês e o matará.

— É mesmo?

— E outros acham que haverá uma rebelião paga pelos franceses para pôr Maria, rainha dos escoceses, no trono.

— Verdade?

— E outros acham que haverá uma rebelião, paga pelos espanhóis, para pôr Katherine Grey no trono, e manter Maria fora.

— Parecem previsões loucas — queixou-se Cecil. — Mas parecem cobrir todas as possibilidades. E que pensa você, milady?

— Acho que o senhor tem um plano na manga que leva em conta esses perigos ao reino — ela respondeu e deu-lhe um sorrisinho brincalhão.

— Esperemos que eu tenha. Pois se trata de perigos muito graves.

— Acha que ele vale isso? — perguntou Laetitia de repente. — Ela está arriscando o trono para ficar com ele, e é a mulher de coração mais frio que eu conheço. Não acha que ele deve ser o mais extraordinário amante para que ela se arrisque tanto?

— Eu não sei — respondeu Cecil, moderando. — Nem eu nem qualquer homem na Inglaterra parece achá-lo muito irresistível. Ao contrário.

— Então somos apenas nós, moças tolas — ela sorriu.

Elizabeth fingiu doença à tarde; não podia tolerar ficar a sós com Robert, cuja exultação era difícil de ocultar, e ela aguardava o tempo todo uma mensagem de Cumnor Place que traria a notícia da morte de Amy à corte. Mandou dizer que jantaria sozinha no quarto e iria cedo para a cama.

— Pode dormir no meu quarto, Kat — disse. — Quero a sua companhia.

Kat Ashley viu a palidez no rosto da ama e a vermelhidão da pele onde cutucava as unhas.

— Que aconteceu agora? — quis saber.

— Nada — respondeu Elizabeth, bruscamente. — Nada. Eu só quero descansar.

Mas não conseguiu. Ainda acordada ao amanhecer, sentada à escrivaninha com sua gramática de latim à frente, traduzia um ensaio sobre a vaidade da fama.

— Para que está fazendo isso? — perguntou Kat sonolenta, erguendo-se da cama.

— Para parar de pensar em outra coisa — respondeu Elizabeth, sinistra.

— Qual o problema? — perguntou Kat. — Que está acontecendo?

— Não posso dizer — respondeu Elizabeth. — É tão ruim que não posso contar nem a você.

Foi à capela de manhã e voltou depois para seus aposentos. Robert seguia a seu lado quando voltaram da capela.

— Meu empregado escreveu uma longa carta para me dizer o que aconteceu — disse calmamente. — Parece que Amy rolou um lance de escada e quebrou o pescoço.

Elizabeth empalideceu por um momento e logo se recuperou.

— Pelo menos foi rápido.

Um homem curvou-se diante dela, Elizabeth parou e estendeu-lhe a mão, Robert recuou e ela prosseguiu sozinha.

Em seu quarto de vestir, Elizabeth mudou de roupa e pôs o traje de montaria, perguntando-se se iam mesmo todos cavalgar. As damas da corte esperavam com ela quando, afinal, Kat entrou no quarto e disse:

— Sir Robert está lá fora na sala de audiências. Diz que tem uma coisa para lhe dizer.

— Nós já vamos sair e ter com ele.

A maioria da corte se vestira para caçar, ouviu-se um murmúrio de surpresa quando as pessoas notaram que Robert Dudley não estava vestido com roupas de montaria, mas de preto escuríssimo. Quando a rainha chegou com as damas, ele fez-lhe uma mesura, ergueu-se e disse, inteiramente composto:

— Vossa Graça, tenho de comunicar a notícia da morte de minha mulher. Ela morreu no domingo em Cumnor Place, que Deus dê descanso à sua alma.

— Bom Deus! — exclamou o embaixador espanhol.

Elizabeth lançou-lhe um olhar tão sem expressão quanto azeviche polido. Ergueu a mão. Na mesma hora, a sala silenciou, quando todos se juntaram mais perto para ouvir o que ela ia dizer.

— Lamento muito anunciar a morte de lady Amy Dudley, no domingo, em Cumnor Place, em Oxfordshire — disse Elizabeth firmemente, como se a questão não tivesse muito a ver com ela.

Esperou. A corte calou-se, aturdida, todos esperando para ver se a rainha ia dizer mais alguma coisa.

— Vamos ficar de luto por lady Dudley — disse ela bruscamente, e virou-se de lado para falar com Kat Ashley.

Sem poder resistir, o embaixador espanhol, De Quadra, viu-se encaminhando para ela.

— Que notícias trágicas — disse, curvando-se sobre a mão da rainha. — E tão repentinas.

— Um acidente — disse Elizabeth, tentando permanecer serena. — Trágico. Muitíssimo lamentável. Ela deve ter caído da escada. Teve o pescoço quebrado.

— De fato — disse ele. — Que estranha desgraça.

Era de tarde quando Robert procurou mais uma vez Elizabeth. Encontrou-a no jardim, caminhando com suas damas antes do jantar.

— Vou ter de me afastar da corte para o luto — disse ele, o rosto sombrio. — Pensei em ir para a Leiteria em Kew. Você pode ir e me ver facilmente lá, e eu vir vê-la aqui.

Ela deslizou a mão sob o braço dele.

— Muito bem. Por que está tão estranho, Robert? Não está triste, está? Não se importa, se importa?

Ele olhou de cima o bonito rosto dela embaixo como se ela de repente fosse uma estranha.

— Elizabeth, ela era minha mulher havia 11 anos. Claro que sofro por ela.

Ela fez um biquinho.

— Mas você estava desesperado por largá-la. Teria se divorciado dela por mim.

— Sim, é verdade, eu teria, e isso é melhor para nós que o escândalo de um divórcio. Mas jamais a teria desejado morta.

— O país a julgava morta a qualquer momento nos últimos dois anos — disse ela. — Todo mundo dizia que estava gravemente doente.

Ele deu de ombros.

— As pessoas falam. Não sei por que todos achavam que ela estava doente. Ela viajava, cavalgava. Não estava doente, mas muito infeliz nos dois últimos anos; e tudo por minha culpa.

Ela irritou-se e deixou-o perceber.

— Tenha a santa paciência, Robert! Não decidiu se apaixonar por ela agora que está morta! Não vai agora descobrir grandes virtudes nela que não apreciava antes?

— Eu a amei quando ela era jovem e eu um menino — disse ele, exaltado. — Ela foi meu primeiro amor. Ficou do meu lado durante todos os anos de minhas tribulações e nunca se queixou do perigo e dificuldade em que a meti. E quando você chegou ao trono, e eu mais uma vez me recuperei, ela nunca disse uma palavra de queixa contra você.

— Por que se queixaria de mim? — exclamou Elizabeth. — Como ousaria queixar-se de mim?

— Era ciumenta — ele respondeu razoavelmente. — E sabia que tinha motivo. E não recebeu um tratamento muito justo nem generoso de mim. Eu queria que me concedesse o divórcio e fui grosseiro com ela.

— E agora que ela está morta, lamenta-se, embora fosse continuar sendo grosseiro com ela por toda a vida — ela escarneceu dele.

— Sim — ele concordou, com franqueza. — Acho que todos os maus maridos diriam o mesmo: que sabem que deviam ser melhores do que são. Estou feliz por estar solteiro, claro. Mas não a queria morta. Pobre inocente! Ninguém ia querer vê-la morta.

— Você não se recomenda muito bem a si mesmo — disse Elizabeth, malévola, desviando a atenção mais uma vez para o namoro deles. — Não parece de jeito nenhum um bom marido!

Para variar, Robert não lhe respondeu. Desviou o olhar rio acima para Cumnor, sombrio.

— Não — concordou. — Não fui um bom marido para ela, e Deus sabe que ela foi a melhor e mais doce mulher que um homem poderia ter.

Houve uma agitação em meio à corte assistente, um mensageiro com a libré dos Dudleys entrara no jardim e parara na borda do pátio. Dudley virou-se, viu o homem e dirigiu-se para ele, a mão estendida para a carta que ele lhe oferecia.

Os cortesãos presentes viram-no pegar a carta, romper o lacre, abri-la e empalidecer ao ler as palavras.

Elizabeth saiu correndo para ele e os cortesãos se afastaram para dar-lhe passagem.

— Que é isso? — ela perguntou com urgência. — Tome cuidado. Todo mundo está observando você!

— Vai haver um inquérito — disse ele, mal movendo os lábios, a voz não mais que um sopro. — Todo mundo diz que não foi acidente. Todos acham que Amy foi assassinada.

Thomas Blount, o homem de Robert Dudley, chegou a Cumnor Place no dia seguinte ao da morte de Amy e examinou todos os criados, um por um. Meticulosamente, comunicou-se de volta com Robert Dudley, dizendo que Amy se revelara uma mulher de temperamento errático, despachando todo mundo para a feira na manhã de domingo, embora sua companheira, a Sra. Oddingsell, e a Sra. Forster, não se mostrassem com vontade de ir.

"Não é necessário mencionar isso de novo", escreveu-lhe Robert Dudley, achando que ele não queria a sanidade da esposa questionada, quando sabia que a levara ao desespero.

Obediente, Thomas Blount não tornou a falar sobre a questão do comportamento estranho de Amy. Mas disse que a criada, Sra. Pirto, observara que Amy sofrera grande desespero, rezando por sua própria morte em algumas ocasiões.

"Tampouco é preciso mencionar isso novamente", escreveu de volta Robert Dudley. "Vai haver um inquérito? Pode-se confiar nos homens de Abingdon numa questão tão sensível?"

Thomas Blount, lendo o rabisco ansioso do amo bastante bem, respondeu que eles não eram preconceituosos contra os Dudleys naquela parte do mundo, e o Sr. Forster tinha boa reputação. Não haveria conclusões precipitadas sobre o assassinato; mas claro que era o que todo mundo pensava: uma mulher não morre ao cair seis degraus escada abaixo, não morre de uma queda que não lhe desarruma o capuz nem lhe amarrota as saias. Todo mundo achava que alguém quebrara o pescoço dela e a pusera no chão. Os fatos apontavam para assassinato.

— Eu sou inocente — disse Dudley, a voz neutra, à rainha, na sala do Conselho Privado no castelo de Windsor, um lugar assustador para falar dessas coisas particulares. — Bom Deus, seria eu tamanho pecador a ponto de cometer tão horrível ato contra uma esposa virtuosa? E se fosse, seria assim tolo para cometê-lo de forma tão canhestra? Deve haver um milhão de maneiras melhores para matar uma mulher e fazer parecer um acidente do que lhe quebrar o pescoço e deixá-la ao pé de uma escada de meia dúzia de degraus. Conheço essa escada, não há nada nela. Ninguém quebraria o pescoço caindo dali. Não daria nem para quebrar o tornozelo. Mal causaria um hematoma. E iria eu arrumar as saias de uma mulher assassinada? Prenderia com grampo o capuz de volta na cabeça? Seria assim tão idiota, além de criminoso?

Cecil estava postado ao lado da rainha. Os dois olhavam Dudley em silêncio como juízes inamistosos.

— Tenho certeza de que o inquérito descobrirá quem fez isso — disse Elizabeth. — E seu nome será limpo. Mas enquanto isso, terá de retirar-se da corte.

— Serei arruinado — disse Dudley sem expressão. — Se me mandar embora, vai parecer que suspeita de mim.

— Claro que não suspeito — afirmou Elizabeth. Olhou para Cecil. Ele assentiu, solidário. — *Nós* não suspeitamos. Mas manda a tradição que qualquer acusado de um crime se retire da corte. Você sabe tão bem quanto eu.

— Não sou acusado! — ele contestou, feroz. — Estão fazendo um inquérito, não apresentaram um veredicto de assassinato. Ninguém sugere que a assassinei!

— Na verdade, todo mundo sugere que você a matou — destacou, cooperativo, Cecil.

— Mas se me expulsarem da corte, vão mostrar que também me consideram culpado. — Dudley falou diretamente a Elizabeth. — Preciso permanecer na corte, a seu lado, e então parecerá que sou inocente e que você acredita na minha inocência.

Cecil adiantou-se um passo.

— Não — disse gentilmente. — Será um escândalo inimaginável, qualquer que seja o veredicto que o inquérito apresente. Um escândalo que abalará a cristandade, quanto mais este país. Será tamanho que, se um sopro dele tocasse o trono, bastaria para destruir a rainha. Você não pode ficar ao lado dela. Ela não pode alardear sua inocência. O melhor que podemos fazer é agir como de costume. Você vai para a Leiteria, retirar-se em luto e esperar o veredicto, e tentaremos abafar o mexerico aqui.

— Sempre há mexerico! — insistiu Robert, desesperado. — Sempre o ignoramos antes!

— Nunca houve mexerico como esse — disse, a pura verdade. — Estão comentando que você matou sua mulher a sangue-frio, que você e a rainha têm um noivado secreto, que você anunciará no funeral dela. Se o inquérito o declarar culpado de assassinato, muitos vão achar que a rainha é sua cúmplice. Rogue a Deus que não seja arruinado, Sir Robert, e a rainha destruída com você.

Ele ficou branco como o linho de sua gola franzida.

— Não posso ser arruinado por uma coisa que eu jamais faria — disse ele por entre lábios frios. — Qualquer que fosse a tentação, eu jamais teria feito qualquer coisa para ferir Amy.

— Então certamente nada tem a temer — disse Cecil, abrandando. — E quando encontrarem o assassino, e ele confessar, seu nome será limpo.

— Caminhe comigo — ordenou Robert à amante. — Preciso falar com você a sós.

— Ela não pode — impôs Cecil. — Já parece culpada demais. Não deve ser vista sussurrando com um homem suspeito de assassinar a esposa inocente.

Bruscamente, Robert fez uma reverência à rainha e saiu da sala.

— Bom Deus, não vão me culpar, vão? — ela exigiu saber.

— Não se for vista longe dele.

— E se descobrirem que ela foi assassinada e acharem que foi ele?

— Então ele terá de se submeter a julgamento, e se declarado culpado, enfrentar a execução.

— Ele não pode morrer! — ela exclamou. — Eu não posso viver sem ele. Você sabe que não posso viver sem ele! Tudo será um desastre se chegar a isso.

— Você sempre poderia lhe conceder o perdão — disse ele calmamente. — Se chegar a isso. Mas não vai chegar. Posso garantir-lhe, não vão declará-lo culpado. Duvido que haja qualquer prova que o associe ao crime, a não ser sua própria indiscrição e a crença geral que ele queria a mulher morta.

— Ele parecia dilacerado — disse ela, com pena.

— E estava mesmo. Ele vai reagir mal, é um homem muito orgulhoso.
— Não suporto vê-lo tão angustiado.
— Isso não pode ser evitado — disse Cecil, animado. — O que quer que venha a acontecer em seguida, qualquer que seja a decisão do inquérito, o orgulho dele será derrubado e ele será sempre conhecido como o homem que quebrou o pescoço da mulher, na vã tentativa de ser rei.

Em Abingdon, os membros do júri prestaram juramento e começaram a ouvir os depoimentos sobre a morte de lady Amy Dudley. Ouviram que ela insistiu que todo mundo fosse para a feira, para ficar sozinha na casa. Ouviram que foi encontrada morta ao pé do pequeno lance de escada. Os empregados testemunharam que seu capuz estava bem arrumado na cabeça, as saias puxadas para baixo, antes de a erguerem e levarem para a cama.

Na bela Leiteria em Kew, Robert encomendou roupas de luto, mas mal conseguiu ficar em pé enquanto o homem as modelava com alfinetes ao corpo.

— Onde está Jones? — quis saber. — Ele é muito mais rápido.
— O Sr. Jones não pôde vir. — O homem, acocorado nos tornozelos, falou com a boca cheia de alfinetes. — Pediu-me que lhe transmitisse suas desculpas. Sou assistente dele.
— Meu alfaiate não veio quando o mandei chamar? — repetiu Robert, como se não acreditasse nas palavras. — Meu próprio alfaiate se recusou a me servir?

"Amado Deus, devem estar me imaginando mais uma vez a caminho da Torre; se nem meu alfaiate se preocupa com minha roupa, todos devem achar que estou me dirigindo ao cepo por assassinato."

— Senhor, deixe-me pregar os alfinetes — pediu o homem.
— Deixe isso — disse Robert, irritado. — Pegue outro paletó, um paletó velho, e faça-o no mesmo modelo. Não aguento ficar aqui em pé parado e ver você pregar essa maldita cor de corvo de cima a baixo em mim.

"Dois dias e nem uma palavra dela", pensou. "Deve pensar que fui eu. Deve me achar muito perverso para fazer uma coisa dessas. Deve me considerar um homem capaz de assassinar uma esposa inocente. Por que ia querer casar-se com um homem assim? E o tempo todo haverá aqueles bem rápidos a garantir-lhe que essa é simplesmente a espécie de homem que sou."

Interrompeu-se.

"Mas se ela fosse acusada, eu ficaria do seu lado", ele pensou. "Não me importaria se era ou não culpada. Não suportaria saber que estava sozinha, assustada e achando que não tinha um único amigo no mundo."

"E ela também sabe isso de mim. Sabe que fui acusado antes. Sabe que enfrentei um veredicto de morte sem um amigo no mundo. Prometemos um ao outro que nenhum de nós jamais ficaria tão sozinho de novo."

Parou perto da janela; o vidro frio sob seus dedos disparou-lhe um arrepio de cima a baixo, embora ele não lembrasse por que era uma sensação tão pavorosa como aquela.

— Amado Deus — disse em voz alta. — Mais disso e estarei talhando meu timbre na chaminé, como fiz com meus irmãos na Torre. Desci muito baixo de novo. Muito baixo de novo.

Curvou a cabeça e encostou-a na janela, quando um movimento no rio lhe chamou a atenção. Resguardou o rosto da luz no vidro grosso para ver com mais clareza. Era uma barcaça com o tocador de tambor batendo para manter os remadores no ritmo. Robert franziu os olhos, reconheceu a bandeira, o estandarte real. Era a barcaça real.

— Oh, Deus, ela veio! — exclamou.

No mesmo instante, sentiu o coração martelando.

"Eu sabia que ela viria. Eu sabia que ela nunca ia me deixar, não importa o que lhe custasse, qualquer que fosse o perigo, íamos enfrentá-lo juntos. Eu sabia que ia ficar do meu lado, sempre. Eu sabia que ia ser fiel. Eu sabia que ia me amar. Nunca duvidei dela por um momento sequer."

Escancarou a porta, saiu correndo do quarto, atravessou a entrada que dava para o rio e foi até o belo pomar onde oferecera a Elizabeth seu desjejum apenas um ano e meio antes.

— Elizabeth! — gritou, e atravessou correndo o pomar para a plataforma do cais.

Era a barcaça real; mas não era Elizabeth quem saía para a plataforma. Dudley parou, de repente doente de decepção.

— Oh, Cecil — disse.

Wiliam Cecil desceu os degraus de madeira em direção a ele e estendeu a mão.

— Pois é — disse amavelmente. — Não tem importância. Ela envia seus melhores cumprimentos.

— Não veio me prender?

— Bom Deus, não — exclamou Cecil. — Esta é uma visita de cortesia, para lhe trazer os melhores cumprimentos da rainha.

— Os melhores cumprimentos dela? — perguntou Robert, arrasado. — Só isso?

Cecil assentiu com a cabeça.

— Ela não pode dizer mais, você sabe disso.

Os dois viraram-se e encaminharam-se para a casa.

— Você é o único homem da corte a vir me ver — disse Robert quando entraram na casa, as botas estalando no piso de madeira no silêncio. — Pense nisso! De todas as minhas centenas de amigos e admiradores que afluíam à minha volta todo dia, quando eu estava no próprio centro da corte, de todos os milhares que se orgulhavam de me chamar de seu amigo, que reivindicavam meu conhecimento quando eu mal os conhecia... e você é o único visitante que recebi aqui.

— Este é um mundo inconstante — concordou Cecil. — E os verdadeiros amigos são poucos e espalhados.

— Espalhados? Não para mim, pois vejo que não tenho sequer verdadeiros amigos. Você é meu único amigo, como se constata — disse Dudley com um sorriso torto. — E eu não lhe teria dado boas probabilidades há apenas um mês.

Cecil sorriu.

— Bem, lamento ver você ser levado tão baixo — disse com franqueza. — E sinto muito encontrá-lo com o coração tão pesado, experimentando roupas de luto. Tem alguma notícia de Abingdon?

— Creio que sabe mais que eu — disse Robert, consciente da formidável rede de espionagem de Cecil. — Mas escrevi ao meio-irmão de Amy e pedi que fosse certificar-se de que o júri desse o melhor de si para descobrir os fatos, e também ao primeiro jurado solicitando que desse o nome de quem quer que fez isso, de quem quer que seja, sem medo ou favor. Quero a verdade sobre isso.

— Você insiste em saber?

— Cecil, se não eu, quem então? É fácil para todo mundo pensar em mim como o assassino e com sangue nas mãos. Mas eu sei, como ninguém mais pode saber, que não fiz isso. Portanto, se não fiz, quem faria uma coisa dessas? O interesse de quem seria servido pela morte dela?

— Acha que não foi um acidente? — indagou Cecil.

Robert deu uma curta risada.

— Bom Deus, quisera eu poder achar isso, mas como seria possível? Um lance de escada tão baixo, e ela mandando todo mundo sair naquele dia? Meu medo pior, constante, é de que tenha ferido a si mesma, tomou algum veneno ou uma poção para dormir, e depois se atirou escada abaixo de cabeça, para fazer parecer um acidente.

— Acha que ela era tão infeliz que teria se suicidado? Eu a julgava mais religiosa. Certamente nunca teria posto em perigo sua alma imortal, mesmo que se achasse em profundo sofrimento.

Robert baixou a cabeça.

— Deus me perdoe, fui eu que causei esse sofrimento — confessou calmamente. — E se ela mesma se matou, seu amor por mim lhe custou um lugar no céu além da felicidade na terra. Fui mau com ela, Cecil, mas perante Deus, nunca imaginei que terminaria assim.

Delicadamente, Cecil tocou o ombro do mais moço.

— É um pesado fardo que você carrega, Dudley. Não consigo pensar num fardo de vergonha mais pesado.

Robert assentiu com a cabeça.

— Levou-me muito para baixo. Tão baixo que não consigo imaginar como subir de novo. Penso nela e lembro dela quando a conheci, amei-a pela primeira vez, e vejo que sou aquele idiota que colhe uma flor para pôr no botão da lapela depois a larga e deixa cair por desleixo. Eu a escolhi como uma prímula, como a chamava minha mãe, depois me cansei dela e a larguei com uma criança egoísta; e agora ela está morta e não posso jamais pedir-lhe perdão.

Fez-se silêncio.

— E o pior — continuou Dudley, pesaroso — é que não posso sequer lhe dizer que sinto muito por tê-la magoado tão terrivelmente. Eu vivia pensando em mim mesmo, e sempre na rainha, perseguia minha própria maldita ambição e não pesei o mal que vinha fazendo a ela. Deus me perdoe, afastei-a do meu pensamento, e agora ela me tomou ao pé da letra, partiu para longe de mim, e eu nunca mais vou vê-la de novo, nunca mais vou tocá-la de novo, nem nunca mais ver seu sorriso. Eu disse a ela que não a queria mais, e agora não a tenho mais.

— Vou me despedir de você — disse Cecil em voz baixa. — Não vim para me intrometer em sua dor; mas apenas lhe dizer que, em todo o mundo, você tem um amigo pelo menos.

Dudley ergueu a cabeça e estendeu-lhe a mão.

O mais velho apertou-a com força.

— Coragem — disse.

— Não sei como lhe dizer o quanto sou grato por ter vindo — disse Robert. — Dará minhas lembranças à rainha? Exorte-a a deixar-me voltar para a corte assim que se souber o veredicto. Não vou dançar por algum tempo, Deus sabe, mas me sinto muito solitário aqui, Cecil. É um exílio, além da dor da perda.

— Falarei a ela por você — tranquilizou-o Cecil. — E orarei por você, e pela alma de Amy. Sabe, eu me lembro dela no dia de seu casamento, simplesmente irradiava felicidade, amava-o muito, julgava-o o mais excelente homem do mundo.

Castelo de Windsor
Memorando para a rainha
Sábado, 14 de setembro de 1560

1. O júri entregou um veredicto de morte acidental sobre Amy Dudley, e assim Sir Robert pode voltar à corte para seus deveres habituais, se desejar.

2. O escândalo da morte da esposa sempre se grudará ao nome dele; ele sabe disso, e portanto todos nós. Não deve nunca, por palavra ou ato, indicar-lhe que essa vergonha poderia um dia ser superada.

3. E assim estará segura de quaisquer futuras propostas de casamento por parte dele. Se precisar continuar seu caso amoroso, tem de ser com extrema discrição. Ele agora entenderá isso.

4. A questão de seu casamento precisa ser urgentemente tratada: sem um filho e herdeiro, estamos trabalhando para nada.

5. Levarei amanhã a você uma nova proposta do arquiduque que julgo muito vantajosa para nós. Sir Robert não pode opor-se a esse casamento agora.

Thomas Blount, o homem de Dudley, ficou nos fundos da igreja da Santa Virgem Maria em Oxford e viu o estandarte de Dudley com o cajado escalavrado e o urso passar por ele em marcha lenta, seguido pelo trabalhado caixão envolto em tecido drapejado preto que era tudo que restara de Amy Robsart.

Fez-se tudo exatamente como devia ser feito. A rainha foi representada, e Sir Robert não compareceu, como era o costume. Os meios-irmãos de Amy e os Forster estavam lá para mostrar à lady Dudley todo o respeito na morte que lhe faltara nos últimos dias de sua vida. Lizzie Oddingsell não compareceu, voltara para a casa do irmão com tanta raiva e sofrimento que não falou a ninguém da amiga, a não ser para dizer uma vez: "Ela não era páreo para ele", que Alice Hyde alegremente incluiu como prova de assassinato, e que William viu como uma justa descrição de um casamento malfadado do início ao fim.

Thomas Blount esperou para ver o corpo enterrado e a terra removida com pá do terreno. Depois voltou para Cumnor Place.

A criada de Amy, Sra. Pirto, tinha tudo pronto que providenciara para ele, como mandara. A caixa de joias de Amy, trancada com a chave, os melhores vestidos dobrados com capricho e envoltos com saquinhos de buquês de lavanda, as roupas de cama, o mobiliário que viajava com ela para onde ia, a caixa de objetos pessoais: sua costura, rosário, bolsa, luvas, a pequena coleção de selos de lacre, cortados das cartas que Robert lhe enviara ao longo dos 11 anos de casamento, e todas as cartas dele, amarradas com uma fita e organizadas por data, gastas pelo constante manuseio.

— Vou levar a caixa de joias e os objetos pessoais — decidiu Blount. — Você levará o restante de volta a Stanfield e deixará lá. Depois pode ir.

A Sra. Pirto curvou a cabeça e sussurrou alguma coisa sobre salários.

— Do meirinho em Stanfield, quando entregar os objetos — disse Thomas Blount.

Ignorou os olhos vermelhos da mulher. Sabia que todas choravam facilmente. Não significava nada, e como homem, tinha negócios importantes a resolver.

A Sra. Pirto murmurou alguma coisa sobre a guarda de um objeto de recordação.

— Nada vale ser lembrado — disse Thomas Blount apenas, pensando no transtorno que Amy causara ao seu amo na vida e na morte.

— Agora vá embora, como também eu.

Enfiou as duas caixas debaixo do braço e saiu para seu cavalo à espera. A caixa de joias deslizou facilmente no alforje, a de objetos pessoais ele entregou ao seu palafreneiro para amarrar nas costas. Depois içou-se para a sela e manobrou o cavalo em direção a Windsor.

Robert, de volta à corte com roupas escuras de luto, ergueu a cabeça e olhou desdenhosamente à sua volta, como a desafiar alguém a falar. O conde de Arundel ocultou um sorriso por trás da mão, Sir Francis Knollys curvou-se a certa distância, Sir Nicholas Bacon quase o ignorou. Robert sentiu como se estivesse dentro de um círculo de suspeita e aversão a envolvê-lo como uma larga capa preta.

— Que diabo se passa? — perguntou à irmã.

Ela se aproximara dele e oferecera o rosto frio para ser beijado.

— Eles acham que você assassinou Amy — respondeu, a voz neutra.

— O inquérito me inocentou. O veredicto foi de morte acidental.

— Eles acham que você subornou o júri.

— E que acha você?

Ele ergueu a voz e logo falou mais baixo, quando viu a corte olhar direto para os dois.

— Eu acho que você levou mais uma vez esta família à beira da ruína — respondeu a irmã. — Estou farta de desgraça, farta de ser apontada. Tenho sido conhecida como filha de um traidor, irmã de um traidor, e agora sou conhecida como irmã de um assassino de esposa.

— Bom Deus, você não tem muita compaixão de sobra para mim! — Robert escoiceou a franca hostilidade do rosto dela.

— Não tenho nenhuma — ela concordou. — Você quase derrubou a própria rainha com esse escândalo. Pense nisso! Quase acabou com a linhagem Tudor. Quase destruiu a Igreja reformada! Com toda a certeza arruinou a si mesmo e todos os que levam seu nome. Estou me retirando da corte, não suporto mais um dia aqui.

— Mary, não vá — ele exortou-a. — Você sempre ficou do meu lado antes. Sempre foi minha irmã e amiga. Não deixe que todos vejam que nos dividimos. Não me abandone, como todo o resto.

Estendeu-lhe a mão, mas ela se afastou e bateu rapidamente em suas mãos para que ele não a tocasse. A esse gesto infantil que a remontava tão vividamente à sala de aula em sua lembrança, ele quase gritou.

— Mary, você nunca me abandonaria quando estou tão por baixo, e fui tão injustamente acusado!

— Mas acho que foi corretamente acusado — disse ela tranquilamente, a voz fria como gelo nos ouvidos dele. — Acho que a matou porque imaginou em seu orgulho que a rainha ficaria do seu lado, e todo mundo fecharia os olhos a isso. Que iam concordar que foi um acidente, você ia retirar-se de luto como viúvo e sair como noivo da rainha.

— Isso ainda pode acontecer — ele sussurrou. — Eu não a matei. Juro. Ainda posso me casar com a rainha.

— Jamais. Você está liquidado. O melhor que pode esperar é que ela o mantenha como estribeiro-mor e como desgraçado favoritinho dela.

Deu-lhe as costas e afastou-se. Robert, consciente dos olhos de todo mundo em cima dele, não pôde chamá-la de volta. Por um momento, fez um movimento para pegar a bainha de seu vestido e puxá-la, antes que se afastasse; mas aí lembrou que todos os assistentes o julgavam um homem violento com mulheres, um homem que assassinara a esposa, e deixou cair as mãos pesadas.

Após um rebuliço na porta do gabinete privado, Elizabeth saiu, muito pálida. Não cavalgara nem passeara no jardim desde o dia de seu aniversário, quando dissera ao embaixador espanhol que Amy estava agonizante ou quase morta — três dias antes de alguém saber que ela fora encontrada morta. Muitos achavam que sua opinião, três dias inteiros antes de qualquer um saber, que Amy estava morta "ou quase", não passara de uma adivinhação fortuita. Muitos achavam que Robert fora o executor e Elizabeth, o juiz. Mas nenhum deles ousaria dizer tal coisa quando ela saía de seu aposento como agora, passeava o olhar pela sala de audiências em volta e contava com o apoio de todo homem poderoso no país.

Olhou para Sir Nicholas, além de Robert, cumprimentou com um aceno Sir Francis e virou-se para falar com a mulher dele, Catarina, atrás dela. Sorriu para Cecil e chamou o embaixador Habsburgo para ficar ao seu lado.

— Bom dia, Sir Robert — disse, quando o embaixador se adiantou para ela. — Aceite minhas condolências pela triste e repentina morte de sua esposa.

Ele fez uma mesura, sentindo a raiva e a dor avolumarem-se com tanta força que teve vontade de vomitar. Ergueu-se, o semblante nada traindo.

— Agradeço-lhe a simpatia — respondeu. Deixou a raiva parecer varrer todos como um ancinho. — Agradeço a todos vocês, cuja simpatia tem sido um esteio para mim — disse, e afastou-se para o vão de uma janela, fora do caminho, e ficou ali sozinho.

Thomas Blount encontrou Sir Robert no estábulo. Planejou-se uma caçada para o dia seguinte e ele inspecionava os cavalos para ver se estavam em boas condições e examinava os arreios. Quarenta e duas selas de brilhante couro macio foram postas em longas filas de cavalos no pátio, e ele caminhava devagar entre as filas, olhando atentamente cada sela e cada estribo. Os criados do estábulo, parados ao lado de seu trabalho, exibiam uma rigidez de soldados em dia de parada.

Atrás deles, os cavalos mexiam-se nervosos, um palafreneiro ao lado de cada cabeça a menear, a pelagem brilhante, os cascos oleados, as crinas puxadas e alisadas com pente. Sir Robert não se apressou na inspeção, mas não detectou nada de errado com os cavalos, os arreios nem com o estábulo.

— Muito bom — acabou dizendo. — Podem dar a eles a ração da noite, água, e pô-los para dormir.

Depois se virou para Thomas Blount.

— Vá para meu gabinete — mandou, seco, parando para afagar o pescoço de sua própria égua. — É — disse em voz baixa. — Você não muda, muda, querida?

Blount esperava junto à janela. Robert atirou as luvas e o chicote na mesa e desabou na cadeira defronte à escrivaninha.

— Tudo feito? — perguntou.

— Tudo feito corretamente — respondeu Blount. — Um pequeno deslize no sermão.

— Qual foi?

— O idiota do reitor disse que ela foi uma senhora "tragicamente assassinada" em vez de "tragicamente morta". Corrigiu-se, mas repercutiu mal.

Sir Robert arqueou uma sobrancelha escura.

— Um deslize?

Blount deu de ombros.

— Acho que sim. Um incômodo, mas não forte o bastante para ser uma acusação.

— Isso só acrescenta grão ao moinho de alguém — observou Robert.

Blount assentiu com a cabeça.

— E demitiu as empregadas dela e pegou suas coisas?

Deliberadamente, Robert manteve a voz leve e fria.

— A Sra. Oddingsell já tinha partido. Parece que recebeu muito mal a coisa — disse Blount. — A Sra. Pirto eu mandei de volta a Stanfield com os objetos, e ela será paga lá. Enviei um bilhete. Vi o Sr. e a Sra. Forster, parecem ter a sensação de que um grande escândalo foi levado à porta de sua casa. — Deu um sorriso torto.

— Serão compensados pelo transtorno — disse Robert, brusco. — Algum mexerico na aldeia?

— Não mais do que se esperaria. Metade da aldeia aceita o veredicto de morte acidental. Metade acha que ela foi assassinada. Você vai ouvir falar disso para sempre. Mas não faz a menor diferença.

— Nem para ela — disse Robert, calmo.

Blount calou-se.

— Então — disse Robert, levantando-se. — Seu trabalho foi feito. Ela está morta, enterrada, e nada do que alguém pense, ou diga, poderá me fazer mal.

— Acabou — concordou Blount.

Robert fez-lhe um gesto para pôr as caixas na mesa. Blount largou a caixa de recordações e depois a caixinha de joias com a chave ao lado. Curvou-se e esperou.

— Pode ir — disse Robert.

Esquecera-se da caixa. Era um presente seu para Amy quando namoravam; comprara-a numa feira em Norfolk. Ela nunca tivera muitas joias para a caixinha. Sentiu a conhecida irritação pelo fato de que mesmo quando fora lady Dudley, e comandava a fortuna dele, não tinha mais que uma caixinha de joias, dois colares banhados de prata, alguns brincos e um ou dois anéis.

Girou a chave na caixa e abriu-a. Bem em cima estava a aliança de casamento de Amy, e o anel de sinete dele com seu timbre, o urso e o cajado escalavrado.

Por um momento, não acreditou no que via. Devagar, pôs a mão dentro da caixa e ergueu os dois aros de ouro. A Sra. Pirto retirara-os dos dedos frios de Amy, pusera-os na caixa de joias e trancara-a, como deve fazer uma boa empregada.

Robert examinou os dois. A aliança ele enfiara no dedo de Amy naquele verão 11 anos atrás, e o anel de sinete que nunca deixara sua própria mão até ser posto no dedo de Elizabeth para selar o noivado deles, apenas três meses antes.

Robert tornou a enfiar o anel de sinete no dedo mindinho, e sentou-se à escrivaninha, com o aposento ficando mais escuro e frio, e perguntando-se como seu anel saíra da corrente do pescoço de sua amante para o dedo de sua mulher morta.

Ele caminhava à beira do rio, uma pergunta a espancar-lhe o cérebro. "Quem matou Amy?" Sentou-se no cais como um menino, os pés balançando sobre a água, olhando as profundezas verdes onde peixinhos mordiscavam as ervas daninhas nas vigas do cais, e ouviu a segunda pergunta: "Quem lhe deu meu anel?"

Levantou-se como uma criança com frio, encaminhou-se a Oeste pelo caminho de sirga para o sol que caía devagar no céu e passava de ouro em chamas a brasas, enquanto ele seguia a olhar o rio, mas sem vê-lo, a olhar o céu mas não o vendo.

"Quem matou Amy?"

"Quem lhe deu meu anel?"

O sol se pôs e o céu ficou cinza-claro; apesar disso, Robert seguia em frente como se não tivesse um estábulo cheio de cavalos, um haras de corredores, um programa de treinamento de novos garanhões, andava como um pobre.

"Quem matou Amy?"

"Quem lhe deu meu anel?"

Tentava não se lembrar da última vez que a vira, quando a deixara com uma maldição, e virara a família dela contra a dele. Tentava não se lembrar de que a tomara nos braços e ela em seu desatino ouvira, e ele em seu desatino dissera: "Eu a amo."

Tentava nem lembrar-se dela, porque lhe parecia que, se lembrasse, iria sentar-se à margem do rio e chorar como uma criança pela sua perda.

"Quem matou Amy?"

"Quem lhe deu meu anel?"

Se pensasse, em vez de lembrar, podia evitar a onda de dor que assomava acima dele, prestes a quebrar-se. Se tratasse a morte dela mais como um quebra-cabeça que uma tragédia, poderia fazer uma pergunta em vez de acusar a si mesmo.

Duas perguntas: "Quem matou Amy?" "Quem lhe deu meu anel?"

Quando tropeçou, escorregou e recuperou num sobressalto a consciência, percebeu que escurecera e caminhava cegamente junto à íngreme margem do rio profundo onde a torrente fluía a toda. Virou-se então, um sobrevivente de uma família de sobreviventes que cometera o erro de casar-se com uma mulher que não partilhava sua inveterada luxúria pela vida.

"Quem matou Amy?"

"Quem lhe deu meu anel?"

Pôs-se a trilhar o caminho inverso. Só quando abriu o portão de ferro para o jardim murado, a frieza de sua mão no trinco o fez parar, levando-o a perceber que havia duas perguntas: *Quem matou Amy? Quem lhe deu meu anel?* — mas apenas uma resposta.

Quem quer que tivesse o anel, possuía o símbolo em que Amy confiaria. Ela esvaziaria a casa para um mensageiro que lhe mostrasse aquele anel. Quem quer que tivesse o anel fora a pessoa que a matara. Só uma pessoa poderia tê-lo feito:

Elizabeth.

O primeiro instinto de Robert foi dirigir-se a ela na hora, despejar-lhe sua ira pela loucura de seu poder. Não podia culpá-la por desejar que Amy desaparecesse; mas a ideia de que a amante poderia matar a esposa, a mocinha com quem ele se casara por amor, enchia-o de raiva. Queria pegar Elizabeth e sacudi-la até expulsar sua arrogância, a confiança má, saciada de poder. O fato de usar a posição de rainha, a rede de espionagem, a vontade sem remorso contra um alvo tão vulnerável e inocente quanto Amy, faziam-no tremer como um menino furioso dominado pelos sentimentos.

Robert não dormiu naquela noite. Deitou-se na cama e fitou o teto, mas repetidas vezes via no olho da mente Amy recebendo o anel e correndo ao encontro dele, com o anel preso no pequeno punho como seu passaporte para a felicidade que ela merecia. E então algum homem, sem dúvida um dos assassinos contratados de Cecil, recebendo-a no lugar dele, quebrando-lhe o pescoço de um só golpe, um soco no ouvido, ou um golpe curto no pescoço, pegando-a ao cair, levando-a de volta para casa.

Torturava-se com a ideia do sofrimento dela, de seu momento de medo, talvez de horror quando achou que o assassino vinha a mando dele e da rainha. Essa ideia o fez gemer e virar-se de bruços, enterrando o rosto no travesseiro. Se Amy morrera pensando que ele enviara o assassino contra ela, não via como ia suportar viver.

A janela do quarto iluminou-se afinal, amanhecia. Robert, desfigurado como um homem dez anos mais velho, ergueu-se até a janela e olhou para fora, o lençol enrolado no corpo nu. Ia ser um belo dia. A névoa deixava o rio em caracóis e em algum lugar um pica-pau fazia furos. Lentamente, a líquida melodia de um pássaro iniciou-se como uma bênção, como um lembrete de que a vida continuava.

"Creio que posso perdoá-la", pensou Robert. "No lugar dela, eu teria feito a mesma coisa. Talvez tivesse pensado que nosso amor vinha em primeiro lugar, que nosso desejo deve ser satisfeito, aconteça o que acontecer. Se eu fosse ela, talvez achasse que devemos ter um filho, que o trono tinha de ter um herdeiro, e temos os dois 27 anos e não ousamos adiar. Se eu tivesse absoluto poder como ela, na certa o teria usado, como ela fez.

"Meu pai teria feito isso. Meu pai a teria perdoado por fazê-lo. Na verdade, teria admirado sua força decisiva."

Deu um suspiro.

— Ela fez isso por amor a mim — disse em voz alta. — Por nenhum outro motivo além de me libertar para me amar livremente. Por nenhum outro motivo, além de poder se casar comigo e eu poder ser rei. E ela sabe que nós dois queremos mais isso que qualquer outra coisa no mundo. Eu poderia aceitar esta terrível dor e este horrível crime como uma dádiva de amor. Posso perdoá-la. Posso amá-la. Posso tirar alguma felicidade dessa desgraça.

O céu ficou mais claro e depois, vagarosamente, o sol se levantou, prímula clara, sobre o prateado do rio.

— Deus me perdoe e a Elizabeth — orou Robert em voz baixa. — E Deus proporcione a Amy a paz no céu que eu lhe neguei na terra. E faça com que eu seja um marido melhor desta vez.

Houve uma batida na porta do quarto.

— Amanheceu, meu lorde! Deseja água quente?

— Sim! — gritou Robert de volta. Foi até a porta, arrastando o lençol, e puxou para trás o ferrolho de dentro. — Ponha aqui dentro, rapaz. E diga a eles na cozinha que estou com fome, e avise ao estábulo que chegarei lá em uma hora, vou conduzir a caçada hoje.

Chegou ao estábulo uma hora antes da corte ficar pronta para partir, certificando-se de que tudo estava perfeito: cavalos, arreios e os empregados da caça. Toda a corte ia cavalgar de bom humor. Robert ficou num ponto privilegiado da escada acima do estábulo e viu os cortesãos montando, as senhoras ajudadas a subir para as selas. Sua irmã não estava lá. Voltara para Penshurst.

Elizabeth estava de excelente humor. Robert foi ajudá-la a subir para a sela, mas depois se atrasou e deixou que outro o fizesse. Acima da cabeça do cortesão, ela lhe lançou um sorriso hesitante e ele retribuiu. Ela podia tranquilizar-se de que tudo ia dar certo entre eles. Seria perdoada. O embaixador espanhol despediu-se deles, o embaixador Habsburgo cavalgava ao lado dela.

Tiveram uma ótima caçada matinal, o cheiro era forte e os perdigueiros saíram-se bem. Cecil foi a cavalo encontrar-se com eles na hora do jantar cedo, quando lhes foi oferecido um piquenique de sopa quente, cerveja inglesa adoçada e aquecida e pastéis quentes sob as árvores que eram uma explosão de cores em mutação: dourado, vermelho e amarelo.

Robert manteve-se afastado do círculo íntimo em volta de Elizabeth, mesmo quando ela se virou e lançou-lhe um sorrisinho tímido para convidá-lo a sentar-se a seu lado. Ele curvou-se, mas não se aproximou. Queria esperar até poder vê-la a sós, quando pudesse dizer-lhe que sabia o que ela fizera, sabia que fora por amor a ele, e que a perdoaria.

Depois que todos comeram e tornaram a montar nos cavalos, Sir Francis Knollys viu que o seu fora amarrado junto à égua de Robert.

— Preciso oferecer-lhe minhas condolências pela morte de sua mulher — disse Sir Francis, muito formal.

— Obrigado — ele respondeu, com a mesma frieza com que o melhor amigo da rainha falara com ele.

Sir Francis virou e afastou seu cavalo.

— Lembra-se de uma tarde na capela da rainha? — disse de repente Robert. — Estávamos ali a rainha, eu e lady Catarina. Foi uma cerimônia de união, lembra-se? Uma promessa que não pode ser quebrada.

O mais velho olhou-o, quase com pena.

— Eu não me lembro de tal coisa — disse apenas. — Ou não o presenciei, ou não aconteceu. Mas de fato não me lembro.

Robert sentiu-se ruborizar com o calor da cólera.

— Mas eu me lembro muito bem, aconteceu — insistiu.

— Acho que vai descobrir que é o único — respondeu tranquilamente Sir Francis e esporeou o cavalo.

Robert checou os cavalos em volta e deu uma olhada nos cães de caça. Um dos cavalos mancava ligeiramente e ele estalou os dedos a um palafreneiro para levá-lo de volta ao castelo. Supervisionou a subida à sela dos membros da corte; mas mal os via. A cabeça martelava com a duplicidade de Sir Francis, que negaria que Robert e a rainha haviam jurado casar-se, sugerindo que Elizabeth também o negaria. "Como se ela fosse me trair", praguejou consigo mesmo. "Depois do que ela fez para ficar comigo! Que homem poderia ter maior prova do amor de uma mulher do que ela fazer uma coisa dessas para me libertar? Ela me ama, como eu a amo, mais do que a própria vida! Nós nascemos um para o outro, nascemos para ficar juntos. Como se pudéssemos algum dia nos separar! Como se ela não tivesse cometido esse crime terrível e insuportável por amor a mim! Para me libertar!"

— Feliz por estar de volta à corte? — perguntou Cecil num tom amistoso, emparelhando o cavalo com o dele.

Robert, chamado de volta ao presente, olhou-o.

— Não posso dizer que estou alegre — respondeu, tranquilo. — Nem que minha acolhida foi calorosa.

O secretário observava-o com olhos bondosos.

— As pessoas vão esquecer — disse amavelmente. — Nunca será o mesmo de novo para você, mas as pessoas esquecem.

— E estou livre para me casar — disse Dudley. — Quando houverem esquecido minha mulher, e a morte dela, serei livre para me casar de novo.

Cecil assentiu com a cabeça.

— É verdade, sim. Mas não com a rainha.

Dudley olhou-o.

— Como?

— É o escândalo — confidenciou-lhe em seu tom amistoso. — Como eu disse quando você deixou a corte. Ela não pode ter o nome associado ao seu. Os filhos de vocês jamais ocupariam o trono da Inglaterra. Você foi difamado pela morte de sua mulher. Arruinado como pretendente real. Ela não poderá mais se casar com você agora.

— Que está dizendo? Que ela nunca se casará comigo agora?

— Exatamente — respondeu Cecil, quase pesaroso. — Você está correto. Ela não pode mais desposá-lo agora.

— Então por que fez isso? — exigiu saber Dudley, num sussurro tão baixo quanto neve caindo. — Por que matar Amy, minha mulher, senão para me libertar? Amy, a única inocente entre nós? Ela que não tinha feito nada de errado além de manter a fé? Qual o proveito senão me libertar para me casar com a rainha? Você estaria por dentro do segredo dela, vocês terão feito este plano juntos. Foram seus vilões que fizeram isso. Por que matar a pequena Amy senão para me libertar para me casar com a rainha?

Cecil não fingiu não entendê-lo.

— Você não está livre para se casar com a rainha — disse. — Está impedido para sempre. De qualquer outro modo, seria sempre elegível. Sempre seria a primeira escolha dela. Agora ela não pode escolhê-lo. Está barrado para sempre.

— Você me destruiu, Cecil — a voz de Dudley falhou. — Você matou Amy, plantou a culpa em mim e me destruiu.

— Sou servidor dela — disse Cecil, tão gentil quanto um pai para um filho sofrendo.

— Ela ordenou a morte de minha mulher? Amy morreu por ordem de Elizabeth para que eu fosse arrasado pela vergonha e nunca, nunca subir de novo?

— Não, não, foi uma morte acidental — lembrou Cecil ao homem mais jovem. — O inquérito assim decidiu, os 12 bons homens de Abingdon, mesmo quando você lhes escreveu e os pressionou a investigarem com a máxima atenção. Eles chegaram ao veredicto. Foi morte acidental. É melhor para todos nós se a deixarmos assim, talvez.

Nota da autora

O mistério de como Amy Robsart morreu continua não esclarecido quatro séculos após sua morte. Vários culpados foram sugeridos: o câncer maligno no seio, que explicaria os relatos de dor no peito e poderiam resultar no afinamento dos ossos do pescoço; agentes de Robert Dudley; agentes de Elizabeth; agentes de Cecil; ou suicídio.

Também fascinantes são os comentários incriminadores e indiscretos de Cecil e Elizabeth ao embaixador espanhol nos dias antes da morte de Amy, que ele registrou para seu amo, assim como os apresento nesta história ficcional.

Parece-me que Cecil e Elizabeth sabiam que Amy morreria no domingo, 8 de setembro, e vinham deliberadamente plantando indícios junto ao embaixador para incriminar Robert Dudley. Elizabeth incrimina a si mesma como cúmplice prevendo a morte de Amy antes do fato, e dizendo que ela morreu de pescoço quebrado, antes que as notícias chegassem à corte.

Por que Elizabeth e Cecil fariam tal coisa, não temos como saber. Não creio que nenhum dos dois tenha deixado escapar a verdade por acidente para com mais probabilidade fazer circular esse escândalo. Sugiro que isso foi plano de Elizabeth e Cecil para manchar a reputação de Dudley com o crime de assassinato da esposa.

Certamente, a sombra de culpa foi eficaz em impedir Robert de alcançar o trono. Em 1556, William Cecil escreveu um memorando de seis itens ao Conselho Privado, relacionando os motivos pelos quais Robert Dudley não podia casar-se com a Rainha: "IV. Ele é infamado pela morte da esposa."

Eram Elizabeth e Robert amantes totais? Talvez nestes dias mais permissivos possamos dizer que isso dificilmente tem importância. O que de fato importa é que ela o amou toda a vida e, apesar do casamento posterior dele com Laetitia Knollys (outra ruiva Bolena), ele sem dúvida a amou. Sua última carta foi para Elizabeth, falando-lhe de seu amor, e ela morreu com a carta ao lado da cama.

Segue-se uma breve relação dos livros que me ajudaram na pesquisa para este romance.

Adlard, George, *Amye Robsart and the Earl of Leicester*, 1870.

Bartlett, A.D., *An Historical Account of Cumnor Place*, 1850.

Brigden, Susan, *New Worlds, Lost Worlds: The Rule of the Tudors 1485-1603*, Penguin, 2000.

Clarke, John, *Palaces and Parks of Richmond and Kew*, 1995.

Cressy, David, *Birth, Marriage and Death, Ritual, Religions and the Life Cycle in Tudor and Stuart England*, OUP, 1977.

Darby, H.C., *An Historical Geography of England before 1600*, CUP, 1976.

Doran, Susan, *Monarchy and Matrimony: The Courtships of Elizabeth I*, Routledge, 1996.

Dovey, Zillah, *An Elizabethan Progress*, Sutton, 1996.

Dunn, Jane, *Elizabeth e Mary: primas, rivais, rainhas*, Rio de Janeiro: Rocco, 2004.

Dunlop, Ian, *Palaces and Progress of Elizabeth I*, Cape, 1962.

Evans, R.J.W., *St Michael's Church, Cumnor, A Guide*, 2003.

Frere, *Sir* Bartle, *Amy Robsart of Wymondham*, 1937.

Grierson, Francis, "An Elizabethan Enigma", *Contemporary Review*, agosto de 1960.

Guy, John, *Tudor England*, OUP, 1988.

Haynes, Alan, *The White Bear: Robert Dudley, the Elizabethan Earl of Leicester*, Peter Owen, 1987.

Haynes, Alan, *Invisible Power: The Elizabethan Secret Services 1570-1603*, Sutton, 1992

Haynes, Alan, *Sex in Elizabethan England*, Sutton, 1997.

Hibbert, Christopher, *The Virgin Queen*, Penguin, 1992.

Hume, Martin A.S., *The Courtships of Queen Elizabeth*, 1898.

Jackson, Revd. Canon, "Amye Robsart", *The Nineteenth Century, A Monthly Review*, ed. James Knowles, março de 1882, nº 61

Jenkins, Elizabeth, *Elizabeth and Leicester*, Gollancz, 1961.

Loades, David, *The Tudor Court*, 1986.

Milton, Giles, *Big Chief Elizabeth*, Hodder and Stoughton, 2000.

Neale, J.E., *Queen Elizabeth*, 1934.

Picard, Liza, *Elizabeth's London*, Weidenfeld and Nicholson, 2003.

Pettigrew, T.J., *An Inquiry concerning the death of Amy Robsart*, 1859.

Plowden, Alison, *The Young Elizabeth*, Sutton, 1999.

Plowden, Alison, *Elizabeth: Marriage with my Kingdom*, Sutton, 1999.

Plowden, Alison, *Tudor Women: Queens and Commoners*, Sutton, 1998.

Read, Conyers, *Mr Secretary Cecil and Queen Elizabeth*, Cape, 1955.

Ridley, Jasper, *Elizabeth I*, Constable, 1987.

Rye, Walter, *The Murder of Amy Robsart, A brief for the Prosecution*, 1885.

Sidney, Philip, *Who killed Amy Robsart?*, 1901.

Somerset, Anne, *Elizabeth I*, Weidenfeld and Nicholson, 1997.

Starkey, David, *Elizabeth*, Vintage, 2001.

Strong, Roy, *The Cult of Elizabeth*, Pimlico, 1999.

Turner, Robert, *Elizabethan Magic: The art and the Magus*, 1989.

Waldman, Milton, *Elizabeth and Leicester*, 1944.

Walker, Julia M., org., *Dissing Elizabeth, negative representations of Gloriana*, Duke University Press, 1998.

Weir, Alison, *Children of England*, Pimlico, 1997.

Weir, Alison, *Elizabeth the Queen*, Pimlico, 1999.

Wilson Derek A., *Sweet Robin, a biography of Robert Dudley, Earl of Leicester, 1533-1588*, Hamish Hamilton, 1981.

Yaxley, Susan, *Amy Robsart, wife of Robert Dudley, 1532-1560*, Larks Press, 1966.

Este livro foi composto na tipologia Minion,
em corpo 11/15, e impresso em papel off-white
no Sistema Digital Instant Duplex da Divisão
Gráfica da Distribuidora Record.